国家社科基金一般项目（24BZW050）阶段成果

江苏省社科基金重点项目（23ZWA003）阶段成果

本书由江苏省优势学科项目经费资助出版

陈昌强 著

清代詞籍與詞學探論

南京大学出版社

图书在版编目(CIP)数据

清代词籍与词学探论 / 陈昌强著. -- 南京：南京大学出版社，2024.12. -- ISBN 978-7-305-28617-9

Ⅰ. I207.23

中国国家版本馆 CIP 数据核字第 2024X45Z34 号

出版发行	南京大学出版社		
社　　址	南京市汉口路 22 号	邮　编	210093

QINGDAI CIJI YU CIXUE TANLUN
书　　名 清代词籍与词学探论
著　　者 陈昌强
封面题签 张宏生
责任编辑 石　旻

照　　排　南京紫藤制版印务中心
印　　刷　南京爱德印刷有限公司
开　　本　718 毫米×1000 毫米　1/16　印张 34　字数 488 千
版　　次　2024 年 12 月第 1 版　2024 年 12 月第 1 次印刷
ISBN　978-7-305-28617-9
定　　价　150.00 元

网　　址　http://www.njupco.com
官方微博　http://weibo.com/njupco
官方微信　njupress
销售咨询热线　(025)83594756

* 版权所有，侵权必究
* 凡购买南大版图书，如有印装质量问题，请与所购图书销售部门联系调换

序

张宏生

清代为词体文学发展的复兴时期,这一观念,已成为学界共识。对于清词的研究,在其本朝就已经展开,民国以后,时有起伏,而自20世纪80年代开始,四十多年来,更取得了不少重大的成就。考察这些研究,可以看出,很长时间以来,清词研究就是两条腿走路的:既重视文献的搜集和考辨,也重视理论的阐发,而文献又是理论的基础。清词量大面广,情况复杂,如果没有充分可靠的文献作为前提,相关理论研究可能沦为无源之水,无本之木。陈昌强博士的新著《清代词籍与词学探论》就是这样一部在词学文献上下了很大功夫,同时也能在理论上提供一定启发的著作。

这部著作的标题有两个关键词,一个是"词籍",另一个是"词学"。从书名就可以看出,作者的目的是深入考察清代的词籍文献,并在此基础上,去认识清代的词学。四十年来,由于参与和主持《全清词》的编纂,我对清代的词学文献,对清代词学的研究关注较多,深感这个领域蕴含的潜力非常大,因此,看到昌强的这本著作,感到尤其高兴。

清人选清词是清代词学研究的非常重要的问题,昌强在这部著作中也给予了特别的关注,书中涉及傅燮詷的《词觏》系列、宗元鼎的《诗余花钿集》

和林葆恒的《词综补遗》等，其中，我对傅燮詷的《词觏》系列尤其感兴趣。

傅燮詷是清代初年人，对于当代词，他先是选了《词觏》，后来一发不可收，又相继选了《词觏续编》和《词觏三编》。在清代初年，他可能是唯一一个既对当代词的创作充满关切，同时又持续不断地投身选政，而且规模巨大的成果能够被后世见到的选家。《词觏》一书，词学界早就有所利用，相关研究成果也不断出现，但是，《词觏续编》和《三编》长期不为人们所知。关于《词觏续编》，虽然傅燮詷本人撰写过《词觏续编序》，但这种有序而原书不存的状况，历史上并不少见，所以近代词学大家赵尊岳就认为此书并不存世。但在2017年，《中国古籍珍本丛刊·保定市图书馆卷》由国家图书馆出版社影印出版，《词觏续编》稿本二十二卷赫然在内，说明傅燮詷确实完成了这部著作，只是尚未来得及出版。至于《三编》的出现，似乎更有一定的偶然性。2020年，四川省图书馆要将李一氓先生捐赠的词籍申请国家古籍整理出版资助项目，付玉贞副馆长写信来，希望我撰写推荐信。李老不仅是一个革命家，也是一个学者、藏书家，尤其关注词学文献，搜集了不少珍贵的词籍，他的这些珍藏若能影印出版，对词学研究无疑是一件大事。我写完推荐信后，知道昌强喜读词籍目录，并在做清词辑佚和编年方面的工作，就把相关目录寄给他参考。他看过后，重要的收获之一，就是发现李老竟然藏有《词觏三编》，这是以往学界所不了解的，该书无疑是研究清代初年词学建构的新材料。

对于傅燮詷的这三部著作，昌强在勾勒文献的基础上，也讨论了其特定的词学价值，提出了自己的相关见解。我在这里想进一步指出其认识意义。清代初年的词坛有一个有趣的现象，即选家在辑录词选时，往往称之为"初集"，如《倚声初集》《今词初集》《荆溪词初集》等，有些词选虽不标为"初集"，事实上也具有初集的性质，也就是明言这项工作只是开了个头，以后还要继续做下去。为什么会出现这么多此类现象？蒋景祁在其《刻瑶华集述》中一定程度上指出了原因："或一人而少壮屡进，或一书而首尾失传。见闻谫漏，深惧缺略，容编二集。"前者是说被选者本身处在一个发展的过程中，后者是说当代文献复杂，搜集材料不易。清初大部分题为"初集"的词选，就目前所知,都没有了下文,傅燮词则是较为少见的将选当代词作为持续不断的工作来进行的人,说明他对清初词籍的繁荣给予了特别的关注,由此可以从一个特定的角度加深对清初词学复兴的认识。清词复兴,创作大盛,及时展示当代创作风貌,成为清代词学批评家非常喜欢做的事,也是对于当代词进行经典化的重要步骤之一。但经典化一般需要一定的时间,选当代词,不仅判断不易,而且全面占有资料也不易,尤其是对那些还存世的词人,其本人的创作固然处于一个动态发展的过程中,其作品的刊行也处于一个动态发展的过程中,比如嘉道年间的著名词人戈载,一生至少将集子刻了七次,每次都有改动,如果是戈载的同代人进行选政,在足本和定本产生之前,就会有一定的局限性。所以,清人选清词也是一柄双刃剑,一方面,能够以当代人的眼光,代入现场感,让人们了解当代词坛的状况;另一方面,毕竟还没有经过历史的检验,所以,这种当代感,也还要经过一定的时间积淀,进行重新评说。无论如何,清人选清词的价值还是应该给予充分肯定,值得深入探讨。

这部书中作为清人选清词重要讨论对象之一的《诗余花钿集》,也是一部有趣的词选。《诗余花钿集》的编者是宗元鼎,康熙元年(1662)冬以诗文受知于时任扬州推官的王士禛,并列入门墙。可能正是在当时活跃于扬州词坛的王士禛的影响下,宗元鼎曾积极参与到广陵词坛的建构中,比如对《倚声初集》和《国朝名家诗余》中的一些词人,他都进行过评点。我以前曾经说过,王士禛之所以成为词坛领袖,主要不是他的词写得有多好,而是他以独特的个人魅力,组织了诸多的词学活动。在这方面,宗元鼎也可以提供参考。总的来说,选当代人的作品,一定程度上也是词学交游的某种体现,因为选者和被选者往往是朋友或相识,这种关系,一方面可以方便地了解其创作动机,较为快捷地收入其作品,另一方面,则也可能出现顾及人情的情况。比如《诗余花钿集》卷三选郑重、金惟宁、谢朝宗词各四首,其后有宗元鼎跋,讲述了选录的原因:"己未夏,自京师南归,郑山公夫子以新词三种属鼎选入《花钿》。"他在书中还提到,有些词人将自己的作品寄来,希望录入词选,如范簋等。由于搜集文献不易,有时,宗元鼎只能通过扇面等载体或其他的选本来保存某词人创作的吉光片羽,或者由自己的亲属提供线索。这种情况在《倚声初集》中也曾经见过。即使是清代后期谭献的《箧中词》,号称精严,其获得作品的途径也有一脉相承之处。如江沅词,谭献《箧中词今集》卷三自述:"子兰词,沪上肆间未收得,得其手书小篆三词,以二篇入录。"这些,对我们考察清人选清词,都能够提供特定的认识角度。《诗余花钿集》编成于康熙二十一年(1682)之后的几年间,已经是清初词学发展的高峰期,但奇怪的是,作为王士禛的学生,其老师交游遍天下,宗元鼎的《诗余花钿集》中却没能全面反映当时的词坛面貌,一些并世名家或未能见收,或选录很少。例如朱彝尊。康熙三年(1664),当王士禛词名隆盛之际,朱彝尊曾到扬州拜访,投献诗作。朱彝尊的《静志居琴趣》刊刻于康熙六年,《江湖载酒集》大约刊刻于康熙十一年,可以说,到了《诗余花钿集》编成时,他已经有大名于词坛,《诗余花钿集》中不予收录,似乎有点说不过去。昌强认为,这或许是因为宗元鼎有意将该选选阵限定在扬州地区词坛或其交游者,或许是因为宗元鼎选词非常个人化,考虑的只是自己与词坛的遇合。其中的问题可能比较复杂,但无疑有一个很大的想象空间。

　　除了朱彝尊外,纳兰性德也不在宗元鼎的接受视野中。众所周知,纳兰性德是清初词体文学创作的一大家,可惜早逝,未尽其才。他过世后,相关友人致力搜集其作品,虽然不够详尽,却也奠定了对纳兰词研究的基础,是纳兰词经典化的重要一环。生活于乾嘉间的姚尚桂作有《水龙吟·题纳兰侍卫〈饮水词〉后》:"翩翩绝世风流,群瞻长白高门第。君才俊甚,豪华净扫,尘凡敛避。紫禁朝回,黄门直罢,董帷深闭。把金釜兰畹,重修恨谱,秦柳后,斯人耳。　饶尔词源无底。怕难消、胸中意气。情丝万轴,心花一片,春蚕欲死。银烛烧残,红牙拍遍,曷胜清泪。奈梅花早发,一枝无力,趁东风坠。"让我们看到当时仍然有人对纳兰词发表感想,进行评价,但总的来说,康熙末以来的一百年间,对于纳兰词的接受较为冷寂,这种情况,至嘉庆以后,才发生变化。这一时期,先后有杨芳灿、袁通、汪元治、张祥河、周之琦、许增(字迈孙)等,都在纳兰词的文献整理方面做出了很大贡献,尤其以道光十二年(1832)汪元治所刊《纳兰词》五卷本影响为大。近五十年后的光绪六年(1880),许迈孙刊《纳兰词》五卷《补遗》一卷,在当时文化生态中也是一件大事。许氏整理的《纳兰词》出版后,吴唐林曾写《贺新凉·迈孙先生以新刊〈纳兰词〉见示,赋此志感》:"怅望凌云赋。算而今、金门待诏,几人学步。武达文通中底用,赚尽英雄千古。问呕出心肝何苦。留得才名供凭吊,叹神仙将相终成误。芳草歇,王孙去。 多君奇气青霞吐。数东南、几家坛坫,大张旗鼓。结客欢场余结习,罗列酒龙诗虎。更远契、烟霄隽侣。一卷新词香一瓣,刻苕华、翻出成连谱。才调集,从今补。"吴是阳湖人,咸丰十一年(1861)举人,著有《横山草堂词》。文学史上有一种看法,认为嘉庆之后纳兰词的再度走红,和常州词派登上词坛不无关系。果真如此的话,则吴唐林的这首词也可以从抉发乡先贤词学观念的角度去认识。考察清代中期以后对纳兰性德词的整理,其中重要的贡献之一,就是进行了大量的辑佚工作,为全面认识纳兰词提供了文献基础。经过清人的努力,总的来说,这个方面的余地应该不是很大了,但清代词学文献丰富,呈现形式复杂,如果做有心人,细加关注,可能也会有惊喜的发现。在《词觏续编》中,昌强就搜集到纳兰的佚词7首。这7首词,或写闺怨,或写悼亡,都是纳兰词中常见的题材。值得提出的是《醉落魄·宿莲花山》一首:"冷云残雪,新来幻作秋千叠。黄昏一种添凄切。才过栖鸦,山路行人绝。 天涯归梦和谁说,梦回依约长安月。萧萧槭槭霜红叶。已是凄凉,况忆年时别。"昌强认为这是康熙二十一年(1682)秋冬之际,由于此前俄罗斯的侵扰,纳兰随副都统郎谈等到黑龙江一带观察情况时所写。纳兰性德的边塞词是词史发展中的一个重要内容,在写出边塞壮阔的同时,也往往充满思家之情。同一年的早些时候,由于延续八年的"三藩之乱"终告平定。康熙帝决定出山海关祭告奉天祖陵,纳兰性德作为康熙身边的侍卫一道出行。出关后,他写下著名的《长相思》:"山一程。水一程。身向榆关那畔行。夜深千帐灯。 风一更。雪一更。聒碎乡心梦不成。故园无此声。"上阕写行路,下阕写思乡。纳兰虽然出身贵胄,身份高贵,又深受皇帝信任,却好静不好动,对官场的兴趣不是很大。所以,在扈从皇帝的途中,他仍然感到孤独寂寞,因为在他的心目中,家庭才是最温暖的。这一种情形,在《醉落魄》一词中得到了印证,二者对读,可以增强对纳兰的理解。说到辑佚,顺便可以提到王国维的一首《暑假歌》,昌强考订其调应是《阮郎归》,作于光绪三十三年(1907)三月至五月间,当时王国维在学部任职。词如下:"广庭寂寂日行天。参差树影园。朝朝挟策学堂远,如今又半年。　从此日,得休闲。迢迢一月间。北窗且自理陈编。清风入几筵。"这是王国维现存作品中少见的以传统文体写新事物之作,虽然不是太出色,但也值得特别提一笔。

这部著作的下编是《清前中期珍稀词籍考论》,这一成果的展示,和《全清词》编纂的工作性质密切相关。清代文献浩如烟海,情况复杂,而且离现在时间近,从未有人做过系统整理。《全清词》立项之后相当长的一段时间里,怎样全面系统地搜集材料一直是一个很大的困扰。总的来说,各图书馆图书资料的开放是逐渐展开的,因此,我们搜集材料的过程也就是动态的。在编纂《全清词》的过程中,我们曾多次组织到全国各地图书馆访书。刚刚开始时,乃至其后相当一段时期,相关图书馆或是没有专门的古籍目录,或虽有目录却并不全面和完备,甚至查看时内外有别,这也在一定程度上影响到我们对资料的搜集。以《顺康卷》而言,虽然编纂团队付出了足够的努力,但距离完备还是有相当的距离。所以,2002年《顺康卷》20册出版后,我们于2008年又出版了《顺康卷补编》4册,《补编》虽然达到了200万字左右的篇幅,还是有不少遗漏。从工作的实际来看,往往是一卷出版不久,我们又已经积累了相当规模的补遗文献,也就是说,尽管我们已经尽了巨大的努力,却无法做到网罗全部清词文献以后再进行编纂,这无疑是一种遗憾,或者也可以视为从事清代大型总集文献整理不得不面对的一种状况。昌强是《全清词》编纂的重要参与者之一,在文献整理上非常努力,这些词籍考论就是他相关工作的重要成果之一,也不妨视为我们整个团队持续所做工作的成果体现之一,将体现在我们以后对《全清词》的补足与修订中。这足以说明,对于清代词籍文献的搜集和整理,确实是一个漫长而艰苦的过程,《全清词》的所谓"全",可能也只会在这样的动态过程中才能实现。

将近100年前,陈寅恪先生就提出:"一时代之学术,必有其新材料与新问题。取用此材料,以研求问题,则为此时代学术之新潮流。"(《陈垣敦煌劫余录序》)清词的价值已经为学术界所共同体认,但相当长一段时间中,研究成果却不够突出,主要原因之一,就是文献太零散,不容易全面掌握。以前王国维曾经提出二重证据法,即把出土文献与传世文献相结合,以开创学术研究的新境界。清词文献当然不是出土文献,但囿于条件,大部分未能进入研究者的视野。因此,把这些文献整理出来,提供给学者,在某种意义上说,也带有了一定的"出土"性质。但怎样利用这些文献,去"研求问题",是更为重要的。昌强在这部书中已经让我们看到了他的思考,以及做出的成果,但这个领域还有非常大的空间,需要更多的学者共同努力,去开创"时代学术之新潮流"。

目 次

序 / 张宏生 ·· 001

绪　论 ·· 001

上编　清代词籍文献专论

第一章　词选探论 ·· 011
　第一节　傅燮詷《词觏》的文本考察与价值重估 ············ 011
　第二节　傅燮詷《词觏续编》的文献价值与词史意义 ········ 035
　第三节　多元面相的孤传词选：傅燮詷《词觏三编》考论 ···· 057
　第四节　失落的选本：宗元鼎《诗余花钿集》考诠 ·········· 085
　第五节　最后的古典式词选：林葆恒《词综补遗》考论 ······ 102

第二章　词人与词籍探论 ································ 120
　第一节　论康熙帝的词学活动及其影响 ···················· 120
　第二节　纳兰性德佚词发微及其他 ························ 139

第三节　莫友芝《影山词》考议 …………………………… 152
　　第四节　王国维佚诗佚词考辨 …………………………… 170

第三章　词话探论 ………………………………………… 179
　　第一节　稀见清人词话三种考论 ………………………… 179
　　第二节　《赌棋山庄词话》之成书与文献价值 …………… 212

第四章　词籍校勘探论 …………………………………… 229
　　第一节　王国维词籍校勘活动及其词学演进 …………… 229
　　第二节　王国维校录《张子野词》发微 …………………… 248

下编　清前中期珍稀词籍考论

一、董守正《诗余花戏》不分卷 …………………………… 269
二、俞公谷《耐园词寄》二卷 ………………………………… 277
三、傅眎《伍砚堂诗余》不分卷 ……………………………… 281
四、宫伟镠《春雨草堂别集》三十卷 ………………………… 283
五、黄生《一木堂诗稿》十二卷 ……………………………… 286
六、徐喈凤《荫绿轩词续集》三卷 …………………………… 291
七、姚祖振《丛桂轩近集诗余》一卷 ………………………… 297
八、董汉策《雪香谱》一卷 …………………………………… 299
九、袁藩《敦好堂诗余》一卷 ………………………………… 302
十、宋俶《藏山词》一卷 ……………………………………… 304
十一、凌竹《却浮集》四卷 …………………………………… 307
十二、周志嘉《西村草堂词》一卷 …………………………… 312
十三、徐永宣编次《清晖赠言》十卷附录一卷 ……………… 315
十四、徐釚《枫江渔父图题辞》一卷 ………………………… 318

十五、田林《词未》二卷 ……………………………………… 321

十六、邵陵《青门诗集》十二卷 ……………………………… 325

十七、杨宗礼《三津新草》不分卷 …………………………… 328

十八、黄逵《黄仪逋诗》三卷 ………………………………… 331

十九、朱慎《菊山词》一卷 …………………………………… 333

二十、谢乃实《峪垆山人诗余》一卷 ………………………… 335

二十一、成世杰《花谱词》一卷 ……………………………… 337

二十二、侯方曾《澄志楼诗稿》不分卷 ……………………… 340

二十三、胡润《怀苏堂词》一卷 ……………………………… 343

二十四、蔡毓茂《绿云词稿》一卷 …………………………… 345

二十五、虞兆溎《轩渠诗余稿》一卷 ………………………… 347

二十六、龙体刚《半窗诗余》二卷 …………………………… 349

二十七、朱迈《耕石诗余》一卷 ……………………………… 352

二十八、车家锦《唾余别集》不分卷 ………………………… 353

二十九、乔文郁《长龙集》四卷 ……………………………… 355

三十、俞梅《宛转集》一卷 …………………………………… 357

三十一、汪芳藻《西湖十景词》不分卷 ……………………… 359

三十二、朱丕戬《藕花居词》不分卷 ………………………… 360

三十三、梁机《北游草》一卷、《偶游日记》一卷 …………… 364

三十四、陈份《水庨诗余》不分卷 …………………………… 366

三十五、江元旭《独鹤往还楼诗余初集》二卷、《春江花月词》一卷 …… 368

三十六、沈起麟《诵芬堂诗余》一卷 ………………………… 370

三十七、马元龄《翠荫轩诗余》不分卷 ……………………… 371

三十八、吴曾《雪斋诗余》一卷 ……………………………… 373

三十九、戴锜《鱼计庄词》一卷 ……………………………… 375

四十、杜应誉《樵余草》一卷 ………………………………… 378

四十一、温棐忱《篷窝诗余》一卷 …………………………… 379

四十二、吴之骥《坐花阁诗余》不分卷 ……………………… 380

四十三、钱大猷《晓风集诗余》一卷 …… 382
四十四、汪鸿瑾《可做堂词》四卷 …… 383
四十五、尤琛《筠斋词稿》一卷 …… 386
四十六、姚倬《镜华集》二卷 …… 388
四十七、陈中庆《东山集》一卷 …… 391
四十八、曹鉴冰《清闺吟》不分卷 …… 393
四十九、释岳峙《采霞集》十卷 …… 397
五十、吴我炽等辑、吴士岐续辑《吴氏传家集》九卷 …… 403
五十一、顾彬《古照堂词钞》一卷 …… 405
五十二、苏汝阮《学山近草》四卷 …… 407
五十三、鲍鉁《小簌园续编》二卷 …… 409
五十四、张昕《江萍集诗余》一卷 …… 410
五十五、汤懋统《青坪词稿》一卷 …… 412
五十六、王成《容斋诗余》一卷 …… 414
五十七、朱令昭《冰壑诗余》一卷 …… 417
五十八、张若霭《晴岚诗存》二卷 …… 421
五十九、吴宽《拗莲词》二卷 …… 423
六十、陆镇《小樵诗余》不分卷 …… 427
六十一、汪琏《贞白诗余》一卷 …… 428
六十二、俞圻《剪春词》一卷 …… 430
六十三、张埙《荣宝续集》三卷 …… 433
六十四、沈一诚《镂冰词钞》一卷 …… 438
六十五、盛晓心《拗莲词》一卷 …… 440
六十六、陈灿《师竹斋诗余》一卷 …… 442
六十七、佟佳氏《绿窗吟稿》二卷 …… 444
六十八、郑沄等《妆台十咏》不分卷 …… 446
六十九、余集《梁园归棹录》一卷、《忆漫庵剩稿》一卷 …… 449
七十、戴润《宝廉堂诗余》一卷 …… 452

七十一、章铨《湖庄诗余》不分卷 ……………………… 453
七十二、俞蛟《梦厂诗余》一卷 …………………………… 455
七十三、明义《绿烟琐窗集》不分卷 ……………………… 461
七十四、吴展成《唊蔗词》四卷 …………………………… 463
七十五、陈瑛《瑚海词钞》四卷 …………………………… 474
七十六、王洲《退省居诗余》二卷 ………………………… 480
七十七、蒋和《金鹅山房补遗》一卷 ……………………… 483
七十八、汪玉轸《宜秋小院诗余》一卷 …………………… 485
七十九、黄德溥《云嵩诗词钞》一卷 ……………………… 487
八十、邵玘编《七峡嘏词》二卷 …………………………… 490
八十一、余旻《群玉山房词》二卷 ………………………… 492

征引文献 …………………………………………………… 498

后　记 ……………………………………………………… 527

绪　论

本书主要包括两个部分：上编是最近数年来我关于清代词籍文献的专论，下编是我对清代前中期八十余种珍稀词籍的考论。本书是我在清代词籍与词学相关研究方面的一个阶段性的总结。

我对清代词籍的追寻和积累，源自二十年前，与《全清词》编纂工程有非常密切的关联。

2004年12月底，经过硕士生与导师的"双向选择"，我开始从学于张宏生教授，并加入《全清词》编纂研究室。初受教于张师门下时，恰逢国家级大型古籍整理规划项目《全清词》编纂工程重新启动。首要的工作是进行清词文献的摸查和搜集，按照张师的计划，这部分工作分两步走。

第一步是清查当时研究室内收藏的词籍。二十世纪八十年代中，程千帆先生和参与《全清词》编纂的前辈学者们收集、影印、抄录了大量的词籍资料，保存在《全清词》编纂研究室。这部分的词籍，多是顺治、康熙时期的，已具体地体现为《全清词·顺康卷》（中华书局2002年版）这一成果。其余的词籍多是雍正及以后的，但相对而言，不太全备。因此，张师计划对清代顺康之后的词籍文献进行全面的访查、复制。特别是，安排我和同门，花了一定的时间，将存藏在南京大学图书馆古籍部的"陆维钊藏词"全部复印保存。陆维钊先生是当代著名书法家、词人，曾协助叶恭绰编纂《全清词钞》。《全清词钞》书稿编成后，叶恭绰将所收集的部分底本赠送陆先生保存。陆先生身后，其家属将这批词籍赠送《全清词》编纂研究室保存使用。后来，为了更好地存藏和利用，这批书被转藏于南京大学图书馆古籍部中。陆维钊藏词主要是清代中后期的各种别集、词选，对于《全清词》自《雍乾卷》以下的各卷编纂具有特别重要的价值。

除了陆维钊藏词，我们还对当时已经出版的大型古籍影印丛书如《续修四库全书》、《四库未收书辑刊》、《四库禁毁书丛刊》、《清代稿本百种汇刊》等，以及后来的《清代诗文集汇编》等进行了细致的翻检，从中找出词籍，以及掺杂在书中的散见词作。

当时，虽然我已经是古代文学专业的研究生，但对清词的认知和理解还远远不足，也完全没有想到，清代积累了如此多的词人和词作。不过，经过这一系列资料搜检工作的训练，我对清词，也由完全的生疏渐渐变得有些熟悉。当然，无论是陆维钊藏词，还是大型古籍影印丛书，所涉及的词籍相对于存世的清代词籍总量而言，仍只是一小部分。即便如此，这些词籍仍给我留下了极深刻的印象，而且也知道自己其实在做一种开山采铜式的工作，充满了使命感和自豪感。

第二步则是分赴图书馆摸底、访查和复制词籍。2007年夏，后来被同门戏称为"大访书时代"的公共图书馆词籍访查调研活动正式开启，同门先后组成了十余个小组，对国内省级图书馆、重要的地市级乃至县级图书馆进行了有计划、分阶段、地毯式的访查。当时的条件较为辛苦，有时候某些图书馆虽然也提供服务，但往往附加很苛刻的要求；有些图书馆则因为存藏书籍量特别巨大，典籍和书目尚待持续清理，甚至该馆自身，也无法确证自己的书籍存藏，以至于我们每次去，都能在馆内电子目录中，检索到不少新的词籍；也有不少图书馆，其馆藏书目和实际情况已有所出入，偶尔出现有目无书或者残损的情况，更提醒我们古籍文献整理的必要和迫切。虽然受限于这些主客观因素，但各个小组都访得了大量的珍本词籍。其中大多数，成为后来出版的《全清词·顺康卷补编》（南京大学出版社2008年版）、《全清词·雍乾卷》（南京大学出版社2012年版）的编纂底本，为二书全面展现清代前中期的词学成就奠定了坚实的文献基础。

不过,就我个人而言,访书的活动一直在继续。狂胪文献、寻籍访典已经成为我的一个习惯:每到一地,往往都会立刻到其公共或大学图书馆中,翻查目录,勘校版本,网罗遗献。虽然《全清词》编纂研究室大规模的访书在2011年以后逐渐告一段落,但我"唔咿一室特蓬庐,要读人间未见书"(陈元晋《题西斋》)的热情并没有冷却。"书皮之学"、新异之书所带来的快乐虽然零碎,却似乎连绵不绝,总能不断地浮现出来。稍稍统计一下,自2007年至2024年,我带队或者独自前往了海内外众多图书馆包括国家图书馆、上海图书馆、南京图书馆、浙江图书馆、福建省图书馆、广东省立中山图书馆、吉林省图书馆、东北师范大学图书馆、北京大学图书馆、首都图书馆、中国科学院图书馆、中国社会科学院图书馆、北京师范大学图书馆、清华大学图书馆、复旦大学图书馆、华东师范大学图书馆、山东省图书馆、山东大学图书馆、湖北省图书馆、武汉大学图书馆、盐城市图书馆、南通市图书馆、嘉善图书馆、常熟图书馆、海安市图书馆以及美国哈佛大学哈佛燕京图书馆、耶鲁大学东亚图书馆等。访书活动或以月计,或以周计,更多的,是出差或参加学术会议时见缝插针式地利用时间去图书馆里访查。南京图书馆、南京大学图书馆、苏州图书馆、苏州大学图书馆、上海图书馆去过的次数更是多到无法统计。经过访查,我积累了较丰富的词籍,亦都已汇入《全清词》编纂研究室的资料数据库中。但是很可惜,因为时间的差距,这其中的部分词籍已无法刊入已经出版的《全清词·顺康卷补编》和《全清词·雍乾卷》,只能有待于后续的补辑。

长时间、大规模的访书活动给我带来了双向的效果。一方面,清代词坛的历史细节逐渐在我脑海中连贯、清晰起来。通常翻阅一本目录、见到一本词籍,我能比较准确地判断其是否已被《全清词》收录,或是否被《全清词》编纂研究室收藏。甚至通过既往的经验,我也能明确一些稀见词籍的来历或者去向,并按图索骥,成功获取。比如彭蕴章的《瓜蔓词》,曾被吴熊和、严迪昌、林玫仪合编《清词别集知见目录汇编》著录,明确是咸丰四年(1854)的刻本。彭蕴章官至大学士,文名籍甚,一开始,我们想当然地认为这部词集应收入其集中，但在各大图书馆查找，虽然获见多种《彭文敬公集》、《松风阁诗钞》、《归朴龛丛稿》等书，但始终没有如愿地在其中找到《瓜蔓词》。后来，我因为研读林葆恒《讱庵藏词目录》，赫然发现其中也著录了《瓜蔓词》，且标注与夏埙《篆枚堂词存》一卷、吴墭《微云馆词钞》一卷、王桢《絜华楼存稿》一卷、高崇瑞《寒绿斋小集》一卷等书"合一册"。联想到《清词别集知见目录汇编》中标注《瓜蔓词》馆藏地是"上师"（上海师范大学省称），而林葆恒旧藏词籍在离散过程中，大部分流入上海师范大学图书馆。因此便推测，《瓜蔓词》应当仍藏于上海师范大学图书馆。此后，倩友人在该馆中检索夏埙《篆枚堂词存》，提书后目验，果然就是林葆恒原藏，而且《瓜蔓词》正装订在该册中，次于《篆枚堂词存》之后、《微云馆词钞》之前，仍然保持林葆恒原藏时的装帧样貌。因为及时访查到《瓜蔓词》，并刊入《全清词·嘉道卷》（南京大学出版社2020年版），彭蕴章这位重要词人的作品得以收录得较为完善。这样的例证还有很多，有些已撰成专文收入本书。近年来大量出版的各种馆藏目录，以及海内外越来越丰富的网上电子古籍全文数据库，也助力了我对稀见词籍的不断搜集，并让我在研究中形成了极为自觉的文献意识。

另一方面，文献渊薮在某种程度上，似乎也成为牢笼。不断接触新材料，以及"读稀见书"虽然带来了不少发现的快乐，但我逐渐感觉到，对个别稀见词籍的强调和关注，通常无法更好地，或者站在更高的角度，充分联系起来整个词坛或词史，并观照与其相关的词学现象，寻绎、考辨其中的逻辑和理念延展。程千帆先生一直强调，研治文学要"两条腿走路"，要讲究文献学研究与文艺学研究的结合。但是，大量的稀见词籍本身就具有较强的文献价值，对之进行具体的、充分的文史考索，会比较容易造成文献研究的偏重，偏离文学研究的方向，更容易陷入过度关注细节而忽视全体的窘境；同样，稀见词籍对词史或者词坛的参与度，一般来说要远较常见词籍逊色，对其文献价值的强调，往往会忽视、掩盖、遮蔽其文艺价值。而且，随着巨量词籍不断被发现和被阅读，程式化地进行文献考订之后，我对清代词坛状态的理解，也容易浮于表面，变得平面化和同质化，缺少对文本及理论的阐释敏感与探究深度。具体的表现，就是理论的钻研和提升能力迟迟得不到应有的提高。

因此，如何在研究中平衡文献学和文艺学这"两条腿"，进而寻找到此类科研中更深层次的意义，是我很长时间以来一直纠结、思考的问题。甚至在一段时间内，让我犹豫迟疑、多思少作，一定程度上限制了我学术研究的进展。2015年后，多承王尧老师汲引，我回到本科母校苏州大学工作，客观条件的变化，也引发了我主观思索的改变。我逐渐领悟到，敏而思，不若起而行；与其纠结、疑惑，不如放笔直干。对具体的理论性问题和文献类问题采取不同的研究方法，而在文献类的个案研究中，要特别注意文献考辨和文学理念探讨的平衡。尤其是在一些较为重要的稀见文献的研究中，我更注重这种平衡，进而发掘并完成一系列的个案研究专文，这些个案主要包括以下词人及其词籍：傅燮詷、宗元鼎、林葆恒、康熙帝、纳兰性德、王国维，亦即本书上编的主要内容。

上编主要分为四章，按照涉及的具体研究对象，分为词选探论、词人与词籍探论、词话探论、词籍校勘探论。

第一章词选探论，主要涉及傅燮詷的系列词选《词觏》、《词觏续编》、《词觏三编》，以及宗元鼎的《诗余花钿集》、林葆恒的《词综补遗》。

第二章词人与词籍探论，主要从词籍生产与理念抉择角度看康熙帝的词学活动及其影响；对莫友芝词集的版本、文献及文学价值进行考订；以及在作品辑佚的基础上，探讨纳兰性德、王国维的佚作及其价值。

第三章词话探论，主要涉及目前学界尚未关注的三种稀见清人词话（李式玉《词源》、旧题范缵《读书堂词话偶抄》、丁繁滋《邻水庄词说》），并对谢章铤《赌棋山庄词话》的成书历程及文献价值进行考辨。

第四章词籍校勘探论，主要研讨王国维的词籍校勘。除了较系统地研讨王国维词籍校勘活动与其词学演进的关系，也以王国维校录本《张子野词》为个案，研讨其校勘所体现的词学观念，并讨论其价值与意义。

本书上编四章的内容，其实来源于一个更为宏大的构想。1934年，龙榆生先生在《词学季刊》第一卷第4号上发表《研究词学之商榷》一文，提出词学研究应包括八个方面：图谱之学、词乐之学、词韵之学、词史之学、校勘之学、声调之学、批评之学、目录之学。本书最初的构想,便是以点带面式地对关涉这八个方面的词籍进行研讨,集中探讨其中较为重要的词籍,以完成对清代词籍文献的系统考察。现在看来,相对于这一宏大构想,本书上编只是在词史之学、批评之学、校勘之学三方面,进行了一些初步探讨和研究,其他五个方面,只能暂付阙如。当然,如前所论,即便是目前已完成的研究中,文献考辨的成分仍较文学理念探讨更多些。期待在未来的研究中,我能逐渐解决上述仍然存在的纠结和疑惑,在文献学研究与文艺学研究方面达到一种更精妙的平衡,并开展目前尚未展开的研究,开拓有待深入的领域。

最近两三年,因为做清词编年研究,我花了许多精力,从编年的角度对《全明词》和《全清词·顺康卷》《全清词·顺康卷补编》《全清词·雍乾卷》《全清词·嘉道卷》进行了较为细致的勾勒和系年。此外,我全面搜集了学界目前有关《全明词》《全清词·顺康卷》《全清词·雍乾卷》辑佚的成果,并对其中适合编年的信息进行了详细梳理。在此基础上,我也系统阅读了此前读书及访书时积累的词籍资料,将未及刊入《全清词·顺康卷补编》和《全清词·雍乾卷》的词籍,特别是学界目前尚未知悉的稀见词籍做了精确的编年。

在阅读学界尚未关注的珍稀词籍时,我发现,这些词籍的生产、流传,词人的生平、经历,词作的创作、传播极其丰富、多元,其所反映的清代词坛生态的多样性,词学版图的立体与完整,对我们有关清代词史的认知,有关清代词坛的理解,都极具价值。这些珍稀词籍,体现了词学细节的价值,凸显了词学时空的意义,呈现了词史发展中逻辑的力量。因此,在对其进行编年的同时,我对这些词籍进行研究、考论,逐渐写成了数十条研究札记,构成了本书下编内容的重要部分。

拜最近几年蓬勃发展的网络资源之赐,我在查阅珍稀词籍及相关研究资料时,往往能从"学苑汲古"和"全国古籍普查登记基本数据库"中获取新的词籍著录线索,又往往能从国家图书馆的"中华古籍资源库",以及海内外一些公藏机构的全文电子影像数据库中获取到古籍原文。近两年来,上海图书馆、台北"国家图书馆"等国内重要公藏机构,相继在网络上公布了相当多的善本典籍电子文献,有的甚至是全库公开,也使得在这些图书馆的词籍访查工作变得相对轻松、容易起来。虽然有些图书馆目前还没有大力度地向读者开放馆藏资源,但四通八达的高铁系统也助力了访查资料的便捷。再证之以既往访书所得的相关词籍,我手头的研究札记更加丰盈起来。

2024年暑假,冗务暂消,我有了较完整的时间,于是将近些年来撰写的已然见刊和尚未发表的文章稍作梳理,编为本书的上编;又根据手头的资料和笔记,对学界尚未关注的清代前中期珍稀词籍进行了系统研究和考订,并在此前研究札记的基础上增补了近半的内容,作为本书的下编,合为一册。下编主要通过对清代前中期珍稀词籍文献的考论,对《全清词·顺康卷》、《全清词·雍乾卷》进行一定的补充。作为《全清词》编纂团队的一员,编纂工作和补遗工作的不同让我深知,补苴罅隙的工作永远比筚路蓝缕的工作来得更加轻松,而筚路蓝缕的工作也永远比补苴罅隙的工作具备更伟大的价值与意义。

因为本书的主要内容与清代词籍与词学相关,故而命名为《清代词籍与词学探论》。其中林葆恒虽卒年稍晚,但自认是清室遗民;王国维的政治态度倾向于同情逊清,也同样是清室遗民,故循《全唐诗》兼收五代的旧例,仍将对二人的相关研究次于本书之中。

"却顾所来径,苍苍横翠微"(李白《下终南山过斛斯山人宿置酒》),自二十年前初度接触清代词学文献,到近年来对清代词学文献进行系统研究和探讨,我对清代词学与词籍的研究兴趣依旧浓厚,而未来的研究计划犹待展开。正如本书的命名,既为"探论",则此项工作至少仍是一个进行时,尚未成为完成态,愿期之于将来。

上编
清代词籍文献专论

第一章　词选探论

清代词学,允称中兴。其中特别突出的表象,是清人尤其清初人极其热衷于选辑当代词选,这可以看成是清人自我经典化意识的初度呈现。关于清人选清词,学界相关研究成果已较多,本章所论,一类是学界尚未关注的重要词选,如傅燮詷的系列词选《词觏续编》、《词觏三编》;一类是学界虽有探讨,但尚待深入研究的重要词选,如傅燮詷《词觏》、[①]宗元鼎《诗余花钿集》、林葆恒《词综补遗》。

第一节　傅燮詷《词觏》的文本考察与价值重估

清初词坛选家中,傅燮詷[1643—1706,字去异,直隶灵寿(今河北灵寿)人]可能是最为神秘的一位,此前学界有关他的生平及选政的探讨,因为文献不足,常陷入语焉不详的尴尬境地。相当长的时间内,学界对《词觏》的研究和利用,基本局限在词作整理与辑佚方面,其成果也相

[①] 《词觏》原稿,本名《词觏初篇》,见赵尊岳《词总集提要》,载于陈水云、黎晓莲整理《赵尊岳集》,南京:凤凰出版社,2016年版,第1146页。此后该书的诸种钞本,多题名《词觏》。为简省之便,以下径称"《词觏》"。

对有限。① 此后，闵丰率先在《清初清词选本考论》中著录了当时所能见到的《词觏》三个版本及其相关线索，并对《词觏》"无事批评"，却能"以选正音"的选学特色给予较为充分的肯定；② 江合友则根据傅燮调选词重律的特点，认为《词觏》"按图据谱"的选录方式，符合康熙年间的选坛风气；③ 梁雅英仔细核对了民国间赵尊岳转抄的《词觏》二十二卷本目次与《词觏》天尺楼钞本的异同，较细致地辨析了《词觏》的版本差异及其在《全清词》编纂中的特殊作用及局限。④ 近年来，随着对灵寿傅氏家族文献更深入的发掘，⑤ 有关傅燮调的生平及词作的研究取得了一定进展，出现了两篇以傅燮调《绳庵词》为具体探讨对象的硕士论文：李晓静《〈绳庵词〉笺释及其研究》、侯静彩《傅燮调〈绳庵词〉及其词学观研究》。⑥ 特别是侯静彩在其论文后附录《傅燮调年谱》，依据河北省图书馆所藏灵寿傅氏家族遗稿等文献，基本实现了对傅燮调生平较为翔实而系统的梳理。⑦ 但李、侯二人的论文，同样并未对《词觏》做出更深入的研究。

其实，无论是对词作辑佚方面的重视，还是在文本探讨方面的忽略和不足，学界有关《词觏》研究的现状及其缺憾，都只能归因于《词觏》文本本身。也就是说，文本的残缺限制了《词觏》研究的进展。如果没有进一步发掘《词觏》文本的契机，此项研究便没有进展的可能。幸运的是，笔者在整理清词的过程中，又见到了《词觏》的几种钞本，并查考到一些有关《词觏》的文献线

---

① 《全明词》、《全清词·顺康卷》对《词觏》已有所利用（详见下文论述），此外，利用《词觏》辑佚明末清初词的成果还包括：王兆鹏、胡晓燕《〈全明词〉漏收1000首补目》（《上海大学学报》2005年第11期）据《词觏》辑明词12首，裴喆《〈全清词·顺康卷〉拾补》（《河南师范大学学报》2007年第2期）据《词觏》辑清词11首，夏勇《〈全明词〉指瑕一则》（《中国典籍与文化》2010年第1期）据《词觏》辑明词1首，江合友《〈全明词〉杨士聪补遗及其文献价值》（《中国语言文学研究》2015春之卷）据《词觏》辑补杨士聪20首。
② 闵丰《清初清词选本考论》，上海：上海古籍出版社，2008年版，第122—134、373—377页。
③ 江合友《明清词谱史》，上海：上海古籍出版社，2008年版，第80页。
④ 梁雅英《〈清词珍本丛刊〉所录六卷本〈词觏〉版本差异初探》，《词学（第34辑）》，上海：华东师范大学出版社，2015年版，第190—207页。
⑤ 吴秀华《灵寿傅氏遗稿文献考述》，《文献》2001年第4期，第184—194页。
⑥ 二者皆为河北师范大学2014年硕士学位论文。
⑦ 侯静彩《傅燮调〈绳庵词〉及其词学观研究》，第43—50页。

索,于是在这些新材料的基础上进行初步探讨,以期对傅燮詷该选及其词学理念,以及清初词坛的研究,能够产生更进一步的推动。

一、《词觏》的版本源流

据傅燮詷的陈述,《词觏》是他自少年始,三十余年间的心血之作:

> 忆丙申春杪,余年甫十四,项下病创大如升,废呫哔业者,自春徂秋,几七阅月,痛楚呻吟,不复可耐。思有以破孤寂者,乃检架头,得词谱数种,阅而嗜之。又不能自读,设一榻于松根花底,命侍儿执卷朗诵,辄觉栩栩神游于莺声花影、晓风残月间。曩之痛楚呻吟,恍然如失。重九后而创已愈,因念曰:"昔枚叟《七发》,可起沉疴;陈琳一檄,能愈头风。词之于吾,亦犹是矣。"遂分门别类,手录成帙。戊戌于都门爱付剞劂,示不忘其愈我痛楚之功也。大都是古词,而近代所摭,仅得陈卧子、李舒章、杨凫岫、韦念莪四家而已,因亦各采数阕入集中。其诸名公先生之词,不少概见也,则未免有遗憾焉。以为词之一道,凌夷至今,不绝如线耳。从此遂事罗猎,片笺一扇书长短句者,则录而藏之。久久,笥渐富,乃分五种,题曰《我见词钞》。其已见之梨枣者曰"本集";得之笺扇及它选本者曰"传闻";其曰"面教"者,则与亲识所唱和及所手授者也;而"旁搜"所载,则皆缁流、羽客、乩仙、闺阁及无名寄托之词也;又纂集余一家之言而为"合集"焉。共计得词四千余阕,不过就耳目之所及觏者编次之耳,其耳目不及觏者,又复何限?于是出宰鲁阳,则携之鲁阳;量移临邛,则携之临邛。公余之顷,更理旧业,益以新搜,汇四部为一,有不合谱者,稍为删削,每百阕为卷,共得若干卷,而"合集"则仍旧焉。是役也,虽不敢侈云大观,而余三十载之苦心,庶几可备艺林之一种。①

---

① 傅燮詷《词觏自序》,陈水云、黎晓莲整理《赵尊岳集》,第1150—1151页。

由此序中，至少可以知道四点细节：一，顺治十三年（丙申，1656），傅燮詷十四岁时，曾以读词来破解病中岑寂，病愈后，便将这些词编成选本，于顺治十五年（戊戌，1658）在京师刊行。这部词选多选古词，当代词仅陈子龙、李雯、杨士聪、韦成贤四人之作。据赵尊岳所录，此书当即为《诗余类选》五卷，分成天文（卷一）、地理（卷二）、人事（卷三）、时序（卷四、卷五）四大类。① 二，编完古词选本后，傅燮詷即开始考虑收集当世"名公先生"之词，并定名《我见词钞》，此后历时三十余年，共搜罗到四千多阕词，分成本集、传闻、面教、旁搜、合集五大类，此书便是《词觏》的前身。三，在《我见词钞》的基础上，傅燮詷依据是否合谱的原则对收集来的词作进行删削，并将"本集"至"旁搜"的四大类词合并，取"耳目之所及觏"之义，定名为《词觏》。四，《我见词钞》中的"合集"部分，仍依原制，未并入《词觏》，而是独自成书，据赵尊岳所录，当即是附在《词觏初篇》二十二卷原稿后的《诗余合集》六卷，"均傅氏先德家人之词别集，汇次成帙者也"。②

由是可知，《词觏》全帙当为二十二卷本，至迟在民国年间尚存于世，赵尊岳曾"就叶遐庵向京师大学刘范五转假"，但其所读之书，已非原稿，"题族孙雀庄手录，则知此书固有原本，特未审其存否耳。缮写尚雅整，序文均出影钞，虽图书，率为描勒，全书间有以朱笔改正讹字数处。书藏傅氏敬睦祠，赠题《先世遗稿》"。③ 因此，傅雀庄钞本，完全承袭自《词觏》原稿，而该稿几经流播，道光年间方转回傅氏后人傅观澜手中：

---

① 陈水云、黎晓莲整理《赵尊岳集》，第 1141—1149 页。傅燮詷《诗余类选》有残卷存于傅氏《先世遗稿》中，题为《分类词选》一卷，"原为四卷，今存一卷"，参吴秀华《灵寿傅氏遗稿文献考述》，第 190 页。又案傅燮詷《诗余类选》一书刻本（凡十六卷）今存，详参梁雅英《傅燮詷〈诗余类选〉全本的发现——兼论其通代选学思维》，《人文中国学报（第 37 期）》，上海：上海古籍出版社，2023 年版，第 203—234 页。
② 陈水云、黎晓莲整理《赵尊岳集》，第 1149 页。此书亦存见于《先世遗稿》中，题《词合集》二卷"，参吴秀华《灵寿傅氏遗稿文献考述》，第 190 页。
③ 陈水云、黎晓莲整理《赵尊岳集》，第 1149—1150 页。

先高祖汀州公,著作等身,颇不自秘惜,往往随手散轶,莫可搜辑。至《词觏》一编,竭三十年罗猎苦心,始得成书。宦游所至,携之箧中,然竟未登枣梨,即原本亦并失传。厥后百卅余年,道光甲申之岁,王念臣自言无意中,于郡南白佛村王姓家见之。予即恳其代为购求,次年乙酉春季购得之。……披阅之下,见纸色虽已黯淡,而首尾完好,字里行间,毫无驳蚀。①

但奇怪的是,现存傅氏"敬睦祠藏本"的《先世遗稿》中,另著录有"《词觏》八卷"一书,而未收藏二十二卷本。八卷本系同治四年(1865)至八年(1869)间,傅氏后人傅岩举、傅宗善等人续修家谱时,搜访整理先世遗稿时所得。②

此外,《词觏》尚有数种六卷本存传于世,而且其影响和流布可能比二十二卷本、八卷本都要广泛一些。

已知最早的《词觏》六卷本,存藏于南京图书馆。经笔者目验,其书卷首除《词觏自序》、《词觏发凡》(共七则,删去二十二卷本《发凡》之第七则)及六卷目次等,还有道光二十四年(1844)江都金天福所撰《重订词觏序》一篇。《词觏自序》后钤有"江都金氏子谦珍藏金石书画之章"等;《重订词觏序》前钤有"江苏省立第一图书馆藏书"、"江南图书馆藏书记"、"木犀香馆珍藏"等篆文印章,后则钤盖"金天福印"、"子谦"等篆文印章。据此,该书当是金天福原钞本,后收入范志熙木犀香馆,清末随范氏藏书一并入藏南京图书馆前身江南图书馆,并在该馆递藏至今。③ 此外,国家图书馆亦藏有《词觏》一种,其款式、牌记、序目等,与南图藏本无异,惟题为六卷,实存三卷,且卷一首页

---

① 陈水云、黎晓莲整理《赵尊岳集》,第1154页。
② 吴秀华《灵寿傅氏遗稿文献考述》,第185、190页。此书现有复印本存河北省图书馆,笔者曾前往查考,并托友人代为寻访,因客观原因,未能获见,故于此存而不论。
③ 郑伟章《文献家通考》,北京:中华书局,1999年版,第1024页。

钤有"长乐郑振铎西谛藏书"朱文方印。① 两相对照,虽皆可称为"金天福钞本",但南图藏本因为钤有金氏私印,更应该是底本,而国图藏本,则可能是南图藏本在清季之前的转钞、过录残本。

金天福,字子谦,江苏江都人,其他生平细节则已然无考,但他传钞的《词觏》钞本,在清代后期衍生出两个比较重要的钞本:

一是傅德炤钞本。民国时该书存藏于叶恭绰处,"康熙间灵寿傅燮诇所辑《词觏》六卷,皆清初人所作。余二十年前得于杭州。乃壬戌金陵傅德炤根据道光甲辰中金天福传钞本而重钞者,讹脱颇多"。② 据推算,此壬戌当是同治元年(1862),但目前尚未发现有关该书的其他记载。

二是天尺楼钞本。该书亦为六卷,卷前有傅燮诇原序、金天福重订序,卷首处自上而下钤有"刌庵老人六十以后力聚之书子孙保之"、"乃昌校读"、"刌庵经眼"等藏书印,每页边框左下侧有"天尺楼钞"数字,今藏于西南大学图书馆。③ 张宏生师曾将之影印列入《清词珍本丛刊》中。④

天尺楼是清末藏书家刘世瑗(1889—1917)的藏书楼,世瑗字蘧卿,安徽贵池(今属池州市)人,行六,其父为清末驻英法等五国大使刘瑞芬,其兄世珩筑有著名藏书楼聚学轩。受其兄影响,刘世瑗自建藏书楼,并命名为"天尺楼",其中多藏有孤本、钞本和雕版。⑤ 天尺楼藏书在刘世瑗身后,逐渐离散,据藏书印可以判断,《词觏》钞本随后递经清末民国著名词家徐乃昌、林

---

① 国家图书馆藏《词觏》,闵丰曾作叙录,详其《清初清词选本考论》,第374—376页。
② 叶恭绰《傅燮诇词觏跋》,叶恭绰《矩园余墨》,沈阳:辽宁教育出版社,1997年版,第18页。
③ 张丽芬《西南大学图书馆藏稀见稿钞本述略》,《长江师范学院学报》2016年第1期,第59—60页。惟将"六"篆文误认作"四","刌庵"篆文误认作"词庵",当改正。
④ 张宏生主编《清词珍本丛刊》,南京:凤凰出版社,2007年版,第23册,第1—296页。
⑤ 刘碧瑞口述,毛世明整理《我的外婆》,载冯克力主编《老照片(第93辑)》,济南:山东画报出版社,2014年版,第27—29页。刘世瑗生平不详,《文献家通考》等书亦未载。为确证天尺楼钞本确为刘世瑗所为,笔者曾翻阅南京图书馆藏数部天尺楼钞本图书,发现其版式、字体多与《词觏》天尺楼钞本相同。其中,王一元《辽左见闻录》卷首序的天头处,钤有"天尺楼"长方形阳文朱印,第一行下端,则钤有"蘧六校勘书籍记"长方形阳文朱印;又,《双陆格制》一卷,每页象鼻左侧印有"贵池刘蘧六氏"六字。至是得以确认。

葆恒收藏，并最终随着林葆恒藏书的离散而入藏西南大学。

此外，云南省图书馆藏有影钞金天福钞本六卷六册，其中偶有朱笔批点，并有笺纸一页，谓："此书江苏馆藏有金天福原钞本，入善乙。我馆此部系转钞，拟收入乙编，不作全国善本。五、十六、文熙。"可知此书即转钞自南京图书馆藏金天福钞本。

至此，便可绘出《词觏》的版本源流：

表 1-1 《词觏》版本源流示意表

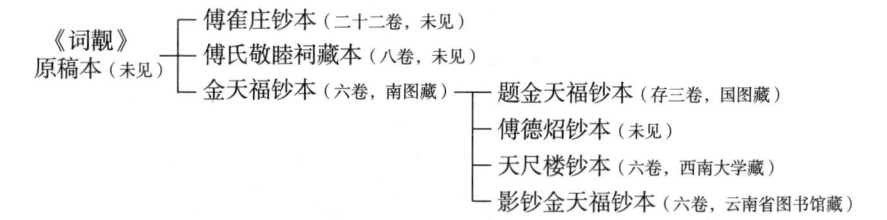

```
《词觏》    ┌ 傅崔庄钞本（二十二卷，未见）
原稿本      ├ 傅氏敬睦祠藏本（八卷，未见）
（未见）    └ 金天福钞本（六卷，南图藏）─┬ 题金天福钞本（存三卷，国图藏）
                                        ├ 傅德炤钞本（未见）
                                        ├ 天尺楼钞本（六卷，西南大学藏）
                                        └ 影钞金天福钞本（六卷，云南省图书馆藏）
```

需要注意的是，天尺楼钞本《词觏》是目前《全明词》、《全清词》编纂及补遗最为倚重的版本，甚至该本的一些错误，在《全清词》等书中也被承袭。① 因此，考察《词觏》版本，发掘其中尚未被学界广泛了解的版本，便具有了比较重要的意义。

二、《词觏》文本的复原性考察

《词觏》的文本形态，因二十二卷本现已不知存藏于何处，只能通过赵尊岳的著录及其他一些传世文献进行侧面了解。

《词觏》傅崔庄钞本凡二十二卷，每卷约收词百首，部分卷略有羡、缺；每卷收词人少则 4 家，多则 100 家。全书共收词人 457 家，词作 2192 首。②

《词觏》原稿的部分卷次，完整地保存在金天福钞本，以及后来转钞的天尺楼钞本中，闵丰用国家图书馆藏金天福钞本目次与傅崔庄钞本目次对勘，

---

① 梁雅英《〈清词珍本丛刊〉所录六卷本〈词觏〉版本差异初探》，第 201 页。
② 据赵尊岳著录统计，详参陈水云、黎晓莲整理《赵尊岳集》，第 1146—1147 页。

发现金本各卷分别对应《词觏》原稿的卷一至三、卷十至十二,但各卷所收词人、词目略有差异。① 笔者在目验天尺楼钞本、南图藏金天福钞本与赵尊岳所钞傅雀庄钞本目录的过程中,发现这三种钞本的差异与闵书所言不尽相同,为避烦冗陈述,爰制表如次:

表 1-2 《词觏》各版本差异表

傅雀庄钞本		金天福钞本		天尺楼钞本		致异原因
卷次	内容	卷次	内容	卷次	内容	
一	4人100首	一	4人98首	一	3人98首	天尺楼本将成信词四首误作高珩词,金天福本、天尺楼本卷末均脱二首。
二	5人100首	二	5人100首	二	5人100首	
三	7人97首	三	8人100首	三	8人100首	疑赵尊岳统计傅本有误。
十	8人100首	四	8人100首	四	8人100首	
十一	11人100首	五	11人100首	五	11人101首	金天福本傅士荃词数少统计一首,傅雀庄本当同。
十二	35人100首	六	28人91首	六	28人91首	金天福本、天尺楼本卷末残缺。

问题是,为何金天福如此钞存《词觏》? 因资料缺乏,恐已无解。不过,金天福钞本、天尺楼钞本的存在,仍提供了观照《词觏》卷帙体式的难得的样本。

《词觏》中选录的部分词作,还很意外地被另一本词选保存,这就是林葆恒的《词综补遗》。

《词综补遗》是民国间除《全清词钞》外最大的一部词选。与《全清词钞》体例有别,《词综补遗》在选录词作时,常将来源注出,这一方面有助于了解该书选源,另一方面也可以通过辑佚的方法,来考察该书底本中那些已亡佚的词选的一些状貌,《词觏》便是其中特别具有代表性的一种。

《词觏》天尺楼钞本虽曾存藏于林葆恒处,但在《词综补遗》中,他所使用的《词觏》底本却并非天尺楼钞本,而更有可能是傅雀庄钞本,这主要是因

---

① 闵丰《清初清词选本考论》,第376页。惟该书此项统计略有误差。

为：一，《词综补遗》中据《词觏》录选的词人词作已溢出天尺楼钞本范围。天尺楼钞本共录词人63人，词作590首，而《词综补遗》据《词觏》录选词人多达149人，词作则有182首。虽词作数量较少，但所收词人数已远超天尺楼钞本。二，赵尊岳所著录的傅雀庄钞本的一些细节，在《词综补遗》据《词觏》抄录的词人词作中多有反映。例如，傅雀庄钞本卷四，赵尊岳著录："高景《满江红》，迄方亨咸《行香子》，凡五人，一百零一首，邹祗谟存七十三首为多。"卷五，赵尊岳著录："钱谦益《永遇乐》，迄高琬《昼锦堂》，凡十六人，一百首，彭孙遹存二十九首为多。"《词综补遗》中，高景《满江红·同梁大宗伯饮日涉园》、高琬《昼锦堂·步橘亭家兄，同金坛芝峤、同邑西怀集饮燕京德徽家印斋》正是据《词觏》录入。① 同样的例证还包括傅雀庄钞本卷九张缙彦，卷十四韦锺炳、李一贞，卷十五黄始，卷十六丁耀亢、贺锦标，卷十七马鸿勋、李肇林，卷二十王嗣奭、潘炳孚，卷二十一潘九芝等。② 凡此种种，皆可证明《词综补遗》所据《词觏》并非天尺楼钞本，而更有可能是傅雀庄钞本。民国年间，当时尚存的傅雀庄钞本应不仅被赵尊岳读过，还曾被林葆恒钞选过。而从另一方面来说，《词综补遗》对这些孤本词选的保存之功，也客观上增长了该书的文献价值。

此外，傅燮詷还曾亲自为《词觏》选阵留下一些可供考察的线索，这便是《词觏续编》中所谓的"再见"。《词觏续编》是傅燮詷紧随《词觏》而编成的一部大型词选，与《词觏》在选词体例方面保持高度的一致。③ 在《词觏续编·发凡》里，傅燮詷称："古来集词，始于《花间》。《花间》之法，以词俪人，以数分帙，其法诚善矣，兹编式之。其名见前集，则注'再见'。"据笔者统计，《词觏续编》中，标明"再见"的入选词家，多达81家，这些词家，在《词觏》中是曾被选录的，除去金天福钞本、赵尊岳著录、《词综补遗》已选的诸家

---

① 林葆恒编，张璋整理《词综补遗》，上海：上海古籍出版社，2005年版，第1171、1170页。如无特别说明，本节所称"林葆恒《词综补遗》"俱指此本。
② 林葆恒《词综补遗》，第1520、155、2614、1699、2121、3342、2928、2613、1299、953、954页。
③ 有关《词觏续编》，可参拙作《傅燮詷〈词觏续编〉的文献价值与词史意义》，《词学（第41辑）》，上海：华东师范大学出版社，2019年版，第329—355页。亦载本章第二节。

外,尚有60家。①

因为体例的一致性,《词觏续编》的文本形态也有助于从侧面对《词觏》加深了解。

《词觏续编》亦为二十二卷,每卷收词100阕(卷一、卷二十收词101阕),各卷所收词人,少则4家,多则47家,全书共收录词人474家、词作2202首。《词觏续编》录选词人词作并无一定次序,各卷之间也没有必然的联系,每卷只是根据选录词家词作的多少组成百阕。傅燮詷在《词觏·发凡》中,曾说"兹集既不云选,原无事于批评";在《词觏续编·发凡》中,亦明确坦言"作词已无定评,而选词更乏确见",而且,还郑重地在署名时称"辑"而不称"纂"。在这样的姿态和刻意的掩饰下,《词觏》以及《词觏续编》的选本批评意向,相对于其他词选而言,都是较为隐晦的。但这种批评倾向,还是能够通过一种特殊的方式表达出来,这便是圈点。

《词觏·发凡》中,傅燮詷说:"凡清新婉丽者,则连点之;超逸高古者,则连圈之;余亦明其句读。又有一种冲融朴雅之篇,正如浑金璞玉,指其瑕不得,指其瑜亦不得,最为杰作。"可以推测,《词觏》原稿中,必然存在着大量的圈点,这从现存金天福钞本中亦可获见一斑,天尺楼钞本中,则已全部删去这些圈点。

三、金天福钞本的文献价值

《词觏》秉承"不论官阀,无分仕隐,先得者则叙之前,后得者则次于后,随见随录,不事征求"(《词觏·发凡》)的编纂理念,保存了明末清初大量词

---

① 这六十家为:秦松龄、杨大鲲、李昌垣、沈谦、严绳孙、施绍莘、陈玉璂、董俞、吴本嵩、(纳兰)成德、宋存标、沈丰垣、卢元昌、曹贞吉、田茂遇、纪映锺、张台柱、王士禄、杜濬、宋徵璧、徐允贞、罗坤、汪懋麟、尤侗、余士彪、王屋、陈维崧、宗观、柯维桢、孙枝蔚、史鉴宗、赵钥、董元恺、钱继章、吴亮中、毛先舒、张逸、宋泰渊、孙琮、金是瀛、陈维岳、袁揆燮、贺宿、李式玉、王晫、石洢、余怀、徐钒、王彦泓、邓汉仪、徐喈凤、任绳隗、袁袾、丁漈、叶小纨、黄德贞、顾氏(顾贞立)、朱中楣、张学雅、杨琇。参傅燮詷《词觏续编》,《中国古籍珍本丛刊·保定市图书馆卷》,北京:国家图书馆出版社,2017年版,第36册,第369—418页。案《中国古籍珍本丛刊·保定市图书馆卷》在整理时,将《词觏续编》误作"《词观续编》",当改正。

人的词作,成了后世断代词总集整理时的材料渊薮。《全明词》以及《全清词》之《顺康卷》、《顺康卷补编》都曾不同程度地采用了《词觏》,这些总集所采用的《词觏》版本既有所不同,在具体操作中,也留下了一些遗漏和疏失。

《全清词·顺康卷》及《顺康卷补编》编纂时都采用了《词觏》天尺楼钞本。天尺楼钞本卷一将成性(金天福钞本作成信)的四首词,误属高珩;①天尺楼钞本卷三选录高凤翔词三首,实当为吴伟业词。这两处错误,均为《全清词·顺康卷》所沿袭,特别是后一处错误,造成了吴伟业《满江红·贺孙本芝寿并得子》、《满江红·蒜山怀古》、《意难忘·山家》三首词在《全清词》中两属的现象。②

《全明词》所采用的《词觏》底本则比较复杂。该书总纂张璋曾经点校整理过林葆恒《词综补遗》,知道《词综补遗》"可为整理明清及现代词籍征引之用"③,因此,在编纂《全明词》时,对《词综补遗》中所录《词觏》采用颇多,在署资料出处时,有时署《词综补遗》,有时则径署《词觏》。④ 而且,张璋应该没有看过《词觏》的金天福钞本或者天尺楼钞本,试举一个较明显的例证:宗元鼎词,《全明词》误作宋元鼎,并据《词觏》录二首,这二首词又见于《词综补遗》中,署来源于《词觏》,仍作宗元鼎;而在《词觏》的金天福钞本或天尺楼钞本中,宗元鼎词则选录了七首。张璋应只据《词综补遗》录词,且误将"宗"当成"宋",而钞本《词觏》中宗元鼎的其他五首词则未录。⑤ 而且,张璋并未对《词综补遗》所引《词觏》进行涸泽而渔式的采择,尚留下较大的补遗空间。

---

① 南京大学中国语言文学系全清词编纂研究室编《全清词·顺康卷》,北京:中华书局,2002年版,第748—749页。
② 南京大学中国语言文学系全清词编纂研究室编《全清词·顺康卷》,第390—393、3418—3419页。有关这一问题,详参梁雅英《〈清词珍本丛刊〉所录六卷本〈词觏〉版本差异初探》,第202—204页。
③ 林葆恒《词综补遗》,前言第2页。
④ 例如胡觐徽词,饶宗颐、张璋编《全明词》(北京:中华书局,2004年版)据《词综补遗》录(第3367页),林葆恒《词综补遗》则据《词觏》录(第501页);又如高耀基词,《全明词》据《词觏》录(第1889页),但该词金天福钞本未收,而《词综补遗》则据《词觏》录入(第1167页)。此种例证极多,不一一列举。
⑤ 饶宗颐、张璋编《全明词》,第3307页。林葆恒《词综补遗》,第98页。

因此,就《词觏》现存版本而言,在对《全明词》、《全清词》进行补遗和校勘时,仍应使用版本价值较高的金天福钞本,而替换掉原有的天尺楼钞本。

那么,金天福钞本究竟有哪些方面的文献价值呢?

(一) 补遗词作。

杨士聪词二十首。《全明词》仅录杨士聪《阮郎归·秋》一首,金天福钞本卷四录二十一首,除《阮郎归》一首(题作《秋雨》)外,其余二十首均可补遗:《丑奴儿令·春暮久雨》、《巫山一段云·春景》、《青衫湿·闺思》、《眼儿媚·秋思》、《醉花阴·泛舟》、《浪淘沙·春恨》、《鹧鸪天·春兴》、《踏莎行·惜春》、《蝶恋花·春》、《苏幕遮·春景》、《爪茉莉·晚春》、《满庭芳·集王昌龄句意自寓》、《凤凰台上忆吹箫·春思》、《烛影摇红·元夕》、《金菊对芙蓉·重九》、《念奴娇·秋感》、《水龙吟·杨花,和宋人章质夫韵》、《春云怨·清明》、《绮罗香·冬景》、《惜余春慢·感旧》。[1]

(二) 补逸词人。

1. 乔钵,字文衣,直隶内丘(今河北内丘)人,顺治十四年(1657)任江西湖口知县,后升任四川剑州知州,[2]金天福钞本录其词三首(《百字令·中秋与山妻对酒》、《八声甘州·雪中遣怀》、《大江东·除夕》)。

2. 顾云鹏,江南人,生平未详,金天福钞本录其词一首(《满江红·挽塘村陈烈妇》)。

以上二人皆未见于《全明词》及其补编、《全清词·顺康卷》及其补编,可补遗。

(三) 校勘词章。

《词觏》选词时所据底本,多有与现存词籍版本不同者,因此,《词觏》文本便存在着较大的校勘价值,特别是词题和词本文,多可出校。例如郭士璟《归朝欢》一首,《词觏》所录,即与别集本不同,《全清词》据以出校。[3] 又如陈

---

[1] 饶宗颐、张璋编《全明词》,第 1692 页。又详参江合友《〈全明词〉杨士聪词补遗及其文献价值》。

[2] 易平主编《赣文化通典·方志卷》,南昌:江西人民出版社,2013 年版,第 148 页。

[3] 南京大学中国语言文学系全清词编纂研究室编《全清词·顺康卷》,第 2080 页。

子龙词,金天福钞本中共录54首,其词调、词题、次序多有与《全明词》不同者。《全明词》所收陈子龙词,是据王昶编《陈忠裕全集》,金天福钞本所据底本,显然与王昶本不同,可校勘王昶本的很多不足,对于整理陈子龙词,也具有重要意义和价值。[①] 其中最值得关注的是《望江南·忆旧》一首,单阕,《全明词》有《双调望江南·感旧》[②],双阕,但上下阕韵部不同,上阕押"胧、中、红",下阕押"悠、愁、流"。虽上下阕题旨相似,但查《钦定词谱》,《忆江南》词"单调词加一叠,其可平可仄,与单调同。按《啸余谱》录李煜作,本单调词两首,故前后段各韵。且双调始自宋人,从无用两韵者"[③]。《望江南·忆旧》正与此双调词之上阕近乎全同,是则王昶误将二词合为一首,至此可以更正。金天福钞本中所收其他词人词作亦多可供勘校,限于篇幅,不再详列。

(四) 批语校录。

《词觏》原稿在抄写过程中,也产生很多讹误,金天福钞本的天头处,尚存在着较多的批语,其内容,主要集中在误字更正、上下阕分合等方面。这些校记,基本被天尺楼钞本全盘转抄,不同的是,林葆恒后来在天尺楼钞本上,还粘贴了不少签条,进一步将金天福钞本、天尺楼钞本与他自己所见的《词觏》原本相校。

试举一例:金天福钞本卷五,署"灵寿傅燮诇去异氏纂",后列第一家词人作"杨仙技"。金天福钞本批语云:"前后卷及《目次》均作'辑'字,此'纂'字当改。《目次》作杨仙枝,未知孰是,俟考。"天尺楼钞本此处,黏了两个签条:"原本《目次》亦作杨仙枝,而此处作杨仙技,未知孰是,俟考。""前后卷及《目次》均作'辑'字,此'纂'字当改,原本同。"天尺楼钞本上的批语,既证明了钞者严谨认真的态度,也为《词觏》原本的流传,特别是林葆恒应曾见过《词觏》原本,提供了一个旁证。

---

① 例如,《山花子》(静掩珠帘)一首,饶宗颐、张璋编《全明词》所收无题(第1908页),金天福钞本题作《夏夜》;《蝶恋花·落叶》(饶宗颐、张璋编《全明词》,第1913页),金天福钞本词题"落叶"下,还有"和舒章"三字,表明是和李雯词;《念奴娇·春雪咏兰》(饶宗颐、张璋编《全明词》,第1916页),金天福钞本题作《和尚木春雪咏兰》。其他例证尚多,不一一列举。
② 饶宗颐、张璋编《全明词》,第1910页。
③ 王奕清等编《钦定词谱》,北京:中国书店,1983年版,第45页。

因此，相对于《词觏》原稿而言，金天福钞本虽然只是一个残本，但其文献价值仍是不言而喻的。

四、《词觏》辑佚与明清词总集补遗

《词综补遗》据《词觏》录选词人149人，词作182首，这些词人词作既可供《词觏》辑佚，也可供《全明词》及其补编、《全清词·顺康卷》及其补编补遗。

（一）补遗词作，凡六家七首。

1. 王一鬐一首：《三台·入山寄友人》（1304①）。案王一鬐词，又见于《全明词补编》下册（837）、《全清词·顺康卷补编》第一册（48）。

2. 张德盛一首：《虞美人·美人图》（1518）。案《全清词·顺康卷补编》第二册载张德胜词（1192），未详与此张德盛是否为一人，待考。

3. 黄始一首：《蝶恋花·代和》（1699）。案黄始词，又见于《全明词》第六册（3421）、《全清词·顺康卷》第十二册（6929）。据《清诗别裁集》，黄始"举鸿博，不遇归"②，当入《全清词》。

4. 刘容一首：《重叠金·效连环体》（2184）。案刘容词，又见于《全清词·顺康卷》第十五册（8500）。

5. 马鸿勋二首：《减字木兰花·秋思》、《满庭芳》（人去难留）（2928）。案马鸿勋词，又见于《全清词·顺康卷》第六册（3413）。

6. 顾璟芳一首：《凤栖梧》（几度风前）（3209）。案顾璟芳词，又见于《全清词·顺康卷》第十六册（9222）。

（二）补逸词人，凡五十四家六十一首。

1. 翁箸二首：《满庭芳·田园》、《昼锦堂·月夕感秋》（23）。《词综补遗》："字和旧，浙江仁和人。"生平未详。

2. 冯遑一首：《过秦楼·雁字》（46）。《词综补遗》："字驭丹，江苏山阳

---

① 括号中数字为张璋整理本《词综补遗》页码，下同，为避烦冗，不再详注。本节中，凡称引《全明词》及其补编、《全清词·顺康卷》及其补编诸书，括号中所标数字皆为相应引用页码。

② 沈德潜《清诗别裁集》卷一四，上海：上海古籍出版社，2013年版，第556页。

人。"生平未详。

3. 徐灏一首:《贺圣朝引》(月入罗帏)(165)。《词综补遗》:"字叶宗,江南人。"生平未详。《全明词》据《古今词统》卷二收徐灏《竹枝》小令四首,皆写杭州西湖风光,小传称字大津,仁和人,士俊弟。① 又,《东白堂词选》[康熙十七年(1678)刻本]卷十收徐灏《满江红·黄河晓发》一首,但未列其生平。案《满江红·黄河晓发》,《全清词·顺康卷》作徐灏词,徐灏字潋生,号勿轩,浙江钱塘人。康熙二年(1663)举人,九年进士,官至工部都水司员外郎。② 三位徐灏(灏)字号籍贯多不同,似非一人。

4. 吴重举一首:《临江仙·秋日邸居》(293)。《词综补遗》:"字晋公,直隶正定人。"案吴重举号飚庵,贡生,顺治六年(1649)任苏州府管粮通判[《(同治)苏州府志》卷五五,光绪九年(1883)刊本],顺治十六年(1659)任甘肃岷州抚民厅同知(《岷州志校注》,甘肃省岷县志编纂委员会办公室1988年编印,第203页)。

5. 吴树臣一首:《暗香·梅》(293)。《词综补遗》:"字大冯,号鹤亭,江苏吴江人。"案据《(乾隆)震泽县志》(光绪重刊本)卷十六本传:吴树臣(1646—1706),字大冯。康熙中拔贡,任国子监正白旗教习,选授广东四会知县,历潼川知州,调顺天府治中,转刑部员外郎,有治绩,劾本部达官庇护巨猾王五,得实,致王士禛罢官。著有《一砚斋集》、《涉江草》。

6. 朱尚隆一首:《贺新凉·中秋坐月》(419)。《词综补遗》:"字德林,浙江会稽人。"案据《(雍正)浙江通志》(《文渊阁四库全书》本)卷一四二、一四三:山阴人,康熙十二年(1673)进士。官内阁中书、江西佥事。

7. 申维翰一首:《雨霖铃·苦雨》(843)。《词综补遗》:"字周伯,江南江都人。廪监生。康熙己未召试鸿博,授中书衔。"案据《己未词科录》(嘉庆刻本)卷四:康熙博学鸿儒科,申维翰以年老未应试,特授内阁中书舍人。

8. 潘九芝三首:《望江南·山居和韵》三首(954)。《词综补遗》:"字贻

---

① 饶宗颐、张璋编《全明词》,第2160页。
② 张宏生《全清词·雍乾卷》,南京:南京大学出版社,2012年版,第7486页。

孙,安徽桐城人。"生平未详。

9. 颜光敏一首:《踏莎行·题梁子培揖石图》(1008)。案《词综补遗》附录小传甚详,并称其为康熙二十八年(1689)进士,据阮元《畴人传》、江庆柏《清朝进士题名录》,颜光敏实为康熙六年(1667)丁未进士。①

10. 高玫一首:《满江红·庆孙隐君寿》(1169)。《词综补遗》:"字芝侯,江苏金坛人。"案高玫为顺治五年(1648)举人,康熙九年(1670)任陕西延川知县。②

11. 高琬一首:《昼锦堂·步橘亭家兄,同金坛芝峤、同邑西怀集饮燕京德徽家印斋》(1170)。《词综补遗》:"字禹金,浙江仁和人。"生平未详。

12. 高景一首:《满江红·同梁大宗伯饮日涉园》(1171)。《词综补遗》引《畿辅先哲传》列其小传,可考其生平细节,此处不赘。

13. 高津一首:《虞美人·闺情》(1171)。生平未详。

14. 陶虬一首:《踏莎行·晚步》(1200)。《词综补遗》:"字逸苍,浙江山阴人。"生平未详。

15. 王景曾一首:《隔帘听·闺怨》(1302)。生平未详。案同治间亦有一王景曾,字梦仙,较有名,《词综补遗》亦录其词一首(1385),与此非一人。

16. 王仕云一首:《柳梢青·花朝》(1303)。《词综补遗》:"字望如,号过客,江南江宁人。顺治壬辰进士,湖南衡州推官。"案壬辰为顺治九年(1652)。又,王仕云曾刊评醉耕堂刻本《出像评点水浒传》七十回。

17. 王咏士一首:《五彩结同心·含雪亭看石》(1304)。《词综补遗》:"字子宁,号子林,四川邛州人。"生平未详。

18. 张爕一首:《阮郎归·春暮》(1517)。生平未详。

19. 张孝穆一首:《菩萨蛮·美人晓行》(1518)。《词综补遗》:"字稺先,浙江象山人。"案陈汉章《象山县志》引乾隆《志》称:字稺先,有隽才。与鄞人

---

① 冯立昇主编《畴人传合编校注》,郑州:中州古籍出版社,2012年版,第669页。江庆柏编著《清朝进士题名录》,北京:中华书局,2007年版,第158页。
② 黄之隽纂《(乾隆)江南通志》卷一三一,《文渊阁四库全书》本。延川县志编纂委员编《延川县志》,西安:陕西人民出版社,1999年版,第418页。

董允璘多所唱和,有《绿漪园诗集》不分卷。且称其为清人。①

20. 张宏猷一首:《满江红》(万里孤魂)(1519)。《词综补遗》:"字定远,河南人。"案清初有一汉军正黄旗张宏猷,顺治间任长沙知府,当非此人。②

21. 张缙彦二首:《柳枝》二首(1520)。《词综补遗》:"字坦公,河南新乡人。"案张缙彦(1599—1670)为明崇祯四年(1631)进士,明末高仕,无品行,降闯降清,晚年长流东北,入《贰臣传》。③

22. 张仁敏一首:《满庭芳·郊饮和韵》(1520)。《词综补遗》:"四川巴县人。"生平未详。

23. 梁荣植一首:《临江仙·秋夜怀旧》(1934)。《词综补遗》:"字孔约,直隶正定人。"生平未详。

24. 梁允襄一首:《菩萨蛮》(盈盈弱质)(1934)。《词综补遗》:"字陶侣,直隶正定人。"案《(光绪)正定县志》卷三十载其中康熙十一年(1672)乡试副榜。

25. 彭学曾一首:《南乡子·巫峡》(2093)。《词综补遗》:"字孝顺,江南松江人。"案"彭学曾,字孝颐,松江人。自蜀来,寓元谋。与县令莫舜鼎相善,同修县志,多所题咏"④,莫舜鼎等《元谋县志》,康熙三十五年(1696)成书。

26. 邱时成一首:《惜余春慢·七月十五夜》(2378)。《词综补遗》:"字秩西,安徽六安人。康熙丙辰进士。"丙辰为康熙十五年(1676)。案据《(光绪)重修安徽通志》[光绪四年(1878)刻本]卷二〇一,邱时成及第后任四川郫县知县,擢刑部主事,晋员外郎,典试河南,未行卒。

27. 金玉振一首:《玉漏迟·冬夜》(2444)。《词综补遗》:"字和倩,河南祥符人。"生平未详。

28. 金焘一首:《梅花引》(长亭怨)(2445)。《词综补遗》:"字子亮,浙江会稽人。"案据《(雍正)浙江通志》卷一四三,金为康熙二年(1663)举人。《全

---

① 陈汉章《象山县志》,台北:成文出版社,1973年版,第2177页。
② 鄂尔泰等修《八旗通志》卷二三六,《文渊阁四库全书》本。
③ 李兴盛《中国流人史》,哈尔滨:黑龙江人民出版社,2012年版,第1447—1451页。
④ 李斌等点校《新纂云南通志》,昆明:云南人民出版社,2007年版,第十册,第480页。

清词·雍乾卷》亦收一金烹,非此人。①

29. 詹龙锡一首:《蝶恋花·射虎》(2534)。案据《郭西小志》:詹龙锡,钱塘诸生,鼎革后,以事忤仁和县令,得罪几死。后以章昞及弟夔锡故,得遣戍;夔锡复救,得归里,终于家。②

30. 严曾臬一首:《小桃红·丰台牡丹》(2539)。《词综补遗》:"浙江杭州人。"案该词又见陈淏《精选国朝诗余》,③可知是清初人。

31. 董朝英一首:《花心动·客中元夜和韵》(2566)。《词综补遗》:"字千人,直隶灵寿人。"生平未详。

32. 项景襄一首:《卜算子·送春》(2589)。《词综补遗》:"字去浮,号眉山,浙江钱塘人。"案项景襄(1628—1681),徐乾学《憺园全集》(康熙间冠山堂刻本)卷二八载其墓志铭,可知其生平大略。

33. 史鹤龄一首:《百字令·秋水》(2593)。《词综补遗》:"字子修,江南人。"案史鹤龄为溧阳人。康熙六年(1667)进士。官编修,充日讲起居注,工书。④

34. 李式祖一首:《点绛唇·九日》(2611)。生平未详。案考《(雍正)四川通志》卷三一"西充县知县"条:"李式祖,陕西贡生,顺治十三年任。"又,康熙二年(1663),任湖北松滋知县,曾修《松滋志》。又,《西陵宦游词选》选其词六首,当亦曾任职于杭州。

35. 李其恕二首:《青衫湿》(恨煞当年)、《玉楼春》(瘦腰常是)(2612)。《词综补遗》:"字仲如,直隶高阳人。"案《(康熙)盛京通志》[康熙二十三年(1684)刻本]卷一四"奉天府治中"条:"李其恕,直隶高阳人。荫生。康熙十四年任。"又,李大本修《高阳县志》卷六"李其恕"条:"以父大学士霨,恩荫五品京职,历任刑部四川清吏司郎中,升广东肇庆府知府。"⑤

---

① 张宏生《全清词·雍乾卷》,第7058页。
② 姚礼撰辑,周膺、吴晶点校《郭西小志》,杭州:浙江工商大学出版社,2013年版,第12页。
③ 载潘游龙《精选古今诗余醉》卷首,沈阳:辽宁教育出版社,2003年版,第25页。
④ 史全生《史贻直评传》,南京:南京大学出版社,2012年版,第6页。
⑤ 李大本修《高阳县志》卷六,台北:成文出版社,1968年版,第33a页。

36. 李世惪一首:《洞仙歌·清明苦雨》(2612)。《词综补遗》:"字闻衣,山西临晋人。"案此人为康熙三年(1664)进士。①

37. 李肇林一首:《点绛唇·闺情》(2613)。《词综补遗》:"字长生,山东昌邑人。"案李肇林为顺治十四年(1657)贡生,任夏津县训导。曾纂《昌邑县志》八卷,有康熙十一年(1672)刻本。②

38. 李当泰一首:《虞美人·偶成寓七律一首,诗词俱和傅明府韵》(2613)。《词综补遗》:"字少闻,河南鲁山人。"生平未详。案明万历间有一李当泰,字元祉,南直隶泗州人,万历二十三年(1595)进士,海盐县令,曾撰《字学订讹》二卷,非此人。此词人李当泰当为清代贡生。③

39. 李一贞一首:《蝶恋花》(为种愁肠)(2614)。《词综补遗》:"字木公。"生平不详。另有两位李一贞,与此非一人。一为《尺牍初征》[顺治十七年(1660)刻本]卷三之李一贞,字水仙,有《柬李笠翁》。另一则见《词综补遗》卷七三"李芳苡"条:"字若子,山东黄县人。一真女。"(2748)该"一真"稿本作"一贞",④为林葆恒避雍正帝讳改(张璋整理时仍作李一真)。李一真,字小东,黄县人,与黄炎培交游,见《黄炎培日记》卷九。⑤

40. 李其凝一首:《烛影摇红·上元》(2615)。《词综补遗》:"字孟绩,直隶高阳人。"案李其凝字孟绩,高阳人,霨子,以父荫官户部员外。⑥

41. 李录予一首:《好事近·秋灯》(2620)。《词综补遗》:"字山公,号恒麓,山西介休人,原籍大兴。康熙庚戌进士。吏部左侍郎。"曾与修《明史》。

42. 许洤一首:《花心动·客中上元》(2755)。《词综补遗》:"字文石,直隶正定人。"生平未详。

---

① 江庆柏编著《清朝进士题名录》,第149页。
② 周来邰辑《(乾隆)昌邑县志》,乾隆七年(1742)刻本,卷首李肇林序。
③ 嘉兴市文化广电新闻出版局编《嘉兴历代碑刻集》,北京:群言出版社,2007年版,第308页。
④ 林葆恒《词综补遗》,北京:书目文献出版社,1992年版,第3508页。
⑤ 黄炎培著,中国社会科学院近代史所整理《黄炎培日记》,北京:华文出版社,2008年版,第9卷,第102页。
⑥ 陶樑《国朝畿辅诗传》卷一七,道光十九年(1839)红豆树馆刻本,第11a页。

43. 吕祚德一首:《蝶恋花·别罗宏载》(2801)。《词综补遗》:"字锡馨,江南丹徒人。有《大坏诗选》。"案《清秘述闻》[嘉庆四年(1799)刻本]卷二:"礼部主事吕祚德,字锡馨,江南金坛人。辛卯举人。"又,《东白堂词选》卷七、卷十一收其《蝶恋花·夏夜》、《念奴娇·送越辰六游楚》各一首,亦未收入《全清词·顺康卷》及其补编,可补遗。

44. 傅维枸一首:《蝶恋花·秋闺》(3189)。

45. 傅维枟一首:《一萼红》(舞衣裳)(3190)。

46. 傅燮雒一首:《玉楼春·除夕》(3191)。

47. 傅斯瑄一首:《最高楼·春闺》(3192)。案傅维枸以下四家,皆见赵尊岳所钞《词觏》后附《诗余合集》目次,《词综补遗》当是从此书抄录,其小传颇详,不赘。①

48. 郑勋一首:《桂枝香·旅》(3402)。《词综补遗》:"字功建,浙江会稽人。"生平未详。

49. 缪禹九一首:《沁园春·送王锦江南归》(3453)。《词综补遗》:"字象鼎,江南江宁人。"生平未详。

50. 陆辂二首:《柳枝词》二首(3475)。《词综补遗》据《渔洋诗话》录其小传甚详。

51. 陆方锡一首:《诉衷情近·禅院》(3476)。《词综补遗》:"浙江杭州人。"生平未详。

52. 郭知逊一首:《渔家傲·苦雨》(3584)。《词综补遗》:"字泰沧,山东莱州人。"案郭知逊(1600—1648),字生白,号泰沧,山东潍县(时属莱州)人。天启七年(1627)举人,崇祯十五年(1642)清兵攻潍县,守城有功。鼎革后,登顺治三年(1646)进士。授江南江都知县,在任一年卒。著《澹宁居集》。②

53. 石恭一首:《浪淘沙》(苔寂碧痕)(3617)。《词综补遗》:"字雨徵,直

---

① 陈水云、黎晓莲整理《赵尊岳集》,第1149页。诸傅传记,又多见于刘赓年等辑《(同治)灵寿县志》卷七,同治十三年(1874)刻本。

② 刘廷銮、孙家兰编《山东明清进士通览·清代卷》,济南:山东文艺出版社,2015年版,第16页。

隶栾城人。"生平未详。

54. 尼慧海二首:《望江南·秋暮》、《虞美人·九日》(3707)。《词综补遗》:"浙江人。"生平未详。

除补遗价值,《词综补遗》所选录的《词觏》词作,也同样具有较高的校勘价值。限于篇幅,不再一一列举。

五、《词觏》的选词理念及其独特价值

在基本梳理清楚传世《词觏》文本的基础上,有必要对其选词理念和词史价值做出进一步的评判。

据傅燮詷自序,《词觏》编成于康熙二十八年(1689)。至此,清初词学已然经过四十余年的发展,积累起较为丰富的批评话语。但《词觏》却与主流词坛同中有异,既对明词有所反思,具体取向又与词坛时流有所不同,以鲜明的独特性,传达出明季清初词坛的一些更为丰富的细节。

《词觏》选词理念的独特性,首先体现在选录及著录的方式。《词觏》选录方式较为独特,既不以词调排列,也不以时代顺序排列,而是效法《花间集》,以词人为纲,每百首组成一卷,凡二十二卷,最后一卷专收女词人。如此处理,颇具深意。《草堂诗余》盛行于明代,在清初逐渐遭到批评,其中最著名的议论,是康熙十七年(1678)前后朱彝尊在《词综·发凡》中对《草堂诗余》作出的"最下最传"[1]的评价。《词觏》以《花间集》为效法对象,表明了傅燮詷对《草堂诗余》的态度与朱彝尊有异曲同工之处,或者说傅燮詷潜移默化地接受了词坛风会的影响。但与朱彝尊网罗一代、萃美前修不同,傅燮詷是通过自己的视角去观察和记录词坛,《词觏》基于其耳目所及而成,可以说是一个人的词坛全记录。[2]

以个人视角记录当代词坛,在清代清词选本中,具有相当的代表性。因为随着清代词学的蓬勃发展,在全国范围内产生了为数众多的词人词作,以

---

[1] 朱彝尊《词综·发凡》,朱彝尊、汪森编《词综》,上海:上海古籍出版社,1978年版,第11页。
[2] 这种记录也有着明确的时段性,《词觏》反映的基本是顺治、康熙之际的词坛实际,而《词觏续编》则反映的是康熙三十年前后的词坛事实,二书正好前后相承,详参本章第二节。

当时的条件,没有人能够通过一己之力观照整个词坛,故而几乎所有的词选都带有个人化的特征。不过,这种个人化特点在《词觏》之中表现得尤为醒豁。"兹集不论官阀,无分仕隐,先得者则叙之前,后得者则次于后,随见随录,不事征求,故名曰'觏'。其名氏之下,书字号者,所以敬名;注乡贯者,所以明籍。至于科名官爵,仕者既不藉此以传,而隐者又无庸饶舌,皆削而不载。"①这样处理,利弊参半,一方面使得该书选录的一些小词人生平事迹已无法详考(详见前文探讨);另一方面,只关注词作本身,不注重词人信息,也更鲜明地凸显了傅燮词的词本位意识。而且,《词觏》对《花间集》选录形式的承袭,也是想使得选本形式回归原初,同样是词本位意识的一种反映。这种本位意识对《词觏》文本的生成是把双刃剑,并造成了《词觏》选貌的"过渡状态":既具史料结纂特征,又暗含批评主张;既具有全局性视野,又常局限于一隅,对词坛风气变化缺少反映;既不同于后来主流的各种选本,也与之前的重要选本在形式上有重要的差别。

《词觏》选词理念的独特性,其次表现在对词体声律观念的辨别上。明代词曲含混,体式不清。明代后期,尊体和辨体意识逐渐加强。词学格律观念在清初得到较广泛的讨论,并取得了较多的成果。傅燮词应运际会,也将这种观念和意识运用到《词觏》的选录和甄别方面。《词觏·发凡》共八则,其中一半涉及词体声律,探讨了包括词曲之别、词韵定声、词体与四声、合犯与自度曲在内的多方面问题。关于这一点,闵丰已有详细论述,此处不赘。②

《词觏》选词理念的独特性,还表现在其所秉承的一种独特的尊体观念上。清初词学的尊体运动中,不同的词家提出了不尽相同的主张。傅燮词的理念,为学界考察清初词学尊体的多样性提供了一个新的、有意思的例证:

词固小道,但文情易为格调所缚,辞义每为声律所拘,即倚马

---

① 傅燮词《词觏·发凡》,陈水云、黎晓莲整理《赵尊岳集》,第1155页。
② 闵丰《清初清词选本考论》,第131—134页。

之才,谱不熟谙,填之正未易易也。况诗文家多以填词为降格,而经生家又视之为不急之务,是以涉笔成趣者多,崇攻是道者少。①

傅燮詷一方面承认词体不尊的现实,另一方面则强调词章难为的窘境,希望能够通过词章实践及其成就来为词体的推尊提供另一向度的可能性。在另一篇文章中,傅燮詷还说:"昔人论修史必才、学、识三者兼到而后可,予谓作诗填词,何独不然。何也?设才、学俱美而无识以持其间,门路一差,即有下劣诗魔沁其心骨,一涉鬼趣,便终身不可救药,则'识'之一字,不较才、学更重欤?"②词学甚至需要与修史相一致的资质,才能达到大成。这样的说法,其实与陈维崧"选词存史"③之说有着异曲同工之妙,甚至可以看成是"选词存史"之说的另外一种注解。如果说"选词存史"是从功用论角度进行尊体,则填词须才、学、识兼到,便是从本体论方面来推尊词体了,这种理念,事实上已经完全否定了"词为小道"的观念。因此,从陈维崧到傅燮詷,推尊词体的理念已然获得了较有深度的发展,这种理念虽然在清初尚只是个别言论,但到清末,则会随着常州词派的理论而得到发扬光大。而傅燮詷耗费三十年心力,结纂《词觏》一书,也正是在用史学的方式为清初词坛保存侧面。

就这种对清初词坛的侧面保存而言,《词觏》卓有功绩,这主要表现在四个方面。一,对边缘词坛的记录。傅燮詷早年,宦游河南鲁山县、四川临邛府一带。④ 这些地区因不属于清初词坛的中心区域,其词学表现在其他词选中尚少关注,但《词觏》之中,则有较多的记载。身处词坛边远地区的这些词人词作,有幸通过傅燮詷的选录保存下来,丰富了学界对当时词坛边缘的认识。二,一些游离于主流词坛的名贤词人,也因《词觏》的表彰,能够与当世

---

① 傅燮詷《词觏·发凡》,陈水云、黎晓莲整理《赵尊岳集》,第1156页。
② 傅燮詷《〈绮语业〉题词》,傅寿山编《兰台奏疏等八种》,宣统三年(1911)钞本,国家图书馆藏。
③ 陈维崧《词选序》,冯乾编《清词序跋汇编》,南京:凤凰出版社,2013年版,第62页。
④ 侯静彩《傅燮詷〈绳庵词〉及其词学观研究》,第45—49页。

名家一样，分一席地。《词觏》中，选词最多的是河北籍词人傅世垚，不仅远超纳兰性德、曹贞吉、顾贞观等京师名贤，也远超陈子龙、吴伟业、王士禛等前辈名家，还超过陈维崧、朱彝尊等当世词豪。三，傅燮诇宗族的善词者，也在《词觏》所附的《诗余合集》中各占一席地，为学界考量清代河北（直隶）地区的家族词学传承提供了一个非常好的例证。四，《词觏》具有鲜明的以词存人的特色，一些名不见经传的词人，往往因《词觏》而得以流传于世。特别是该书的第二十卷，凡百人，人各一词，以词存人的目的尤为明显。

当然，《词觏》也并非如傅燮诇所说，"既不云选，原无事于批评"，从《我见词钞》的四千首词，到《词觏》删削近一半，傅燮诇所秉承的录词标准，除了遵守格律声韵之外，便是符合"冲容朴雅"①的审美观。格律声韵属词的形式，冲容朴雅则指词的风格与内容。这样的提法，其实兼合内外，隐隐与阳羡派的词学观念相似，而与浙西词派重视形式、忽视内容的典雅清空说相对，虽在清初词坛没有产生特别重要的影响，却似乎与百余年后常州词派"意内言外"的词学观相呼应，较为通达。难怪叶恭绰在综观清代词史之后说："至燮诇所选各词，未必即为作者的精品，即傅燮诇自己所作，亦颇平凡，但其论词的体制等，有如下之说法：'《诗》三百篇，皆可被之弦歌，即古人之词；汉创乐府，即汉人之词；唐之乐歌《清平》、《阳关》等，即唐人之词。至乐部散而词调出，唐之乐歌不传，宋末元兴，始有南北曲，则曲之声日繁，而词之声日失，所谓词者，不过存其格调之梗概而已，求之宫调，已成绝响'云云。诚为通识至论，似较之后来论词作词者，反为中肯。（如论调名音律等，尽高于万红友诸人。）"②《词觏》的重要性，正需要后世词家如此的肯定和确认。

此外，《词觏》中所保存的大量佚词佚作，也具有重要的词史意义：一方面，这些佚词佚作的重新被发现，重现了清初词坛曾被遮蔽的各种细节，有助于《全明词》、《全清词》等书的辑录、校对与补遗；另一方面，这些佚词佚作所显示的词学内涵，以及与其他词作所构成的唱酬、交际、赠答网络，共同构

---

① 傅燮诇《词觏·发凡》，陈水云、黎晓莲整理《赵尊岳集》，第1155页。
② 叶恭绰《矩园余墨》，第18—19页。

成了清初词坛的多重生态，必将为学界了解和解读清初词坛提供更全面、清晰的证据。就此而言，考察《词觏》文本，发掘其独特价值，是非常重要的。

第二节　傅燮词《词觏续编》的文献价值与词史意义

　　清初词坛选家傅燮词的《词觏续编》，是尚未被学界关注的孤本词选，与《词觏》版本繁复不同，《词觏续编》的传世版本要简单得多。清至民国词史上，尚未有关于《词觏续编》的著录和记载，赵尊岳说《词觏》"虽名初篇，固无续集"①，应是代表了民国时词学界的认识。笔者数年前曾在国家图书馆得见灵寿傅氏后人傅寿山所编《兰台奏疏等八种》钞本一册，其中收录了傅燮词《词觏续编序》一文，②当时亦未曾想到《词觏续编》尚存于世间。2017年，保定市图书馆将该书全本影印刊布。③ 正如傅燮词所期许的那样："敢公之天下，俾天下皆乐得而读之；传之来祀，俾来祀皆乐得而读之。庶见今词之盛，有如此者。并次其辑词之由，著之简端，鄙俚之言，附之卷末，惟天下来祀知音之家加采择焉。"（傅燮词《词觏续编序》）该书的公开出版，必将对词籍整理、明清之际词学研究等，产生非常重大的影响。

一、文本形态

　　《词觏续编》一书，其传世版本为傅燮词所辑稿本。卷首冠有傅燮词《序》一篇、《发凡》七则以及《目录》。《序》的署款为"时康熙三十一年子月一阳生后灵寿傅燮词浣岚氏题于京邸之易庵"，可知康熙三十一年（1692）十一月，该书即已告成。上距《词觏》成书的康熙二十八年（1689）正月，④尚未足

---

① 赵尊岳《词总集提要》，陈水云、黎晓莲整理《赵尊岳集》，南京：凤凰出版社，2016年版，第1146页。
② 傅寿山编《兰台奏疏等八种》，宣统三年（1911）钞本，国家图书馆藏。
③ 《词觏续编》，稿本，共二十二卷，《中国古籍珍本丛刊·保定市图书馆卷》，北京：国家图书馆出版社，2017年版，第36—39册。惜该书编者在著录此书时，误将"词觏续编"作"词观续编"，当改正。本文所论《词觏续编》，即据此本，不再详注。
④ 傅燮词《词觏自序》，《词觏》，道光间江都金天福钞本，南京图书馆藏。

四年。《词觏》成书,历"三十载之苦心"(《词觏自序》);《词觏续编》成书则容易得多,且并非从《词觏》的底本《我见词钞》删稿中抄录,而全部是新收集的资料,傅燮詷自序称"迨初编既成之后,则由雍冀,历幽营,所见益广,且投我者坌集,于是贮一鹿革囊中,凡足迹所到,命一僮负之以自随",可见《词觏》毕竟给傅燮詷带来一定的选家声誉,方便他进一步辑选词籍。这数年间傅燮詷的仕履,逐渐由偏远省份,逼近词坛中心——京师①,能更便捷地接受词坛风会和消息,更有助于《词觏续编》的迅速成书。

《词觏续编》全书凡二十二卷,每卷收词百阕(唯独卷一、卷二十收词一百零一阕),各卷词人,少则四家,多则四十七家,全书共四百七十四家、词作二千二百零二首。其体式,与《词觏》是一脉相承的。②

与《词觏》相同,《词觏续编》录选词人词作,并无一定次序,各卷间亦无必然联系,每卷近乎随机组成百阕。傅燮詷在《词觏·发凡》中曾说"兹集既不云选,原无事于批评"③,在《词觏续编·发凡》中,亦坦言"作词已无定评,而选词更乏确见",在二书署名时还郑重地称"辑"不称"纂"。在这样的姿态和刻意的掩饰下,《词觏》与《词觏续编》的选本批评意向相对而言,是隐晦的。不过,《词觏续编》稿本的存在,除了显示与《词觏》的承传性质外,还有三点,应特别说明。

一是圈点。《词觏》原稿本有大量圈点。傅燮詷说:"凡清新婉丽者,则连点之;超逸高古者,则连圈之;余亦明其句读。又有一种冲融朴雅之篇,正如浑金璞玉,指其瑕不得,指其瑜亦不得,最为杰作。"④现存《词觏》金天福钞本中亦有较多圈点,惟《词觏》天尺楼钞本已删去圈点。《词觏续编》中圈点

---

① 康熙二十八年(1689),傅燮詷自四川临邛知府,转任盛京奉天府治中;三十年(1691),转任工部都水司员外郎,升刑部贵州司郎中;三十二年(1693)六月,转任福建汀州府知府。参侯静彩《傅燮詷〈绳庵词〉及其词学观研究》,河北师范大学 2014 年硕士学位论文,第 47—48 页。
② 有关《词觏》的进一步探讨,可参拙文《傅燮詷〈词觏〉的文本考察与价值重估》,《中国诗学(第 27 辑)》,北京:人民文学出版社,2019 年版,第 186—201 页。又编为本章第一节。
③ 傅燮詷《词觏·发凡》,载陈水云、黎晓莲整理《赵尊岳集》,第 1155 页。
④ 傅燮詷《词觏·发凡》,载陈水云、黎晓莲整理《赵尊岳集》,第 1155 页。

相对较多。圈点代表了傅燮诇对词作的推崇和欣赏程度，可侧面反映其主张。一些名家词作，如顾贞观、董俞、纳兰性德（书中署名成德）、陈维崧等，都有多篇被圈点。这其中，犹以朱彝尊词的圈点最多，共有七首被全篇圈点，事实上代表了傅燮诇在《词觏续编》中对朱彝尊的尊崇程度。

二是批语。《词觏续编》天头处或字行间，有较多具有倾向性的评语，据统计至少有五十八阕词有较详尽的批语，批语的内容亦非常广泛。首先是对词作内容的品评，例如卷七毛际可《东风齐着力·送徐武令》一首全篇圈点，并有总评："抗声歌之，唾壶欲碎。"卷九龚胜玉《沁园春·旅中三十自寿》七首，通篇皆有圈点，并有总评："此才岂宜久困？读自寿数阕，为之堕泪。"这一类批语最多。其次是对词作部分字句的评价，例如卷一柯煜《八归》（莲衣红卸）词，批者圈点"知有而今憔悴，当时何事，却与那人轻别"一句，并加评语："中有禅机。"再次是对词作的赞誉或讥刺，例如卷二顾贞观《鹊桥仙·用吴药师韵》一首，全篇圈点，并加评语："极熔炼，却极自然。"意在褒扬。又如卷五陆舜《好事近·巡海，过飞云渡》一首，上阕"信宿珠崖消息"句旁加批语："与下半句不贯。"全篇又加圈点，并冠以总评："读之，俨睹一大净角色。"意在点明该词的慷慨豪放特色。再如卷十一彭孙遹《念奴娇》（壮心难抑）一首，有评语云："牢骚极矣，都语无伦次。"则略含贬义。还有对选词次序安排的建议，例如卷五万树《浪淘沙·初度集句》的批语："此首应在《摸鱼儿》后。"更有对词作字句、典故等的辨析，例如卷四朱彝尊《塞孤·高唐道中晓行》一首，圈点下半阕，并加批语："看他用许多实字，不嫌堆砌处。"又如卷六胡余禄《临江仙·秋兴》，末句"远观山有色，近听水无声"旁有批语："引用无味。"再如卷十三吴晋《天香·龙涎香》词，其下阕"岂易向世间，轻索梁迷迭"句有批语："都梁、迷迭，是二种香名也。云'梁迷迭'，何也？"以及卷十七姜垚《多丽·归至虎丘，逢上巳游女》，其末句"春休笑，百尺元龙，无奈老矣"旁有批语："题是虎丘上巳逢游女，安用着百尺元龙耶？"

这些批语，随性而发，语带机锋，间涉诙谐，对理解词作极有帮助。但因傅燮诇在《词觏续编·发凡》中并未言及自己曾作批语。因此，这些批语到底是谁所作，已无法详明。

三是删存。《词觏续编》原稿中,尚有大量删削的痕迹。例如,李符词作,《词觏续编》收录四十八首,后被墨笔勾去十七首;杨克让词,原收十一首,后被勾删十首;傅世垄词,原收五十五首,被删三十二首。最明显的例证是王翃词,原选三十一首,勾删后仅存二首,勾删者还有批语:"此公出笔甚俗,仅存二首,删去二十九首。"这种删削,在每卷中都大量出现,似乎在表示动笔删削者意图在《词觏续编》原稿的基础上,整理汰择,再编出一部更精简的词选。至于删削者,究竟是傅燮詷本人,还是后来人,也已无法详考。

二、补逸词人

《词觏续编》在三百余年间阒寂无闻,直至目前,学界还没有机会整理和利用该书,因此,它的保存文献之功更要远迈《词觏》。

据统计,《词觏续编》一书中,《全明词》及其补编、《全清词·顺康卷》及其补编未曾收录的词人凡四十一家,词作共一百三十六首,试考述如下:

1. 梁清宽一首。"字敷五,真定人。"①案清宽为明崇祯三年(1630)举人,鼎革后,中清顺治三年(1646)二甲第一名进士,改庶吉士,授编修。顺治五年(1648),主江南乡试,得人称盛。迁侍读、侍读学士,官至吏部侍郎。后退仕,卒于家。②

2. 秦铣一首。"字季芳,号锦亭,会稽人。"案秦铣字一作锦廷,康熙二十二年(1683)任四川大邑县令,秩满升任广东罗定知州。③(以上卷一)

3. 杨履吉一首。"字长公,湖广人。"案《(乾隆)长沙府志》卷二五:"杨履吉,宁乡人,平江训导。"未知是否即为此人。《分类尺牍新语》载其诗数首,其中卷上有其《与程石门》七古一首,其后有徐野君跋,谓丙午秋二人曾游

---

① 此为傅燮詷《词觏续编》所附词人小传,本节中用引号标注而未系出处者,皆出自《词觏续编》,不再详细列出。
② 潘玲英《梁清标年谱》,南京大学 2008 年硕士论文,第 13 页。赵文濂纂《(光绪)正定县志》卷三六,光绪元年(1875)刻本,第 10 页。
③ 四川省大邑县地方志编纂委员会办公室编《清乾隆〈大邑县志〉校注》,四川省大邑县地方志编纂委员会办公室,1998 年版,第 363 页。锺毓灵、龚维锜等纂《(民国)大邑县志》卷八,民国十九年(1930)铅印本,第 8a 页。

从。考徐野君即徐士俊(1602—1681),丙午为康熙五年(1666)。又程封,字伯建,号石门,江夏人,顺治间拔贡,著《山雨堂集》。可知履吉为清人。①(卷四)

4. 张珠斗一首。案林葆恒《词综补遗》据《词汇》录其词,小传称"字月波,江苏无锡人。"②待考。

5. 姜彦淳一首。案彦淳字引蘩,丹阳诸生,著《东籥草》。③(以上卷五)

6. 胡余禄一首。"字吉修,济宁人。"案其诗收入邓汉仪《天下名家诗观》、徐崧等《诗风初集》、陶煊等《国朝诗的》中,可知是清初人。④又《(道光)济宁直隶州志》卷十之一记"苏人胡余禄,号吉修",并言其与梅鼎、王棪时等游,当是此人。⑤

7. 杨克让十一首。"字易庵,黄冈人。"待考。(以上卷六)

8. 陈祺一首。待考。

9. 顾长发二十一首。"字君源,吴县人。"案《四库全书总目·子部·天文算法类存目》收其《围径真旨》一种。⑥

10. 诸亮揆一首。待考。(以上卷十一)

11. 曹广宪十二首。"字思原,号梅峰,三河人。"案据《皇清诗选》[康熙二十九年(1690)凤啸轩刻本]卷二一、《国朝畿辅诗传》[道光十九年(1839)红豆树馆刻本]卷二四等,广宪当为顺天大兴(今属北京市)人。又,《(民国)洛宁县志》[民国六年(1917)铅印本]卷三:"曹广宪,顺天大兴人。康熙中,由荫生知永宁县事。编审无私,施粥济民,以升去。"(卷十四)

12. 任辰旦一首。"字千之,浙江人。"案辰旦号待庵,浙江萧山人,幼与毛奇龄同学。康熙六年(1667)进士,授上海县令,奏减赋额,颇得时称。升

---

① 徐士俊《分类尺牍新语》,上海:广益书局,1936年版,第59页。
② 林葆恒编,张璋整理《词综补遗》,上海:上海古籍出版社,2005年版,第1527页。
③ 姜曾《云阳姜氏家珍集》,清云阳绍衣堂刻本。
④ 谢正光等《清初诗选五十六种引得》,北京:社会科学文献出版社,2013年版,第198页。
⑤ 许翰纂《(道光)济宁直隶州志》卷十之一,咸丰九年(1859)尊经阁刻本,第11页。
⑥ 四库全书研究所整理《钦定四库全书总目》卷一〇七,北京:中华书局,1997年版,第1418页。

工科给事中,转兵科掌印。二十三年(1684),充湖广乡试正主考,旋改授大理寺丞。后以牵连落职。著《介和堂集》。①

13. 罗京一首。"字周师,绍兴人。"案罗京,康熙二十七年(1688)任吉安知府,有政声,去任后,乡人祀之以祠。②

14. 张国士一首。"字忆玄,灵寿人。"案国士为崇祯进士,降清,顺治五年(1648)任直隶屯牧道,后升山东曹州道[王文焘等《(乾隆)宣化府志》卷二一,乾隆八年(1743)修二十二年(1757)订补重刊本]。(以上卷十五)

15. 黄梦麟一首。"字砚芝,溧阳人。"案梦麟号匏斋,康熙二十四年(1685)探花,古文出入韩欧,骈体尚六朝,官至左春坊左中允、日讲起居注官,有《匏斋集》。③

16. 张鉴三首。"字秦山。"待考。(以上卷十七)

17. 王衮锡十三首。"字补臣,山阴人。"案丁绍仪《清词综补》:"诸生,有《鹅还馆词》。"又《(乾隆)绍兴府志》[乾隆五十七年(1792)刻本]卷五四:"王衮锡,字补臣,会稽诸生。思任之孙。长于填词,诗……态度纡徐,风华掩映,有《十三楼诗集》。"④

18. 刘玺一首。"字赤符,朝邑人。"待考。

19. 张敏一首。"字自树,温江人。"又,绍曾《(光绪)大邑县乡土志》引《邛州志》:"字自树,有文学,工于诗,多才而高尚其志。"(以上卷十八)

20. 王绍四首。"字越生,宜兴人。"《瑶华集》著录其著有《凫亭词》。

21. 陈易三首。"字心简,溧阳人。"待考。(卷二十)

22. 陈长铭一首。待考。

23. 王吉人一首。"字天与,晋江人。"案吉人为明崇祯七年(1634)武进士,清康熙十五年(1676)因军功任程乡知县,有政声。康熙二十年(1681),

---

① 杨士龙纂《(民国)萧山县志稿》卷一六,民国二十四年(1935)铅印本,第7a—7b页。
② 刘铎、赵之谦纂《(光绪)江西通志》卷一三〇,光绪七年(1881)刻本,第38b页。
③ 刘汉杰《工部尚书李永绍》,济南:齐鲁书社,2015年版,第40页。
④ 丁绍仪《清词综补》,北京:中华书局,1986年版,第82页。阮元等辑《两浙輶轩录》卷一六,杭州:浙江古籍出版社,2012年版,第1160页。

因上官讦告,弃官归里。①

24. 郑勋一首。待考。

25. 张仁敏一首。待考。

26. 王俨一首。"字思若,福建人。"待考。

27. 谢天滋一首。"字零雨,绍兴人。"待考。

28. 段仔文二首。"字子祯,号东溪,简州人。"案仔文,字东溪,四川简州(今简阳市)人。相明子。康熙二十三年(1684)举人。二十五年(1686),任忠州学正。三十五年(1696),以原职补授眉州。四十一年(1702),以卓异引见,特授江苏睢宁知县。四十四年(1705)南巡,获赐诗,旋升太仓州知州,未及赴任,卒于是年。②

29. 陈维三首。"字四张。"待考。

30. 贾纯实二首。"字喆甡,平山人。"待考。

31. 马子骧一首。"字右白,灵寿人。"案子骧为康熙十七年(1678)举人,任安州学正。四十一年(1702),任山西乡试同考官。雍正三年(1725),升知江西乐平县,有《午梦堂诗稿》、《白石诗草》。③

32. 马子骃一首。"字星侣,灵寿人。"待考。

33. 邢达一首。"字君权,灵寿人。"待考。

34. 王选一首。"字君遴,遂宁人。"待考。

35. 陆竞烈二首。"字懒真,平湖人。"案《(光绪)平湖县志》卷一七:庠生,有文名,再试不售,弃举业。隐居于乡,与知己唱酬,并结洛如社。晚年忽出家为僧,"名德卫,字高遯。结庐墓傍曰'松在',自称栽松道人。……尝自作生瘗词,及病革,叉手吟咏而逝。著有《停云摈影集》"。④

---

① 曾令存《客家书院》,广州:暨南大学出版社,2015年版,第74页。
② 汪金相纂《(民国)简阳县志》卷八,民国十六年(1927)铅印本,第26b—28a页。
③ 徐世昌《晚晴簃诗汇》卷三七,北京:中华书局,1990年版,第1395页。陆陇其原本,刘赓年续纂修《(同治)灵寿县志》卷七,同治十三年(1874)刻本,第2b—3a页。汪元祥纂《(同治)乐平县志》卷六,同治九年(1870)鳌山书院刻本,第30a页。
④ 叶廉锷纂《(光绪)平湖县志》卷一七,光绪十二年(1886)刊本,第40b页。

36. 韦锺藻二首。"字蕴可,号岸亭,黄冈人。"案锺藻为成贤子,中康熙十六年(1677)江南乡试举人。四十年(1701),知浙江余姚县,曾改建姚江书院。①

37. 袁弘勋四首。"字尧夫,慈溪人。"案弘勋为明万历四十七年(1619)进士,后官御史,阉党。②

38. 彭廷献一首。"字荩臣,南昌人。"案廷献及与朱耷交游。③

39. 王威远十五首。"字子由,汶上人。"案威远为康熙二十三年(1684)武进士。④(以上卷二十一)

40. 刘珍一首。"新贵人。"待考。

41. 张昂十三首。"字玉霄,钱塘人。"案张昂生于诗书世家,父义坛,又名坛,字步青,举人,康熙六年(1667)赴试,卒于京。其兄纲孙(1619—?),字祖望,原名丹,字竹亭,布衣终身,为"西泠十子"之一。其姊昊(1645—1668),字玉琴,号槎云,诸生胡大濚室,哀父亡,逾年暴卒,有《趋庭吟》、《琴楼合稿》等。张昂适上海知县洪文蔚,有《承启堂吟稿》。⑤(以上卷二十二)

以上词人,皆属明末清初人,相关词总集俱当据以补遗。

《词觏续编》已收而《全明词》、《全清词·顺康卷》未载的词家尚有三家,其情况略特殊。一是董讷(卷三),董讷(1639—1701),字默庵,号佚翁,康熙六年(1667)探花,官编修,仕至左都御史。以党争告归,晚年被罚出资修黄河,卒于河上。著有《柳村诗集》十二卷。传见邓之诚《清诗纪事初编》卷六。其词《好事近·秋日僧房弹琴》实为南宋吴文英之词,详见《全宋词》。⑥ 二是徐一初(卷三),徐实为宋末元初人,其词《摸鱼儿·登高》载于元吴师道《吴礼部诗话》,《全宋词》即据以录词,⑦因该词深涵黍离感慨,疑傅燮词一时未

---

① 刘恭冕编纂《(光绪)黄冈县志》,光绪八年(1882)刻本,第13a页。邵友濂纂《(光绪)余姚县志》卷二二,光绪二十五年(1899)刻本,第20a页;又该书卷一八载韦锺藻任余姚知县,时在康熙三十二年(1693),前后龃龉,待考。
② 赵禄祥《中国美术家大辞典》,北京:北京出版社,2007年版,第1502页。
③ 朱良志《八大山人研究》,合肥:安徽教育出版社,2008年版,第614页。
④ 闻元炅纂《(康熙)续修汶上县志》卷三,康熙五十六年(1717)刻本,第7b页。
⑤ 郑发楚、仲向平主编《西溪名人》,杭州:杭州出版社,2013年版,第84页。
⑥ 唐圭璋《全宋词》,北京:中华书局,1986年版,第2936页。
⑦ 唐圭璋《全宋词》,第3538页。

察，便将之作为明末清初词收录。三是张岷，《词觏续编》收其《雨中花》一首，《全清词·雍乾卷》亦收此词，却是据《全清词钞》录入，小传称作者名张湄，字鹭洲，号柳渔，钱塘人，生于康熙三十四年(1695)，雍正十一年(1733)进士，卒于乾隆十五年(1750)。①《词觏续编》编成于康熙三十一年(1692)，则此张岷自当是明末清初人，与雍乾间张湄无涉。

此外，《词觏续编》所收词家，尚有数家名号与《全清词·顺康卷》②所收不同：(1) 卷十王吉禧，《全清词·顺康卷》第九册作王士禧(第4993页)；(2) 卷十四郁大本，《全清词·顺康卷》第十四册作郁植(字大本，第7883页)；(3) 卷十九沈溟，《全清词·顺康卷》作沈用济，且称其原名溟(第4599页)；(4) 卷二十一叶永年，《全清词·顺康卷》第十九册作叶寻源(第10911页)。以上四家，虽名号有异，但其词作已收入《全清词·顺康卷》，故仅标出，不再详论。③

三、补遗词作

《词觏续编》所载录的词家词作，其所据底本多有与后世传本不一致者，因此，有大量词作尚未被《全明词》、《全清词·顺康卷》及其补编收录，可供补遗者凡五十三家，共词三百七十六首。

1. 顾璟芳十二首。④

2. 朱茂晭三首：《庆春宫》(柳涩衰蝉)、《蝶恋花》(试问垂杨)、《阮郎归·独木桥体》。

3. 柯煜四首：《摸鱼儿·送荆山……》、《台城路·赠雪滩钓叟》、《瑶台聚八仙·溪园小集……》、《生查子》(侍女不知)。

---

① 叶恭绰《全清词钞》，北京：中华书局，1982年版，第418页。张宏生《全清词·雍乾卷》，南京：南京大学出版社，2012年版，第3062—3063页。
② 南京大学中国语言文学系全清词编纂研究室编《全清词·顺康卷》，北京：中华书局，2002年版。
③ 2024年8月底，于广州词学会上，承河北师范大学陶风风博士指正数条，本部分内容修订编入本书时，予以辨正吸引。陶文即《论傅燮诃对清初"稼轩风"的受容及其理论意义》，详见《第十一届"中国词学研究会年会暨词学国际学术研讨会"论文集》(2024年8月，广州)，第4册，第444页，爰记于此，以志谢忱。
④ 某家词，如皆为佚作，则不详列词目。其词如属异文较多者，则不计为佚作。下同。

4. 杜诏八首:《临江仙·春雪》、《相见欢·草》、《望海潮·次严人溶韵》、《南歌子》(相见抛红豆)、《喜迁莺·秣陵秋感》、《一剪梅·小楼残月》、《酷相思》(欲别还留)、《望江南·水居》。(以上卷一)

5. 吴棠祯四十二首:《南歌子》四首、《赤枣子·晓忆》、《忆王孙·塞上》、《忆王孙·遣愁》、《甘州子》(银塘春水)、《望江怨》(愁来也)、《生查子》(十三工画)、《蝴蝶儿》(酌金尊)、《浣溪沙》(油壁香车)、《湿罗衣》(桃花桥上)、《菩萨蛮·迷藏》、《菩萨蛮·题金雪岫……》、《谒金门》(芭蕉绿)、《清平乐·闰六月七夕》、《一落索·怀金子阊》、《一落索·病起》、《更漏子》(虾须帘)、《山花子》(柳院文窗)、《三字令》(桃花落)、《归去来·旅况》、《玉团儿·咏窗前……》、《春去也·春残》、《蝶恋花·遣春》、《后庭宴·阮祠》、《苏幕遮·暮春闺思》、《东风齐着力·九日吴山》、《满江红·送别》、《塞孤·送丁祠部……》、《玲珑四犯·赠朱仲轶》、《东风第一枝·春夜》、《念奴娇·春晓》、《水龙吟·咏烟》、《齐天乐·江上夜饮有怀》、《霓裳中序第一·秋夜……》、《惜余春慢·曹江晓发》、《苏武慢·招隐》、《沁园春·题草堂壁》、《多丽·自鄱阳……》、《哨遍·将入都……》。

6. 柯炳十首。

7. 徐倬一首:《永遇乐·寓意怀人》。(以上卷三)

8. 邹溶一首。

9. 万树五首:《绮罗香·闻筝》、《杨柳枝·柳枝》二首、《贺新郎·问家僮》、《摸鱼儿·记渔人语》。(以上卷五)

10. 吴绮二十四首:《朝玉阶·离绪》、《燕归梁·有忆》、《添字昭君怨·得书》、《三字令·离情》、《浪淘沙·无题》、《巫山一段云·诗社……》、《望海潮·怀古和韵》三首(分咏金陵、钱塘、扬州)、《好事近·春夜……》、《青玉案·倚山阁……》、《大江东去·题李南枝……》、《苏幕遮·秋夜》、《南柯子·秋忆》、《貂裘换酒·和何省斋悼亡韵》、《水调歌头·平山堂……》、《杏花天·梅林……》、《山花子·剪春罗》、《减字木兰花·雁来红》、《醉花阴·冬日旅怀》、《生查子》(碧玉破瓜)、《金错刀》(琼液碧)、《金凤钩·春怀》、《鹊踏花翻·离绪》。(以上卷七)

11. 成德七首:《玉楼春》(微凉欲透)、《山花子》(已隔蓬山)、《金缕曲·纪梦》、《醉落魄·宿莲花山》、《青玉案·雁字》、《浪淘沙》(不是为倾城)、《采桑子》(残更守尽)。(卷八)

12. 孙致弥一首:《摸鱼儿·秋暮》。

13. 柯刚灿十四首:共选十五首,除《月华清·西湖夜泛》外,皆佚词。

14. 吴全融五首:共选六首,除《疏影·梅影》外,皆佚词。

15. 龚胜玉八首。(以上卷九)

16. 陆茝二首:《虞美人·柳眼》、《虞美人·柳腰》。

17. 沈尔燝一首:《南歌子·九日怀古》。(以上卷十)

18. 王士禄二首:《凤凰台上忆吹箫·送姜学在……》、《沁园春·禽虫……》。

19. 孙旸五首:《南浦·送蒋莘田……》、《水龙吟·送梁药亭……》、《台城路·送戴稼梅……》、《霜叶飞·送吴汉槎……》、《金缕词·送裴渭湄……》。(以上卷十一)

20. 王廷璋一首。

21. 丁焞二十三首:共选二十六首,除《潇潇雨·落叶……》、《杏花天·寒食……》、《金错刀·观莲……》外,皆佚词。(以上卷十二)

22. 钱曾一首:《菩萨蛮·小楼》。

23. 杨春星六首:《水龙吟·燕台春晚》、《百字令·登云门山……》、《水调歌头·题唐六如……》、《声声慢·闻蝉》、《青玉案·秋海棠》、《留春令·本意》。(以上卷十三)

24. 吴农祥一首:《多丽·西湖》。

25. 魏坤二十八首:共选二十九首,除《踏莎行·落叶》外,皆佚词。(以上卷十四)

26. 陈沛九首。

27. 钱继章四首:共选五首,除《潇湘逢故人慢·送徐屈父……》外,皆佚词。

28. 张逸一首。(以上卷十六)

29. 凌斗垣一首。

30. 傅世壂五十五首。

31. 张光曙十四首：共选十五首，除《浣溪沙》（风飐湘帘）外，皆佚词。（以上卷十七）

32. 董汉策一首。

33. 柯煐七首：共选八首，除《山抹微云·咏云》外，皆佚词。（以上卷十八）

34. 路鹤徵二十六首：共选二十八首，除《菩萨蛮·咏三弦子》、《醉蓬莱·染指》外，皆佚词。

35. 徐喈凤一首。

36. 周清源一首。（以上卷十九）

37. 吴仪一二首：《祝英台近·泊黄浦》、《摸鱼儿·过中后所有感》。

38. 吴沐一首：《阮郎归·桃花》。

39. 钱继登一首。（以上卷二十）

40. 汪永思一首。

41. 卢于竹二首。

42. 蒋进一首：《雨霖铃·途中遇雪口占》。

43. 陆庆臻一首。

44. 陆昆一首。

45. 陈见智一首。

46. 胡大瀁十九首：共选二十首，除《洞庭春色·孤山》外，皆佚词。（以上卷二十一）

47. 叶纨纨一首：《浣溪沙·赠婢》。

48. 王璐卿一首。

49. 顾氏（顾贞立）一首：《南乡子·和秦表妹》。

50. 黄媛介一首：《醉春风·冬夜》。

51. 林以宁三首。

52. 朱中楣二首：《虞美人·忆旧》、《千秋岁·忆别》。

53. 尼舒霞二首：《浣溪沙·秋夜》、《菩萨蛮·别况》。（以上卷二十二）

这些佚词中,还存在著作者存疑的情况,如董汉策《一斛珠》(当年落魄)一首,《全清词·顺康卷》列在其子董师植名下;顾贞立《南乡子·和秦表妹》,《全清词·顺康卷》则归于王于臣,题作《南乡子·松陵》。①

当然,《词觏续编》那些已被《全明词》、《全清词·顺康卷》及其补编所录的词,也具有非常高的校勘价值,存在大量的异文可供校勘,为避烦冗,并省篇幅,不拟一一列举,仅举较为重要的数例。纳兰性德《卜算子·咏柳》,《全清词·顺康卷》已收,②《词觏续编》则题作《和叶元礼咏柳》,交代创作缘起于唱和,信息更全面。王令《满路花·山家》,《全清词·顺康卷》据《瑶华集》录,但仅存上阕,③《词觏续编》则全篇皆存。归允肃《烛影摇红》、《贺新郎》二首,《全清词·顺康卷》皆已录,④但词题则大不相同,《词觏续编》所录,可以确定该词创作事由,有助于编年这两首作品。而顾贞观等人的词作,更是与通行本有较多异文,不赘。

四、选学考虑

搜罗保存遗文剩稿,本是傅燮詷纂辑《词觏》、《词觏续编》的重要目的之一。二书虽在清代并未刊刻,但前者演绎出较多钞本,后者则一线孤传,直至今日被发现。前者的文献价值,学界已有多篇论文探讨,而根据上文考述,《词觏续编》所蕴含的文献价值亦毋庸置疑,除此之外,《词觏续编》的存在,还能给我们带来什么样的启示呢?

《词觏续编》虽在文本形态上于《词觏》萧规曹随,但在其他方面,已体现出与《词觏》的不同或者进益之处。

《词觏》"基本停留在顺康之际的词坛认知中,没有反映出词史演进的流程"。⑤ 从选源上说,《词觏》所依据的材料,来源于傅燮詷三十余年间的收

---

① 南京大学中国语言文学系全清词编纂研究室编《全清词·顺康卷》,第8463、5484页。
② 南京大学中国语言文学系全清词编纂研究室编《全清词·顺康卷》,第9594页。
③ 南京大学中国语言文学系全清词编纂研究室编《全清词·顺康卷》,第9894页。
④ 南京大学中国语言文学系全清词编纂研究室编《全清词·顺康卷》,第8116页。
⑤ 闵丰《清初清词选本考论》,上海:上海古籍出版社,2008年版,第130页。

集,他编选时又恰恰身处词坛边缘地区,该书词学认知的稍稍落后,因此便情有可原。值得注意的是,《词觏》、《词觏续编》虽成书仅相隔不到四年,但《词觏续编》的选阵,则已较前者更明确地反映出词坛变化的消息,试以二书选词数量前十名词人来比较:

表 1-3 《词觏》、《词觏续编》选词数量前十名词人表

序号	《词觏》				《词觏续编》			
	词人	词数	籍贯	入选《续编》	词人	词数	籍贯	入选《词觏》
1	傅世垚	88①	河南汝阳	是	吴棠祯	69	浙江山阴	否
2	梁清标	80	直隶真定	否	朱彝尊	67	浙江秀水	是
3	邹祗谟	73	江苏武进	否	傅世垚	55	河南汝阳	是
4	周珂	70	浙江嘉善	否	吴绮	52	江苏江都	是
5	王士禛	58	山东新城	否	顾贞观	51	江苏无锡	是
6	陈子龙	54	江苏华亭	否	李符	48	浙江嘉兴	否
7	宋徵舆	46	江苏华亭	否	成德	44	满洲正黄旗	是
8	宋琬②	39	山东莱阳	否	宫鸿历	42	江苏泰州	否
9	韦钟炳	34	湖北黄冈	否	陈维崧	39	江苏宜兴	是
10	徐籀	32	江苏吴县	否	陆葇	38	浙江平湖	否
					丁炜	38	福建晋江	是

上表中,最值得关注的词人是傅世垚:他是《词觏》全选之冠,在《词觏续编》中亦身列三甲,且二书所收词截然不同,其在《词觏续编》中的五十五首词,都是

---

① 《词觏》二十二卷本已不存,此处据赵尊岳所钞各卷目录统计,见陈水云、黎晓莲整理《赵尊岳集》,第1146—1147页。《词觏》所选傅世垚词,赵尊岳统计为87首,据金天福钞本,实为88首。

② 据《词觏》体例及赵尊岳所钞相应线索,该书选阵前七名之序列当无疑议,而宋琬以下三人,因词作数量较多,虽不确定《词觏》二十二卷本中是否还入选过词作更多的词人,但考虑文献一时无考,姑附于后。

未入《全清词·顺康卷》及其补编的佚作。闵丰注意到傅世垚与傅燮诇有着深厚的宗谊、共同的词学旨趣、持续而频繁的唱和，傅世垚还曾赠送自己的词集《盘石吟》给傅燮诇。①《词觏续编》中，亦存留傅世垚《潇湘逢故人慢·喜晤去异二兄，拜后即看新作》，可见其与傅燮诇交游的密切，二傅之间，实是难得的词学知己。凭借这种优势，傅世垚成了《词觏》系列中最幸运的词人。

一些在词史上并未有更大影响的词人，因为傅燮诇特殊的选心，而在《词觏续编》中占据显位，《词觏续编》的入选之冠吴棠桢可能即是如此。《全清词·顺康卷》根据其词别集，以及《瑶华集》、《东白堂词选》等词选辑录吴棠桢词一百六十七首，②但《词觏续编》所收，仍有四十二首为佚作。吴棠桢一生名位不显，长期担任福建巡抚、两广总督吴兴祚的幕僚，并以此终老。从现存词作来看，吴棠桢与傅燮诇之间，并没有直接的交游唱酬关系，傅燮诇对吴棠桢的推重，更有可能侧重在吴词的创作成就及风格体认方面。吴棠桢词，当时曾颇受赞誉，《百名家词钞》引周稚廉、毛奇龄、聂先等人之语，认为其词"字字镂金错采，笔笔羞花闭月"、"搛华披藻，艳才绝世"、"一语之艳，令人魂绝；一字之工，令人色飞"，③后世的陈廷焯，则认为吴词"风流秀曼，不减南唐二主，其一二沉雄之作，尤不可及"，④由此可知吴词秉承的正是明季清初极为流行的侧艳词风。康熙前中期，随着浙西、阳羡、饮水等词派或词人群体的兴起，侧艳词风一度受到强势话语的排挤和压制，但词坛上仍大量充斥着这种风格的词。傅燮诇在选词时，惩于"近时选家，皆以己意为准。尚艳丽者便遗辛苏，好气概者即弃周柳"，立意"不事征求，有见则录"（《词觏续编·发凡》），易于根据词坛现状大量选录侧艳风格的词作。客观地说，他这样做，其实也可看成是在关注词学风潮的同时，对词坛事实给予足够的尊重，因此，他反映的词坛面貌，较之选派、推宗类的词选更为全面，已经具有了更明显的存史类词选的特征。《词觏续编》入选词作数量前十的

---

① 闵丰《清初清词选本考论》，第127—128页。
② 南京大学中国语言文学系全清词编纂研究室编《全清词·顺康卷》，第6152—6191页。
③ 孙克强等《清人词话》，天津：南开大学出版社，2012年版，第580页。
④ 陈廷焯《云韶集》卷一六，稿本，南京图书馆藏。

重要词人中，与吴棠桢情况类似的，还有吴绮、丁炜等人。吴绮词"造语圆融，流丽自喜，然能放而不能敛，外露而不内收，故时有侧艳之语也"，①丁炜词"艳而不佻，自是正声"，②而且吴绮、丁炜二人本就是顺康词坛作词较多的词家，二人在该选名列前茅自然就不奇怪了。③

更重要的是，《词觏》中选词前十的词人，除傅世垚外，都没有入选《词觏续编》。《词觏续编》中选词前十的十一位词人，除傅世垚外，有四家未能入选《词觏》，另外六家虽入选，但词数明显较少，例如，朱彝尊六首、吴绮十一首，在《词觏》的选阵中并不起眼；而纳兰性德、陈维崧、丁炜三人入选词数虽因《词觏》已是残本而不详，但毫无疑问的是，三人皆未能成为《词觏》某一卷的选词之冠，在全书前十名中更未能占到席次。④ 两相比照，《词觏》中的要角，是明末清初领袖词坛的云间诸子如陈子龙、宋徵舆，是由明入清的贰臣词人梁清标，是顺治末、康熙初的词坛领袖王士禛、邹祗谟。《词觏续编》中的要角，除了上述的吴棠桢、吴绮、丁炜外，则大致可据如今的词史叙述分成三股力量：一是浙西词派词人，包括朱彝尊、李符，以及词派的后劲陆葇，而"浙西六家"的其余四家在该选中也颇可瞩目（沈岸登三十首、龚翔麟二十六首、沈皡日和李良年各二十一首）；二是在康熙中叶蜚声京师的以"京华三杰"为核心的词人群体，包括顾贞观和纳兰性德，"三杰"中的曹贞吉也入选了三十首；三是阳羡词派词人，如陈维崧，而宫鸿历的词风与阳羡派比较相似，"似得力于稼轩者"，⑤因此亦得高选，阳羡派内的重要词家如蒋景祁（三十一首）、史惟圆（十九首）、陈枋（十八首）、曹亮武（十五首）、万锦雯（十五首），在该选中也位置明显。根据上面的分析，可以说，《词觏》与《词觏续编》

---

① 中国科学院图书馆整理《续修四库全书总目提要》，济南：齐鲁书社，1996年版，第13册，第526页。
② 陈廷焯《云韶集》卷一四。
③ 《词觏续编》选尤侗词三十七首，位列第十二名，可能也与尤侗擅作侧艳之词有关。尤侗词"艳才奔轶……不离《草堂》结习。其俳调居多，雅音绝少"（王初桐《小嫏嬛词话》卷三，屈兴国《词话丛编二编》，杭州：浙江古籍出版社，2013年版，第1100页）
④ 据《词觏》金天福钞本、赵尊岳著录统计。
⑤ 宫鸿历《点绛唇·立春和家七兄韵》批语，傅燮词《词觏续编》卷十二。

二书对词坛主流的反映,已经完成了一次代际间的更替,《词觏续编》的选阵,更能对康熙中期词坛风貌进行细节性反映,特别是既对当时词坛各个流派拥有敏锐的辨别力,又对一些能代表某一流派的宗师级重要词人一并推尊,并不因好尚而分出优劣。因此我们可以明确一个事实,即二书对词坛状况的总结,其实是有着比较明确的时代分工的,若说前者反映顺康之际的词坛状况,后者则反映康熙中期的词坛现实,二书并行,正代表了傅燮詷对清初词坛不同时段的观照。而从《词觏》到《词觏续编》,既横向地反映了傅燮詷由远及近地靠近词坛中心时对词坛状况的判断和了解,也纵向地反映了随着时代风会变化而出现的词坛各种力量特别是领袖式词人创作的消长情形。可惜《词觏续编》一直不为人所知,《词觏》一书才因为体现了相对滞后于时代的选学特色,而被研究者认为是"康熙中叶的选坛别调",[1]这确实是文献阙征时的无奈误解。

不过,傅燮詷的观念中,尚无后世所总结的"浙西词派"、"阳羡词派"等称呼,他对词坛主流的认知,要更为简单直接些:

> 近日词家,莫盛于嘉善、无锡。嘉善自柳洲词外,至朱竹垞而一变,大约祖白石而宗叔夏,佳者秀雅澹远,而其弊未免于平庸;梁溪至陈其年而大备,大约祧淮海而祢小山,佳者婉丽轻倩,其弊未免于纤弱。近来亦有数家,独法辛刘,皆尚其气而逸其神,其弊未免于粗率。予意以为,兴会所至,政不必拘于一家,故兹集各体并载,不敢以己意为是非,览者勿讥其杂而不纯,则幸甚矣。(《词觏续编·发凡》)

嘉善、无锡分别是浙江嘉兴府、江苏常州府的属县,梁溪则是无锡的旧称。不过,傅燮詷此处的具体指称较嘉善、无锡的实际地理范围要大得多:嘉善大致即指浙西词人,而无锡或梁溪,则除了本籍宜兴的陈维崧等人外,至少

---

[1] 闵丰《清初清词选本考论》,第121页。

还应包括籍贯无锡的顾贞观等人。而且,傅燮词敏锐地认识到常州一地的词人词风分成了两派,分别宗尚北宋婉约词、南宋豪放词,与以嘉善为中心的浙西词人宗尚南宋典雅词相映成趣,共同参与并构成了当时词坛的整体风貌。这三种词风各有优劣,但傅燮词并未厚此薄彼,仍然坚持"各体并载,不敢以己意为是非"的原则,较之《词觏·发凡》对"冲容朴雅"①之作的大力提倡,傅燮词在《词觏续编》中的选词理念要更为通达。

五、词史意义

由前所述,可知《词觏续编》具有非常重要的词史意义。

从文献学层次看,一方面,众多的词人赖此书以传世,不仅许多名不见经传的词人因此保存了吉光片羽,使得其词名不至于湮没不闻,亦有一些词人,其词名被自身的其他成就所掩盖,赖此书,我们得知他们在词学方面也有过努力和成果。另一方面,已被明清词总集收录的词人,此书亦载录有大量的佚作可供辑佚,其中不乏名家如纳兰性德、吴绮、丁炜、杜诏等,一些小词人,明清词总集从各种词选中辑录其词,而此书则保存了他们的另外一些佚词,令我们对他们的了解更加深刻。

从选词学层次看,首先,《词觏续编》的存在,为考察《词觏》提供了一个非常好的参照,有利于我们在文本残缺的现状下,加深对《词觏》的认识。其次,《词觏》与《词觏续编》在反映词坛状况时,其实有着明确的时代之分。这种区别,可能是客观条件决定的,更可能是傅燮词主观的选择,无论如何,《词觏续编》的存在已表明傅燮词对康熙中期的词坛状况,并不像此前学界认为的那样,存在着有意无意的回避和忽视,反而是非常重视,并且能相对全面和准确地对词坛进行总结。再次,傅燮词虽曾强调"作词已无定评,而选词更乏确见",但其在《词觏续编》中体现出来的选词观念仍然值得关注,这些观念也并不平庸,在清初词学选坛上,不仅具有特色,与其他重要词选相比较,也并不逊色。最后,《词觏续编》作为存史类词选的典型,与《词觏》

---

① 傅燮词《词觏·发凡》,陈水云、黎晓莲整理《赵尊岳集》,第1155页。

一起构成了对顺康词坛两个时段剖面的反映,为清初词选的多样性提供了一个非常好的例证。在《词觏续编·发凡》中,傅燮詷说:"嗣有觏者,再辑三编。"以个人视角观照整个词坛,与其说傅燮詷是词坛的一个旁观者,不如说他是词坛的守护者和记录者。可惜的是,《词觏续编》虽有成书,但长久以来并不为世所知。《词觏续编》编成后的翌年[康熙三十二年(1693)],傅燮詷受命出守福建汀州府,康熙三十四年(1695)即被谗毁罢官,乡居时又惹上官司,并羁留陕西西安五六年,于康熙四十五年(1706)辞世。① 值得庆幸的是,在这样颠沛流离又远离词坛中心的困境中,《词觏三编》的设想,居然成编,而且特别幸运地保存了下来。②

上述两点,业已详述,此处不赘。此外,《词觏续编》至少还具有三个方面的重要价值。

其一,有利于更深入地解析傅燮詷的词学尊体观。

在《词觏续编序》中,傅燮詷设想了二十二种适合读词的环境:畅、清、闲、凄、悲、静、爽、寂、韵、乐、欢、快、惨、幽、逸、旷、僻、郁、远、俗、苦、壮。试以畅、悲、韵三境为例:

> 若遇融和迟日,群花如错绣,藉草而坐。风过处便尔香气袭人,时有落花数片拂人衣袂,黄鸟啼林,睍睆可听。斯时也,其境最畅,便执卷而歌数阕。……亦或篱菊散金,江枫凝赤。塞雁翻云,嘹唳而向远滩;寒蛩泣露,啾唧而悲短砌。时有落叶,随风打窗,书舍兀坐,阒无他人,而玉马敲风于檐下,流萤散影于帘边。斯时也,其境最悲,便执卷而歌数阕。……亦或二三知己共坐花竹间,或谈文,或角弈,或啜茗,或联句,或抚琴,或擘阮。斯时也,其境最韵,便执卷而歌数阕。

---

① 侯静彩《傅燮詷〈绳庵词〉及其词学观研究》,第48—50页。
② 有关《词觏三编》的具体情况,详参本章第三节。

所谓"遇境之佳者,则歌以适吾情;遇境之恶者,则歌以破吾郁"(《词觏续编序》),读词、选词是傅燮詷调适心境、品味人生最有效的手段,词的独特价值因此凸显。在清初词学尊体的众多论述中,这可能是最从实际功用角度出发的一种论调。但也正因此,傅燮詷的尊体是有限度的,"夫词,寄兴耳,兴至则然",①从这一点出发,傅燮詷反对对词旨词意的刻意追求,认为解词是徒劳的,反而特别强调阅读过程中读者与词作的心灵交汇:"作者未必有以,议者遂成聚讼。……必曰此调因何事而摛,此语为何人而发,起古人于今日,宁无怪其嚣嚣乎?"②

其二,有利于更切实地了解傅燮詷的词学创作论。

傅燮詷的词学创作论本就极为严格:

> 傅子曰:吾今而后始知诗词一道,亦綦难矣。以为性灵耶?世固未有村谣巷令而足谓之诗词者。以为学力耶?尝见有淹贯百家,而于四声五要茫然莫解者。昔人论修史必才、学、识三者兼到而后可,予谓作诗填词,何独不然。何也?设才、学俱美而无识以持其间,门路一差,即有下劣诗魔沁其心骨,一涉鬼趣,便终身不可救药,则"识"之一字,不较才、学更重欤?③

性灵是饮水词人群体的核心词学主张;学力则是浙西词派词人努力的重要方向。傅燮詷拈出"'识'之一字",隐隐欲与之抗衡。此外,傅燮詷还认为,识见随着见闻的开阔而有个"见渐广而识渐开"的过程,因此较单纯强调性灵或学力都有优势:"暇日览旧日所作,肤嫩俚浅,未尝不捉鼻自哂,然犹幸未入于鬼趣。因欲尽付咸阳一炬,继而念曰:'少时所作,诚堪焚弃。然以为未当,则今日所作,未必皆是。何若并存之,以自验学力之浅深哉?且三十

---

① 傅燮詷《声影集小引》,冯乾《清词序跋汇编》,南京:凤凰出版社,2013年版,第221页。
② 傅燮詷《声影集小引》,冯乾《清词序跋汇编》,第220—221页。
③ 傅燮詷《绮语业题词》,载傅寿山编《兰台奏疏等八种》。

年来,矻矻此道,尚未得其肯綮,盖足见此道之难,非性灵、学问所可恃也。'"①

至于识见的具体内涵是什么,与学力之间有什么区别,傅燮詷则语焉未详。不过,在《词觏序》中,傅燮詷提到了少年时"病疮……乃检架头,得词谱数种,阅而嗜之",联系到傅燮詷特别注重词的声律,则识见至少应当包含对声律的辨析和恪守,用时人徐钆的总结便是:"审音于南北清浊之间,用心专一;有一字未安者,辄翻古人体制,叶其声之高下,必尽善乃已。故于填词一道,犹能得其精奥。"②徐序作于康熙三十三年(1694),甚至后于《词觏续编》的成书,从时间上看,徐钆应有可能看到《词觏续编》,即便未曾见,徐钆对傅燮詷词学的体认也是基于傅燮詷一以贯之的词学实践,而《词觏续编》正是这种实践的又一次反映。③

此外,傅燮詷的读词、选词,常能在时流之外,独具特色,也可能与其对识见的自信有关。

其三,有利于更详细地理解傅燮詷的词学声律论。

以选正音,是《词觏》的重要特色,《词觏续编》则延续了这种特色。清初词坛选家中,用选本来推阐声律观念的并不多,以声律原则来衡量入选作品的更相对较少,傅燮詷可以说是特例。《词觏续编·发凡》中,涉及声律的一共两条:

> 词既有定格,则平仄尚不可紊,况句读乎?近来坊刻词谱,率多任意更改,如《选声集》之《木兰花》,谓逐字可易平仄;而《连理枝》之"水晶帘外竹枝寒,守羊车未至",且于"外"字、"守"字上分句矣。《啸余谱》之《惜余春慢》亦属妄注,举一可例其余。而毛氏所刻《词学全书》,更是门外汉强作解事。唯万红友之《词律》最为精

---

① 傅燮詷《绮语业题词》,载傅寿山编《兰台奏疏等八种》。
② 徐钆《词觏序》,陈水云、黎晓莲整理《赵尊岳集》,第1152页。
③ 康熙三十三年(1694),傅燮詷在福建与徐钆定交,二人互相为对方词籍作序。徐钆作《词觏序》,傅燮詷作《菊庄词序》,分载冯乾《清词序跋汇编》,第151、154—155页。

详,但云上入可代平,吾不敢尽信,学者慎之。

  凡自度及合犯等谱,《初编》业已详言之。近日诸公,更尚此种,佳篇佳句,割爱置之者甚多,盖缘宫调既已失传,宁慎无滥,矜新斗异,徒遗讥大雅,吾所不解。昔梦窗好为知音,自度《凄凉调》,论之甚详,其言曰:"凡曲言犯者,谓以宫犯商、商犯宫之类,如道调宫上字住,双调亦上字住,所住字同,故道调曲中犯双调,或于双调曲中犯道调,其他准此。唐人乐书云:犯有正旁偏侧,宫犯宫为正,宫犯商为旁,宫犯角为偏,宫犯羽为侧。"此说非也。十二宫所住字各不同,不容相犯,十二宫特可犯商角羽耳。又陈与义论作词之法,独与去声极其慎重,近万红友《词律》宗之,但陈云平可替入,而万之入上可代平,俱属难解,似不可遵。总之,作词既失其声,则填者必不可失前人矩矱,若率意为长短句,而强名之曰词,则獐可代麞、鹿可为马矣,又奚其可?

前一则重在论词之平仄,对明末清初的谱律学著作《选声集》、《啸余谱》、《词学全书》等颇多批评,对万树的"上入代平"说则有保留意见。后一则重在论自度曲、合犯曲不合词律,特别是不符合宫调规律,并再次重申"上入代平"说不足征信。有意思的是,除了对"上入代平"持保留意见,傅燮调的其他观点都与万树《词律》若合符节,其间渊源可知。[1]"上入代平"说,后来由于《钦定词谱》的支持,几乎成为定论。[2] 但明清词坛上,仍有坚持上入不能代平的意见,例如顾长发《诗余图谱》即持此论,而且是从词曲体式差异处立论。[3] 万树之后,反对"上入代平"说者仍然较多,且多认为万树的论述较为武断。[4]

---

[1] 参万树《词律·发凡》,上海:上海古籍出版社,1984年版,第15页。
[2] 王奕清《钦定词谱·凡例》,载蔡国强《钦定词谱考正》,上海:华东师范大学出版社,2017年版,第5页。
[3] 江合友《明清词谱史》,上海:上海古籍出版社,2008年版,第45页。
[4] 可参田玉琪《宋词"入代(替)平声"说之检讨》,《中国词学学会第八届年会暨2018年词学国际学术研讨会论文集》,第1557—1564页。

这一问题当然值得继续探讨,值得注意的是,傅燮詷的观点,与顾长发颇为相近,既反映了清初词学谱律学中的词体焦虑感,也反映了傅燮詷对自己意见的坚持与自信。

总而言之,作为一部承载着大量稀见文献和独特意识的重要词选,《词觏续编》的重要价值和意义值得深入地研究。

第三节　多元面相的孤传词选:傅燮詷《词觏三编》考论

完成《词觏续编》之后,傅燮詷在《发凡》里曾说:"嗣有觏者,再辑三编。"①《词觏续编》历经三百余年沉晦,直至 2017 年被笔者意外发现,②但笔者当时完全没有预料到傅燮詷偶然提及的《词觏三编》其实早已成书,且很快将展现于天壤间。2020 年春夏间,张宏生师转来《李一氓捐赠四川省图书馆藏书书目》一书,命笔者查访其中是否有稀见词籍可补《全清词》诸卷遗佚。笔者校读之余,惊喜地发现《词觏三编》仍然存世,本为李一氓旧藏,由李一氓捐藏于四川省图书馆。③ 2022 年起,四川省图书馆将李一氓旧藏词集,全彩影印刊成《李一氓旧藏词集丛刊》,分辑出版,《词觏三编》正收入第二辑。④ 笔者亟倩友生四川大学王秋迪同学代为访得,展读之后,深感《词觏三编》与《词觏》、《词觏续编》一脉相承又别具特色,具有较为多元的词籍面相。

一、承续者:《词觏三编》的文本形态

《词觏三编》原书的著录如下:

---

① 傅燮詷《词觏续编·发凡》,《中国古籍珍本丛刊·保定市图书馆卷》,北京:国家图书馆出版社,2017 年版,第 36 册,第 354 页。
② 拙作《傅燮詷〈词觏续编〉的文献价值与词史意义》,《词学(第 41 辑)》,上海:华东师范大学出版社,2019 年版,第 329—355 页。又参本章第二节。
③ 何光伦主编《李一氓捐赠四川省图书馆藏书书目》,成都:巴蜀书社,2020 年版,第 384 页。
④ 王龙主编《李一氓旧藏词集丛刊·第二辑》,成都:巴蜀书社,2022 年版,第 142—143 册。本书所论《词觏三编》,皆据此书,后不再详注。

《词觏三编》十六卷，〔清〕傅燮词辑，稿本，八册，李 0811

开本 23.7 厘米×14.4 厘米。批校题跋：聿丰题签（词觏三编／原稿未刊本／一九四九年得于北平／聿丰为一氓题）、李一氓题记。钤印：聿丰、击楫、一氓读书、一氓七十、无事楼藏书、成都李氏收藏故籍、一氓收藏词书种种／一九七七年记。①

李一氓是著名革命家，曾因各种机缘获得大量词籍。改革开放后，李一氓担任国务院古籍整理出版规划小组组长，特别关注并大力支持大型断代分体文学总集整理工程的开展，他的部分藏书还曾提供给《全明词》、《全清词》编纂使用。②《词觏三编》即是 1949 年北平（今北京）和平解放之后，李一氓在北平所获得的稿本词籍。聿丰则未详是何人。通观全书，除聿丰、李一氓的钤印外，并无其他钤印，该书在清代及民国时期的收藏递传因而不详。

不过，《词觏三编》文献本身仍然具有毋庸质疑的真实性。《词觏三编》的体制对《词觏》、《词觏续编》有着非常明确的承袭。《词觏三编》书前、书后皆无序跋，以目录冠首。目录凡两种字体，一种字体较为接近宋体，抄写至第十五卷黎士弘而止；另一种字体则是行书，自黎士弘而后，抄写至第十六卷卷末，其后附李一氓的一则题跋：

> 原目不全。一九七七年十月廿五日晨补录，依十六卷原选钞。徐电发第二首只录一行，转第二面即无一字，谅仍属未钞完或未选成之本。一氓记。

该题跋后亦钤盖"一氓七十"印章。由是可知，目录第二种字体当为李一氓手书，而第一种字体则为原稿成编时傅燮词本人或其所请钞工的原笔。对照《词觏续编》的字体，可以发现二书主要内容钞写者应是同一人。

---

① 何光伦主编《李一氓捐赠四川省图书馆藏书书目》，第 384 页。
② 顾圣琴《风义平生：程千帆的师友交谊与〈全清词〉编纂》，《光明日报》2022 年 1 月 24 日，第 11 版。

《词靓三编》现存十六卷,其基本形制如下:

表1-4 《词靓三编》基本形制表

	首见	再见	三见	分卷小计
卷一	1人2阕	7人86阕	1人12阕	9人100阕
卷二	5人28阕	7人61阕	1人12阕	13人101阕
卷三	7人16阕	1人20阕	2人64阕	10人100阕
卷四	6人37阕	3人48阕	1人15阕	10人100阕
卷五	8人52阕	3人34阕	1人14阕	12人100阕
卷六	5人32阕	5人39阕	3人29阕	13人100阕
卷七	8人88阕	1人12阕	无	9人100阕
卷八	9人44阕	3人56阕	无	12人100阕
卷九	7人67阕	3人11阕	1人22阕	11人100阕
卷十	6人27阕	3人17阕	3人56阕	12人100阕
卷十一	8人76阕	2人24阕	无	10人100阕
卷十二	8人51阕	4人31阕	2人18阕	14人100阕
卷十三	15人60阕	2人10阕	3人30阕	20人100阕
卷十四	21人59阕	7人26阕	2人15阕	30人100阕
卷十五	15人91阕	4人21阕	2人10阕	21人122阕
卷十六	14人69阕	无	无	14人69阕
总计	143人799阕	55人496阕	22人297阕	220人1592阕
占比	65%人;50%词	25%人;31%词	10%人;19%词	

傅燮詷曾言:"古来集词,始于《花间》。《花间》之法,以词俪人,以数分帙,其法诚善矣,兹编式之。其名见前集,则注'再见',余悉照前集之例。"[1]可知《词靓三编》中"三见"当指该作者在《词靓》、《词靓续编》、《词靓三编》中皆被选录,"再见"则指该作者的作品被《词靓》或者《词靓续编》所选录。而且,

---

[1] 傅燮詷《词靓续编·发凡》,《中国古籍珍本丛刊·保定市图书馆卷》,第36册,第353—354页。

《词觏》系列之书,每卷多为百阕,每书多为二十二卷,也是《词觏》系列的成例。从上表可知,《词觏三编》前十四卷基本遵循旧规,而第十五、十六两卷收词或多或少。翻阅原书内容,第十五卷黎士弘之后明显使用了另一种字体抄写,而该书中自卷一至卷十五黎士弘的抄写字体,则与目录的第一种字体相同。可以推测,傅燮詷编订《词觏三编》,基本定型的是前十五卷,卷十五黎士弘之后数首及卷十六则是后来抄录或者后人抄录,而且,后人抄录似乎有更大的可能性。

卷十五以后存在的疏误为这一推测提供了证明。一是卷十五、卷十六皆收录了李基益词13阕,若卷十五去除李基益及其后黎士毅、黎士弘、梁士冲、叶舒璐的词,则该卷收词96阕,较为接近傅燮詷"以数分帙"、每卷百阕的标准。二是卷十六重复收录孙致弥、徐釚的词。孙致弥词已见于同书卷七,徐釚词已见于同书卷四,且本卷于孙致弥,并不清楚其姓名,只列了字"恺似"。三是卷十六收明初高启词1阕,也不合《词觏》系列只收当代词的体例。

《词觏三编》较为重视对此前未关注的词坛力量的表彰,如上表所示,书中"首见"于《词觏》系列词选的词人有143人,占全书所收词人总量的65%;其词作达799阕,占全书总量的一半。"再见"、"三见"的词人共占所有词人数量的35%,而其词作亦占了全书一半。(重复词人3家、重复词作13阕暂忽略不计。)可见傅燮詷在选定《词觏三编》时,对其更早的两种词选《词觏》、《词觏续编》有着明确的参照。

除了上述的文本形态,《词觏三编》中还存在着一些有意味的副文本,即大量的圈点和批语。

《词觏三编》中存在至少三套圈点和批语。一套朱笔书写,行楷抄录,圈、点非常规整;另一套则是紫笔书写,字大而潦草,其圈点则常用竖线代替,且通常与"删"字同用,意即词作水平堪忧,可删去。这两种圈点、批语,与《词觏续编》中的如出一辙。那么它们的作者是谁?傅燮詷曾说:"凡清新婉丽者,则连点之;超逸高古者,则连圈之;余亦明其句读。"[①]朱笔、紫笔中必

---

① 傅燮詷《词觏·发凡》,载傅燮詷《词觏》卷首,道光间金天福钞本,南京图书馆藏。

有一种是傅燮詷自己的圈批。有趣的是,朱笔、紫笔批语有时还在文本中形成对话,比如卷九郭士璟《醉桃源·送别》有句"单车快竹篷",紫批:"不解。"朱批:"似是说单车比竹篷更快。"正是一问一答。又如卷十四徐喈凤《一丛花·杨梅》词,末句为:"火枣争妍,冰桃竞宠,幻出圣僧身。"紫笔批语谓:"结句'圣僧身',必有典故,然不大雅。"朱笔批语谓:"扬州人呼杨梅为圣僧,□□□□,公岂偶合耶?"

紫笔在删存词作时,往往也有迟疑,表现在《词觏三编》文本中,即是用"○"圈去"删"字。紫笔有时还涉及对词人的评价,比如卷四郑元庆条下,紫笔旁批:"所辑《三百词谱》极简便,但惜未备耳。"紫批对书中所录词作的字词、格调问题,也常作批语,如卷九彭桂词《瑞龙吟·赠别王云晓》,其中有句"唾壶击碎潸然泪",紫笔于"泪"前添一"下"字,又作旁批:"脱落一字。"又如卷十一汪森《莺啼序》词,紫批:"此首当和吴梦窗韵,而中间颇多脱落,删之。"又于"更是鹿门栖隐"句"更"字上添一"又"字,且批:"又少三字句。"检核汪森词别集,此句正作:"又更是、鹿门栖隐。"[1]紫笔偶尔还会对作者人品或一些不好的句子进行不留情面的揶揄和讽刺,比如卷十二华侗名下,紫笔批语:"此君富而不通,无锡人尤□鄙薄,恐词亦是倩人为之。"紫笔批点的大量存在无疑使得《词觏三编》文本的准确性、趣味性和争议性都得到了较大的提高。

第三套则是墨笔批语。这一类批语,往往标在词作边上,内容多是"初集有"、"二集已收"、"已见二集"之类,标明此词已收在《词觏》或《词觏续编》中。这种批语比较明确地点明了《词觏三编》仓促成书,不耐检核。比如卷三录彭孙遹词47阕,其中16阕,有墨笔旁批:"初集有。"

可见《词觏三编》的编纂是非常仓促的,那么,它大概是什么时候编纂成书的呢?

《词觏续编》编成于康熙三十一年(1692)十一月,有序为证。《词觏三

---

[1] 南京大学中国语言文学系全清词编纂研究室编《全清词·顺康卷》,北京:中华书局,2002年版,第9262页。

编》的编撰,只能是在康熙三十二年(1693)以后。考察这些年傅燮詷的仕履,康熙三十二年,傅燮詷被任命为福建汀州知府;康熙三十四年(1695),傅燮詷被浙闽总督挟旧嫌报复,落职归里。① 归里后,傅燮詷不幸又缠上官司,至死前方解:

> 及父汀州解任归家,复遭表亲南康王守捏开陕西商南县捐米欠项一千四百余石,公赴九卿班具呈,蒙户部以陕省案件给咨令赴陕省析理。公随至陕申辨,羁留长安五六载,惟籍笔墨及镌刻图章以供资斧。追辨释旋里,而父亦已弃世。②

揆诸情理,康熙三十二年至三十四年任汀州知府期间是傅燮詷晚年较为安定的时光,适合其整理词籍,辑录成选。特别是康熙三十二年时,徐釚远游福建,遂与傅燮詷定交。徐釚于康熙三十三年(1694)十二月,为《词觏》撰写一篇长序。③《词觏三编》中的紫笔或朱笔批语,有没有可能是徐釚的手笔?因为没有其他佐证,可能也是一个无法解开的悬念了。

二、影武者:当世词选与《词觏三编》的辑选

如前所说,《词觏三编》的编纂既非如《词觏》那样,积数十年之功最终成书;也非如《词觏续编》那样,因为编者接近词坛中心,选家名声在外,从而"投我者坌集"④,短短数年即已编成。那么,几乎可与《词觏》《词觏续编》等量齐观的《词觏三编》,是如何在傅燮詷远官福建之后迅速成编的呢? 这个答案,可能要通过考察当时词集的刊刻流通,及傅燮詷的词籍阅读来寻找。

康熙三十年(1691)以后,随着陈维崧、朱彝尊、纳兰性德等词坛主要力

---

① 侯静彩《傅燮詷〈绳庵词〉及其词学》,河北师范大学 2014 年硕士学位论文,第 48—50 页。
② 《傅氏家乘·家传》"傅斯琮"条,转引自侯静彩《傅燮詷〈绳庵词〉及其词学》,第 50 页。
③ 此序原载《词觏》二十二卷本卷首,转引自赵尊岳《词总集提要》,陈水云、黎晓莲整理《赵尊岳集》,南京:凤凰出版社,2016 年版,第 1151—1152 页。此序亦载徐釚《南州草堂集》卷二一,康熙三十四年(1695)刻本,第 2a—3b 页。惟后者未署年月日期。
④ 《词觏续编·发凡》,《中国古籍珍本丛刊·保定市图书馆卷》,第 36 册,第 354 页。

量因为各种原因而相继退场,清初词学的"中兴"局面呈现出明显的盛极而衰的状态,词人和词作的量和质都迅速出现了断崖式的下滑。远在福建汀州的傅燮詷,其实并不具备客观条件在《词觏三编》中对当时词坛的实际状态进行全面、有效的反映,特别是无法对当时的词人的创作进行密切、全面、及时的选辑。他的选政,更多依赖于对当时词籍资源的抉择和借鉴。

顺治一朝及康熙前期词坛的不断积累,为后世留下了非常丰富的词籍资源,这些以刻本、稿本、钞本形式存在的各种词集、词选、唱和集等文献流布较广,自然会被傅燮詷这样的选家留意,从而促进其词选的快速编成。

从词选文本追溯其渊源往往是很不容易的,但《词觏三编》恰好是个例外。清初词选通常不单单是词的选本,且兼具词谱、创作示范集、酬唱评论集等不同角色,选家在选录词作时,往往会基于格律、藻采、雅俗等各种原因,对词作本身进行改动。这类"词选改词"现象一方面大量增加了词作的异文,另一方面也增加了词选文本溯源的难度。不过,傅燮詷选词时,秉承着"作词已无定评,而选词更乏确见"[①]的意旨,随见随录,反对运己意以改词。因此,通过异文的核查校理,可以较为明确地回溯《词觏三编》的文献渊源。

例如《词觏三编》所收何采的词,与何采的词别集《南碉词选》中所录存在较多异文,试看《南碉词选》所录:

貂裘换酒 雨夜,追悼清河君　　武林寓中。

秋雨多情者。却从人、耳边心上,萧萧齐洒。一片吴山烟中树,攒簇眉峰难画。听入夜、银河欲泻。乱滴啼螀冲哀雁,似捣砧、抛织凄凉话。愁欲卖,几多价。　布帆每向明湖挂。笑丁宁、南屏压酒,西陵系马。昔日戏言今朝泪,和雨一时同下。双袖湿、龙钟谁把。败壁幢幢残灯影,更疏棂、谡谡酸风射。吾欲唤,奈何也。[②]

[①]《词觏续编·发凡》,《中国古籍珍本丛刊·保定市图书馆卷》,第36册,第355页。
[②] 南京大学中国语言文学系全清词编纂研究室编《全清词·顺康卷》,第4696—4697页。

《词觏三编》所录，则作：

貂裘换酒　　闻雨，追悼清河君

秋雨多情者。却从人、耳边心上，萧萧齐洒。一片吴山烟中树，攒簇眉峰难画。听入夜、银河如泻。乱滴啼螿冲哀雁，似捣砧、抛织凄凉话。愁欲<u>买</u>，几多价。　布帆数向<u>西</u>湖挂。每丁宁、秦楼压酒，苏堤系马。昔日戏言今朝泪，和雨一时同下。龙钟泪、有谁<u>重把</u>。<u>无焰残灯幢幢影</u>，更<u>湿云</u>、<u>暗度酸风射</u>。<u>苟奉倩</u>，<u>神伤也</u>。

异文已用下划线标出。何采词集的传世版本相对简单，经过比对，可以明确：《词觏三编》所录，正是出自《百名家词钞》本何采《南砌词》。

《词觏三编》在抄选词作时，往往因袭所据底本的调、题，也给我们追索其渊源留下了线索。如《词觏三编》卷八录顾起佐、华坡二人《酒泉子·和前》各一阕，其前却是吴启思《双调望江南·惊秋》，调、题皆不符合，则顾起佐、华坡二词的调、题，明显当是承袭其所渊源的词选而未加改动。查顾、华二词之调、韵，与《词觏三编》卷六所选马龙藻《酒泉子·采莲》一致，又检《全清词》，三词皆据《亦园词选》录。[①] 此外，一些词家的别集，别无传本，往往因某种丛刻类词选得到保存，比如马学调、华侗等人词集，皆仅见于《梁溪词选》中。由是而知，《亦园词选》、《梁溪词选》同样也是《词觏三编》的一个重要选源。

经过更进一步的查核可知，《百名家词钞》、《亦园词选》、《梁溪词选》在《词觏三编》成书的过程中充当了"影武者"[②]的角色，使得后者能够迅速辑成。不过，三书对于《词觏三编》的意义和价值并不尽相同，《词觏三编》对三者的抉择钞选也有较大差异。试分析之。

其一，《词觏三编》的选词基础：《百名家词钞》。

---

① 张宏生《全清词·顺康卷补编》，南京：南京大学出版社，2008年版，第1597、1600、1601页。
② 此处借喻，源自日本导演黑泽明的电影《影武者》(1980)。

《百名家词钞》是聂先、曾王孙于康熙二十六年(1687)前后陆续刊行成书的一部丛刻类词选,以人为纲,人各一集,各有集名,偶尔存在一位作者有两部词集的情况。此书传世版本较为复杂,各版本所收词目也不尽相同。①通过对比《词觏三编》与《百名家词钞》每一位词人的选词异文情况及其次序,②可以发现,《词觏三编》对《百名家词钞》的钞选是非常全面而细致的。

表1-5 《词觏三编》与《百名家词钞》对照表

序次	词人	《词觏三编》入选词数	入选性质	《百名家词钞》集名	词数	选录比例	备注
1	李天馥	10	再见	容斋诗余	48	20.8%	《词觏三编》卷一自《百名家词钞》所录词作占卷一词作总量的58%
2	李元鼎	7	再见	文江酬唱	34	20.6%	
3	王士禛	6	再见	衍波词	56	10.7%	
4	毛奇龄	13	再见	当楼词	55	23.6%	
5	王顼龄	10	再见	螺舟绮语	49	20.4%	
6	董俞	12	三见	玉凫词	42	28.6%	
7	曹尔堪	11	再见	南溪词	51	21.6%	《词觏三编》卷二自《百名家词钞》所录词作占卷二词作总量的87%
8	吴兴祚	9	再见	留村词	25	36%	
9	王九龄	10	首见	松溪词	26	38.5%	
10	高层云	8	再见	改虫斋词	42	19.05%	
11	高士奇	14	再见	蔬香词	53	26.4%	
12	何采	11	首见	南硐词	44	25%	
13	宋荦	11	再见	枫香词	45	24.4%	
14	徐惺	4	首见	横江词	24	16.7%	
15	唐梦赍	6	再见	志壑堂词	22	27.3%	
16	汪懋麟	3	三见	锦瑟词	39	7.7%	

① 闵丰《〈百名家词钞〉版刻源流探考》,《古典文献研究(第十辑)》,南京:凤凰出版社,2007年版,第194—214页。
② 《词觏三编》选录自《百名家词钞》的各家词作,其次序亦与《百名家词钞》本基本保持一致。

续 表

序次	词人	《词觏三编》入选词数	《词觏三编》入选性质	《百名家词钞》集名	《百名家词钞》词数	选录比例	备注
17	余怀	17	三见	秋雪词	51	33.3%	《词觏三编》卷三自《百名家词钞》所录词作占卷三词作总量的37%
18	魏学渠	20	再见	青城词	62	32.3%	
19	曹溶	30	再见	寓言集	102	29.4%	《词觏三编》卷十六收录徐釚词二首,未见于《百名家词钞》。
20	徐釚	15	三见	菊庄词	37	40.5%	
21	赵吉士	2	首见	万青词	10	20%	《词觏三编》卷四自《百名家词钞》所录词作占卷四词作总量的80%
22	毛际可	15	再见	映竹轩词	37	40.5%	
23	郑侠如	18	首见	休园诗余	38	47.4%	
24	吴秉仁	21	首见	慎庵词	41	51.2%	吴秉仁词,《词觏三编》自《慎庵词》选录。
24	吴秉仁	21	首见	摄闲词	38		
25	沈雄	15	再见	柳塘词	69	21.7%	
26	曹贞吉	14	三见	珂雪词	85	16.5%	
27	林云铭	5	首见	吴山毂音	30	16.7%	《词觏三编》卷五自《百名家词钞》所录词作占卷五词作总量的71%
28	王庭	9	再见	秋闲词	37	24.3%	
29	龚胜玉	10	首见	仿橘词	46	21.7%	
30	叶寻源	13	首见	玉壶词	42	31%	
31	邵锡荣	5	首见	探西词	27	18.5%	
32	蒋景祁	15	再见	罨画溪词	79	19%	《词觏三编》卷六自《百名家词钞》所录词作占卷六词作总量的93%
33	赵维烈	10	首见	兰舫词	34	29.4%	
34	郑熙绩	9	首见	蕊栖词	34	26.5%	
35	王晫	13	三见	峡流词	34	38.2%	
36	陈玉璂	8	三见	耕烟词钞	51	15.7%	
37	陆次云	11	再见	玉山词	47	23.4%	
38	周稚廉	10	首见	容居堂词	38	26.3%	
39	汪鹤孙	8	三见	蔗阁诗余	32	25%	
40	冯瑞	9	再见	棣华堂词	24	37.5%	

续　表

序次	词人	《词觏三编》入选词数	《词觏三编》入选性质	《百名家词钞》集名	《百名家词钞》词数	选录比例	备注
41	徐瑶	11	首见	双溪泛月词	43	25.6%	《词觏三编》卷十六另录孙致弥词一阕,非出自《百名家词钞》。
42	吴秉钧	12	首见	课鹉词	30	40%	
43	王允持	22	首见	陶村词	58	37.9%	《词觏三编》卷七自《百名家词钞》所录词作占卷七词作总量的66%
44	孙致弥	12	再见	梅泞词	36	33.3%	
45	徐玑	9	首见	湖山词	44	20.5%	
46	吴棠祯	23	再见	凤车词	142	16.2%	吴棠祯词,《词觏三编》自《凤车词》本选录;万树末阕《贺新凉》非源自《百名家词钞》。
				吹香词	52		
47	杨通佺	16	首见	竹西词	50	32%	
48	万树	16+1	再见	香胆词	41	39%	《词觏三编》卷八自《百名家词钞》所录词作占卷八词作总量的88%
49	曹亮武	16	再见	南耕词	54	29.6%	
50	何思	17	首见	玉艳词	83	20.5%	
51	陈维崧	22	三见	迦陵词	78	28.2%	《词觏三编》卷九自《百名家词钞》所录词作占卷九词作总量的46%
52	顾景星	6	首见	白茅堂词	28	21.4%	
53	江士式	3	首见	梦花窗词	24	12.5%	
54	沈永令	6	首见	嘌霞阁词	34	17.6%	
55	郭士璟	9	再见	句云堂词	39	23.1%	
56	狄亿	15	再见	绮霞词	45	33.3%	《词觏三编》卷十自《百名家词钞》所录词作占卷十词作总量的31%
57	吕师濂	4	首见	守斋词	15	26.7%	
58	余兰硕	12	首见	团扇词	49	24.5%	
59	何鼎	29	首见	香草词	102	28.4%	《词觏三编》卷十一自《百名家词钞》所录词作占卷十一词作总量的90%
60	汪森	15	再见	碧巢词	30	50%	
61	徐来	10	首见	一曲滩词	44	22.7%	
62	陈大成	9	再见	影树楼词	26	34.6%	
63	王辂	7	首见	万卷山房词	37	18.9%	
64	路传经	9	首见	旷观楼词	35	25.7%	
65	华胥	11	首见	画余谱	24	45.8%	

续　表

序次	词人	《词觏三编》入选词数	《词觏三编》入选性质	《百名家词钞》集名	《百名家词钞》词数	选录比例	备注
66	佟世南	20	首见	东白词	42	47.6%	《词觏三编》卷十二自《百名家词钞》所录词作占卷十二词作总量的48%
67	丁澎	17	三见	扶荔词	53	32.1%	
68	沈尔燝	8	再见	月团词	35	22.9%	
69	吴之登	3	首见	粤游词	9	33.3%	
70	陈见钺	8	首见	藕花词	26	30.8%	《词觏三编》卷十三自《百名家词钞》所录词作占卷十三词作总量的68%
71	曹垂璨	6	首见	竹香亭诗余	30	20%	
72	张锡怿	10	首见	啸阁余声	33	30.3%	
73	孙枝蔚	8	三见	溉堂词	29	27.6%	
74	周纶	9	再见	柯斋诗余	33	27.3%	
75	徐允哲	10	首见	响泉词	31	32.3%	
76	张渊懿	10	三见	月听轩诗余	30	33.3%	
77	吕洪烈	4	首见	药庵词	14	28.6%	
78	江尚质	3	首见	澄晖词	40	7.5%	
79	曹寅	8	再见	荔轩词	33	24.2%	陈鲁得后改名陈聂恒。《词觏三编》卷十四自《百名家词钞》所录词作占卷十四词作总量的34%
80	徐喈凤	9	三见	荫绿轩词	33	27.3%	
81	何五云	8	再见	红桥词	26	30.8%	
82	陈鲁得	9	首见	棚园词	26	34.6%	

《词觏三编》共录词人220家，其中重复3家(李基益、孙致弥、徐釚)，实录词人217家。共收词作1592阕，其中13阕重复，实收词1579阕。上表中已查明的录自《百名家词钞》的词人凡82家，词作918阕，占《词觏三编》选词总数的58.14%，其作者占全书词人的37.8%。尤其在卷十四以前，来源自《百名家词钞》的词作往往占据绝大部分。毫无疑问，《百名家词钞》是《词觏三编》的选词基础。

但尚有一些情况需要说明,《词靓三编》卷一选录梁清标词20阕、卷三选录彭孙遹词47阕、卷十选录吴绮词54阕,三家在《百名家词钞》中皆各有集,但《词靓三编》并未依据《百名家词钞》本选录,而是选录自其独立刊行的词别集,很重要的原因应该是三家的词别集在康熙早期已经刊行并流通于全国。

此外,根据现存各种《百名家词钞》合计,《百名家词钞》收录但未选入《词靓三编》者至少有十八种:吴伟业《梅村词》、龚鼎孳《香严词》、宋琬《二乡亭词》、尤侗《百末词》、朱彝尊《江湖载酒集》、严绳孙《秋水词》、顾贞观《弹指词》、纳兰性德《饮水词》、姜垚《柯亭词》、龚翔麟《红藕庄词》、丁炜《紫云词》、顾岱《澹雪词》、江皋《染香词》、冯云骧《寒山诗余》、鲁超《谦庵词》、张潮《花影词》、张纯修《语石轩词》、邹弘志《邀月词》。这些词人词集,多已被《词靓》或《词靓续编》收录,考虑到现存各集往往并不同时存在于同一套《百名家词钞》中,也可推测,上列部分词人,有些可能尚无机缘进入傅燮词所"靓"的视野中。

其二,《词靓三编》的有趣"添头":《亦园词选》。

《亦园词选》是侯文灿于康熙二十八年(1689)二月编成的同人词选。全书八卷,依词调排列,前七卷选词301调808阕;第八卷为集句词,共52调115阕。全书总计923阕。①

经仔细查核,《词靓三编》选自《亦园词选》的词人包括:张凤池(2阕,卷一)、张光纬(2阕)、董儒龙(1阕,以上卷二)、郑廷钧(2阕)、顾起安(2阕)、侯文熺(2阕)、瞿大发(4阕)、张允钦(2阕)、黄蛟起(3阕,以上卷三)、华韶(3阕,卷四)、侯桂(3阕)、周清原(1阕,以上卷五)、潘眉(3阕)、钱曾(1阕)、马龙藻(1阕)、陆大成(2阕,以上卷六)、陈益信(1阕)、黄宗(2阕)、侯文照(1阕,以上卷七)、华文炳(4阕)、吴启思(1阕)、顾起佐(1阕)、华坡(1阕)、华宋时(2阕,以上卷八)、王畿(1阕)、汪焕(1阕,以上卷九)、华邵曾(4

---

① 侯文灿《亦园词选》,康熙二十八年(1689)刻本。曹明升师兄惠示《亦园词选》刻本照片及整理电子稿,特此感谢!

阕)、万锦雯(1阕)、董元恺(1阕)、黄杬龄(1阕)、侯昊(5阕)、俞士彪(1阕)、陈孝逸(1阕)、黄点(1阕,以上卷十)、诸栋(1阕,卷十一)、张飂(1阕)、路有声(1阕)、朱襄(1阕)、罗坤(1阕)、黄传祖(1阕)、冯源济(1阕,以上卷十二)、华长发(6阕)、金鼎(1阕)、顾起文(1阕)、朱涛(1阕)、杜诗(1阕)、郭都(1阕)、邵延龄(1阕)、邹祥兰(6阕)、蔡灿(1阕)、范纳(1阕,以上卷十三)、侯旭(1阕)、朱昆田(1阕)、邹武贞(2阕)、黄鸿(1阕)、沈永裎(1阕)、查容(1阕)、韩云(1阕)、周金然(1阕)、侯承基(1阕)、侯承壑(1阕)、王宗蔚(1阕)、沈叔培(1阕)、马翀(1阕)、严泓曾(1阕)、路锦程(1阕)、姜世(1阕)、徐元琜(1阕,以上卷十四)、高曜(1阕)、秦松龄(1阕)、王鏳(1阕,以上卷十五)。① 合计71家112阕,占《词觏三编》全书词量总数的7.1%,占其作者总量的32.7%;占《亦园词选》词作总量的12.1%。

  来自《亦园词选》的词作,往往是《词觏三编》诸卷凑成整数的"添头",且多出现在各卷卷末。但《亦园词选》中的词人,多是词坛上影响不大、声光未远,且具有较强地域性的小词人,这些词人绝大多数没有别集传世,收录在《亦园词选》中的作品往往亦只有寥寥数首,甚至有较多的词人仅有一阕作品传世。他们在《词觏三编》中的作用,除了"添头"凑数之外,也增强了作者群阵的多元性。

  其三,《词觏三编》的突出词人群阵:《梁溪词选》。

  无锡地区词人一直是傅燮词关注的焦点,他曾说:"近日词家,莫盛于嘉善、无锡。"② 傅燮词在其词选中大量选录无锡词人,《亦园词选》是一例,《梁溪词选》则是另一例。

  《梁溪词选》与《百名家词钞》相似,也是一部丛刻类词选,选刻于康熙三十一年(1692),以人为纲,人各一集,集各有名,间附同人唱和词集。《梁溪词选》也存在随到随刻(钞)、渐次增刻(钞)的问题,使得现存《梁溪词选》的

---

① 因当时主客观条件的限制,《亦园词选》中部分词作未能辑入《全清词·顺康卷》及其补编,如黄蛟起、汪焕、朱襄等人及其词作。
② 《词觏续编·发凡》,《中国古籍珍本丛刊·保定市图书馆卷》,第36册,第365页。

版本状态同样较为复杂。①

据比对,《词覯三编》录自《梁溪词选》的有 9 家 74 阕。其具体情况及分布如次：

马学调《转篷词》②(6 阕);

王仁灏《我静轩词》(3 阕)(以上《词覯三编》卷十一);

张振《香叶词》(16 阕);

华侗《春水词》(8 阕);

邹溶(一作邹瑢)《香梅亭词》(9 阕);

侯晰《惜轩词》(13 阕)(以上《词覯三编》卷十二);

邹祥兰《问石词》(6 阕)(《词覯三编》卷十三);

张夏《袖拂词》(7 阕);

钱肃润《十峰草堂词》(6 阕)(以上《词覯三编》卷十四)。

钞辑自《梁溪词选》的词人词作,主要分布在《词覯三编》的后半部分。至于傅燮调在《词覯三编》未完成的部分(卷十六以后)是否有继续钞辑《梁溪词选》剩余诸家的想法,现在已经不得而知。但有一点可以肯定,《梁溪词选》中未被钞辑的词人如蔡灿、华文炳、华长发、朱襄等人,《词覯三编》已据《亦园词选》钞选。傅燮调当时如要继续钞辑这些词人词作,肯定要对《词覯三编》的卷帙格局进行重大调整。在其困顿的晚年,这可能也是既劳心劳力,又无补于事的工作了。

综上所论,《词覯三编》中钞自《百名家词钞》、《亦园词选》、《梁溪词选》的词人占全书的 74.7%,词作占全书的 69.9%。《词覯三编》之所以能迅速成书,与该选背后存在的三种"影武者"词选是分不开的。《词覯三编》也

---

① 林玫仪《试论〈梁溪词选〉的版本》,《中国文哲研究通讯》,第十三卷,第二期,第 209—216 页。林文中提及《梁溪词选》版本三种：一种为浙江图书馆藏康熙间醉书关刻本二十一卷,一种为上海图书馆藏刻本八卷,一种为上海图书馆藏云轮阁钞本十九卷。上海图书馆还藏有玉鉴堂旧藏佚名钞本一种,题名《梁溪十八家词选》,录词十八卷,实即是《梁溪词选》。因此,目前存世的《梁溪词选》版本,至少有四种。

② 此处集名,皆指词人在《梁溪词选》中的集名。比对现存《梁溪词选》,傅燮调所见之本,与今存四种版本皆有差异。

因对这三种词选的极强依赖性,而在一定程度上降低了其保存词学文献的价值。

三、记录者:仅见于《词觏三编》的词人与词作

尽管对当世词选有着极强的依赖性,但《词觏三编》仍然基于"不事征求,有见则录"①的原则,保存了清初的一些词人词作,具有重要的文献价值。

首先来看《词觏三编》保存的《全清词·顺康卷》待补词人:

1. 万世俊1阕。(卷二)②

万世俊,字左君,号愚庵,江苏宜兴人。谦子。《宜兴万氏宗谱》卷二十载其父万谦的行状,述及子孙时称"生男五,长世俊,丁酉科举人,娶万历己丑进士、尚宝司丞张纳陛子庠生元翼女"。同书卷十四《选举录》载:"世俊,号愚庵,邑廪生。习《书经》。顺治十四年丁酉科中式第五十二名举人,覆试第五十一名。"③万世俊中举的乡试乃顺治十四年(1657)丁酉科江南乡试,发生了清初赫赫有名的"科场案",万世俊成功地通过了覆试,"顺治十六年奉上谕:此次覆试之江南丁酉科举人……万世俊……前经罚科,今俱免罚,准其会试",④其心理素质,较之吴兆骞,是要好很多的。

2. 季麒光1阕。(卷三)

季麒光,字圣昭,号蓉洲,江苏无锡人。明崇祯九年(1636)生。清顺治十七年(1660)顺天乡试解元。六上公车,康熙十五年(1676)进士及第。授内阁中书。康熙二十二年(1683)外任福建闽清知县。二十三年,以荐调任台湾府诸罗县首任知县。到任首课儒童,拔优而礼之。博涉群书,诗文清丽整赡。创修《台湾府志》,未及终编。二十五年,以丁外忧去官。康熙四十一年(1702)卒。著有《蓉洲诗文稿》《东宁政事集》。⑤

---

① 《词觏续编·发凡》,《中国古籍珍本丛刊·保定市图书馆卷》,第36册,第360页。
② 此为《词觏三编》中该词人所在的卷次,下同。
③ 《宜兴万氏宗谱》,光绪八年(1882)重修活字印本,卷一四,第2b页;卷二〇,第22b页。
④ 奎润纂修《钦定科场条例》,长沙:岳麓书社,2020年版,第852页。
⑤ 李祖基《季麒光与台湾》,《台湾研究集刊》2020年第4期,第16—30页。

3. 吴树臣 3 阕。

吴树臣,字鹤亭,号大冯,江苏吴江(今属苏州市)人。兆宽子,兆骞侄。生年未详。康熙十一年(1672)拔贡,入国子监,教习正白旗。选授广东四会知县。擢四川汉州知府,改潼川知州。以事为上官所扼,十三年不调。后迁顺天治中,转刑部员外郎,进郎中。在刑部二年,以劳瘁卒官,年六十一。著有《一砚斋集》、《涉江草》。①

4. 黄日贯 1 阕。

《词觏三编》:"字黄中。"生平未详。

5. 范廷铨 1 阕。(以上卷四)

《词觏三编》:"字朝衡。"生平未详。

6. 郑元庆 3 阕。

郑元庆,字子余,号芷畦,浙江归安(今属湖州市)人。顺治十七年(1660)生。幼从父学《易》、《礼》,穷研经籍,通史传、金石文字。诸生,贡入太学。贫而奔走四方,混迹幕府中。曾应湖州知府陈一夔请,著《湖录》百廿卷。为学受知于朱彝尊、毛奇龄等。卒于雍正中。著有《周礼集说》等,多散佚。② 另有《三百词谱》,学者称便。

7. 刘襄 1 阕。(以上卷五)

《词觏三编》:"字赞可。"生平未详。

8. 王廷栋 30 阕。(卷七)

王廷栋,号遯庵,生平未详。③

9. 徐飓廷 1 阕。(卷八)

---

① 李兴盛《吴兆骞年谱》,哈尔滨:黑龙江大学出版社,2014 年版,第 10 页。倪师孟等纂《(乾隆)震泽县志》卷一六,光绪重刊本,第 16a 页。
② 卢文弨《书郑芷畦先生传记后》,《抱经堂文集》卷一一,乾隆六十年(1795)刻本,第 11a—12b 页。浙江省社会科学院编《浙江人物志》,杭州:浙江人民出版社,1986 年版,中册,第 285 页。
③ 苏州大学图书馆藏王廷栋《声远堂稿》[嘉庆十八年(1813)刻本]一种,实为四书类窗塾课稿,又题名《小试金针二集》,其作者号养吾,江苏仪征人。该书卷首有嘉庆元年(1796)张铭序,称王廷栋"年逾六十",揆其年齿,当生于雍正、乾隆间,则与此号遯庵者无涉。

徐飓廷，字起庵，江苏武进（今属常州市）人。贡生。康熙四十二年（1703），任山西长子知县，曾续修《长子县志》。①

10. 任璿 4 阕。

任璿，字政七，号具茨，一号在庵，河南新乡人。文晔子。顺治七年（1650）生。康熙十八年（1679）进士。授翰林院庶吉士，散馆，改户部主事。三十一年（1692），任山东登州知府，爱士恤民，有政声。丁艰归，卒于康熙三十七年（1698）。著有《似舫词》。②

11. 谈九乾 9 阕。

谈九乾，字震方，浙江德清（今属湖州市）人。康熙十五年（1676）进士。以中书选授直隶沙河知县。擢礼部主事，升文选司郎中。被劾罢，随征厄鲁特，复原官。河道总督于成龙委以监理河务，会成龙卒，遂归。③

12. 梁允洁 2 阕。

梁允洁，号月叟，一号筠庵，直隶正定（今河北正定）人。吏部侍郎清宽子。恩荫生。康熙四十一年（1702），官福建泉州知府。④

13. 沈一揆 1 阕。

沈一揆，字子方，号存田，浙江归安（今属湖州市）人，奉天宁远（今辽宁兴城市）籍。康熙十一年（1672）举人，十五年（1676）进士。官通政司参议。⑤

14. 王玶 1 阕。

《词觏三编》："字瑶全，正定人。"生平未详。

15. 邹武贞 2 阕。

邹武贞，生平未详。

16. 姜世 1 阕。（以上卷十四）

---

① 黄立世纂《（乾隆）长子县志》卷七，乾隆四十三年（1778）刻本，第 9b 页。
② 畅俊纂《（乾隆）新乡县志》，乾隆十二年（1747）石印本，卷二三，第 15a—16a 页；卷三一，第 10a—10b 页。方汝翼等纂《增修登州府志》卷二五，光绪七年（1881）刻本，第 12b 页。
③ 周学濬纂《（同治）湖州府志》卷七三，同治十三年（1874）刻本，第 8a—8b 页。
④ 赵文濂纂《（光绪）正定县志》卷二六，光绪元年（1875）刻本，第 2a 页。黄任等纂《（乾隆）泉州府志》卷二六，光绪八年（1882）补刻本，第 38b 页。
⑤ 杭世骏纂《（乾隆）乌程县志》卷四，乾隆十一年（1746）刻本，第 23b 页。

姜世,生平未详。

17. 邵嗣尧 2 阕。

邵嗣尧,字子昆,号九缄,山西猗氏(今临猗县)人。康熙二年(1663)举人,九年(1670)进士。官山东临淄知县。丁艰归,补柏乡县。为忌者所中,落职久之。以荐,授清苑知县。入为江西道监察御史,调直隶守道,提督江南学政,卒于官,时为康熙三十三年(1694)。①

18. 王鐕 1 阕。

王鐕,生平未详。

19. 李升 2 阕。

《词觏三编》:"字尧章。"生平未详。

20. 赵继朴 5 阕。

《词觏三编》:"字思白,绍兴人。"生平未详。案绍兴属浙江省。

21. 张坊 6 阕。

《词觏三编》:"字谯源,山阳人。"生平未详。案山阳为江苏淮安府附郭县。

22. 黄澋 6 阕。

黄澋,字觐怀,江苏无锡人。康熙十二年(1673)拔贡。后任蔚州同知。②

23. 曹奕显 3 阕。

《词觏三编》:"号昭庵,嘉兴人。"生平未详。案嘉兴属浙江省。

24. 吴穆 4 阕。

《词觏三编》:"字林麓,宛平人。"生平未详。案宛平今属北京市。

25. 岳纶 1 阕。

《词觏三编》:"字公岩,江南人。"生平未详。

26. 李基益 13 阕。

李基益,字时行,一字弗损,福建海澄(今属漳州市)人。康熙二十三年

---

① 储大文等纂《山西通志》卷一二五,《文渊阁四库全书》本,第 51 页。钱实甫编《清代职官年表》,北京:中华书局,1980 年版,第 2626 页。
② 秦缃业纂《(光绪)无锡金匮县志》卷一七,光绪七年(1881)刊本,第 5a 页。

(1684)举人。屡试不第,改教职,任福建永定教谕。后弃官归,以著述为事。卒年七十七。著有《雪爪诗余》。①

27. 黎士毅 2 阕。

黎士毅,字道存,号宣岩,一号雪崖,福建长汀人。士弘弟。顺治五年(1648)拔贡。除江西南昌县令。迁安徽寿州知州。归田后卒,年七十七。著有《宝穑堂诗集》。②

28. 黎士弘 1 阕。

黎士弘,字媿曾,福建长汀人。士毅兄。明万历四十六年(1618)生。清顺治十一年(1654)举人。康熙元年(1662)任江西广信府推官,在任六年,调永新县令。康熙十年(1671),升巩昌府同知。历仕至布政司参政。康熙十八年(1679),辞官归。卒于康熙三十六年(1697)。著有《托素斋文集》。③

29. 梁士冲 1 阕。(以上卷十五)

梁士冲,字若水,直隶正定(今河北正定)人。康熙八年(1669)举人。官翰林院典籍。④

30. 倪鹏 1 阕。

倪鹏,字号、爵里、生平皆未详。

31. 于灏 4 阕。

《词觏三编》:"字素臣,苏州人。"生平未详。案苏州属江苏省。

32. 阎守典 8 阕。

《词觏三编》:"字子常。"生平未详。

33. 郭锋 3 阕。(以上卷十六)

《词觏三编》:"字华锋。"生平未详。

以上共计词人 33 家,词作 125 阕,占《词觏三编》词作总量的 7.9%。

其次来看《词觏三编》保存的《全清词·顺康卷》待补词作:

---

① 叶廷推纂《(乾隆)海澄县志》卷一三,乾隆二十七年(1762)刻本,第 5 页。
② 陈朝义纂修《(乾隆)长汀县志》卷一八,清内府本,第 20b—21a 页。
③ 《媿曾府君行述》,黎士弘《托素斋文集》卷末附,清刻本,第 1a—24b 页。
④ 赵文濂纂《(光绪)正定县志》卷二八,第 8b 页。

1. 陈廷敬 20 阕:《水调歌头·中秋寄素心》、《满庭芳》(紫府苍茫)、《八声甘州》(问东风何)、《南浦·别太原王尉》、《解连环》(晓春深院)、《满江红·丰台看花》、《西江月·摩诃庵,荔裳读书处》、《点绛唇》(唱罢阳关)、《桂枝香》(藤阴深处)、《唐多令·晋祠》、《朝中措》二阕(野棠残颗、吴歌白苎)、《南歌子》(凤凰弦中)、《浣溪纱》四阕(谁放高楼、银蜡光寒、草屋三间、春水西流)、《千秋岁引》(笛里关山)、《好事近》(谁为系斜)、《太常引》(桐阴庭院)。(卷一)

2. 侯文燿 1 阕:《贺新凉》(别绪芙蓉)。(卷四)

案《全清词·顺康卷》及补编未详侯文燿生平、卒年,[①]今考:侯文燿,字为章,号夏若,江苏无锡人。昊次子,文灿弟。顺治五年(1648)生。贡生。选授内阁中书,候补主事。雍正六年(1728)卒。著有《鹤闲词》、《丁丑川游纪程词》各一卷。[②]

3. 万树 1 阕:《贺新凉》(月淡胭脂)。

4. 吕庄颐 1 阕:《贺新凉》(载酒浮骞)。(以上卷八)

案《全清词·顺康卷补编》未详吕庄颐生平,[③]今考:吕庄颐,字恂令,江苏无锡人。贡生。康熙时同邑人朱襄(字赞皇)、鲍景先等为诗会,名"续碧山吟"。[④]

5. 段仔文 1 阕。(卷九)

案《词觏续编》卷二十一亦载段仔文词 2 阕,与本阕词不同。

6. 王辂 2 阕:《捣练子》(风峭冷)、《南乡子·和张澹翁画美人图二阕》。(卷十一)

案后者当有二首,《全清词·顺康卷》收其一,[⑤]此选收其一,且此选题即

---

① 南京大学中国语言文学系全清词编纂研究室编《全清词·顺康卷》,第 8902 页。张宏生《全清词·顺康卷补编》,第 1316 页。
② 侯学愈《锡山东里侯氏八修宗谱》卷一七,民国八年(1919)木活字印本,第 12b 页。侯晰《梁溪十八家词选》,清代玉鉴堂藏钞本,上海图书馆藏。
③ 张宏生《全清词·顺康卷补编》,第 1687 页。
④ 秦缃业纂《(光绪)无锡金匮县志》卷二二,第 24b 页。
⑤ 南京大学中国语言文学系全清词编纂研究室编《全清词·顺康卷》,第 8302 页。

标明"二阕",恰好合璧。又,《全清词·顺康卷》未详王辂生平,今考:王辂,字大席,号苍霞,江苏句容人。自新子。贡生。康熙十六年(1677)任吴县训导,二十七年(1688),升歙县教谕。三十七年(1698),升陕西汧阳知县。在任有声,丁继母艰归,卒。① 又据《(乾隆)句容县志》所附廖腾奎所撰《汧阳令王辂传》,王辂归乡时,"春秋已逾七十矣",归乡后"寝疾,瞑然欲逝……阅月余乃终"。考王辂于康熙三十七年任汧阳知县,四十一年(1702)时,汧阳知县则为黄士魁。② 则王辂解组归乡当在康熙四十一年,若以此年其年七十论,则其生年约在崇祯六年(1633)或稍早。

7. 米汉雯 10 阕(三见):《望江南》(清夜雨)、《浣溪纱》(密霰清宵)、《卜算子·闺情》、《菩萨蛮》(方塘咫尺)、《浣溪纱·秋闺》、《满江红·铜雀台》、《沁园春·答友》、《临江仙·客豫章,周伯衡先生招同雪鸿堂小饮》、《念奴娇·秋兴》、《疏影·落照,和曹实庵舍人韵》。(卷十三)

8. 平汉英 5 阕:《点绛唇》二阕(客思深沉、绿怨红愁)、《三台》(山色来)、《百字令·寿钱础石先生,次曹顾庵韵》、《满庭芳·咏清闲安乐》。

9. 顾璟芳 1 阕:《蝶恋花·冬夜》。(以上卷十四)

10. 顾衡文 24 阕:《鹧鸪天》二阕(一片梨云、春在平芜)、《采桑子·秋闺》、《木兰花慢·听落叶声,怅然有作》、《点绛唇》(鬓影惊回)、《二郎神慢·清明,用卧子韵》、《浪淘沙》二阕(双袖晚寒、脱叶响萧)、《踏莎行》(丝雨飘愁)、《汉宫春》(夜雨匆匆)、《青玉案》(清秋还忆)、《解连环·中秋惜别》、《贺新郎·九月十七夜过华子千斋头》、《行香子》(落日平沙)、《满江红》二阕(有客相逢、可惜流光)、《浣溪纱》二阕(池馆无人、一笛临风)、《陌上花》(谁教春色)、《望江南》二阕(销魂事、人何处)、《生查子》(秋云去不)、《齐天乐·二月初八过城南灯市》、《酒泉子》(士女惊人)。

案顾衡文,字倚平,江苏无锡人。枢第七子。庠生,入太学。善诗词。③

---

① 曹袭先纂修《(乾隆)句容县志》卷九,乾隆修光绪重刊本,第 4a—6a 页。曹允源等纂《(民国)吴县志》卷四,民国二十二年(1933)铅印本,第 5b 页。
② 罗璧纂修《(道光)重修汧阳县志》卷六,道光二十一年(1841)刻本,第 6a 页。
③ 顾宝珏等编修《惇叙堂顾氏大统宗谱》卷二二,民国木活字本,第 12a 页。

著有《清琴词》。顾贞观《弹指词》后附载其词二阕,《全清词·顺康卷》即据《弹指词》所附录词,①而未载此24阕。又,《全清词·顺康卷》称衡文为顾贞观弟,②据族谱,二人实当为再从兄弟,尚未详何者年齿在前。③

11. 胡应宸2阕:《小重山·闺夜》、《惜分钗·秋怨》。

12. 孙琮2阕:《鹧鸪天·秋夜饮归》、《踏莎行·枫桥晚泊》。

13. 叶舒璐8阕:《谢秋娘》(闲倚徙)、《风蝶令·燕剪》、《春光好·蝶拍》、《风入松·湖滨小筑》、《壶中天·解嘲》、《一剪梅·瓶兰》、《碧窗梦》(苦茗偏清)、《水晶帘·扬子中流,望金、焦两山》。(以上卷十五)

14. 许孙荃1阕:《满庭芳》(逸兴宜秋)。(卷十六)

案《全清词·顺康卷》未详许孙荃生平、生卒,④今考:许孙荃,字友荪,一字生洲,学者称四山先生,安徽合肥人。明崇祯十三年(1640)生。清康熙八年(1669)举人,连捷进士,选庶常。十三年(1674),改刑部云南司主事。十五年(1676),升四川司员外郎。十八年(1679),升户部山东司郎中。二十三年(1684),出为陕西提督学政。康熙二十七年(1688)卒。⑤

以上共14家79阕,占《词觏三编》全书词作总量的5%。

合诸二项,《词觏三编》所载未收于《全清词·顺康卷》的词作有204首,占其总量的12.9%,虽较《词觏续编》而言较为逊色,但也仍然无愧于是继《词觏续编》而作的词坛重要记录者了。

四、观照者:《词觏三编》的词学史价值与意义

清初词坛存在一个非常有趣的现象,选家在辑录词选时,往往标明"初集",如《倚声初集》、《今词初集》、《荆溪词初集》之类;有些虽不标"初集",但

---

① 顾贞观《梁汾先生诗词集》,民国二十三年(1934)铅印本,附刊第2a页。南京大学中国语言文学系全清词编纂研究室编《全清词·顺康卷》,第7128页。
② 南京大学中国语言文学系全清词编纂研究室编《全清词·顺康卷》,第7128页。
③ 顾宝珏等编修《惇叙堂顾氏大统宗谱》卷二一,第1a—3b页。
④ 南京大学中国语言文学系全清词编纂研究室编《全清词·顺康卷》,第8823页。
⑤ 李因笃《陕西通省督学前太史泚水许使君墓志铭》,《续刻受祺堂文集》卷四,道光十年(1830)刻本,第33a—38a页。

也信誓旦旦,"或一人而少壮屡进,或一书而首尾失传。见闻谫漏,深惧缺略,容编二集"①。不过,因为各种原因,这些期待中的续编都没有成书,三编自然更无从谈起。仅此一点,可知清初词坛选家中,傅燮詷应该是一位言出必践的人物。他集数十年之力,辑成《词觏》;又费数年之力,辑成《词觏续编》;并借当时多部词选的襄助,完成了《词觏三编》。初心不改,一而至再,再而至三,以一种独特的体式,完成了一个人对整个词坛、整个时代的特殊观照;用三编近六十卷、六千阕的体量,②完成了一个人的"词史"的编纂。无论如何,这种坚持是非常难得的,也是应该被铭记的。

《词觏》系列词选是傅燮詷一人观照整个词坛的客观记录。《词觏三编》的仓促成书以及对当世词选的过多依赖虽然在事实上对这一记录的客观性有所冲淡,但《词觏三编》仍基本完成了对康熙前期词学的返照余晖式忠实观照。试看其入选词数前十五家:

表1-6 《词觏三编》选词数量前十五家词人详情表

序次	词人	入选词数	入选性质	词人生卒	籍贯	词作来历	群体派系
1	吴绮	54	三见	1619—1694	江苏江都	词别集	扬州词人群体
2	彭孙遹	47	三见	1631—1700	浙江海盐	词别集	扬州词人群体、显宦词人
3	彭桂	42	首见	?	江苏溧阳	词别集	无锡词人群体
4	曹溶	30	再见	1612—1685	浙江秀水	《百名家词钞》	贰臣词人、浙西词派先驱
5	王廷栋	30	首见	?	江苏仪征	词别集	扬州词人群体
6	何鼎	29	首见	?	浙江山阴	《百名家词钞》	浙西词人群体
7	顾衡文	24	首见	?	江苏无锡	词别集	无锡词人群体

---

① 蒋景祁《刻瑶华集述》,《瑶华集》,北京:中华书局,1982年版,卷首第8页。
② 《词觏》原书二十二卷,存词2200阕。今存《词觏》仅六卷,存词590阕。

续 表

序次	词人	入选词数	入选性质	词人生卒	籍贯	词作来历	群体派系
8	吴棠祯	23	再见	1644—1692	浙江山阴	《百名家词钞》	浙西词人群体
9	陈维崧	22	三见	1625—1682	江苏宜兴	《百名家词钞》	阳羡词派
10	王允持	22	首见	1637—1693	江苏无锡	《百名家词钞》	无锡词人群体
11	吴秉仁	21	首见	1651—？	正红旗包衣，浙江山阴籍	《百名家词钞》	八旗词人
12	梁清标	20	再见	1620—1691	直隶真定	词别集	贰臣词人
13	陈廷敬	20	再见	1640—1712	山西泽州	词别集	显宦词人
14	魏学渠	20	再见	1617—1689	浙江嘉善	《百名家词钞》	柳洲词人群体
15	佟世南	20	首见	？	汉军正蓝旗	《百名家词钞》	八旗词人

由本表可见：其一，康熙三十五年(1696)之前，表中词人多已谢世，仍健在的词人如彭孙遹、陈廷敬因仕宦渐显，亦已放弃词学。因此，《词觏三编》是对康熙中期以前的词坛的又一次反映，此后的词坛，其活动、创作、唱酬的烈度、浓度、广度都较前期有非常明显的下降。其二，《词觏三编》所录词人中，多数仍是词坛的前辈作家如吴绮、曹溶、梁清标等，其在《词觏》系列选本中多已"再见"、"三见"，排名前十五的词人中，属"首见"的词人只有七家，除佟世南编有《东白堂词选》外，其他词人的词学成就并不显明。这群词人，多随着康熙中前期词学鼎盛登上词坛，又随着词学中衰而退出，其领导力、创造性、能动性较之前辈词人都远远不足。其三，这群词人，大致可以分为四个主要的地域性群体，一是以江都为中心的扬州词人群体，二是以宜兴、无锡等为中心的常州词人群体，三是以嘉善、山阴为中心的浙西词人群体，四是八旗词人、显宦词人群体。在这四个群体中，傅燮詷明显对扬州、常州词人

群体更为重视,其词人数量、词作入选数量也明显更多。

《词觏三编》其实还有意地体现了对无锡词坛的推重和揄扬,以及对浙西词派的抵抗与消解。《词觏三编》借重《亦园词选》、《梁溪词选》只是造成无锡词人群阵在《词觏三编》中非常醒目的原因之一,还有一个更重要的原因,是傅燮诇在词学意识上更加看重无锡词家。他说:"近日词家,莫盛于嘉善、无锡。嘉善自柳洲词外,至朱竹垞而一变,大约祖白石而宗叔夏,佳者秀雅澹远,而其弊未免于平庸;梁溪至陈其年而大备,大约挑淮海而祢小山,佳者婉丽轻倩,其弊未免于纤弱。近来亦有数家,独法辛刘,皆尚其气而逸其神,其弊未免于粗率。予意以为,兴会所至,政不必拘于一家,故兹集各体并载,不敢以己意为是非,览者勿讥其杂而不纯,则幸甚矣。"①傅燮诇所谓的嘉善,其实包括嘉兴、杭州等浙西地区;而其所谓的无锡,也包括宜兴、溧阳在内的常州府及附近地区。在这段话中,傅燮诇点明了浙西、常州两地词学各有弱点,但常州词学有轻倩、尚气二宗,他对常州词学事实上更加倾心。在《词觏续编》中尚表现得不偏不倚,到了《词觏三编》中已然明显地呈现左右袒。《词觏三编》中,傅燮诇将词坛宗师之一的陈维崧又一次选入,且其词量排名第九,却忽略了与陈维崧齐名的浙西词派领袖,同样在《百名家词钞》中占据一席之地的朱彝尊,没有再一次选录其词。而且,傅燮诇在《词觏三编》中对陈维崧、朱彝尊的羽翼词人也做了不同处理,对于陈维崧的羽翼,傅燮诇多加青眼,如蒋景祁(15阕)、徐瑶(11阕)、徐玑(9阕)、万树(17阕)、曹亮武(16阕)、路传经(9阕)、徐喈凤(9阕),基本将阳羡词派的创作群体体现得比较显明;但对朱彝尊的羽翼,傅燮诇仅选录了汪森(15阕)一家,浙西六家无一再入选,更遑论其他。

此前的词史认知是,康熙三十年(1691)以后的词坛,随着陈维崧、纳兰性德等人的早逝,原本多元的词风逐渐被浙西词派一家所统一。但傅燮诇和他的《词觏三编》似乎向我们展现了词坛的较为复杂的面相,并非所有的

---

① 傅燮诇《词觏续编·发凡》,《中国古籍珍本丛刊·保定市图书馆卷》,第36册,第365—366页。

词人都非常乐意趋同于时兴词风,仍有不少词人对词坛上已然式微的词学倾向表示敬意,并积极揄扬之。对其他与陈维崧等词风相近的词人,傅燮詷也大力称扬,其中最具代表性的,便是陈廷敬。

陈廷敬词,《全清词》仅据《见山亭词选》录 2 阕,①《词觏三编》却另保存了 20 阕,这几乎可以说是《词觏三编》在保存词学文献方面最重要的贡献之一。此前因可供分析的词作太少,我们对陈廷敬的词作词风不甚了解,但现在,我们基本可以明确,陈廷敬的词风,追效苏辛,是阳羡词人的同道。试看其《八声甘州》:

> 问东风何处伴春归,芳草满天涯。见金台荒馆,妆楼剩迹,一闪残霞。只怜今来古往,不用羡繁华。且尽盈樽酒,也莫思家。长记卢龙塞外,正鞭丝垂袅,帽影横斜。算平生远去,逸兴在边沙。渡滦江、东还海道,谢盲风、怪雨不相遮。吟鞍上、烟村篱外,红湿桃花。

词意开豁,不仅风格酷肖苏轼,也使用了苏轼的不少语典。词的思路从怀古到思家,从边塞到伤春,举重若轻,层层递进,确实是佳作。

《词觏三编》还特地保存了康熙时期一次鲜为人知的倡和活动,这便是董儒龙(卷二)、季麒光(卷三)、侯文燿、黄日贯、范廷铨(以上卷四)、刘襄(卷五)、万树、吕庄颐、徐飓廷(以上卷八)的"渚"韵《贺新凉》倡和。如前考论,除董儒龙的该首《贺新凉》已收入《全清词·顺康卷》外,其余诸词俱为《全清词》所未收。董儒龙词,题作《壬子七夕,都门和万红友暨同人韵》(第 8612 页)。壬子为康熙十一年(1672),此前一年,曹尔堪、周在浚等人在京师掀起"秋水轩倡和",所用词调正是《贺新凉》,秋水轩倡和激荡起的辛派词风一时流播全国,万树等人的"渚"韵《贺新凉》倡和应受到了秋水轩倡和的影响,但韵脚却不相同,参加倡和的词人亦多是同籍的应试应选的士子。因为词题

---

① 南京大学中国语言文学系全清词编纂研究室编《全清词·顺康卷》,第 7965—7966 页。

的限制,"渚"韵《贺新凉》少了秋水轩倡和慷慨沉郁的特色,而多了对牛郎织女闺帷室家之思的调侃。如万树的一阕:

月淡胭脂渚。共高擎、红螺劝饮,试呼河鼓。闻道逋钱三十万,谪向东西别住。转不及、凭肩私语。我有新词堪代赎,好为君、谱作长门赋。何用隔、鹊桥渡。　天孙笑领催妆句。尽今宵、鸳机剩巧,都将分与。乞巧愚溪终未巧,愚或翻为巧误。把两字、总消除去。惟有醉乡豪放好,问巧归何处愚何处。相枕藉,不知曙。

《贺新凉》调,对于无锡词人群体其实具有非常重要的意义。陈维崧曾屡和此调达一百二十余次。康熙二十六年(1687)中秋,一群无锡词人用《贺新凉》调,押"月"韵,以独木桥体倡和,创作了词31阕,并编成《中秋倡和词》一卷。[1] 从这个角度看,"渚"韵倡和词,正处于从秋水轩倡和到中秋倡和的中间,体现了无锡词人群体一贯的创作喜好。只是很可惜,傅燮詷所见的《梁溪词选》,似乎并没有《中秋倡和词》这一卷,否则以他对无锡词人的体认,肯定会选录其词入《词觏三编》。

此外,傅燮詷也做了力所能及的补充和记录。其游宦汀州时遇到的汀州或附近地区词人如李基益、黎士毅、黎士弘等,其本籍后劲词人如梁士冲、梁允洁等,也都在《词觏三编》中占一席之地。如果不是《词觏三编》的保存之功,这些词人的创作能否在悠悠历史长河中得到妥善保存,其实是很可怀疑的。

综上,虽然《词觏三编》存在着一系列的问题,但作为《词觏》系列词选的终章,它仍具有非常重要的词学史价值和意义。

---

[1]《中秋倡和词》,载侯晰辑《梁溪词选》,康熙间醉书关刻二十一卷本,浙江省图书馆藏。凡词人30家:侯文燿、黄稼、张凤池、秦澜、吴晋趾、吕庄颐、黄裕、陈组、释宏伦、黄枟龄、汪琪、黄桢桂、陈元庆、王达高、瞿大发、邵琛、施铨、邹奕凤、侯晰、唐溁、侯文熺、蒋溉、侯文灿、谢嵩龄、侯文燫、张五常、侯承屋、顾贞立、闺秀某、无名氏。其中侯文燿词二阕,其余人各一阕。

第四节　失落的选本:宗元鼎《诗余花钿集》考诠

作为清初广陵词坛选政的一部重要作品,《诗余花钿集》向来颇为惹人瞩目。但一方面由于存世极罕,另一方面由于文本残损,目前学界研究对该选虽有涉及,但或者是对该书进行叙录式陈述,[1]或者是对其选阵、选心等进行陈列式探讨,[2]而诸如其辑选过程、体式特征、选阵选心选型、与广陵词坛其他选本之间的关系等相关问题,研究上尚留有较大的可开拓空间。

一、宗元鼎生平行实及《诗余花钿集》之辑选

《诗余花钿集》的辑选者,是明末清初广陵地区的著名文士宗元鼎。宗元鼎,字定九,一字梅岑,别号小香居士、东原居士等,江南江都(今属江苏省扬州市)人。明万历四十八年(1620)生。诸生。入清以后,屡次应试未第。康熙十八年(1679)入京,贡入太学,部考第一,铨注州同,未仕即归乡。晚年耽于隐逸,卒于康熙三十七年(1698)。著有《芙蓉集》、《新柳堂集》,辑选有《诗余花钿集》。[3]

虽然科名未显,但宗元鼎早在顺治初年即已蜚声文坛,当时活跃在广陵地区的文人士子,无论本地,还是流寓,抑或宦游,大多与他有着较为紧密的交游唱酬关系。《清史列传》称"一时前辈如周亮工、曹溶、王士禄兄弟、邹祗谟等重其才名,不惜千里命驾,式其庐,皆叹为南阳高士"[4]。由是可知,宗元鼎之所以能够在文坛知名,除了雅擅才名、诗文词创作获得推崇外,甘守清贫、隐逸自持也是很重要的一个方面,这使得当世名公巨卿乐意与之来往唱和,其声名因此也愈能彰显,"扬之风尚华丽,元鼎白袷草衣,衰

---

[1] 闵丰《清初清词选本考论》,上海:上海古籍出版社,2008年版,第290—291、371—372页。
[2] 李丹《顺康之际广陵词坛研究》,上海:上海古籍出版社,2009年版,第150—165页。
[3] 有关宗元鼎的生平,杨银杰《宗元鼎研究》(河南大学2017年硕士论文)后附《宗元鼎年谱》(第85—110页),略具梗概,可参看。
[4] 王锺翰点校《清史列传》卷七〇,北京:中华书局,1987年版,第5704页。

齿颓颜,饮宴于时辈中,而为荐绅所钦敬,以家世清流,又擅诗名,过广陵者必寻访之"①。

康熙元年(1662)冬,宗元鼎以诗文受知于时任扬州推官的王士禛,并列入门墙,成为王士禛的弟子。② 与王士禛的游从使得宗元鼎声名益振,"元鼎……尝从王士禛学诗。《渔洋诗话》称其'诗以风调胜,酷似《才调集》',又称其'缘情绮靡,不减西昆、丁卯'。盖其所取法者如此"③。其实此时的宗元鼎,属于"带艺投师",其诗文已有所成就,他作诗宗尚谢灵运、谢朓,诗风清新流丽,兼取六朝与中晚唐风神,正是以神韵说诗的王士禛的有助辅翼。④ 此期的作品,基本收录在编成、刊行于康熙元年(1662)的《芙蓉集》⑤中,"自总角以后,即修饰为文词,驰骋南北,四方贤豪,奔走愿交,其见于《芙蓉集》者是也"⑥。

不过,《芙蓉集》并非宗元鼎的尽境,"仆晚年所著,皆编入《新柳堂集》,然前编多属少作,年来粗解道义,诗从康乐、宣城而外,时涉猎于陶杜韩柳,即宋元人诗,间或吟咏不废,而文亦自鄙六朝情采,近有志于欧苏,中情所托,实欲从前贤变化,自成一家。然困于饥寒作辍,故所学未就"⑦。时人也

---

① 杨郁《小香居士宗元鼎传》,宗元鼎《新柳堂集》卷首,《扬州文库》本影印康熙刻本,扬州:广陵书社,2015年版,第5页。
② 蒋寅《王渔洋事迹征略》,北京:人民文学出版社,2001年版,第90页。
③ 四库全书研究所整理《钦定四库全书总目》卷一八三《芙蓉集》提要,北京:中华书局,1997年版,第2550页。
④ 《芙蓉集诸家总评》:"《渔洋诗话》云:'仆恒论唐人选唐诗,虽瑕瑜不掩,要其神韵,自王介甫、杨仲弘诸选皆不能。每持此语,时流解者殊少。惟广陵宗梅岑,从《才调集》入;南城杨因之,从《御览诗》入。二君诗,皆由神韵悟三昧,故得唐人精髓。'"宗元鼎《芙蓉集》,《历代画家诗文集》本,台北:学生书局,1971年版,第55页。
⑤ 《芙蓉集》今存两种刊本,俱为康熙元年(1662)刻,一藏国家图书馆,《四库全书存目丛书》集部第238册、《清代诗文集汇编》第72册皆据以影印,惜失去第十三卷,卷首缺邹祗谟《序》并宗之瑾所撰《凡例》;另一藏台北"国家图书馆",《历代画家诗文集》本《芙蓉集》据以影印,存邹《序》、《凡例》及第十三卷,本文所引《芙蓉集》据后者,不再详注。据宗之瑾《凡例》,"家兄定九《芙蓉集》,初梓于海陵,后因原版废失,复梓行世。其诗与前集互有不同,今则合前后二集,细加研阅"(第41页),可知《芙蓉集》在顺治时当另有刻本,惜今已不传。
⑥ 汪懋麟《宗定九新柳堂集序》,宗元鼎《新柳堂集》卷首,《扬州文库》本,第9页。
⑦ 宗元鼎《新柳堂集解注凡例》,《新柳堂集》卷首,《扬州文库》本,第11页。

认为宗元鼎后期诗作较其少作更有转境："十年以来，屏迹村野，镌刻洗涤，约六经史汉以为文，总陈、杜、韩、苏以为诗。变华赡为简洁，温丽为峻质，荡逸为沉痛，闻道加进，此之见于《新柳堂集》者是也。"①《新柳堂集》分体编年，考其中创作时间最晚的诗当为七言律诗《送汪北阜廷对北上》等，系年在康熙二十三年(1684)。②康熙二十三年以后，宗元鼎仍偶有诗作，并曾与孔尚任等人交游唱酬，③还为孔尚任评定其《湖海集》，④但其作品已较少见，也未详是否曾另辑成集了。

与其诗分前后两期相一致，宗元鼎的词，也可以大致分成两期，前期词作载于《芙蓉集》卷十三，后期词作则载于《新柳堂集》卷七。宗元鼎自言："《小香居词余》九十三首，已编入《芙蓉集》中。兹属庚戌以后填词，凡已刻一首不载。"庚戌为康熙九年(1670)，此年及以后宗元鼎所作之词，皆编入《新柳堂集》，而该集所收词系年最晚的，是作于康熙二十二年(1683)的《玉楼春·秋夜听程隐庵弹琴，即送之西泠》，惜其词已残缺。⑤

不仅从时间上分为两期，风格方面，宗元鼎词也有着较大的不同。《芙蓉集》中的词作，王士禛称其"尤为清艳"，而最为人乐道的则是宗元鼎词对意境的精准把握，如其"半湿斜阳暮"等，被邹祇谟称赞为"精于取境"⑥。《新柳堂集》中的词作，则展现出较多的面相：一是与词坛的联系更密切，集中交游词的比例明显上升；二是词坛词风演化的消息在宗元鼎词中亦有所体现，

---

① 汪懋麟《宗定九新柳堂集序》，宗元鼎《新柳堂集》卷首，《扬州文库》本，第9页。
② 宗元鼎《新柳堂集》卷四，《扬州文库》本，第143页。
③ 袁世硕《孔尚任年谱》，济南：山东人民出版社，1962年版，第39、40、43页。
④ 孔尚任《湖海集》，康熙二十七年(1688)介安堂第五刻本，卷二，第2a—3a、13a—13b页；卷三，第4a页；卷四，第5a、10a—11a页等。
⑤ 宗元鼎《新柳堂集》卷七，《扬州文库》本，第194页。宗元鼎词，《全清词·顺康卷》及其补编据《芙蓉集》及其他词选所收录词凡七十五首，《新柳堂集》中所收词，大部分未收入，详见龙野《〈全清词·顺康卷〉宗元鼎词辑补》，《南阳师范学院学报》2016年第4期，第46—50页。
⑥ 邹祇谟《远志斋词衷》，唐圭璋编《词话丛编》，北京：中华书局，1986年版，第658页。宗元鼎《芙蓉集》，《历代画家诗文集》本，第622页。

集中和秋水轩倡和韵《贺新凉》词有多首,①体现了对辛弃疾词风的体认与追步;三是词中用典技巧更为精妙,例如其《忆余杭·题越州何奕美小影》一词,李渔曾称赞"可谓用事极其典切"②。

除了创作,宗元鼎还曾积极参与广陵词坛的批评与选政。就批评而言,宗元鼎曾参与评点数家词作,其批语还有许多保存在《倚声初集》、《国朝名家诗余》、《百名家词钞》等词选中。就选政而言,便是此节要探讨的《诗余花钿集》。

《诗余花钿集》的辑选相对较迟。李丹认为该书"约编成于康熙二十一年(1682)之后",因为"书中纪时最晚在康熙二十一年,则成书当晚于此年"。③ 这一判断是正确的。但也需要注意,此书的编纂,不是一蹴而就的,而是前后经历了数年,就其辑选的时间跨度与资料收集的艰辛程度而言,也体现了宗元鼎的苦心和耐心。

《诗余花钿集》卷三选郑重、金惟宁、谢朝宗词各四首,其后有宗元鼎跋:"己未夏,自京师南归,郑山公夫子以新词三种属鼎选入《花钿》,时雨窗校定,附题三截句于后云:'一代文坛郑鹧鸪,万年欢句最清腴。榴红蒲绿潇潇雨,绝妙佳词唱帝都。'又云:'休说高唐与洛神,德藩流丽过清真。春阳歌尽娇儿女,三变屯田一后身。'又云:'壶山居士渔樵谱,酷似高词谢石公。闲写小窗蕉叶上,山居幽趣满江红。'"④这是现存资料中有关该选编纂的最早记录。己未为康熙十八年(1679),郑山公即郑重。康熙十八年时,即已有人知悉宗元鼎在从事选政,则《诗余花钿集》正式着手可能还要更早。该书中标

---

① 如《贺新凉·别曹顾庵学士六年矣,辛亥阳月,遇于广陵道上,学士出秋水轩〈贺新凉〉词见示,即次原韵奉赠》、《贺新凉·冬日登楼叠前韵寄大宗伯龚芝麓先生》、《贺新凉·读纪檠子秋水轩词用前韵寄赠》、《贺新凉·读曹学士赠周雪客病起秋水轩之词,次韵寄怀》,见宗元鼎《新柳堂集》卷七,《扬州文库》本,第 183—184 页。
② 宗元鼎《新柳堂集》卷七,《扬州文库》本,第 190 页。
③ 李丹《顺康之际广陵词坛研究》,第 152 页。
④ 宗元鼎《诗余花钿集》,康熙间东原草堂刻本,国家图书馆藏。本书引论该书俱据此本,不另作注。又,本条中三首绝句,亦载于宗元鼎《新柳堂集》卷六,《扬州文库》本,第 180—181 页,惟题略有异。

明年代的跋语还有数例,如卷四沈尔燝词,因康熙十八年宗元鼎入京时,与之相遇于龚鼎孳席上,因而得到赠词;卷首吴伟业词的选录,则在康熙十九年(1680)九月;卷三曹霂的词,则是因为二人于康熙二十年(1681)冬相遇于江宁,因得其词;卷一金镇词的选录,则在康熙二十一年(1682)春。

而且,宗元鼎从事词坛选政,其选域也受到了很大的限制。他选词时所掌握的词坛资源完全无法和王士禛、邹祗谟相比,该书的跋语中也多可见宗元鼎搜集词籍时捉襟见肘的窘态。除了交游所及以及少数词人自己寄来词集供选(如卷三范箴),许多词人,宗元鼎只能通过扇面等载体或其他的选本来保存其吉光片羽,甚至一些名家的词也是如此(如卷二顾有孝,卷三王廷机、徐喈凤,卷四曹溶);或者由自己的亲属协助搜集,其女婿黄泰来就曾先后为他搜集陈志谌、缪肇甲、陈维崧(皆见于卷三)等人的词。因此,在考察《诗余花钿集》的辑选时,我们也应该特别注意该选本在体式等方面的特殊性。

二、《诗余花钿集》的体式特征及与广陵词坛诸选之关系

虽然《诗余花钿集》最终得到了刊行,目前存世的刻本却具有奇特的"开放性"的特征,即其中各卷都或多或少地存在着残缺。

已知存世的《诗余花钿集》,只有两部。

一部存藏于国家图书馆,分装二册,凡四卷,另有卷首一卷、卷■一卷、卷末一卷。书前有牌记一页,凡三行,自右及左依次为"广陵宗定九选/诗余花钿集/东原草堂梓行"。牌记左行上端钤盖"佳句绣蛾眉"椭圆形阳文篆印,卷首及卷三书名行下端,分别钤盖"佳句绣蛾眉"印并"休宁兖山汪□□□藏"方形阴文篆印,卷首书名行下,还加盖"北京图书馆藏"方形阳文篆印。"佳句绣蛾眉"印,当是宗元鼎闲章。"元鼎……以著《小香居词》,故曰'小香居士'。而前进士滦州高公钦亮(高公辅辰,字长卿,号钦亮,永平滦州人。)喜其词之香艳,以'佳句绣蛾眉'五字镌图章赠之。"[①]因此,此书当是

---

① 杨郁《小香居士宗元鼎传》,宗元鼎《新柳堂集》卷首,《扬州文库》本,第5页。

宗元鼎自印自藏之本,故其书存在着大量的残缺便尤为令人费解。①

另一部存藏于复旦大学图书馆,一册,凡三卷,另有卷首一卷、卷■一卷,逸去牌记并卷四、卷末,各卷中缺页更甚。两相勘校,复旦藏本于国图藏本无所补益。又,复旦藏本卷首第一页、卷二第一页分别钤盖印章数枚,可辨识者有"镂香词客"、"蕙畹"、"克坝"、"乐崖"、"南楼"、"绿丝烟雨江南客"、"复旦大学图书馆藏"等,可知其在公私藏者中的递藏,但一时无法考知私藏者之生平行迹。该本中凡涉及钱谦益、龚鼎孳的姓名字号,皆用墨笔涂去,又卷首第十页"丁飞涛"(丁澎,西泠十子之一)三字圈起,墨笔眉批:"羞死人。"可知曾藏者对钱、龚、丁三人的态度。

《诗余花钿集》的"开放性"不仅体现在其各卷内容的缺失,该书体式也具有非常显著的开放性特征。

《诗余花钿集》没有采用明末清初常见的分调式编排方式,而采用以人为纲的排列方式,从各卷中罗列的作者来看,其排列顺序也大多是随机的。书中每位作者名下系有较简单的小传,一般只介绍其字号、籍贯等。全书所选的每一首词几乎都旁注圈点,体现了选者对各词的欣赏程度。部分词作之后附载评语,这些评语,有承袭其他词选,亦多有宗元鼎自撰。少部分词作之后还附载关于该词调的考证及同调的可视为典范的词作,亦有较多唱和词后附有宗元鼎的原唱或和作。大多数入选词家及其词作之末,会附上宗元鼎撰写的跋语,其中有对该作者风格的体认,有对其作品选源的陈述,

---

① 该书卷首缺第36—46筒子页,第49筒子页以后逸去;卷二缺第14—19、31—42筒子页,第55筒子页以后逸去;卷三第31筒子页以后逸去;卷四缺第31—34筒子页;卷末仅存朱中楣、徐灿二家,亦属残缺。该书卷二徐元美词跋:"徐君松岑为明经又陵先生之小阮也。又陵讳石麒,别号坦庵,为吾扬高士。晚年不乐仕进,以著述诗词自娱。女元端延香,复长于诗词。……又陵词别见于首卷,延香词别见于列女末卷。"然徐元端词,实未见于《诗余花钿集》现存刊本中。又,徐釚《词苑丛谈》卷九:"壬子元宵,吴荆西之纪、沈龙门永令,合乐玉树堂,名士胜流,无不毕集,花灯火树,称为极盛。校书芳荪,云间人,色艺独绝。时微雨无月,群呼曰:'嫦娥何在耶?'吴玉川锵笑曰:'咫尺云间,何云不见?'遂谱《画堂春》一阕。……席上有老乐工沈,遂谱入管弦,即为歌唱,极欢而罢。其词传播,扬州宗定九元鼎刻之《花钿集》中。"(上海:上海古籍出版社,1981年版,第198页。)该词亦未见载于现存《诗余花钿集》中。

有对作者人品的称赞，更多的是对该作者与宗元鼎之间的交游及渊源做出交代。

因此，在形式上，《诗余花钿集》便成了一书而兼众体的奇特选本。

首先，它是一部较为典型的由当代人辑选的当代词选。《诗余花钿集》中所选词人，无一例外都是清初词家，部分年辈较早的词人则自明入清。其中大部分词人与宗元鼎有直接的交游关系，只有小部分词人，可能因宗元鼎保存词章的考虑而入选，例如吴伟业、钱谦益，但其年辈也皆与宗元鼎相近，属于虽未投契却声闻相接的同时代人。

其次，它兼具着词谱的一部分功能。这主要表现在：

第一，该书对词调多有辨析，不仅对词调的异名通常会在词调下注明提示，而且还常注明词作是该调的第几体。例如卷首熊文举词，《扑蝴蝶》调下，注明"第二体"；《祝英台近》调下，注明"一名《月底修箫谱》"。类似的例证在全书各卷中皆可发现。这种津津于辨调辨体的意识，当是随着明清之际词学谱律学发展而形成的一种学界共识，特别是在调下区分词体等次的做法，在明末清初词坛几为惯例，虽然此后的万树曾经批评说"旧谱之最无义理者，是第一体、第二体等排次。既不论作者之先后，又不拘字数之多寡，强作雁行，若不可逾越者，而所分之体，乖谬殊甚，尤不足取"，①但从另一个角度来说，辨调辨体意识的增强及其在词学界被广泛接受，其实也体现了对明代词学谱律粗疏的一种反思，正是清代后期词学谱律学得到更精严、更全面发展的基础。

第二，在一些词调后，宗元鼎常常附载前人或当代人的作品以相参照，具体地探讨该词调在平仄用韵及格律体式方面的谱律特色。例如卷一曹贞吉《花发沁园春》（押上声韵）词后附宋人王诜（押平声韵）、黄昇（押去声韵）、刘子寰（押去声韵）等三人同调词；曹贞吉《潇湘逢故人慢》（押仄声韵）词后附宋鬼仙王秋英（押平声韵）同调词；卷四曹霂《疏影》词后附姜夔、邓光荐等人词；王臬《十六字令》词凡五体，每一体后皆附古今词人该体词作为对比，

---

① 万树《词律·发凡》，《词律》，上海：上海古籍出版社，1984年版，第9页。

附词作者包括周邦彦、朱彝尊、丁澎等人。《诗余花钿集》对此数种词调平仄体式的判分与此后《词律》《词谱》等书具有相同的态度。《诗余花钿集》与《词律》《词谱》之间，应该没有必然的传承关系，因此它与后二者的不谋而合，可以说也反映了当时词坛对辨调辨体的共同追求。

第三，当代人关于词律的细微探讨及实践，宗元鼎亦常进行说明。例如卷一徐钪《法曲献仙音》词后，宗元鼎对该词分片如此陈述：

> 按词中所选《法曲献仙音》一调，考武陵逸史《草堂诗余》，周清真则以上段末句"耿无语"三字，截在下段之首句；又考黄叔旸《花庵词选》，亦以"紫箫远"三字，属在下段。细阅之，未免上轻下重，今电发将"题歌扇"三字，属上段之末，始觉音调停匀。此非电发独创，亦本之吾友陈子其年本调之"冬夜愁"、董子文友本调之"护灯花"也。

《法曲献仙音》一调中间位置的三字短韵，究竟属上，还是属下，一直颇有争议。《词律》比较了周邦彦、吴文英及柳永该调词，也未能按断，但在录词时，仍从古本以该句作为下阕过片。① 《词谱》中该调诸体中，此句皆径作过片，且未作说明。② 不过，《词律》《词谱》虽未说明原委，但应是在遵从古本的基础上并对词律有所体察之后得出的判断，相较而言，宗元鼎所赞同的更改，则稍欠审慎。

再次，《诗余花钿集》亦可视为交游录、唱和集、题襟集一类反映交游唱酬之集的变体。书中收录了大量其他词人与宗元鼎的题赠、唱酬词作，大部分唱酬之作后还附列宗元鼎的原唱或者和作。题赠类作品，仅卷首即有黄周星《念奴娇·为江都宗定九题东原草堂》、唐允甲《传言玉女·壬辰新秋坐广陵宗梅岑小香居题画》、曹尔堪《百字令·题宗梅岑东原草堂》、王士禄《东风齐着力·答宗梅岑元日东原词》、邹祗谟《蕙兰芳引·题宗定九所藏张翀

---

① 万树《词律》，第 305 页。
② 王奕清等《钦定词谱》卷二二，北京：中国书店，2015 年版，第 386—387 页。

桐阴试茶图》等数首,其他各卷中,类似的题赠词还有近三十首。除了作品,该书所附题跋中涉及交游关系的内容也非常多。诸卷中唱和词后所附宗元鼎词,据统计亦达十首。可以说,虽然未出现在词选正文中,但宗元鼎毫无疑问也是该选的一位潜在的重要作者,该选由是也近乎开启了一种附列选辑者之作的新的形式。选者词作附列于选本的现象虽然不是特别常见,但也并非毫无来由,附列己作其实也反映了选家对自己作品的体认审查以及经典化追求,南宋时期的黄昇在《中兴绝妙词选》后即附列己作一卷,[1]但像宗元鼎那样,将己作化整为零地插入《诗余花钿集》各卷,但又不作为选本的正文出现,则较为少见。这样处理,应该是反映了宗元鼎特殊的选家意识,也可以看到他面对己作时强烈的自矜心理,这种心理为该选烙上了明显的个人印记。

可以说,《诗余花钿集》的词选形态是较为复杂的,呈现出较多的面相,在清初词坛上可谓别具一格,也是广陵词坛选政中一个非常特殊的例子。

那么,《诗余花钿集》与广陵词坛诸选间有什么关系呢? 一般认为,《诗余花钿集》"袭用此前《倚声初集》与《国朝名家诗余》中的评点",[2]事实上,《诗余花钿集》与此二者的关系要更为复杂些。

《倚声初集》由邹祗谟、王士禛等编成于顺治十七年(1660)至康熙四年(1665)之间,该书所收,"起万历,迄顺治"。[3] 当时活跃的词坛诸子,绝大多数都被收录于该选之中,宗元鼎亦在其列。据笔者统计,该选所收宗元鼎词多达十八首,远超该选所收的大部分词人,王士禛亲自为其中六首作批语,足见该选及王士禛对宗元鼎及其词的重视。[4] 从形式上看,《诗余花钿集》对《倚声初集》也有着较多承袭,不仅词调分体、词后附评与《倚声初集》如出一辙,其中许多评语,甚至直接抄录自《倚声初集》。但《诗余花钿集》并

---

[1] 黄昇《宋刊中兴词选》,福州:福建人民出版社,2008年版,第312—326页。
[2] 李丹《顺康之际广陵词坛研究》,第161页。
[3] 张宏生《王士禛扬州词事与清初词坛风会》,《清词探微》,上海:上海古籍出版社,2008年版,第212—213页。
[4] 据王士禛、邹祗谟《倚声初集》[顺治十七年(1660)序刊本]统计。

非就《倚声初集》而进行二次选录,《诗余花钿集》直接承袭《倚声初集》的评语多出现在该选卷首及卷二王士禛等数家词后,体现的是对词坛前辈的尊崇;而该选其他各卷各家作品多未见于《倚声初集》,其所附评语亦大多是宗元鼎的新辑新评,体现了康熙初年以来二十余年间词坛特别是扬州一地词坛的发展成就。

《国朝名家诗余》则由孙默在康熙三年(1664)至十六年(1677)间不断搜集、增益而逐步编纂、刊刻而成,宗元鼎亦曾参与该书所收陈世祥《含影词》、黄永《溪南词》、梁清标《棠村词》等卷的批点,并有《小香词》一卷于康熙六年(1667)刊入该书的一个独立卷份《广陵倡和词》中。① 《诗余花钿集》对《国朝名家诗余》批语的承袭情况则大略与《倚声初集》类似,据笔者统计,《国朝名家诗余》所选诸词人中,吴伟业、龚鼎孳、曹尔堪、王士禄、邹祗谟、宋琬、梁清标、王士禛、彭孙遹、陈维崧等十家亦被《诗余花钿集》选录,而《诗余花钿集》中这十家词的批语也多有承袭自《国朝名家诗余》者。②

甚至在《诗余花钿集》中,还成建制地保留了一卷与《国朝名家诗余》格式一致的词,即收录在"卷■"之中的鲁澜词,该卷词凡二十一首,每首词后以双行小字另起一行的格式标注一位当时名家如沈荃、汪楫、王士禛、徐乾学、汪懋麟等对该词的评语,卷末则附宗元鼎的长跋。"卷■"的形制在本书中是非常突兀的,该卷格式与其余诸卷亦皆不相同,实未能与其余诸卷构成一种序列。为何会在一书中出现这样参差龃龉的情况?很大的可能是,宗元鼎在选词时,最初并未明确其体式,或者本就有两种规划,最后编订成书时,因为某种原因,无法分别成书,只得将二者统合在一起,并因此而刊去该卷卷次,使之成为《诗余花钿集》中非常独特的一卷。

此外还需注意的是聂先、曾王孙所编的《百名家词钞》,该书"依词人专集抄录,人各一集,集前有词作目录,集后附各家评语",③与《国朝名家诗余》相似。但该书所选诸家词多经过有意识的择汰,并非简单的丛刻类词选,这

---

① 李丹《顺康之际广陵词坛研究》,第137—140页。
② 详参孙默《国朝名家诗余》,康熙间留松阁刻本。
③ 闵丰《清初清词选本考论》,第98页。

又与《国朝名家诗余》不同,反而与《诗余花钿集》类似。因此说《百名家词钞》体式介于《国朝名家诗余》与《诗余花钿集》之间,是可以成立的。而从编选时间来看,《百名家词钞》要略后于《诗余花钿集》,①《诗余花钿集》中部分评语为《百名家词钞》所袭取。例如,《诗余花钿集》中有关丁澎、郑熙绩的词评,即被《百名家词钞》全盘抄录。②

《诗余花钿集》是清初广陵词坛选政的较为关键的一环,其选心、选型等与其余诸选既有相似、承袭,亦有变异、新创,并一起反映了清初至康熙中叶广陵词坛选政一度的繁盛局面。

三、《诗余花钿集》的选心与选阵

《诗余花钿集》的命名,其实已昭示了其选心的一个方面。

花钿,又称花子、花黄,是我国古代女子的一种饰品,通常装饰于眉心,形状各异,颜色与材质也种类颇多,因而产生一些异名如翠钿、金钿等,北朝民歌《木兰诗》"对镜贴花黄",唐代刘禹锡《观舞柘枝》"安钿当妩眉"、唐彦谦《翡翠》"妆点花钿上舞翘"、温庭筠《南歌子》"眉间翠钿深"等,③都可证明花钿在我国的流传与使用有着非常久远的历史。如前所述,宗元鼎初以风格绮艳的词作获得词坛认可,高辅辰曾自刻"佳句绣蛾眉"图章赠之。艳词佳句可为蛾眉增色,其功用与花钿正同,当即是因为这一机缘,宗元鼎将自己的词选定名为《诗余花钿集》,刊版时版心又刻作"花钿集选"。④

由是可知宗元鼎对于绮艳词风的体认与推崇。在《诗余花钿集》中,这一词风的词家与作品被选录较多,最明显的例证是龚鼎孳,其词列于该选卷

---

① 《百名家词钞》的编纂成书时间,一般认为在康熙二十五年(1686)后,参张宏生《清代词学的建构》,南京:江苏古籍出版社,1999年版,第300页。
② 聂先、曾王孙《百名家词钞》,康熙间金阊绿荫堂刻本。
③ 郭茂倩《乐府诗集》,北京:中华书局,1979年版,第374页。曹寅等编《全唐诗》,北京:中华书局,1960年版,第3972、7667、10060页。
④ 清初词选命名有追求香纤的倾向,如蒋景祁《刻瑶华集述》:"《片玉》、《珠玑》,体崇妍丽;《金荃》、《兰畹》,格尚香纤。以是求词,大致具矣。集名《瑶华》,亦犹师古人之意云尔。"(蒋景祁《瑶华集》,北京:中华书局,1982年版,第16页)《诗余花钿集》的命名用意,可能与之相仿佛。

首,共选二十四首,词后有宗元鼎跋:

> 龚端毅公《香严词集》,美不胜收,然必以少年所作为佳。公少年时有《白门柳》……所谓"恣心极态,江南金粉,奉为艳宗"也。《香严》盖取少作及晚年诸调汇成一书耳。仆选其最流丽者二十四首,以入《花钿词集》首卷中。横波顾夫人工小楷,善画兰,有儿女英雄之气,不仅以闺房绝色,擅名千古也。

"恣心"数句,即引自龚鼎孳《〈白门柳〉题辞》。① 《白门柳》是龚鼎孳创作于明崇祯年间的一部词集,以异调联章的形式详述自己与顾媚的恋情,具有很强的传奇性质,其中将士女遇合与家国之思结合在一起表现,亦为明清之际艳体词的发展开创了新局面。② 虽然此后碍于贰臣的身份,龚鼎孳的词坛影响逐渐减弱,但在康熙中期以前,他的影响力仍是非常可观的,宗元鼎对他的推崇应不仅是在承认其词坛地位,也是因在创作审美方面颇有渊源,故而对之大加赞赏。该选所录龚词,不全出自《白门柳》,还包括龚鼎孳晚年的一些作品,如《沁园春·读陈其年〈乌丝集〉》等。其实在《白门柳》之后,龚鼎孳已对绮艳词风有所反思,其词集《绮忏》命名之意卓然可知,"昔山谷以绮语被诃,针锤甚痛,要其语诚妙天下,无妨为大雅罪人。吾不能绮,而诡之乎忏,然则吾不当忏绮语,当忏妄语矣"。③ 易代之后,龚鼎孳词风有了更明显的变化,甚至曾主导"秋水轩倡和",词风一变为悲壮苍凉、郁懑哽咽,对清初稼轩词风在词坛的迅速散播产生了非常重要的推动作用。④ 这样看来,宗元鼎对龚鼎孳"艳宗"的推举,以及选择其"最流丽者"入选便更有意味,他几乎是有目的地在纯化龚鼎孳的词史形象,这可能与广陵

---

① 孙克强编《龚鼎孳全集》,北京:人民文学出版社,2014年版,第1437页。
② 张宏生、冯乾《〈白门柳〉:龚顾情缘与明清之际的词风演进》,《中国社会科学》2001年第3期,第176—186页。
③ 孙克强编《龚鼎孳全集》,第1466页。
④ 严迪昌《清词史》,南京:江苏古籍出版社,2001年版,第115—123页。

词坛对艳体词的崇尚有关系。晚明以来,"情教"风靡,"情不知所起,一往而深",①士大夫不再讳言男女之间的情感,而明清之际艳体词的新发展正体现了这一变化。艳体词要求既不入于浮嚣,也不入于淫邪,在新艳旖旎之中传达男女之间的性情素养,从燕婉之私以推求其性情、伦理之公。晚清谢章铤曾经总结:"五伦非情不亲,情之用大矣,世徒以儿女之私当之,误矣。然君父之前,语有体裁,观情者要必自儿女之私始。故余于诸家著作,凡寄内及艳体,每喜观之。"②清初人对艳词当亦具有同样的心理预期,宗元鼎选入吴伟业、钱谦益等的绮艳词,特别是选录李元鼎(卷首)与朱中楣(卷末)夫妇词,应正反映了这种预期。

宗元鼎对绮艳词风的崇尚,与清初广陵词坛的主要词风是吻合的,反映了他在广陵词坛盛会不再之后,仍以自己的选本,表达对既往词学宗旨的守望。但同样需要说明的是,宗元鼎并非只坚守一种风格,也注意到选纳其他风格之词,例如卷首郑侠如词后附有宗元鼎的跋:

> 郑水部公诗余,在宋人则似黄山谷、辛稼轩,在今人则似曹顾庵、宋荔裳,皆从清爽中别具一副神力。……仆既首卷选梅村、芝麓两公秾丽绸艳之后,急选水部灵奥古澹之词若干首,正取以救俗手套袭宋元词语、千篇一律、厌人耳目者也。深于此道者,必以仆言为然。

同卷中,亦选录了曹尔堪(顾庵)、宋琬(荔裳)之词。可见该选在词风选择上,基本形成了以秾丽绸艳为主,以灵奥古澹为辅的格局。这样一选并主两风的现象,其实是对明末清初词坛自王世贞至王士禛一直探讨的词分"正变"之说的响应,这种响应,也正反映了明末清初词坛词风变化的动态格局。

如前所述,该选卷首的目的,是为了展示两种词风的创作成就,以为词坛垂法。有意味的是,该书卷首所选录的词家,全部卒于康熙十九年(1680)

---

① 汤显祖《牡丹亭》,北京:人民文学出版社,1963年版,第1页。
② 谢章铤《赌棋山庄词话》卷二,唐圭璋编《词话丛编》,第3335页。

之前，其他各卷的词人，生卒年可考的，大多卒于康熙十九年以后。[①] 前文曾考证，宗元鼎在康熙十八年前后即已有意于该选，但该选编成的时间则在康熙二十一年以后。因此，基本可以推测，卷首的词人在该书编成时当皆已成"古人"，可能正是因为这个原因，他们才被列入卷首，以与当时尚在世的词人有所区别。康熙十九年，因此成为《诗余花钿集》中一个重要的时间节点，该选的卷帙设置，也有了截然判分的时间感。

此外，除了卷■单选鲁澜词，卷末选闺秀词，《诗余花钿集》其余四卷在录选词人时便几乎没有了体例上的分判。为了方便讨论，爱将该选选阵制表如次：

表 1-7 《诗余花钿集》选阵表

卷次	选阵
卷首	吴伟业 15、钱谦益 1、黄周星 1、李元鼎 2、熊文举 3、唐允甲 2、周亮工 1、龚鼎孳 24、曹尔堪 7、郑侠如 21、王士禄 21、邹祗谟 2＊、赵而汴 0＊、徐石麒 4、宋琬 2＊
卷一	梁清标 15、汪懋麟 16、金镇 8、徐釚 8、曹贞吉 21、黄云 14
卷二	王士禛 25、彭孙遹 27(14＊)、汪耀麟 17、顾有孝 3、夏九叙 10、姜垚 2、汪鹤孙 1＊、孙枝蔚 2＊、张瑾 1、徐元美 10、郭士璟 16、顾樵 5、顾正阳 5
卷三	郑重 4、金维宁 4、谢超宗 4、戴常 1、王廷机 1、陈志谌 4、俞瑞 2、黄泰来 5、缪肇甲 1、王士禧 1、陈维崧 9、韩魏 1、范箴 3、何嘉延 2、徐嗜凤 2、彭桂 13、阮士悦 5、曹霂 1、王概 1、王蓍 4、王臬 2、仲天生 2
卷四	李天馥 8、曹溶 7、魏允枚 1、曹垂灿 6、吴绮 15、叶舒颖 2、朱裴 2、朱范 2、沈尔燝 5、释宏伦 1、胡心尹 1、曹广端 1、陆次云 1、秦定远 1、倪灿 1、仇兆麟 1、黄容 1、郑熙绩 14、王臬°5、陈维崧°1、史惟圆 5＊、陈匡国 0＊、吴寿潜 10
卷■	鲁澜 21
卷末	朱中楣 9、徐灿 5

[①] 李丹《顺康之际广陵词坛研究》，第 152—159 页。该书中未详《诗余花钿集》卷首唐允甲、郑侠如、徐石麒三人生卒年，今案《诗余花钿集》唐允甲词后跋谓："仆与唐中翰交最久……回思佳话，都成往事矣。"徐石麒词后跋谓："又陵吾邦高人，晚为岁贡士。"揣其语意，跋时唐、徐二人当已卒。又据郑熙绩《先大父水部公行述》，郑侠如卒于康熙十二年(1673)十月十四日，该文载郑庆祐《扬州休园志》卷六，乾隆三十八年(1699)察视堂自刻本，第 12a—15b 页。

上表中，作者姓名后所附数字为入选词数，姓名下标横线者表明该作者为扬州府人士，加"＊"者标示该选所选词今传本已有残缺，加"°"者标示该词人已见于该选其他卷份。

由上表可知，该书卷一至卷四，既有与宗元鼎声闻相接的词坛名宿，也多有与他朋从唱和的同辈或后进。各卷之间，并不依照官爵、年齿、亲疏等关系序次词人，在各卷之中，则相应采用以类相从的原则，例如汪懋麟是梁清标门生，故次其后，但在词选中的位置反在其兄汪耀麟之前。而且，在各卷中宗元鼎甚是注意两种词风的兼收并蓄，除了尽可能选录秾丽绸艳的词作，豪劲刚健的作品也多所参列，例如卷一录徐釚词，便借尤侗语评徐词"神似东坡"，在跋语中谓"仆选其最佳者，镌于《花钿集》内"；又卷一录黄云词，跋称黄云"学稼轩，是得其豪爽凄清，而带风韵者"；卷三中称王廷机词"骨力高峭不群"，陈维崧词"如大将旗鼓，指挥如意，俯视群流，不啻霄壤"，何嘉延词"如铁干虬松，迥出孤峰之上"；卷四中不仅再次选录陈维崧词，并选录与之词风相近的史惟圆等人词。特别值得注意的是，宗元鼎不仅在卷二中选录孙枝蔚词，而且还以大段评论点明其词风之价值：

词与诗古文皆以不同习套者为贵，《花间》《草堂》，尽态极妍，风流美好，可谓词之程序矣。未几而苏黄出，在苏与黄，彼此已自不同，又肯同晏秦周柳乎？未几而稼轩辛氏复出，稼轩一字不同苏黄，而辛词独辟矣。推而放翁诸家俱然。近日东南学晏秦周柳者甚多，未几而孙中翰豹人复出，一洗诸家金粉声调，而云雾为之尽扫，此豹人之所以独振于今也。

这样的选阵安排，与宗元鼎的选心是相符合的，也正能反映顺治末康熙初弥漫的稼轩风对广陵地区词坛的影响。

此外，《诗余花钿集》尽可能地保存了康熙前中期广陵词坛的一些细节，其文献价值亦颇可观。试分述之。

一是大量存录扬州当地词人、词作，特别是部分名不见经传的词人词作仅据该选才得以存录流传,如鲁澜等人。而清初流寓扬州的词人如孙枝蔚、朱裳、朱范等人词作,也借该选以传播。该选词后所附的各家评语及宗元鼎批跋,也为我们展示了其时扬州词坛的有趣生态。

二是该选存录了家族词学传承的一些细节。如郑侠如、郑熙绩祖孙,徐石麒、徐元美叔侄,汪耀麟、汪懋麟兄弟,黄云、黄泰来父子,曹贞吉、曹霂父子等,其词学传承与风格变迁,该选皆有所探讨,可供我们以家族视角寻绎广陵词坛的词学脉络。

三是该选存录了广陵词坛的一些不易被关注的唱和活动。如该选卷四曹广端、陆次云、秦定远、倪灿等人的"夜合花唱和",虽然人仅一词,但其词"一气舒展中芊眠藻丽,正自有宋人草堂风味",甚为宗元鼎所推许;又如郑熙绩《琐窗寒·庚申中秋雨后得月》一词之后,附郑吉士、郑叔元、郑岵唱和词,正是记载了郑氏家族的一次有趣的词学活动。

四是对乡邦词学即广陵词坛的后续发展极为重视,并对其中的一些名家积极揄扬。其中特别重要的例证是郑熙绩,宗元鼎在《诗余花钿集》中对之评价非常高:"词雕琼玉,句琢琅玕。真所谓七调《清平》,斗巧于紫禁春莺;三叠《阳关》,夺艳于渭城朝雨。此欧阳炯'唱《云谣》则金母词清,挹霞醴则穆王心醉'者也。"在稍后的《百名家词钞》所录跋语中,宗元鼎更是将郑词推尊到无与伦比的位置:"香艳温和,则颉颃周、秦而化其亵;清新流畅,则规摹辛、苏而去其豪。《花间》、《草堂》,兼擅其胜。真大雅之遗音,词家之哲匠。岂得与描写闺帏、靡声曼调者同日语耶?"[1]扬州本籍的词人,多在《诗余花钿集》中获得褒赞,也正反映了宗元鼎借该选以薪火相传、守先待后的深心。

四、余论

总体而言,《诗余花钿集》反映了宗元鼎及其所面对的选阵的独特风貌,也反映了宗元鼎在广陵地区词学退潮之后收拾残篇的苦心,更可见其利用

---

[1] 郑熙绩《蕊栖词》后附宗元鼎跋,载聂先、曾王孙《百名家词钞》。

选政以回溯旧雨、期待新知的守望与凄凉。

如前所述,宗元鼎通过《诗余花钿集》所体现的对词坛的观照,具有明确的局限性,是他在各种条件的限制下对词坛的无奈反映。尽管该书编成于康熙词坛的高潮时期,却没能有效反映词坛的变化,甚至对一些名家如陈维崧词作的掌握也非常薄弱;而词坛并世的其他名家如朱彝尊、纳兰性德、顾贞观等人,甚至没能进入宗元鼎的视野。这或许是因为宗元鼎有意将该选选阵限定在扬州地区词坛或其交游者,其选心也有意继武广陵词坛其他选本的故步,但更大的可能则是宗元鼎实已自居于词坛主流风会之外,只是凭一己之力,在默默记录着与词坛的遇合。这样说来,宗元鼎多少显得有点孤独与落寞。这种渐趋失落的心态,其实在该选中已有所反映,《诗余花钿集》卷三选录阮士悦词,其后宗元鼎跋云:

> 阮子月樵,为吾友晋林小阮,填词香艳,其小令、中调柔情婉丽,更精心于《花间》妙选。……仆选《花钿词集》,因采其诸调入选。……仆老矣,他日月樵声名独步,应念同里文人小香宗氏才品端方,向词坛一称说也。

言词中难掩对自己渐入老境后词名寂寞的失落。宗元鼎晚年耽于隐退,即便与孔尚任为忘年交,也较少参与孔尚任组织的各类活动,自觉地与词坛进行自我隔离,除了老境颓唐,可能也与这种失落心态有关。

与宗元鼎晚年心境相较,《诗余花钿集》在词学史上也是比较失落的:一方面该选影响较小,词坛鲜有称说;另一方面该选传本罕见,且皆有较多残缺。不过,该选虽可能不是一部特别成功的词选,却应被看作是一部饶有趣味的词选,能够在便歌、传人、开宗、尊体等四种主要的词选类型[①]之外,另立一例,尽管其体例有所杂糅,却能呈现清人词选的复杂性与多元化。

---

① 龙榆生《选词标准论》,《龙榆生全集》,上海:上海古籍出版社,2015年版,第三卷,第183页。

选本研究是深入文学史的一个重要角度。发掘文学史中被忽视的选本文献,从散乱无序的现象中探求其背后的批评意识、选家心眼,有助于梳理文学史事实,并加深相关认知。综合上文论述,尽管是文学史上一部非常边缘的词选,但《诗余花钿集》在体式、选心、选阵等方面的独特价值,仍然能让我们对广陵词坛及宗元鼎本人的词学理念有更加明确而深入的理解。

第五节 最后的古典式词选:林葆恒《词综补遗》考论

林葆恒的《词综补遗》是一本命运坎坷的书。此书编成是在1947年,其时正值解放战争,"江湖满地,杀青无日,聊以自怡而已"①。此后相当长一段时间,该书以稿本形式藏于图书馆中,不为人所知。1986年前后,施蛰存先生看到该书成书之前因征求意见而油印的《补国朝词综补目录》,认为该书在史料占有、体例和内容方面皆存在很大问题,便给予了极低的评价:"此书殆不可行于世。"②此后,受学界对稀见典籍加强发掘之热潮的影响,《词综补遗》先后两度被影印或整理出版。③ 如此全面的整理,按理说应该对《词综补遗》的运用和研究产生极大的推动作用,然而吊诡的是,研究界的反应明显消极,除了对书中所收人物小传有了些文献性质的补充外,对该书的编纂过程、目的、价值、成就及缺憾等,皆缺乏更系统的探讨。④ 有鉴于此,本节谨作嚆矢之求,从上述诸方面入手,细致地讨论该书,以期抛砖引玉,引起学界对

---

① 林葆恒《词综补遗》,北京:书目文献出版社,1992年版,第12页。
② 施蛰存《历代词选集叙录(五)》,《词学(第5辑)》,上海:华东师范大学出版社,1986年版,第267页。
③ 除书目文献出版社影印版《词综补遗》外,上海古籍出版社于2005年推出由张璋先生整理的《词综补遗》。林葆恒选录词作时,对其作者字号、籍贯等,常因不确定而预留空白,张璋整理时,"在力所能及之范围内作了部分填充"(《前言》,第2页),但未出校记,且因识读原因,存在一定数量的错误。因此,整理版《词综补遗》已与林葆恒原书存在一定差异,故本节探讨以影印版《词综补遗》稿本为基础,下文涉及该书不再详注。
④ 对《词综补遗》小传等进行文献补充的论文主要有:谢永芳《整理本〈词综补遗〉匡补》,《黄冈师范学院学报》2009年第2期;陈开林《〈词综补遗〉阙文考补》,《聊城大学学报》2015年第5期。对《词综补遗》全书进行研究的,仅见袁志成《晚清民国福建词学研究》(福州:福建人民出版社,2013年版)之第五章第二节中有较为笼统的探讨,第228—244页。

该书的重视及继续的研究。

一、编纂与成书

《词综补遗》是如何编纂成书的？林葆恒有这样的自述：

> 兹选始于壬午四月，迄乙酉三月，为时仅只三年，成书竟达百卷，为初着手时所不及料。（《词综补遗·例言》）

壬午为1942年，乙酉为1945年。如果真如林葆恒所言，那么，《词综补遗》可称得上是"横空出世"。因为，该书是民国时期出现的两部体量最大的词选之一，其辑录词量仅比《全清词钞》略小，辑选词人数则较《全清词钞》多出千余人，而后者经过多人二十余年的编纂方才成书。[1] 但若通过现有文献考察，可知事实并非如此。

林葆恒是清季民国著名的词籍藏家，"家藏清代词家别集与总集，几无遗逸"[2]。不过，与一般藏书家藏而不用不同，林葆恒藏词以自用的目的非常明显。在正式开始编纂《词综补遗》的1942年之前，有较长的一段时间，林葆恒曾将自己所藏词籍通阅一过，并在封面或卷首处题有校读记，这些校读记为我们考察《词综补遗》编纂的准备工作提供了切实的时间依据。目前，林葆恒旧藏词籍仍有大量散存于公私藏家手中，笔者曾获见其中一部分，经考察发现，至迟在1940年（庚辰），林葆恒已开始遍阅自藏词籍，其所藏《国朝词综补》卷首，即标明"庚辰八月十八日阅"，且这项工作直到1942年二月仍在进行，其所藏徐鏊《碧春词》卷首，标有"壬午二月初四日阅"字样。[3] 近两年的资料准备，为林葆恒迅速开展词选的编纂奠定了极好的基础：

---

[1] 据笔者统计，《词综补遗》全书收录词人4838位，词作7703首。《全清词钞》则"人数多到三千一百九十六人……选词约八千二百六十多首"（《全清词钞出版说明》，叶恭绰《全清词钞》，北京：中华书局，1982年版，第1页）。

[2] 钱仲联《光宣词坛点将录》，《词学（第3辑）》，上海：华东师范大学出版社，1985年版，第247页。

[3] 详参拙作《〈讱庵藏词目录〉与现代词学因缘》，《文献》2019年第4期，第177—191页。

>是编初仅就家藏各词选录,所得不及三千首。嗣荷叶退厂先生以所辑《清词钞》全稿见示,又以所藏各家词集相假,遂成大观。(《词综补遗·例言》)

初步完成这些工作,甚至没有用到三年。1943年十月,林葆恒所辑词选便已其稿大备,"得三千六百余人,词六千□百余首",定名《补国朝词综补》,并撰写《例言》,且以韵部为序,详细罗列了这三千六百余人的姓名,同时附注其时代、籍贯等,油印行世,以尽量向词学界征求编纂意见。①

值得注意的是,这时候林葆恒所辑词选,尚名《补国朝词综补》,其补录的对象,是"《国朝词综》,余所见者凡五种":

>一、《国朝词综》,青浦王昶纂,凡四十八卷,七百十七人,词二千四百首;
>
>二、《国朝词综二集》,亦王昶纂,凡八卷,六十二人,词四百二十三首;
>
>三、《国朝词综续篇》,海盐黄燮清纂,凡二十四卷,五百八十六人,词一千六百二十首;
>
>四、《国朝词综补》,无锡丁绍仪纂,凡五十八卷,一千五百三十八人,除补词外,约一千二百人,词三千三百七十四首;
>
>五、《词综补补遗》②,亦丁绍仪纂,凡八卷,二百八十一人,词四百零八首。
>
>综共得词人三千零八十四人,词八千二百二十五首,亦极一代之大观矣。(《补国朝词综补目录·例言》)

---

① 林葆恒《补国朝词综补目录》,民国三十二年(1943)油印本,上海图书馆藏。下引此书,不再详注。

② 案此处《词综补补遗》指丁绍仪《国朝词综补补遗》一书,亦即林葆恒《词综补遗》中所谓"丁补未刊稿",今已失传,然据卷帙可知与丁绍仪《清词综补续编》(十八卷本)并非一书,《清词综补续编》经赵尊岳发现,已刊行,中华书局1986年出版排印本,附于《清词综补》以行世。

由此可见，林葆恒的本意，是辑录有清一代未被"词综"系列词选所辑录的词家词作，以成其追慕"朱王创始，功同椎轮，黄丁继起，富擅缥缃"①之志。在《补国朝词综补目录》中，他亦曾说："易代之际，前明志士不仕本朝者，概不列入，以成其志。其虽为前明遗老而无辞征却聘事实者，误行列入在所不免，尚望当代知交代为更正，俾得删除。"可知在最初编纂之时，明人词作并不在林葆恒视野之内，那么，《补国朝词综补》又是如何成为了《词综补遗》？

笔者在考察《补国朝词综补目录》中所录词家，并与《词综补遗》所录词家对比的过程时，发现前者至少有三百余人未被录入后者之中，且根据笔者统计，其中因"词综"系列已收，而删除者凡187人，这其中大部分是王昶《明词综》中已收。可以推测：林葆恒在利用家藏词籍时，将一时未详但实为明人的大量词家录入词选，随后发现这一问题，便将《明词综》已收入者全部删除，而《明词综》未收者则仍予保留，由此，林葆恒所关注的辑录对象，才从清词顺势上延至明词，而本书因其内容是对除《词综》之外的整个"词综"系列词籍的补遗，才最终定名为《词综补遗》。

另需注意的是，林葆恒在汇纂词籍时，采用以姓氏所在韵部为序编排的体例，事实上是他迅速编成该书的一大助力。《补国朝词综补目录》中所列词家，是据韵部排列："兹选因欲知三家已否选入，必先将三家所选分韵分姓排列，方易查考，故兹选亦分韵分姓，而每姓仍分年代先后，而以闺秀附之。"（《补国朝词综补目录·例言》）《词综补遗》完稿之时，这一体例仍然保留，"将来有续兹选者，只须按韵检查，无须另编目录"（《词综补遗·例言》）。②

1945年以后，林葆恒对《词综补遗》又进行增补修订，他自己也曾有自述："乙酉后，又就所选各家，参考地志及诗话、笔记，并访问友人，每人各撰小传一二则，列于词前，俾阅者知人论世，更生景仰之心。"（《词综补遗·例言》）至此，《词综补遗》稿本终于完成。

---

① 林葆恒《沁园春》，《词综补遗·题词》。
② 这种特殊的编排方式，其实昉自徐乃昌《闺秀词钞》，宣统元年（1909）刻本。

二、资料及来源

其实,《词综补遗》能迅速成书,还有个特别重要的原因:林葆恒身处北京、天津、上海等词学圈中,浸润日久,朋交遍布,《词综补遗》的编纂过程中,他得心应手地运用大量文献资料,也深得自这些开放的词学圈的帮助。

林葆恒所藏词籍,主要来自晚近著名词学家徐乃昌的旧藏。① 这些藏书不仅增长了林葆恒的藏家声誉,也为他编选词籍提供了最重要的准备。前文已述,《词综补遗》所收 7703 首词中,有近三千首选录自林葆恒的自藏词籍,而增补该书的资料及来源即完全得益于当时已经存在的公共词学圈。

《词综补遗》在辑录词作时,往往附注来源,这为我们考察该书选域、选阵提供了很好的依据。根据笔者统计,其中约 516 位词人的词作未注明出处,约占全书所收词人总数的十分之一强,其余词人词作,则主要来自词选、词别集、诗词话、题图集、题词集、唱和集、笔记杂著、诗集等文献资料,试制表如次:

表 1-8 《词综补遗》资料来源表②

出处	词选	词别集	诗词话	题图集	题词集	唱和集	笔记杂著	诗集	性质未明书籍	友朋钞示词作	未注出处	总计
典籍	139	605	26	15	3	35	45	46	12	—	—	926
词人	2785	875	223	43	20	135	114	53	17	158	516	4939
词人占比	57.6%	18.1%	4.6%	0.9%	0.4%	2.8%	2.4%	1.1%	0.4%	3.3%	10.7%	—

由上表可见,《词综补遗》的文献来源是非常丰富的,共引用各种典籍近千种,其旁征博引,兼及诗集所附词、笔记杂著、题图诗词集及题词集等。而其中特别重要的,是各类词选和多达六百余种的词别集。根据统计可以看出,

---

① 黄裳《来燕榭读书记》,沈阳:辽宁教育出版社,2001 年版,下册,第 253 页。
② 本表之"典籍",指《词综补遗》中注明出处之文献来源。因部分词人词作来自两至三种词籍,故本表所统计词人总数较《词综补遗》实收词人总数略有羡余,而"词人占比数"亦只据实收总词人数(4838 人)计算。

该书从词选中选录的词人数,超过全书所收词人总数的半数以上,其中入选词家数量最多的十二种词选情况如次:

表1-9 《词综补遗》录选词人数量最多的十二种词选详情表

序次	词籍	编者	版本	选域	《词综补遗》录选词家数	备注
1	全清词钞	叶恭绰	稿本	清代词人	474人	今有中华书局1982年排印本
2	闺秀词钞	徐乃昌	宣统元年(1909)刻本	通代闺秀词人	206人	
3	词觏	傅燮詷	稿本	清初词人	149人	
4	广箧中词	叶恭绰	民国二十四年(1935)铅印本	清代词人	137人	
5	常州词录	缪荃孙	光绪二十二年(1896)刻本	清代常州词人	112人	
6	笠泽词征	陈去病	民国十年(1921)铅印本	通代吴江词人	106人	
7	南社词录		宣统二年(1910)至民国十一年(1922)递刊本	清末民国词人	97人	社集。每年一集
8	倚声初集	邹祇谟	顺治十七年(1660)刻本	明末清初人	88人	
9	闽词征	林葆恒	民国二十年(1931)刻本	通代福建词人	87人	
10	西陵词选	陆进、俞士彪	康熙十四年(1675)刻本	明末清初杭州词人	79人	
11	丁氏未刊稿	丁绍仪	稿本	清代后期词人	75人	即丁绍仪《国朝词综补补遗》
12	闺秀词续钞(闺秀续钞)	徐乃昌	稿本	通代闺秀词人	75人	

这些词籍中,《词觏》、《西陵词选》传本目前已极为罕见,丁氏未刊稿、《闺秀词续钞》则似乎已经失传,《全清词钞》也历经战乱而一线单传,直至1975年方始刊行于香港。这样看来,《词综补遗》的保存文献之功可谓非常卓著。

不过,《词综补遗》作为文献渊薮的功能,可能也多拜京津沪词学圈所赐,不仅是因为圈中词学活动和词籍传播非常频繁,而且徐乃昌、叶恭绰与林葆恒同是京津沪词学圈中核心人物,他们之间交往非常密切,在词籍编纂方面也能够开诚布公,互相帮助。

京津沪词学圈中的其他人物,在《词综补遗》的编纂中,也为林葆恒提供了不少帮助。该书中,有158位词人的作品来自27位友朋的"钞示"。这些人中,既有与林葆恒同属清室遗老的金兆蕃、郭则沄等,也有与他过从甚密的词学大家如叶恭绰、夏敬观等,还有一些朋从后生如陆维钊等,其中,钞示5位词人以上的友朋包括:张茂炯(仲清)钞示50人、汪曾武(鹣庵)钞示14人、袁荣法(帅南)钞示14人、仇采(述庵)钞示13人、金兆蕃(篯孙)钞示10人、叶恭绰(遐庵)钞示8人、姚亶素(景之)钞示7人、黄孝纾(匑庵)钞示5人、陆维钊(微昭)钞示5人。这里,特别值得注意的是张茂炯。张仲清,字茂炯,江苏吴县(今属苏州市)人,光绪三十年(1904)进士,官度支部主事,著有《艮庐词》一卷、《外集》一卷,曾选录清词,并"手钞至廿册"。①《词综补遗》中所录张仲清钞词,即来自这二十巨册的词钞:"叶遐庵先生以所辑《清词钞》稿本见示,又举张良庐先生手抄词二十余巨册,悉以相付。"(《补国朝词综补目录·例言》)只是不知,这一卷帙宏富的词籍是否仍存于世?

此外,《词综补遗》所依据的词别集,可能也多得当时词学圈的襄助。根据《讱庵藏词目录》,林葆恒所藏词别集有653种。据统计,这些词别集的大部分作者,已因"词综"系列入选,林葆恒不能再加选录,而只有195种林葆恒所藏词别集被《词综补遗》使用。因此,《词综补遗》中所征引的605种词别集,至少有四百余种并非林葆恒所藏,若仅凭林葆恒一己之力,在编订《词综补遗》的数年间再搜罗这四百余种词别集,显然不切实际,故而,这些词集更可能是借鉴自当时词学圈的各家所藏。

总而言之,篇帙宏大的《词综补遗》能够在极短时间内迅速完成,不仅因为林葆恒持之以恒,付出"星钞露写,左椠右铅。盈川点鬼,里贯必稽;蓝田

---

① 叶恭绰《全清词钞》,第2019页;叶恭绰《全清词钞·例言》,第7页。

病肘,烟墨不废"(《词综补遗》郭则沄序)的努力,也因为他有非常充分的词学典籍准备,更因为他多受当时学界的帮助。值得追问的是,林葆恒为什么要费尽心力,来编纂如此篇幅的书呢?

三、意旨与选心

《词综补遗》卷前载录着林葆恒及其 27 位友人的题诗 1 首、题词 28 首,大致反映了林葆恒自己及其友人对此书意旨与选心的认识。试录数句有代表性的评价:

> 熙代论词,步武花间,孰则最良。溯朱王创始,功同椎辂,黄丁继起,富擅缥缃。甲子已周,癸辛莫识,名作凋零滋可伤。(林葆恒《沁园春》)
> 风雨名山,词客有灵,奉一瓣香。比倚晴楼上,遗珠探索,听秋馆里,碎锦裁量。聚四千家,历三百载,质实清空两擅场。(吴庠《沁园春》)
> 辽鹤归来,蜀鹃听罢,伤心最是词人。(张伯驹《声声慢》)

这些评论,主要涉及的内容包括三个方面:一是肯定林葆恒以《词综》等为榜样续辑词选的文献意识;二是强调他辑存一代文献背后所体现的遗民心态;三是点明了林葆恒辑选的标准并不专主一家一派,而是兼收并蓄。

可以说,这些概括已较能反映《词综补遗》的意旨和选心。但限于题诗题词的格式,这些探讨又皆有欠缺。结合该书内容,我们可从以下三个方面进行较系统的探讨。

第一,遗民的心态。林葆恒于光绪末年入仕,宣统年间仕至直隶提学使。辛亥以后,投身实业,不再出仕,并与北京、天津、上海等地遗老遗少交游唱酬。[①]

---

① 林君潜等《清中宪大夫直隶提学使林公子有赴告》,上海惠众印书馆 1951 年铅印本,上海图书馆藏。

从政治倾向上看,林葆恒是不折不扣的清室遗民,《词综补遗》因此也具有鲜明的遗民学术色彩,这主要表现在:其一,纪录清室荩臣。林葆恒在该书中,多用纪事的方式反映清代后期的荩臣的行事,例如宗室寿富、富寿兄弟,在庚子年(1900)八国联军侵入北京时,阖门蒙难。此后,徐乃昌编《晚晴簃诗汇》时,详述寿富之事,林纾也为富寿撰写行状。林葆恒在《词综补遗》中,便详尽录入徐、林二人的文字作为寿富、富寿二人词的纪事(《词综补遗》卷首)。又如庚子义和团运动中被杀,事后复被追谥的袁昶,《词综补遗》中选录了他三首词,并附以纪事(卷二五)。再如宣统三年(1911)入蜀镇压保路运动并因此丧命的端方,他的词《多丽·题易实甫藏兰兰柳柳便面》"更改柯易叶,那识归根处"一句,曾被当时人认为是预示了其结局的"词谶",林葆恒不仅收录此词,也将《晚晴簃诗汇》中端方的小传及关于本词的纪事一并录入,可见其对端方的同情(卷二七)。其二,多辑清室遗老遗少词作。民国元年(1912)初,宣统帝宣布退位的事件,是清室遗民眼中的所谓"国变"、"鼎革",而"国变"、"鼎革"之后的行事,便成为判断遗老遗少政治持守的依据,试举数例:

> 国变后,发愤感慨,语益排奡。所为词,颇类其诗,盖诗余也。
> (卷二,"龚元凯"条纪事)
> 　　晚遭国变,多感慨之作。(卷一三,"朱家骅"条纪事)
> 　　鼎革后,回里以授徒糊口,年六十余卒。(卷九五,"卓掞"条纪事)

民国初年,林葆恒广泛参与北京、天津、上海一带的词社活动,自身即为遗民,且与清室遗民广为唱酬,因此,《词综补遗》对清室遗民词作的辑录,具有先天的优势,而大量辑录遗民词人,也使得《词综补遗》成为民国时期清遗民学术的一个重要组成部分。其三,表彰明之荩臣与遗民。如徐之垣、徐之瑞(并见卷四)、陈恭尹(卷一七)、潘廷璋(卷二五)、钱肃乐(卷二七)、包尔庚(卷三〇)、张肯堂(卷四〇)、张煌言(卷四一)、许肇篪(卷七四)等,《词综补遗》皆不仅录其词,更附录纪事,详明这些人的生平大节。"花间费尽闲心力,凄恻流人录永嘉。"(黄孝平《鹧鸪天》题词)为有清一代词人纂辑文献,以显现其盛况,并借以表彰一些与林葆恒等人政治价值观趋同的人物,这样的遗民心态可谓是《词综补遗》的主色调。

第二,词史的追求。《词综补遗》所"补遗"的对象,上起明初,下至该书完成之前,明清及民国绝大部分时间内的词人词作,皆在该书选录之列。因此,清代后期及民国的重要历史事件,在该书中皆有载录,林葆恒甚至还有意识地在录词作的同时,通过纪事或选词的方式来构建一代词史。例如:反映鸦片战争,何曰愈"道光时,岛夷横海上,尝愤慨上制夷策,乞当事奏,格不上"(卷三三);反映太平天国运动时的生死之势,焦光俊咸丰癸丑之际,"举室四十七人同时殉焉。耐庵虽得脱,而顾念家难,忧悴亦逝"(卷二九);反映对袁世凯称帝的蔑视,袁克文"似于洪宪称帝,亦有危词也"(卷二五);反映抗日战争中仁人志士的坚持,李良"抗战军兴,敌伪谋巧夺第二特院,次升洁身引退,敌伪征之不出,禄之不受,捕置囹圄,凌辱兼旬,至绝粒七日,终不屈,乃释归。著《国难集》以见志"(卷七三);书中选录王大桢词凡七首,实因这七首词为《清平乐》组词,专咏第一次世界大战后青岛收复之事(卷三九);书中可以编年且其创作时间较靠后的作品是孙傅瑗的《台城路·乙酉秋,倭寇受降后,再来西子湖上》(卷二四),创作于1945年。通过这些纪事和词作所反映的历史事件,林葆恒成功地将《词综补遗》编成具有词史价值的文献渊薮。

"词史"的概念,自清初陈维崧大力提倡后,到清代中后期,更得到常州词派周济等人的阐发和称扬。其内涵,大致包括两个层次:一是以词记录历史,以词存史,"词史"是杜甫式"诗史"在词这种文体中的衍生;二是以词补史,以词补正史料之不足。[①]《词综补遗》的做法,更接近于陈维崧所提倡的"选词存史"[②],即通过纂辑词选,而记录、反映一个时代、一个时期的历史。

---

① 详参张宏生《清初"词史"观念的确立与建构》,《南京大学学报》2008年第1期,第101—107页。
② 陈维崧《词选序》:"然则余与两吴子、潘子仅仅选词云尔乎?选词所以存词,其即所以存经存史也夫。"载冯乾《清词序跋汇编》,南京:凤凰出版社,2013年版,第62页。

清季民国,更是适宜用词章来反映历史之时:

> 复堂怊怅述情,如诗家之有庾信;鹿潭乱离写恨,如诗家之有杜陵。身世飘零,音流凄婉。辛亥变后,诗道益穷。樵风、彊村诸家,尤工变徵。乃以扈芷握荃之致,寓苕华离黍之悲。盖世于是为陆沉,词于是为后劲焉。近三十年作者云起,挈其旨趣,要不出乎文、朱二家,及时收拾,亦犹《诗》录《下泉》,居变风之终,于乱极发思治之情耳。是则词虽小道,托体并尊,光宣以降,非常变局,赖长短句以纪之。寻微索隐,差于世运有关。(《词综补遗》徐沅序)

《词综补遗》由是具有了记录历史的功能,基于此,则林葆恒就不仅仅是清室遗民那么简单,事实上,在动荡的年代中,林葆恒仍倾大心力来选辑该选,已跳出了为一家一姓持守旧有伦理的境界,而转向于对他所中意的某一部分文化的坚守与传承。若是套用"遗民"这个概念,则《词综补遗》更能显示林葆恒在着意构建自己文化遗民的身份和认同,在举世戕伐之中,他的文化倾向无疑是趋于保守的,但正是这种可贵而卓有成效的坚持,以一种特殊的形式留给了我们观察和记录历史的具体方式。

第三,兼收并蓄的选心。朱彝尊《词综》选录标准是宗南宋,风格取向为"清空"和"醇雅",这种宗旨基本为"词综"系列选本所承袭,例如:王昶《明词综》,"选择大旨,亦悉以南宋名家为宗";《国朝词综》,"以南宋为宗";《国朝词综二集》,"取舍大旨,仍以太史为宗";黄燮清《国朝词综续编》,"其规式悉依竹垞、兰泉两先生选本"。① 王昶、黄燮清等人的选录标准与朱彝尊一脉相承,反映了浙西词派在清代前中期的强势地位。到了清代后期,随着词坛力量的消长转化,丁绍仪《国朝词综补》的选录标准也随之有了更改:

---

① 王昶《序》,王昶《明词综》,沈阳:辽宁教育出版社,1997年版,第1页。王昶《序》,王昶《国朝词综》,嘉庆七年(1802)刻本。王绍成《序》,王昶《国朝词综二集》,嘉庆八年(1803)刻本。张炳堃《序》,黄燮清《国朝词综续编》,同治四年(1865)刻本。

或以人存,或以词存,或以所咏之事存,或以调僻而存。苟无疵颣,即应甄录,以待后人简择。……然意近浅率,语涉纤佻,逞粗犷为雄放,误鄙俚为清真,体物而太肤泛,言情而堕亵昵,以及漫无寄托,不合格律各词,均不敢滥登。①

丁绍仪的选词标准中明显羼入常州词派的观念,特别是吸纳了金应珪等人对"淫词、鄙词、游词"的批判,②可见时代及词坛气息之更替。作为"词综"系列的总结之作,《词综补遗》选心可谓不拘一格,已越出浙派藩篱而更逼近丁绍仪的选词标准,补辑前代《词综》未选作家作品时,既考虑存人,亦考虑存词;选录当下词人词作时,则既注意突出重点,亦着重相容各种风格倾向。在《词综补遗》4838位词人中,大部分词人仅选录一首词,小部分词人选录二到四首词,选录五首以上的词人凡74位,选录六首者凡20位,选录七首者凡10位,多为光绪、宣统年间及以后的词家,而选录八首及八首以上的词人共10位,情况如下:

表1-10 《词综补遗》入选词数前十家详情表

序次	词家	《词综补遗》选词数	籍贯	时代	别集	宗尚	备注
1	王鹏运	21	广西临桂	同光	半塘定稿	吴文英	辑刻《四印斋所刻词》
2	朱孝臧	14	浙江归安	光宣	彊村语业	吴文英	辑刻《彊村丛书》
3	曹元忠	11	江苏吴县	光宣	凌波词		
4	刘福姚	10	广西临桂	光宣	忍庵词		
5	张祖同	9	湖南长沙	同光	湘雨楼词	周邦彦	
6	张尔田	8	浙江钱塘	光宣	遯庵乐府	吴文英	
7	郑文焯	8	汉军正白旗	光宣	樵风乐府	吴文英、周邦彦	

---

① 丁绍仪《清词综补例言》,《清词综补》,第1页。
② 金应珪《词选后序》,张惠言《词选》,清刻本。

序次	词家	《词综补遗》选词数	籍贯	时代	别集	宗尚	备注
8	李岳瑞	8	陕西咸阳	光宣	郘云词		
9	王允晳	8	福建侯官	光宣	碧栖词	王沂孙、张炎	
10	程兆和	8	江苏武进	道咸	春谷词		八词为《菩萨蛮》组词

除程兆和因组词八首而排入,其余皆为同治至民国间领袖一时的词学宗师,王鹏运、朱孝臧则更是近代词坛的"结穴"式人物。该书中对同治以后词坛各种流派、风尚,亦能做到兼收并蓄,海纳百川。关于这一点,郭则沄的总结可谓精彩:

> 读君选例,是具深心,编撷众长,盖有四善:稿项山臞,姓名久晦,宿草既闶,片羽将湮,得附斯集,始传于世,阐幽比重,掩骼同功,是曰知人,其善一也;涸时孤愤,半寓琴歌,小道言词,废兴略见,茗华悚叹,匏叶兴嗟,史料斯存,心光不没,是曰存事,其善二也;若乃词坛宗派,晟府源流,近参樊榭之笺,远拟花庵之选,使丽年雅绪,获见会归,百派流风,综归陶冶,是曰精择,其善三也;虚怀综采,毅力旁搜,佚本珍钞,皋牢殆遍,聚沙成塔,积玉为山,务殚唐肆之求,仍避齐门之滥,是曰博取,其善四也。综此宏观,实推巨制。开古今之创例,接骚雅之前徽。风尚递变,系遗逸之悲歔;身世无聊,识士夫之流宕。而寻声凄婉,倚拍苍凉;行迈伤心,微吟见志。竹垞、兰泉处世之盛,固无此激昂慷慨之思;倚胜、杏舲当世之衰,亦无此憔悴忧伤之致也。(《词综补遗》郭则沄序)

无论是知人还是存事,无论是精择还是博取。《词综补遗》在诸多方面确实能够突越前人,显示了突出的价值和成就。

四、价值及成就

《词综补遗》的第一个价值和成就，表现在总结词坛状况，反映一代词章。前文曾用较多篇幅讨论该书对光绪、宣统年间词坛的搜罗与反映，那么，与"词综"系列其他词选相比，《词综补遗》的价值和地位又具体如何呢？

表1-11 "词综"系列诸选详情表

词籍	编者	卷数	存人	存词	主要录词时段	补遗时段	备注
词综	朱彝尊	36	659	2253	唐至元	—	—
明词综	王昶	12	387	604	明	—	—
国朝词综	王昶	18	717	2400余	顺治至嘉庆初	—	词人已卒
国朝词综二集	王昶	8	62	423	乾隆嘉庆间	—	词人尚在
国朝词综续编	黄燮清	24	586	1620	乾隆至道光	补乾隆朝	存亡并收
国朝词综补	丁绍仪	58	1538	3374	嘉庆至光绪初	补嘉庆以前清词	存亡并收
国朝词综补续编	丁绍仪	18	449	1050余	嘉庆至光绪	—	存亡并收
词综补遗	林葆恒	101	4838	7703	光绪至民国间	补明清词	存亡并收

由上表可见，《词综补遗》是该系列词选中篇幅最巨、补遗时间跨度也最大的选本。不过，该书最主要选录的，还是光绪至民国间的词人群体，特别是民国词坛的方方面面，皆在该选中占据极重要的位置。例如，清室遗民词人群体被大量录入该选；民国时期各大学讲授词学的教授如龙榆生、夏承焘、万云骏、钱仲联、唐圭璋等，也纷纷在该选中占有一席之地；民国时期活跃在词坛上的各种诗词社社友，绝大多数都在该选中得被选录；甚至晚清、民国的各类政治人物，都在该选中得以厕身。更值得一提的是，毛泽东《沁园春·雪》一词，1945年11月重庆谈判后方公开发表，[①]也已被该选选录（卷三三），是该选选录的发表年代最为靠后的词作。如此这般，在在反映了该选

---

① 吴正裕主编《毛泽东诗词全编鉴赏（增订本）》，北京：人民文学出版社，2017年版，第144页。

在选阵方面的功力。

　　需要注意的是,为了保证词史的完整,对一些选入该选之中的特殊的政治人物,林葆恒也在书中通过体例方面的一些调整,为这些人物的入选及其政治倾向做出了安排。在为这类政治人物撰写小传时,常常采用缺略的方式,例如汪兆铭小传,仅谓"字精卫,广东番禺人。兆镛弟。有《小休集》"(卷五一),而不涉及其曾为清季举人、谋刺清摄政王及抗战中投敌叛国事;又如梁启超小传,则谓"字卓如,号任公,广东新会人。光绪己丑举人,特赏六品衔。有《饮冰室词钞》"(卷五二),而不涉及戊戌及以后之事。这些与自己的政治理念有所扞格的人物甚至叛国之徒,在词选中仍保留他们的位置,除了体现林葆恒反映一代词史的深心,也体现了他的词学本位观念。

　　《词综补遗》的第二个独特价值与成就,是大量录入闺秀词人。清代闺秀词人众多,晚清徐乃昌专辑闺秀词,成《小檀栾汇刻闺秀词》及《闺秀词钞》等书,①此前此后也有多家专选闺秀的词选问世,这些词籍,为林葆恒大量录选闺秀词提供了文献基础。前文已统计,林葆恒自《闺秀词钞》录选206家,自《闺秀词续钞》录选75家,此外,他还从《众香词》中选录66家,从《小檀栾汇刻闺秀词》中选录25家,从《闺秀补遗》中录选18家,从《近代女子词录》中录选13家,从《林下词选》中选录11家,还从其他词籍中选录百余家。在此前词选包括"词综"系列词选中,闺秀词人往往作为附录列在卷末,仅位列僧道、无名氏等之前。与以往词选次序不同,《词综补遗》将闺秀词人附列于各姓之后,与男性词人并肩。这种排列方式,一方面更能反映词坛生态,另一方面也更能展示女性词人的创作成就及其内涵。而需要注意的是,大量辑录闺秀词人,也是《词综补遗》辑录词人数量远迈前修的重要原因。

　　《词综补遗》的第三个价值及成就,是采录了大量稀见词籍,具有明显的文献保存之功。研究清室遗民词人的林立曾说:"若干较不见经传的词人,

---

① 详参郑玲《收藏冠冕皖南　学问博极风雅——徐乃昌的收藏与刻书》,《大学图书情报学刊》2012年第6期,第88页。

其资料都可以在此书的作者简介中找到。"①这是从实用性角度作出的评价。在文献保存方面,林葆恒的焦虑感也颇明显:"非敢云踵美前修,亦欲使昭代词人不随云烟以俱灭,则搜辑之微意也。"(《补国朝词综补目录·例言》)"傅燮诇之《词觏》、丁绍仪之未刊稿、张茂炯之钞稿,皆属孤本,若不选辑,辗转散失,更为可惜。"(《词综补遗·例言》)。除了上述诸书,该选的文献来源中,罕见词籍亦不少见,试举例如下:

《白山词介续》、《东皋诗余》、《闺秀词续钞》、《海曲词钞》、《嘉兴词存》、《京江词征》、《近代女子词录》、《娄东词派续》(一作《娄东词派剩》)、《西陵词选》、《湘人词》、《倚声新什》、《玉琼集》(以上词选);

王诤《半农小稿》、蔡诒来《贡云楼词》、彭蕴章《瓜蔓词》、李馨《灌花翁词》、张祖馥《涵碧轩词》、张润普《虹南词》、费念慈《茧巢词》、黄娴《蕉琴阁诗余》、许引之《蕉石词》、郑珍《经巢瘗语》、张预《量月楼词》、许维汉《玫瑰香馆词》、胡矩贤《梦芍轩词》、路璋《莲漪画舫诗余》、陶隆僎《虚碧词》、高崇瑞《玉笑词》、王逵《云影楼词》、刘怀《止止居士诗余》、张纮《醉月楼诗词稿》(以上词别集);

《明词提要》、《采乐风录》、《洞箫新谱》(以上杂著);

金望欣《淮海扁舟集》、查升《澹远堂集》、萧荣昌《晚香书屋遗稿》(以上诗集)。

这些文献中,部分典籍目前尚存孤本,深藏各地图书馆中,大部分则已亡佚如云烟退散,因此,《词综补遗》的文献价值是不言而喻的。而且,这种价值还导向一种更现实的作用,即《全明词》、《全清词》补遗。

《全明词》、《全明词补编》及《全清词》(《顺康卷》、《顺康卷补编》、《雍乾卷》)的征引书目中,并未列入《词综补遗》一书,《词综补遗》不仅载录很多作品,同时也载录很多线索可供《全明词》重编、《全清词》(《顺康卷》、《雍乾卷》)补遗以及《全清词》(《嘉道卷》、《咸同卷》、《光宣卷》)的编纂所使用。即

---

① 林立《沧海遗音:民国时期清遗民词研究》,香港:香港中文大学出版社,2012年版,第29页。

便从词籍整理的实用角度而言,《词综补遗》的文献价值也是非常明显的。

五、不足与缺憾

当然,《词综补遗》的编纂时间毕竟太短且过于仓促,林葆恒虽然"以炳烛之岁,犹能尽操觚之能"(《词综补遗》郭则沄序),但正因如此,该选也留下了一些不足和缺憾。具体而言,略分四种情况。

其一,小传简略,年代含混。林葆恒所定的以作者姓氏韵部顺序编排的体例,虽然为编纂图书提供了助力,但也确实模糊了时代之分,使得这部书成了半成品式的书稿。更由于书中林葆恒所撰写的小传内容过于简单,因此,在使用该书时,仍不可避免地需做很多查考工作。

其二,成书仓促,错漏多见。书中的许多小传,林葆恒都自行标有较多缺字符,这些都是他在当时的状况下,因资料缺乏而预留,以待他日补充。前已提及,张璋先生在整理该书时,曾略作补充,陈开林亦有专文补充,但这些工作,毕竟尚未充分,因此,稿本《词综补遗》的整理和使用,仍需要更深入的补充和辩证。

其三,部分词人,未自别集录词,而选录了选集所选词,或选录自他人别集所附录的题词与和词。例如,方濬颐有《古香凹诗余》,林葆恒藏有此书,书中所附录的徐衡、殷如瓒二人题词皆录入《词综补遗》(卷五、卷二三),而方濬颐词,则从《广箧中词》中录入(卷五三);郑兰孙《莲因室集》,林葆恒亦曾收藏,该书中附录的张炜题词也选入《词综补遗》(卷四五),而郑兰孙词,则从《小檀栾汇刻闺秀词》中选录(卷九二);再如张崇兰《梦溪棹讴》,林葆恒也有收藏,但张崇兰的词,却是从释了璞《清梦轩诗词》中选录(卷四二)。① 这样的例证,还可以举出多条。由是可见,林葆恒在辑录词选时,即便是自己所藏的词籍,也未能够特别充分地利用。

其四,部分词人,姓名有误。例如南洼牧叟,真名胡元仪,著有《步姜

---

① 林葆恒藏词籍详情,可参《讱庵藏词目录》一书,影印收入林夕辑《中国著名藏书家书目汇刊·近代卷》,第39册,北京:商务印书馆,2005年版,第103、130页。

词》,《全清词钞》既录胡元仪《阮郎归》、《探春满》二词,又录南洼牧叟《解连环》一词。① 《词综补遗》对这一错误未加辨析而径自沿用,造成了遗憾(卷一四、一〇〇)。又如水云漫士,真名潘奕隽,《词综补遗》中根据《水云笛谱》选录《金缕曲》一词,却未辨明作者真实姓名(卷一〇〇)。又如秉庵,真名汪世隽,《词综补遗》据《凭隐诗余》选录《沁园春》词一首,也同样未辨明作者真名(卷一〇〇),却据《全清词钞》,复选录汪世隽《浣溪沙》、《疏影》二词(卷五〇)。同样的例子,还有柳斋(梁广照)等人,不再一一举例。

《词综补遗》是一部承载着特定意识和历史记忆的词选,它在乱世中诞生,并长久地湮没在误解与忽视之中。但这部词选在词史上的意义却是非常显著的,它不仅是"词综"系列词选的重要构成,也是1949年以前用古典辑录方式编纂完成的最后一部大型词选,甚至可以说它是古典式词选的终局之作。通过本节考论,我们知道了《词综补遗》编纂的详细历程及其资料来源,并深入了解了该书的意旨与选心、价值及成就,同时,对其不足和缺憾也有了较明确的认识,并基于此,基本廓清了对该书的偏见和误解。概而言之,《词综补遗》既是文献渊薮,也因客观原因存在较多疏误之处,亟需更深入地整理、研究和利用。在文献整理和清词编纂日趋深入的今日,随着我们对该书研究的更加深入,它的价值,必将进一步昭示于学界。

---

① 叶恭绰《全清词钞》,第1921、1541页。

第二章 词人与词籍探论

本章关涉清代词人与词籍研究,主要涉及三类内容:一是从词籍生产角度与理念抉择看康熙帝的词学活动,并论证其对清代词学的影响;二是对莫友芝词集的版本、文献及文学价值的考订;三是在辑佚的基础上,探讨纳兰性德、王国维的佚作内涵及其价值。

第一节 论康熙帝的词学活动及其影响

在六十余年君临天下的漫长岁月中,康熙帝身边从来不乏文学侍从之臣,部分臣工如王士禛、朱彝尊、纳兰性德、查慎行等人,甚至是名动天下的词坛宗主。以康熙帝的聪明睿智,"圣学无所不窥",为何直到康熙四十年(1701)左右,方始留意词学?而一旦瞩目,即从自行创作,至与词臣赓和,到选任臣工,开馆修纂《御选历代诗余》和《钦定词谱》,甚至钦定其序并刊行,其对于词学的热情在清室诸帝中绝无仅有。这种热情出现的背景何在?在其"圣学"体系中如何定位?与其所倡导的"文治"又有何关联?词发展到康熙朝中后期,已经历了云间、广陵、阳羡、浙西等流派或词人群体的众声喧哗式的中兴,词坛渐渐被浙西一派的后继者所占据,康熙帝这时颁布其关于词学的"天语纶音"代表了什么倾向?会对词坛产生何种触动?又应如何去评价呢？带着这些问题，在前人研究的基础上，①本节通过探析这位体国经野者的观念和行动，以期对清初词学演进中的一些问题作出回答。

一、康熙帝的词创作

康熙帝对词学的关涉，最早表现为创作。其存世词作共十二阕，依次为：《柳梢青·咏岭外金莲盛放可爱》、《太平时·立春》、《点绛唇·前过江浙，桃花已放，今回銮至津门，复见桃花盛开》、《点绛唇·春雪晴望》、《风入松·腊日》、《柳梢青·乙酉仲春南巡船窗偶作》、《临江仙·自镇江之江宁》、《万斯年曲·天宇咸畅》、《柳梢青·香远益清》、《太平时·云帆月舫》（以上三阕同属《御制热河三十六景诗》）、《点绛唇·檐灯》、《鹧鸪天·擎盖荷珠》。② 若单从数量而言，康熙帝在词创作上的热情无疑远逊于诗，但相对于清代帝王词普遍荒落的实际情况，③仍属难能可贵。接下来，我们对这些词进行具体层面的分析。

首先，这些词的创作时间相对集中，从康熙四十年（1701）延伸至五十四年（1715），属于康熙帝后期的作品。其第一阕词为《柳梢青·咏岭外金莲盛放可爱》：

> 万顷金莲。平临难尽，高眺千般。珠颤移花，翠翻带月，无暑

---

① 此前学界研讨康熙帝对清初词坛的影响的学术成果，主要为于翠玲《康熙"文治"与词学走向》(《民族文学研究》2004年第2期，第40—44页)，以及黄建军《康熙与清初文坛》(北京：中华书局，2011年版)的相关讨论(第262—272页)。于文侧重于分析博学鸿儒科及《御选历代诗余》、《钦定词谱》对词籍编纂的影响；黄作对康熙帝词与词论有所涉及，然未能深入。

② 《清圣祖御制诗文》，故宫博物院编《故宫珍本丛刊》，海口：海南出版社，2000年版，第5册，第413、416、424、436、440页；第6册，第5—6、12、24—26、387、409页。王志民、王则远《康熙诗词集注》，呼和浩特：内蒙古人民出版社，1994年版，第440、453、473、500、513、524、545、578、582、585、601、661页。本节所引康熙诗词皆据《清圣祖御制诗文》、《康熙诗词集注》，不另作注。

③ 据《清代御制诗文集》统计，乾隆帝因和康熙帝《御制热河三十六景诗》，曾作词三首，咸丰帝集中有词二首，其余诸帝多无词作。又，康熙帝一生共作诗1135首，参见王志民、王则远《康熙诗词集注》前言，第17页。

神仙。　俗人莫道轻寒。悠雅处、余香满山。岭外磊落,远方隐者,谁似清闲。

这首词具体创作于何时?《清圣祖御制诗文》、《康熙诗词集注》中并未具体说明,不过,因其编于《为考试叹》(作于康熙三十九年六月)和《大城文安等处堤修完舟中驻跸王家口》(作于康熙四十一年正月)二诗之间,其创作当在康熙三十九年至四十年之间。考《清史稿》本纪,康熙帝这两年皆曾巡幸塞外,然行期有别:三十九年(1700),秋七月丁巳(初六日)始发,冬十月己卯(二十日)还京,十一月辛亥(二十三日),复巡幸边外,十二月戊辰(初十日)还京;四十年(1701),五月丙辰(三十日)始发,九月乙巳(二十一日)还京。① 因金莲盛放的花期在盛暑,则该词当作于康熙四十年夏间。

康熙帝其余的词作,创作时间皆颇明确,此处据《康熙诗词集注》录出:《太平时·立春》[康熙四十一年(1702)十二月十九日],《点绛唇·前过江浙……》(康熙四十二年三月十三日),《点绛唇·春雪晴望》(康熙四十三年二月),《风入松·腊日》(康熙四十三年十二月初八日),《柳梢青·乙酉仲春南巡船窗偶作》(康熙四十四年二月十六日),《临江仙·自镇江之江宁》(康熙四十四年四月二十一日),《万斯年曲·天宇咸畅》,《柳梢青·香远益清》、《太平时·云帆月舫》[康熙五十年(1711)],《点绛唇·樯灯》(康熙五十一年二月),《鹧鸪天·擎盖荷珠》(康熙五十四年夏)。这段时间,正是康熙帝诏敕修纂《御选历代诗余》[成于康熙四十六年(1707)]和《钦定词谱》[成于康熙五十四年(1715)]之时。可见康熙帝留意词学并非单向度的,除了选命臣工纂辑词籍,自己也多有"试水"之作,两方面的努力相辅相成。康熙五十四年以后,康熙帝仍然创作了大量的诗,于词却不再问津。一个可能的原因是,其在词学方面的"文治"功业已有成就,对此也就不再留意了。

其次,这些词作的形式和内容都比较单一。从形式上看,除了《风入松·腊日》字数较多,属中调,其余皆为小令,无长调慢词。小令无须费心结

---

① 赵尔巽等撰《清史稿》卷七,北京:中华书局,1977年版,第253—257页。

构,较易于填写,不会有苦吟之累,对于康熙帝这样勤于政务的皇帝而言,较为适合。① 从语言上看,这些词作题旨明晰,单刀直入,风格平实,使用典故非常少。② 从内容上看,也多描绘太平景象,刻画升平物态,抒发其富贵清闲的生活旨趣,并表达其仁化爱民的帝王情怀,为其文治德政作注脚:

> 冲寒待腊雪花飘。词意并琴挑。嘉平岁暮春光近,朔风冽、裘暖狐貂。须晓民间衣薄,那知官里宽饶。 隆冬气惨绛香烧。披览共仙韶。毡帘软幕凉还透,微云一抹散琼瑶。听得梅将开也,先看绿萼清标。(《风入松·腊日》)

这首词意旨明确,且与康熙帝的很多诗词作品一样,皆存在词意复沓之弊,如"待腊"、"嘉平"、"岁暮"、"隆冬"等词意复,"雪花"、"琼瑶"二词意复。不过,词中仍可见隆冬待春的富贵景象以及身处其中而不忘民生的帝王情怀,其内容已是康熙帝词中最丰富的。

再次,就其功用而言,词同样也是康熙帝鼓吹"文治",君臣赓和,塑造"太平致治"景象的工具。四十四年(1705)第五次南巡时,康熙帝作《柳梢青》词:

> 大块光风。春畴一望,满目从容。桂棹初摇,牙樯始立,淑色烟笼。 堤边对对宾鸿。村庄里、安平气融。乐志情深,读书意远,与古和同。

这首词颇能反映康熙帝心境旨趣,因此他不止一次颁示给臣工。初作成时,

---

① 据笔者统计,康熙帝所作千余首诗,多为五七言绝句或律诗,长律、古体仅88首,似亦与其无暇在文辞方面费心有关。
② 康熙帝诗词用典较少,辞藻亦不刻意研炼,自我评价谓"小诗自觉乏文丽"[《忆陕西二首》,作于康熙六十一年(1722)九月],颇近实际。《御制避暑山庄诗》[清康熙五十一年(1712)武英殿刻本]由揆叙等奉敕详注刻行,不过这些注中,绝大多数仍是注释语词而非典故。

即以之"示直隶巡抚李光地等。李光地奏曰:'臣等仰瞻圣制,不独辞韵精妙,而治天下之大道寓焉。岂惟近今罕觏,即从古亦无此佳什。允堪昭垂万世,传之无极。'"①三月十八日康熙帝生日,于江苏巡抚宋荦请安时,又命侍卫"捧出御笔书扇二柄:一墨书金扇,一金书石青扇,俱御制《柳梢青》词。云:'可与宋巡抚看。'"②而当时扈从群臣亦或有和词,如康熙丙辰科榜眼胡会恩即有和词《柳梢青·恭和圣制田家春日韵》。③ 这样君臣赓和的例子还有尤侗之子尤珍的《柳梢青·恭和御制金莲花词》。④ 而《太平时·立春》一首,更为查慎行、陈璋、汪灏、吴陈琰等更番叠和,允为盛事。⑤ 康熙君臣的这些作品虽难臻上乘,却很能反映太平盛世偃武修文之象,并客观推动上层社会文人群体中的词创作实践。

最后,康熙帝创作词时,也曾有意创作诗,虽有体裁的不同,二者内容和旨趣却相当接近。例如《点绛唇·樯灯》之前尚有七律《樯灯》一首:

泊舟浅水意如何,为惜春光怡兴多。倚槛晚晴吟皓月,推窗夜静悦清波。冰消浪洁鱼吹沫,风转云开雁踏莎。更有樯灯分掩映,辉煌岂亚扣船歌。(《樯灯》)⑥

夜静更深,船窗临淀见波影。出看何景。灯映牙樯炯。 自笑无文,难得佳词整。挥毛颖。水平天永。淡露春风冷。(《点绛唇·樯灯》)

---

① 《清实录·圣祖仁皇帝实录》,北京:中华书局,1985年版,第3册,第211页。
② 宋荦《迎銮日记》卷三,《续修四库全书》,上海:上海古籍出版社,1995年版,第559册,第677页。
③ 张宏生《全清词·顺康卷补编》,南京:南京大学出版社,2008年版,第1433页。
④ 南京大学中国语言文学系全清词编纂研究室编《全清词·顺康卷》,北京:中华书局,2002年版,第8515页。
⑤ 此次唱和详情参见沈玉亮、吴陈琰编《凤池集·诗余》,清康熙四十四年(1705)刻本,第3a—4b页。《全清词·顺康卷》载录查慎行(第9124页)、陈璋(第10298页)、汪灏词(第8423页),然缺载陈璋词第二阕并吴陈琰和词。
⑥ 王志民、王则远《康熙诗词集注》,第601页。

一诗一词,虽体格有异,内容却大致相同:皆紧扣题意,开首起兴,随后切题直接描写檐灯,末尾写创作意图或背景。与此相似的诗词同题共作还有一例:《鹧鸪天·擎盖荷珠》和七绝《雨后戏题回文诗》。① 而《御制热河三十六景诗》中,词虽有三首,其意旨、辞藻等却均与同卷中的诗相仿佛,甚至就可以看成是"句读不葺之诗"。② 可以说,这种同题共作消弭了诗词的界限,也使得其诗集中"聊备一体"的词相当程度地接近于诗。

二、康熙帝的词学观

其实在康熙帝的心目中,诗余(词)与诗并没有完全的畛域之辨。在其为《御选历代诗余》、《钦定词谱》所定的序中,也贯彻着同样的观点:

> 诗余之作,盖自昔乐府之遗音,而后人之审声选调所由以缘起也。而要皆昉于诗,则其本末源流之故有可言者。古帝舜之命夔典乐曰:"诗言志,歌永言,声依永,律和声。"可见唐虞时即有诗,而诗必谐于声,是近代倚声之词,其理固已寓焉。降而殷周,孔子删而为三百五篇,乐正而雅颂得所。考其时郊庙明堂升歌宴飨,以及乡饮报赛,莫不有诗,以叶于笙箫琴瑟之间。自诗变为骚,骚衍为赋,虽旨兼出乎六义,而声弗拘于八音。至汉,而郊祀、房中、铙歌、鼓吹、琴曲、杂诗,皆领于乐官,于是始有乐府名。迄于六代,操觚之家,按调属题,征辞赴节,日趋婉丽,以导宫商。唐兴,古诗而外,创为近体,而五七言绝句或传于伶人,顾他诗不尽协于乐部。其间如李白之《清平调》、《忆秦娥》、《菩萨蛮》,刘禹锡之《浪淘沙》、《竹枝词》,洎温庭筠、韦庄之徒,相继有作,而新声迭出,时皆被诸管弦。是诗之流而为词,已权舆于唐矣。宋初,其风渐广。至周邦彦领大晟乐府,比切声调,篇目颇繁,柳永复增置之,词遂有专家。一

---

① 王志民、王则远《康熙诗词集注》,第661页。
② 王志民、王则远《康熙诗词集注》,第561—594页。

时绮制,可谓极盛。虽体殊乐府,而句栉字比,廉肉节奏,不爽寸黍,其于古者依永和声之道,洵有合也,然则词亦何可废欤?(《御选历代诗余序》)①

词之有图谱,犹诗之有体格也。诗本于古歌谣,词本于诗。诗三百篇,皆可歌。凡散见于《仪礼》、《礼记》、《春秋左氏传》者,班班可考也。汉初乐府亦期协律,魏晋讫唐,诸体杂出,而比于律者盖寡。唐之中叶,始为填词,制调倚声,历五代、北宋而极盛。崇宁间大晟乐府所集,有十二律六十家八十四调,后遂增至二百余,换羽移商,品目详具。逮南渡后,宫调失传,而词学亦渐紊矣。(《钦定词谱序》)②

《御选历代诗余序》作于康熙四十六年(1707)七月十二日,《钦定词谱序》作于康熙五十四年(1715)七月十六日。从具体时间上看,这两篇序应不是康熙帝亲自撰写,而是由文臣撰定并得康熙帝首肯。但两者前后相承,观点一致,虽非康熙亲笔,却亦是文臣承旨而撰,其所反映的,仍应是以康熙帝为代表的具有浓重官方色彩的词学观念。③ 从《御选历代诗余序》中也可看出,康熙帝及其文臣对词史并不特别熟悉,甚至于将周邦彦、柳永二人先后倒置,其后才在《钦定词谱序》里不动声色地修订。不过,这一种小错误并未影响他们的大判断——词"盖自昔乐府之遗音","皆昉于诗","本于"周"诗三百篇"。可以说,词是诗之余、乐府之余是他们一以贯之的看法,而"诗余"、

---

① 沈辰垣等《御选历代诗余》,杭州:浙江古籍出版社,1998年版,第1页。
② 王奕清等《钦定词谱》,北京:中国书店,1983年版,第1册,序第1—5页。
③ 康熙四十六年七月十二日,帝在巡幸塞外途中,"秋七月辛亥朔……壬戌,上驻跸喀喇和屯"(《清实录·圣祖仁皇帝实录》,第3册,第302页);康熙五十四年七月十六日,帝在西征策妄阿拉布坦军营,"上驻跸行宫,是日赐左都御史揆叙御书扁额,赐大臣、侍卫、护军参领、护军校、护军执事人员、七省官兵西瓜、香瓜"(《清代起居注册·康熙朝》,北京:中华书局,2009年版,第29册,第14525—14526页)。如二序为康熙帝御笔亲撰,则《清实录》、《清代起居注册·康熙朝》皆当记载,实则二书皆未录此事,而戎马倥偬中,康熙帝亦不可能亲自撰序,故可判定二序应当是文臣撰写,后得康熙帝首肯。此外,《全唐诗录》、《佩文斋咏物诗选》、《全唐诗》、《历代题画诗类》等书,其序的撰定情况,皆与此类似。

"词"更是一而二、二而一的称呼。在其心目中,词史实际上就是诗歌递嬗史。

但若细细分析,仍可以看出这些词论中错综杂糅的一面。历史上,自词这一文学体裁兴起,关于其起源的追问便层出不穷,虽然"词乃小道"、"艳科"的声音不绝于耳,但为词尊体、将词升格并配享于其他文体同样也是词论者们一直孜孜不倦努力的目标。北宋人开始有意识地将词上配于诗,苏轼在《祭张子野文》中提出词"盖诗之裔",①其词又被时人认为是"以诗入词"(陈师道《后山诗话》)、"句读不葺之诗"(李清照《词论》);而南宋王灼开始明确认同词、乐府与诗同源,②张侃则认为"乐府之坏,始于玉台杂体。而《后庭花》等曲流入淫伪,极而变为倚声",③明代俞彦、杨慎等人继之,也认为词与乐府系出同源。④ 无论是诗之苗裔,还是乐府之遗,这两种词源说在历史上都有着极广泛的影响,同受康熙帝荣宠的两位词人宋荦、尤侗即分持这两种观点。⑤ 而康熙帝及其文臣正是将这两种复杂的词源说混同糅合,形成了官方词论观念,并使得当时人心目中有关文体递嬗问题的相关认识变成了为词寻根究源、托体推尊的历史依据。既然词和乐府、诗同源,"班班可考",那么,"词亦何可废欤"? 康熙帝及其文臣正是通过这样的逻辑完成了对词的实际功用的论证。

于是,康熙帝推尊词体的目的便渐趋明朗:他并不只是为了陈述词史上简单的事实,而是为了借此确定其选词的标准。康熙帝云:

---

① 苏轼著,孔凡礼点校《苏轼文集》,北京:中华书局,1986年版,第1943页。
② 王灼《碧鸡漫志》卷一,唐圭璋编《词话丛编》,北京:中华书局,1986年版,第73页。
③ 张侃《拙轩词话》,唐圭璋编《词话丛编》,第189页。
④ 俞彦《爰园词话》"词得与诗并存之故"条,杨慎《词品》卷一"梁武帝《江南弄》"条,分见唐圭璋编《词话丛编》,第399、421页。
⑤ 宋荦《瑶华集序》:"填词之名,肇于唐李供奉《忆秦娥》、《菩萨蛮》二阕,而其实自《雅》、《颂》、《繁》、《遏》、《渠》等篇,已具错综抗坠之法,早为温、韦诸君子滥觞已。"(蒋景祁《瑶华集》,北京:中华书局,1982年版,第3页)尤侗《延露词序》:"'小楼昨夜',《哀江头》之余也;'水殿风来',《清平调》之余也;'红藕香残',《古离别》之余也;'将军白头',《从军行》之余也;'今宵酒醒',《子夜》、《懊侬》之余也;'大江东去',鼓角、横吹之余也。"(彭孙遹《延露词》,清康熙间留松阁刻本,序第1a页)

> 朕万几清暇,博综典籍,于经史诸书有关政教而裨益身心者,良已纂辑无遗。……更以词者继响夫诗者也,乃命词臣,辑其风华典丽悉归于正者为若干卷,而朕亲裁定焉。①
>
> 是选录其风华典丽而不失于正者为准式,其沉郁排宕、寄托深远、不涉绮靡、卓然名家者,尤多收录。②

需要注意的是,"风华典丽悉归于正"的前提正是"有关政教而裨益身心"。康熙帝既然将词上配诗及乐府,其选词的标准自然亦与选诗歌的标准相同,简言之,即遵从所谓的"诗教"。对此,康熙帝还有一段评论:

> 夫诗之扬厉功德,铺陈政事,固无论矣,至于《桑中》、《蔓草》诸什,而孔子以一言蔽之曰"思无邪",盖蕙茞可以比贤者,嘤鸣可以喻友生。苟读其词,而引伸之,触类之,范其轶志,砥厥贞心,则是编之含英咀华、敲金戛玉者,何在不可以"思无邪"之一言该之也?若夫一唱三叹,谱入丝竹,清浊高下,无相夺伦,殆宇宙之元音具是。推此而沿流讨源,由词以溯之诗,由诗以溯之乐,即箫韶九成,其亦不外于本人心以求自然之声也夫!③

强调"思无邪",强调寄托,类似的语言,也可以在康熙帝其他文章中读到:"在昔诗教之兴,本性情之微,导中和之旨,所以感人心而美谣俗,被金石而格神祇。……乃取兹集,亲为鉴定,赐以帑金,即命校刊。俾诵习者由全唐之诗沿波讨澜,以上溯夫汾泗之传,而游泳乎唐虞'载赓'之盛,其于化理人心将大有裨益也矣。"④《诗大序》谓:'在心为志,发言为诗。'其阐明虞廷言志之意,而归本于心者,其意深矣。盖时运推移,质文屡变,其言之所发虽

---

① 《御选历代诗余序》,《御选历代诗余》,第 2 页。
② 《御选历代诗余·钦定凡例》,《御选历代诗余》,第 3 页。
③ 《御选历代诗余序》,《御选历代诗余》,第 2 页。
④ 《清圣祖御制诗文》卷二〇《全唐诗录序》,第 5 册,第 159—160 页。

殊,而心之所存无异。……孔子云:'诗三百,一言以蔽之,曰思无邪!'子之言,诗法也,即心法也。"①其说法或稍有异,主旨却都是为了弘扬诗教。

康熙四十年(1701)以后,康熙帝组织人力,大规模地编纂历代文化典籍,其中包括多部诗文总集:从《全唐诗》到《宋金元明四朝诗选》,从诗总集到分体诗选(《佩文斋咏物诗选》、《历代题画诗类》),再到编纂历代词总集。这些典籍,或由康熙钦命纂集,或由臣工自行编纂,完成后再呈进御览,但都由康熙帝钦定序言。这些大规模的文化工程和康熙十八年(1679)开设博学鸿儒科一样,同属康熙帝"文治"大业的两项重要举措,不过,二者又略有不同。博学鸿儒科"网罗知名士;不足,则更征山林隐逸,以礼相招;不足,则复大开明史馆,使夫怀故国之思者或将集焉。上下四方,皆入其网"②。其措施在于因势利导,疏导鼎革之际遗民文士的才思情绪,并借以扭转清初的学术走向。而其后的纂集历代典籍,并钦定序言,则已变成创策垂法,即康熙帝以最高统治者的身份主动诏告并推阐诗教之旨。而将词上配于诗,并在其中贯彻诗教,正是康熙帝在诗文领域中时代由远及近、文体由本及末地推阐诗教的又一次努力。有意思的是,其所使用的方法和达到的效果,与清初词学的尊体运动,颇有相似之处。

清初词坛上,鄙薄明词、重振词学已成为共同的呼声,不过,如何振兴,各家各派却有不尽相同的看法。究其根本,造成这种差异的主要原因其实是他们对词体式认知的差距。云间词派从词自身体性出发,发展了自宋以来的本色当行论;广陵词人群基本沿袭云间派的看法,但加入了明人婉约、豪放的正变之分;阳羡词派尊体主张最为彻底,陈维崧直接将词与经史并列,提出在词中存经存史的概念;③而浙西词派巨子朱彝尊的词论则颇为复杂,从最初赞同词"通之于《离骚》、变雅之义"(《陈纬云〈红盐词〉序》),到稍后认为"言情之作,易流于秽,此宋人选词多以雅为目"(《词综·发凡》),再

---

① 《清圣祖御制诗文》卷二一《四朝诗选序》,第5册,第169—171页。
② 梁启超《清代学术概论》,北京:中国人民大学出版社,2004年版,第108页。
③ 参见陈水云《康熙年间词学的辨体与尊体》,《华中师范大学学报》1999年第6期,第131—137页。

到认为"词则宜于宴嬉逸乐,以歌咏太平"(《紫云词序》)[①]。词由反映乱世风云,过渡到润色太平,其中转变,深刻地反映了时势的变化。

从时间上看,康熙帝及其文臣的词论较上述诸派要迟,其观点也带着参酌诸家、官方论定的色彩。他们一方面认同词上配诗、乐府,强调其中寄托之意,另一方面又以"风华典丽悉归于正"为选词标准,反映其文治深化后的要求。值得注意的是,这两方面的指向并不完全一致,其对词坛的影响也必将是多层面的。

三、康熙帝与《御选历代诗余》、《钦定词谱》编纂

如前文所述,康熙帝一系列词学活动的根本目的是推阐诗教,其词论与其诗教观一脉相承,虽有杂糅之嫌,却也确立了其词学标准。需要追问的是,该如何贯彻这一标准呢?根据历史经验,最好是通过选本将选词的目的和意图体现出来。而且,面对着清初词选大量出现的客观形势,也确实需要一种大型的定本来表达官方的声音。康熙帝于此有很清楚的认识,在其词创作"试水"的同时,即已有意识地为《御选历代诗余》及稍后的《钦定词谱》挑选合适的编纂人员。这两项文化工程的实际操作人员——《御选历代诗余》的"编录人员"和《钦定词谱》的"分纂人员"的全部,正是在这一时期,被康熙帝有意识地拔擢起用。而且,在编纂力量的配置上,康熙帝的选择也颇为微妙。

首先,康熙帝并没有选用词坛耆宿来为这两项词籍编纂负总责。《御选历代诗余》的"总纂官"沈辰垣、王奕清、阎锡爵、余正健四人俱属高官"坐纛",他们于词学一道,并无专门涉及,亦未见有词创作,其中三人(除沈辰垣)后来还转任《钦定词谱》的"纂修官"。与前书相比,《钦定词谱》的编纂人员更有加强,在"纂修官"之上,还设置了"南书房总阅官"(陈廷敬)和"南书

---

① 参见朱彝尊《曝书亭全集·曝书亭集》卷四〇,长春:吉林文史出版社,2009年版,第453—454页;朱彝尊《词综》,上海:上海古籍出版社,2005年版,《发凡》第14页。

房校对官"(蒋廷锡、励廷仪、张廷玉、陈邦彦、赵熊诏、王图炳),①显示了康熙帝对两书的重视程度在操作中实际有所递增。不过,无论"总阅官"还是"校对官",除陈廷敬外,其余人等并未在词史上或创作上留下更多印记。②当时其身边还有查慎行等词学名臣,康熙帝为何选择并不善于词学的臣工负总责?其根本原因,可能还是为了毫无障碍地推行其独特的词学观,保证观念上的统一,选择对词学并无专长的臣工坐镇更能切实执行其意旨,也更能反映康熙帝对词学的特别重视。

其次,选择负责具体工作的臣工,康熙帝在据才擢士的同时,特别注意起用学有专长的人员。康熙四十四年(1705)南巡时召试江南生员,其目的最初是为了选拔迎銮献册的有才学者及"愿在内廷书写者",最终"取中考试人员汪泰来等五十一人,同前考郭元釪等十人",③这次录取的名单,保存在《江南通志》中,检索可知,《御选历代诗余》的十八位"编录人员"的全部、《钦定词谱》十三位"分纂人员"中的十二位,都在这次召试时高中。除此之外,该名单还包括此后参与修纂《宋金元明四朝诗选》《佩文韵府》《御选唐诗》的部分人员。④关于这次召试的具体内容,《清实录》谓系"考试苏州等府举贡生监诗字",可知因为内廷书写的需要,书法也是一项重要的考试内容,吴学礼、吴襄、邬维新、杨湝等即是因书法而高中。⑤不过,特殊情况下,康熙帝也会量才录用,杜诏(号云川)即是明显的例子:

乙酉,圣祖南巡,先生赋《迎銮词》十二章以献,深荷嘉奖。驻

---

① 王奕清等《钦定词谱》卷首,第1册,第1页。
② 陈廷敬词,《全清词·顺康卷》仅存二阕,第7966页。他为杜诏词集作序时亦自认:"余雅不好填词。"(杜诏《云川阁集·词》卷首,清雍正间刻本,第2b页)案陈廷敬词实有较多散佚,傅燮詷《词觏三编》卷一另存二十阕,俱为《全清词·顺康卷》所未收,详参本书上编第一章第三节。
③ 宋荦《迎銮日记》卷三,《续修四库全书》,第559册,第680、683页。
④ 黄之隽等《(乾隆)江南通志》卷一三六,《中国地方志集成·省志辑》本,南京:凤凰出版社,2011年版,第3册,第587—588页。唯该书将此次召试系于康熙四十五年(1706),误。
⑤ 李放《皇清书史》卷五、六、一四,周骏富编《清代传记丛刊》,台北:明文书局,1985年版,第83册,第171—172、202、450页。

> 跸苏州,召试行在。同时被试者二百人,钦取五十人,先生名与焉。回銮日,复进《梁溪望幸词》八章,召见御舟,奏对称旨,亲洒宸翰以赐。奉命入都,兼给帑金治行。泽州相国陈文贞公荐先生词学第一,遂充诗余馆纂修。丁亥,分纂《广西方舆路程》。己丑,又与修《词谱》,更历三馆。①

杜诏应试之前,曾屡次献词,康熙帝对其才华已有所了解,因此在召试时,才会取中并不擅长书法的杜诏。② 可知杜诏召试中式,正是因为其卓异的词学才华。与杜诏命运相似且具代表性的,还有吴陈琰和楼俨。

吴陈琰是曹溶的学生,康熙二十年(1681)时,即与唐梦赉唱和,结集成《辛酉同游倡和集》,词名震动江南,王士禛甚至曾折节订交;康熙四十四年(1705)应召中式后,吴陈琰与沈玉亮一起编纂《凤池集》,记录随驾唱酬盛况。③ 楼俨是《钦定词谱》"分纂人员"中唯一一位未参加康熙四十四年南巡召试的成员,他与康熙帝的遇合在两年后,其时,楼俨已是著名的词人:"少颖异,绩学,工填词。家贫,转徙云间。康熙四十六年,圣祖仁皇帝南巡,献《织具图》诗词,特擢第一。四十八年,奉诏修《词谱》,以荐,与分纂之役。"④ 楼俨后来回忆《钦定词谱》的编纂时说:

> 俨以孙学士松坪师荐,因与云川奉命同修《词谱》,领其事者,为泽州、京江两师相。时中允王公奕清、庶子阎公锡爵、司成余公正健为总裁。同馆则今吴学士襄、储编修在文、王编修时鸿、杨检讨湝、杨编修祖楫、吴怀柔景果,暨云川与俨,共八人。诸君子皆高才宿学,而云川尤于词研精深造,有独得焉者。始开局于莲花湾,

---

① 杨绳武《杜诏墓志铭》,李桓编《国朝耆献类征初编》卷一二四,《清代传记丛刊》,第149册,第130—131页。
② 陈廷敬《云川阁集词序》:"生不善书,而词甚工,复拔置第一。旋命纂修《历代诗余》。"(杜诏《云川阁集·词》卷首,第2b页)
③ 鲁竹《浙西词人吴陈琰考议》,《台州学院学报》2009年第2期,第54—56页。
④ 《清史列传》卷七一,北京:中华书局,1987年版,第5826页。

继同寓枣香书屋。相与寻宫数调,靡间朝夕。①

选用这一批卓有盛名的词家参与《御选历代诗余》和《钦定词谱》的编纂,既为江南地区功名落拓的文士提供了上进之路,也为这两部书的质量提供了保证。

那么,臣工们有没有将康熙帝的意旨忠实地贯彻到《御选历代诗余》的选政和《钦定词谱》的编纂中呢？回答这个问题之前,需要明了两书的特点:"《钦定词谱》大致保留了《历代诗余》的编纂队伍,因此两部书在词学观念上有连续性,对格律谱制作的看法也保持了一致。……而从编纂内容角度来看,《历代诗余》实际上为《词谱》之编纂做好了基础性的文献工作。"②《钦定词谱》主要是一本词学工具书,《御选历代诗余》则更适合承载编纂者的词学观念,也更适合体现康熙帝的意旨,因此,此处着重分析《御选历代诗余》。

《御选历代诗余》是词史上规模最大的通代词选本,凡一百卷,收词共九千余阕,后附词人姓氏、词话凡二十卷。该选选域宽宏,上起唐初沈佺期、李景伯等,下迄明末陈子龙、夏复(完淳),近一千年间的词作,大略该备。由于该选内容极复杂,目前学界尚未对其进行整体研究,但已有学者通过分析个别词人在该选中的入选词作比例,即入选词与其时存世词之比,发现黄庭坚词入选比例较低,从而认为是因黄词在词史上向受疵议,"笔墨海淫",导致该选选录较少,也正能反映康熙帝"风华典丽而不失于正"的选词主张。③ 如此处理,不失为探析该选的一个角度。可惜的是,由于分析词家较少,尚不足以揭示该选的真实选心。我们知道,《御选历代诗余》的选录重心在两宋,该选中两宋词人的选阵最能反映选家的选心。因此,有必要对两宋重要作家在该选中的入选比进行细致的分析：

---

① 楼俨《云川阁集序》,杜诏《云川阁集·词》卷首,第 4a—4b 页。
② 江合友《明清词谱史》,上海:上海古籍出版社,2008 年版,第 140 页。
③ 黄建军《康熙与清初文坛》,第 265—268 页。

表 2-1 《御选历代诗余》、《宋六十名家词》收词情况对照表

词人	《御选历代诗余》入选量	《宋六十名家词》收词数	入选比	词人	《御选历代诗余》入选量	《宋六十名家词》收词数	入选比
晏殊	100	131	76.3%	刘过	30	51	58.8%
柳永	147	194	75.8%	张元幹	62	185	33.5%
欧阳修	132	170	77.6%	张孝祥	64	180	35.6%
苏轼	197	329	59.9%	姜夔	35	34	102.9%
晏几道	182	254	71.7%	史达祖	101	112	90.2%
黄庭坚	85	178	47.8%	吴文英	229	274	83.6%
秦观	70	87	80.5%	高观国	79	107	73.8%
周邦彦	164	194	84.5%	刘克庄	47	123	38.2%
陆游	91	131	69.5%	卢祖皋	28	25	112%
辛弃疾	282	561	50.3%	蒋捷	75	93	80.6%

本表中未列张炎、王沂孙，系因毛晋《宋六十名家词》(上海古籍出版社1989年版)未收录其词。张炎《山中白云词》全本八卷凡300阕于康熙十八年(1679)由朱彝尊等附刻于《浙西六家词》后,《御选历代诗余》选录221阕,入选比73.7%；王沂孙词一直以钞本流传,乾隆中方由鲍廷博知不足斋刻行,收词51阕,另附自词选所辑14阕为补遗,编选《御选历代诗余》时尚未及见此刻本,然选录王词42首,入选比例亦颇高。①

由此表可以看出：第一,辛弃疾、刘过、张元幹、张孝祥、刘克庄等辛派词人的词作入选比明显偏低,表明了稼轩词风在清初盛行一时之后的回落,张元幹、张孝祥入选比较低,可能还与其词反映抗金活动有关,辛派后劲刘克庄入选比亦较低,则反映了选者对叫嚣词风的扬弃,与康熙帝的标准相合。第二,姜夔一系的南宋词人(史达祖、吴文英、高观国、卢祖皋、张炎、王沂孙)

---

① 张炎、王沂孙词集流传情况,参见蒋哲伦、杨万里《唐宋词书录》,长沙：岳麓书社,2007年版,第561—562、568—570页。

词作入选比则较高,这主要反映了选家对朱彝尊词学观念的接受,朱彝尊论词崇尚姜夔、张炎,认为"词莫善于姜夔,宗之者,张辑、卢祖皋、史达祖、吴文英、蒋捷、王沂孙、张炎、周密、陈允平、张翥、杨基,皆具夔之一体"①。前文已述,朱彝尊亦主张以"雅"衡词,因此,对姜夔一系词人词作的推崇也与康熙帝的尚"雅"主张相符,尽管朱彝尊的理念和康熙帝的还存在一定差距。第三,北宋词人的入选较南宋姜夔一系的词人要低,反映了选者在"南北宋之争"议题上的倾向,亦与朱彝尊词学观念有关,然而此处不能看出选者对康熙帝词论的回应。第四,柳永词作入选比例远高于黄庭坚,黄庭坚入选比例低反映了选者"雅"之准绳,"骫骳从俗"(陈师道《后山诗话》)、"词语尘下"(李清照《词论》)、"浅近卑俗"(王灼《碧鸡漫志》卷二)的柳永高比例入选却与此扞格,为何出现此种现象? 据笔者查考,这与《御选历代诗余》兼具存调类词选特征有关。《宋六十名家词》载柳永词194阕,填词调146个,部分词调尚有异体,甚至有很多是柳永所创填,《御选历代诗余》可能正基于存调目的,才大量选入柳词。

可以看出,《御选历代诗余》的选者一方面秉命于康熙帝,在该选中执行其论词尚雅的主张;另一方面又能够切实反映词坛风尚的转变,在某种程度上甚至达成了官方理念和民间词论的兼容。其价值,确实能"兼括洪纤","可云集大成矣"。②

有意思的是,相对于极具官方色彩的《御选历代诗余》,康熙帝还另有一种颇具特色的词选传世,这就是《御选唐宋词》。

《御选唐宋词》文本极为独特,该书附载于《御选唐宋元明诗》(《故宫珍本丛刊》,第633册)后,选唐词35阕,以作家时代先后列序,就中以温庭筠、和凝词选录最多(各4阕);选宋词凡57家110阕(北宋79阕,南宋31阕),以小令(62阕)、中调(23阕)、长调(25阕)为序排列,入选数前五位的词人是苏轼(10阕)、秦观(10阕)、周邦彦(8阕)、张先(4阕)、欧阳修

---

① 朱彝尊《黑蝶斋诗余序》,《曝书亭全集·曝书亭集》卷四○,第453页。
② 四库全书研究所整理《钦定四库全书总目》卷一九九,北京:中华书局,1997年版,第2806页。

(4阕)。其余词人选1至3阕不等,未选辛弃疾词。《御选唐宋词》重视唐五代、北宋词,轻视南宋词;多选小令,少选长调;多选苏轼、秦观等北宋名家,南宋名家如姜夔、张炎、王沂孙、吴梦窗以至辛弃疾、刘过、刘克庄等人皆未入选。论其旨趣,可知《御选唐宋词》的实际编选人员,应该对云间词派的理论较为服膺,与后起的阳羡词派、浙西词派则有着较大程度的疏离。

《御选唐宋元明诗》以写本形式深藏宫中,向为学界罕见,其书据时代分卷,每卷中分体选诗。值得注意的是,唐诗卷后尚有《对类》一卷,是类似于《笠翁对韵》的对联启蒙书。可以推测,《御选唐宋元明诗》并其所附的《御选唐宋词》应当也是启蒙类的图书。至于是康熙帝命令臣工编纂以自用,还是准备以之教育皇家子弟或颁行天下,由于资料缺载,现在已经不可详考。可以肯定的是,康熙帝并未赠予该书以赐序颁行的荣宠,表明他并不满意该书,而该书在词史上的影响也因而消歇。

不过,《御选唐宋词》的存在,仍提供了一个非常难得的例证,使我们对康熙朝词学的演进变化,特别是各词学流派争夺话语权的竞争有了更进一步的认识。直观地看,云间词派、阳羡词派、浙西词派在词坛的升沉异势正可体现在《御选历代诗余》和《御选唐宋词》的显隐异势上。康熙帝对二书的不同处理,反映了他的词学选择。这一选择,也正是词坛风尚转变的潜在而实际的原因。

四、康熙帝的词学影响

康熙帝的词作,在当时即为群臣赓和,乾隆时,部分作品又被乾隆帝追和。[1] 他的词创作在词坛上有着一定的影响力,其对于词学的热忱也在一定程度上促成了雍乾词坛满蒙贵胄词人群体的壮大。这些包括皇族词人在内的满蒙词人不废吟咏,风格雍容华贵,内容相似度高,与康熙帝词风接近,能

---

[1] 参见《御制恭和避暑山庄图咏》卷下,清乾隆六年(1741)内府重刻本。

够构成贵族文坛上独特的词学风景。①

康熙帝选命臣工编纂词籍,也标示着词学正式得到官方的承认和支持,并促进了有清一代词学和词籍编纂的兴盛。他的作为此后成了词家反驳词学小道淫艳说的最有力的论据,例如,乾隆中蒋重光编《昭代词选》,即曾理直气壮地声称:"我圣祖有《钦定词谱》、《御选历代诗余》二书垂世,亦以淫艳教也? 不亦谬哉。"②

以上两点,前贤已有涉及,前文亦曾补述,此处不再详论。至于康熙帝词论对词坛的影响,严迪昌先生认为:

> 对于"盛世"雄主说来,"钦定"《词谱》和《历代诗余》未尝不是文治大业的一桩。但在"官调失传"已数百年,重开已无官调可弦的新的"大晟乐府",津津导引词人们去寻觅"古昔乐章之遗响",这对脱离音乐而成独立抒情文体的词来说,不啻是釜底抽薪的一次整肃。……所以,说《钦定词谱》等颁行,清词"中兴"气象开始蜕化,高峰趋于退潮,活跃期转入沉闷,并非是随意性的揣度。……以上事实证明,玄烨君臣的编纂《词谱》和《历代诗余》并不纯是风雅之举。他们对清初以来词坛是熟悉的,因而是意识性极强的以图有所"匡正"词风的行动。③

严先生这段话主要论《钦定词谱》,但其批评却涉及《御选历代诗余》在内的康熙帝词论意旨。严先生的论述虽有其立论背景,却或有可商榷之处。

首先,康熙君臣间关于词学的理解并不完全契合。《御选历代诗余》的选者固然在选本中贯注了康熙帝的词论,但在具体的操作中仍受其自身词

---

① 如弘晓、永恩、永忠、永正等人皆有词作,参见张宏生《全清词·雍乾卷》(南京:南京大学出版社,2012年版)第4179、4451、5127、8645页。阿克敦、纳兰常安、福增格、恒仁、于宗瑛、全德等,都是乾隆时著名的满蒙词人。
② 蒋重光《昭代词选序》,《昭代词选》,清乾隆三十二年(1767)经锄堂刻本,序第1b页。
③ 严迪昌《清词史》,南京:江苏古籍出版社,2001年版,第336—338页。

学观影响。通过其选阵可以看出,该选其实是透出浙西词派意味的选本,虽与《词综》有形式的不同,观念却非常相近。

其次,探究声律是词学尊体和辨体的途径之一。明清之际词谱编纂的兴盛,不仅是词学研究深入进展的一个表现,同时也愈趋精确地为词学创作揭示了必要的轨范,使得其辨体日精,有益于摆脱明词类曲那样的习气。[①]康熙帝"钦定"《词谱》在这方面做了鼓励、示范和总结,其对于词学发展的积极意义是很大的。

再次,康熙帝于词学并未学有专门,他对词史的认识甚至有舛误,他的词学观也是附属于诗教观的。他一方面以"雅"为标的,另一方面,又强调词中须有"寄托"。有意思的是,虽然"雅"和"寄托"都是词学方面的一般概念,但在特定条件下,却并不兼容。以朱彝尊为例,康熙十八年(1679),朱氏进京,倡"后乐府补题"唱和,正是抽去了《乐府补题》中的寄托——故国之思,而强化了词作形式上的"雅",显示了词坛为适应新朝而做出的一种调整。康熙帝的作为,却正好和朱彝尊异趣:他对"雅"的强调和浙西词派风尚相符,对"寄托"的推崇则在无意中给陷于日织日密的文网中的后世词家们以方便法门。

浙西词派发展到乾隆中期,其创作为形式单一、内容贫乏的瓶颈所限,浙派词家王昶适时重提被朱彝尊弃去的"寄托"说,正是受到了康熙帝词论的鼓励。王昶云:

> 昔圣祖仁皇帝表章六艺,兼综百家。合《全唐诗》而编辑之,益之以词。又取唐宋元明之词,汇为一百二十卷。又定《词谱》四十卷,而后词学始全,用以示海宇而光艺苑。其汲汲于此,盖以词者乐之条理,诗之苗裔,举一端而六艺居其二焉,故论次之不遗余力也。浅夫俗士,辄以小道薄技目之,何足以仰窥圣言之大哉。[②]

[①] 参见张宏生《明清之际的词谱反思与词风演进》,《文艺研究》2005 年第 4 期,第 89—96 页。
[②] 王昶《吴竹桥小湖田乐府序》,《春融堂集》卷四一,清嘉庆十二年(1807)塾南书社刻本,第 6a 页。

因此,他也尝试将词学上附诗教:"北宋多北风雨雪之感,南宋多黍离麦秀之悲,所以为高。"①"北风雨雪"意象出自《诗经·邶风·北风》及乐府《北风行》,"黍离麦秀"意象则出自《诗经·王风·黍离》与《史记·宋微子世家》所载箕子所咏佚诗"麦秀渐渐兮,禾黍油油",这两种意象分别寄托着羁旅行役、感时忧国等复杂的情感,王昶正是通过词中寄托来判断词的高下。这一方法后来被常州词派借径,对清代后期词学启发最大。究其根源,仍在于康熙帝的"天语纶音"。

康熙四十三年(1704),词坛耆宿顾贞观致信陈聂恒,面对其时词学不振的窘境而回忆起与纳兰容若唱酬的盛况,他说:"假令今日更得一有大力者,起而倡之,众人幡然从而和之,安知衰者之不复盛邪?"②康熙帝应当就是这样一位应运而起的"有大力者",关注词学也是他"文治"的一项内容。他一方面通过创作影响词坛,另一方面通过编纂词籍来承认词学的地位。他的词学活动标志着词正式被纳入正统的主流文学范围中,虽然其词论尚有杂糅浅显处,其创作亦未臻上乘,但他的鼓吹仍然是难能可贵的。而且,其词论虽然给词创作订立了一些规矩,作出了一些限制,但其观点的疏漏正可使后人"遵旨"阐发,为词学的再度发展提供门径。总之,作为崇尚"文治"的一代帝王,康熙帝对词坛的影响无疑是多元而深远的。

第二节　纳兰性德佚词发微及其他

清代词人,若论其作品流播广、受众多、经典化程度高,纳兰性德毫无疑问当首屈一指。自康熙三十年(1691)《饮水诗词集》、《通志堂集》先后刊刻,纳兰性德词已化身千万,流泽深远。不过,无论是《通志堂集》还是《饮水诗词集》,在收集纳兰词时,都当不得一个"全"字。其间除了康熙初及嘉庆间

---

① 许宗彦《莲子居词话序》引王昶语,唐圭璋编《词话丛编》,第2388页。
② 顾贞观《顾梁汾先生书》,陈聂恒《栩园词弃稿》卷首,清康熙间且朴斋刻本,第3b页。

纳兰词曾刊入一些丛书及选本外,一直到道光年间,方有人重新整理校刻纳兰词。为什么从康熙中期到道光前期,词坛会出现如此长时间的有关纳兰词的接受低谷?学界已有所讨论,此处不具。① 一个客观事实是,这一接受低谷形成了一种"文献隔绝",既可能使得一些相关文献在时空中消亡,如康熙初年刊行的《侧帽词》、《弹指词侧帽词合刊》,以及康熙十七年(1678)刻于吴中的《饮水词》,皆早已亡佚;也阻滞了此期中纳兰词的进一步整理与搜集,从而使纳兰词辑佚的难度增加,进展缓慢。

一、纳兰词辑佚历程

纳兰性德的生命结束得太过突然,来不及自订词的全集,为其编集的责任自然地落到其师友身上。

康熙三十年(1691)八月,张纯修在扬州任所为纳兰性德辑刻《饮水诗词集》成,在序言中明言"此卷得之梁汾手授",当是以顾贞观(号梁汾)的辑本为底本。是书收录词三卷,凡三百〇三阕,并不是纳兰词的全本。②

是年九月前后,徐乾学在苏州昆山辑刻《通志堂集》,"余里居杜门,检其诗词古文遗稿太傅公所手授者,及友人秦对岩、顾梁汾所藏,并经解小序,合而梓之,以存梗概,为《通志堂集》"③。徐乾学辑刻《通志堂集》的深心,邓之诚曾有评论:"乾学素附明珠,盛称成德之学。先于己未(十八年)为刻《通志堂经解》,复于辛未(三十年)辑刻其诗文为《通志堂集》二十卷。是时明珠已罢相,实由乾学受圣祖密旨,嗾郭琇劾罢之。旋乾学亦解尚书任回籍修书,明珠外甥傅腊塔官江南总督,正督过乾学兄弟,为明珠报复。徐元文愤恚而死,乾学之刻此集,或意在释嫌修好欤?"④徐乾学辑刻《通志堂集》时已归乡,

---

① 相关探讨,可参看谢永芳《纳兰词不入四库原因初探》,《民族文学研究》2012年第2期,第5—12页;曹明升《纳兰词在清代的接受及其经典化要素》,《四川大学学报》2013年第6期,第68—79页。
② 纳兰性德《饮水诗词集》,北京:中国书店,2019年版(影印谦牧堂藏康熙间张氏语石轩刻本),第4页。
③ 徐乾学《序》,纳兰性德《通志堂集》,上海:华东师范大学出版社,2008年版,第1页。
④ 邓之诚《清诗纪事初编》卷六,上海:上海古籍出版社,2012年版,第644—645页。

因此前他与明珠交恶,"遗稿太傅公所手授者"云云,颇可存疑;序言虽曾言及"友人秦对岩、顾梁汾所藏",但从"以存梗概"可知,徐乾学亦知其所辑刻并非全稿。经统计,该书收录词四卷,凡三百阕。

两相比较,二书稍有异同:《饮水诗词集》有四阕词未载于《通志堂集》,分别是《菩萨蛮·过张见阳山居赋赠》、《于中好·咏史》、《满江红·为曹子清题其先人所构楝亭,亭在金陵署中》、《瑞鹤仙·丙辰生日自寿,起用〈弹指词〉句,并呈见阳》,四词多与张纯修(号见阳)有关,当为其所增补;而《通志堂集》所收之《金缕曲》(疏影临书卷),则未被《饮水诗词集》收录。但除以上诸词外,二书所收词次序完全相同,异文亦极少,可知其底本大致同源,应皆是据顾贞观、秦松龄(号对岩)所辑。徐乾学所谓"遗稿太傅公所手授者",就词而言,未足采信。

而纳兰词的辑佚,是伴随着清代后期兴起的纳兰词接受热潮而来的。道光十二年(1832),汪元治(字仲安)辑刻《纳兰词》四卷成,其兄汪元浩是年六月跋称:"(纳兰)词而又罕睹其全,读者恨之。余弟仲安从王丈少仙假得先生《侧帽词》,好之笃。……余因谓之曰:'古人于所好,得似者而喜矣,况其真乎?纳兰词之散见于他选者,诚搜而辑之,以子之好,公之海内,吾知海内必争先睹为快。'仲安乃因顾梁汾原辑本,及杨蓉裳抄本、袁兰村刊本、《昭代词选》、《名家词钞》、《词汇》、《词综》、《词雅》、《草堂嗣响》、《亦园词选》等书汇钞,得二百七十余阕。"①由该跋可见,在顾贞观辑本的基础上,汪元治下了较大的辑佚功夫,而且这一工作还有后续进展:该年七月,汪元治"复于吴门彭丈桐桥处得《通志堂全集》共二十卷,内词四卷,计三百四阕,参互详考,所遗有四十六阕,爰即补刊于后,编为卷五。而元治所辑,亦有一十九阕,为全集所未载,殆当时失传故耳。今汇得三百二十三阕,可称大备无遗憾矣"②。

乾嘉时期,文献辑佚之学大兴,纳兰词辑佚的展开,也应是受这一学术

---

① 汪元浩《跋》,纳兰性德《纳兰词》,道光十二年(1832)结铁网斋刻本,天津图书馆藏。
② 汪元治《后跋》,纳兰性德《纳兰词》,道光十二年(1832)结铁网斋刻本。

思潮的影响。其后纳兰词的各种刊刻、辑佚,基本以汪元治《纳兰词》的辑佚思路为基础,选择上述三种版本之一为底本,参校其他二种,并自各类选本、别集、题跋甚至家谱、方志等书中辑校纳兰佚词。试择其中最重要的版本,制表以见其间之因缘流变:

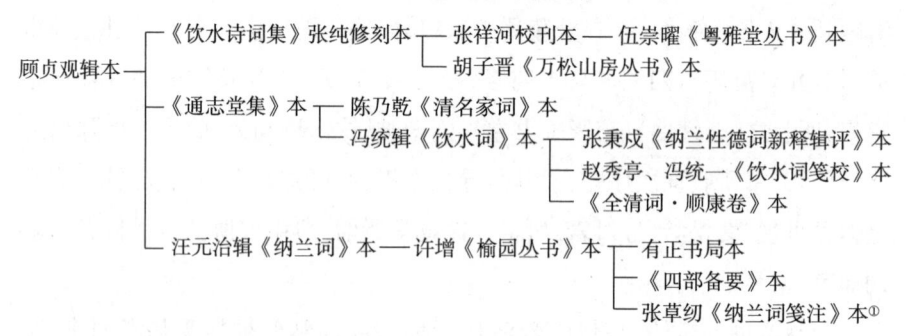

表 2-2　纳兰词版本源流表

顾贞观辑本 ——
- 《饮水诗词集》张纯修刻本 —— 张祥河校刊本 —— 伍崇曜《粤雅堂丛书》本
  - 胡子晋《万松山房丛书》本
- 《通志堂集》本 ——
  - 陈乃乾《清名家词》本
  - 冯统辑《饮水词》本 ——
    - 张秉成《纳兰性德词新释辑评》本
    - 赵秀亭、冯统一《饮水词笺校》本
    - 《全清词·顺康卷》本
- 汪元治辑《纳兰词》本 —— 许增《榆园丛书》本 ——
  - 有正书局本
  - 《四部备要》本
  - 张草纫《纳兰词笺注》本①

汪元治辑本之后,学界辑佚纳兰词的速度明显放缓:许增《榆园丛书》本《纳兰词》辑得三百四十二阕;陈乃乾《清名家词》以《通志堂集》本为底本,参校《榆园丛书》本,共辑得纳兰词三百四十七阕;冯统辑《饮水词》,在《清名家词》的基础上新辑一阕,共得三百四十八阕;赵秀亭等《饮水词笺校》复从《西余蒋氏宗谱》中新辑《罗敷媚·赠蒋京少》一阕,共得三百四十九阕。②而张草纫本、张秉成本、《全清词·顺康卷》本于辑佚方面再未能取得新进展。

近年来学界有关纳兰词辑佚较令人瞩目的,当属《全清词·顺康卷补编》。该书自刻本《迦陵先生填词图》(一名《陈检讨填词图》)辑得《菩萨蛮》(乌丝词付红儿谱)一阕,③自稿本《迦陵词》辑得《贺新凉》(谁复留君住)一

---

① 本表据现存纳兰词诸本之前言相关内容制成:冯统《饮水词》,广州:广东人民出版社,1984年版;张秉成《纳兰性德词新释辑评》,北京:中国书店,2001年版;赵秀亭、冯统一《饮水词笺校》,北京:中华书局,2005年版;张草纫《纳兰词笺注》,上海:上海古籍出版社,2018年版。又,陶祝婉《纳兰性德词集版本述评》(《温州职业技术学院学报》,2004年第3期,第62—64页)亦可参看,惜其统计数据常存舛误。
② 赵秀亭、冯统一《饮水词笺校》,第486页。
③ 陈淮《陈检讨填词图》,乾隆间宜兴陈氏药洲缩绘合刻本,第12a页。

阕。但很可惜,这两首词,《全清词·顺康卷》其实都已收入,只是因为存在较多的异文,所以辑佚者才一时未察。先看《贺新凉》词,《全清词·顺康卷》所收作《金缕曲·姜西溟言别,赋此赠之》:

> 谁复留君住。叹人生、几番离合,便成迟暮。最忆西窗同剪烛,却话家山夜雨。不道只、暂时相聚。滚滚长江萧萧木,送遥天、白雁哀鸣去。黄叶下,秋如许。　曰归因甚添愁绪。料强似、冷烟寒月,栖迟梵宇。一事伤心君落魄,两鬓飘萧未遇。有解忆、长安儿女。裘敝入门空太息,信古来、才命真相负。身世恨,共谁语。①

《全清词·顺康卷补编》所收则如是:

> 谁复留君住。恨人生、一回相见,又成间阻。曾向乱红深处坐,春夜灯前联句。应不到、暂时相聚。无限长江多少泪,听遥天、一雁哀鸣去。黄叶下,秋如许。　丈夫因甚伤离绪。忆年来、栖迟梵寺,冷烟寒雨。更是伤心君落魄,两鬓萧萧未遇。只凄恻、故乡儿女。一事无成身已老,叹古来、才命真相负。千万恨,共谁语。②

康熙十八年(1679)秋,姜宸英(字西溟)因母丧,将自京归乡,行前,纳兰性德赋词送之,严绳孙、陈维崧皆步韵作词。③ 保存在《迦陵词》中的纳兰性德此词,是其初稿,与后来的定稿存在很大的不同。当然,初稿的存在自有其意义,不仅说明了纳兰词不断修订的过程,也解释了步韵词为何在韵脚使用方

---

① 南京大学中国语言文学系全清词编纂研究室《全清词·顺康卷》,北京:中华书局,2002年版,第9562页。
② 张宏生《全清词·顺康卷补编》,南京:南京大学出版社,2008年版,第1506页。陈维崧《迦陵词》,天津:南开大学出版社,2009年版,下册,第144—145页。
③ 张草纫《纳兰词笺注》,第322—325页。南京大学中国语言文学系全清词编纂研究室《全清词·顺康卷》,第3671、4256页。

面存在着较大的差异。

再看《菩萨蛮》词：

> 乌丝曲倩红儿谱。萧然半壁惊秋雨。曲罢髻鬟偏。风姿真可怜。　须髯浑似戟。时作簪花剧。背立讶卿卿。知卿无那情。（《菩萨蛮·为陈其年题照》）①
>
> 乌丝词付红儿谱。洞箫按出霓裳舞。舞罢髻鬟偏。风姿真可怜。　倾城与名士。千古风流事。低语嘱卿卿。卿卿无那情。（《菩萨蛮·题迦陵先生填词图》）②

两相勘校，同样存在着较多异文。《全清词·顺康卷补编》所录，亦为初稿。康熙十七年（1678）秋后，陈维崧应清廷博学鸿儒之征，携释大汕于当年闰三月为其所绘的《迦陵填词图》入京，遍征文人名士题咏。纳兰性德该词的初稿，当即作于是年秋冬。③《乌丝词》为陈维崧词集名，该词上阕纯用白描，摹绘该图情景。"《迦陵填词图》为释大汕作，掀髯露顶，旁坐丽人拈洞箫而吹。"④下阕则由图中人物而联想引申。初稿全词命意晓畅，但亦惜无余意。定稿上阕"萧然"句从图外设想，下阕"须髯"二句则点明作者形象与作词意态的差异，全词遣词命意角度较多，明显较初稿为佳。

因此，目前学界所辑纳兰词全本，仍当为三百四十九阕。

二、新辑纳兰佚词七阕发微

新材料的被发现，是辑佚的基础。笔者在整理清初词籍时，意外发现傅

---

① 南京大学中国语言文学系全清词编纂研究室《全清词·顺康卷》，第9571页。
② 张宏生《全清词·顺康卷补编》，第1506页。
③ 周绚隆《陈维崧年谱》，北京：人民出版社，2012年版，第569页。
④ 谢章铤《赌棋山庄词话》卷一，唐圭璋编《词话丛编》，北京：中华书局，1986年版，第3329页。

燮词《词觏续编》一书,①并曾撰专文揭示该书之史料与词选学价值,②其于清初词作辑佚之价值,尤其值得重视。该书选录纳兰词四十四阕,其中七阕为佚词,试作胪列,并根据相应材料考述如下:

1.《玉楼春》

微凉欲透鸳鸯浦。魂似花飞无觅处。有情争得不伤心,西风落月相思树。　年年春色谁为主。怨粉愁红轻拥去。休将前事漫思量,错恨厌厌深夜雨。

案此词咏闺怨。

2.《山花子》

已隔蓬山几万重。打窗黄叶又西风。惊起西窗人不睡,一声钟。　蜡烛泪干心未死,远山眉断画难工。愁对衡阳归去雁,月明中。

案此词咏闺怨。

3.《金缕曲·纪梦》

画阁朱帘揭。转回廊、飘萧瘦影,湘裙百褶。梦里相逢刚一笑,又向梦中相别。问何事、情缘易歇。雾鬟风鬓何处去,剩无情窗影如钱月。谁解我,寸肠结。　等闲离恨何须说。偏只是、人生着意,便成轻绝。待倩西风吹泪断,问取重来慧业。谱出个、哀蝉落叶。抛掷较多怜较少,一声声、染尽啼鹃血。残焰冷,半明灭。

---

① 傅燮词《词觏续编》,稿本,共二十二卷,影印本见收于《中国古籍珍本丛刊·保定市图书馆卷》,北京:国家图书馆出版社,2017年版,第36—39册。

② 拙作《傅燮词〈词觏续编〉的文献价值与词史意义》,《词学(第41辑)》,上海:华东师范大学出版社,2019年版,第329—355页。又参本书上编第一章第二节。

案此为悼亡词,上阕写梦境遇合,并及醒后感情的百转千回;下阕则用赋法直陈,将悼亡之情意与血泪和盘托出。纳兰性德发妻卢氏卒于康熙十六年(1677)五月三十日,①纳兰性德曾为作悼亡词多首,此词亦当为其中之一。

4.《醉落魄·宿莲花山》

冷云残雪,新来幻作秋千叠。黄昏一种添凄切。才过栖鸦,山路行人绝。　天涯归梦和谁说,梦回依约长安月。萧萧槭槭霜红叶。已是凄凉,况忆年时别。

案此为行役之词,借景以抒羁旅之思。莲花山为常见地名,难以确证其所在。由下阕"天涯"二句,可知当距京师较远。此词写秋景,而有"冷云残雪"句,揆诸纳兰性德生平,秋日远行且颇耗时日者,凡康熙十七年(1678)十月至十一月巡长城及康熙二十一年(1682)秋冬"觇卢龙"二次,前者仅及遵化迤北长城边,后者则远至黑龙江附近。②遵化在京师正东方约三百里处,与"天涯"之意未合。卢龙,据赵秀亭等考证,"亦写作唆龙,通作索伦,清初东北民族名,亦藉指其地域,大略在今科尔沁迤北至黑龙江流域。康熙初,俄罗斯(时称罗刹、老枪)侵扰我黑龙江,清圣祖为固边计,拟予反击。康熙二十一年,遣副都统郎谈及侍卫等往索伦觇边事情实,性德亦往行"③,是役直至年终方毕,纳兰性德等随郎谈还京,"十二月……庚子,郎谈使黑龙江还,上罗刹犯边事状"④。由是可知,此词当作于康熙二十一年秋冬"觇卢龙"之役中。

---

① 叶舒崇《皇清纳腊室卢氏墓志铭》,薛柏成《叶赫那拉氏家族史研究》,长春:吉林文史出版社,2005年版,第179—180页。
② 赵秀亭、冯统一《饮水词笺校》,第30页。
③ 赵秀亭、冯统一《饮水词笺校》,第128页。
④ 赵尔巽等《清史稿》卷七,北京:中华书局,1977年版,第211页。

5.《青玉案·雁字》

　　江南江北三千里。数不了、心中事。央个雁儿书仔细。关河阻绝,断云垂翅。呫呫当空里。　凭君写出相思泪。暗洒行间教谁会。欲诉离愁难远寄。斜斜整整,疏疏密密。别有人人意。

案此词本与顾贞观同赋,借咏物以写闺怨。顾贞观《虞美人·佛手柑》词小序:"后十数词,皆与容若同赋,其余唱和甚多,存者寥寥,言之堕泪。"① 该词后,尚有《雨中花·梅》《一斛珠·鹰》《青玉案·雁字》《南乡子·捣衣》《台城路·梳妆台怀古》《金明池·茉莉》《双红豆·柳》《临江仙·寒柳》《一丛花·并蒂莲》等词十数阕。② 核之纳兰性德词,除本阕《青玉案·雁字》外,《南乡子·捣衣》《台城路·梳妆台怀古》《临江仙·寒柳》《一丛花·并蒂莲》等词至今尚存,其余则多已亡佚。③ 自康熙十五年(1676)二人结识之后,时常更酬叠和,性德之词,亦渐入佳境。这些同调同题的创作,正可见顾、纳兰二人交谊诚笃之一斑。

6.《浪淘沙》

　　不是为倾城,肯耐狂名。相思直恁可怜生。觅个画眉窗下梦,多少经营。　梦也不教成,数尽残更。寸心双眼总无凭。一任碧纱橱外月,径下疏棂。

案此词咏相思。

7.《采桑子》

　　残更守尽风初定,莫上帘钩。且护香篝。难道今宵还是愁。　鬓

---

① 张秉成《弹指词笺注》,北京:北京出版社,2000年版,第415页。
② 张秉成《弹指词笺注》,第418—434页。
③ 赵秀亭、冯统一,《饮水词笺校》,第312、42、292、259页。

边花落阑干冷,欲去仍留。管取从头。心上重添一段秋。

案此词咏闺怨。

以上七阕佚词,皆仅见于傅燮诃《词觏续编》。需要追问的是,这些词作的真伪如何认定?

上述有关七词的考证,特别是对《青玉案·雁字》的考述,其实在一定程度上已经回答了这个问题。另外,从风格、意境、语词等方面看,这些词也与纳兰性德其他词作有很强的相似性。当然,最根本的回答,应该从傅燮诃《词觏续编》谈起。

首先,通过对该书的研究,我们已经确认,《词觏续编》并非伪作。[1]

其次,《词觏续编》的选词体例,为其所辑的纳兰词的真实性提供了保障。《词觏》中本已选纳兰词,但因该书现存为残本,故其所选情况未详;《词觏续编》则因是稿本而孤传至今。《词觏·发凡》:"兹集不论官阀,无分仕隐,先得者则叙之前,后得者则次于后,随见随录,不事征求。"[2]《词觏续编·发凡》:"不事征求,有见则录。故谓之辑,而不敢以选自居。"在辑选时,傅燮诃反对因格律、辞藻等原因擅改原词,这种据实辑录的态度,与清初词选喜欢擅改原作的做法迥异。因此,《词觏续编》中所选纳兰词,当是傅燮诃所见纳兰词的原貌。

最后,傅燮诃个人的词学追求与交游仕履关系保证了其所选纳兰词的真实性。《词觏续编》编成于康熙三十一年(1692),但此前数十年,他一直究心于搜罗词籍,而且,其仕履在康熙二十八年(1689)后逐步逼近京师,[3]此期之中,他甚至与朱彝尊等人有了直接的交往。[4] 因此,傅燮诃有足够的机缘搜集当时词坛上流传的纳兰词,甚至还有可能获得此前刊刻的一些版本,以

---

[1] 详参本书上编第一章第二节所论。
[2] 傅燮诃《词觏》,道光间金天福钞本,南京图书馆藏。
[3] 侯静彩《傅燮诃〈绳庵词〉及其词学观研究》,河北师范大学2014年硕士论文,第47—48页。
[4] 傅燮诃《词觏续编·发凡》。

便于他自行辑选词选。

基于以上三个方面的分析,《词觏续编》中纳兰词的真实性是毋庸置疑的。也正因为该书,我们才有了纳兰词流传过程中虽不完备却较早的,且有校勘价值的一个版本。

三、《词觏续编》本纳兰词的校勘价值

除了前引七阕佚词,《词觏续编》还载录了纳兰性德其他三十七阕词,具有较大的校勘价值。

首先,《词觏续编》本纳兰词的一些词题提供了有价值的信息,有助于对纳兰词的进一步研究。例如,《虞美人·和西溟灯下独酌》(风灭炉香)、《清平乐·重九》(将愁不去)二词,其他版本皆无题,《词觏续编》本提供了更准确的信息,可知前者来自唱和,而后者则为节令词。姜宸英本是纳兰性德"花间草堂"唱和群体的重要一员,虽其词目前仅存四首,①但从纳兰性德集中有多首与他唱和的词来看,姜宸英在当时是非常活跃的。又如,《卜算子·和叶元礼柳线》,他本词题或作"新柳",或作"咏柳",此本标明该词缘起于唱和,叶舒崇(字元礼)词今存十二首,但《卜算子·柳线》已不存,不过,叶舒崇尚有《卜算子·荷珠》、《卜算子·榆钱》二词,则《卜算子·柳线》当是这组词中的一首。②

其次,《词觏续编》本纳兰词有较多的异文,以《鬓云松令·咏浴》为例:

  鬓云松,红玉莹。明月多情,送过梨花影。灯底避人羞未整。紫燕钗横,拂落圆珠迸。　　露华清,人语静。怕被郎窥,移却青鸾镜。罗袜凌波波不定。小扇单衣,可耐星前冷。

本词亦见于《饮水诗词集》、《通志堂集》、《纳兰词》诸本中,"灯底"以下三句,

---

① 南京大学中国语言文学系全清词编纂研究室《全清词·顺康卷》,第5026—5027页。
② 南京大学中国语言文学系全清词编纂研究室《全清词·顺康卷》,第8321—8323页。张宏生《全清词·顺康卷补编》,第1282页。

《饮水诗词集》等三种刊本作"半晌斜钗慵未整。晕入轻潮,刚爱微风醒"。两相比较,《词觏续编》本描写太为具体,刻画过于香艳,《饮水诗词集》等本便改得较为雅洁。

同样的例证还有许多,例如《虞美人·和西溟灯下独酌》:

风灭炉香残炧冷。相伴唯孤影。拼教狼藉醉清尊。为问世间多少爱醒人。 一生饮老花前酒。饮罢频搔首。闲愁总付醉时眠。只恐醒时依旧到尊前。

"风灭"句,《饮水诗词集》本、《通志堂集》本与此同,《纳兰词》本作"残灯风灭炉烟冷";"为问"句,三种刊本皆作"为问世间醒眼是何人";"一生"句,三种刊本皆作"难逢易散花间酒"。这些异文的生成,除了辞藻方面的原因,当还有声律方面的考量。

道光二十六年(1826),张祥河重刊《饮水诗词集》成,"原本残缺,其有不合律者,或传钞之讹,余为更易十数处,周稚圭中丞之琦称为善本焉"①。张祥河对纳兰词的更动颇为后来学界所争议,但他指出纳兰词常有不合律之处,也是事实。同样的观点亦见于周之琦,他曾精选《饮水词》一卷并刊刻之:"余惟容若诗不如词,慢不如令。因复精择百余阕,乞陈桂舫孝廉写而锓诸木。其音律舛误,辞近浅率者,概弗登。庶《饮水》一编,无瑕可摘,且俾后之学者,不惑于歧趋。"②

除了后世选家因为声律、辞藻等原因改定纳兰词外,在《饮水诗词集》等刊本刊行之前,纳兰词其实便一直处于不断更改的状态中。传世清初诸选中保存的纳兰词异文,或者出自选者之手,或者本就是纳兰性德词的原貌,这些异文,皆或多或少地揭示了这一更改状态的详情。《词觏续编》因其特殊的选心,亦将此状态中的一些独特细节表现得更加完整。当然,这些更改

---

① 张祥河《关陇舆中偶忆编》,清刻《小重山馆丛书》本,第1b页。
② 周之琦《饮水词识》,载纳兰性德《饮水词》,道光二十六年(1846)金梁外史刻本,卷末1b页。

是出于纳兰性德自己精益求精的追求,还是来自其友朋的针砭劝诫,我们现在已无法明了。

四、纳兰词辑佚的展望

随着清初文献发现及整理的深入,纳兰词的辑佚与校勘不会止步于此,但其进展程度及速度如何,也是无法预测的。

而且,纳兰性德词流传的过程中还有个悬案,即纳兰词原稿的存世与流传问题。这个悬案的破解与否,也许会关系到纳兰词能否得到更深入、全面的整理。

由上文可知,在纳兰性德词流传的过程中,顾贞观辑本是非常重要的,除了清初词选载录的零星篇章外,顾辑本可以说是现存纳兰词各种版本的源头,学界也一直以顾辑本为基础,辑佚其他选本、别集、题跋等文献中载录的纳兰词。

这种情形,较易令人感觉诧异。纳兰性德生前,应自有词稿;在其身后,词稿亦当藏于家,不至于很快便流失或者湮灭。自康熙至乾隆朝,纳兰家族在政治斗争中虽然屡遭蹉跌,但作为满洲盛族,其影响仍在,亦代有闻人。[①]可是在纳兰词流传过程中,纳兰家族成员的参与却微乎其微。纳兰性德而后,纳兰家颇有文风:性德弟揆叙为康熙后期满洲词臣之首,著有《益戒堂自订诗集》、《益戒堂诗后集》、《隙光亭杂识》等,皆由其家之谦牧堂藏版刊行;[②]揆叙妹纳兰氏《绣余诗稿》,亦由揆叙子永寿钞辑而成,并刊于谦牧堂;[③]张纯修辑刻之《饮水诗词集》,其中一部亦曾藏于谦牧堂,今由中国书店于2019年全彩影印出版。但是,终清一世,在纳兰词的刊刻、校勘、辑佚、选录、批评等一系列活动中,始终没能见到纳兰家族成员的参与,亦未见有关纳兰词原

---

① 详参黄一农《二重奏:红学与清史的对话》(北京:中华书局,2015年版)有关纳兰家族的考述(第247—299页)。
② 前二种见《清代诗文集汇编》第236册,后者见《续修四库全书》第1146册,皆据康熙刻本影印。
③ 纳兰氏《绣余诗稿》一卷,清谦牧堂刻本,国家图书馆藏。

稿的线索，这无疑是非常遗憾的，背后也定有非常复杂的原因。

有趣的是，纳兰性德词原稿，似乎仍存于世，美国哥伦比亚大学王海龙教授便有过一次偶遇：他应约拜访一位与纳兰家有"宗亲"关系的美籍华裔"金主子"，"最使我诧异的是我竟在这儿看到了纳兰性德这一我珍爱的词人的手稿！……老人告诉我，纳兰是他家的一代宗人，他祖父喜欢纳兰词，所以费力找了这些词稿带到了这万里之外的地方"。[1] 颇为神秘的"金主子"，其家族一直在守护纳兰性德词稿。如前所述，这份词稿如若公布，可能会极大地推动纳兰词的辑佚与校勘。虽然关于这份手稿一时尚无更具体的消息，但对亿万喜爱纳兰词的学者与读者而言，其存世便已经是非常令人期待和振奋的消息了。

第三节　莫友芝《影山词》考议

长期以来，莫友芝的文学名声被其学者身份所掩，张剑先生《莫友芝年谱长编》（中华书局2008年版）、《莫友芝诗文集》（人民文学出版社2009年版）等著作相继问世，促进了学界对莫友芝多元而深入的研究。莫氏的文学成就，特别是其在词学方面的理论和创作，成为学界关注的重要方面。不过，因为传本复杂、文献稀见，相关探讨稍欠周延。笔者因参与《全清词》编纂，负责整理莫友芝词作，有机会寓目传世的《影山词》诸版本。现仅就浏览所及，对莫友芝《影山词》文献学和文学方面的相关问题进行梳理。

一、《影山词》版本源流

多数情况下，莫友芝的词名都处在晦而未显的状态。邓之诚先生曾说："邵亭词不经见，其《丛稿》中一阕云：'玉梅花下城欢聚。春花正好抛人去。梦逐海东头。雪残明海楼。　　归期知不远。争奈劳心眼。拚了上元灯。和

---

[1] 王海龙《美利坚的中国传奇》，《哥大与现代中国》，上海：上海文艺出版社，2000年版，第127页。

衣卧月明。'"①邓先生举证该词，可能是未见《影山词》其余版本，也可能是刻意的选择，因为该词此前仅见于中国社会科学院藏莫氏手稿《影山草堂杂稿》。②不过，邓先生所谓"郘亭词不经见"虽代表当时学界的一般观点，却不尽符合事实，因为民国间《影山词》稿抄本多已传抄流布，更有两种传播较广的刊本出现：《黔南丛书》本和《同声月刊》本。《影山词》版本复杂，值得细述，此处首举影响最深广的《黔南丛书》本，③再据其所载线索，一一论述其余版本。

《黔南丛书》本《影山词》，民国二十五年(1936)贵阳文通书局铅印本，扉页署"据莫氏家藏稿本校印"，卷首录陈田《黔诗纪略后编·征君莫先生友芝传证》、张裕钊《征君莫子偲墓志铭》二文，收莫友芝词二卷、外集一卷共114阕(重出《凤凰台上忆吹箫》一阕)，卷末有凌惕安丙子年[民国二十五年(1936)]所作跋。有关该本的版本因缘，凌跋中有详细叙述：

  今春试向邗江访求，先生文孙经农始以原稿本寄示，并谓：近代词宗朱彊村祖谋曾击节叹赏，亟钞副本去，拟序而刊之，未果而彊村遽逝，是诚遗憾。嘱将此本刊行，以餍海内之望。展阅之下，见其中朱墨斑斓，密批浓抹，多系柏容手笔，有乙而复存、存而复涂者；亦有豫空字句，几经钻研乃复谱入，前后字墨不类者。当日谐律之专精，诚可叹服。兹据原本所去取，详加参校，交志局印入《丛书》四集，并嘱贵阳文通书局多印单行本以广流传。④

---

① 邓之诚《骨董琐记全编》，北京：北京出版社，1996年版，第401页。
② 该词未载于诸版本《影山词》，张剑据稿本《影山草堂杂稿》补录之，个别字词与邓氏所引有异同，待考，见张剑、陶文鹏、梁光华编辑校点《莫友芝诗文集》，北京：人民文学出版社，2009年版，第554页。
③ 有关该本讨论可参张剑《莫友芝〈影山词〉考论》，《长沙理工大学学报》2008年第3期，第64—82页。
④ 民国间贵阳文通书局铅印《黔南丛书》本《影山词》。按凌惕安此跋关系《影山词》版本源流甚巨，其流传又最广，故不避烦冗，多录其文。

可知《黔南丛书》本的祖本是莫氏家藏稿本,其上有黎兆勋(字柏容)亲笔批改,而且该本曾为朱祖谋传抄,但不知此本尚存于天壤之间否?① 值得庆幸的是,凌惕安曾据该稿本另钞了副本,其中一本(下称"笋香室钞本")虽几经辗转收藏,尚存于世。

笋香室钞本《影山词》,南京大学图书馆藏,线装,双鱼尾,象鼻处有"笋香室制"四字,方格稿纸、楷字抄录,凡三十五页,半页十行,行二十一字。卷首为凌惕安序(字句与《黔南丛书》本凌跋同),词二卷、外集一卷共词121阕(重出《凤凰台上忆吹箫》一阕),另附载黎兆勋唱和之作10阕。笋香室钞本《影山词》是莫友芝词集版本中较为特殊的例证,其价值后文将详细说明,此处需要揭櫫的是,该本在词史上对莫友芝词集的传播接受具有相当影响。其一,该书夹"遐庵藏书"签条一纸:"影山词。莫友芝。钞本一册。已选。"可知其为叶恭绰(号遐庵)《全清词钞》的选录底本。② 叶氏编《全清词钞》前,曾向朋辈广泛征书,该书当即于其时为叶氏所收藏。又,其卷首钤"恭绰长寿"、"平湖陆维钊印"、"陆维钊先生捐赠清词集"等篆印,可知该书后归叶氏助手陆维钊收藏,并由陆先生捐赠南京大学,以供编纂《全清词》之用。一册流传,可于中窥见百年间清词文献收集整理历史之一斑。其二,该书与《同声月刊》本《影山词》同源,可以互校。《同声月刊》第一卷第10至12号,曾将《影山词》全文刊布,其后有龙榆生跋:

《影山词》二卷、《外集》一卷,贵阳凌氏笋香室据原稿迻录本。
往年在沪,任心白先生举以见示,意欲为载入《词学季刊》,以广其

---

① 笔者前此撰文在期刊揭载后,承北京大学中文系张剑教授告知,《第4批国家珍贵古籍名录推荐名单》第01114条谓:"《影山词》二卷《外集》一卷,〔清〕莫友芝撰。稿本。黎柏容批注圈点。贵州省博物馆。"贵州省博物馆所藏该本应即是所谓莫经农藏黎兆勋批稿本。此后,李朝阳《莫友芝〈影山词〉稿本的发现及其文献价值》(《贵州工程应用技术学院学报》2017年第1期,第87—92页)对该稿本进行了较为详细的考论,张剑教授在整理《莫友芝全集》时,亦以此本为底本整理其词,详张剑、张燕婴《莫友芝全集》,北京:中华书局,2017年版,第7册,第731—821页。

② 叶恭绰《全清词钞》选莫友芝词三首:《浣溪沙·书别》(雪意盘风)、《南浦·本意》、《瑞鹤仙》(春风才省),见该书第954—955页,北京:中华书局,1982年版。

传。会东事骤起,《词刊》中断,不果登出。此本讹文夺字,不可胜数。忆在叶遐庵先生处,亦曾见一钞本,乱后无由借校,凌氏所称原稿,亦不审尚在人间否?辄以私意略为勘定,及兹流布,庶使先贤遗制,不至竟化劫灰,倘亦稍尽后死者之责欤?辛巳初冬龙沐勋谨识。①

辛巳为民国三十年(1941)。《同声月刊》本的底本虽非叶恭绰所藏笋香室钞本《影山词》,但其所据本源自任心白,该本亦是笋香室过录的另一钞本。龙榆生研治词学,系承朱祖谋衣钵,他留心整理清词文献,也与朱氏一脉相承,从某种意义上说,龙氏整理刊布《影山词》,应当也有替朱氏了结夙缘之意,因为由凌惕安跋,龙氏肯定知道朱氏曾精校过《影山词》,只是可惜,他没能目验朱氏校改过的本子,并据以校对《同声月刊》本的"讹文夺字"。

幸运的是,朱祖谋校钞本《影山词》至今尚存,藏于南京图书馆,其祖本则是台北"国家图书馆"藏莫绳孙钞稿本《影山词》,而非凌惕安所谓莫经农藏黎兆勋批稿本。这两种版本与上述数种版本的一大区别是所收词序次完全不同,词目亦互有异同,②反映它们出自两个完全不同的版本系统,即《影山词》稿本当存在两个平行的系统。证据是莫绳孙钞稿本中墨笔钩去的部分,完全反映在朱祖谋校钞本中,哪怕该墨笔完全钩错了,钞本亦仍然承袭,乃至于朱氏需另用墨笔眉批才得以更正稿本之误。例如,《卖花声》(春草蕙芳家)下阕:"往事不胜嗟。拚了由他。寸心无奈只如麻。凭着梦思和晓月,飞度城鸦。"莫绳孙钞稿本中"寸心无奈只如麻"七字钩去,朱祖谋校钞本遂无此七字,③但此处朱氏墨笔眉批"'他'韵下脱一七字句",明显指明阙误。

---

① 龙榆生主编《同声月刊》第一卷第12号,民国三十年(1941)十一月版,第138页。
② 详细讨论可参张剑《莫友芝〈影山词〉考论》并本节表2-4。又,莫绳孙钞稿本可能经过莫友芝亲自审定,因其每卷卷首皆钤"子偲"小印,第三卷卷末钤"其名曰友"篆印。更明显的例子:卷后附载诸诗中,《枫香坪》一诗题下有行书加注数行,墨迹与莫友芝手迹同,其后钤"子偲"小印以示此处更正之发端者。
③ 此亦可证明朱祖谋校钞本《影山词》之钞者当非朱祖谋本人。张剑先生以之为莫绳孙钞,恐有误,疑为一般钞胥。

莫绳孙钞稿本中与此类似的情况尚有十余处，在朱祖谋校钞本中皆由朱氏眉批指正。但莫绳孙钞稿本中为何会出现这些不必要的删改，其原因尚不明确。

朱祖谋校钞本还派生出一个钞本，即现藏于上海图书馆的海粟楼钞本。该本封面题"影山词三卷"，其下小字署端两行："邵亭眲叟莫友芝先生撰。／壬申醉司命日匏庐檠端。"系绿方格钞本，凡二十三页，半页十四行，行二十一字，象鼻处有"海粟楼丛书。中吴王氏刊"字样。卷末有跋：

> 《影山词》三卷，郘亭眲叟莫子偲先生友芝缮正定稿，有朱彊邨侍郎手笔，为校其讹夺，并有彊邨跋语。公孙楚生先生棠[①]身后，铜井文房藏品均散于市上。潘盂庵先生承弼寔收得之，因借以录副。为我命笔者，陶受益君孝谦也。附载以志墨缘，壬申醉司命日佩诤王謇。

跋后钤有"王謇"白文篆印。该跋反映了朱祖谋校钞本《影山词》在民国时的流传情况。案王謇字佩诤，号匏庐，江苏吴县人，藏书处为海粟楼。[②] 该本完全承袭朱祖谋校钞本，并迻录朱氏眉批。偶有异同，则为王謇校正出抄录者陶孝谦偶尔的疏误。值得注意的校记仅一则：卷一《浪淘沙近》（从来未晓）上端粘一小笺，有墨笔校记："按'小楼愁倚'四字，鄙意'倚'字当在'小楼'上，'愁'字属下读，如此方与小宋'倚兰桡'云云句法合，原钞恐误。"其后钤"艮庐"朱文小印。按艮庐即张茂炯。

据上所述，我们可以较全面地梳理《影山词》的版本流传情况，并附其存佚情况：

---

① 原文如此，实误，莫棠是莫祥芝子，友芝侄。参郑伟章《文献家通考》，北京：中华书局，1999年版，第1098页。
② 郑伟章《文献家通考》，第1591页。该书称王謇藏书处为"澥粟楼"，当即是"海粟楼"。

表 2-3 《影山词》版本源流表

```
                ┌─ 莫经农藏黎兆勋批稿本 ─┬─《黔南丛书》本（存）
                │      （未见）          │           ┌─ 任心白藏本（未见）─《同声月刊》本（存）
原稿本 ─────────┤                       └─ 笋香室钞本 ─┤
                │                            （存）   └─ 叶恭绰藏本
                └─ 莫绳孙钞稿本（存）─ 朱祖谋校钞本（存）─ 海粟楼钞本（存）①
```

二、笋香室钞本的文献考察

《黔南丛书》本（下称"黔本"）向来是《影山词》流传接受的重中之重，莫绳孙钞稿本（下称"莫本"）因张剑先生的发掘而引起学界重视，笋香室钞本（下称"笋本"）及与之同源的《同声月刊》本则一直未进入研究者的视界。《同声月刊》本除第一卷卷末意外缺漏《清平乐》（莺情燕意）以下 5 阕词外，其余词作并顺序与笋本基本相同，而黔本、笋本、莫本的词作数量、词作次序皆有所差别，为讨论方便，此处以笋本为参照系，详列出三本异同：

表 2-4 《影山词》版本详情对照表

词目	次序		
	笋本	黔本	莫本
采桑子·本意九首	1—9	1—9	44—52
南浦·本意	10	10	3
鹊桥仙·题画	11	12	16
如梦令·郭店驿梦中赠答	12—13	13—14	33—34
满江红·为方中坚题冬菜图	14	15	2
生查子·乐平宿感旧	15	16	35
蝶恋花·点窜杜诗	16	17	17
水调歌头·镇远旅夜	17	阙	阙
渔家傲·秋海棠	18	18	19

---

① 莫绳孙钞稿本、《黔南丛书》本《影山词》在当代的影印、整理情况，张剑《莫友芝〈影山词〉考论》已详列，此处不赘。

续　表

词目	次序		
	笋本	黔本	莫本
木兰花(小家碧玉)	19	19	21
台城路・悼璋女	20	20	5
西地锦(憎杀绣衾)	21	21	36
买陂塘・寄平越峰旧守松桃	22	22	9
消息・寄胡长新	23	23	阙
念奴娇・和郑子尹	24	24	7
庆春宫・庚子除夕	25	25	12
减字木兰花・立春	26	26	26
沁园春・书事	27	27	4
又・同岁有留京忘归者……	28	阙	阙
四字令(云裾月襟)	29	28	37
一丛花令(东风无力)	30	29	14
一叶落(翠幕悄)	31	30	38
菩萨蛮・采莲	32	31	31
浣溪沙・书别(雪意盘风)	33	33	24
暗香・呈夏辅堂外舅……	34	34	6
青玉案・雪美人	35	35	22
杏花天(樱花又受)	36	36	39
浣溪沙(半颊春痕)	37	阙	25
水龙吟・初秋	38	37	10
解连环・寄内……	39	38	11
凤凰台上忆吹箫(上九灯街)	40	39	13
浪淘沙近(从来未晓)	41	40	40
清平乐(莺情燕意)	42	41	41
诉衷情近・窜柳《隔帘听》词	43	42	15

续 表

词目	次序 笋本	次序 黔本	次序 莫本
江南好(相见处)	44—45	43—44	27—48
千秋岁(渐东方白)	46	45	20
鹧鸪天·甲辰中夏……	47	47	53
渡江云·冬杪过青田……	48	48	55
百字令·癸卯冬……	49	46	54
高阳台·和黎柏容落梅	50	49	56
又·又同用吴梦窗韵	51	50	57
卖花声(春草蕙芳)	52	51	58
又·青田山庐答柏容	53	52	59
蝶恋花·答柏容……	54	53	60
又·留别柏容	55	54	61
南浦·寄郑子尹	56	55	62
迈陂塘·春晚饮李仪轩家……	57	56	63
江城子·接山堂雨……	58—59	57—58	65—66
迈陂塘·陈相庭学博……	60	59	64
瑞鹤仙·初夏……	61	60	67
百字令·答柏容	62—65	61—64	68—71
双头莲·本意	66	65	8
贺新郎·送陈光曾就婚贵阳	67	66	72
金蕉叶·怡轩对雨有怀	68	67	73
更漏子·影山草堂夜话……	69	68	74
渡江云·外舅夏辅堂……	70—71	69—70	75—76
琵琶仙·梅圯怀子尹……	72	71	77
满江红·渡乌江	73	72	1
八声甘州·送柏容云南省觐	74	73	78

续　表

词目	次序 笋本	次序 黔本	次序 莫本
琐窗寒(虚阁吹寒)	75	74	79
木兰花·九月十五夜……	76	75	82
蝶恋花·蔷薇	77	76	80
临江仙(使我天涯)	78	77	81
双荷叶(妆台角)	79	78	83
四和香(偷向鸳鸯)	80	79	阙
荷叶杯三首	81—83	阙	84—86
玉楼春(绿窗慵绣)	84	80	88
鹊桥仙二首	85—86	81—82	89—90
天仙子(移近画楼)	87	83	阙
卖花声(闲坐绿窗)	88	84	92
唐多令(深柳板桥)	89	85	94
浣溪沙(碧玉千金)	90	阙	阙
其二(倩人将米)	91	86	96
其三(易井朝华)	92	87	97
生查子(一自别欢)	93—94	88—89	98—99
临江仙(花里弄雏)	95	90	100
思越人(晓烟收)	96	91	101
长相思(景凄凄)	97	92	102
蝶恋花(旧夏新春)	98	93	103
人月圆(墙东一角)	99	94	104
贺新郎·荷花生日	100	95	105
恋绣衾(相思一日)	101	96	106
恋绣衾·和作附	102	97	107
苍梧谣(佯)	103	阙	阙

续　表

词目	次序 笋本	次序 黔本	次序 莫本
其二（听）	104	阙	109
如梦令（藕叶玉钟）	105	98	111
醉花阴（鸭头新染）	106	99	112
谒金门（春悄悄）	107	100	42
洞仙歌十首	108—117	101—110	113—122
瑶花（安江眉印）	118	111	110
菩萨蛮二首	119—120	112—113	123—124
凤凰台上忆吹箫（上九）	121	114	125
念奴娇·车上作	阙	11	阙
浣溪沙·书别（山月残辉）	阙	32	23
好事近·七夕前一日……	阙	阙	18
菩萨蛮·黄园	阙	阙	29
菩萨蛮·渡江	阙	阙	30
菩萨蛮·石固驿梦中赠别	阙	阙	32
苍梧谣（愁）	阙	阙	43
双头莲	阙	阙	87（有调无词）
点绛唇（三面窗开）	阙	阙	91
卖花声（卸了砚村）	阙	阙	93
水龙吟	阙	阙	95（有调无词）
苍梧谣（遥）	阙	阙	108

注：为避烦冗，部分词题有所省略。《恋绣衾·和作附》一阕，笋本作佚名和词。

《影山词》诸版本之间，最令研究者困扰的便是词作次序问题，无论是哪个版本，似乎都没有遵从时间、词牌或者内容的规则排序。不过细阅上表，可知莫本第53首以前与笋本第47首以前，其词作次序有相当的不同，而其后的词作顺序则大致相当。之所以造成这种不同，有学者认为是因为"莫友芝对《影山词》不欲存世，自己生前并未做过整理"，故而其各版本"均未能编年，次序较为混乱"。① 这一观点可以解释笋本与莫本之间的差异,却不能解释笋本与黔本之间的异同,因为笋本、黔本都经过凌惕安的整理,但二者不仅词作数量不同,而且词作本身也互可校补。对此现象,一种比较可能的解释是,凌氏在整理黔本、笋本时,底本虽大致相同,但应还有其他的文献来源。

凌惕安(1891—1950),名锺枢,以字行,号笋香室主人,贵州贵阳人。他是贵州著名学者、藏书家,②生平精于搜罗地方文献,其乡先贤莫友芝的文献自然也在其搜罗之列。③ 黔本、笋本《影山词》校理过程中,虽然凌氏一直强调是以莫经农藏原稿本为底本,但其对词作的更动增损还是可以证明他可能看到了另外的资料,并据以对文本进行了重新调整,而正是这种调整,使得笋本成为《影山词》版本系统中一个比较独特的存在,并具有多方面的文献价值。

首先,如上表所示,笋本独存的莫氏词有四首:《水调歌头·镇远旅夜》、《沁园春·同岁有留京忘归者》、《浣溪沙》(碧玉千金)、《苍梧谣》(佯)④。使得莫氏存世词作总量达到132阕。⑤

其次,笋本同黔本一样,完整地保存了莫友芝与黎兆勋的唱和活动。贵州词坛本属沉寂,词人唱和之作更是稀少。道光二十二年(1842)前后,莫友芝和郑珍、黎兆勋以诗唱和,兼及于词。笋本和黔本中,附载了黎兆勋的十首和词,其中《蝶恋花》(离合悲欢)一阕,未载于刊本黎兆勋《葑烟亭词》中,可供补遗。其余的作品,也有资于校刊。

再次,笋本可供校刊之用。前文曾引述,龙榆生认为,任心白藏的笋香室钞本《影山词》"讹文夺字,不可胜数",他曾亲予校刊。⑥ 笋本虽颇多谬讹,

---

① 张剑《莫友芝〈影山词〉考论》,第65页。
② 张祥光《凌惕安与〈咸同贵州军事史〉》,《贵州文史丛刊》2012年第3期,第116页。
③ 例如,莫友芝稿本《莫公赏鉴书画录》一种,即经过凌惕安的收藏,参吴鹏《中华书局点校本〈邵亭书画经眼录〉补正》,《贵州文史丛刊》2011年第2期,第82页。
④ 本词,莫本改成《苍梧谣》(遥)一阕,原稿中改动痕迹明显可辨,以其词作近乎重新填写,故算作另一首作品。
⑤ 此前最完备的《影山词》是张剑、陶文鹏、梁光华编辑校点《莫友芝诗文集》本,共辑词128阕。
⑥ 龙榆生的校订分两类,一是据词律补缺字符,一是据词之上下文更定字词,如《天仙子》"远春都上新眉妩"句,龙氏改"春"作"山",又《洞仙歌》其八"尚悄语、低筹慰相思"句,龙氏改"筹"为"鬟",因无版本依据,龙氏的率意更动也可能新增了讹误。

但其异文仍可与黔本、莫本互校。试举数例：《采桑子·本意九首》其五"南陌西塘"，"陌"，莫本同，黔本作"北"，据句意，"陌"字佳；《青玉案·雪美人》"镂冰肌骨"，"肌"，莫本同，黔本作"饥"，据句意，"肌"字佳；《浣溪沙》"莺语小红阑"，"红"，黔本、莫本皆作"江"，当以笋本为佳。由以上诸例可知，由于莫友芝生前未曾着力校订《影山词》，因此，目前留传的各版本皆互有异同，笋本的存在，正为校订完善《影山词》提供了另一重保障，其价值是不言而喻的。

最后，笋本的存在使得莫氏词作编年工作能够进一步展开。笋本所独存的词，部分可以根据综合分析推测其编年。例如，《水调歌头·镇远旅夜》，从内容看，可知是在莫友芝赴京应试途中所作。镇远驿是贵阳至京师之间的八十个驿站之一，莫友芝自道光十三年（1833）冬开始赴京赶考，只在道光十七年（1837）冬与郑珍、道光二十六年（1846）与门人锺宪章一起经过镇远驿，并俱在该驿由陆路改水行，[1]其余诸次行程，或未经镇远，或未携友同行。又考道光十七年郑珍新中举人，新科举人头番赴会试，与"你是杨都弄斧，我是惠施种瓠，一样不成妍"的懊恼词句不合，故本词应作于道光二十六年。而《沁园春·同岁有留京忘归者》，本词笋本排在《沁园春·书事》之后，可知二词作于同时，亦当在莫氏某次赴京应试之时，至于具体时间，则因信息未详，须存疑待考。

三、创作与理论之间

莫友芝的词学观点，主要体现在他撰写的两篇序文中：《〈蓺烟亭词草〉序》、《陈息凡〈香草词〉序》。[2] 目前学界习惯于将这两篇文章视作一个整体来考察，因而无法解释二者之间明显存在的差别，也无法解释其理论和创作中的间离之处。[3] 其实二文观点不尽相同，前者作于道光二十七年（1847），

---

[1] 参张剑《莫友芝年谱长编》相关记载，北京：中华书局，2008年版，第28—93页。
[2] 张剑、陶文鹏、梁光华编辑校点《莫友芝诗文集》，第581—582、585—586页。下引文字出此二序者不另作注。
[3] 例如王雨容《莫友芝词学思想简论》的相关讨论，文载《文艺评论》2012年第8期，第92—96页。

后者作于咸丰十年(1860),其时间差正好可以突显作者词论的演进及其对词坛认识的逐步转变。

莫友芝步入词坛之初,自承是"卤莽尝试",除了与同辈友人郑珍、黎兆勋相互切磋外别无同道,"余少长遵义,交郑子尹,既冠言诗,乃因以交其内兄黎柏容,岁率唱和,三四往来,而填词亦旁及焉"。贵州词学本属荒芜,郑珍亦颇以词为小技,并曾规劝莫、黎二人勿以此道为要,①这可能潜在影响了莫友芝的词学观念,并导致他不愿意刊刻《影山词》。②但亦有文献可以证明,在创作的同时,莫友芝非常认真地研治过词学。③不仅如此,莫友芝也非常关注词坛的变化,对词史发展演进有较显明的认识,并明确表达过自己的好恶。僻居一隅而潜心研求,反而使得他的理论有着较明显的特色,与词坛各主流派别之间皆互有异同。相对而言,《〈荇烟亭词草〉序》注重批判雍乾时期词坛,而隐隐然可从中窥见浙西词派的影响;《陈息凡〈香草词〉序》则重视对常州词派特别是张惠言等人词学理论的发挥。

首先看《〈荇烟亭词草〉序》:

> 窃论近日海内言词,率有三病:质犷于藏园,气实于谷人,骨屑于频伽。其偶然不囿习气,而溯流正宗者又有三病:专准海而廓,师清真而靡,服梅溪而佻。故非尧章骚雅,划断众流,未有不撷粗遗精、随波忘返者也。柏容少近辛刘,翻然自嫌。严芟痛改,低首周秦诸老,而引出以白石空凉之音,所谓前后三病,已无从阑入。顾犹不自信,见面必出所得相质证。余每持苛论,即一字清浊小疵

---

① 黎兆勋《荇烟亭词自序》:"予壮岁草《荇烟亭词》三卷,子尹以此规予,遂弃去,几近廿年不复为之。"《荇烟亭词》,光绪十五年(1889)日本使署刻本,第1a页。
② 莫绳孙曾说《影山词》是"先君所不欲存者,故不以示人"。引自张剑《莫友芝〈影山词〉考论》,第82页。
③ 《〈荇烟亭词草〉序》:"乃复相与上下五季、两宋,逮本朝巨公之制,准玉田绪论以相切劘。"又,台北"国家图书馆"藏莫友芝手稿一卷,题"莫友芝词",纸张板式与莫绳孙钞稿本《影山词》同,然实非莫友芝所作词,而是其摘抄周之琦《十六家词录》、戈载《宋七家词选》并周之琦等人的词作,是他研习词学的实证。

于古,必疵乙之。而柏容常以为不谬,日锻月炼,不尽善不已。近则每变愈上,虽子建好人讥谈,人亦何所置喙?昔吴尺凫为词在中年以后,故寓托深,而揽撷富。宋牧仲虚怀讨论,其词可上拟北宋。柏容兼之,宜其幽宕绵邈,使人意移。为之不已,于长水、乌丝、珂雪间参一坐,岂有愧哉?

这段词论,主要讨论的是师法问题。莫友芝糅合了前人的许多观念,可以较明显地让我们窥见其词论建构的痕迹。其一,"正宗"说源自明代,以王世贞为代表,①莫友芝推崇秦观、周邦彦而贬斥辛弃疾、刘过,正属严辨"正宗"、"变体"之分。但史达祖成为"正宗"却是朱彝尊提倡宗南宋并建构南宋词师法谱系之后的事,②兼举史达祖正表示莫友芝的正变论已羼入了与王世贞不同的观念。其二,对姜夔、张炎的重新发现和推崇也是朱彝尊的功绩,师法姜张往往成为浙派词人辨别身份的一个标志,莫友芝表现出了对"白石空凉之音"的推崇,在理论上更是"准玉田绪论以相切劂",反映了他词学观念的浙派背景。不过,在师法的步骤上,与浙派众人由张炎、王沂孙等具"夔之一体"而进企姜夔的"上求"不同,他主张师法秦观、周邦彦而向下"引"及姜夔。在总的宗尚方面,浙派宗法南宋,莫友芝则宗北宋,差异也十分明显。其三,莫友芝的"三病说"很容易让人联想起金应珪在《词选跋》中提出的"近世为词,厥有三蔽",③具体而言,金氏所言"一蔽是学周、柳之末派也。二蔽是学

---

① 《艺苑卮言》:"李氏、晏氏父子、耆卿、子野、美成、少游、易安至矣,词之正宗也。温韦艳而促,黄九精而险,长公丽而壮,幼安辨而奇,又其次也,词之变体也。"载唐圭璋《词话丛编》,北京:中华书局,1986年版,第385页。
② 朱彝尊《黑蝶斋诗余序》:"词莫善于姜夔,宗之者,张辑、卢祖皋、史达祖、吴文英、蒋捷、王沂孙、张炎、周密、陈允平、张翥、杨基,皆具夔之一体。"载朱彝尊《曝书亭序跋》,上海:上海古籍出版社,2010年版,第117页。
③ "义非宋玉,而独赋蓬发;谏谢淳于,而唯陈履舃。揣摩床笫,污秽中冓。是谓淫词,其蔽一也。猛起奋末,分言析字,诙嘲则俳优之末流,叫啸则市侩之盛气,此犹巴人振喉以和阳春,龟蛼怒嗌以调疏越。是谓鄙词,其蔽二也。规模物类,依托歌舞,哀乐不衷其性,虑叹无与乎情。连章累篇,义不出乎花鸟;感物指事,理不外乎酬应。虽既雅而不艳,斯有句而无章。是谓游词,其蔽三也。"载张惠言《词选》,清代刻本。

苏、辛之末派也。三蔽是学姜、史之末派也"。① 莫友芝此处的言论极可能受到金氏的影响,不过与金氏不同,他将"三病"分为前后两种,有"囿于习气"和"溯流正宗"的不同。"囿于习气"的三病指向阳羡(蒋景祁)、浙西词派(吴锡麒、郭麐)的末流,大致与金氏所论相当;"溯流正宗"的三病则是莫友芝的发明,是对词坛中未完全被阳羡、浙西词派笼络的部分词人的师法问题的批评,主要指单纯师法某词人而产生的弊端,而强调了兼师众长的必要性。从分析的广度和深度上看,莫友芝是超过金应珪的。

可以说,兼师众长而以北宋为宗是莫友芝在《〈葑烟亭词草〉序》中提出的理论精髓,如果考察他的创作,正可印证他的理论。张剑先生曾仔细分析《八声甘州·送柏容云南省觐》、《琵琶仙·梅圮怀子尹》、《念奴娇·车上作》、《浣溪沙·书别》(山月残辉)分别对秦观《望海潮》(星分牛斗),周邦彦《花犯》,姜夔《暗香》、《疏影》,以及苏轼《念奴娇·赤壁怀古》、贺铸《减字浣溪沙》(楼角初销)的师法。②可以证明莫氏在创作和理论上的一贯性。相似的例证还可以举一些,例如《诉衷情近·窜柳〈隔帘听〉词》是对柳永《隔帘听》(咫尺凤衾)一词的戏仿,《采桑子·本意九首》描绘农村风物,题材与风格皆颇似苏轼《浣溪沙·徐门石潭谢雨道上作五首》,《高阳台·和黎柏容落梅》、《高阳台·又同用吴梦窗韵》等词神似吴文英。"别裁伪体亲风雅,转益多师是汝师"(杜甫《戏为六绝句》),兼师众长正是莫友芝词创作取得成就的保证。

在《〈葑烟亭词草〉序》中,已可见莫友芝对常州词派理论的接受,这一倾向在《陈息凡〈香草词〉序》中被全面化了:

> 词自皋闻选论出,其品第乃跻诗而上,追然国风、乐府之遗,海内学人始不以歌筵小技相疵衊。嘉道以来,斯道大畅,几于人金荃而户浣花。然或意随言竭,则浅而寡蕴;音逐情靡,又荡而不归。其贮兴也风舒,其审味也水别,其引喻不出乎美人香草,而古今升

---

① 谢章铤《赌棋山庄词话续编》卷一,唐圭璋编《词话丛编》,第3485页。
② 张剑《莫友芝〈影山词〉考论》,第68—69页。

降、事物变态,罔不可以掇诸意言之表,荡堙郁而理性情。同岁息凡子凤擅诗笔,年余四十,始涉为词,即洞其奥。亦既更历世故,牵挚宦场,属时多事鞅掌,鲜有居息,涸怵耳目,桄柱怀抱,默之不甘,言之不可,忧从中来,辄假闺闱謦欬,倚声而写之。

至此,莫友芝主要关注点,已转向词的意旨问题。张惠言对词学的一大贡献是以意内言外说词,用经师解经的方法,对词的内蕴进行阐发,从而将诗教精髓下延及词,不仅使词体得到尊崇,也使词旨的阐释空间被空前地开拓了。莫友芝完全接受了张惠言的理论,但同时也对"意"、"言"二者进行了重新限定:"意随言竭,则浅而寡蕴;音逐情靡,又荡而不归。"在言意关系以及词的音律规范方面,对张惠言词论进行了补正。

这篇序中,莫友芝还认同词的性情说。在常州词派看来,词也是发抒性情的一种诗体,与诗同尊。这种理论,曾促使晚清词坛上兴起一股"重情"风潮,并使浙派的体物艳情受到严厉的批判,谢章铤说:"纯写闺襜,不独词格之卑,抑亦靡薄无味,可厌之甚也。然其中却有毫厘之辨。作情语勿作绮语,绮语设为淫思,坏人心术;情语则热血所钟,缠绵恻悱,而即近知远,即微知著,其人一生大节,可于此得其端倪。"[①]莫氏词的创作实绩,正反映了对这一词学理念转向的"预流"意识,而且,这种意识在其早期的创作中即已开始呈现。刘扬忠先生说,《影山词》"是一部以言情为尚,重在表现作者主观心灵意绪的词集","呈现在我们面前的,正是'西南巨儒'莫友芝在其诗文里所绝少表露的一个真实可感的心灵世界"。[②] 试以《水调歌头·镇远旅夜》为例:

> 九驿陆程尽,明日上泷船。悠悠无水东去,为问几时还。你是杨都弄斧,我是惠施种瓠,一样不成妍。何事逐同岁,朝海滥殊川。 拨残灰,挑短烬,共无眠。料应有梦,怎得能到醒人边。一壁冰衾水

---

① 谢章铤《赌棋山庄词话》卷四,唐圭璋《词话丛编》,第3366页。
② 刘扬忠《莫友芝〈影山词〉简论》,《华南师范大学学报》2011年第5期,第41—42页。

枕,一壁温云暖雨,隔屋几悲欢。还道文章助,万里要江山。

这是莫友芝赴京应会试时的羁旅之作,自伤功名难取而外,作者心念所系的还是室家之乐。在另一首《沁园春·同岁有留京忘归者》中,同样的羁旅思内主题又一次书写。他的其余作品中,我们也常常能感动于其人伦之情(《台城路·悼璋女》《鹧鸪天·甲辰中夏》)、师友之义(《渡江云·冬杪过青田》《南浦·寄郑子尹》)、夫妇之爱,这些都屡次体现在他的词作中。之所以在词作中注入深情,其根本原因正是莫氏对诗词体性之分的深刻认识。

除了书写关涉自身的情事,莫友芝词作中还有大量并无词题的纯粹的代言体作品。这些词作中虽然颇多绮语,但与浙西词派的艳情词不同,它们属"假闺闱謦笑,倚声而写之",言情的同时,极少像浙派词人那样矜典摹态。有意思的是,这些词多数被莫友芝编入词集的外集(部分版本列为卷三)中,这种编排也反映了莫氏的词体意识。

另需说明的是,莫友芝以北宋为宗,重视小令,①在创作中逐渐趋同于常州词派,很难能地为常州词派词学传承的另一种可能性提供了实证。常州词派自张惠言创派,经周济的改进而终于成派。在师法问题上,张惠言倾向于师法唐以至北宋的词,而以温庭筠小令为"深美闳约"的极则,②周济虽然认同北宋词"高者在南宋上"③,却借用浙西词派建构的南宋词谱系,在学词途径上主张"问涂碧山,历梦窗、稼轩,以还清真之浑化"④。因为周济的影响,晚清绝大多数词人论词主张师法南宋,因此莫友芝的词学创作及其迥异于众人的理论主张便弥足珍贵,值得进一步研究。

---

① 《影山词》中慢词仅三十余首,约占全部总量的四分之一。莫友芝词体意识比较明确,他曾比较过黎兆勋(伯庸)、陈锺祥(息凡)的慢词和小令:"伯庸尤自信,已有初集问世。然当以慢、近擅场,引、令一道,不能不为息凡避舍。"(《陈息凡〈香草词〉序》)
② 张惠言《词选》选录唐词20首、五代词26首、北宋词38首、南宋词32首。唐至北宋的词作占据《词选》总量的绝大部分。
③ 周济《介存斋论词杂著》,唐圭璋编《词话丛编》,第1630页。
④ 周济《宋四家词选目录序论》,唐圭璋编《词话丛编》,第1643页。

四、余论

贵州词坛本属榛莽未辟之境，直至有莫友芝及其同辈的努力，方才渐开蛮荒："乡里词人，自辰六《春芜》、鹿游《明日悔》两集后，罕有闻者。近则黎伯庸、郑子尹、黄子寿、章子和、张半塘诸君子，颇复讲求。"（莫友芝《陈息凡〈香草词〉序》）莫氏、黎氏群从，甚至有多人曾研习词学，一时间，黔南词学彬彬称盛。这些词人，一方面通过各种机缘接受主流词坛的影响，另一方面又在某些方面坚持创作的独特个性。因此，虽然贵州词人群体出现较晚，却恰好可以成为主流词坛的一面镜子，一方面通过各种具体而微的词学现象照见主流词坛的动态，另一方面，又通过各种同中之异显示其特征，并弥补主流词坛之不足。莫友芝词及词学当然是这其中最突出的例证。

朱祖谋校毕《影山词》时，曾写有短跋，对莫友芝词进行总体评价：

> 高健之骨，古艳之神，几合东坡、东山为一手。国初诸家俱无从望其肩背，无论后来矣。①

"高健"、"古艳"皆语有本源，向来被词论家用作溢美之词。江顺诒《词学集成》卷五："毛稚黄曰：北宋词之盛也，其妙处不在豪快，而在高健。"②郑文焯《大鹤山人词话》："北宋词之深美，其高健在骨，空灵在神。而意内言外，仍出以幽窈咏叹之情。"③李调元《雨村词话序》："温、韦以流丽为宗，《花间集》所载南唐、西蜀诸人最为古艳。"④朱祖谋对《影山词》"骨"、"神"的体认也和莫友芝"三病"说隐然相对。而且，在朱氏的清词观中，清初词人向来处于最高的地位，⑤他在此处将莫友芝推上连清初词人都无法企及的高度，更表明

---

① 莫友芝《影山词》，朱祖谋校钞本，南京图书馆藏。
② 唐圭璋编《词话丛编》，第3266页。
③ 唐圭璋编《词话丛编》，第4342页。
④ 唐圭璋编《词话丛编》，第1377页。
⑤ 参傅宇斌《论朱祖谋的清词观》，载《词学（第19辑）》，上海：华东师范大学出版社，2008年版，第214页。

朱祖谋对《影山词》的认同已达到无以复加的程度。

朱祖谋对《影山词》的认同，是与莫氏的创作切合他的词学观分不开的。莫友芝词学是常州词派的同道，作词复精心研习格律，"一字清浊小戾于古，必疵乙之"，这些都和朱祖谋脾性相合。① 特别是莫词有兼师苏轼的特色，更为"晚年颇取法于苏"②的朱祖谋所喜。与对陈洵的援引类似，朱祖谋对莫友芝的揄扬，应该也有援引同道以行其词学的考虑。

正因为如此，因"不欲存"而未刊行的《影山词》，在濒临被历史湮没的关头，终于首次获得了重新参与词史书写的机会，并最终因各类钞本的传抄与《黔南丛书》本的刊行而广为人所知。而考察《影山词》，正从一个特别事例出发，为考察清代文学尚待发覆的浩瀚典籍提供了具体的经验。

第四节　王国维佚诗佚词考辨

王国维一生中共作了多少首诗词？其诗词集全编的笺注者陈永正在萧艾、叶嘉莹等学者研究的基础上，访佚辑遗，统计得出王国维共作诗凡一百九十二首、词凡一百一十五首。③ 此后，《王国维全集》的编纂者也注重搜集佚诗佚词，并颇具成果。④ 笔者翻阅资料时，还获见王国维佚诗佚词数首，其中或可考见王国维交游、生活片段；或虽为前人已见，然尚待续作考订；或者虽然其真实性可能存在问题，却能从其他的角度及具体的例证反映当时词坛的一种现象，爰作初步考辨。

---

① 沈曾植《彊村校词图序》："彊村精识分铢，本万氏而益加博究，上去阴阳，矢口平亭，不假检本，同人惮焉，谓之'律博士'。"载朱祖谋编《彊村丛书》，上海：上海古籍出版社，1989年版，第8729—8730页。
② 张尔田《龙榆生词序》，龙榆生主编《同声月刊》，第三卷第1号，第119页。
③ 陈永正《王国维诗词笺注》，上海：上海古籍出版社，2011年版，第21页。
④ 谢维扬、房鑫亮主编《王国维全集》，杭州：浙江教育出版社，2009年版，第14卷，第616—675页。

一、《赠汪鸥客》三首

其诗如下:

  海内几人号郑庵,中吴南汇与君三。怜渠溺苦虫鱼学,不拜康成拜所南。

  耳聋久与世相违,头白不知俗已非。闲写溪山间作篆,海鸥与客两忘机。

  神化丹青戴侍郎,暮年忠孝冠钱塘。只今六法昌披后,犹蓺杭州一瓣香。

这三首诗刊载于《小说月报》民国八年(1919)第 19 卷第 11 期,为尚未受学界瞩目的王国维佚诗。《赠汪鸥客》是当时多位诗人的同题共作,《小说月报》该期另载有沈曾植、郑孝胥、陈衍、冯煦、朱祖谋、王乃徵、胡嗣瑗、杨锺羲等人所作十一首近体诗。

汪洛年,字社耆,号鸥客,一作瓯客,别号郑庵,钱塘(今杭州)人。同治九年(1870)生。为戴用柏弟子,书画皆守师法,山水用笔高洁,气韵清逸,与沈塘(雪庐)齐名。兼工篆刻。曾应湖广总督张之洞聘,任两湖师范学校图画教员。民国建立后,居上海。民国十四年(1925)卒。[①] 汪洛年在民初上海遗民圈中颇为活跃,民国十年(1921),梅兰芳赴上海演出,轰动一时,况周颐因是梅兰芳戏迷,曾多方联络,为之绘图纪事,其中一帧即请汪洛年绘制,"辛酉暮春,畹华(梅兰芳)南下,香南雅集,仅越日而成"[②]。况氏弟子赵尊岳曾如此记载:"畹华去沪,越岁更来。先生(况周颐)属吴昌硕为绘《香南雅集

[①] 李濬之《清画家诗史》卷壬上,民国十九年(1930)刻本,第 43b 页;盛镛《清代画史增编》卷二〇,民国十六年(1927)上海有正书局铅印本,第 10a 页;郭味蕖《宋元明清书画家年表》,北京:人民美术出版社,1958 年版,第 504、546 页。

[②] 况周颐《蕙风词话补编》卷三,屈兴国主编《词话丛编二编》,杭州:浙江古籍出版社,2013 年版,第 2002 页。

图》,并两集于余家,一时裙屐并至。图卷题者四十余家。画五帧,则吴昌硕、何诗孙、汪鸥客也。"①王国维现存最后一首词作《清平乐·庚申况蘷笙太守索题〈香南雅集图〉》即为题此图之作,不过,据况周颐所记,王词所标"庚申"当为"辛酉"之误,又据上引王国维佚诗,其与汪洛年相识当更早数年。

民国五年(1916)初,王国维自日本归国,应哈同仓圣明智大学《学术丛编》主编之聘而赴上海,很快与沈曾植、朱祖谋等海上遗老相见相知,并参与其活动。②沈曾植与汪洛年关系较密切,王国维当即于此时或稍后不久,或因沈曾植之介,结识汪洛年,并随沈曾植、郑孝胥等人的同题共作,而赠诗给汪。③

沈曾植《赠汪鸥客》二诗其集原刻本未载,钱仲联先生据"王君蘧常录示"收录,又据"诗中有'井谷山房阿阇黎'句",兼考二人交游,推定此诗作于民国八年(1919)。④郑孝胥在该年四月初七日(公历5月6日)日记中云:"汪社耆画《淞波鸥伍图》遗余,求作诗,为书一绝,曰:'江汉相逢早识君,沧桑再见未离群。画师遗老人争重,元是钱塘汪水云。'"⑤此诗即郑氏刊于《小说月报》之诗,但其别集中未收。据此,可知王国维给汪洛年的三首赠诗也应作于民国八年四月前后。

王国维这三首诗,兼用古今事典,略作疏证。

第一首诗中的"中吴"疑指吴大澂,字清卿,号愙斋,一号郑龛,江苏吴县(今属苏州市)人,同治七年(1868)进士,通训诂词章,尤善金石,官至湖南巡

---

① 赵尊岳《蕙风词史》,龙榆生主编《词学季刊》第1卷第4期,第101页。
② 袁英光、刘寅生编著《王国维年谱长编》,天津:天津人民出版社,1996年版,第132—187页。许全胜《沈曾植年谱长编》,北京:中华书局,2007年版,第416—439页。
③ 王逸塘《今传是楼诗话》:"鸥客,杭县人,故人汪穰卿(康年)之弟。……庚申余在上海,君主沈子培家,不时往来爱俪园。"(张寅彭编《民国诗话丛编》,上海:上海书店,2002年版,第3册,第356页)按:汪康年为《时务报》主编,王国维曾于光绪二十四年(1898)入《时务报》社,并与汪康年及其弟汪诒年相往还(参袁英光、刘寅生编著《王国维年谱长编》,第13—21页),然其时汪洛年旅居湖北,故本文系王国维与其相识之事在民国以后。
④ 钱仲联《沈曾植集校注》,北京:中华书局,2001年版,第74、254、1230页。
⑤ 郑孝胥《郑孝胥日记》,北京:中华书局,1993年版,第1781页。

抚,甲午战时督师朝鲜,以师溃逃逸革职。①"南汇"即沈树镛,字韵初,号郑斋,江苏南汇(今属上海市)人,咸丰举人,官中书,酷嗜金石。②"虫鱼之学"指考据订正。"康成"即东汉著名经师郑玄。"所南"为宋末著名遗民郑思肖,连江(今福建连江)人,工画无根墨兰。此诗从汪洛年别号入手,写其不喜金石考订,而擅长绘画。

第二首诗中,耳聋系指汪洛年晚年实情,"社耆,鸥客别字也。君耳重听,故人呼为'汪聋'"。③"海鸥与客两忘机"用《列子·黄帝》典故,同时指明汪洛年"鸥客"别号的来源。此诗亦兼及汪洛年别号,并暗寓遗老情结。

第三首诗中,"神化丹青"二句咏戴熙之事,熙字醇士,号榆庵,道光十二年(1832)进士,官刑部侍郎,工绘画,"山水笔墨秀丽,丘壑工稳,深得耕烟神髓",咸丰十年(1860)太平军攻杭州,城破罹难,谥文节。戴以恒为戴熙从子,"山水得文节正传,而尤精水墨"。④ 六法指绘画技法,出自南齐谢赫《古画品录》:"六法者何?一曰气韵生动,二曰骨法用笔,三曰应物象形,四曰随类赋彩,五曰经营位置,六曰传移模写。"此诗主要咏汪洛年的师承,并从遗老立场上,用戴熙事砥砺之。

三诗皆直道其事,从中亦可见王国维的遗老情结。而对此三诗写作背景的考证,也揭示了王国维在上海的交游之一斑。

另可注意的是,与王国维同题共作的陈衍、冯煦、朱祖谋等人的作品,大多未入本集,亦皆可供辑佚。

二、《阮郎归·暑假歌》

此首佚词最早由朱端强发现:

---

① 缪荃孙《续碑传集》卷三二,宣统二年(1910)江楚编译书局刻本,第1a—3b页。
② 李放《皇清书史》卷二六,民国二十年(1931)至二十三年(1934)大连辽海书社铅印本,第20b页。
③ 王逸塘《今传是楼诗话》,张寅彭编《民国诗话丛编》,第3册,第356页。
④ 盛镳《清代画史增编》卷三二,第3a—3b页。

据袁的学生张连懋《袁屏山传记》(民国二十八年昭通刻本)引袁嘉谷回忆说：当时编译局有鉴过去中国学校只念书,不唱歌,参照国外学校经验,也开始为各级学校编一些音乐教材。袁氏深知王国维长于词学,特请他填写了一首《暑假歌》。其词云："广庭寂寂日行天。参差树影园。朝朝挟策学堂远。如今又半年。　从此日,得休闲。迢迢一月间。北窗且自理陈编。清风入几筵。"这首恬静的歌词刊布之后,被人谱成曲子,曾一度广泛流传,颇受当时学生的喜爱。迄民国十七年(1928),袁嘉谷执教东陆大学(云南大学前身)时,还偶闻有人吟唱于昆明街头！①

朱氏虽有发现之功,可惜却并未稍作考证,以明确其调名。查《词谱》、《词律》等书,该词双阕八平韵,②凡四十七字,体式与《阮郎归》词调恰合。

其实,载录这首佚词的最原始的文献,当为袁嘉谷《王静安国维别传》及张连懋所记录的袁嘉谷的演讲文《我在学部图书馆所遇之王静安》。③ 袁嘉谷,字树五,别字澍圃,晚年自号屏山居士,云南石屏县人。同治十一年(1872)生。光绪二十九年(1903)状元及第。后赴日本考察学务、政务,光绪三十一年(1905)归国,任国史馆协修,升学部编译图书局局长。宣统元年(1909)升任浙江提学使,兼布政使。辛亥革命后,离开浙江归云南,曾任云南省立图书馆馆长、私立东陆大学国文教授等。民国二十六年(1937)卒。袁氏著述等身,晚年以其所学沾溉云南通省士子,犹为后人钦仰。④ 光绪三十三年(1907)春,"罗振玉荐王国维于学部尚书荣庆。夏历三月,先生由海宁北上抵北京,受命在学部总务司行走,充学部图书馆编辑,主编译及审定

---

① 朱端强《王国维佚词〈暑假歌〉》,《云南师范大学学报》1993年第4期,第102页。
② 第三韵脚"远"字,袁嘉谷《王静安国维别传》、《我在学部图书馆所遇之王静安》所载作"还",据押韵规则,当以"还"为是。
③ 《王静安国维别传》,袁丕厚编《袁嘉谷文集》,昆明:云南人民出版社,2001年版,第431—432页;《我在学部图书馆所遇之王静安》,《袁屏山先生纪念集》卷五,民国二十七年(1938)铅印本。
④ 《袁树五先生墓表》、《袁树五传》,《袁屏山先生纪念集》卷一。

教科书等事"。① 其时,袁嘉谷是学部编译图书局局长,正是王国维的顶头上司,因此,他回忆与王国维的交际当切实可信,故此词亦可判断确实为王国维所作。

值得注意的是,袁嘉谷在这篇讲演中,还提供了王国维供职于学部时期的不少工作和生活细节,就中可见王国维的学行人品,《王国维年谱长编》等书中尚未载录。如王国维曾因一心治学而辞去总务司行走之职,曾为清廷拟撰国歌,曾倡议影印伯希和藏敦煌文献诸事,在讲演中,袁嘉谷的叙述都远较《王静安国维别传》一文详细,可资参考。

《阮郎归·暑假歌》创作于王国维在学部任上,《王国维全集》编者根据袁嘉谷的仕履将之系年于光绪三十四年(1908),②尚属未考订完备。该词曾收入学部编译图书局光绪三十三年五月印刷、六月出版颁行的《学部第一次编纂初等小学乐歌教科书》,③王国维是年三月方到任学部编译图书局,该书五月即付印,故此词之作,当在光绪三十三年三月至五月间。

三、和《梦花魂》创词

其词如下:

九十韶光暮,声愁布谷新。萍飘絮泊,岂无果因。缘底事,春来春去惯撩人。送迎总伤神。等烟云、美景良辰。惊番信、怅日曛,料得兰闺角枕应留痕。消息真个枉盼,青鸾踪影断,惜红情。东皇能不忆前尘。杜宇声中花事尽,无复旧青春。无复旧青春。　残红飞似雨,嫩绿软如茵。莺莺已老,诗人独存。醉醒来、钟鸣野寺报明晨。卧伴饯行樽。掩柴门。寂寞故园,蹊堆瓣,土瘗芬。落拓天涯我亦感沉沦。贝叶悟澈可证。繁华转眼梦,总相关、魂销芳草夕

---

① 袁英光、刘寅生编著《王国维年谱长编》,第43页。
② 谢维扬、房鑫亮主编《王国维全集》,第14卷,第672页。
③ 《学部第一次编纂初等小学乐歌教科书》,清光绪三十三年(1907)学部编译图书局铅印本。

阳村。等是有家归未得,末路叹王孙。末路叹王孙。

该词题名《和愚盦创词〈梦花魂〉·落花》,署"王国维遗稿",前有长序:"《梦花魂》创词,翟子愚盦所创制也。顷奉来书,求代拍政。盖因仆平素于雕虫小技,每于公后事余,辄喜藉以遣怀。愚盦则谬以老马为识途,殷殷下问。仆情不可却,勉允所请。拍读一过,觉用字确切,声调合拍。虽属新制,而规律严正,却不十分背古,洵佳作也。复缀以俚词一阕,信手拈来,匪敢云和,聊以塞责云尔。丁卯暮春草于京师客舍,海宁王国维未是草。"其后有翟愚盦长跋:"下走自妄制《梦花魂》创调以来,谬蒙南北名士赐和颇多,琳琅满目,美不胜收。而其中尤以海宁王静庵先生之大作为名贵。兹拟再征数阕,辑成专集,然后付梓,以广流传。今静庵先生已于十六年六月一日,投昆明湖殉清作古,而拙集行世,先生未及见之。虽为细事,然下走蒙先生之惠,何敢忘怀?故每思及之,不禁怆然。谨将遗稿,表而彰之。拙调,海内诸大方家如不以作俑见嗔,慨和珠玉,荣幸奚若?倘蒙雪和,可不拘韵脚,不拘原题。赐件请寄至天津大直沽存益公酒店后贻安里七号皖泾汪寓交汪爱棠先生收转便妥。愚盦谨启。"

此词刊载于民国杂志《坦途》,与陈曾寿《八声甘州》(镇残山风雨耐千年)、胡嗣瑗《八声甘州》(甚匆匆龙象返诸天)、姚君素《金缕曲》(学在三余耳)同列。①

翟愚盦不详何人,愚盦是名是号亦无法确定,王国维的其余资料中并无与此人相关的记载。通检文献,民国十六年(1927)时,此人还曾在《紫罗兰》杂志发表诗歌、小说、画作多篇。②《紫罗兰》是鸳鸯蝴蝶派名家周瘦鹃主编的同人杂志,不过,周瘦鹃亦未留下与此人有关的记载。又,汪爱棠亦不详为何人。

---

① 《坦途》,民国十六年(1927)第4期,《文苑》专栏第1—3页。
② 立轴《庐山面目》、横幅《雨过山头夜气清》、立轴《春山如画——翟愚盦氏为瘦鹃作》、七绝《红豆相思曲》十首、小说《单恋者之死》,分见《紫罗兰》第2卷4期、第2卷5期、第2卷8期、第2卷13期第3—4页、第2卷24期第7—13页。

虽然翟愚盦自谓"南北名士赐和颇多",又谓"拙集行世",但笔者尚未在资料中检索到《梦花魂》的其他词作。

袁嘉谷曾说王国维"作的歌亦不少"(《我在学部图书馆所遇之王静安》)。不过,根据现存资料,这首题为王国维撰的《梦花魂》词,其作者尚无法最终确定。行文至此,不妨略作猜测:一种可能是该词确为王国维所作,则固应视为王国维的佚词,其对该创词颇具支持;另一种可能是翟愚盦伪托王国维所作。从上述资料看来,后一种情况的可能性似乎更大,如果属实,那么除了翟愚盦借王国维的名人效应以扩大影响之外,还有可能反映什么样的微妙情况呢?

《梦花魂》词牌是翟愚盦的"创调",所谓"创调",当是与"自度曲"和"新体乐歌"有非常紧密关系的概念。词学史上,自度曲有其源远流长的传统,宋代通晓音律的词家如周邦彦、姜夔等,曾纷纷创制自度曲,并历代受到赓和。宋代以后,虽然词乐失传,但创制自度曲的风尚并未消失,反而代有延续。就明词而言,据笔者统计,自度词调有数十种,例如《咏归来》、《胜常》、《绿水缘》等词调皆明人自度。① 清人自度曲后来居上,比明人更多而且更复杂,甚至影响了清代词体的演进。② 民国以后,随着文学革命的提倡和发展,一批词家"欲求声词之吻合,而免除倚声填词之拘制,不得不谋音乐文艺家之合作",从而开始尝试创作"新体乐歌"。③ 新体乐歌与明代以来的自度曲的根本不同,是其重新找到了一条声乐与文辞相合的途径,从而在很大程度上对倚声填词、依谱填词的词的案头化倾向有纠正作用。这种革新,比清末仅据词制谱并进而配乐传唱如《阮郎归·暑假歌》之类的乐词是要更进一步的。

《梦花魂》仍保留词文言整饬、双阕并行的特征,同时又在每阕末尾加入歌曲式的复沓和声,从体式上看,介于自度曲和新体乐歌之间,不失为一首

---

① 饶宗颐、张璋主编《全明词》,北京:中华书局,2004年版,第1335、2642、2938页。
② 闵丰《选声:自度新曲与词体演进》,《清初清词选本考论》,上海:上海古籍出版社,2008年版,第243—264页。
③ 龙榆生、萧友梅《歌社成立宣言》,《乐艺》,民国二十年(1931)第1卷6期,第78页。

较为成功的创调。无论该词是否为王国维所作,亦即无论翟愚盦是从王国维那里借名,还是借实,这首作品对了解当时的词坛动向,特别是词人突破传统的努力、心态及方向,都有着非常独特的例证效果。从此角度而言,《梦花魂》的存在甚至要比仅认定其是否为王国维佚作更有意义。

王国维所处的时代,报纸杂志等新兴媒体已蓬勃发展,他早年曾入《时务报》社,因而非常熟悉新媒体的效用。此后,他的作品也多见载于各种报刊中,甚至有些作品不仅印行单行本,还曾一而再地在不同报纸和杂志上刊载,如《颐和园词》、《蜀道难》等诗,不仅印成《壬子三诗》、《壬癸集》等别集,亦曾在日本报纸上刊载,还曾登载于民国四年(1915)的《甲寅杂志》和民国五年(1916)的《大同月报》等之上。王国维对自己的作品做如此处理,或许是借此得稿酬以补家计,或许是借以扩大自己的影响力。不管如何,一个客观效果是,他的诗文词作品散见于民国各类报纸杂志中。民国成立后,王国维政治立场趋向于保守,其诗词创作中与遗老的交游逐渐增多,此类作品有很多后来曾刊载于报刊上。

王国维生前,对自己的作品不吝删削,其发表在报刊上的很多作品并未入集。由此,为其辑佚便较为困难,虽然前人已做过非常艰苦的工作,但其零星作品仍有可能潜藏在清季民国的各种报刊中。这些作品可能对了解王国维生平学术并无特别重要的影响,但求"全"责"备"的文献收集工作仍要求将辑佚持续下去。即便在电子检索如此发达的今天,这也是一项大海捞针式的烦琐工作,不仅需要勤奋搜检的苦功,也可能要有蓦然回首、得以邂逅的运气。

第三章　词话探论

学界有关词话文献的整理、词话文本的研究,已取得较为丰富的成果。本章着重关注尚未被学界周知的三种稀见词话(李式玉《词源》、旧题范缵《读书堂词话偶抄》、丁繁滋《邻水庄词说》),亦对清末较著名的词话——谢章铤《赌棋山庄词话》的成书历程及文献价值进行研讨。

第一节　稀见清人词话三种考论

近年来,学界有关清代词话的搜集与整理取得了较为丰硕的成果,集中表现在两个方面:一是清代词话的搜集与著录,主要成果包括朱崇才先生的《词话学》、《词话史》以及谭新红先生的《清词话考述》;[1]二是清代词话的校订与全编,在唐圭璋、张璋、朱崇才、葛渭君、屈兴国等先生的工作基础上,孙克强先生又推出了《清代词话全编》,允称清代词话整理的集成之作。[2]

---

[1] 朱崇才《词话学》,台北:文津出版社,1995年版;朱崇才《词话史》,北京:中华书局,2006年版;谭新红《清词话考述》,武汉:武汉大学出版社,2009年版。
[2] 唐圭璋《词话丛编》,北京:中华书局,1986年版;张璋等《历代词话》,郑州:大象出版社,2002年版;张璋等《历代词话续编》,郑州:大象出版社,2005年版;朱崇才《词话丛编续编》,北京:人民文学出版社,2010年版;葛渭君《词话丛编补编》,北京:中华书局,2013年版;屈兴国《词话丛编二编》,杭州:浙江古籍出版社,2013年版;孙克强《清代词话全编》,南京:凤凰出版社,2019年版。

不过,由于清代文学文献特别复杂,尽管学界同仁已做了大量工作,但一些词话仍处在隐而未显的状态,不仅未被上述诸书著录或者整理,甚至引用亦非常罕见,需要进一步发掘。

一、李式玉《词源》述论

关于李式玉的生平细节,邓长风先生根据清人毛际可《东琪李君墓志铭》(《安序堂文钞》卷二二)、毛奇龄《钱塘李记室墓表》(《西河合集·文集·墓表》卷三)以及阮元《两浙𬨎轩录》卷六等相关资料,曾有所考订。[①] 根据清人记载及邓先生的考订,我们大致明确了这些信息:

李式玉,字东琪,一字东玑,号鱼川,浙江钱塘(今属杭州市)人。明天启二年(1622)生。明崇祯十一年(1638)补诸生。此后凡七次参加乡试,但都未能登第。清初与毛先舒、应㧑谦、沈昀、陈廷会、孙治、徐汾、洪昇等友善。以著述自命,诗格在开元、大历间,古文摹仿韩愈、欧阳修。孤隽落拓,不以世务经意。清康熙中,其家遭受火灾,资产荡然,因而饥驱四方,曾赴京师游幕,复游幕河南开封。康熙十五年(1676)前后归乡,晚年益贫。卒于康熙二十二年(1683)。其别集著述存世者,有《南肃堂申酉集》八卷、《巴余集》十卷两种。[②] 所著的传奇五种(《禹陵缘》、《女董永》、《伴彭咸》、《文武材》、《香梦楼》)及杂剧五种皆已亡佚。

邓先生的考订较为细致,但可惜的是,他可能未通读《南肃堂申酉集》[载录李式玉明崇祯十七年(1644)、清顺治二年(1645)所作诗]、《巴余集》二书,而且,因为他的主要关注点在曲学,故而他的考证,亦尚有疏漏,主要是这三个问题:一,导致李式玉家道中落的大火发生在何时?二,李式玉游京师、游汴梁的具体时间和主要活动是什么?三,李式玉的词创作及词学活动

① 邓长风《明清戏曲家考略》,上海:上海古籍出版社,1994 年版,第 510—512 页;邓长风《明清戏曲家考略三编》,上海:上海古籍出版社,1999 年版,第 136—137 页。

② 李式玉《南肃堂申酉集》八卷,顺治五年(1648)刻本;李式玉《巴余集》十卷,康熙十五年(1676)刻本。二书影印入《清代诗文集汇编》,上海:上海古籍出版社,2010 年版,第 78 册,第 77—352 页。

如何？

关于前两个问题，李式玉本人的诗文中皆有答案。他的《巴余集》卷一有《岁在》一诗："岁在壬子，正月之晦。东邻不戒，融风以炽。……爰俾于火，乃不可救。"可知火灾发生在康熙十一年（1672）正月二十九日（是月小尽），这是李式玉家庭命运及其个人生活的重要转折点。他早年家有余饶，因此尚可以优游林下，以诗文词曲自娱，并与同仁相唱酬。火灾之后，他迫不得已地随即开始了游幕、坐馆、入塾的流离生活，却并没有什么收获。《巴余集》卷七有《行纪》六十六则，详细记载了他于康熙十一年（1672）至十二年中奔波于江南、浙江两省，康熙十三年秋游幕入京，康熙十四年（1675）秋冬间又自京赴河南开封的细致行程。①

第三个问题则相对复杂些。

首先，《巴余集》为李式玉兼收诗、文、词的别集。严沆于康熙十五年（1676）秋九月曾为《巴余集》作序："东琪李子《鱼川二集》告成十年矣，余既为序之以行，今又十年，所著述日益多，裒然成《三集》，易《鱼川》名之曰《巴余》。以其遭焚庐之余，若栾巴噀酒之所存。"可知在《巴余集》之前，李式玉尚有《鱼川集》《鱼川二集》之刻，其中或亦有词，可惜二书已佚，其细节不可详考。不过，李式玉曾自陈："仆向喜作曲，不甚作词，以曲能畅耳。近颇涉猎，然于此中实未深也。"②则《鱼川集》《鱼川二集》即便有词，当亦较少。《巴余集》凡十卷，第十卷所收为词，又题作《曼声词》，凡分三个部分，录小令七十二首（卷十之上）、中调三十三首（卷十之中）、长调三十七首（卷十之下），大多作于康熙六年（1667）至十五年（1676）之间，许多词为康熙十二年至十五年李式玉游幕四方时的纪行词，其中有一百二十九首为《全清词·顺康卷》和《全清词·顺康卷补编》所未载。③

---

① 李式玉《巴余集》卷一亦有《于燕》一诗："我留于燕，逮及二载。自春徂夏，岁月其驶。既馆于都，复迁于潞。"《清代诗文集汇编》，第78册，第134页。
② 李式玉《与毛稚黄论词书》，《巴余集》卷八，《清代诗文集汇编》，第78册，第200页。
③ 和希林《〈全清词·顺康卷〉漏收李式玉词辑补》，《宁夏大学学报》2015年第3期，第107—114页。

其次，康熙初年以后，李式玉有了较为丰富的词学活动，当时正是西泠词人群体在词坛亮相的关键时期。作为西泠文人中的一位重要成员，[①]李式玉亦逐渐作词，且与其他西泠词人互相问难，其中特别重要的，是他曾与毛先舒探讨词的唱法、作法和辨体意识：

> 仆向喜作曲，不甚作词，以曲能畅耳。近颇涉猎，然于此中实未深也。顾其腔，独可推于曲而知之。窃以柳七为当行，而苏大为溢格，无暇旁证博引，即《琵琶》一书，盖伶人所童而习之者也。如《梅花引》，即"伤心满目故人疏"也；《齐天乐》，即"凤凰池上归环佩"也；《祝英台近》，即"绿成阴，红似雨"也；《念奴娇》，即"楚天过雨"也；《点绛唇》，即"月淡星稀"也；《虞美人》，即"青山今古何时了"也；《宝鼎现》，即"小门深巷"也；《鹊桥仙》，即"披香随宴"也；《意难忘》，即"绿鬓仙郎"也；《忆秦娥》，即"长吁气"也；《高阳台》，即"梦远亲闱"也；《满庭芳》，即"飞絮沾衣"也；《满江红》，即"嫩绿池塘"也。详见仆《词说》中。以此而准，诸调悉然。歌之，无不出以婉转节柔而声长，故名之曰慢。然则文与音协，斯为合调。稼轩诸作，未免伧父耳。昨读足下《鸾情集》，耀艳深华，遽焉难及，然间有疵累，亦略可商。如《清平乐·览古》若"君子大公应物，何妨与世同春"，又"成败论人可笑，腐儒那识英雄"，又"同舍有情应式好，何必翻然太矫"，又"歌就五噫激楚，怨讪君父为名"等句，筋骨太露；如《水调歌头》"心欲小之又小，气欲敛之又敛"，又"此乃自然之气，譬若人之有怒"，如《汉宫春》"天地大哉，果生才不尽，其妙无穷"等句，稍涉陈腐。刘潜夫端午、秦少游七夕，仆已嫌其率尔，今

[①] 李式玉并非"西泠十子"之一，详参朱则杰《"西陵十子"系列考辨》，《浙江树人大学学报》2015年第3期，第76—80页。但其与毛先舒、周禹吉、沈叔培等交善，"称八子"，详潘衍桐《两浙輶轩续录补遗》卷二，光绪刻本，第2b页。又，吴颢《国朝杭郡诗辑》卷六："（李式玉）长而声称翕然，为西泠十二家之一。"[嘉庆五年（1800）守惇堂刻本，第8a页] 这样看来，李式玉作为西泠文人群体的重要一员，应是毫无疑义的。

足下笔兴所至,过于唐突,不无铁绰板之诮。盖《琵琶》诸曲,止用截板,无迎头与腰板,则知有一定之腔,必有一定之体。苏辛诸公,自属闰位,故敢索瘢求疵,惟高明翻然,并佐所不逮,亦风雅得失之会也。外录小词一帙附政,其有未安,并望教督。(李式玉《与毛稚黄论词书》)

信中所提及的"《词说》",正是其所撰《词源》(详后),其中所涉及的词的唱法,可与其《词源》第七则参看;其中所涉及的词在运典、翻案等方面的细节,可与其《词源》的第十八、十九则参看。而其贬低苏轼、辛弃疾之词的观念,也与西泠词人的主流风尚趋同,与毛先舒的则相异。

此外,清初盛行的评点活动,李式玉亦参与其中。现存的唯一例证是他曾评论过丁澎的《声声令·乍见》,丁词作:

谁窥孤馆,倩影香融。悄行来,罗带怯东风。微闻笑语,佯羞整,凤钿横。手撚花枝断脸红。 翠水难逢。愁蛾敛,暗情通。绣帘只合在墙东。香微佩杳,莫匆匆,月初浓。拚今宵、立尽梧桐。

李式玉的评语是:"微闻笑语,佯整钗钿,娇憨宛然如画。末语写乍见情景,痴绝,韵绝。"[1]

再次,李式玉客游京师时无所遇合,不得已曾迁居潞河(今北京通州区)严沆府中,并教导其第五子严曾榘(字定隅),期间为严曾榘《石蓝词》作序:

诗体简而曲学繁,惟词准乎繁简之中,而可以极情文之斐亹。故近世率好言词,家周柳而人苏辛。然能继骚雅之后而不失其正者,曾未概见。定隅严子以终贾之年,制义而外,作为长短句,上足

---

[1] 丁澎《扶荔词》卷二,康熙刻本,第 9a—9b 页。此词又载南京大学中国语言文学系全清词编纂研究室《全清词·顺康卷》,北京:中华书局,2002 年版,第 3174 页。

以补诗之不足,下可以裁曲之有余,其才锋所至,宁有既与?独是失路如予,旅馆梦回,空阶雨滴,读《石蓝草》,有时打缺唾壶,有时歌残柳岸,伤心动魄,定隅其将何以慰吾情哉?①

这其中体现的辨体和尊雅的意识,与他在《词源》中的观点如出一辙。

最后,便是撰述《词源》。《词源》凡二十二则,又题作《论词》,收入《巴余集》卷八。该书清人曾有征引,最著名的便是王又华《古今词论》,不仅全文征引了《词源》第一、二则,还将其他数则櫽栝主要观点,一并征引作一则,总题作"李东琪词论"。李式玉《词源》的一些观点,如"诗庄词媚",正是因为《古今词论》的征引,成为有关诗词体式之别的经典论断,被学界广为引用。②

而且,尽管《词源》篇幅较小,但其所论列的内容却非常丰富,试根据各则主要内容,将二十二则分类如下:

一是作法。如第一则论小令、中调、长调的作法及其区别,第三则论作词的推远、收近之法,第四则论宋代无名氏《点绛唇》(莺踏花翻)的章法,第五则论宋人徐俯《卜算子》句法之妙。

二是辨体。如第二则论诗词之别。

三是歌法。如第七则论词之截板与引子及其与曲的关系,第十五则论词中无法以曲法演唱的诸调,第二十二则论《二郎神》起句字数及唱法。

四是用韵。如第六则论宋人用宽韵,第十六则论末句不用韵之词调。

五是犯调。如第八则论宫调不同之词不可径犯,第十三则论周邦彦《瑞龙吟》之犯调方式,第十七则论新翻曲中的犯调词。

六是调体。如第九则论同调词的平仄二体,第十则论词调兼用平仄韵者,第十一则论词中齐言体与诗体的关系,第十二、十四则论出自曲的词调,第二十一则论一调多体。

七是造语及运典。如第十八则论翻案词不可作,第十九则论俚语慎用,

---

① 李式玉《石蓝词序》,《巴余集》卷五,《清代诗文集汇编》,第 78 册,第 172 页。
② 王又华《古今词论》,载唐圭璋编《词话丛编》,第 606 页。

第二十则论咏梅的俗典。

这些论述,其中绝大多数都是词论史上的重要问题,李式玉的观点与清初其他诸家相较,可谓是见仁见智,有益于清初词学相关命题研讨的继续深入。另外一些观点,则与西泠词人的创作实绩密切相关,反映了李式玉的现实关切。最明显的,便是犯调。犯调又称犯曲、翻曲,是自度曲的一种,其创作的基本方式是将不同词调的句式依据一定的规则组合成新调,并用以填词,且用截搭、合并等方式重新命名这些词调,新犯所得调名亦多即词中所咏之意。西泠词人习惯于创作犯调,以丁澎为例,其词集中《眉萼》、《更漏促红窗》、《怨桃花》、《金门归去》等二十七调皆是此类犯曲;①沈谦、陆进等人词集中犯调的情形亦大致类似;②李式玉词集中,亦有《圣朝柳》(调下自注:"新犯。前二句《贺圣朝》,后三句《柳梢青》,同属中吕。")、《阁上秦娥忆二郎》(调下自注:"新犯。首三句《凤凰阁》,中二句《忆秦娥》,末二句《二郎神》,同属商调。")两首犯曲。③ 与丁澎等人不同的是,李式玉在犯调时,特别强调同一犯调中所犯各调的宫调性质须相同。虽然康熙中期以后,随着万树《词律》在词坛上强势影响的形成,万树有关自度曲的观点逐渐被人们接受:"按律之学未精,自度之腔乃出。虽云自我作古,实则英雄欺人。盖缘数百年来,士大夫辈帖括之外,惟事于诗,长短之音,多置弗论。即南曲盛行于代,作家多擅其名,而试付校雠,类皆龃龉。况乎词句,不付歌喉,涉历已号通材,摹仿莫求精审。"④但李式玉的观点,仍然可以看成是在词乐失传已久的当时,一种虽然无奈却颇有意味的选择与坚持,也为我们理解明清两代词的自度曲的多样性及其规则探讨提供了非常有趣的例证。

李式玉论词的另一个重要特点是以曲论词,这从其《词源》论歌法诸则及《与毛稚黄论词书》中可以概见。值得说明的是,《巴余集》卷八《词源》后,

---

① 南京大学中国语言文学系全清词编纂研究室《全清词·顺康卷》,第3151—3192页。
② 分见南京大学中国语言文学系全清词编纂研究室《全清词·顺康卷》,第1983—2027、4335—4345页。
③ 李式玉《巴余集》卷十之中,《清代诗文集汇编》,第78册,第233页。
④ 万树《词律自叙》,载《词律》,上海:上海古籍出版社,1984年版,第6页。

有《曲顾》十三则,分论腔及宫、论板、论眼、论谱、论韵、论关目、论衬字、论阴阳、论色泽等九则,及论诸腔,论魏良辅,论《琵琶》、《西厢》之别,论清曲戏曲之别四则,是清初曲论的重要文献,亦未被俞为民《历代曲话汇编:新编中国古典戏曲论著集成》[①]收录,有待补遗。

附李式玉《词源》

一

小令叙事须简净,再着一二景物语,便觉笔有余闲。中调骨肉宜停匀,语有尽而意无穷,斯属高手。长调切忌过于铺叙,遇对仗处,必须警策,方能动人。设色既穷,忽转出别境,乃不窘于边幅。

二

诗庄词媚,其体制元别。然不得因媚,辄写入淫亵一路,媚中仍存庄意,风雅庶几不坠。

三

写得太近,须推远一步;写得太远,须收近一步。操纵自如,词家上乘。如贺铸《青玉案》:"试问闲愁知几许。一川烟草,满城风絮。梅子黄时雨。"此推一步法也。如张先《菩萨蛮》:"当筵秋水慢。玉柱斜飞雁。弹到断肠诗。春山眉黛低。"此收一步法也。古今名手,总不出此二法。

四

"莺踏花翻"一词,妙在首五句,字字铺叙春老景物,故末结之曰"青春老";中四句推到"伤情"上,然但言"青春老"有何关涉?却着"门掩"二字,便无限凄凉矣。此小词之最有开阖照应者也。推此,可以得长调之法。

五

"胸中千种愁,挂在斜阳树。"愁如何可挂?况挂之于树乎?此似无理,然与末语"门外重重叠叠山,遮不断、愁来路"参看,自妙。

---

① 俞为民《历代曲话汇编:新编中国古典戏曲论著集成》,合肥:黄山书社,2006—2009年版。

六

宋人名手，用韵亦宽，如齐微兼鱼模、真文兼庚清之类，正自不少。故高则诚《琵琶》因而沿袭，然收音之际，终有不同，故当谨严也。

七

凡词句末，用一截板，可作引子唱，但无迎头、腰板，与过曲稍异耳。如《梅花引》，即《琵琶》之"伤心满目故人疏"也；《齐天乐》，即"凤凰池上归环佩"也；《祝英台近》，即"绿成阴，红似雨"也；《鹧鸪天》，即"万里关山万里愁"也；《念奴娇》，即"楚天过雨"也；《点绛唇》，即"月淡星稀"也；《虞美人》，即"青山今古何时了"也；《宝鼎现》，即"小门深巷"也；《霜天晓角》，即"难挨怎避"也；《鹊桥仙》，即"披香随宴"也；《意难忘》，即"绿鬓仙郎"也；《忆秦娥》，即"长吁气"也；《高阳台》，即"梦远亲闻"也；《满庭芳》，即"飞絮沾衣"也；《满江红》，即"嫩绿池塘"也；《凤皇阁》，即"寻鸿觅燕"也；《满路花》，即"闲庭槐影转"也。他如《卜算子》，即《拜月亭》之"病染身着地"也；《绛都春》，即"担烦受恼"也；《二郎神》，即"拜星月，宝鼎中名香满爇"也。《临江仙》，即《荆钗》之"渡水登山须子细"也；《步蟾宫》，即"胸中豪气冲牛斗"也；《恋芳春》，即"宝篆香消"也。由其腔而论之，音节宽缓，无驰骤之法，则体裁亦宜斟酌而用之明矣。由其调而论之，则诸调各有所属。后人但以小令、中调、长调分之，不复知某调在九宫，某调在十三调。于是竞制新犯牌名，巧立名义，不知有可犯者，有必不可犯者，如黄钟不可先商调，而商调亦不可与仙吕相出入。苟不深知音律，莫若依样葫芦，无标新好异，徒乖律吕也。

八

《糖多令》、《鹧鸪天》、《鹊桥仙》、《卜算子》在仙吕九宫，《声声慢》、《八声甘州》、《桂枝香》在仙吕十三调。《燕归梁》、《破阵子》、《齐天乐》、《喜迁莺》在正宫九宫，《安公子》在正宫十三调。《烛影摇红》、《念奴娇》在大石调九宫，《蓦山溪》、《丑奴儿》在大石十三调。《行香子》、《青玉案》、《尾犯》、《剔银灯引》、《满庭芳》在中吕九宫，《醉春风》、《贺圣朝》、《沁园春》、《柳梢青》在中吕十三调。《哨遍》在般涉调十三调。《一剪梅》、《生查子》、《恋芳春》、《临江仙》、《虞美人》、《意难忘》、《满江红》、《满路花》、《步蟾宫》在南吕九宫,《贺新郎》在南吕十三调。《点绛唇》、《绛都春》、《疏影》、《传言玉女》在黄钟九宫、《浪淘沙》、《霜天晓角》、《祝英台近》在越调九宫。《长相思》、《诉衷情》、《忆秦娥》、《高阳台》、《凤皇阁》、《二郎神》在商调九宫,《集贤宾》、《永遇乐》、《解连环》在商调十三调。《真珠帘》、《花心动》、《谒金门》、《惜奴娇》、《捣练子》、《风入松慢》、《海棠春》、《夜行船》、《秋蕊香》、《梅花引》、《宝鼎现》在双调九宫,《红林檎慢》在双调十三调。按此而犯,庶乎不乱。其他不知宫调者,不能悉举。

九

　　《忆秦娥》本仄韵,孙夫人独用平韵。《汉宫春》"暖律初回"用平韵,"云海沉沉"则用仄韵。《声声慢》"开元盛日"用平韵,"梅黄金重"则用仄韵。《柳梢青》"岸草平沙"用平韵,"子规啼血"则用仄韵。

十

　　一调中平仄韵同用者,《西江月》是也。一调中前半用仄韵,后半用平韵者,《清平乐》是也。一调中前半用平韵,后半用仄韵者,《思越人》是也。一调中前两句用仄韵,后两句用平韵者,《菩萨蛮》、《虞美人》是也。一调中前两句用平韵,后三句用仄韵者,《南乡子》是也。至《离别情》,则一调中换至七韵矣。

十一

　　《生查子》似两首五言绝,《玉楼春》似两首七言绝,俱用仄韵。《鹧鸪天》前半是平韵七言绝,《瑞鹧鸪》前后段合成似一首七言律,《浣溪沙》加二句便似七言律。又《竹枝》、《杨柳枝》、《浪淘沙》、《八拍蛮》则皆唐人七言绝句,后人因以为词耳。

十二

　　《黄莺儿》、《锦缠道》、《小桃红》、《渔家傲》等调,今人但知为曲名,而不知皆出于词。然与词之平仄字数又绝不相类,盖在词则作引子、慢词，在曲则为过曲、近词，元自不同。推此，凡名同调异者皆可知矣。

十三

周邦彦《瑞龙吟》一词，首五句是第一段，与次五句第二段同，谓之双拽头，属正平调；次十一句是第三段，即犯大石调；末四句仍属正平调。此词家犯曲之祖。然查九宫十三调，并无正平调，即北曲有高平调，亦无正平调，岂词又别有宫调不传邪？

十四

《昼锦堂》本过曲，然与词无大异，岂词加正、赠二板，亦可作过曲唱邪？宋张子野《天仙子》一词，载《草堂集》，而旧谱收入过中曲，亦一证也。今越调中《浪淘沙》过曲及引子字数、平仄与词皆同，止点板不同，遂分为两腔，故知词又可作过曲唱也。

十五

词有必不可作曲唱者。如《西溪子》止八句，骤更三韵；《河传》第九体，连换头止十四句，骤更四韵；《离别难》十八句中凡七换韵，便难于收音矣；唯《琵琶》【虞美人】四句中用二韵耳。

十六

《酒泉子》、《上行杯》末句不用韵，殊不可解，抑别有唱法邪？

十七

新犯曲创于《琵琶》之【锦堂月】，前五句双调，后五句仙吕入双调。如【破齐阵】："翠减祥鸾罗幌，香消宝鸭金炉。楚馆云闲，秦楼月冷，动是离人愁思。目断天涯云山远，人在高堂雪鬓疏。缘何书也无。"首二句《破阵子》，中三句《齐天乐》，末三句《破阵子》，同属正宫，尤为稳叶，特"思"字借韵可惜。至《风云会》【四朝元】、【金络索】，又移宫换羽矣。后人用其体为词，微伤割裂耳。

十八

翻案语总非佳境，如七夕"两情若是久长时，又岂在、朝朝暮暮"，又"巧拙岂关今夕事，奈痴儿騃女流传谬"；端午"把似而今醒到了，料当年、醉死差无苦"，虽出名手，终少蕴藉。又有翻陈语而为新者，如李后主

"问君却有许多愁。恰似一江春水向东流",而秦少游乃云"便做春江都是泪,流不尽、许多愁";如周美成"无情画舸都不管,烟波隔南浦,载将离恨归去",而李易安则云"只恐双溪舴艋舟。载不动,许多愁"。

十九

词有俚语入妙者,如秦少游《满园花》、柳耆卿《爪茉藜》,今人不敢措笔,然亦何必学此。

二十

咏梅辄用和羹事,极属粗格,不知宋人何故多喜涉笔。

二十一

有同一牌名,而字数、句法不同者,如《应天长》有六体、《临江仙》有七体、《念奴娇》有九体、《河传》有十二体、《酒泉子》有十三体,其他四五体、二三体者尤多也。又《满江红》第三句或用五字,或用七字;后段第八句或用七字,或用八字。《贺新郎》后段第九句或用七字,或用八字;末二句或六字,或一句五字。要须多读名词,体裁自见,无以一二首据为定格。

二十二

《二郎神》起句多用四字,然《拜月亭》则以"拜星月"三字起,审其唱法,则依《拜月亭》为正。

二、旧题范缵《读书堂词话偶抄》考论

范缵的《读书堂词话偶抄》甚少被学界关注,谭新红《清词话考述》虽作著录,然亦仅列为待访条目而无介绍;[1]偶有学者涉及此书,但亦径信其确为范缵著作。[2] 因此,此书的版本及其性质便需要仔细研讨。

现存《读书堂词话偶抄》凡十卷,乌丝栏钞本,二册,珍藏于上海图书馆,被列为善本。该书半页十一行,行二十字,小字双行,行亦二十字,皆用工楷

---

[1] 谭新红《清词话考述》,武汉:武汉大学出版社,2009年版,第400页。
[2] 沈松勤《明清之际词坛中兴史论》,北京:中华书局,2018年版,第379—381页。

抄写，一笔不苟。全书共八十五页，每卷各七至九页不等，卷一前另附一页，其上亦工楷抄录文字三段：

> 钦定四库全书题要
>
> 　　读书堂词话偶抄十卷。知不足斋藏本。
>
> 　　国朝范缵撰。缵有《四香楼词钞》、《诗钞》，已著录。是集无卷数，小令、中调、长调各自为编，而不分卷数。大抵法周柳，犹得词家正声，而天然超妙，不及前人，未免有雕镂之迹。至如《南歌子》第二首之类，虽脂粉绮罗，诗余本色，要亦稍近于亵也。

该页并卷一下端亦钤有"上海图书馆藏书"、"武林叶氏藏书印"及"合众图书馆藏书印"等阳文篆印。

范缵是清初著名文士，也是词人，《四库全书总目》将其《四香楼集》、《四香楼词钞》二种列入存目，[①]可以侧见他在清初文坛的地位。但《四香楼词钞》似已亡佚，《全清词》仅据《清平初选》、《瑶华集》、《全清词钞》录其词五首，并附小传谓："字武功，号笏溪，江苏华亭（今属上海市）人。监生。学问奥博，工俪体文，诗词剙钵生新，巧不可阶。又工书画。有《四香楼词钞》、《词淘》等。"[②]小传中的信息并不详细，需要进一步梳理。

首先是其生卒年。范缵《四香楼诗钞》前有陈元龙所撰序："（范缵）己丑之秋，病呕血，而庚寅之岁首不起矣。时方六十诞辰，予祝与诔相继发。噫，其可悲也。……范子长予一岁，三十年老友也。"[③]可知范缵当卒于康熙四十九年庚寅（1710）正月，寿正六十，其生时则应在顺治八年（1651）春。又，范

---

① 四库全书研究所整理《钦定四库全书总目》，北京：中华书局，1997年版，第2567、2817页。二书分别列入别集类存目卷十一、词曲类存目。
② 南京大学中国语言文学系全清词编纂研究室《全清词·顺康卷》，第8167—8168页。和希林据朱鸳雏《双凤阁词话》、《（嘉庆）松江府志·疆域》补辑范缵词凡十四首，参和希林《〈全清词·顺康卷〉辑补48首》，《西华师范大学学报》2016年第1期，第20—21页。
③ 陈元龙《四香楼诗钞序》，范缵《四香楼诗钞》，《四库全书存目丛书补编》，第56册，第635页。

缵友人徐基有《庚寅正月十四日范武功诞辰,余先期拜祝,明日遽闻讣,诗以唁之》诗,可知范缵生卒的准确时间。① 另考陈元龙生于顺治九年,②恰比范缵年少一岁,与其序中语正合。

其次是其生平与交游。范缵一生未仕,生平交游最久且坚者为陈元龙,曾长期游于陈元龙幕府中,陈元龙评价他:"其容温然,其言霏霏如玉屑,吐而不穷,叩以僻事奥义,如响之应声。其诗词剡𫓧生新,巧不可阶。俪体之文,缜密而动宕,如织锦贯珠。书法潇洒超脱,画尤精诣。……时先大夫好堪舆家言,而范子又得诸世传,以其术行江左扬歙间。"(《四香楼诗钞序》)可见范缵真属多才多艺。而且,根据《四库全书总目》,范缵"尝馆于元龙家,相传《格致镜源》即其所纂"③。范缵早年即有才名,及与吴伟业、叶映榴交游:"先生十五岁时,谒吴梅村祭酒,令赋《桃花篇》千三百言,极赏之,晚乃悔其少作,自删去。叶忠节公席上赋《欠山》诗,亦不存。"④生平所与唱酬,多为云间、西泠、江南诸子如田茂遇、张渊懿、董俞、周稚廉、钱芳标、毛际可、丁澎、汪懋麟、潘耒等,其篇章俱见于《四香楼诗钞》中。晚年与黄之隽为忘年交,黄之隽不仅为《四香楼诗钞》作后序,亦曾在其词中自注:"曹重十经,范缵武功,吾乡秦柳也。昔咸赏予词。"⑤

再次是其词论。目前见存范缵零散词论,仅有为丁澎所撰《扶荔词题词》、为周稚廉所撰《容居堂词钞序》二篇。⑥《扶荔词题词》较简单:"火枣交梨,不同龙腥兔醢者,以其味香而脆也。祠部作情语,能于人思不到处,力辟蚕丛,颇近此味。"称赞丁澎词香脆且能作情语。《容居堂词钞序》则是骈文:

---

① 姜兆翀《松江诗钞》卷二二,嘉庆十四年(1809)华亭姜氏刻本,第15b页。
② 江庆柏《清代人物生卒年表》,北京:人民文学出版社,2005年版,第439页。
③ 四库全书研究所整理《钦定四库全书总目》,第2567页。
④ 黄之隽《四香楼诗钞后序》,范缵《四香楼诗钞》,《四库全书存目丛书补编》,第56册,第671—672页。
⑤ 张宏生《全清词·雍乾卷》,南京:南京大学出版社,2012年版,第30—31页。
⑥ 冯乾《清词序跋汇编》,南京:凤凰出版社,2013年版,第78,201—202页。

《诗》不删乎"抱布",《骚》比兴于"缝裳"。欲申迟暮之怀,爰写闲情之什。吾鄘周子冰持,龙门霞表,鹓阁风流。……乃托意闺帏,杜宇染望夫之石;寄愁床笫,石尤来妒妇之津。题向螺屏,聊当忘忧弱草;书将鸾扇,仍非记事灵珠。

骈四俪六之外,语意中所透露的上追《诗》、《骚》的尊体意识,以及重在寄托的辨体意识,仍是较为清晰可辨的。

最后是其著作。黄之隽说:"(范缵)草稿富矣,覆舟穹隆山下,失之;游黄山,或盗其箧,又失之;暴风吹散湖中,又失之。故刻止此。"(《四香楼诗钞后序》)可知在范缵生前,著述已多有散落,身后亡佚则更甚。聂先等人于康熙年间征刻《百名家词钞》时,曾计划刻其《四香楼诗余》,后亦未果。[①] 前文曾说,《四香楼词钞》已佚,但《四香楼诗钞》三卷今存,该书陈元龙序云:"耕南昆仲刻笏溪遗稿凡诗词四六若干卷,以行世而传后。"则当时刊刻的范缵别集,应尚有骈文,惜今亦不传,仅存《扶荔词题词》、《容居堂词钞序》、《〈元宝媒〉序》[②]等寥寥数篇。目前所知著录范缵著作最详细的是《(嘉庆)松江府志》,其《艺文志》除著录范缵《四香楼集》四卷、《四香楼词钞》三卷外,还著录其《词淘》六十卷。[③]《词淘》列入集部词曲类,且位列《四香楼词钞》之前,现今可能亦已亡佚,该书性质不明,但观其卷帙,似是词选或词谱,当非词话。

《(嘉庆)松江府志》中并未著录《读书堂词话偶抄》,此前诸书亦未见著录。可知至少在嘉庆以前,《读书堂词话偶抄》尚未被视为范缵所著。事实上,比勘《读书堂词话偶抄》可知,该书实是抄缀、割裂徐釚《词苑丛谈·纪事》而成,其具体方式是:《读书堂词话偶抄》卷一 19 则、卷二 22 则、卷三 19 则,全钞自《词苑丛谈·纪事》卷一;《读书堂词话偶抄》卷四 23 则、卷五 28 则、卷六 25 则、卷七 22 则,全钞自《词苑丛谈·纪事》卷二;《读书堂词话偶抄》卷八 16

---

① 聂先、曾王孙《百名家词钞》卷首《总目》,康熙刻本,上海图书馆藏。
② 蔡毅《中国古典戏曲序跋汇编》,济南:齐鲁书社,1989 年版,第 1652—1653 页。
③ 孙星衍、莫晋纂《(嘉庆)松江府志》卷七二,嘉庆松江府学刻本,第 55a 页。

则、卷九 22 则、卷十 18 则,则钞自《词苑丛谈·纪事》卷三的前半卷。① 其各则内容、次序与《词苑丛谈》完全相同,仅个别分段及字词略有小异。

清初以来,《词苑丛谈》这部大型词话一直是书商割裂仿冒的热门对象,孙克强先生曾经考证,托名彭孙遹的《词统源流》、《词藻》,托名李良年的《词坛纪事》、《词家辨证》等皆是书商根据《词苑丛谈》割裂伪作而成。② 这样看来,《读书堂词话偶抄》不过是书商惯技的又一次施展而已。作伪者选择范缵这样一位在清初较为著名,且有著作被列入《四库全书》存目的名家,并伪作为鲍廷博知不足斋旧藏钞本,肯定是寄予了非常强烈的待价而沽的期待的。再反观《读书堂词话偶抄》卷首所谓的提要,其用语的扞格处便非常显明,提要中所论明显是词集,而非词话,再仔细比勘,才知这基本是《四库全书总目》中有关《四香楼词钞》的提要,作伪者仅增"词钞"二字等,即将之挪作《读书堂词话偶抄》的提要,作伪的手法可谓非常粗劣了。

那么,此书又是如何入藏上海图书馆的呢?"武林叶氏藏书印"是浙江杭州著名藏书家叶景葵的藏书印,此书本属叶氏旧藏。叶景葵(1874—1949),字揆初,号卷庵,杭州人,原籍安徽新州。光绪二十年(1894)举人,二十九年(1903)进士。为赵尔巽所赏识,随官山西、湖南、盛京、湖北等地。宣统三年(1911)二月调任部属造币厂监督,实授大清银行正监督。民国时从事实业,颇饶于财。晚年推却庶务,专心收罗文献,与张元济、叶恭绰等创办合众图书馆,并捐赠自藏大量典籍入馆。③ 1955 年,合众图书馆改名上海市历史文献图书馆,为后来上海图书馆的前身之一。此书当即随叶氏其他藏籍一起入藏合众图书馆,嗣后遂并为上海图书馆藏书。

《读书堂词话偶抄》除叶景葵的藏书印外,未见其他私人藏印,可以推测叶景葵可能是该书的第一位收藏者,则该书作伪成书或当推迟至晚清或民国前期。

---

① 徐釚《词苑丛谈》,孙克强《清代词话全编》,第 4 册,第 106—187 页。
② 孙克强、张东艳《〈词统源流〉等四部词话伪书考》,《文学遗产》2004 年第 6 期,第 104—110 页。
③ 郑伟章《文献家通考》,北京:中华书局,1999 年版,第 1445—1447 页。

三、丁繁滋《邻水庄词说》考论

丁繁滋《邻水庄词说》一卷，附载于其《邻水庄诗话》（牌记又题作"耘庄诗话"）二卷后，编次为第三卷，嘉庆二十一年（1816）春晖堂刻本。谭新红《清词话考述》曾著录并作提要，且称："丁繁滋，号耘庄，华亭金山（今属上海市）人。乾隆嘉庆年间人。《贩书偶记续编》卷十六著录丁繁滋《耘庄题画诗稿》三卷《诗余》一卷，《邻水庄诗话》二卷《词说》一卷，《耘庄诗稿》二卷《词稿》一卷，嘉庆辛未春至丙子秋春晖阁刊。丁氏另曾编《松江画舫录》四卷，考订《楚辞音韵》。"①

丁繁滋的著作，包括上述《耘庄题画诗稿》[嘉庆十六年（1811）春晖阁刻本]、《耘庄诗稿》[嘉庆二十一年（1816）春晖阁刻本]、《邻水庄诗话》三种，还辑有《天爵录》[嘉庆二十四年（1819）春晖阁刻本]，此外又请徐祖鎏、徐崑分订《宛在园倡和集》[嘉庆十三年（1808）春晖阁刻本]、《宛在园倡和续集》[嘉庆二十年（1815）春晖阁刻本]二种，诸书皆藏于美国哈佛大学哈佛燕京图书馆。《宛在园倡和集》、《宛在园倡和续集》二种，实为丁繁滋为其新筑居所宛在园所征求的同仁唱和题赠诗词集，"安愚先生及其哲嗣耘庄，得废圃于朱水之滨，新辟一园曰宛在。有堂焉，颜曰'临清'；有庄焉，颜曰'邻水'；有石焉，题曰'卷云'。其南曰种石山居，曰画舫……"②"丁卯夏，安愚伯父暨从兄耘庄新辟一园于是里，以为游憩之所。……耘庄兄首倡二诗，四方知名士属而和者百余家，裒然成集，已付梓人。今年春，牧云姻丈设帐是园，复检知交续赠如干首，并登梨枣。"③《天爵录》则是一种以孟子所谓"天爵"为辑录对象的小型类书，"友人耘庄辑《天爵录》一编，以儒释道三教为宗，以圣仙佛三门为据，或稽其姓名，或详其功行，或考其异同，或征其历代之封号，各还出处，静验天人"④。

---

① 谭新红《清词话考述》，第 289—290 页。
② 朱栋《宛在园记》，《宛在园倡和集》卷首。
③ 丁繁培嘉庆二十年（1815）《跋》，《宛在园倡和续集》卷首。
④ 陈廷庆《序》，丁繁滋编《天爵录》卷首。

丁繁滋生平未详,然据其诗词则尚有可考之处。丁繁滋字其渊,华亭县金山镇柘湖人,所著诸书皆署款"柘湖/金山丁繁滋其渊著/填/辑"。其《耘庄诗稿》卷二《壬申元旦》诗后有《余再纳姬口占三截》,第一首谓:"四十年华鬓渐星,何心金屋列娉婷。"考壬申为嘉庆十七年(1812),其年丁繁滋约四十岁,则其生年当在乾隆三十八年(1773)前后。他有庄园可供咏啸唱酬,可大量刊刻己作、倡和集及前贤未刊遗稿,[①]可再纳妾,其家境应颇为殷实。其诗集尚有《立春日子昌图生》:"四十余年才得子,敢夸天上石麒麟。"但此子疑未得永年,丁繁滋另有承嗣子,身后并以承嗣子昌谷贵,被追赠石门知县。[②]

丁繁滋在当世颇以诗词擅名,其诗"古体宗白傅,近体学中晚,五七绝亦在小杜、郑都官、李庶子之间。因其不事举业,专精于古学,故能深造如是"。[③] 不过,细味其诗,颇为浅近平庸,似乎尚达不到"专精"的程度。与之类似的还有其词,《耘庄题画诗稿》卷四录词一卷,凡14首;《耘庄诗稿》卷三为词,凡35首,共存词49首。其中不乏浙西词派标志性的咏物作品如《沁园春》十首分咏眉、足、目、手、乳、口、肩、指甲、声、泪,以及《芳草·淡巴菰》等,可见其宗尚与职志。试以《疏影·重题端砚》为例:

> 开奁微笑。喜一潭墨泛,恍临清沼。半挺乌丸,几转轻研,阵阵黑云萦绕。龙岩风雨前宵甚,只一霎、池边飞到。叹年来、以砚为田,润泽不愁枯槁。　况自山中来此,比雀台旧瓦,出身还好。星斗莹然,藻沚宛然,隐见青花多少。金城玉海连城重,岂输却、中书才料。倩何人、捧向尊前,题遍江南花草。

全篇皆为白描铺陈,不用典故,造语颇为浅近,描写勾勒亦较浅显,通篇说尽无余意。可知他虽学浙派,但尚未能得其精髓,用谢章铤语,他亦可谓是嘉

---

① 邵堂《序》(载丁繁滋《耘庄诗稿》卷首):"出赀遍刻前辈未刻之诗如曹南陔、朱古匏、曹谷山、朱虹桥、葛萝坪、杨桐庵、高小琴、施牧堂、胡筜者诸先生之稿,遍收付梓。"
② 黄厚本纂《(光绪)金山县志》卷四选举表下,光绪四年(1878)刻本,第30b页。
③ 邵堂《序》,丁繁滋《耘庄诗稿》卷首。

庆年间弥布天下的浙派风尚中,"专以竹垞、樊榭咏物为宗"却不能自树立的"黄茅白苇"之一了。①

关于丁繁滋的诗话,蒋寅先生亦评价不高:"卷一先列师说,皆讲读诗之次第及理由。其言有云:'近日学诗者或主神韵,或主格律,或主性灵,其实不可偏废也。'此可见嘉庆间诗学调和折衷之倾向。其余取他人说皆标姓氏。卷二杂记同时人诗,寥寥无足观。"②丁繁滋关涉诗词的论点多承袭其师:"前人诗话,陈陈相因,而其中皆有一种真精神、实体验处,故能传之久远,以嘉惠学林。滋……喜读古今人之诗话,择其至精者录出,历久成编,以呈古华师。师又以学诗之道,及读诗之次第授滋,而命付梓人。今我师往矣,我师之教,愈难忘矣。重加编次,复感慨而志之。"③古华师,即陈廷庆。陈廷庆(1755—1813),字兆同,号古华、桂堂,江苏奉贤(今属上海市)人。乾隆四十六年(1781)进士,选庶吉士,改户部主事,充山东乡试副考官,出为湖南辰州知府。年未五十丁外艰归,以养亲不再出。耽诗词赋,精善书法。与王昶、吴锡麒等交游。著有《谦受堂全集》三十卷,中存《谦受堂词》一卷,凡46首。④

据丁繁滋所言,《邻水庄词说》中也应辑录了陈廷庆不少观点,可惜《谦受堂全集》中并无相关文字可以参照。较之《邻水庄诗话》卷一至卷二,《邻水庄词说》的内容明显更为丰厚,虽仅60则(详本文所附),却至少论列了五大方面的内容:

其一是词源论。这是《邻水庄词说》中的重要内容,丁繁滋曾明言:"《三百篇》为诗之祖,律吕俱谐;汉乐府为词之源,宫商悉合。"(第3则)言虽如此,他还是秉持了一种较为开放的词源观,一方面,在欧阳炯《花间集序》的基础上,将词之源头自汉乐府又上追风雅(第6—7则),甚至强调李白词与

---

① 谢章铤《与黄子寿论词书》,《赌棋山庄文集》卷五,光绪十年(1884)南昌刻本,第17a—19a页。
② 蒋寅《清诗话考》,北京:中华书局,2005年版,第481页。
③ 丁繁滋《序》,《邻水庄诗话》卷首。
④ 卢荫溥《桂堂陈公墓志铭》,陈廷庆《谦受堂全集》卷末,道光十年(1830)至十二年(1832)一邱园刻本。

《诗经》讽喻意旨的相通性(第 4 则);另一方面,又认为上古三代及先汉乐歌同样也是乐府和词的源头(第 8 则),并注意到唐代乐歌与词的关系(第 10 则),甚至颇耗笔墨,探讨挽歌的源起(第 9 则)。丁繁滋还注意到词与六朝诗的关联,他借着陆游的观点,认为词与六朝诗只是在体格方面相近,而在"声音"方面,更近于《诗经》和汉乐府(第 13 则),并且认为词中"欲求声音之道,莫若以骚雅之精,谱词家之律"(第 5 则)。虽然他的言论有时略嫌愚鲁(如第 11 则论李陵诗、李白词),但其对词源的探讨,在清人中,仍然是较为丰富而全面的。

其二是词体观。这一词话中相关言论亦颇为全面细致,如论不得以曲律填词(第 14 则);论词韵不得以《中州音韵》为准(第 15 则);论词之章法结构如起结、铺叙、对句、过变(第 26—32 则);论作慢词用歌行法(第 29、33 则),作小令用画法(第 39 则);论词体雅俗之辨(第 34—36 则);论词之尊体(第 37—39 则);论词品与人品之关联(第 40 则)等。

其三是词家论。该词话第 12 则、第 16—25 则、第 48 则集中论列了唐至两宋的著名词家,尤多精彩之论。如第 12 则论李白"西风残照,汉家陵阙""八字后人便追不到,因服供奉笔力之高",隐然与王国维"遂关千古登临之口"①之论前后映照。词家优劣论亦为丁繁滋着重关注,如秦黄优劣(第 17 则)、秦柳优劣(第 18 则),最重要的则是姜张优劣(第 22 则),丁繁滋对张炎词推崇备至,另外还用了四则词话(第 20、23、24、25 则)论列张炎词的好处,甚至认为"终宋之世,罔有出此公右者,的是仙才",于此亦可见丁繁滋词论中的浙派手眼。至于其他词家,如论苏辛、周秦、姜张之别(第 21、22 则),论苏轼、秦观怀古词之别(第 19 则),亦能作持平公允之论,启人之思。

其四是词纪事。该词话第 41—53 则分别论列词人张先、花蕊夫人、李清照、柳永、吴绮、朱淑真、张炎、姜夔、史达祖、周邦彦、辛弃疾、赵彦端、仇远等人之事,除略涉清人吴绮外,多为五代两宋人。

其五是当世词人评议。如该书第 54 则纪友人余鹏翀词,第 58 则纪青

---

① 王国维《人间词话》,唐圭璋编《词话丛编》,第 4241 页。

浦词人邵玘词,第 59 则纪吴县词人高以寀词,第 60 则纪金山词人朱栋词。这其中,邵玘、朱栋于雍乾词坛较为知名,各有《二垞词稿》、《花韵馆词》传世。[1] 余、高二人则声名不显,《全清词·雍乾卷》仅据《国朝词综》录余鹏翀词一首,[2]且未收高以寀词,正可据该词话补遗。因此,即就保存文献而言,该词话亦值得称道。

附丁繁滋《邻水庄词说》

一

师又云:"论诗当溯源雅颂,论词仍不废风骚,复推本于乐府,以合乎风雅之遗。"其说似创而实因,亦见赏音之独别。

二

夫子之删诗也,得诗而得声者,列于风雅;得诗而不得声者,置之逸诗。故《史记》云:"古诗三千余,孔氏删取三百五篇,皆弦歌以合《韶》、《武》。"《小雅·南陔》、《白华》、《华黍》三篇,有义无词,孔颖达以为三诗在武王时,周公制礼,用为乐章,吹笙以谱其曲。则知圣人删诗之旨,首重声音,若有声无辞之诗,后世文人如何能作?

三

《三百篇》为诗之祖,律吕俱谐;汉乐府为词之源,宫商悉合。《尚书》所谓依永和声,自不得专言文义。由是思之,词尚可填,诗则尤难说。试问自晋以来之诗,毕竟是何音节?自唐以后之律,是否能合古人?此说在今日必不行,然亦不可不讲。

四

周有《房中之乐》,《燕礼注》谓:"弦歌《周南》、《召南》之诗。"《通典》:"平调、清调、瑟调,皆周《房中》之遗声。"按:此则唐李太白应诏作《清平调》,盖欲进以文王后妃,讽以汉成飞燕,供奉岂止仙才?

---

[1] 张宏生《全清词·雍乾卷》,第 3419—3488、6419—6426 页。
[2] 张宏生《全清词·雍乾卷》,第 7565 页。

五

明张蔚然取《鹿鸣》、《四牡》、《鱼丽》诸诗，作《三百篇声谱》，以后人之工尺，合古人之律吕。李西涯非之，竟谓不过以四字平引为长声，无甚高下缓急之节，意古之人不徒尔也。可知古乐失传已久，欲求声音之道，莫若以骚雅之精，谱词家之律，孟子所谓今乐犹古乐，不其然乎？

六

欧阳炯序《花间集》云："太白应制《清平调》四首，为词体之祖。"曹能始驳之，以陈、隋之《玉树后庭花》、《水调歌词》又在于前。其说非是。《三百篇》尚矣，即如汉人之《战城南》、《临高台》、《有所思》、《上邪》、《薤露》、《蒿里》等篇，恍然悟大河之星宿海。惜古乐年久失传，又无师挚、师旷其人互相考正，后人随笔拟之，谓是古乐府，何异今人不用词谱而填词也？魏之《克官渡》、《定武功》、《屠柳城》等作，皆改汉乐府而成其句法，长短已不同。自是以后，愈不可知矣。宋崇宁间，立大晟府，命诸臣讨论古乐，惜邦彦等罔识古音，只取隋唐来长短句为乐府。由是八十四调之声稍传，而词之名大著。此词与乐府之所由分也。有志倚声者，知其所以分，须求其所以合，不以诗余小技忽之，庶几追古者而超出乎两宋。

七

昔人以《玉树后庭花》、《清平乐》为词之祖者，因其可被管弦也。不知清调、平调，皆起于周之盛时，与《三百篇》俱叶宫商，安可以世远失传，数典忘祖？余因悟《还》、《著》、《伐檀》、《权舆》诸诗，并为楚骚、汉乐府之所自出也，不熟"葩经"，难与言此。

八

楚怀王时，举群才赋诗于水湄，为《潇湘洞庭乐》；又尝绕洞庭以游宴，举四仲之气为乐章，仲春律中夹钟，作《轻风流水诗》；时中蕤宾，成《皓露秋霜曲》。（见王嘉《拾遗·名山记》。）汉高戚夫人歌《出塞》、《入塞》、《望归》之曲，侍婢数百皆习之，齐首高唱，声入云霄。又尝以鸡黍乐神，吹笛击筑，歌《上灵曲》，既而相与连臂踏地为节，歌"赤凤凰来"。(见刘歆《西京杂记》。)汉武《瓠子》、《秋风》、《蒲梢天马》、《落叶哀蝉》外，尚有《来云依日》等曲，其时宫人丽娟唱《回风曲》，王母歌《春归乐》，(以上皆见郭宪之《洞冥记》。)法婴歌《元灵曲》。(见《汉武内传》。)楚怀之作，原在《骚经》以前，若汉兴《房中之乐》，大半失传，何况当时草野讴吟乎？大抵时无轺轩之采，故东西两汉之诗，不得与东西周媲美千古。

九

宋人无名氏《诗谈》一册，议论尽佳，有胜于严沧浪处，惟卷首一条论诗之所起，余曾辨之。至谓挽歌始于魏太常缪袭，亦恐未确。按《左传》鲁哀公会吴伐齐，其将公孙夏命歌《虞殡》。杜预注："《虞殡》，送葬歌，示必死也。"又高帝召田横，至千户乡亭，自刎奉首，从者挽至于宫，不敢哭而不胜哀，故为歌以寄哀音，见谯周《法训》及《古今注》。又干宝《搜神记》："挽歌者，丧家之乐，执绋相和之声，有《薤露》、《蒿里》二曲。出田横门人，横自杀，门人伤之而作。至汉李延年，分为二，以《薤露》送王公贵人，以《蒿里》送大夫士庶。"又《庄子》"绋讴所生，必于斥苦"，司马彪注："引绋有讴歌者，为人用力不齐，故促急之也。"又，《史记·绛侯世家》："周勃以吹箫乐丧。"然则挽歌之由来已久，不得谓始于太常。

十

郑樵考定汉魏以来乐府之诗，自《铙歌》、《鞞舞》而下，系之风雅；《郊祀》而下，系之颂声；《三侯》而下，系之别声。而其声之节奏，皆不可知。唐人乐府所载，自七朝五十五曲外，梨园所歌，皆当时诗人之作，如王之涣之《凉州》、乐天之《柳枝》、右丞《渭城》一曲，流传尤甚。此外虽有太白、少陵、文昌之才，因事创调，要其音节，均不得被之管弦。前人以词为诗余，自余观之，谓之乐府可，即谓之诗，亦无不可。

十一

余尝谓李都尉不陷异国，与枚、马等和声鸣盛，尤当为诗道增光；李供奉若产崇宁，与周、秦辈倚声赌唱，更足为词家生色。昔人以二李为诗词之祖,惜都尉之作,半沦于外;供奉所谱,不可多得耳。

十二

供奉《忆秦娥》云:"音尘绝。西风残照,汉家陵阙。"八字,后人便追不到,因服供奉笔力之高。

十三

放翁云:"唐自大中后,诗家日趋浅薄,有倚声作词,颇摆脱故态,适与六朝跌宕意气差近。"此就文之体格言,若论声音,并与《三百篇》、汉魏人亦近。

十四

宋太宗洞晓音律,制大小曲,及因旧曲造新声,施之教坊舞队者,凡三百九十曲,而琵琶一器,又有八十四调;仁宗于禁中度曲时,则有柳永;徽宗以大晟名乐时,则有周邦彦、曹组、辛次膺、万俟雅言,皆明宫调。洎乎南渡,家各有词。姜白石审音尤细,惜《石帚词》五卷已佚,仅存《中兴绝妙词选》所录数十章耳。然宋世乐章已大备,四声二十八调多至千余曲。有引,有序,有令,有慢,有近,有犯,有赚,有歌头,有促拍,有摊破,有摘遍,有大遍,有小遍,有转踏,有转调,有增减字,有偷声。因刘昺所编《宴乐新书》失传,而八十四调图谱不见于世,虽有板师,不能知当日琴趣箫笛谱矣。坡翁之《念奴娇》、《醉翁操》,柳永之《雨零铃》,白石、玉田之《疏影》,张辑之《桂枝香》等曲,尚合工尺,可以按拍而求,但寥寥数章外,宫商究不尽符。音调失而强合既难,声律存则当思善变。盖诗变为词,词变为曲,此自然之音,即自然之道。曷勿竟取九宫谱,而填两宋词乎?

十五

北方无入声,故曲韵取中州,而中州言韵者,四声去其一。无怪金源法曲,与大晟律吕大相径庭。词者诗之余也,古之乐府也,乐之雅者也,四声尤不可以偏废也。《中原音韵》非实居天下之中,确可遵守者也。变词为曲,即便歌者之口,所谓优孟衣冠,君子勿为也。

十六

小令至南唐李后主，高绝矣。同此辞意，却如右丞五言小诗，令人百摹不到。

十七

《乐府纪闻》云："退之以文为诗，子瞻以诗为词，要非本色。今代词手，唯秦七、黄九耳。"或问秦黄优劣，余曰："噫，少游秀。"

十八

东坡辞胜于情，耆卿情胜于辞，情辞兼妙，却数少游。然闺阁言情之作，秦七固佳；若登临凭吊，东坡、稼轩较有气概。

十九

词家怀古之作，必须沉雄奇杰，得慷慨悲歌之意，方能称题。东坡之《念奴娇》，用笔平直，而气概殊不凡，若少游之《望海潮》，更入别调矣。张昇《离亭燕》一阕，含蕴无穷，可以为法。

二十

东坡词太直，柳七太淫，玉田特标"清空"二字，庶几近之。杨诚斋《作词五要》，亦当讲贯。

二十一

后人学苏辛者，薄周秦为艳亵；爱周秦者，厌苏辛为粗豪。余谓汉人乐府，如《落叶哀蝉曲》、《艳歌行》等篇，则以婉丽胜；《战城南》、《大风歌》、《上邪》等作，又以雄杰见长。可知乐府本有此二种，作者定当因题置宜，不可执一而论。

二十二

宋人词却有三种：豪快莫如苏辛，婉丽莫如周秦柳史，峭拔静细莫如姜张。分其优劣，觉峭拔雅静者，较耐寻味也。宜白石为词之圣，玉田为词之仙，姜张齐名南宋。而玉田所著《山中白云词》，得陶井两公藏于前，竹垞、牧仲护于后，多至三百余阕；若白石《石帚词》已佚，所传无几。笔墨之传不传，亦是有幸不幸也。观玉田《乐府指迷》，极力推重白石，可谓倾倒之至矣。今其词具在，未尝不知其清老，而终不能移爱玉田者爱白石，其故不可知，请质诸海内赏音之君子。

二十三

玉田之妙，曰深，曰远，曰澹，曰冷，曰静，曰雅。终宋之世，罔有出此公右者，的是仙才。

二十四

玉田《扫花游》云："几日不来，一片苍云未扫。"又云："夜色闲门，芳草不除更好。"《玉漏迟》云："寒木犹悬故叶，又过了、一番残照。"《真珠帘》云："茂树石床同坐久，又却被、清风留住。"《西湖》云："谁识山中朝暮，向白云一笑，今古无愁。"《台城路》云："夜气浮山，晴晖宕日，一色无寻秋处。"《壶中天》云："只恐溪山游未了，莫叹飘零南北。"《玲珑四犯》云："怕听秋声，却是旧愁来处。"如此句者，不可胜数，真是天仙化人。

二十五

玉田词，于雪天月夜拍之，果妙。若盛暑热不可解，乃与王韦之诗、倪迂之画，北窗焚香并读，便觉心地清凉。

二十六

宋人不甚讲起结，故谓小令难于长调。不知中调、长调，如诗之歌行，小令如绝句，难易不待辨而知。柳柳州"渔翁夜傍西岩宿"一作，坡翁谓删去末二句，便有余味。诗可删，词亦可删耶？因悟填词必须留心起结，使通首一字不少，一句不多，方是善用调，而不为调所用。

二十七

词到一笔写成，天然不可凑拍，其难不减于诗。词到一字不少，一句不多，两宋词中未易多得。

二十八

着力起结，固是词家妙诀，中间又须立新意、善措辞，却不至雕刻伤气，才可观。当用翻案法，则不求新而自新。

二十九

歌行与词相似而不同：歌行句读长短，皆可随意为之；若词调，则有一定之式，必须死中求活，方不死在句中。

三十

徐天池云："作词对句好易得，起句好难得。"刘公勇云："词起结最难，而结尤难于起。"张砥中谓："凡词前后两结最要紧，前结如奔马收缰，须勒得住，尚留后面地步，有住而不住之势；后结如众流归海，要收得尽，回环通首源流，有尽而不尽之意。"词家之说颇多，三公为得其解。

三十一

作诗对句不宜板，词家尤忌之。喜借对及流水对，须令阅者不觉其对，乃佳。

三十二

前人每于过变处言情，以避重复也。凡词上下句读相同者，尤须变换。

三十三

少陵作五七律，如作歌行，故古今推为独步。词家填长调，须得此法。

三十四

词本乐府，较诗体为稍俗矣。然须于俗处见其雅，盖俗与雅正相反，能于相反处，识其何以谓之俗，何以谓之雅，何以谓之俗而雅？此中微妙，浅人不知。

三十五

曲有极雅者，味之终不免于俗；词有极俗者，玩之究无伤于雅。此词曲之别，别在体格之间。

三十六

柳七虽淫，毕竟是词，不是曲。填词而似诗，已属失体；填词而似曲，则并其品而胥失之。

三十七

作诗才知平仄，便自负名家，薄填词为小技。不知《三百篇》后，唯汉乐府及唐宋人词，尚谱宫商，可被弦管。其间虽雅郑杂奏，一种高雅之作，犹存六艺之遗。彼《香奁》、《竹枝》，及刻意中间一二联，而全无章法者，其品尤在元曲下，又何论乎宋词？

三十八

作诗须讲赋兴比，乐府亦不可废也。但比兴二体，较难于赋，而用之于词为尤难。唯不畏难,方为作手。

三十九

小令须用作画法,缩层峦叠嶂于尺幅中,以不模糊、不浅近为妙。长调须用作文法,运开阖顿挫于前后段,以不堆砌、不窘竭为工。

四十

填词之道,与诗文无二理;诗古文词,与为人亦无二法。不雕饰以见性情,不纤弱以见气骨,不卑陋以见品概。故观人之笔墨,即见其生平,立言岂可不慎?

四十一

张郎中世称"张三影",见《后山诗话》、《乐府纪闻》。然所谓"云破月来花弄影"、"帘幕卷花影"、"堕轻絮无影",皆不甚工,惟《青门引》一阕,非才子不能谱,宜见尊于红杏尚书。

四十二

徐匡璋纳女于孟昶,拜贵妃,别号花蕊夫人,又升慧妃,以号如其性与色也。宋祖平蜀,闻其名,命别将护送入京。道经葭萌,题词于壁云:"初离蜀道心将碎,离恨绵绵。春日如年。马上时时闻杜鹃。"书未毕,为军骑催行,后人续之曰:"三千宫女皆花貌,妾最婵娟。此去朝天。只恐君王宠爱偏。"夫人在宋祖时犹作"更无一个是男儿"之诗,焉有随昶行而书此败节语乎?至陈无己以为夫人姓费者,亦误。(按花蕊有二,皆徐姓,一蜀王建妾也。)

四十三

李易安名清照,济南李格非文叔之女。文叔元祐君子,著《洛阳名园记》者。清照母为王状元拱辰女公子,亦工文章。

四十四

宋有两张先,俱字子野。其一开封人,天圣进士,为孝章皇后戚里之姻,官止知亳州鹿邑县。宝元二年,年四十八卒,欧公志其墓云:"好学自力,善笔札。"其一湖州人,康定八年进士,《宋史》不立传,故其家世不详,仕至都官郎中致仕。年八十九卒,葬弁山多宝寺后。此与苏文忠友善，以歌词闻天下，世所谓"张三影"是也，有集一百卷行世。

四十五

柳耆卿卒于京口，王和甫葬之。今仪真西仙人掌有柳墓，则知非葬于润州也。

四十六

红豆名相思子，叶如槐，盛夏子熟，破荚而出，色胜珊瑚。粤中闺阁多杂珠翠以饰首，经年不坏。相传怨妇望夫，血泪滴树而生，故名。吴吴兴园次（绮）有词云："把酒祝春风，种出双红豆。"梁溪顾氏女见而悦之，日夕讽咏，四壁皆书二语，时因目园次为"红豆词人"。

四十七

朱淑真为文公侄女，品如其名，不独以文词著。今世所传"去年元夜时，花市灯如昼"《生查子》词，见《欧阳文忠集》一百三十一卷，不知何以讹为淑真作也，遂疑此词失妇德，纪载不可不慎。

四十八

张玉田云："美成负一代词名，所作词浑厚和雅，善于融化诗句，而于音谱，且间有未谐。"词家效其体制，失之软媚，而无所取。

四十九

小红，范公石湖青衣也，有色艺。公请尧章诣之。一日，授简征新声，尧章制《暗香》、《疏影》二阕，公使两妓肄习之，音节清婉。尧章归吴兴，公寻以小红赠。其夕大雪，过垂虹，赋小诗，所谓"自爱新词韵最娇，小红低唱我吹箫"是也。其诗亦不减唐人。

五十

史达祖邦卿，开禧堂吏也。当平原用事时，尽握三省权，一时士大夫无廉耻者，皆趋其门，呼为梅溪先生。韩败，达祖亦贬死，而其词虽名公卿，亦不能过，甚可异也。诗亦间有可诵者，曾见称于李和父。

五十一

宣和中，李师师以歌舞著。时周邦彦为太学生，每游其家。一夕，值祐陵临幸，仓卒隐去，遂赋小词，所谓"并刀如水，吴盐胜雪"，盖纪此夕事也。未几，李被宣唤，歌于上前。问谁所为，则以邦彦对。于是遂与解褐，自此通显。既而朝廷赐酺，师师又歌《大酺》、《六丑》二解。上顾教坊使袁祹问，祹曰："此起居舍人新知潞州周邦彦作也。"问"六丑"义，莫能对。急召邦彦问之，对曰："此犯六调，皆声之美者，然绝难歌。昔高阳氏有子六人，才而丑，故以比之。"上喜，意欲留行，且以近者祥瑞沓至，将使播之乐府，命蔡元长微叩之，邦彦云："某老矣，颇悔少作。"会起居郎张果与之不合，廉知邦彦尝于亲王席上，作小词赠舞鬟云："歌席上，无赖是横波。宝髻玲珑欹玉燕，绣巾柔腻掩香罗。何况会婆娑。　无个事，因甚敛双蛾。浅澹梳妆疑是画，惺松言语胜闻歌。好处是情多。"为蔡道其事，上知之，由是得罪。师师入中，封瀛国夫人。周美成长短句，纯用唐诗，如"低鬟蝉影动，私语口脂香"，此乃元白全句。贺方回尝言："我笔端驱使李商隐、温庭筠，常奔走不暇。"亦可谓能事矣。

五十二

《涧泉日记》：辛弃疾，字幼安，有机数，调度高放，词语洒落。赵彦端，字德庄，诗文有法度，不阿近贵，立朝高甚，谈笑风流，傲睨千古，醉中往往谈禅，一座尽倾。毛开，字平仲，柯山人，尚书友之子，负气不群，诗文清快，自宛陵罢官归，号樵隐居士，有集。又云：乾道、淳熙以来，文词推赵彦端、毛开，皆词中妙手也。玉田为张循王五世孙，时有窗云张枢，字斗南，又号闲寄者，亦去循王五世，与玉田兄弟行也。周密称其笔墨萧散、人物蕴藉，善音律，尝度《依声集》百阕，特选其词六阕于《绝妙词》，复录《清平乐》、《木兰花慢》四阕于《浩然斋雅谈》，亦承平佳公子。又有张镃者，号约斋，出循王俊后，所填《满庭芳·促织》词，不减白石，亦见张氏之多才也。

五十三

仇山村远，字仁近，宋咸熙进士。博通经史，剩有诗声，而词亦工甚，惜未见其集。家钱塘，今西城脚下，犹存遗址。卒葬北山栖霞岭。

五十四

少云余上舍（鹏翀），能诗善画，尤以词擅名。壬寅春，复遇于朱家里，临行，为余作《浔阳送客图》，并书赠数词而别。《虞美人·春闺》云："绣户谁关双燕子。絮语催人起。余薰犹恋被池温。一晌依微和梦渐无痕。　晨妆倦理还凝想。是底才新样。飞花一片过窗迟。接得残红对镜比唇脂。"《蝶恋花·题白沙翠竹江村图》云："夜影无边秋瑟瑟。竹借烟光，江借平沙色。沙净不知孤月白。烟开更补遥天碧。　矮舍疏篱村径寂。此境人间，似梦无人识。我把离骚寻楚客。悲秋曾见潇湘夕。"《金缕曲·送葛大南归》云："醉起为君道。数天涯、无根游子，我同君少。榆塞阳关千万里，看遍几年残照。算只有、故乡难到。衣线密缝今绽尽，望春晖、又满皇州草。休再怨，离群早。　送君此去前期杳。计前途、马蹄红衬，鞭丝绿绕。珍重山川吟眺地，不似当时怀抱。更伤别、伤春未了。似锦归程行渐尽，想到家、春与人俱老。空惆怅，江南好。"后闻其就婚而归，卒于维阳，①末阕乃其词谶。又南宫县有名妓曰倩君，色艺双绝，少云曾纳为小姬。"余薰"三语，不堪按拍也。

五十五

陈玉几（撰）云："南宋词人，浙东、西特盛。如岳肃之、张功甫、卢申之、孙季蕃、史邦卿、吴君特、高宾王、张叔夏、尹惟晓、王圣与、周公谨、仇仁近，及家西麓诸先生，先后辈出，而审音莫精于白石。所著《石帚词》五卷，草窗、花庵所录，虽多少不同，均只十二三。汲古阁本第增'五湖旧约'、'燕雁无心'二调，余佚不传。咏草《点绛唇》复见于逋翁集中，援据无征，亦难臆定。白石事事精习，率妙绝无品。虽终身草莱，而当乾淳间，俗学充斥，乃能雅尚如此，亦豪杰之士也。萧东夫爱其词，妻以兄子。曾以上乐章，得免解，讫不第。其出处本末，具详张辑所作小传中。"

五十六

仇山村谓叔夏词意度超玄，律吕协洽，当与白石老仙相鼓吹。顾白石风骨清劲，诚如沈伯时所云，未免有生硬处。譬诸积薪，固当后来居上。

----

① 维阳，疑当作"维扬"，即扬州。

五十七

玉田《山中白云词》三百余阕,为陶南村手抄者,有郑所南(思肖)、仇山村(远)、舒岳祥、陆文奎、殷孝思、井时序。朱竹垞釐卷为八,龚主事蘅圃锓枣以传,有嘉兴李分虎(符)及龚两序。康熙壬寅,上海曹巢南(炳曾)重付梓人,又增浣花词客杜诏序,并曹黄门后序。余近得此本,系南汇叶茂才方宣(抱崧)评阅者,圈点处殊非漫然。

五十八

青浦邵明经西樵(玘)好吟咏,尤喜填词。雨夜桐村留宿山斋,因填《减字木兰花》一阕云:"何妨久住。如此愁霖谁教去。相伴无聊。檐溜丁丁转寂寥。　不如且醉。醉即和衣灯下睡。待得醒①来。或者阴云忽尽开。"

五十九

吴县高秀才小琹(以案)人极古方,学最渊博,客锡山嵇文恭公第二十年,未尝干以私。五膺房荐而不遇。平生工韵语,余曾刻其诗稿,尤善倚声,《天香》(咏绿牡丹)云:"云锦新裁,天香夜染,露苞色认南浦。绣屋春深,画栏风软,幽艳千般齐吐。荷翻妇镜,看翠袖、烟笼低舞。叶底轻藏幺凤,迷离莫辨来去。　欧阳未收花谱。价无双、萼绿堪伍。十二金钗鹄立,黛眉输与。姹紫肥红应妒。想碧障重施称才女。粉腻都捐,镂青描汝。"又《玉女摇仙佩》(水仙花)云:"湘江月冷,洛浦星寒,白石黄磁幽趣。翠带抽时,檀心展候,一捻凌波微步。雪映迷香雾。但相思脉脉,销他回顾。看移伴、屏山曲几,曾否兜娄添炷。行雨行云,待今宵、好梦寻伊,千丝系住。　犹记汉皋赠佩,雁落鱼沉,剩有苍茫烟渚。冻折玉钗,冰魂难觅,定自愁增眉妩。负了春风护。怎抛掷琼片,飘残尘土。况别怨、离情似汝,琴心弹彻,乱零无主。芳期误。匆匆又上瑶台去。"又《南浦》(春水用玉田韵)云:"天上坐来时,破轻烟,阅尽几番昏晓。新涨鸭头匀,丝杨岸、一抹蘸痕如扫。东风泼火,拍堤波送渔舟小。昨夜江南

---

① 醒,原作"酲",据文义改。

归去也,梦断碧莎芳草。 啼莺飞絮年年,绿逶迤、粉腻脂香未了。汧渼涌晴云,回清影、正是采兰人到。相思渺渺。隔溪门掩桃花悄。无限别情牵似水,添得春潮多少。"又《水龙吟》(白莲)云:"银塘倒影冰清,绿罗万柄香何处。胭脂却扫,铅华尽洗,满天凉露。玉佩飞来,雪儿歌起,乍惊鸥鹭。只瑶池明月,为怜并蒂,又荡桨、烟波去。 空际烟迷翠羽。倚新妆、镜鸾应妒。只因生就一心,爱淡十分安素。不染青泥,肯随红粉,向人低舞。怕秋光渐老,碎琼零乱,滴残凄雨。"又《大江西上曲》(题二垞《古香楼词卷》)云:"带月吹笙,合尊前婉转,小红低度。赵水燕云南北路,多少断肠题句。华烛烧余,乌丝写就,按拍添凄楚。风流谁似,玉田白石堪伍。 我亦索米长安,笺愁制恨,曲误凭君顾。搓粉涂脂歌板泪,输与古香词谱。两地相思,空山得意,总在无人处。甚时归也,鸳湖一棹争附。"

六十

二垞翁诗古之外,尤工填词,穆堂许侍御(宝善)尤称其小令。《双调渔歌子》云:"东胜湾,西胜曲。扁舟稳似三间屋。钓丝长,波纹蹙。满意江头寒绿。 去无踪,来无欲。持竿不下悠然足。换陈醪,炊新粟。醉与闲鸥同宿。"《鹊桥仙》(咏柳)云:"春初一线,春深万缕。春晚纷纷飘絮。碧云深处本无愁,常留得、三春莺住。 梢头纤月,堤边丝雨。桥畔受风多处。不关离别送行人,也觉有、依依情绪。"《醉春风》(闺情)云:"最好三春景。阑干偏独凭。知他何日是归期,恨。恨。恨。闲写乌丝,转揎鸳帐,更窥鸾镜。 一霎斜阳尽。愁绝黄昏近。短檠却又灿灯花,等。等。等。碧院春晴,丽谯更转,绿窗人静。"《西江月》(闺情)云:"碧玉窗前春晚,宝钗楼上妆余。卷帘延月入纱橱。只有嫦娥同处。 为甚缺多圆少,圆多缺少何如。嫦娥无语暗踌躇。影转画楼西去。"《七娘子》(春晚)云:"天涯已是销魂处。况匆匆、春又将归去。蝶抱残花,莺衔落絮。依依也解留春住。 留春可奈春无语。分明是、断送春如许。我本离人,春添别绪。一灯无焰连宵雨。"《生查子》(闺思)云:"蓦地忽思量,晓梦添愁绪。谁识独栖心,梁燕双双语。 庭树已飞花,堤柳仍飘絮。月色又多情,常照相逢处。"又《减字木兰花》(春感)云:"春将归去。只倩春归我独住。春又归来。一任春归我未回。 去来几度。不解离人心事苦。甚日春风。送我归帆三泖东。"童阆峰见其词,以为尤胜于诗,质之于翁,翁曰:"词之妙处却易见。"

第二节 《赌棋山庄词话》之成书与文献价值

谢章铤《赌棋山庄词话》及续编是词话史上少有的篇帙恢宏的著作,其词论具有极高理论价值,一直被论词者关注。其文献价值却较少有人留意。此外,人们常将此书当成某一较短时期内的作品,未注意其编纂时间的跨度,对其成书过程不甚了解,也就不能了解谢章铤词学主张的变化。本节从此角度切入,对《赌棋山庄词话》及其续编的编纂成书过程及其在文献保存、纠正词书谬误、训释词中僻典本事等方面的突出成绩及贡献进行揭示和评价。

一、编纂成书过程

《赌棋山庄词话》(本节下称《词话》)十二卷与《赌棋山庄词话续编》(本节下称《词话续编》)五卷刊成于光绪十年(1884),系谢章铤好友陈宝琛捐资付梓,同时刊行的还有《赌棋山庄文集》七卷。① 这些作品刊刻前,曾经过一次较大规模的整理。光绪四年(1878),谢章铤在致陈宝琛的一封信中,曾说:"铤近料理旧稿,已得三四种,意欲稍刻问世,以无力而止。"②他没有明言旧稿为何,不过据其在诗文笔记以及词话中留下的蛛丝马迹,可以推测《词

---

① 《赌棋山庄词话》刻本牌记:"光绪甲申弢庵陈氏刊于南昌使廨。"《赌棋山庄文集》刻本牌记:"光绪十年弢庵刊于南昌使廨。"甲申,即光绪十年(1884);弢庵为陈宝琛的号。光绪十年时,陈宝琛任江西学政,见钱实甫《清代职官年表》,北京:中华书局,1980年版,第2745页。
② 谢章铤《答陈伯潜书》,《赌棋山庄文集》卷六,第10b页。该文编年详参拙著《谢章铤年谱》"光绪四年"条,载陈庆元主编《谢章铤集》,长春:吉林文史出版社,2009年版,第859页。

话》、《词话续编》及《词话纪余》(本节下称《纪余》)①的编纂过程。

(一)《词话》的编纂

咸丰元年(1851),谢章铤与刘存仁订交。这一年中,二人有相当频繁的诗文往来。其中较重要的便是谢章铤将新编的词话一卷送刘氏审阅,并嘱其作序。其年闰八月中下旬间,刘氏欣然阅毕,在序言中说:"同年友谢君枚如……嗣出其词话一卷相视,捃摭遗闻,旁采近什,浸淫不已。"②由此可证,尽管篇幅尚小,但谢章铤早在咸丰元年前便开始编纂词话。

谢章铤未明言编纂词话前的准备,不过,借助类似的作品我们可以测其大概:他曾自述早年读书时,每有所得,便作札记,积少成多,陆续辑成《我见录》、《备忘录》等书。这些资料本拟用于编纂诗话,但当得知魏秀仁正在编纂《陔南山馆诗话》时,他便将《我见录》赠送给魏秀仁,供其采摘。③《我见录》手稿现有一册存世,"共选梁鸣谦、张际亮、朱琦、林则徐、刘家谋等二十位诗人诗一一四首……可以窥见鸦片战争及其后一个时期干戈满眼的情状"。④ 其中资料确为魏秀仁采用:"今本《我见录》有郑献甫《丁巳十月十四日夷人入城十六日携城纪事》,又见于《陔南山馆诗话》卷五,此为魏秀仁利用此书资料之一证。"⑤可以推测,谢章铤编纂词话之前,应亦有笔记类的资料储备。

目前可见的此种资料是《词学纂说》手稿一册,盖抄摘别家诗话词话而成。卷末有卢前民国三十一年(1942)所作跋:"《纂说》稿本,盖《赌棋山庄词

---

① 收入《稗贩杂录》卷三,载谢章铤《赌棋山庄笔记合刻》,光绪二十七年(1901)刻本,第12b—24b页。
② 刘存仁《赌棋山庄词话序》,谢章铤《赌棋山庄词话》卷首,载唐圭璋编《词话丛编》,北京:中华书局,1986年版,第3309页。案本节引文中着重号均为引者所加,下不一一说明。
③ 谢章铤《课余续录》卷五,光绪二十六年(1900)刻本,第9b—10a页。又详参拙著《谢章铤年谱》"同治十年"条,陈庆元主编《谢章铤集》,第834—835页。
④ 陈庆元《谢章铤的传世稿本》,载福建省文央研究馆选编《赌棋山庄稿本》,南京:江苏古籍出版社,2000年版,前言第20页。
⑤ 陈庆元《谢章铤的传世稿本》,载福建省文央研究馆选编《赌棋山庄稿本》,前言第20页。

话》之资饷,可珍也。"①查证《词学纂说》中的内容,亦多有见于刊本《词话》,如毛稚黄"填词不得名诗余"条,即采入《词话》卷八。卢前将本卷手稿看成是《词话》的资料汇编,确有卓见。

谢章铤曾删改《词话》,并调整了部分材料,但依旧保持原条目的次序。目前存世的《词话》稿本可以展示词话刊刻前的状貌。②

稿本一册,工楷写于"忆梅吟馆"稿纸上,不分卷,内容相当于刊本《词话》卷一及卷二。据陈庆元先生判断,此册盖本书刊刻前的钞正本,③其中有楷书修改,其删削、添加及改动后所得之文字与刊本全同,试举几例如下:④

一,删削。《词话》稿本中勾去部分条目,如"姜白石集凡四刻"条、"陈凯真有句"条、"邹程村称王阮亭"条、"吴园次与姬人最善"条。上述几条被作者勾去,原因未详。

二,添加。稿本新添部分主要是补充原文。如"瓯宁许秋史"条,在"坠仙掌峰下死,惜哉"句下插入"未死时自编是年诗,名曰《崖扃》,是殆俗所谓诗谶也"数语,增添词人逸事,使叙述更加完整,也体现出著者对词人早逝和命运难以捉摸的无限怅惘;"红友词律"条,在卷后增加"然其中亦有以入代平,以上代平之字,不得第据平仄而不细辨也"数语,使论述更加完整严密;"迦陵填词图"条,增入"是图近日有刻本,其中洪稗畦、蒋铅山二套南北曲最佳。昨……"等语,⑤补缀词学动态,反映了著者严谨的学术态度。

三,改动。这主要是为了行文需要。如"吾闽词家"条,将"夺我凤凰池"改成"玉堂天上"。其改动明显是为了使得文字更加显豁。⑥

---

① 见《词学纂说》卷末,福建省文史研究馆选编《赌棋山庄稿本》据以影印,第29页。
② 该稿本影印收入福建省文史研究馆选编《赌棋山庄稿本》。
③ 陈庆元《谢章铤的传世稿本》,载福建省文史研究馆选编《赌棋山庄稿本》,前言第21页。
④ 本段所引谢章铤《赌棋山庄词话》刊本及稿本各条,为避差舛,俱取其首句。
⑤ 笔者在研读《赌棋山庄词话》时,曾有一个疑问:"词话第一卷既然在咸丰元年即已写就,为何其中出现同治、光绪间谢章铤旅居京师时之事,这是否说明词话编成之后,谢章铤曾有意对之进行修改排序?"后翻阅稿本,得知本条系谢章铤其后补入,方得释然。
⑥ "夺我凤凰池"盖用晋代荀勖典故。《晋书·荀勖传》:"勖久在中书,专管机事。及失之,甚罔罔怅恨。或有贺之者,勖曰:'夺我凤皇池,诸君贺我邪!'"北京:中华书局,1974年版,第1157页。

通过上述考察,可知《词话》在刊刻前曾有较全面的修改,其工作主要集中在对部分条目的完善和删削,而并未对条目顺序进行更动。基于这点认识,只要再对《词话》刊本中的线索进行考察,便可确定其写作年代及编纂过程。

刊本词话各卷内容反映了谢章铤在编纂前并无详密的计划,也无明确的体例,而基本采用随得随书之法。以其友人为例,谢章铤品评好友刘家谋、黄宗彝、叶滋沅的专条词论在各卷分别出现:

表 3-1 《赌棋山庄词话》所涉友人词事条目

人物	卷次	内容	事迹	编年
刘家谋	一	刘家谋《斫剑集》中词	谢章铤依刘家谋于宁德	道光二十八年(1848)
	十二	刘家谋宦游台湾,途中所作词	谢章铤游漳平时寻其题词	咸丰二年(1852)
黄宗彝	四	黄宗彝在台湾所作词	黄宗彝台湾来书	道光三十年前后
	六	黄宗彝自台湾归后词	谢章铤等游居漳平	咸丰二年
叶滋沅	四	叶滋沅守家学,有词作	谢章铤与之交游	约在道光末
	五	叶滋沅出词一卷相视	疑为其《我闻室词》求序	约咸丰初

虽其所反映事迹的年代相近,但各条间并未整合,甚至对同一人物的词创作论述有矛盾的地方亦未统一。如《词话》卷四言黄宗彝道光末"词如昙花一现,近又在若有若无之间"[①],实质上咸丰二年(1852)黄氏自台归闽后,与谢章铤等人唱和颇多,其词编入《婆娑词》。则黄氏于词并未完全弃去,而谢章铤的感慨明显多余,统稿时谢章铤却未将它删去。这种矛盾更证明了词话编纂过程中并未有统一计划,各条间也无必然照应。

受这种编纂方式影响,若谢章铤在某时期内关注对象较集中,则其在该时期内的论题也会相对集中。对《词话》各卷内容进行观察便可发现,卷五侧重于聚红榭词社的源起及其唱和,其本事皆在咸丰二年(1852)谢章铤行役漳平期间。卷七则集中讨论四明(今浙江温州)词人。卷八、卷九主要论

---

① 唐圭璋编《词话丛编》,第 3364 页。

及清代前中期词人,其研究对象皆比较集中。然而,这种状态并未维持下去,卷十之后,其词论的随意性故态复萌,论述对象又比较紊乱了。

同治元年(1862),谢章铤在致刘存仁的信中说:"近编集,得诗十卷、词十卷、古文二卷、词话杂记十余卷。"①可知此时词话编纂接近成功,其篇幅也和今传刻本相近。随后几年中,谢章铤曾欲续编词话,但因故而未能实现计划。其为词话续编准备的资料后选辑成《纪余》,并刊入《稗贩杂录》卷三。

(二)《词话纪余》的编纂

据谢章铤《稗贩杂录自叙》,该书编成于同治九年(1870)。②可知收录在该书中的《纪余》编纂下限定在是年以前。《纪余》卷首曰:"余撰词话十二卷,所论源流正变,颇有会心之语,中亦偶采近人名作。近来所见日多,懒于著录,是以不及续编,今略记数则于此。"可知是编目的在承续《词话》十二卷。据上文对《词话》编纂的考证,可知谢章铤撰写《纪余》至少在同治元年(1862)后。至于准确时间,则需据其内容考定。

同治二年(1863)秋,梁鸣谦自京师回闽,向谢章铤介绍张惠言《词选》,谢章铤很快接受了此书的观念,并与之相印证,对浙西、常州二派词学提出了中肯的批评意见。③其初知《词选》在同治二年秋,《纪余》即论及之,称其有令"一切夸靡淫猥者不与,学者知此,自不敢轻言词矣"之功,但也认为"词多发于尊前酒后,亦有不可庄论者",反对张氏对词意的过度阐释。这种辩证的观点和谢章铤在《张惠言〈词选〉跋》中所表达的如出一辙,可知其出现必在同治二年秋后,而本则词话为《纪余》的首则,由此可证《纪余》当编纂于

---

① 谢章铤《与炯甫书》,《赌棋山庄文集》卷二,第21b页。按同治九年(1870)十月,谢章铤的学生石介曾经根据《赌棋山庄词话》进行删略辑钞,辑成《赌棋山庄词话录要》钞本一卷,现藏于东北师范大学图书馆。其条目顺序与刻本《赌棋山庄词话》相同,内容则涵盖刻本前七卷。该钞本之所以未及涵盖《赌棋山庄词话》全部内容,盖因当年十月,谢章铤赴京应试,此后再未和石介见面,石介因此也再无缘得见《赌棋山庄词话》第八卷及以后诸卷的稿本。
② 谢章铤《稗贩杂录自叙》,载《稗贩杂录》卷首,《赌棋山庄笔记合刻》本,第2b页。
③ 谢章铤《张惠言〈词选〉跋》,载《赌棋山庄文集》卷二,光绪十年(1884)刻本,第7a—7b页。

同治二年秋之后。

同理可以推出其编纂下限。明确涉及《纪余》编纂时间的有两条：

> 前年叶临恭大庄秀才出长卷求作题跋,其前则王惕甫芑孙诗札,后则惕甫所作墓志铭,其室曹墨琴女史书丹者。
>
> 前年余卧病在家,忽闻流求国使金紫大夫某来见……丁宁订后约,而余之晋,遂不相知矣。

前者指题诗《王曹合璧》诗册事,据《自书刘王寿册后》诗序:"昔予过姑苏,有以《王曹合璧》求题者,盖王惕甫所作墓志,其妇曹墨琴为之书丹者。"①考谢章铤同治五年(1866)秋沿水路至苏州转道往山西,一路行程明晰可考。② 可知此"前年"即指同治五年。后者言"卧病在家"及"余之晋"亦为"前年",则此二则词话皆作于同治七年(1868)。此二则词话为《纪余》最末二条,由是知其至迟编成于同治七年。故可确定《纪余》编于同治二年秋至七年间。

《纪余》本为续编《词话》未成之副产品,故其与《词话续编》有相似处,大略有二端:一,对张惠言《词选》所体现观念的认同;二,对聚红榭词社活动之记载。此二端到《词话续编》中,得到了更大幅度的加强。

(三)《词话续编》的编纂

光绪三年(1877)秋,谢章铤自京返乡,从此不再出仕。此后近三十年,特别是光绪十年(1884)后的二十余年中,他因致力于书院的课务,词不再作,诗作也极少。光绪十年刊刻《词话》及《词话续编》是其毕生词学活动的一次总结,至此其词学活动基本结束。③ 可以说光绪三年至十年间,谢章铤

---

① 谢章铤《赌棋山庄余集》卷四,民国七年(1918)石印本,第12b页。
② 参拙著《谢章铤年谱》所记同治五年(1866)事,陈庆元编《谢章铤集》,第786—792页。
③ 《赌棋山庄余集》卷一载《书〈茶梦庵诗稿〉后》一文,第23a—23b页;卷四末附载词三阕:《浣溪沙·赠黄芸淑》、《齐天乐·送勒少仲中丞》、《金缕曲·书〈竹西按拍图〉》,第1a—2a页。可见谢章铤晚年仍偶有词作,并涉及词学。但与此前专心词学的情况相比,固已不可同日而语。

最重要的词学活动即为编纂《词话续编》。

与编纂《词话》、《纪余》持续较长时间不同,《词话续编》几乎是一气呵成的:

> 秋风乍起,忽染沉疴,病间,则冬已深矣。续纂词话,辍业者累月。丛残满案,零落殊可惜。红日上窗,寸心渐暖,乃于严寒瑟缩之中,负暄而重录之。①

由此可知本书编纂时的情状。《词话续编》短期内能顺利完成主要由于有雄厚的资料储备。是书共五卷,内容大致分三类:一,卷一至卷三的一部分,记载谢章铤同治七年(1868)后游学各地的见闻;二,卷三余下部分至卷五的一部分,为居官京师时所搜罗词集的提要;三,卷五的剩余部分,追叙咸丰同治间聚红榭活动及社员创作。其中第一、第三类比重较大,且皆是谢章铤耳闻目睹或亲身参与之事,其论说自然驾轻就熟。第二类虽亦较多,然而谢章铤于此事早已做好准备,编入词话不过是将其定型:

> 予官京师虽日浅,有暇必周行厂肆,辄于烂摊堆上极力寻检,积久遂得若干种。郑仲濂与予有同志,相约俟搜罗稍富,当作提要以传之。今仲濂已殁,予亦出都,恐此事遂已。因记其集名,并录一二佳篇,随手编纂,不分先后。②

《词话续编》亦可据内容将编纂时间确定下来。其卷二论谭廷献词:"时予将之关西讲院,君亦将从军鄜州,故其言如此。迄今十年不通鱼雁……"③按谢章铤主讲关西书院、谭廷献从军鄜州事在同治八年(1869),后此十年,即光

---

① 《赌棋山庄词话续编》卷四,唐圭璋编《词话丛编》,第3539页。
② 《赌棋山庄词话续编》卷三,唐圭璋编《词话丛编》,第3515页。
③ 唐圭璋编《词话丛编》,第3499页。

绪四年(1878)。① 卷五"林天龄词"更可证明这一推测:"长乐林锡三天龄读学……今冬忽闻其卒。"②考林天龄卒于光绪四年(1878)③,由此可以判定,《词话续编》当编纂于光绪三、四年间。

二、文献价值

谢章铤《词话》及其续编在理论上卓有建树,前贤多有撰述,此处从略,仅拟从三个方面对其文献价值进行探讨。

(一)保存文献之功

谢章铤一直强调文献珍存,编写词集提要时,曾这样预测其词话保存文献之功:"嗟乎,零玑断璧,再俟百年,安知不贵若照乘之珠哉?"④当他晚年目睹离乱后福建文献的丧失,不禁痛心疾首而欲为之编纂整理:"闽人本不善于为名,前人著述留意者少,其子孙又无力于刻行。以予所见零篇断简,皆百年来老宿所朝稽夕考,欲编摩而成一家之言者,销磨将尽矣。"⑤其文献意识自然进入到其作品中,此意识不仅施之于友朋,同时也是谢章铤的自觉行动,《赌棋山庄余集》中即附载了别家不少作品。例如其中郑守廉词作二首⑥,光绪二十八年(1902),郑氏《考功词》由其子刻于武昌,其中虽收录这两首词,却未载其自注。缺了自注,其中词义便模糊不清,因此谢章铤文献保存意识在对郑守廉作品的理解上立了一个大功。

《词话》及其续编将此种意识反映得更明显。词话中大量征引此前或当时的文献,其目的一方面在举例欣赏,另一方面则为了保存文献。据笔者统计,《词话》及其续编中的文献有如下四大类。

其一,保存乡邦文献,构建福建词史。《词话》卷一的第二条专论福建历

---

① 拙著《谢章铤年谱》"同治八年"条,陈庆元编《谢章铤集》,第811页。
② 唐圭璋编《词话丛编》,第3577页。
③ 李驹纂《(民国)长乐县志》卷二三,民国六年(1917)福建印刷所铅印本,第51a—53b页。
④ 《赌棋山庄词话续编》卷三,唐圭璋编《词话丛编》,第3515页。
⑤ 谢章铤《课余偶录》卷一,光绪二十四年(1898)刻本,第25b—26a页。
⑥ 《赌棋山庄余集·词》附,第2b—3b页。

史上的词作者,似即暗示此书的一个重要内容。由于叶申芗《闽词钞》已辑钞宋元两代福建籍词人的词作,故谢章铤在词话中专条论列的对象便集中到明清时期福建籍词人。笔者略辑《词话》及续编所涉闽籍词人,除此前列出者,至少尚论列了如下二十位,将涉及这些词人的专条词话联系起来,便可构成明清时期福建地区词的简史:

表3-2 《赌棋山庄词话》引闽籍词人表

地域	明	清
闽县	周玄(3383)①、徐𤊹(3383)	林云铭(3329)、翁宗琳(3329)、叶申芗(3376)、孟超然(3385)
侯官		林乔荫(3344)、林瑛(3490)、林则徐(3495)
瓯宁		许赓皞(3324)
莆田		余怀(3327)
福清	林章(3331)、林鸿(3401)	
晋江		丁炜(3332)、丁煌(3332)
长乐	孙振豪(3381)	
浦城	林鼎复(3381)	
建阳		郑方坤(3404)
古田	张以宁(3491)	
福鼎		林滋秀(3497)

由上表可以看出,福建词学在明清两代经历了很长时间的消歇,虽间或有个别提倡者,但并未引起多大影响。其创作多寡亦因时代及地域而异:就时代而言,清代词作者比明代要多;就地域而言,福州(闽县、侯官)附近区域的作者也比其他地方的多。这和谢章铤等人以为福建词学"宋元极盛","明代作者虽少,亦复流风未泯"②,清代虽然稍盛于前,却未成风气,而作者"转甚寥寥"的总体判断大致相同,同时也突显了谢章铤等人倡导词学之不易。自此以后,福建本地的词作者渐多,宗风渐振。上表中的二十位词作者虽各有其

---

① 案括号内数字为该条词话在唐圭璋编《词话丛编》中的页码,下同。
② 《赌棋山庄词话》卷一,唐圭璋编《词话丛编》,第3321页。

作品,但若是没有谢章铤的表彰之功,他们的作品能否为世人所知也是个未知数。清末民初,当后人对闽词进行总结时,谢章铤的词话频繁地成为被征引对象,林葆恒的《闽词征》、《词综补遗》,郭则沄的《清词玉屑》等即是比较明显的例证。

在评述作者词作之时,谢章铤十分注意对其渐趋湮没的作品的钩沉。孟超然词未载于本集,谢章铤读其《瓜棚避暑录》知其有词,即为表出;①林章词,仅一首载于王昶《明词综》,谢章铤据《白雨斋词话》补录一首。② 这种随时注意文献收集的意识难能可贵,虽其做法未可云全备,③却能反映其收存文献的热心。

其二,辑录师友作品,反映同仁创作。此类文献在《词话》及其续编中价值最大。谢章铤友人大多是福建当地中下层知识分子,名位不显,作品也罕有刊刻,或者虽有刊刻,却有不少遗漏,非谢章铤记载则难窥其貌。本处即以刘家谋、黄宗彝、刘存仁、叶滋沆四人为例,探讨《词话》及续编在保存友人作品方面的显著功绩。

刘家谋有《斫剑词》一卷,附载于其诗集《东洋小草》后,收道光二十九年(1849)前所作词,风格豪放恣肆,与谢章铤早期的词风极其相似。道光二十九年,刘家谋赴台湾,途中所作词却有清新含蓄之风,与早期形成明显对照:

> 远山如画映晴沙。乱飞葭。不闻鸦。但有一双柔橹响咿哑。九十九湾人未到,鸥鹭惯,识归家。 红楼隐约露红牙。日初斜。树重遮。几度随风,吹出笑声哗。梁燕双栖情自乐,孤雁影,落天涯。(《江城子·过涵江》)④

---

① 《赌棋山庄词话》卷五,唐圭璋编《词话丛编》,第3385—3386页。
② 《赌棋山庄词话》卷一,唐圭璋编《词话丛编》,第3331页。
③ 林章词,附存于其《林初文诗文全集》(明刻本,《续修四库全书》第1358册据以影印)中,共十六首,饶宗颐、张璋《全明词》(北京:中华书局,2004年版,第1160—1163页)即据此辑录。谢章铤据陈廷焯《白雨斋词话》补王昶《明词综》,未能窥林章词全豹;且谓林章"遗集不传",误。
④ 《赌棋山庄词话》卷一二,唐圭璋编《词话丛编》,第3477页。

刘氏死后柩归途中遇盗,后期作品因而散佚,本词独因载于《词话》而留存。反观谢章铤及其友人早期的创作,由于强调性情发抒,通常会因笔无停泓而有"泄露"之感,缺少蕴藉。① 但随着创作经验的积累,词作风格渐趋转变,刘氏此词便是这群词人在词风转变之后最早且有代表性的作品,后来谢章铤及刘勷等的作品也逐渐消除了早年"叫嚣"的弱点。

黄宗彝本不作词,跟随刘家谋旅台后,方开始词创作。归闽后,其文稿保存在刘家谋处,后同刘氏文稿一并散失。现存《婆娑词》中的作品,多从谢章铤词话中搜罗辑访而得:"从枚如《词话》录之,以毋忘世态之更换、人事之变迁,为余学词所自昉云。"②

刘存仁有《影春园词》一卷附于《屺云楼集》后。自序云:"少学倚声,于此道刜刊毫芒,难入奥窾,辍弗讲。咸丰辛酉八月,副室琴姬耗至,于五月初九日巳时病逝,老怀伤感,悄难为情。姬归余十载而余宦游七年,讵料不复相见,长歌抒哀,匝月填若干阕。簿书丛委,泪墨交紫。越月,手录成帙,名为《影春园词》,聊志余悲云。"③可知该词集盖悼亡词,作于晚年,早年作品并未编入集中。《词话》卷五保存了刘氏早年词作二首,反映了其创作最初阶段的风格特征,有助于读者了解刘存仁词创作的全貌。

叶滋沅更为特殊。叶是谢章铤早年的词友,有《我闻室词》,谢章铤曾为作序,惜词集不传。而今叶氏的作品已只能从《词话》中辑出。

此外,谢章铤师友交游辈的词作借助《词话》及其续编得以保存的还有蔡明绅、崔挺新(以上卷三)、张承絜(卷五)、叶滋生(卷十)、石介(《词话续编》卷五)等。可见该书在保存师友作品、反映同仁创作方面的确卓有成绩。

其三,记载词社唱和,存留原始资料。结聚红榭词社及组织唱和,并收集刊刻其作品,是谢章铤一大词学业绩。聚红榭同仁创作大多已收入《聚红

---

① 案此盖刘勷晚年总结作词经验时语,见刘勷《非半室词存自叙》,载其《非半室词存》卷首,民国铅印本,第3a页。
② 黄宗彝《贺新郎》(独抱风骚)跋,载其《婆娑词》,咸丰八年(1858)刻《聚红榭黄刘合刻词》本,第1b—2a页。
③ 刘存仁《影春园词》,咸丰同治间刻《屺云楼集》本,第1a页。

榭雅集词》、《过存诗略》中,魏秀仁《陔南山馆诗话》卷三、卷四也保存了词社部分史料。然词社源起、活动方式、同仁作品结集等情况却只在《词话》及其续编中方大量出现。

上述的资料集中保存在《词话》卷五及《词话续编》卷五中。前者主要保存词社源起时几次唱和而产生的词作,这些词仅见于此处。后者则对词社各类情形俱有评说。

光绪初谢章铤自京师归乡后,有感于故交零落,作品散佚,遂属意收集词社同仁旧作,拟剔除已刻成书包括虽刻成书而求之不得的词集,将未刻的部分"搜残箧之余,聊寄山阳之痛"①,其用意即在于保存文献。据《词话续编》载,谢章铤共搜罗并论列了六位词社友人的词集,其词俱未载《聚红榭雅集词》中,吉光片羽,弥足珍贵,列表如下:

表3-3 《赌棋山庄词话续编》引聚红榭词人表

姓名	词集	《词话续编》引词	词集结局	备注
徐一鹗	未详	《沁园春·花发》、失调②(猛惺忪)	小妻某刻其遗诗	
陈遹祺	《双邻词钞》(附黄经词)		林直携入粤,卒后全部散失	附录陈氏来书一封
梁履将	《木南山馆词》	《南柯子·春日用礼堂韵》、《声声慢·双江楼闻琵琶有感》	光绪十八年,赌棋山庄刻行	谢章铤搜罗编刻
梁鸣谦	未详	《满江红·杨花》、《南楼令·落花》		
林天龄		《满庭芳·新竹》、《满江红·乞雨》、《摸鱼儿》(六十里)	曾向谢章铤索旧稿,欲自编集	有《紫琅联唱》存世

其四,撰述词集提要,反映词坛状况。这是谢章铤晚年词学的一个未完成的计划,因有感于"词学国朝为盛,而词集最易消磨。……既无全集可附

---

① 《赌棋山庄词话续编》卷五,唐圭璋编《词话丛编》,第3573页。
② 此词谢章铤著录时即已失其调名,考其格律,当为《木兰花慢》。

丽,别本孤行,虫鼠为灾,每有委之丛残,未转瞬而姓氏翳如者,可慨已"①,他曾与郑守廉商议搜罗词集,编纂提要,后因事不果。此后便借着续编词话的机会,将这部没有完成的著作部分地抽绎出来,"记其集名,并录一二佳篇,随手编纂,不分先后"地编入《词话续编》卷三至卷五中。总体说来,这些提要未能广罗词集,未对版本进行分析,而只是抄摘其序言并佳篇,稍作评点。作为"提要"尚嫌有缺略,由于其工作的初步性而未能取得更高的学术成果,且谢章铤论列的这些词集,绝大部分仍存世。② 因此谢章铤的这项工作虽有很好的出发点,却并未达到更高水平,其所说"零玑断璧,再俟百年,安知不贵若照乘之珠哉"的功用并未真正实现。

(二) 纠正词书之失

对前人总结性的词书保持严肃认真的批评态度是《词话》及其续编的又一特色。在对前人词书的查漏补隙中,谢章铤的严谨学术态度和独特词学风尚得以显示。经常被谢章铤点评的是这三部书:朱彝尊《词综》、王昶《明词综》、万树《词律》。试依次论列如下。

其一,对《词综》的批评。在谢章铤的心目中,《词综》是与张惠言《词选》享有同等地位的名作:"国朝词书,以竹垞《词综》、皋文《词选》为最善。《词综》繁而有理,可以穷词趣;《词选》简而不陋,可以敦词品。"③"《词综》以雅为宗,读《词综》则词不入于俚。"④虽评价如此之高,谢章铤对《词综》的缺点仍直言不讳。除认为《词综》选词观偏仄,易忽略苏辛一派的作品外,⑤还以为在文献方面有两个较大缺点。一是体例不严,词作者的名、字相舛。如"刘子寰字圻父,马子严字庄父,朱竹垞《词综》皆以字为名"。⑥ 二是收辑不全,

---

① 《赌棋山庄词话续编》卷五,唐圭璋编《词话丛编》,第3515页。
② 经笔者统计,谢章铤共对48种词集进行评述,检核吴熊和、严迪昌、林玫仪《清词别集知见目录汇编》(台北:"中央研究院"中国文哲研究所,1997年版),这些词集绝大部分仍然存世。
③ 《词话纪余》,载谢章铤《稗贩杂录》卷三,第13a页。
④ 《张惠言〈词选〉跋》,载谢章铤《赌棋山庄文集》卷二,第7a页。
⑤ 《赌棋山庄词话》卷一,唐圭璋编《词话丛编》,第3321页。
⑥ 《赌棋山庄词话》卷四,唐圭璋编《词话丛编》,第3371页。

未能完整反映宋代词学原貌,后人遂能大量补辑,"若黄简、李振祖、黄铸、翁孟寅,则汪碧巢所补者。……李吕、刘学箕、王迈,则王兰泉所补者。……其余李纲、高登、林外、游次公、刘清夫、卓田、严参、郑楷、留元崇、留元刚、廖莹中诸人,直至凫芗著《词综补遗》,始及之。而杨亿、蔡襄、吕胜己、哀长吉、黄师参,及福建士子与闺秀孙氏,则独见于此编(引者案:指叶申芗《闽词钞》)矣。"①此外,谢章铤还批评《词综》失收著名作品。杜牧《八六子》是早期慢词代表作,《词综》未收。谢章铤从文献对勘角度出发,提出如下疑问:"是词见顾梧芳《尊前集》。竹垞凡例曾列是书,而《曝书亭集》又有一跋,谓得吴文定公手钞本。词人之先后,乐章之次第,与顾氏靡有不同。始知是集为宋初人编辑,非顾氏所撰也。然则此词必非明人伪作可知。竹垞既见此词,不解何以弗采。"②其不满显而易见。

其二,对《明词综》的批评。《明词综》继《词综》而作,由于编纂不够谨严,相较《词综》缺陷更多,挂一漏万的现象常常发生。此先便有人对《明词综》进行补辑,③谢章铤在词话中除继续此项工作外,④还指出其过分强调政治因素而不选前明遗臣词的缺陷:"况钱忠介肃乐、张忠烈煌言之辈,身为胜朝遗献,其词尤足增坛坫之光乎。当竹垞时容有忌讳,匿不得见,今则炳如日星矣。"⑤

其三,对《词律》的补正。在词创作中,谢章铤往往因"性情"之需而忽视对词律的谨守,但这并不表示他不究心词律。谢章铤一方面认识到《词律》"倚声家长明灯"⑥的价值,另一方面又提出其"譬之涉水,揭而未厉"⑦的缺点,在词话中对其失误之处提出了细致深刻的批评。除评议其好收异名、目

---

① 《赌棋山庄词话》卷四,唐圭璋编《词话丛编》,第 3371—3372 页。
② 《赌棋山庄词话》卷一〇,唐圭璋编《词话丛编》,第 3449 页。
③ 《赌棋山庄词话》卷七载吴衡照、袁钧等皆有补辑,参唐圭璋编《词话丛编》,第 3411 页。
④ 如补录林章、沈贞、林直、张红桥等人词,分别载唐圭璋编《词话丛编》,第 3331、3383、3385 页。
⑤ 《赌棋山庄词话》卷七,唐圭璋编《词话丛编》,第 3412 页。
⑥ 《赌棋山庄词话》卷一,唐圭璋编《词话丛编》,第 3325 页。
⑦ 《赌棋山庄词话》卷三,唐圭璋编《词话丛编》,第 3361 页。

录有缺点外,①其针砭还集中在词体失收上,曾"拟暇日辑诸家评语,并考核群籍为之补苴,庶不贻千虑之一失乎"。② 后虽未果,但辑录谢章铤在词话中列出的部分,仍很可观:

表3-4 《赌棋山庄词话》补正《词律》详情表

词牌	失收之体	异体出处	增补原因
念奴娇	增出二十三字	苏轼、赵鼎臣、葛郯、吕渭老、沈瀛、张孝祥、程垓、杜旟、姜夔	虽其中不无误笔,然有累家通用者,不载则疏矣(3325)
齐天乐	增出三十三字	高观国、史达祖、方岳、洪瑹、吴文英、陈允平、周密、姚云文、詹正、刘天迪、萧东父、滕宾、王易简、张伯淳	
水调歌头	增出十五字	蔡伸、刘之翰、辛弃疾、仲并、王以宁、袁华、于立、陆仁	
摸鱼儿	增出二十五字	欧阳修、晁补之、辛弃疾、程垓、杜旟、冯取洽、张炎、徐一初、李裕翁、张翥	
贺新郎	增出四十三字	苏轼、张元幹、辛弃疾、刘克庄、刘过、高观国、文及翁、蒋捷、李南金、葛长庚、王奕	
惜分飞	句中用韵体（十韵体）	毛滂	《词律》失检,故补(3430)
小重山	入声韵体	周密	《词律》目录中有,卷中失登(3452)
水调歌头	一阕两叶体	贺铸	(3453)
钗头凤	转平韵体	陆游	(3453)
塞垣春	不同于《词律》之异体	周密	万树未见(3489)
木兰花慢		柳永	(3507)

除此三书外,谢章铤还对《词苑丛谈》、《雨村词话》、《榕园词韵》、《全浙诗话》等书提出了中肯的批评意见,限于篇幅,不再详列。

---

① 《赌棋山庄词话》卷一〇:"《词律》目录载《小重山》又一体,入声韵,而卷中失登。……红友论图谱好收异名,曰孙行者、者行孙,何穷极乎如此。不典之言,著书竟混笔端,吾甚不取也。"载唐圭璋编《词话丛编》,第3452—3453页。
② 《赌棋山庄词话》卷一〇,唐圭璋编《词话丛编》,第3453页。

(三) 训释俗语僻典

《词话》及其续编在文献方面的另一个特色是对古人词中不易索解的语词进行解释:

表 3‑5 《赌棋山庄词话》俗语辞表

语词	解释	词例
荔支天	闽中以六月为荔支天。	黄公度《好事近》:"还家应是荔支天。"(3382)
单爻、折爻	《仪礼疏》:筮法古用木画地,今则用钱。以三少为重钱,重钱则九也。三多为交钱,交钱则六也。两多一少为单钱,单钱则七也。两少一多为折钱,折钱则八也。	顾贞观《南乡子》:"身似离爻中断也,单单。欲展双眉更折难。"(3398)
郎罢、囝	闽中呼父曰"郎罢",呼子曰"囝"。	徐庚《台城路·咏薯》:"阿囝一灯欢聚。"(3461)
衔蝉	埋猫可以引竹。	李符《尾犯·咏笋》:"参差渐过墙四角,记衔蝉埋处。"(3463)
忌"笋"	"笋"、"损"音同,蚕时忌闻此语。	李良年《尾犯·咏笋》:"正采桑时候,除了蚕娘、更无人讳。"(3463)
靴面	田元均曰:"为三司使数年,强笑多矣,直笑得面似靴皮。"	魏了翁《清平乐·咏白笑花》:"才问为谁含笑,盈盈靴面欹风。"(3481)
呜呼	俗以死为呜呼,此语宋时已有。	张镃《临江仙》:"纵使古稀真个得,后来争免呜呼。"(3488)

谢章铤在词创作中明确反对考证语进入词中,例如他在提及虞姬墓时说道:"诗词著不得此考据语。"[1] 反对用考证代替抒发性情。但同时却赞赏俗语入词,以为借此可取得意想不到的效果。他认为顾贞观《南乡子》引卦辞入词,"特觉新颖","用时俗称谓,更为巧合"。[2] 通过比较李良年、李符《尾犯·咏笋》,认为这是"可为运俗入雅之法。善文者,竹头木屑无弃材也"。[3] 这些俗

---

[1] 《赌棋山庄词话》卷四,唐圭璋编《词话丛编》,第 3374 页。
[2] 《赌棋山庄词话》卷六,唐圭璋编《词话丛编》,第 3399 页。
[3] 《赌棋山庄词话》卷一一,唐圭璋编《词话丛编》,第 3463 页。

语词的运用增强了词所表达的内容,有良好的效果。谢章铤自己的词作,亦常常引入地方俗语,如《惜奴娇·鲫鱼》:"返哺,望阿奶、加餐休误。"自注:"'鲫鱼礼,送长奶。'闽谚也。'长奶'谓妻母。"[1]地方俗语的引入使本词弥漫着浓郁的地方风韵,同时也证明了谢章铤词学主张和创作的一致性。

三、结论

综上,可以得出三点结论:其一,谢章铤从事词学的历程与其创作大致符合,其理论和创作具有同步性。其二,谢章铤词话的撰作维持了很长时间,其词学观偶尔出现龃龉之处,在词话编刻时并未统一,故理解其中矛盾当以具体时间为坐标。其三,《词话》等书不仅在词学理论上卓有建树,在保存文献、纠正词书之失、训释俗语僻典方面亦有独特的贡献,而这正是重视谢章铤词论者所通常忽视的,亦是本节所重在揭示的。

---

[1] 谢章铤《酒边词》卷七,光绪十五年(1889)福州刻本,第5b页。

第四章　词籍校勘探论

校勘学在我国源远流长,但其浸润词学,却相对较晚。这其中,王国维是个关键人物,对其进行研究,有助于理解近代以来词学校勘学的形成与发展。本章主要分为两个部分,一是系统地研讨王国维词籍校勘活动与其词学演进的关系;二是以王国维校录本《张子野词》为个案,研讨王国维的校勘活动所体现出来的词学观念及其价值和意义。

第一节　王国维词籍校勘活动及其词学演进

词学是王国维在其学术生涯中驻足并不太久的一个领域,从因为倦于研治哲学而转向文学特别是词学开始,到因为关注上古三代制度考证而渐从词学和文学研究中淡出,他专力于词学不过短短八年时光。[1] 但如同在其他领域的表现一样,其词学成就仍然是非常出彩的。在如此短的时间内,能

---

[1] 王国维最早的词学活动是创作,始于光绪三十年(1904)春,参陈永正《王国维诗词笺注》,上海:上海古籍出版社,2011年版,第121—122页。宣统三年(1911)年底,他随罗振玉浮海东渡日本,其后逐渐淡出文学研究。虽然其后尚创作有三首词(陈永正《王国维诗词笺注》,第570—580页),并曾批校数种词籍(详见本章论述),但相对于王国维词学研究的高潮期而言,不过是余波而已。若自光绪三十年算起,至宣统三年,王国维词学研究历时凡八年。

取得这样大的成就,除了确实有过人的天资禀赋外,也肇因于他融贯中西、兼收并蓄的学术背景。

王国维曾苦读西方哲学特别是叔本华、尼采的著作,并将其理论运用到文学批评中。他撰于光绪三十年(1904)的《红楼梦评论》,其全部观念即来自叔本华,并且"就具体观念的影响和接受而言,研究得相当充分"①。当然,关于王国维学术的西方背景,前贤论述已颇为深入,例如二十世纪四十年代,缪钺就比较早地将王国维和叔本华联系在一起,并认为二者至少有四处相似:兼采印度佛学的东方色彩,持悲观主解脱的人生观念,理智概念外的兼尊直觉,文笔清美朗畅的文学天才。②此后关于王国维对叔本华的接受逐渐被学界关注,相关成果层出不穷,本处不再赘论。③

有关王国维词论中的国学基础的探讨,目前学界也取得了一定成果。

理论探讨方面。闵定庆分析,王国维在词学研究中曾形成"创作—理论—文献"三位一体的词学体系,特别是其文献收集与整理,与其《人间词》创作、《人间词话》理论建构之间形成了有效互补,标志其文化心态已发生转变。④彭玉平则仔细比勘《人间词话》手稿本征引文献的来源,认为"中国传统诗词理论构成了其理论的主干部分……西方诗学则对其理论的表述模式及其理论的精密化提供了学理意义上的帮助"。⑤

方法实践方面。学界更多的探讨集中在对王国维词学校勘活动的辑考和辨析上。王湘华以《唐五代二十一家词辑》及其他散见校勘记为例,分析了王国维词学校勘的实绩、理论、方法及其影响,并探讨了校勘与王国维选

---

① 王攸欣《选择·接受与疏离》,北京:生活·读书·新知三联书店,1999年版,第41页。
② 缪钺《王静安与叔本华》,初刊于《思想与时代》1943年第26期,第10—16页,后收入《诗词散论》,上海:上海古籍出版社,1982年版,第103—116页。
③ 较全面的研究可参看王攸欣《选择·接受与疏离》上编《王国维接受叔本华美学研究》,第25—122页。近年来,罗钢《传统的幻象:跨文化语境中的王国维诗学》(北京:人民文学出版社,2015年版)在寻绎王国维诗学的西方渊源方面进行了更为深入的研究。
④ 闵定庆《探索王国维词学体系的另一个维度——〈词录〉与王国维"为学三变"的文献学取向》,《清华大学学报》2007年第2期,第97—104页。
⑤ 彭玉平《人间词话疏证》,北京:中华书局,2011年版,第46—58页。

词、词论方面的关系,只是在细节方面尚有待深入。①佘筠珺则在前辈学者榎一雄、周小平等人对东洋文库藏王国维校钞词籍分析的基础上,②更详细地论述了吴昌绶在王国维校词活动中的重要性、东洋文库本王国维批跋的价值及王国维友朋往来书札中有关词籍校勘的探讨。③

尽管学界已有所考察,但长久以来,对王国维词学校勘与其词论生成之间的关系问题,仍一直缺乏探讨。本节即拟在学界既有论述的基础上,对这一问题进行进一步论证。

一、王国维词籍校勘活动历程

根据具体形式的不同,王国维的词籍校勘活动,可分为两大类:辑校与批校。他早期的词学成果中,《唐五代二十一家词辑》属于辑校,此后大部分的词学成果,则基本皆属批校。

辑校和批校都是我国学者整理古代典籍时的独特的著述方式,辑校是辑佚和校对的合称,所谓辑佚,即"将久已散佚的书,见载于其他书籍中的一句一段辑录出来,再加以编辑,复为原书"④;而批校则是根据现有成书,选择不同版本进行校对,并据结果编写校记、撰录跋语等。

王国维曾对大量古籍进行辑校和批校,其中很多作品皆在他身后留存,并被赵万里、王德毅先后整理成书目发表。⑤ 词籍目录是其中较为重要的一

---

① 王湘华《王国维与词籍校勘之学》,《江西社会科学》2008年第4期,第218—222页;王湘华《王国维的选词与论词——以〈唐五代二十一家词辑〉为考察中心》,《求索》2012年第3期,第178—180页。
② [日]榎一雄《王国维手钞手校词曲书二十五种——东洋文库所藏特殊本》,载吴泽《王国维学术研究论集(三)》,上海:华东师范大学出版社,1990年版,第313—338页。周一平《〈王国维手钞手校词曲书二十五种〉读后》,载吴泽《王国维学术研究论集(二)》,上海:华东师范大学出版社,1987年版,第353—373页。
③ 佘筠珺《王国维早期研治词学历程考述——兼论东洋文库所藏钞校本词籍之价值》,《台大中文学报》,第60期(2018年第3期),第147—193页。
④ 陈光贻《辑佚学的起源、发展和工作要点》,《史学史研究》1983年第1期,第75页。
⑤ 赵万里《王静安先生手校手批书目》、王德毅《王观堂先生校勘书目》,载朱传誉《王国维研究资料》,香港:天一出版社,1979年版,第274—308、330—348页。

部分,不过,因为王国维词籍类图书在其生前即散失较多,单看赵、王二人搜辑的目录,并不能全面地考察王国维对词籍进行批校的成果。

近年来,随着学界对王国维词学研究的愈益深入,王国维校勘词籍活动的细节也逐渐明晰起来。大量资料表明,王国维校勘词籍,与其整个词学活动相始终,甚至在淡出词学研究之后很久,他仍然对词籍校勘保持关注,而其校勘活动,又与其理论建构相辅相成,互为影响。故而,若以时间为序,以其主要成果为节点,其校勘活动可以大致分为三个时期。

第一期,从开始词学研究,延伸至《人间词话》稿本写定。根据现存的资料,王国维最早的词籍校勘活动为光绪三十一年(1905)十一月校阅《周氏词辨》、《介存斋论词杂著》二书,并撰跋语。① 据彭玉平考订,《人间词话》"具体撰述的时间当在一九〇八年七月至九月间"②,即光绪三十四年秋。此期中王国维的主要校勘成果包括:从《全唐诗》中辑出《南唐二主词》,并从陈旸《乐书》和《尊前集》等书中补其佚词,书成于光绪三十四年五月;③ 从《花间集》、《尊前集》、《草堂诗余》、《词林万选》、《御选历代诗余》、《全唐诗》等书中辑校温庭筠《金荃集》等唐五代十九位词人的词集,书成于光绪三十四年六月。④

该年七月,王国维在吴昌绶《宋金元现存词目》的启发下,"仿朱彝尊《经义考》之例,存佚并录"(《词录·序例》),兼注版本,将其时他所知的见存或已佚的唐至元末的词别集条目三百一十四则、自唐至明的词选条目三十则编次成《词录》一书,间附解题。⑤ 根据其解题的繁简,可知该书较全面地展示了《人间词话》撰成之前,王国维词学校勘的成果。其中不仅囊括经过次序调整的《金荃集》等十九种词集的题跋,还显示王国维在编成此书之前,曾

---

① 谢维扬、房鑫亮主编《王国维全集》,杭州:浙江教育出版社,2009年版,第14卷,第527页。
② 彭玉平《人间词话疏证》,第8页。
③ 王国维《南唐二主词》,稿本,国家图书馆藏。
④ 这十九种词集与稍后王国维辑补的《南词》本《南唐二主词》合并刊成《唐五代二十一家词辑》,见《王国维全集》,第1册,第205—397页。
⑤ 王国维撰,徐德明整理《词录》,北京:学苑出版社,2003年版。该书后收入谢维扬、房鑫亮主编《王国维全集》,第1卷,第399—457页。

对冯延巳《阳春集》，李璟、李煜《南唐二主词》，潘阆《逍遥词》，晏殊《珠玉词》，王琪《谪仙长短句》，张先《张子野词》，柳永《乐章集》，黄庭坚《山谷词》，秦观《淮海词》，晁补之《琴趣外篇》，毛滂《东堂词》，杜安世《寿域词》，赵令畤《聊复集》，王观《冠柳词》，苏庠《后湖集》，徐申《青山乐府》，陈克《赤城词》，① 李邴《云龛集词》，陈与义《无住词》，康与之《顺庵乐府》，陈人杰《龟峰词》等别集，《尊前集》、《词林万选》等词选进行过初步的校勘或辑佚。由是可知，《唐五代二十一家词辑》与《词录》一样，是他撰写《人间词话》的前期资料准备，这两种著作虽然完成时间较短，但其资料准备应已持续了较长的时间。②

　　第二期，从《人间词话》稿本写定，至民国元年(1912)以后逐渐淡出词学。《人间词话》撰成之后，王国维的词学校勘活动并未停止，反而有继续深化的迹象，据其内容和形式，大致可分为四类。一，抄录、辑校稀见词籍，这包括：光绪三十四年(1908)九月，抄录《知不足斋丛书》本《张子野词》，并以《安陆集》本、侯文灿《十名家词》本校对；③宣统元年(1909)闰二月间，抄录《知不足斋丛书》本张翥《蜕岩词》，并以知不足斋传抄本校对；三月间，抄校董康诵芬室藏《南词》本《南唐二主词》，以之复校己辑《南唐二主词》，并自《草堂诗余》、《花庵词选》等书校补；当月，复自厉鹗《宋元四家词》本校录陈深《宁极斋乐府》；民国元年(1912)，命其子王潜明钞诵芬室藏嘉靖十二年刊王炎《双溪文集》残本成《双溪诗余》，夏至后四日，自撰跋。此外，虽具体的时间不明，王国维于本期内还曾抄录过王安石《半山老人歌曲》、王以宁《王周士词》、谢迈《竹友词》、杨万里《诚斋乐府》等。上述词人，在《词录》中皆有载录，只是其版本皆有所不同，可见王国维抄校或辑补其词集，是带着明显

---

① 《赤城词》一卷，《词录》称"余从《乐府雅词》录出三十六阕，为一卷"，则该词之辑录，始自王国维。榎一雄《王国维手钞手校词曲书二十五种》披露日本东洋文库藏王国维手抄《赤城词》一卷，有跋，跋语与《词录》所载大致相同，唯其文末有"宣统改元三月手钞宋元四家词本"数字，疑该跋语有误，吴泽《王国维学术研究论集(三)》，第320—321页。
② 这一时期，王国维还曾校勘《花草粹编》，原书今藏于北京大学图书馆，底本为明万历十一年(1583)刊本，眉端有王氏零星校记。考《词录》卷末附《花草粹编所引词选名目》，则王氏校此书当在《词录》成书之前。
③ 有关王国维校录《张子野词》详情，可参拙作《王国维校录〈张子野词〉发微》，《南京师范大学文学院学报》2013年第4期，第66—73页，亦收入本章为第二节。

的版本意识的。二,校补所藏汲古阁《宋名家词》。王国维所藏汲古阁本《宋名家词》有两种,其一为魏伯子旧藏杜安世《寿域词》散册,宣统元年(1909)六月,王国维曾校订其词之重出的现象,第二年六月,王国维又根据陈景沂《全芳备祖》补《寿域词》的未收词。其二为《宋名家词》五集五十册,宣统间,王国维系统地对其中十三种词集进行校勘辑补,详情如下:

表4-1 《宋名家词》王国维校勘词籍表

词集	作者	校本	校勘时间	备注
六一词	欧阳修	《乐府雅词》、《花庵词选》	宣统元年中秋前二夕	
乐章集	柳永	《闽词钞》本	宣统元年二月朔日	
		吴昌绶藏劳权手抄毛扆校宋本	宣统元年五月	
		吴昌绶藏梅鼎祚钞本、蒋益澧钞本二种	宣统元年五月初六日	
山谷词	黄庭坚	吴昌绶藏宁州祠堂本,有劳格校记	宣统元年四月	
东堂词	毛滂	潢川吴氏影宋本、《全芳备祖》、《花庵词选》	宣统二年	补词二阕
放翁词	陆游	《花庵词选》、《耆旧续闻》	宣统元年八月十二日	补词五阕
稼轩词	辛弃疾	元大德刻十二卷本	宣统元年九月	
片玉词	周邦彦	傅增湘藏劳权钞振绮堂藏旧钞本	宣统元年九月	
		吴昌绶甘邨村居钞十卷本《片玉集》	宣统元年九月	
石林词	叶梦得	《乐府雅词》、《全芳备祖》		补词三阕
酒边词	向子諲	《全芳备祖》	宣统三年	
		吴昌绶藏汲古阁影宋本《酒边集》	民国元年正月	
近体乐府	周必大	《益公大全集》、厉鹗钞《宋元四家词》本	宣统元年五月	
后村别调	刘克庄	《闽词钞》	宣统元年四月	补词二十九阕

续　表

词集	作者	校本	校勘时间	备注
龙洲词	刘过	陈世南《游宦纪闻》等		补词三阕
姑溪词	李之仪	《姑溪居士集》	宣统元年五月	补词八阕

三，批校词选。光绪三十四年(1908)五月、六月间，王国维用朱彝尊、罗振玉递藏旧钞本与己藏《尊前集》互校；《词录》中，王国维用汲古阁《词苑英华》本《尊前集》与自己影写的明顾梧芳刊本对校；宣统元年(1909)闰二月至四月间，他先后得黄大舆《梅苑》三种(清扬州栋亭刊本、清淮南宣氏重刊本、清温陵黄氏藏旧钞本)，互相校订；宣统二年(1910)五月，他以顾从敬刻本校订刘时济刊本《新刊古今名贤草堂诗余》。四，批点清人词籍。包括宣统元年(1909)二月晦日，批跋陈文述道光十一年(1831)刻本《紫鸾笙谱》；宣统元年四月，批跋刘履芬稿本《鸥梦词》；以及具体时间不详的批阅秦恩复《词学丛书》[光绪六年(1880)重刻本]。① 此期中，王国维最突出的词学成就是宣统二年年底撰成的《清真先生遗事》，以及宣统二年、三年间撰成的《庚辛之间读书记》。②

第三期，从民国二年(1913)至其逝世。民国二年以后，王国维的学术兴趣转移到经史考订领域，他的词学校勘活动只是零星出现，主要为民国二年，作《书宋旧宫人诗词湖山类稿水云集后》一文；③民国八年(1919)，校订敦煌文献《云谣集》，曾作跋、题诗，并专文介绍；④民国十一年(1922)1月12日

---

① 除《张子野词》稿本今存台北"国家图书馆"、《南唐二主词》稿本存国家图书馆外，诸书多藏于日本东洋文库，详榎一雄《王国维手钞手校词曲书二十五种》，吴泽《王国维学术研究论集(三)》，第319—332页。又，《诗文·题跋批语编》，谢维扬、房鑫亮主编《王国维全集》，第14卷，第392—397、527—544、587—588页。
② 二者见谢维扬、房鑫亮主编《王国维全集》，第2卷，第393—454页。
③ 《观堂集林》卷十七，谢维扬、房鑫亮主编《王国维全集》，第8卷，第543—547页。又，此跋节略，亦载谢维扬、房鑫亮主编《王国维全集》，第14卷，第542页。
④ 跋为《唐写本〈云韶集杂曲子〉跋》，载《观堂集林》卷十七，谢维扬、房鑫亮主编《王国维全集》，第8卷，第521页。诗为《题敦煌所出唐人杂书六绝句》之一，载陈永正《王国维诗词笺注》，第293页。文为《敦煌发见唐朝之通俗诗及通俗小说》，初载《东方杂志》第17卷8号(1920年)，第95—100页。

(辛酉年十二月望日),校《花间集》并《增修笺注妙选群英草堂诗余》二书,《花间集》以明影宋刊本校《四部丛刊》影明万历三十年(1602)玄览斋刻本,《草堂诗余》以明洪武壬申[二十五年(1392)]遵正书堂本校《四部丛刊》影明刻本。① 这些既是对其前期活动的回应,也反映了他仍有限度地保持着对词学的关注。当然,这些关注也反映在他对前期词学成果的整理,以及与学界关于词的名物、史料的相关研讨中,②但后者已不属于词学校勘范畴。

二、词籍校勘与王国维的版本意识及治学新动向

王国维的词籍校勘,从使用的方法及校勘的成果来看,与既往的校勘并无不同,学者对此已有发明,此处不赘。③ 除了偶尔使用理校法对一些有把握的观点作按断,他通常使用的是对校法,即将某一善本的异处全部标校在自己所藏的另一刊本或钞本上:"遇一佳椠,必移录其佳处或异同于先生自藏本上。间有心得,则必识于书之眉端。"④

需要特别注意的是,王国维在校勘时,有着非常明确的版本意识。他常在尽可能收集异本的基础上,勘校异同,排比取次,对该书的版本源流、佚失增补、卷次分合、版式署款、调律字词讹误等进行全面的揭示,其态度之认真、过程之谨慎及审断之正确,与并世校词大家相比,并无逊色。例如柳永的《乐章集》,王国维所藏的是毛晋刻《宋六十名家词》本,⑤此后他先后获见数种善本,便常用诸本与己藏本参校,这一校录本《乐章集》今藏日本东洋文

---

① 《诗文·题跋批语编》,谢维扬、房鑫亮主编《王国维全集》,第14卷,第587页。
② 民国四年(1915),王国维删定《人间词话》三十一则,刊载于《盛京时报》;民国十五年(1926),其单行本由北京朴社刊行,见彭玉平《人间词话疏证》,第450页。民国时,王国维与孙德谦、张尔田、蒋汝藻、胡适、陈乃乾等互通信件,探讨词学问题。胡适等人来信载国家图书馆古籍馆编《国家图书馆藏王国维往还书信集》,北京:中华书局,2017年版,第1828—1835、1878—2113、2157—2281、2403—2424、2460—2464页。王国维回复载谢维扬、房鑫亮主编《王国维全集》,第15卷,第702—703、715—725、889—892页。
③ 详参王湘华《王国维与词籍校勘之学》一文所述。
④ 赵万里《王静安先生手校手批书目》,谢维扬、房鑫亮主编《王国维全集》,第20卷,第197—198页。
⑤ 《静庵藏书目》,谢维扬、房鑫亮主编《王国维全集》,第20卷,第144页。

库,该本校勘记曾由王氏弟子赵万里整理发表,内中凡署款、词调、宫调、格律、异文、脱讹、衍倒、卷次、缺字、互见等皆一一校出,允称精审。① 而其校勘过程及所使用的各式版本则较为复杂,须略作考述:

  宣统改元仲夏,从吴伯宛舍人假得仁和劳氏手抄斧季校宋本《乐章集》三卷,因校录于此本上,凡三日而毕,国维。

  此刻固多讹谬,然亦有胜于校宋本者,识者别之。同日又得观梅禹金钞本,又一蒋香泉所藏旧钞本。梅钞在此刻与校本之间,蒋钞甚古而讹缺太多。二本皆伯宛舍人物。劳钞则渠转假诸傅沅叔学使者也。时端午后一日,梅雨初霁,几案笔砚间,皆有润泽之气。在北地为罕见矣。斧季手校本,前在归安陆氏皕宋楼,去岁已归日本岩崎氏。劳氏钞本并录陆敕先校语,不知陆校即在毛本上,抑又一本也? 附志。②

梅禹金即梅鼎祚,蒋香泉即蒋益澧,陆敕先即陆贻典,以上三人为明人;劳氏即劳权,吴伯宛即吴昌绶,傅沅叔即傅增湘,陆氏即陆心源,以上四人为晚清近代人;岩崎氏即日本静嘉堂的主人。在《乐章集》的校勘过程中,王国维至少使用了如下这些版本:

  1. 毛扆钞校宋本。此书旧藏于清初昆山徐元文含经堂,毛扆据之钞校,该书后归陆心源皕宋楼,并随陆书一起,被静嘉堂收藏。

  2. 劳权钞毛扆校宋本。此书盖钞自毛扆校本,其上劳权还用签条标记了陆贻典的校记,该本后归傅增湘,今藏国家图书馆。③

  3. 梅鼎祚钞本。梅鼎祚钞本旧藏于丁丙嘉惠堂,吴昌绶曾过录一份,今

---

① 《人间校词札记·乐章集》,谢维扬、房鑫亮主编《王国维全集》,第 14 卷,第 716—727 页。
② [日]榎一雄《王国维手钞手校词曲书二十五种》,吴泽《王国维学术研究论集(三)》,第 323 页。
③ 蒋哲伦、杨万里《唐宋词书录》,长沙:岳麓书社,2007 年版,第 214 页。

藏国家图书馆。①

4. 蒋益澧藏旧钞本。此本旧藏于吴昌绶双照楼，此后存藏不详。

除了校勘诸本异同，王国维还常常另外钞辑成卷，东洋文库另存《校宋本乐章集三卷目》及《校宋本乐章集所增词一卷》，合订一册，即王国维所手钞：

> 宣统改元夏五，假得仁和劳巽卿先生手钞毛斧季校宋本《乐章集》。既校录于毛刻上，复钞此目及毛刻无而钞本所有之词，别为一册，钞毕附记，海宁王国维。②

当然这并非王国维唯一一次钞补《乐章集》，他此前还曾用过叶申芗《闽词钞》所录柳永词校《乐章集》，"叶小庚《闽词钞》本较毛本少三阕，增十二阕，则从《花草粹编》、《历代诗余》辑得者也"。③ 这些增补及校记同样反映在王国维的自藏本上。

即便从版本搜集的全面程度来看，王国维校词在当时也是非常难能可贵的。不过，从现存资料看，王国维的校词工作，并未引起当时同样从事词籍校勘的名家如朱祖谋、郑文焯等人的足够重视，甚至对此所知也甚少。不过，吴昌绶对王国维却极为推服："柳词经大校，精审无伦。又垂示劳跋，俾得成编。盛德宏业，感佩，感佩！"④吴昌绶所谓的"经大校"的柳词，当即是王国维自梅鼎祚钞本的转钞本，该本现存国家图书馆，全卷皆有王国维校勘记，可与东洋文库本互勘，卷末则有王国维的跋语："此丁氏嘉惠堂所藏明梅禹金钞本，伯宛先生录得之，并嘱以劳钞毛斧季校宋本校录其上，宣统改元重午日录毕，国维志。"⑤

---

① 蒋哲伦、杨万里《唐宋词书录》，第214页。
② [日]榎一雄《王国维手钞手校词曲书二十五种》，吴泽《王国维学术研究论集（三）》，第319页。
③ 《词录》，谢维扬、房鑫亮主编《王国维全集》，第1卷，第412页。
④ 《国家图书馆藏王国维往还书信集》，第1776页。
⑤ 柳永《柳屯田乐章集》三卷，宣统元年(1909)吴氏双照楼抄本，王国维校跋。此跋又载谢维扬、房鑫亮主编《王国维全集》，第14卷，第534页。

吴昌绶本是王国维校勘词籍的支持者与直接推动者，两人现存的信札中有大量往来论述校词的内容。如上所叙，王国维校对《山谷词》、《酒边词》、《东堂词》、《石林词》、《宁极斋乐府》、《王周士词》等，其用以校对的版本多借自吴昌绶，或者受吴昌绶支持，二人在词籍校勘上通力合作，堪称词坛佳话。① 这其中与校柳词类似又特别值得重视的，还有校周邦彦《片玉词》。

王国维所据以校对周邦彦词的底本，是毛晋所刻《宋六十名家词》本，所用的校本则包括两种：傅增湘藏劳权钞振绮堂藏旧钞本、吴昌绶甘遯村居钞十卷本《片玉集》。这两种本子如今都藏于国家图书馆，后者每页天头、地脚处，亦多有王国维亲笔校记，卷末复有王国维长跋，细致论述周邦彦词的版本以及十卷本的来历，钞校情形，与上述《乐章集》类似。②

即便是到民国以后逐渐淡出词学，王国维对稀见词籍版本的热情仍然有所保持。前文曾述，民国十一年（1922）初，他曾用两种明刊本分别校勘《四部丛刊》影印本《花间集》与《草堂诗余》，其校勘的内容也与《乐章集》、《片玉词》一样细致。

辑校方面，王国维也极重视版本，这方面最显明的例证是《南唐二主词》。

王国维凡数次辑校《南唐二主词》。第一次是在光绪三十四年五月：

《南唐二主词》一卷，宋长沙书肆曾刻入《百家词》，国朝侯文灿复刻入《十名家词》中。今日求侯本，亦稀如星凤，乃从《全唐诗》中录成一卷，复从陈旸《乐书》补《玉树后庭花》，《尊前集》补《一斛珠》，《历代诗余》补《菩萨蛮》、《谢新恩》，《墨庄漫录》补《柳枝》，《花间续集》补《临江仙》各一阕，又《捣练子》二阕，则从《词苑辨证》补上半阕。此二半阕虽晚出，然神气具在，非后人所能伪也。陈直斋

---

① 详参彭玉平《王国维与吴昌绶之词学关系》，《社会科学战线》2014 年第 1 期，第 130—139 页。
② 周邦彦《片玉集》十卷，咸丰六年（1856）劳权钞本；周邦彦《片玉集》十卷，宣统元年（1909）吴氏甘遯村居钞本。王国维跋，又见谢维扬、房鑫亮主编《王国维全集》，第 14 卷，第 535 页。

《书录解题》曰:"卷首四阕,《应天长》《望远行》各一,《浣溪沙》二,中主所作,重光尝书之,墨迹在盱江晁氏,题曰'先皇御制歌词'。余尝见之,于麦光纸上,作拨灯书,后有晁景迂题字,今不知何在矣。余词皆重光作。"兹据以改定。《全唐诗》本《蝶恋花》一阕,荆公谓李冠作,《花庵词选》亦作冠,兹遇而存之。光绪戊申仲夏海宁王国维记。①

次月六日(天贶节),王国维又从《古今词话》辑出《三台令》一首,附录于《南唐二主词》,作跋称:"侯刻《二主词》,余未得见。今读渔洋山人《居易录》,知仅有中主四首,后主三十三首,则与《全唐诗》阕数相合,此辑固较侯本为备矣。"②

次年三月间,王国维自董康处获见《南词》,其中赫然有《南唐二主词》一卷,"《南词》本《南唐二主词》,与常熟毛氏所钞、无锡侯氏所刻同出一源,犹是南宋初辑本,殆即《直斋书录解题》所著录、宋长沙书肆所刊行者也。⋯⋯编辑者当在绍兴之季,曹功显已拜节度之后、未加太尉之前也。"他随后即将辑稿与之相校勘,认定该本"半从真迹编录,尤为可据,故如式写录,另为《补遗》及《校勘记》附后"。③ 经此整理,王国维已替换掉此前的自辑本,而改用《南词》本作为底本,该本后来刊入沈宗畸《晨风阁丛书》④及王国维辑校之《唐五代二十一家词辑》,成为《南唐二主词》整理与研究中最为重要的版本,也从侧面反映了王国维校勘的精审与学界对其工作的肯定。

王国维词籍校勘的另一大特点,便是由校勘而引入文史考证。

前已述论王国维有关《南词》本《南唐二主词》编纂时间的考证。王国维在校勘词集时所作的题跋,往往多涉考证。在辑校《唐五代二十一家词

---

① 王国维辑《南唐二主词》,稿本,国家图书馆藏。此跋后经增删,编入《词录》"南唐二主词"条下,谢维扬、房鑫亮主编《王国维全集》,第1卷,第405页。
② 王国维辑《南唐二主词》,稿本,国家图书馆藏。
③ 《唐五代二十一家词辑》,谢维扬、房鑫亮主编《王国维全集》,第1卷,第214—215页。
④ 沈宗畸《晨风阁丛书》,宣统元年(1909)沈氏校刻本。

辑》时,王国维对《花间集》十八家词人及唐人韩偓的生平、仕履、著作等详情皆一一作了考订,例如考证薛昭蕴与兄弟薛昭纬之生平、尹鹗《金浮图》词疑为柳永或康与之所作、鹿虔扆《临江仙》词非作于后蜀亡国时、西蜀张泌为南唐张泌等。① 这些考证,部分可为定论,部分则可能还有继续探讨的必要,但都显示了王国维由校勘词籍而导入文史考证的治学新动向。②

此后王国维在词学方面的文史考证成果愈来愈丰硕,有《清真先生遗事》这种大半皆是考证的著作,亦有对周邦彦《片玉词》、夏言《桂翁词》,以及《花间集》《尊前集》《草堂诗余》等读书札记式的考证。③ 民国初年,王国维词学考证之名亦渐为学界所知,胡适即曾数次专函与他探讨刘克庄《贺新郎·席上闻歌有感》中"鸡坊拍衮"的定义。④

其实无论是强烈的版本意识,还是水到渠成地在校勘中引入文史考订,都反映了王国维在治学取径方面对传统学术的重视与回归。换句话说,王国维之所以广泛阅读,并持续校勘词集,一方面得益于当时校词风潮的盛行,⑤另一方面也获益于与良师益友如吴昌绶、缪荃孙等人的砥砺与切磋,但这其中最主要的原因,可能还是王国维自觉地在治学取径方面所显示的对传统学术方式方法的复归。⑥

校勘是深入研探文本的一种有效方式,王国维的词籍校勘活动无疑是相当丰富的。上述较为密集的词籍校勘之外,王国维还于身边常备四十余种常读的词籍,这其中大部分是词选,如《花间集》、《草堂诗余》、《宋六十名

---

① 谢维扬、房鑫亮主编《王国维全集》,第 1 卷,第 279、313、343、375 页。
② 王国维后来在《庚辛之间读书记》中又怀疑薛昭蕴、薛昭纬实为一人,见谢维扬、房鑫亮主编《王国维全集》,第 2 卷,第 444 页;陈尚君、方建新等则认为西蜀张泌并非南唐张泌,并于西蜀张泌生平有所补证,见王兆鹏等编《唐宋词汇评·唐五代卷》,杭州:浙江教育出版社,2004 年版,第 314 页。
③ 《庚辛之间读书记》,谢维扬、房鑫亮主编《王国维全集》,第 2 卷,第 439—448 页。
④ 《国家图书馆藏王国维往来书信》,第 2405—2408 页。王国维回信载谢维扬、房鑫亮主编《王国维全集》,第 15 卷,第 889—890 页。
⑤ 张晖《况周颐"校词绝少"发微》,《文学遗产》2008 年第 3 期,第 119—125 页。
⑥ 彭玉平认为,《静庵藏书目》中未著录西方哲学及美学等书,"是其有意将其学术纯粹中国化的一种反映"(彭玉平《〈静庵藏书目〉与王国维早期学术》,《复旦学报》2010 年第 4 期,第 32 页)。其实,不仅在理念上,在方法上,王国维也有此意识。

家词》、《御选历代诗余》等,也包括一些名家别集,如《山中白云词》、《草窗词》、《纳兰词》、《清梦庵二白词》与《龚定庵全集》等,另外还有《词辨》、《词律》等,大多是当时常见常用的一些词学典籍,皆著录在与《人间词话》大致同时编成的《静庵藏书目》中。王国维对这些词籍的阅读心得,后来都反映到了《人间词话》之中,这些词籍也是《人间词话》的评论对象与理论来源,而王国维此前此后的很多校勘工作,也是基于这些词籍而成。① 从这一点来看,可以说,王国维词论的生成与演化,都有校勘这一层背景色。

三、从校勘看王国维词论的生成与演化

承前所论,王国维词论的生成,一直伴随着创作经验的总结和校勘活动的推进;而其词论的演化,则多与校勘时对文本的更深入理解与挖掘有关。王国维论词,一个非常明显的特征是随着时间而不断有所调整,特别表现在对一些著名词家的前后迥异的态度方面,而这些比较重要的转变,其实都有着重要的校勘成果作为基础,试析论之。

(一) 词籍辑校与《人间词话》稿本的写定

《人间词话》写定之前,王国维词籍校勘的成果及心得基本体现在《人间词话》稿本之中。在王国维词论与创作中,一直有一个基本的倾向,就是崇尚南唐北宋词,贬低《花间词》。在为光绪四年(1878)刊本《词辨》二卷并《介存斋论词杂著》一卷作跋时说:

> 予于词,于五代喜李后主、冯正中,而不喜《花间》;于北宋喜同叔、永叔、子瞻、少游,而不喜美成;于南宋只爱稼轩一人,而最恶梦窗、玉田。介存此选颇多不当人意之处,然其论词则颇多独到之语。始知天下固有具眼人,非予一人之私见也。因书于后。光绪乙巳十一月,海宁王国维跋。②

---

① 彭玉平《〈静庵藏书目〉与王国维早期学术》,第24—37页。
② 谢维扬、房鑫亮主编《王国维全集》,第14卷,第527页。

乙巳为光绪三十一年(1905),这是王国维现存最早的词论,而其中所透露的词学宗尚及其倾向,已与《人间词话》稿本基本无甚差别。之后,王国维为着手研究,辑校《唐五代二十一家词辑》,并大量校勘和阅读自藏、借阅的词籍,辑成《词录》一书。终于在比较充分的准备后,写成了《人间词话》。

《人间词话》稿本凡一百二十五则,其中,与其词籍校勘间存在重要联系的大致有如下两个方面。

其一,《人间词话》稿本中保留了大量与词籍校勘相关的内容。例如第十五、十六则,论双声叠韵;第二十一则考论曾觌《壶中天慢》"天乐"之义;第五十九则论辛弃疾《贺新郎》、《定风波》等词开北曲四声通押之习;第六十则考论辛弃疾《木兰花慢·中秋饮酒达旦,用〈天问〉体作送月词》之版本流传;第九十二则论《尊前集》;第九十三则论《古今词话》。① 这些内容的存在,正是反映了词籍校勘对于王国维凝练词论的基础作用,后来在《人间词话》刊本、重编本中,为了强化词话的理论性,这些校勘性质的词话条目,基本被删去。

其二,《唐五代二十一家词辑》、《词录》中论词之语,与《人间词话》稿本中的观点极有关联。例如《唐五代二十一家词辑》韦庄词跋语:"端己词情深语秀,虽规模不及后主、正中,要在飞卿之上,观昔人颜谢优劣论可知矣。"②从情感的内涵、抒情的规模等论列李煜、冯延巳、韦庄、温庭筠词的优劣,并具体排列座次。其依据及次序,皆与《人间词话》中的观点近乎一致。而以优劣论词,本是《唐五代二十一家词辑》中常见之法,如论毛文锡不如牛峤、薛昭蕴;论魏承班词高于毛文锡,低于牛峤、薛昭蕴;顾夐词在牛峤、毛文锡之间等。③ 这些论断皆可与《人间词话》互补,从而形成王国维眼中的一个较为系统的唐五代词人座次。此外,《唐五代二十一家词辑》中的一些错误考证甚至也影响了《人间词话》的词论:

---

① 《人间词话手稿》,谢维扬、房鑫亮主编《王国维全集》,第 1 卷,第 485—529 页。
② 谢维扬、房鑫亮主编《王国维全集》,第 1 卷,第 273 页。
③ 谢维扬、房鑫亮主编《王国维全集》,第 1 卷,第 301、307、341 页。

> 冯正中词虽不失五代风格,而堂庑特大,开北宋一代风气。中、后二主皆未逮其精诣。《花间》于南唐人词中虽录张泌作,而独不登正中只字,岂当时文采为功名所掩耶?①

《花间集》专录西蜀及与之相关的词人,自然不会录入南唐冯延巳词。王国维此处的论断,明显是有问题的。

而与《唐五代二十一家词辑》相反相成,《词录》中所载各种校勘成果极多,论词之语则较少见,除论及唐五代词人的部分与《唐五代二十一家词辑》互有异同外,大致有如下两条:评康与之《顺庵乐府》,"其词实学耆卿而失者也";评阮阅《阮户部词》,"黄昇《书阮阅〈眼儿媚〉词后》曰:'闳休小词唯有此篇见于世,英妙杰特,所谓百不为多,一不为少。'以今观之,殊不然也"。②

如果说《唐五代二十一家词辑》为王国维重唐五代词的词论打下了坚实的文献基础,那么《词录》就是为《人间词话》稿本中成体系的词史论述提供了准备。这两种校勘类的词籍对于《人间词话》词论体系的形成是非常重要的。

(二) 周邦彦词的评价及其文史考订

对于周邦彦,王国维一直保持着非常浓厚的兴趣。在历次评价中,王国维对周邦彦的褒贬也迥然有异。前文曾提及,王国维为《词辨》等书作跋,称"于北宋喜同叔、永叔、子瞻、少游,而不喜美成",又曾称其"词多作态,故不是大家气象"③,但在托名樊志厚的《人间词甲稿序》中,则将这一表述修订为"于北宋喜永叔、子瞻、少游、美成"④,虽只是删减数字,但褒贬已然改变。这两则序跋分别作于光绪三十一年(1905)、三十二年(1906),态度已然扞格如此。《人间词话》稿本中,周邦彦的评价仍然低迷,例如认为周"创调之才多,创意之才少",咏物有"隔雾看花之恨",还以"淑女与倡伎之别"比拟欧阳修、

---

① 《人间词话手稿》,谢维扬、房鑫亮主编《王国维全集》,第1卷,第486页。
② 谢维扬、房鑫亮主编《王国维全集》,第1卷,第422、438页。
③ 彭玉平《人间词话疏证》,第441页。
④ 谢维扬、房鑫亮主编《王国维全集》,第14卷,第681页。

秦观与周邦彦的不同,下语尖刺。① 但在稍后的《清真先生遗事》中,则不吝赞美:"词中老杜,则非先生不可。"②

王国维对周邦彦的评价,是近代以来词学研究中的一大公案,学界目前已有多方面的探讨,限于篇幅,本处不拟展开。只是从词籍校勘的角度,探讨王国维词论转变的可能性。

王国维曾数次校订周邦彦词集,他自藏而常用的,是汲古阁刻《宋六十名家词》本《片玉词》三卷,③前文曾述,宣统元年(1909),他用傅增湘藏劳权钞振绮堂藏旧钞本、吴昌绶甘遯村居钞十卷本《片玉集》两种本子与己藏本校勘,有大量校记,并曾撰写长篇跋文。这些校记和跋语,可能间接促使王国维撰写《清真先生遗事》。《清真先生遗事》显示了王国维极为精审的校勘与考订功夫,举凡周邦彦生平事迹的考订、著述及其版本的流传、后世评价的异同及再评价、仕履著述的编年等,皆立论详明,严格有据,对周邦彦研究产生了极大的推动。

转入词曲研究之后,王国维每有较为重要的撰述,必在校勘、文史考证方面先期完成其他数种著作,以作为立论的资料准备及文献基础。其治词学如此,治曲学亦如此,民国二年(1913)一月五日,在给缪荃孙的信中,他说:

> 近为商务印书馆作《宋元戏曲史》,将近脱稿,共分十六章。润笔每千字三元,共五万余字,不过得二百元。但四五年中研究所得,手所疏记、心所储藏者,借此得编成一书,否则茬苒不能克期告成。惟其中材料皆一手搜集,说解亦皆自己所发明。将来仍拟改易书名,编定卷数,另行自刻也。④

---

① 《人间词话手稿》,谢维扬、房鑫亮主编《王国维全集》,第 1 卷,第 487、492、507 页。
② 谢维扬、房鑫亮主编《王国维全集》,第 2 卷,第 423 页。
③ 《静庵藏书目》,谢维扬、房鑫亮主编《王国维全集》,第 20 卷,第 144 页。
④ 《书信日记·书信》,谢维扬、房鑫亮主编《王国维全集》,第 15 卷,第 47 页。

"四五年中研究所得,手所疏记、心所储藏者",当还包括《新编录鬼簿校注》、《戏曲考原》《曲录》《录曲余谈》《优语录》《唐宋大曲考》等一系列校勘、考证类著述。由此而言,校勘对于王国维曲学研究的重要性,与其词学研究是一样的。

四、王国维词籍校勘的方法论意义

就研究的深度和精度而言,王国维的词学研究与其曲学研究可能难分伯仲,都意味着王国维治学取径"东风压倒西风"后的重大成就。但论其具体构成,王国维对词与对曲的探究,可能并不能完全等量齐观。因为,王国维在研究词时,实质上已超越了他此前此后一直倡导的"二重证据法",而具有了三维的特征。

根据学界的梳理,二重证据法应至少有三层内涵:"一曰取地下之实物与纸上之遗文互相释证。凡属于考古学及上古史之作……等是也。二曰取异族之故书与吾国之旧籍互相补正。凡属于辽金元史事及边疆地理之作……等是也。三曰取外来之观念,与固有之材料互相参证。凡属于文艺批评及小说戏曲之作……等是也。"[①] 从根本上来说,校勘排比材料、取次异同,本便是一种最简单直接的二重证据法。但在校勘而外,王国维词学研究的另一个重要维度,便是创作实践。这是他之前从事哲学、教育等研究,之后从事曲学及文史考证等领域皆不具备的一个维度。在词学研究的方法和理论上,王国维取资中西,融会贯通,用传统的词话形式,不立间架却体系精严地创立了自己的词学理论,且成为二十世纪初以来影响最为深远的词学论述。

通过词学研究,王国维已经开创了一种融汇中西的新的学术模式,即在资料考据方面尽可能占尽占全,又在理论体系的建构方面精益求精。从资

---

① 陈寅恪《王静安先生遗书序》,《金明馆丛稿二编》,北京:生活・读书・新知三联书店,2015年版,第247页。

料的清查与整理,到身体力行的创作,再到高屋建瓴的理论架构,王国维形成了"创作—校勘—理论"三位一体的新的研究模式。这一模式的形成,既标志着王国维的重大学术转向的成功,也意味着其文学研究已然自古典模式中突围,而且具有了可能的现代性,也是王国维在校勘基础之上,对研究方法的新发明。

自词曲之学之后,王国维近乎全身心地转向了上古三代的历史制度与名物考证,并最终成就丰沛。其实,这一成绩之取得所凭借的路径,若从苗头来看,自词曲研究之时,他由校勘而引入文史考证,也已可见端倪。王国维曾说:"余疲于哲学有日矣。哲学上之说,大都可爱者不可信,可信者不可爱。余知真理,而余又爱其谬误。伟大之形而上学、高严之伦理学与纯粹之美学,此吾人所酷嗜也。……然为哲学家则不能,为哲学史则又不喜。此亦疲于哲学之一原因也。近年嗜好之移于文学,亦有由焉,则填词之成功是也。"①究竟选择可爱还是可信?王国维在哲学与文学之间彷徨。而由校勘引入文史考证,则应是自"可信"中发现了"可爱"之处。

赵万里说:"盖先生之治一学,必先有一步预备工夫。如治甲骨文字,则先释《铁云藏龟》及《书契前后编》文字。治音韵学,则遍校《切韵》、《广韵》。撰蒋氏《藏书志》,则遍校《周礼》、《仪礼》、《礼记》等书不下数十种。其他遇一佳椠,必移录其佳处或异同于先生自藏本上。间有心得,则必识于书之眉端。"②于此,我们可以了解,校勘是王国维一贯的阅读与治学方法,也是其"二重证据法"的基础。这种方法,源自中国古典学术,又糅合创新,正是自王国维的词学研究中利刃发硎,不仅佐助王国维学术大成,也至今沾溉着学术界。

---

① 王国维《自序二》,《诗文·文编》,谢维扬、房鑫亮主编《王国维全集》,第14卷,第121—122页。
② 赵万里《王静安先生手校手批书目》,谢维扬、房鑫亮主编《王国维全集》,第20卷,第197—198页。

第二节　王国维校录《张子野词》发微

词集校勘是晚清民国间词学的主流活动,清季四大词人皆曾程度不同地参与其中。① 王国维也是这一词学主潮颇为独特的积极参与者,他的《唐五代二十一家词辑》广为人知,他所钞校的多种宋元本词也被学界发现并被较深入探究。② 与朱祖谋专注校词、校而不论不同,王国维校词并不单纯自限于文字求真,而更注重品评词章乃至作者水平之高下,并从中提炼词学理论。王国维的校词,与其词论乃至创作密切关联,我们通过研讨其校词活动,甚至可以探知其词学萌生、发展、演进的过程。③ 因此,讨论王国维的校词文献,对于探讨其词学具有非常特别的意义,甚至是吉光片羽式的文献,也可能会对深入理解其词学产生推动作用。本节将要着重探讨的,是其校录的《张子野词》。

一、版本系统

学界对王国维校辑本《张子野词》所知甚少,④因此,我们有必要首先考察该书的文献特征及流传情况。

《张子野词》四卷,一册,凡四十九页,半页九行,行二十一字,绿格稿

---

① 四大词人中,王鹏运、郑文焯、朱祖谋的校词成绩向为学界公认,况周颐虽自述"校词绝少",又谓"毋庸以小疵累大醇",但实际上他曾非常深入地参加校词活动,参张晖《况周颐"校词绝少"发微》,载《文学遗产》2008年第3期,第119—125页。
② [日]榎一雄《王国维手钞手校词曲书二十五种——东洋文库所藏特殊本》,载吴泽主编《王国维学术研究论集(三)》,上海:华东师范大学出版社,1990年版,第313—338页。
③ 参拙文《王国维词籍校勘活动及其词学演进》,曾在"2019词学青年学者学术研讨会暨词学青年学者同人会"、"'近代的可能:跨界与融通'青年学者工作访"发表。又收入本章为第一节。
④ 谢维扬、房鑫亮主编《王国维全集》第14卷《诗文·题跋批语编》(杭州:浙江教育出版社,2009年版)搜辑王国维词学题跋批语非常全备,但亦未见该本。

纸,工楷手抄,双鱼尾,象鼻处有"懿文斋"①字样,卷首钤"国立中央图书馆收藏"(朱文篆印)、"王国维印"(白文篆印)、"人间"②(朱文篆印)三枚印章,卷末有跋:"光绪戊申九月从知不足斋本迻录一过,以葛辑《安陆集》校之。国维。"③该稿字画一笔不苟,笔迹同今存王国维诸手稿,的是王国维亲笔手抄手校。

该本《张子野词》,是王国维手校手录的众多词集中非常特殊的一种。不仅很少见于书目著录,王国维本人的著述中也鲜有提及。④ 他的《词录》著录自唐至元的词别集凡三百余种、自五代至明的词总集三十余种,其中即包括张先词:

> 《张子野词》二卷、《补遗》二卷　《知不足斋丛书》本、《安陆集》本、侯文灿《十名家词》本
>
> 　　宋张先撰。《书录解题》云一卷。四库著录者为《安陆集》本,仅一卷六十八阕。侯氏本凡一百二十九阕,而知不足斋本为最完备,然前二卷羼入他人之词亦复不少。近仁和吴昌绶有三本校补本,尚未印行也。⑤

从著录可知,王国维很熟悉张先词的三种主要版本,也曾做简单的比较,却没有进而言及自己校录的《张子野词》。这有可能是因为《词录》大致编成于光绪三十四年(戊申,1908)七月,而《张子野词》的校录时间则在当年九月。

---

① 懿文斋为清末北京琉璃厂著名南纸店,参郑振铎《访笺杂记》,文载卢今等编《郑振铎散文》,北京:中国广播电视出版社,1997年版,第175—176页。王国维早期词学论著手稿多以此纸书写,如《人间词》、《词录》,二稿今存,其影印件分见《王国维〈人间词〉〈人间词话〉手稿》(杭州:浙江古籍出版社,2005年版)、《词录》(徐德明整理,北京:学苑出版社,2003年版)。

② "人间"乃王国维的号,此印亦为明显的证明。

③ 据美国哈佛大学哈佛燕京图书馆藏胶片。

④ 王国维著作中,仅稿本《静庵藏书目》曾提及自藏《张子野词》抄本一册,疑即指此书,见谢维扬、房鑫亮主编《王国维全集》,第20卷,第145页。

⑤ 王国维著、徐德明整理《词录》,第11页。

但《词录》成书之后的相当长时间里，王国维皆随身携带此稿，却迄未订正该条；王国维旅居日本后，将《词录》稿本转赠罗振常，亦有请其代为整理发表之意，因此《词录》原稿中，可见罗振常的多则补证，但罗氏的补证同样也没有涉及《张子野词》。[1] 那么，究竟是什么原因，导致王国维在《词录》乃至其余的著作中并不提及自己校录的《张子野词》呢？

王国维在词学文献方面最主要的成就是词集辑录和校刊，与当时从事词学文献整理的很多词家不同，王国维的词集校辑有非常明显的时代指向，即唐五代词，其校辑对象通常来自总集或者词选，这些词人的别集或久佚不传，或稀见本存于天壤间而王氏无缘寓目。《词录》中特别列出的"海宁王氏辑录本"、"海宁王氏辑本"、"海宁王氏录本"其实已反映了这一明显的情况。

海宁王氏辑录本：《金荃词》一卷（温庭筠）、《浣花词》一卷（韦庄）、《薛侍郎词》一卷（薛昭蕴）、《牛给事词》一卷（牛峤）、《牛中丞词》一卷（牛希济）、《毛司徒词》一卷（毛文锡）、《魏太尉词》一卷（魏承班）、《尹参卿词》一卷（尹鹗）、《琼瑶集》一卷（李珣）、《顾太尉词》一卷（顾夐）、《鹿太保词》一卷（鹿虔扆）、《欧阳平章》词一卷（欧阳炯）、《毛秘书词》一卷（毛熙震）、《阎处士词》一卷（阎选）、《孙中丞词》一卷（孙光宪）。

海宁王氏辑本：《檀栾子词》一卷（皇甫松）、《香奁词》一卷（韩偓）、《红叶稿》一卷（和凝）、《南唐二主词》一卷（李璟、李煜）、《聊复集》一卷（赵令畤）、《冠柳词》一卷（王观）、《顺庵乐府》一卷（康与之）。

海宁王氏录本：《张舍人词》一卷（张泌）、《赤城词》一卷（陈克）。

"辑录本"、"辑本"、"录本"虽名号不同，但并无本质区别，上列二十四种词，《聊复集》、《冠柳词》、《赤城词》、《顺庵乐府》是宋人词集，其余二十种（《南唐二主词》为两家，总凡二十一家）后来结集成《唐五代二十一家词辑》，除《金荃词》、《南唐二主词》有别本流传外，基本皆为王国维的新辑本。而《聊复集》、《冠柳词》、《赤城词》、《顺庵乐府》四种，《词录》则皆注明原书已

---

[1] 王国维《词录》稿本的文献传承及增订情况，可参考彭玉平《王国维〈词录〉考论》相关论述，文载《文学遗产》2010年第4期，第103—117页。

"佚",今存本为王国维辑录。从这一点上,我们可知王国维对辑录和校勘在态度上实有轻重之别,辑录明显比校勘更为重要。因此,王国维虽然曾过录多本词集,甚至过录本中亦有校勘,《词录》中也不再载录。① 可能即基于同样的原因,他曾校录过的《张子野词》也就不能体现在《词录》中了。

该本《张子野词》随后的流播收藏过程不详,民国五年(1916)正月,旅居日本的王国维携子西返,行前购买书籍并整理藏书,"于海东书肆,购得《太平御览》、《戴氏遗书》等书。罗先生又贻以复本书若干种。先生亦以所藏词曲诸善本书报之。"②这一批"词曲诸善本"即所谓的"东洋文库所藏特殊本",而《张子野词》不在其列;王国维自沉后,赵万里整理其遗著时,曾罗列王国维手校手钞之书,但也没有见到该本。③ 其后不知因为何种因缘,该本《张子野词》被当时的中央图书馆(今南京图书馆前身)收藏,民国二十九年(1940)前后,唐圭璋先生首先在该馆注意到此书:"《张子野词》四卷,南京图书馆藏王国维手校本。"④民国三十七年(1948)十二月以后,国民党政权策划动用海军及轮船招商局的力量将中央图书馆、中央博物院、中央研究院历史语言研究所等机构的图书文物运往台湾,⑤该本《张子野词》亦在其中,并最终成为如今台北"国家图书馆"的善本珍藏。

---

① 例如柳永《乐章集》三卷、王安石《半山老人歌曲》一卷、王以宁《王周士词》一卷、杨万里《诚斋乐府》一卷、陈深《宁极斋乐府》一卷,王国维皆曾手钞过录,《乐章集》更有王国维跋:"宣统改元戊五,假得仁和劳巽卿先生手钞毛斧季较宋本《乐章集》。既校录于毛刻上,复钞此目及毛刻无而钞本所有之词,别为一册,钞毕附记。"参榎一雄《王国维手钞手校词曲书二十五种》,吴泽《王国维学术研究论集(三)》,第319—321页。值得注意的是,这些校录本同样没有反映在《词录》中。
② 赵万里《王静安先生年谱》,载《国学论丛》,民国十七年(1928)第1卷第3号,第102页。王国维的这批赠书,后被王氏自己编入《罗振玉藏书目录》中,见谢维扬、房鑫亮主编《王国维全集》,第2卷,第725—736页。
③ 赵万里《王静安先生手校手批书目》,载《国学论丛》,民国十七年(1928)第1卷第3号,第145—179页。
④ 唐圭璋《宋词版本考》,载《词学论丛》,上海:上海古籍出版社,1986年版,第126页。该文原载于1940年《金陵学报》第十卷第一、二期。
⑤ 姚同发《台湾历史文化渊源》,北京:九州出版社,2002年版,第100页。

二、文本形态

作为王国维的亲笔墨宝,《张子野词》自具其文物价值,但作为张先词别集的一个版本,该本《张子野词》(下称"王本")在文献学上是否还具有独特的价值呢?

要回答这个问题,首先须考察张先词的版本系统。

张先词集,宋时曾有刻本,即南宋嘉定间长沙书坊刻《百家词》本,一卷,但早已佚去。明代及以后的很长时间内,张先词别集都处于钞本流传的状态,重要的有如下数种:一,明吴讷《百家词》(《唐宋名贤百家词》)本;二,明钞清丁丙跋《张子野词》本;三,清初佚名钞《宋元名家词钞二十二种》本。[①]这些钞本皆孤本单传,学界能目验手抄者少。因此,毛晋刻《汲古阁六十名家词》时,将张先词遗落在外。清立国以后,随着词学复兴,学界逐步重视宋词集的整理刊刻,张先词因此先后出现了几个流传较广的刊本:一,《张子野词》一卷,康熙间亦园刻侯文灿辑《十名家词》本(下称"侯本"),此本据吴讷《百家词》本刊刻,收词一百二十九阕[②];二,葛鸣阳辑《安陆集》一卷(下称"葛本"),乾隆四十六年(1781)安邑葛氏刻本,附于《复古编》后,收词六十八阕;三,鲍廷博辑《张子野词》二卷、《补遗》二卷(下称"鲍本"),鲍本以宋榘斐轩钞本二卷为底本,录词一百零六阕,复从侯本剔除重复,编为《补遗》上卷,得词六十三阕,又从各类词选中辑张先佚词,编为《补遗》下卷,得词十六阕,全书总共收词一百八十五阕。[③] 相较而言,鲍本在张先词集版本中最为全面,后来众多的版本纷纷承袭鲍本而来,例如黄锡禧校本、《彊村丛书》本、《丛书

[①] 张先词的版本,唐圭璋先生最早做过梳理,详见其《宋词版本考》。王兆鹏《词学史料学》、蒋哲伦《唐宋词书录》等继之并分别有所补充,本节论述,于三书皆有所参照,并具体考察了部分版本。

[②] 侯文灿《十名家词集序》:"既闻孙星远先生有《唐宋以来百家词》钞本,访之,仅存数种。"(载《十名家词集》卷首,康熙间亦园刻本)可知侯文灿所见,当是吴讷《百家词》的一个残钞本。据笔者目验,《十名家词》本《张子野词》与吴讷《百家词》(天津古籍出版社1989年影印明红丝栏钞本)序次全同,显是承袭自后者。又,侯文灿本收词数量,前贤计量或有舛错,此处为重新计数。

[③] 鲍廷博辑《张子野词》四卷,《知不足斋丛书》本,下引鲍本内容,皆出于此书,不详作注。

集成初编》本、《全宋词》本等。

　　王本亦据鲍本过录,并以葛本参校,其天头处往往有行书校语。因为鲍本吸纳了侯本,王本对《张子野词》三种重要刻本,因此皆有实际的承袭。已有学者证明,王国维在校词时受到了吴昌绶的很大影响,[①]《词录》中也说,《张子野词》"近仁和吴昌绶有三本校补本,尚未印行",从时间上看,王本校录紧随着《词录》成书,因此也可以说,王本可能也受到了吴昌绶的启发。

　　从这个角度看,王本似乎并无特殊的文献价值,这也许是该书一直未为学界关注的一个原因。(另一原因可能是因其现藏于台湾,大陆学界不能轻易获见。)不过,仔细校读王本,可以发现,王本仍足以自立,而且在校辑过程中,王国维在有意无意间赋予该本一些特殊性,使得该本特别耐人寻味,甚至能让我们从侧面窥探他对词集校勘的隐秘心态。

　　先看王本的文献价值,主要表现在两个方面。

　　第一,王本保存了鲍本文献之真,在某些方面可补后出诸本的不足。咸丰九年(1859),黄锡禧惩于鲍本"误标之调,后添之题,不免杂厕;引校异文,又间有显系讹谬者","辄为芟薙,以便翻览"。[②] 黄锡禧所做的工作,归纳起来,大约有四项:一是校词调;二是保存张先原有词序,而删去"京口"、"怨别"、"不至"之类的后人妄添的词题;三是对异文校删繁就简;四是径改有误的专名。[③] 这四项工作体现了黄氏对张先词的进一步整理,此后黄校本遂逐渐取代鲍本,甚至得到了朱祖谋的认可,成为《彊村丛书》的底本,并同样因为朱氏的强势影响,成为包括《全宋词》在内的古籍整理类图书的底本,在张先词集诸版本中,影响当代学界可谓最为深远。但是,黄本并非尽善尽美,仍有一些误区,例如,他因未明《感皇恩》和《小重山》实属两调,便将张先集中所有《感皇恩》全部改成《小重山》,这一讹误后来才因为在敦煌词中发现

---

① 参袁英光、刘寅生编著《王国维年谱长编》,天津:天津人民出版社,1996年版,第47—48页;彭玉平《王国维〈词录〉考论》第二节,《文学遗产》2010年第4期,第106—110页。

② 朱孝臧《彊村丛书》,上海:上海古籍出版社,1989年版,第1册,第498页。

③ 例如《定风波令·西阁名臣》小序中的"陈待举贤良",黄校本改"待"为"令";《木兰花·宴观文画堂席上》,黄校本改"宴"为"晏"。

该词调而得到纠正。① 考察王本,可知其中仍然保存《感皇恩》词调。另外,黄校本虽经过精心校对,却也存在着对鲍本的误改,试举两则:

1.《于飞乐令》(宝奁开):"曲房深、碎月筛帘"句,"深",黄校本作"西"。
2.《天仙子·别渝州》:"凭仗东风交点取","交",黄校本作"教"。

无论是"西",还是"教",黄校本更动时都没有版本依据,当属擅改,且"深"明显较"西"为优:月光透过帘幕,在地上投映下细碎的光斑,这样的景象应当是在房间深处才可以看见。黄校本的这两处擅改在《全宋词》乃至吴熊和、沈松勤《张先集编年校注》中仍得到延续,②因此,王本对鲍本的这些承袭便具有特别的意义,能够提醒我们进一步完善对张先词的整理。

第二,王本较全面地指出张先集中羼入的别家作品。鲍本最早注明了这些两见的作品,如《醉桃源》(落花浮水)、《行香子》(舞云歌云)二阕又载于欧阳修《六一词》,《虞美人》(画堂新霁)、(碧波帘幕)二阕又载于冯延巳《阳春集》。王国维则将此项工作完成得更加彻底:

《醉桃源》(湘天风雨)"此少游词也,误编于此"。
《相思令》(蘋满溪)"又见《六一词》"。
《更漏子》(星斗稀)"别见冯延巳《阳春集》"。
《蝶恋花》(槛菊愁烟)"别见《珠玉词》"。
《三字令》(春欲尽)"别见《花间集》,作欧阳炯"。
《酒泉子》(亭下花飞)"以下五阕均见冯延巳《阳春集》"。
《千秋岁》(数声鶗鴂)"又见《六一词》"。
《御街行》(夭非花艳)"别见《六一词》"。

虽未按断,但王国维在此方面的努力甚至超过了后来者,其后朱祖谋仅在校记中指出《更漏子》、《蝶恋花》、《千秋岁》三阕的别见现象,远较王本为少。

---

① 吴熊和、沈松勤《张先集编年校注》,上海:上海古籍出版社,2012年版,第95页。
② 唐圭璋《全宋词》,北京:中华书局,1965年版,第71、72页。吴熊和、沈松勤《张先集编年校注》,第183、29页。

但亦毋庸讳言,王校并不严密,例如,他认为《更漏子》一阕别见于《阳春集》即属误记,该词实别见于作者题为温庭筠的《金奁集》。

这些别见的词,王国维通常会根据别本所载对词作进行改动,或者出异文校,这种现象反映了他所理解的校对是颇为独特的,并不完全遵守校勘惯例。例如《更漏子》(星斗稀)"满庭堆落花",王本无校记,然鲍本、黄校本"堆"皆作"阶",王本当即据《金奁集》改定,朱祖谋关于此词的校记可证:"'满庭阶落花',按是阕见《金奁集》,'阶'作'堆'。"①又,《蝶恋花》(槛菊愁烟)"燕子双来去","来"字下,王国维有"一作飞"三字校记,即据晏殊《珠玉词》本校订。

王本亦具有非常明显的特色,其表现,也可分两方面。

其一,王本与鲍本、黄校本存在大量异文:

表 4-2 《张子野词》异文表

词	王本句	鲍本、黄校本句
《相思儿令》(春去几时)	梨雪满西园	梨雪乱西园
《一丛花令》(伤高怀远)	不如桃李,犹解嫁东风	不如桃杏,犹解嫁东风
《清平乐》(屏山斜展)	觉来一枕秋阴	觉来一枕春阴
《迎春乐》(城楼画角)	城楼画角催夕宴	城头画角催夕宴
《南歌子》(残照吹行)	残照吹行棹	残照催行棹
《诉衷情》(数枝金菊)	不知多少幽恨	不知多少幽怨
《喜朝天·清暑堂赠蔡君谟》	睢社朝京非旧	睢社朝京非远
《菊花新》(堕髻慵妆)	夜缓绛绡垂	衣缓绛绡垂
《菊花新》(堕髻慵妆)	强化作	轻化作
《定西番》(年少登瀛)	拂云霓	拂晴霓
《木兰花》(人意共怜)	欢情又逐远云空	欢情去逐远云空
《木兰花·和孙公素别安陆》	人生无物比情多	人生无物比情

---

① 朱祖谋《彊村丛书》,第 1 册,第 499 页。

续　表

词	王本句	鲍本、黄校本句
《倾杯·吴兴》	爱溪上浮云	爱溪上琼楼
	风雨暴千年	风雨暴千岩
《离亭燕·公择别吴兴》	红翠成轮歌已遍	红翠成轮歌未遍
《剪牡丹·舟中闻双琵琶》	弹出古今幽思谁省	弹出今古幽思谁省
《苏幕遮》(柳飞绵)	镂板清音	镂板音清
《泛青苕》(绿净无痕)	翠幕朱门	翠箔朱门
《生查子》(含羞整翠)	雁柱十三行	雁柱十三弦
《浣溪沙》(水满池塘)	乱香深处语黄鹂	乱香深里语黄鹂

这些异文产生的原因多种多样，绝大多数都没有版本依据，由上表可见，或因音近或义近致误（吹—催、城楼—城头、恨—怨、夜—衣），或因误倒而误（情多—多情、清音—音清），大部分则是并无文献依据的词句改定（满—乱、浮云—琼楼、年—岩）。王本本据鲍本校录，二者之间却出现如此多的异文，颇耐人寻味。不过，这些异文的存在除了表明王氏在校对《张子野词》时较为匆促，也证明了他在校勘上的态度，即并不单纯追求文字校订的精确，反而有意忽视，甚至径行改动词作。

其二，王本还存在一类特殊的现象，即与鲍本异文互倒，如：

《御街行·送蜀客》，王本："程入花溪还（一作远）远。"鲍本："程入花溪远（一作还）远。"

《醉落魄·咏佳人吹笛》，王本："内家髻子（一作要）新梳略。"鲍本："内家髻要（一作子）新梳略。"

《剪牡丹·舟中闻双琵琶》，王本："柔柳摇摇坠（一作'柳径无人堕'）飞絮（一作轻絮）无影。"鲍本："柔柳摇摇坠轻絮无影（一作'柳径无人堕飞絮无影'）。"

这些文字上的颠倒可能也是王国维有意为之，其目的在于炫奇还是其他，现在已不得而知。

可以说，王本虽在文献价值方面自足成立，却也存在着一些不合校勘原则的问题，甚至与王国维自己在《唐五代二十一家词辑》中坚持的原则相违背。① 王本可算是一个非常特殊的文本，不仅可作为张先词集整理的一个参照，同时也能从中窥探王国维隐秘而略显矛盾的校词态度以及对张先词的态度，而后一方面，正可能是王国维在有意无意间留下的线索，即他并不自满于当校勘学者，而是更在意在理论方面有所创见。

三、价值意义

王国维词学在清末民初颇为特立独行，现有资料并没有记录表明他在此方面有直接的师承。其转向词学，最主要的原因是兴趣迁移："余疲于哲学有日矣。哲学上之说，大都可爱者不可信，可信者不可爱。余知真理，而余又爱其谬误。伟大之形而上学、高严之伦理学与纯粹之美学，此吾人所酷嗜也。……然为哲学家则不能，为哲学史则又不喜。此亦疲于哲学之一原因也。近年嗜好之移于文学，亦有由焉，则填词之成功是也。"② 其最早的词学活动是创作，时间是光绪三十年（1904）春③。大略同时，他也逐步开始词学批评和校勘，其现存最早的校勘资料是周济《词辨》二卷和《介存斋论词杂著》一卷，作于光绪三十一年（1905），其后跋云："予于词，于五代喜李后主、冯正中，而不喜《花间》；于北宋喜同叔、永叔、子瞻、少游，而不喜美成；于南宋只爱稼轩一人，而最恶梦窗、玉田。介存此选颇多不当人意之处，然其论词则颇多独到之语。始知天下固有具眼人，非予一人之私见也。"④ 可以说，从一开始，王国维的词学即具较高眼界和浓烈的个人色彩。

无独有偶，王国维淡出词学领域也是因为兴趣转移，宣统三年（1911）

---

① "王国维的词籍校勘原则，既实事求是，又'多闻阙疑'"，参王湘华《王国维与词籍校勘之学》，《江西社会科学》2008 年第 4 期，第 221 页。
② 王国维《自序二》，《诗文·文编》，谢维扬、房鑫亮主编《王国维全集》，第 14 卷，第 121—122 页。
③ 陈永正《王国维诗词笺注》，上海：上海古籍出版社，2011 年版，第 394 页。
④ [日]榎一雄《王国维手钞手校词曲书二十五种》，吴泽《王国维学术研究论集（三）》，第 332 页。

底,王国维随罗振玉浮海东渡,旅居日本京都凡五年,学术兴趣渐由文学转向经史考据。① 这一过程其实早有端倪,虽然王国维在民国七年(1918)至民国十年(1921)间仍有三首词作,但这些词皆为长调,同属应酬之作,与其早年的立论卓然有异,除此之外,其最晚的一首词作则作于宣统二年除夕(西历已入 1911)。② 而其关于词学、曲学的总结性著作如《清真先生遗事》、《新编录鬼簿校注》、《古剧脚色考》等作于宣统元年(1909)、二年间,这期间,他尚撰有部分关于词曲的题跋作品,但其倾向则更注重名物、版本考订。③

因此,校辑《张子野词》是王国维专力治词时期的一系列词学活动中的一项,从时间上看,它刚好在王国维整个词学活动的中点,而且其校辑正好在《人间词话》撰成之前。④ 那么,《张子野词》在其词学理论建构中,是什么样的角色呢?

《人间词话》中涉及张先词的评价仅有两则,其中一则如下:

"云破月来花弄影",着一"弄"字,而境界全出矣。⑤

此则评论张先《天仙子·时为嘉禾小倅,以病眠不赴府会》,强调炼字之工,虽着墨无多,却与其论词主旨"境界"密切关联。在王国维的理论中,境界有有无之辨,"境非独谓景物也。感情亦人心中之一境界。故能写真景物、真感情者,谓之有境界,否则谓之无境界"。有内容之别,"有造境,有写境,此理想与写实二派之所由分"。有层次之分,"有有我之境,有无我之境……有我之境,物皆着我之色彩;无我之境,不知何者为我,何者为物","无我之境,

---

① 袁英光、刘寅生编著《王国维年谱长编》,第 77 页。
② 陈永正《王国维诗词笺注》,第 568—579 页。
③ 参袁英光、刘寅生编著《王国维年谱长编》第 64—87 页。又,王国维《庚辛之间读书记》中载有其对《片玉词》、《桂翁词》、《花间集》、《草堂诗余》、《尊前集》的题跋,见谢维扬、房鑫亮编《王国维全集》,第 2 卷,第 439—448 页。
④ 《人间词话》撰成的具体时间,学界向有争议,彭玉平考证为光绪三十四年(1908)七月至九月间,见其《人间词话疏证·绪论》,北京:中华书局,2011 年版,第 8 页。
⑤ 《人间词话手稿》,谢维扬、房鑫亮主编《王国维全集》,第 1 卷,第 501—502 页。本文所引手稿本《人间词话》原文俱出于是书,下文不再一一赘引。

人唯于静中得之；有我之境，于由动之静时得之。故一优美，一宏壮也"。有小大之判，"境界有大小，不以是而分高下。'细雨鱼儿出，微风燕子斜'，何遽不若'落日照大旗，马鸣风萧萧'；'宝帘闲挂小银钩'，何遽不若'雾失楼台，月迷津渡'也"。在王国维的观照中，张先的"云破月来花弄影"又有什么样的"境界"属性呢？

《天仙子》是张先的名作，"云破"句又是张先词中最为脍炙人口的一句，历代论者皆对此赞赏有加，张先甚至凭此类句子得了"三影郎中"的雅号。不过，正如沈祖棻先生的分析，王国维对该句的赏鉴有别于流俗，"好处在于'破'、'弄'两字，下得极其生动细致。……他（引者案：指王国维）不注意'影'字而注意'弄'字，很有见解"[①]。当然，王国维看中张先该句是欲借以说明其境界理论："云破"句当属"有境界"；从内容上看属于"写境"；在格局上则既描写大景物"云破"，又关注局部的景色"花影"，介于大、小"境界"之间；而"破"和"弄"，则暗示着风、光、声、影之间的互动，是作者在细致观察景物后得出的，因此其境界也介于有我和无我之间。[②] 可以说，这句词既完美地体现了王国维的境界主张，也同样证明了张先词对王氏词论建构的重要意义。

校辑张先词，是王国维将其词学触角伸向宋代的有益尝试，也预示着词学发展的可能性方向。王国维治词，自唐五代入手，对其评价也最高。前文曾引述，王国维较早接触到常州派特别是周济的词学理论，他赞同周济有关南北宋词的价值评判，却一直对周济由南宋追北宋的学词途径持批评态度，而主张学习唐五代以及北宋诸家的"生香真色"、"透澈玲珑，不可凑拍"之处，这与常州词派先贤张惠言、刘熙载等的主张较为相似。尽管如此，王国维早期的词学校勘实践却主要集中在唐五代方面，虽然对北宋词有所体认，

---

① 沈祖棻《宋词赏析》，北京：北京出版社，2003年版，第20—21页。
② 关于有我、无我之境的动、静之分，彭玉平认为："动、静之意都是针对'得'者的感情状态而言的……所谓'静'是指感情和观物的平静状态，所谓'动'是指感情和观物的动荡状态，但在表现这两种境界或者体会这两种境界时，则都要回归到'静'的心理状态，如此方能将物我关系拿捏到位或体会细微。"参其《人间词话疏证》，第196—197页。

深入研究却并不多见。特别是在《词录》及《人间词话》成书之前,王国维校词实践中很少涉及宋人,仅《聊复集》、《冠柳词》、《赤城词》、《顺庵乐府》四家。直到校辑《张子野词》之后,他才开始大量地阅读、校对、题跋、考订宋人词集,若以时间先后为次,王国维校毕《张子野词》后对唐宋人词的研讨成果大略有:宣统元年(1909)闰二月、宣统二年四月,两次校跋《梅苑》;宣统元年六月,校跋《寿域词》;宣统元年二月至四月,校《乐章集》,作校记;宣统元年四月,校《山谷词》,作校记;宣统元年九月,校跋吴氏甘遯村居钞本《片玉集》;宣统元年至二年间,校跋《宋名家词》五集五十册,于其中所收诸词集,基本皆有校跋;宣统二年五月,校跋《新刊古今名贤草堂诗余》;宣统二年十二月,撰成《清真先生遗事》;宣统二年或三年,撰《片玉词》跋;民国元年夏,撰《双溪诗余》跋。[1]

　　这一系列校词成果及从中提炼的词学观点,已无缘在其《人间词话》中有所反映,却昭示着王国维词学的发展。特别值得注意的,是其中对周邦彦词作的重视。《人间词话》中,王国维对周邦彦虽有肯定,亦颇多指责和贬斥,但经过数次词集校对,他已将周氏认定为"词中老杜"[2]。前后异势,反映的不仅是周词在王国维心目中的升沉,也暗示了其词学理论的重大调整,这种调整,是王国维深入研读北宋词后才有可能发生的,只是可惜王国维很快淡出词学领域,并未能够进行更全面、充分的阐释,其词学存在的一些缺陷也无由再获得弥补。

　　但亦毋庸讳言,在唐五代乃至北宋诸家中,王国维对张先的重视程度较之其他重要作家要等而下之。《人间词话》提到"北宋名家以方回为最次"、"小山矜贵有余,但可方驾子野、方回,未足抗衡淮海也",《清真先生遗事》则云"宋词比唐诗,则东坡似太白,欧、秦似摩诘,耆卿似乐天,方回、叔原,则大

---

[1] 分见谢维扬、房鑫亮主编《王国维全集》,第14卷,第531—532、534—535、716—727、727—733、535—536、537—544、544页;谢维扬、房鑫亮主编《王国维全集》,第2卷,第535—536、439—442页;袁英光、刘寅生编著《王国维年谱长编》第82页。详参本章第一节所论。

[2] 王国维《清真先生遗事》,谢维扬、房鑫亮主编《王国维全集》,第2卷,第423页。

历十子之流。南宋惟一稼轩可比昌黎"①,可知在王国维心目中,张先的地位与晏几道、贺铸等大致相当,是第二层次的词家。那么,王国维是基于什么样的标准而如此评价的呢?

  王国维论词,悬为最高标的的是境界。但境界之高如何能达到,王国维的表述则颇为微妙。在手稿本《人间词话》的后半部分,王国维对自己的理论进行了生发,并拈出情真、自然等概念:"词人者,不失其赤子之心者也。故生于深宫之中,长于妇人之手,是后主为人君所短处,亦其为词人所长处。""尼采谓:'一切文学,余爱以血书者。'后主之词,真所谓'以血书者'也。宋道君皇帝《燕山亭》词亦略似之。然道君不过自道身世之戚,后主则俨有释迦、基督,担荷人类罪恶之意,其大小固不同矣。""纳兰容若以自然之眼观物,以自然之舌言情。此由初入中原,未染汉人风气,故能真切如此。北宋以来,一人而已。"其实要求"自然"和"情真",目的都是一样的,都是求真。王国维在"真"字上的要求非常严格彻底,不仅表现在词章题旨、作者感情、描绘对象及描绘方式诸方面,甚至在词章文字上也要求真。因此,他不能容忍在词中使用"代字",鄙薄善于模拟的云间词为"彩花",又拈出"隔"与"不隔"的理论,并以"不隔"为高,在具体的词家评论中也一直贯彻这一原则。不过,即便是"真",仍有高下层次之分,如前所引,宋徽宗和后主词同一"真",层次却不同,王国维将此近似地分为"忧生"与"忧世"的不同:"'我瞻四方,蹙蹙靡所骋',诗人之忧生也;'昨夜西风凋碧树。独上高楼,望尽天涯路'似之。'终日驰车走,不见所问津',诗人之忧世也;'百草千花寒食路,香车系在谁家树'似之。"忧生关注的是个体,忧世关注的则是群体,据其语意可辨,后者较前者要更高明。而且,王国维特别重视词的忧患意识和凄婉悲情,彭玉平认为"悲情是王国维持以衡量词人甲乙的重要依据之一",②毋宁说忧患、悲情的深广度是王国维持以判分顶级大词人和一般大词人的重要依据,正是因此,李煜才会因"眼界始大,感慨遂深"、"俨有释迦、基督,担荷

---

① 王国维《清真先生遗事》,谢维扬、房鑫亮主编《王国维全集》,第 2 卷,第 423 页。
② 彭玉平《人间词话疏证》,第 294 页。

人类罪恶之意",而被王国维认为其作品是"神秀"、"有句有篇",是词中的最高品级。在《人间词话》里,王国维还列出了一个"词之最工者"的名单,包括李煜、冯延巳、欧阳修、秦观、周邦彦。冯延巳"堂庑特大",欧阳修"豪放之中见沉着,所以尤高",秦观"足以当""古之伤心人"、"词境最为凄婉",其选录的标准正在于其词忧患、悲情的深广度。

周济认为"子野清出处、生脆处,味极隽永。只是偏才,无大起落",[1]王国维看来是认同他的看法的,即张先词深广度不足,以故才难厕身最顶级的词家之列。

不过,张先词毕竟是唐宋词发展,特别是从小令走向慢词过程中的重要一环,"张子野词,古今一大转移也。前此则为晏、欧,为温、韦,体段虽具,声色未开。后此则为秦、柳,为苏、辛,为美成、白石,发扬蹈厉,气局一新,而古意渐失。子野适得其中,有含蓄处,亦有发越处。但含蓄不似温、韦,发越亦不似豪苏腻柳。规模虽隘,气格却近古。自子野后,一千年来,温、韦之风不作矣,益令我思子野不置"[2]。在创作和理论建构中,王国维很自然地受到了张先的影响。例如,王国维的慢词创作,向来评价不高,有学者认为"静安长调,每苦意少而语繁,笔力欠重,境界欠大,通体浑融者甚少","长调非静安所擅……盖未于南宋诸家用力故也",[3]之所以出现这样的状况,即与张先颇有关联。词史上,慢词的兴盛较小令稍后,宋初大词人中,较为着意创作慢词的便是柳永和张先。柳永当然也有以小令作法填写的慢词,但其一大创造即是为慢词引入赋法,为慢词的发展开了方便法门,更为引人瞩目,"屯田为北宋创调名家……其佳词,则章法精严,极离合顺逆贯串映带之妙,下开清真、梦窗词法"[4]。张先同样创作了大量慢词,不过,与柳永有别,他的慢词"亦多用小令作法"[5]。此后以小令法作慢词的词家在词史上并不多见,除晏

---

[1] 《宋四家词选序论》,唐圭璋编《词话丛编》,北京:中华书局,1986年版,第1643页。
[2] 陈廷焯《白雨斋词话》卷一,唐圭璋编《词话丛编》,第3782页。
[3] 陈永正《王国维诗词笺注》,第440、492页。
[4] 蔡嵩云《柯亭词论》,唐圭璋编《词话丛编》,第4911页。
[5] 夏敬观《映庵词评》,葛渭君编《词话丛编补编》,北京:中华书局,2013年版,第3443页。

几道、秦观等少数人外,罕有效法者,却得到王国维的易代追崇:"长调自以周、柳、苏、辛为最工。美成《浪淘沙慢》二词,精壮顿挫,已开北曲之先声。若屯田之《八声甘州》,东坡之《水调歌头》,则伫兴之作,格高千古,不能以常调论也。"彭玉平认为:"王国维将长调分为两种基本形态:一种是精壮顿挫,类似元杂剧的结构方式;一种是伫兴而作,类似小令作法。……所谓'精壮顿挫',主要是形容其词在情感表达上随着结构的起承转合而相应变化。……王国维以柳永《八声甘州》及苏轼《水调歌头》为例,认为其虽具长调之制,实用小令作法,故格调高远、韵味深长。"①王国维虽未点明张先,但对以小令作法写慢词的认同却是肯定的。

此外,夏敬观指出张先在小令创作中多用古乐府作法,②王国维词创作中亦颇有异曲同工之处,其《南歌子》(又是乌西)、《阮郎归》(美人消息)二词即被论者以为"有古乐府的遗意"、"有古乐府风调"。③

综上所述,校辑《张子野词》是王国维词学活动中非常重要的一项,其文本足资参校,其反映的王国维校词的特别方面也足供玩味。更特别的意义在于,王国维对张先词的校词成果也潜移默化地融汇到其词学理论的建构过程中,特别是其对张先词的体认被吸纳入"境界"说的建构中。同时,他对张先词的深入研究标示着其词学视野拓宽至北宋,暗示其词学进一步的可能性变化。而且,张先词也给王国维以创作上的印证,并为我们提供了一个反观王国维词创作优缺点的角度。

---

① 彭玉平《人间词话疏证》,第244—245页。
② 例如其《菩萨蛮》(忆郎还上)、(牡丹含露)二阕,见夏敬观《映庵词评》,葛渭君编《词话丛编补编》,第3442页。
③ 陈永正《王国维诗词笺注》,第476、482页。

下编

清前中期珍稀词籍考论

目前，我国断代分体文学总集的编纂已然取得了非常丰硕的成果，但由于古代文献数量巨大、收藏分散、保存及利用的状态差异较大、作品羼入其他典籍情况严重且分离较难、全面搜集不易等原因，虽然对于断代分体文学总集总是在强调要"求全责备"，事实上"全备"却可能只存在于理想状态中。可以说，现阶段无论哪一种断代分体文学总集，都有补遗辑佚的空间，这也正是学术界内良性互动且不断增益的体现。毕竟，全备就像是不断逼近于终轴的那条抛物线，最终抵达可能是比较难的，也需要更长久的时间，而不断逼近则是常态。

针对全编完成不易的情况，程千帆先生等前辈学者曾提出，在具体的编纂过程中，可以分正编、补编、拾遗三个阶段，逐步完成对清代全部词作的编纂整理。[①] 在此方针指导下，《全清词·顺康卷》、《全清词·顺康卷补编》、《全清词·雍乾卷》相继出版。[②] 文献整理推动学术研究的深入发展，学术研究也进一步推动文献整理的持续推进。《全清词》已出诸卷既为明清之际及清前中期词的研究提供了非常丰富而全面的资料，也促进了学界对此书"求全责备"式的补遗。

近十余年来，学界有关古籍文献的发掘与整理的速度明显加快，使得包括《全清词》在内的清代或其他时代的文学总集的编纂条件逐步在较大程度上得到了相应的改善。这其中，特别值得称道的，一是国内外各大图书馆乃

[①] 徐有富《程千帆沈祖棻年谱长编》，南京：南京大学出版社，2013年版，第383—386页。
[②] 南京大学中国语言文学系全清词编纂研究室编《全清词·顺康卷》，北京：中华书局，2002年版；张宏生《全清词·顺康卷补编》，南京：南京大学出版社，2008年版。张宏生《全清词·雍乾卷》，南京：南京大学出版社，2012年版。

至相当多的学者皆投身于大规模的古籍文献全文影印并出版丛刊；二是海内外公藏机构相继在网络上不断公布其馆藏古籍的电子扫描全文影像；三是国家倡导保护优秀传统文化，并在全国范围内实施了古籍普查登记制度，相关书目不断出版并电子化、网络化，为访查稀见词籍提供了较为清晰的线索；四是随着学界对清代典籍研究的逐步深入，以前羼入其他类型的典籍中的清代词作也不断地被发现、整理与辑佚，这些典籍，包括诗文总集（如家集、地方总集、倡和题襟集，以及一些题图诗词集等）、别集、方志、家谱、笔记、游记、日记、小说、戏曲等不同类型。因此，学界对于既有各类总集的辑佚补遗成果逐渐丰富。

不过，单就《全清词》而言，因为各种主客观条件的制约，仍然有相当多的词籍（或包含较多词作的其他类型典籍）在学界关注的视界之外。这些词籍中的词作，或者可以丰富清前中期词坛生态，完整清前中期词学版图；或者可以深化我们有关清前中期词史的认知，推进对清前中期词坛全面而深入的理解；或者可以令我们对部分作家、相应流派或创作群体的了解更加全面。

有鉴于此，本编谨择八十余种尚未引起学界较多关注的词籍，作为《全清词·顺康卷》《全清词·雍乾卷》的补遗，详细考察其相关版本及著录情况、作者生平细节、词籍内容及创作成就、词坛地位或其词史状态等方面，以期为清前中期词的进一步整理和相关研究提供相应的线索和资料。

一、董守正《诗余花戏》不分卷

董守正《诗余花戏》不分卷,稿本,一册,今藏上海图书馆。是书《清人别集总目》、《清人诗文集总目提要》、《清词别集知见目录汇编》、《清代浙江集部总目》未著录。①

董守正的生平及作品,全祖望《续耆旧》有载,其传略谓:董守正,字澹子,明右都御史光宏从子。少负才不第,以贫游京师,得湖广襄阳掾,转光化县尉。以诗及知兵,受知于湖广承天府(今湖北荆门)推官程九万,从讨流寇有功,超改幕府下守备。以诗、画等受知于公卿间。后见赏于宁督赵光怃,奏授游击。其后光怃以事论死,遂牵连落职。明末游京师,②遭国难,冒九死至江南山阳县(今江苏淮安),道梗不得还。待清兵定浙东后方归,卖画以活,往往系以诗或词。后复游楚经年,吊屈原、游赤壁,所著益多。自谓:"吾诗歌有志于陶、谢,而未之逮;吾词则足追宋人,然不谓吾郁郁以此终也。"著有《百花百鸟集》五卷。以善画牡丹,时人呼为"董牡丹"。传后附诗五首(《柳塘秋色》、《小鸟夜宿》、《岩菊》、《秋海棠》、《溪石》)、词一阕(《如梦令·红梅》)。③

董守正为浙江鄞县(今属宁波市)人,"董守正,字澹子,工写花石,年九十,执笔不衰,自号百拙老人。"④更详细的信息则保存在其宗谱中:

> 守正,原名应辅,字相宜,改淡子,号蕊指道人,晚号百拙老人,

---

① 李灵年、杨忠《清人别集总目》,合肥:安徽教育出版社,2000年版。柯愈春《清人诗文集总目提要》,北京:北京古籍出版社,2001年版。吴熊和、严迪昌、林玫仪《清词别集知见目录汇编》,台北:"中央研究院"中国文哲研究所筹备处,1997年版。徐永明主编《清代浙江集部总目》,杭州:浙江大学出版社,2020年版。
② 董守正此次赴京,是应崇祯十六年(1643)北闱乡试。其侄董德俪在《诗余花戏》序提及:"及丑、辰两役,访叔行止,竟不可得。而乃于癸未秋后,予集同年友一叙,而忽有翩然其来者。叔之神采,视昔倍烨然。"癸未即崇祯十六年。
③ 全祖望辑《续耆旧》卷七四,清槎湖草堂钞本,第1b—3a页。
④ 闻性道纂《(康熙)鄞县志》卷二〇,康熙二十五年(1686)刻本,第17a—17b页。

行永一百三十四。光充长子。历任密云游击。生于万历二十一年癸巳(1593)八月二十一日寅时,卒于康熙二十二年癸亥(1683)正月二十二日未时,享年九十一。葬夏禹王庙前祖茔之东。娶范氏,生二子:德铲、德锦。继张氏,生一子:德铸。①

其在明朝时的仕履如次:

　　守正,字淡子。初授湖广襄阳府双沟巡检,转光化县典司,以军功,改授守备,升密云游击。②

董守正的著作,其宗谱则著录有《百花百鸟集》五卷、《百花诗余》一卷、《百鸟诗余》一卷、《百石诗画谱》一卷、《雁字吟》不分卷、《梅花三十树诗画谱》一卷。在《百花诗余》一卷的著录之后,还附录其侄董剑锷序:

　　往庆历时,乡先辈张大司马东沙、屠仪部长卿以文章重海内,而恒推毂其乡人董扬明。扬明者,族祖文学讳大晟也。嗣则有若茂先诸父,雄于才,游国子,名动京师,即翰墨余技,诸王贵人得之,无不什袭珍者。盖二公殁后三数十年,吾宗未尝睹之云。锷生也晚,每吟讽遗编,披其图册,辄悄然恨不同时。酉、戌间,从艰难播迁后,接见伯氏澹子先生。先生则游二十余年而始归耳,虽发种种,丰神差王,意气自得也。出所挥洒,识者咸兢赏之。顾先生笑谓:"吾不试故艺,是乌足以成吾名?吾往来楚豫之墟,著述稍稍进。若诗歌,有志于陶谢而未之逮,以填词谱百花,则庶几前追宋人,第世罕足语此者,是惟属之吾子。"锷因为之击节曰:"吾宗固不乏材哉!夫以彼古藻雄博,宁俾扬明翁专美于前,而惜无司马、仪

---

① 董叙畴等编《四明儒林董氏宗谱》卷三,民国七年(1918)崇本堂铅字排印本,第37b—38a页。
② 董叙畴等编《四明儒林董氏宗谱》卷一五,第9a页。

部其人,为之心折而揄扬之。至于染翰小艺,即奚难匹休茂先翰墨,然又安得如古之贤王者眷注而倾倒之殷也耶?"乃先生颐焉自足,若无屑屑于此者。未几,复放浪荆湘云梦中,采芳撷芷,吊三闾大夫,把酒酹长公赤壁下。经年而返,诗益工,文章益磊落而多奇。则手其填词以过曰:"始吾之示子者,此词也;兹之示子者,亦此词也。然阅数载,几十易稿矣。尔毋谓我老耄而舍我,必为我序。"锷重为沉咏,则见其取材构思、琢句拈韵,蔑弗动合自然,若乃假众卉之荣谢贞脆,自抒其慷慨离忧,抑骎骎乎上薄风骚矣。是即起囊时二公,遥相证和,有不服膺九京者耶?虽然,二公之诗文,率归正雅,而先生则殷殷声韵,多叶变风。此锷所以生幸同时,而举目河山,犹不能无今昔之恨也。①

董守正的著作多已失传,而《百花诗余》,疑即今传之《诗余花戏》。此序不载于《诗余花戏》卷首或卷末,但可与《续耆旧》所录传互相印证。

《诗余花戏》一册,凡九十九叶。卷首有己丑[顺治六年(1649)]董守谕序,丙申[顺治十三年(1656)]李起元序、董德儞序,辛巳菊月[崇祯十四年(1641)九月]董守正自序各一篇,以及董德壮七绝题诗四首,共十三叶,其字行宽、体式颇不一致,疑皆手稿装成。

董守谕的序,颇多阙文,部分内容涉及董守正入清后游历荆楚的经历,及其词中的寄托意涵:"既欲浮湘而披莽,复将涉江而颂橘。东菑故耜,荒秽堪悲;北亩新渠,粪除焉力。甘褰襞于晓蓐,不抱荠于朝蔬。囊括岷山,傲种不饥之芋;砚耕西岳,勤耘救穷之芽。"李起元的序,则对董守正词的形式、语言特点有所概括:"词取其婉娈而近情也,有景语、快语、情语、浅语、澹语,而浅澹恒尤不易。又用字有雅丽之分,叶韵有四声之别,字雅为最,丽则亚之。一语之艳,便可色飞;一韵未谐,徒资捧腹。词之为言,谭何容易也。董氏澹

---

① 董叙畴等编《四明儒林董氏宗谱》卷一七,第 6b—7b 页。董剑锷尚有《淡子先生传》,载董叙畴等编《四明儒林董氏宗谱》卷一二,第 13b—14b 页,可与《续耆旧》所载者参看。

子拈百花而谱诗余,并及开谢、影响、布置,须眉形神皆肖。信口信腕,率成音律。夺花之魄,使无遁情。如轻阴淡月之下,烂熳历落,各效其异。然字逐情生,泛寄之怀,亦固有独致也。"且明言《诗余花戏》"方脱稿,而问序于余",李序作于顺治十三年(1656),是则《诗余花戏》的定稿当在清初。但是董守正自序之署款却是"辛巳菊月",当为明崇祯十四年(1641)九月。参照前文对董守正生平的考述,明末董守正以诗词书画游走于公卿幕府间,先后受知于程九万、董胜大、赵光忭等。① 《诗余花戏》中很多作品,当即是历年旧稿积累成编者,其具体的成书时间,或当跨明季而至清初。当然,《诗余花戏》中大量的改动、增删痕迹,也证明此集尚未彻底定型,其在一段时间内有增订删减也是情理之中的事情。

　　《诗余花戏》诸序之后为《诗余花戏总目》四叶、正文八十二叶,半叶八行,行可十八字,小字双行,行约十六字,无边框、界栏、鱼尾、页码等。目录与正文对比,颇多舛异,今据正文整理所收词目如次:

　　《捣练子》四阕(兰花、金银花、[蕙花、秋兰]);《如梦令》十一阕(梨花、蓼花、红梅、绿萼梅、蔷薇花、[玉蕊花]、红茶花、白茶花、赪桐花、唐棣花有怀蛰卿六弟、木兰花);《转应曲》②四阕(金盏花、玉瓯花、桐花、槐花);《鹧鸪天》六阕(白菊、红菊前韵、凌霄花、既嘲之复为解用前韵、芭蕉、红蕉);《西江月》十五阕(红梅、珍珠兰、瑞香花、款冬花、凌霄花、春海棠、秋海棠、玉兰花、白蘋花、茉莉花、丽春花、[滇茶、剑兰、紫牡丹、百日红]);《昭君怨》三阕(石竹花、素馨、玉簪花);《忆秦娥》一阕(玉簪花);《卖花声》一阕(丁香花);《点绛唇》三阕(红豆蔻花、挂兰、杨花);《生查子》三阕(百合花、又、玫瑰花);《乌夜啼》一阕(罂粟花);《菩萨蛮》三阕(夹竹桃、粉团花即绣球花、玉球花);《卜算子》二阕(莺桃花、金钱花);《浣溪沙》十阕(白芍药、枣花、蝴蝶花、夏菊、[花影、剪彩花、墨牡丹、绿牡丹、雁来黄、锦灯笼]);《少年游》三阕(黄蜀葵、红蜀葵、山丹花);《踏莎行》三阕(杏花、又、[紫茉莉]);《木兰花》二阕(杨花、茗花);

---

① 全祖望辑《续耆旧》卷七四,第1a—2b页。
② 原稿误作"应转曲",据谱律改。

《踏莎行》七阕(红梨花、金雀花、又、蔷薇花、虞美人花、龙爪花、[菱花])。以上小令18调82阕。

《蝶恋花》十二阕(风莲、雨莲、铁线莲、红牡丹、又、白牡丹、菖蒲花、石榴花、吉祥花、风兰、剪春罗、桃花);《渔家傲》八阕(木槵、水木槵、木芙蓉、又、蜡梅、[又]、红芍药、白芍药);《天仙子》二阕(含笑花、红佛桑);《临江仙》八阕(李花、凤仙花、酴醿花、白鸡冠、剪秋罗、[碧桃花、苔、山栀花]);《凤栖梧》七阕(杜鹃花、夜合花、山矾花、萱草花、石岩花、紫薇花、长春花);《唐多令》五阕(木槿花、灵芝、女贞花、枸杞、紫荆花);《行香子》二阕(牵牛花、山栀花);《苏幕遮》二阕(箬兰、翠云草);《感皇恩》三阕(紫茉莉、凤尾蕉、红鸡冠);《离亭燕》一阕(石榴);《青玉案》六阕(宝珠茶、佛手柑、莲房、菱、芡、蒲萄)。以上中调11调56阕。

《瑞鹤仙》一阕(菊花);《声声慢》一阕(雁来红);《满江红》五阕(鼓子花、踯躅花、松花、疏梅、芦花);《东风第一枝》一阕(探春花);《玉蝴蝶》二阕(十姊妹、木笔花);《意难忘》三阕(红莲、白莲、并头莲);《绛都春》一阕(白梅);《念奴娇》三阕(桂花、水仙花、菱花);《金菊对芙蓉》一阕(本题);《花心动》四阕(未开花、半开花、落花、半落花);《满庭芳》一阕(竹);《沁园春》四阕(荔枝、藕、橄榄、柑)。以上长调12调27阕。①

共计41调165阕。董守正的词,《全清词·顺康卷》据《续甬上耆旧诗集》收《如梦令·红梅》一阕,②《全明词》据《四明近体乐府》收《如梦令·红梅》、《沁园春·咏荔枝》二阕③。二书所录《如梦令·红梅》,与《续耆旧》附录者正同。《如梦令·红梅》、《沁园春·咏荔枝》亦皆载于《诗余花戏》,是则《诗余花戏》所载其余词作,皆可补二书之遗。

有些词,原稿标明删去,又在天头处补写一阕,如《卜算子·莺桃花》,原稿作:

---

① 此目中,"()"标示该调下各阕所分咏之词题,"[ ]"则标明其词增补于稿本天头处。
② 南京大学中国语言文学系全清词编纂研究室编《全清词·顺康卷》,第2375页。
③ 饶宗颐、张璋《全明词》,北京:中华书局,2004年版,第3334页。

人面花为容，花面人如貌。可惜春花不易开，拥出群姬乐。（去声。） 朝看此君妍，暮看此君笑。分付凡花莫并开，摈却笙歌闹。

此词在天头处改作：

浪说解语花，近似花容貌。毕竟如花不是花，怎作莺桃俏。朝吞薤露妍，暮对兰缸笑。分付蛾眉莫并看，空惹梁园诮。

前后对校，后者水平确实略高。《诗余花戏》中的词，其后自附注释，旁有圈点，天头处则有评语或补注，以《如梦令·梨花》为例：

白燕剪香羽溜。玉蝶凝光拍凑。树下洗妆残，风搅一天雪绉。消瘦。消瘦。番似素秋时候。
（梨称雪香、爽士。○洛阳梨花开时，人多携酒树下，为梨花洗妆。○李贺诗："梨花落尽成秋苑。"○侯穆诗："共饮梨花下，梨花插满头。清香来玉树，白蚁泛金瓯。妆靓青蛾妒，光凝粉蝶羞。年年寒食夜，吟绕不胜愁。"）

此词之后，附录注释四则，分释"洗妆残"、"雪绉"之语典。该词天头处，另有两则评语，恰好形成对答，一则为："'溜'字、'拍'字，与燕、蝶叶，不稳。羽何能溜？蝶何以拍也？"一则为："蝶拍，从来旧话，何未之知也？"可知稿本的读者、批者当不止一人。

《诗余花戏》是一部以多调分咏百花的词别集，可以看成是一组大型的异调联章组词。此前，明代隆庆、万历年间的高濂，曾著有异调联章咏百花词101阕，作为其词别集《芳芷栖词》的下卷。[①] 相较而言，董守正《诗余花

[①] 高濂《芳芷栖词》卷下《百花词》，赵尊岳辑《明词汇刊》，上海：上海古籍出版社，1992年版，第1141—1152页。亦见饶宗颐、张璋《全明词》，第1180—1195页。

戏》则比较纯粹，没有像高濂咏花词那样与其他题材的词混编成一书，体量也较高濂的大了很多。可以说，高濂、董守正二人，运用咏物的题材，将异调联章词推展到一个更高的层次，在词学史上具有非常重要的意义，而且，董守正在成集的意识上似要比高濂更进一解。但没有证据表明董守正《诗余花戏》受到了高濂的影响，也没有证据证明董守正曾见过或者听闻过高濂的《百花词》。因此，就董守正而言，他创作《诗余花戏》，以及其他著作如《百花百鸟集》《百鸟诗余》《百石诗画谱》《雁字吟》《梅花三十树诗画谱》等，其实具有开辟、创格的自我认知。他晚年以为自己"以填词谱百花，则庶几前追宋人"，[1]自然与这种自我认知有密切的关系。

　　董守正创作咏花、鸟诗词，并因而结集，有个人的因素，即他善于书画，并善于在书画上配以诗词。也有时代的因素。一是明代诗画技艺融通，文人画注重画技和诗意的相辅相成，比如今藏上海博物馆的唐寅《落霞孤鹜图》，便是取唐代王勃《滕王阁序》中"落霞与孤鹜齐飞，秋水共长天一色"之意而绘制成图，体现了不同艺术的相互交融。这种融贯诗书画的艺术倾向，对当时和后世产生了深刻影响，促进了文人多元创作和题画诗词、画意诗词的迅速发展。二是明代嘉靖年间及以后书籍刻印技术的发展，出现了一系列图—文—诗词相匹配的版画书籍，并广泛流通于全国，如《唐诗画谱》《集雅斋画谱》等。特别是万历四十年(1612)，《诗余画谱》刊行，是书融词、画、书法于一体，在多方面都达到了一定的艺术高度。[2]

　　进一步而言，谱录类书籍在宋代以后的编纂、刊行与广泛流通，也促进了分咏花鸟虫鱼等名物的诗词创作的迅速发展。宋人欧阳修首创《洛阳牡丹记》，成为草木谱录类图书的创始之作。其后，草木谱录类图书迅速发展，但多是单类，比如王观《扬州芍药谱》、范成大《范村梅谱》、刘蒙《刘氏菊谱》、赵时庚《金漳兰谱》等。[3]两宋之交的黄大舆甚至辑前人咏梅词

---

[1] 董叙畴等编《四明儒林董氏宗谱》卷一七，第7a页。
[2] 汪氏辑《诗余画谱》，北京：文物出版社，2018年版。
[3] 四库全书研究所整理《钦定四库全书总目》卷一一五、一一六，北京：中华书局，1997年版，第1539—1541、1557—1560页。

成《梅苑》十卷，①明代的王思义踵事增华，编成《香雪林集》二十六卷，是书"凡梅图二卷，咏梅诗词文赋二十二卷，终以《画梅图谱》二卷。"②此后，百花谱录类图书与诗词、书画的版画集进一步融合、发展，天启年间，黄凤池编《集雅斋画谱》，其中就收录了《梅兰竹菊四谱》、《草木花诗谱》、《木本花鸟谱》等数种。③ 这一类书籍的广泛流通，对董守正这样的艺术"多栖"的文士肯定具有潜移默化的影响，而董守正《诗余花戏》也因其成书较早、篇帙较完整，在此类书籍史上具有填补谱系缺失环节的"化石"般的重要价值。

《诗余花戏》在体式和内容上的一些特征，也提升了此书的文本、文献价值。古典诗词本具有寄托传统，香草美人以喻君子云云，是历代文人共同遵循的基本规则。董守正也不例外，《诗余花戏》从性质上说虽是一部咏物词集，但"棠棣而有天涯兄弟之怀，红菊而有举目山河之叹，蜀葵而有故园消息之痛，芍药而有婪尾摇春之讥，真有得于性情之正"④。在明亡清兴的历史背景下，这类寄托具有特别丰富的阐释内涵。《诗余花戏》中大量存在着自注，注释花之品格、雅号，以及词中词语典故，同时往往附上关于该花木的纪事、寓言等，亦体现了丰厚的知识性和学养。试以《念奴娇·桂花》为例：

> 插天翠树，问何时铺上，几堆金粟。清影扶疏，光射处、冷浸半空寒绿。琼露筛金，香风就御，芬裹玲珑玉。道心花洗，逍遥无限清福。　今夜对此雄姿，樽前须倒，泻酒泉如瀑。月窟霜娥，频劝饮、浇我珠玑千斛。银汉高悬，山禽啼寂，抚想含幽独。桂枝香调，是谁吹破霜竹。
>
> （桂称天香、仙友、仙客、名士。○桂花词："碧玉堂前金粟斗。"宋之问诗："桂子月中落，天香云外飘。"○古诗："清芬一日来天阙，世上龙涎不敢香。"○张于湖词："惟此木之犀，更贮万斛香。雄姿

---

① 唐圭璋等《唐宋人选唐宋词》，上海：上海古籍出版社，2004年版，第187—286页。
② 四库全书研究所整理《钦定四库全书总目》卷一一六，第1558页。
③ 黄凤池《集雅斋画谱》，杭州：浙江人民美术出版社，2018年版。
④ 《诗余花戏》卷首董德僴序。

傲霜雪,鳞甲森苍苍。"○李道诗:"月窟霜娥不惜栽,和风分付下天来。"○"抚桂枝以凝想",出徐惠妃《小山篇》。○《桂枝香》,曲名。

附记:"问春桂:'桃李正芳华,年光随处满,何事独无花?'春桂答:'春花讵能久,风霜摇落时,独秀君知否?'"出王绩《问答》。○桂树丛生兮小山之幽,偃蹇连拳兮枝相缪。○《楚词》:"嘉南方之炎德,美桂树之冬荣。"○《灵光殿赋》:"朱桂黝儵于南北。"○《天台赋》:"八桂森挺以凌霜。"○桂生南隅,拔萃岑岭。气王百药,森然云挺。)

明词受《草堂诗余》、《花间集》及散曲影响极深,对典故的使用并不刻意,遣词造语往往流易醒豁而无余意。董守正此词,虽然词意同样较为醒豁,上阕从桂花形容写到品格,下阕则写赏花及对桂花品格的体认,但该词的自注和附记则指明了所使用的各类语典、事典、纪事。他甚至会征引较为偏僻的典故,体现了一定的知识性倾向,虽然不能与清代学人之词相提并论,但至少已体现出一些学人化的倾向,与清初的浙西词派有异曲同工之处。正如董德儞在序中所谓:"兹复浚发巧心,作诸花乐府百余篇。沉浸浓郁,匪惟是花是诗,正在阿堵,且如黄鲁直集,无一字不可作解,岂不甚慧也哉!"在明词向清词演进的过程中,如董守正这样的词人,同样是其中重要的一环。只是因为孤本单传,这一环迟迟未能被学界周知罢了。

二、俞公谷《耐园词寄》二卷

俞公谷《耐园词寄》二卷,清代钞本,天津图书馆藏。《清人诗文集总目提要》、《清人别集总目》、《清词别集知见目录汇编》、《清代浙江集部总目》皆未著录。

《(乾隆)绍兴府志》附俞公谷传于其岳父王雨谦传之后:"公谷,字康先,会稽人。父迈生,明崇祯丙子举人,鲁王监国,授户部郎中,明亡,隐居不仕,自号耐园灌者。公谷承父志,以布衣终,性好古,与雨谦著《廉书》成,置酒高会,相视而笑曰:'后世必有知我者矣。'卒年七十。"①俞公谷与王雨谦合著的《廉书》今存,藏于陕西省图书馆,凡十二册,不分卷。② 王雨谦,生于万历二十七年(1599),卒于康熙二十七年(1688)。③ 据此可知,俞公谷当是清初人。

俞公谷的著作,除藏于南京图书馆的《俞鞠陵先生诗文稿》(钞本,一卷)之外,尚有《耐园词寄》二种,二者异书同名:

一种为《耐园词寄》三卷(下称"三卷本"),二册,民国二十四年(1935)钞本,今藏于南京大学图书馆,《全清词·顺康卷》据此书录其词一百一十九首。④ 其卷首尚有自序一则:

> 余填词,始辛丑九月,时先生偶喜诗余,而朡山复以此著声,遂多所酬和。乙巳后,则专事《廉书》,每入潞水,置我浣云潭上,出两园手录,反复深定,往往及夜分。兴至或一及之,寥寥无几也。岁庚申,南游峰泖,留青浦官舍,时日多暇,简行笥,仅选词一种,部署成书,因以其余,则填此卷。乙亥四月十七日,鞠陵公谷题蜀之剑南。

辛丑为顺治十八年(1661),乙巳为康熙四年(1665),庚申为康熙十九年(1680),乙亥为康熙三十四年(1695)。朡山姓王,生平无所查考,是俞公谷同学兼词友。由此序可知俞公谷治词的大致历程,也可知其参与《廉书》编纂的细节。

另一种即此《耐园词寄》二卷(下称"二卷本"),一册,封面题签:"耐园词寄。甲申暮春。艮庐。"卷首钤阳文方形篆印三枚:"天津市人民图书馆藏书之章"、"钱启岱"、"艮庐收藏"。卷一首叶之卷次下端钤阴文方形篆印一枚:

---

① 李亨特修,平恕等纂《(乾隆)绍兴府志》卷六二,乾隆五十七年(1792)刻本,第27a页。
② 陕西省图书馆编《陕西省图书馆古籍普查登记目录》,北京:国家图书馆出版社,2014年版,上册,第35页。
③ 柯愈春《清人诗文集总目提要》,第28页。
④ 南京大学中国语言文学系全清词编纂研究室编《全清词·顺康卷》,第9472—9499页。

"俞氏藏书。"是则此书可能为俞氏世藏,后为钱启岱(号艮庐,近代收藏家)收藏,并最终入藏天津图书馆。全书前有自序一叶;卷一、卷二各二十三叶,卷二之末有王雨谦跋一则;书末缀史许跋一叶。半叶八行,行二十四字,行间多有圈点。书口写书名、卷次并页码。通篇楷体恭钞,墨色鲜明。是书所录作品皆是集句词,其词作与三卷本迥异。《全清词·顺康卷》及补编未收,可补。

二卷本自序谓:

> 诗盛于唐,而词盛于宋,是时为帝者也。辛稼轩以词名世,至诗,则不能异人。屈唐人为词,不知又何如也?乃谪仙人则固尝为之矣。集句成词,石曼卿、苏长公、王半山皆擅其美。闻而起者,后代多有。余性乐闲放,而生事不立,未可杜门养拙,碌碌西东,辄用唐人句,肆意填之。甲戌客在酉之方,蜀土荒寒,红灯孤影,携此永夜,删其凡近者,呵冻录一本。时日深费,亦使知我者为我惜也。乙亥献岁谷日鞠陵康先氏。

谷日为正月初八日。可知二卷本、三卷本的创作、成书时间基本相合,只是后来因体式不同而分立,且三卷本的成书时间较之二卷本稍晚。二卷本后,复有其岳父王雨谦、其友史许(字华青)跋各一则,皆颇为奖赏推许。

二卷本依词调字数多寡排列,凡录词五十六调一百五十七阕:卷一起《十六字令·东》,迄《朝中措·南村纪游》,凡收词三十二调九十一阕,皆短调;卷二起《武陵春·辛未春仲二十五日纪事》,迄《小梅花·洛阳陌》,凡收词二十四调六十六阕,除末阕为长调外,亦皆是短调。

集句词肇端于北宋,直至明末,作家往往偶尔为之,只是游戏笔墨,不能构成一种专门的创作。[①]康熙初年,朱彝尊集成《蕃锦集》二卷,专门集唐人

[①] 张明华《论古代集句词的基本特征及其发展原因》,《文史哲》2016 年第 3 期,第 95—104 页。

诗句,广受时人称道:"不惟调协声和,又复文心妙合,真杰构也。"①《蕃锦集》的成功鼓励、影响了较多作家,清代集句词因此获得了较大的发展,并出现不少专门集句的词别集,俞公谷的《耐园词寄》二卷,专门集唐(是书各卷卷首皆标"集唐"字样,卷中有《临江仙·录集唐词柬许又文》可证),当即是明确受朱彝尊影响且创作较早的专集式作品。

俞公谷的集句词,题材涉猎较广,举凡闺情、题赠、纪游、感怀、咏物,皆多有创作,然所择调,多是短调,且调中多三、五、七言句式,篇章较易结构,谐律颇工稳,在对偶与粘律方面,亦较能工致妥帖,试以其篇幅最繁复的《小梅花·洛阳陌》为例:

> 洛阳陌(朱湾)。江南客(鲍溶)。他乡就我生春色(杜甫)。花婵娟(孟郊)。列芳鲜(皇甫冉)。莺和蝶到(张南史),更借美人看(张子容)。人间易得芳时恨(韩偓)。片片行云着蝉鬓(卢照邻)。展幽情(上官昭容)。短歌行(皎然)。如诉如言(罗隐),春鸟隔花声(张继)。 游人别(张籍)。柳堪结(苏颋)。藕穿平地生荷叶(来鹏)。翠阴阴(卢鸿)。水深深(元结)。风光转蕙(乐章),香气满幽林(贺兰进明)。黄河一曲当城下(刘禹锡)。独凭阑干意谁写(崔鲁)。临春风(顾况)。击青钟(陈子昂)。不远其还(韩愈),何处更相逢(于武陵)。

王雨谦跋谓:"直恨古人不见俞子,读集唐诸词,觉古人原是俞子分身。"如果衡以清初人对集句优劣评判的标准,王雨谦可谓爱屋及乌,揄扬太过。"《柳塘词话》曰:'徐士俊谓集句有六难,属对一也,协韵二也,不失粘三也,切题意四也,情思联续五也,句句精美六也。'……沈雄曰:'余更增其一难,曰打成一片,稼轩俱集经语,尤为不易。'"②集句词易工难巧,俞公谷的作品,中规

---

① 沈雄《古今词话·词评》卷下,唐圭璋编《词话丛编》,第1047页。
② 沈雄《古今词话·词品》卷上,唐圭璋编《词话丛编》,第843页。

中矩者多,而正中出奇、能称神品的则渺,当然,这可能也是古往今来集句词创作所共同面临的最大难题。

三、傅宬《伍砚堂诗余》不分卷

傅宬《伍砚堂诗余》不分卷,清代钞本,今藏山东省图书馆。《清人诗文集总目提要》、《清人别集总目》、《清词别集知见目录汇编》未著录。

傅宬,字兰生,一字彤臣,号丽农,一作荔农,山东新城(今山东桓台)人。明万历三十二年(1604)生。清顺治八年(1651)举人,十二年进士。十三年,仕直隶河间府推官。十五年,为山西道监察御史。十七年,出按江西道,敉平九江兵变。十八年,求终养继母去官,归居林下二十余年,以孝称。康熙十八年(1679),举博学鸿儒科不遇。卒于康熙二十三年(1684)。[①]《全清词·顺康卷》及补编未收此人词。

《伍砚堂诗余》,装订为一册,内收五种:其一《丽农山人伍砚堂诗余》,署"东国傅宬彤臣著,阮亭王士禛贻上订",皆词;其二《清槻堂七声》,署"东国傅宬彤臣著,阮亭王士禛贻上评",皆曲;其三《伍砚堂词》,其四《寒陵余响》,此二种皆署"丽农山樵戏笔",皆曲;其五《伍砚堂赋》,署"辕里傅宬彤臣著",皆赋。此册半叶十行,行二十字,工楷手钞,前后无序跋,其中《千秋岁·寿宁元著道长》,"宁"字写作"甯",或是为避咸丰帝讳,则是本抄录当在咸丰以后,故而王士禛之名,因避雍正帝讳而作"王士禛"。

《伍砚堂诗余》凡分小令、中调、长调三部分,共收词五十六调一百一十阕:小令起《贺圣朝》,迄《木兰花令》,凡三十调四十七阕;中调起《感皇恩》,迄《临江仙·广陵送邵天目北上用原韵》,凡十调二十阕;长调起《喜迁莺·咏梅》,迄《疏影·咏庭前古槐》,凡十六调四十三阕。

---

① 王士禛《敕授文林郎掌山西道事山西道监察御史彤臣傅公墓志铭》,《带经堂集》卷四六,康熙五十年(1711)程哲七略书堂刻本,第7a—11a页;秦瀛《己未词科录》卷七,嘉庆刻本,第23b—24a页。

王士禛称赞傅宸"博雅能诗,作词曲亦跌宕有致",[1]傅宸其实是当时词坛的活跃人物,集中显示他与词坛名家如王士禄、王士禛兄弟,曹尔堪、杜濬、柯耸、王曰高等皆有交游,还曾评丁澎《小重山·舟中九日》"遣调流丽,全取法苏玉局《少年游》一首"[2]。特别值得一提的是,顺治末、康熙初,王士禛于扬州主持风雅,以小令与同仁倡和;康熙四年(1665)至十年(1671)间,王士禄、曹尔堪于杭州、扬州等地以长调倡和,转捩词风。这些倡和活动,傅宸皆曾参与,其《浣溪沙·和杜于皇》三阕,实步王士禛红桥倡和韵,而《满江红·述怀用曹顾庵韵》则步曹尔堪西湖"江村唱和"韵;其《水调歌头·维扬友人雅集李园》、《凤凰台上忆吹箫·送介夫游金陵》、《满庭芳·维扬》三词,更可见他曾旅居扬州,并较为深入地参与了广陵词坛的创作活动。

傅宸亦是宦场中人,康熙时虽已退居林下,但与大僚显宦仍不乏联络。就词中而言,亦可见一斑:《千秋岁·祝佟寿民方伯》、《醉蓬莱·再祝佟方伯》是赠给时任江苏布政使的佟彭年,《千秋岁·寿宁元著道长》是赠给与他同任山西道监察御史的宁尔讲,《齐天乐·赠韩大中丞》是赠送给时任江宁巡抚的韩世琦,其他尚不一一。不过,与热宦中人相比,傅宸词中,毕竟有一种热场恬退后的冷静和自适,也有别于王士禄、曹尔堪等罹案被放后的郁闷与愤激:

> 熊耳羊肠,看涉世、真如转毂。急退步、把持尽力,尤防颠覆。谨畏敢因张相笑,清狂不效唐衢哭。讯先生、底尔释穷愁,书连屋。　贫不贷,庐江粟。疑不问,君平卜。得催科不扰,便为清福。事简悬知心自逸,机忘何用眉常蹙。若诗成、又得解诗人,余生足。(《满江红·漫兴四首》之一)

---

[1] 王士禛《带经堂诗话》卷一一,乾隆二十七年(1762)刻本,第9a页。
[2] 丁澎《扶荔词》卷一,康熙刻本,第35b页。

夫子之志已自道焉，然词意显豁直率，亦乏有余之味。傅庡词多类此，尚缺锻炼勾勒之功。

四、宫伟镠《春雨草堂别集》三十卷

宫伟镠《春雨草堂别集》，清代钞本，词附，藏于南京图书馆。该书工楷抄写，半叶十行，行约二十四字。《清人诗文集总目提要》《清人别集总目》、《江苏艺文志》著录。①

宫伟镠，字紫阳，号紫玄，一作紫悬，别号桃都漫士，江苏泰州人。继兰子，梦仁父。明万历三十九年（1611）生。崇祯十六年（1643）进士。官翰林院检讨。入清，两以荐举起用，援例终养乞归。筑春雨草堂，闭门著述。卒于康熙十九年（1680）。② 著有《春雨草堂集》三十四卷、《春雨草堂别集》三十卷。

宫伟镠词集《春雨草堂诗余》，列为《春雨草堂集》卷十六，《全清词·顺康卷》已据之收录。③《春雨草堂题咏》列为《春雨草堂别集》卷十九至二十六，《春雨草堂留行赠别》列为《春雨草堂别集》卷二十七至三十，二书收录宫伟镠同仁酬赠、唱和留别诗文词曲，分体编排，皆附词数阕（分别在卷二十一、卷三十），多为《全清词·顺康卷》及其补编所未收，详述如次。

《春雨草堂题咏》卷三（《春雨草堂别集》卷二十一）收录王玉藻《沁园春·寓春雨草堂》、《鹧鸪天·宗襄武承索赋，并呈紫老笑》，及林谏《踏莎行》、张遗《乳燕飞》、邓汉仪《满庭芳》、④钱化洪《水调歌头·禊饮》、许承钦

---

① 柯愈春《清人诗文集总目提要》，第77—78页。李灵年、杨忠《清人别集总目》，第1681页。江庆柏主编《江苏艺文志·泰州卷》，第47页。案本编所据《江苏艺文志》诸卷，版本皆为江庆柏主编《江苏艺文志（增订本）》，南京：凤凰出版社，2019年版。
② 阮元《淮海英灵集·丙集》卷一，嘉庆三年（1798）小嫏嬛仙馆刻本，第7a页；江庆柏主编《江苏艺文志·泰州卷》，第47页。
③ 南京大学中国语言文学系全清词编纂研究室编《全清词·顺康卷》，第719—732页。
④ 原失调名，据词律补定。

《锦堂春慢·己酉上巳禊饮小西湖用司马君实韵》等七阕。

王玉藻,字质夫,号螺山,江苏江都(今属扬州市)人。明万历四十四年(1616)生。崇祯十五年(1642)举人,联捷进士。仕为浙江慈溪知县。甲申(1644)国变,欲死之,左右劝之乃免。历佐南明福王、鲁王,皆不得用。鲁王航海,因归故乡,隐居不出。终身不剃发,不改故衣冠,并戒二子勿科考仕进。卒于清康熙二十年(1681)。①《全清词·顺康卷》及补编未收此人词,可据补遗。

林谏,字祖记,福建人。生平未详。《全清词·顺康卷》及补编未收此人词,可据补遗。

张遗,即张怡,初名鹿徵,字瑶星,明亡后更名怡,字薇庵,后更名说,康熙七年(1668)复更名怡,字自怡,南直隶上元(今属江苏南京市)人。可大子。明万历三十六年(1608)生。以父荫授锦衣卫千户。甲申(1644)北京破,为闯军所系,其党阴释之,久而逸归。弘光时隐居雨花台。清康熙中隐居栖霞山为道士,人称白云先生。学术渊博,著述繁复藏于家。卒于康熙三十四年(1695)。②《全清词·顺康卷》据《金陵词钞》录其《卜算子》一首,《全明词》同,③未录《乳燕飞》词,可据补遗。

邓汉仪,字孝威,号旧山,别署旧山农,晚号钵叟,江苏吴县(今属苏州市)籍,泰州人。明万历四十五年(1617)生。明诸生,后弃去。游幕四方,与龚鼎孳、吴伟业、吴绮、陈维崧、曹溶等友善。尝费时近卅载,编成《天下名家诗观》凡三集。清康熙十八年(1679)应博学鸿儒科,特授中书舍人,未仕即

---

① 陈鼎《王螺山传》,《留溪外传》卷六,康熙三十七年(1698)自刻本,第43a—44b页;全祖望《明兵科都给事中前知慈溪县江都王公事略》,《鲒埼亭集外编》卷一一,嘉庆十六年(1811)刻本,第2b—4a页。案江庆柏《清代人物生卒年表》(北京:人民文学出版社,2005年版,第39页)据《崇祯十六年癸未进士三代履历》载王玉藻生于万历四十四年(1616),未载卒年。《王螺山传》称其"掷笔而死,年六十六"。
② 方苞《白云先生传》,《望溪先生全集》卷八,咸丰元年(1851)戴钧衡刻本,第2b—3b页。
③ 南京大学中国语言文学系全清词编纂研究室编《全清词·顺康卷》,第380页;饶宗颐、张璋《全明词》,第1920页。

归。卒于康熙二十八年(1689)。① 著有《青帘词》一卷,今存孔传铎辑《名家词钞》本。《全清词·顺康卷》据诸书收其词三十七首,其中已据《春雨草堂别集》收此《满庭芳》词。②

钱化洪,字山铭,江苏吴县(今属苏州市)人。《全清词·顺康卷》据《倚声初集》录其词一首,③未收此《水调歌头》词,可据补遗。

许承钦,字钦哉,一字漱石,湖广汉阳(今属湖北武汉市)人。明万历三十三年(1605)生。崇祯十年(1637)进士。官至户部主事。鼎革后未仕,流寓扬州,曾与王士禄等唱酬。卒年未详。④ 著有《粘影词》,今存孔传铎《名家词钞》本。《全清词·顺康卷》即据《名家词钞》及《倚声初集》录其词四首,《全明词》同,⑤未录此《锦堂春慢》,可据补遗。

《春雨草堂留行赠别》卷四(《春雨草堂别集》卷三十)收录吴绮《燕台春·补留行同友沂用张子野韵》、《梦扬州·补赠别同友沂用秦少游韵》,赵而忭《燕台春·同园次用张子野韵为补留行》、《梦扬州·同园次用秦少游韵为补赠行》,吴刚思《燕台春·留行次张子野韵》、《梦扬州·赠别次秦少游》,凡三组六阕词,此三组词间当互为唱酬关系。

《全清词·顺康卷》及补编已收录吴绮、赵而忭、吴刚思词,⑥然未载此六词,可据补遗。

---

① 陆林《前言》,陆林、王卓华辑《慎墨堂诗话》,中华书局,2017年版,前言第1—4页。
② 南京大学中国语言文学系全清词编纂研究室编《全清词·顺康卷》,第1453—1462页。
③ 南京大学中国语言文学系全清词编纂研究室编《全清词·顺康卷》,第2702页。
④ 陈世镕等纂《(道光)泰州志》卷二七,道光七年(1827)刻本,第10a—10b页;邹祇谟、王士禛《倚声初集》卷四"爵里",顺治十七年(1660)刻本,第4a页。
⑤ 南京大学中国语言文学系全清词编纂研究室编《全清词·顺康卷》,第241—242页;饶宗颐、张璋《全明词》,第2854页。
⑥ 南京大学中国语言文学系全清词编纂研究室编《全清词·顺康卷》,第1682—1756、2518—2519、2313—2314页;张宏生《全清词·顺康卷补编》,第402—508页。

五、黄生《一木堂诗稿》十二卷

黄生《一木堂诗稿》十二卷,康熙二十二年(1683)刻本,今藏上海图书馆;又,黄生《一木堂诗稿》十二卷,钞本,今藏国家图书馆。《清人别集总目》、《清人诗文集总目提要》、《清词别集知见目录汇编》皆著录。①《清代诗文集珍本丛刊》据钞本影印,著录为"清钞本"。②

康熙刻本《一木堂诗稿》分装二册,卷首有康熙癸亥[二十二年(1683)]黄生自序,行书上版,半叶六行,行可十二字,共四叶;无目录;正文半叶十行,行二十一字,小字双行,行亦二十一字,上下单边,左右双边,版心镌书名、上鱼尾、卷次、诗体(小字)、页码,大黑口。是书卷首钤"周连宽印"、"积学斋徐乃昌藏书"、"上海图书馆藏",可见其递藏。该书卷一至卷十一录各体诗;卷十二录词,凡十二叶,共词五十四阕。

钞本《一木堂诗稿》分装二册,封面有"一木堂诗稿"签条,其下署小字"癸卯夏闰四月/葛介屏签"二行,其后钤"葛氏"、"介屏"小印二枚。扉页有字四行:"天都黄生著/一木堂诗稿/癸卯夏闰四月/葛介屏检",其后钤小印与封面同。后一页有题诗一首并署款:"呼僮薪桂嘲新贵,解道虫吟欲上鞋。老闭柴门还煮字,孤斟泪溅菊花杯。癸卯人日,借介屏兄手钞白山先生诗稿,读竟,因题一绝归之,即祈哂政。水绘庵冒叔子,时客淝上。"其后钤"百花齐放"小印一枚。题词之后,有黄生自序一则,凡一叶,半叶十行,行二十六字,楷书,其内容与刻本自序全同。其后为目录二叶。再后为诗集正文,无行格,亦半叶十行,行二十六字,皆楷书恭录。卷端钤"守之珍藏"、"紫兰堂"、"北京图书馆藏"印章三枚。全书十二卷,前十一卷录各体诗,第十二卷录词,凡十叶,目录题为"诗余五十四首"。

---

① 李灵年、杨忠《清人别集总目》,第1989页;柯愈春《清人诗文集总目提要》,第155页;吴熊和、严迪昌、林玫仪《清词别集知见目录汇编》,第1页。
② 陈红彦等主编《清代诗文集珍本丛刊》,北京:国家图书馆出版社,2017年版,第87册,第3—308页。

冒叔子即冒孝鲁(1909—1988),字景璠,别号叔子,江苏如皋人,明末"四公子"之一的冒襄后人。从其题词中可知,是书为葛介屏所钞。卷十二末有小字落款:"平梁葛介屏手钞终。"亦可证明。书末附金天羽所撰《黄生传》一篇、葛介屏跋一篇。其中,葛介屏跋谓:

> 右《一木堂诗稿》十二卷,系歙人黄生著。清时于乾隆年间刻板销毁,传世甚罕。按:白山先生湛深经学,研核训诂,于明季为诸生,其所交游,如程孟阳、释渐江、龚半千、屈翁山、蒋修撰、邵青门,皆一时名家。先生著作甚富,均佚不传,至于吟咏,乃其余事。余于庚申岁假得《一木堂诗稿》刻本,手录一过,藉供案头观摩,并附录《安徽通志稿》吴江金天羽先生撰传于后,俾阅者能得其梗概云。癸卯闰四月平梁葛介屏识于竹虚草堂。

跋尾钤有"介屏"小印一方。国家图书馆著录此书时,径认为葛介屏是雍正、乾隆间人,癸卯为雍正元年(1723)。① 实误。冒孝鲁是近代人,是钱锺书好友,也是《围城》中董斜川的原型。冒孝鲁从葛介屏处借阅此集,可知葛介屏亦为现代人,而此癸卯,则当为1963年,如此,"百放齐放"闲章才可体现出其时代意蕴。查该年恰有闰四月,亦可为证。惟借书之庚申岁,当为1920年或1980年,与冒、葛二人年纪及该书存藏时间皆颇不相合,或为庚子(1960)之误。

又检资料,葛介屏(1912—1999),安徽省合肥市人,谱名德藩,字介屏,晚年号介翁,是当代著名书画家、金石篆刻家、诗词学家和文物书画鉴定家。② 葛介屏已在跋中明言据刻本抄录,故钞本内容与刻本是一致的。二书皆各收词五十四阕,其目如次:

---

① 陈红彦等主编《清代诗文集珍本丛刊·总目·索引·提要》,北京:国家图书馆出版社,2017年版,第337页。
② 穆孝天《序》,葛介屏《葛介屏书画金石诗文集》,合肥:安徽美术出版社,2008年版,序1—3页。

《摘得新·看花》、《调笑令·春去》、《如梦令·秦黄诸阕押"瘦"字,俱妙,因戏和之》四阕、《如梦令·别意》、《长相思·春夜》、《点绛唇·与几希同过龙树庵,主僧打饼作供,戏成此阕赠之》、《点绛唇·了心上人募建渡香亭,以憩行者,赋此赠之》、《点绛唇·风》、《点绛唇·花》、《点绛唇·雪》、《点绛唇·月》、《点绛唇·题画》、《霜天晓角·题画》、《浣溪沙·夜情》、《浣溪沙·无题》、《浣溪沙·妓馆》、《浣溪沙·扬州吊古》、《菩萨蛮·回文四时闺词》四阕、《菩萨蛮·回文词》二阕、《菩萨蛮·回文词为翩翩作》、《谒金门·咏醉杨妃木芙蓉》、《柳含烟·本意》、《玉联环·春愁》、《清平乐·咏扇画美人》、《锦堂春·闺情》、《鹧鸪天·花烛词》、《鹧鸪天·咏五云鞋》、《鹧鸪天·赋得临去秋波》、《鹧鸪天·题画寿人》、《虞美人·本意用李后主韵》、《玉楼春·诮李后主,即用其韵》、《踏莎行·春闺》、《蝶恋花·张子野自号张三影,盖以平生得意句自负。余戏拈"影"字成此阕,即黄山谷所谓独木桥体也》、《临江仙·题妻儿累。画意作瘦瘠丈夫,挽车,载妻子家计之属,其妻举鞭拟之》、《一剪梅·春晓》、《醉春风·闺情》、《行香子·七夕》、《洞仙歌·咏流萤》、《水调歌头·吊鸳鸯冢。冢在扬州钞关河南,碑载青楼男女同溺事,男曰谭五,女曰王金,事在万历三十五年》、《水调歌头·中秋,和东坡韵》、《水调歌头·题章含身后小影》、《三姝媚·纪梦》、《水龙吟·咏杨花,和东坡韵》、《沁园春·头责词》、《沁园春·反头责》、《沁园春·咏美人肩。前此刘改之有咏指甲及足二首,邵青溪继以眉、目二首,予因戏作二词补之》、《沁园春·咏美人腰》)。

黄生及其词,皆未为《全清词·顺康卷》所收录,俱可补遗。

据钞本书末附载的金天羽所撰《黄生传》:黄生,字扶孟,一字白山,安徽歙县人。明季诸生。明代经术至阔疏,黄生独研核音训,多创解。尝撰《字诂》一卷,阐发六书,义新而理。乾隆中,安徽巡抚曾以《字诂》采进,列入《四库全书》。① 除《一木堂诗稿》十二卷外,尚著有《杜诗说》十二卷,仇兆鳌多采入《杜诗详注》中。另著有《一木堂文稿》十八卷、《一木堂内稿》二十五

---

① 四库全书研究所整理《钦定四库全书总目》卷四〇,第 533 页。

卷、《一木堂外稿》三十卷,并辑有《一木堂字书》四种、《杂书》十六种,均佚不传。

黄生是明季清初著名学者,于乾嘉汉学特别是皖派学术有切实的开拓之功。《四库全书总目》著录《字诂》时称他"致力汉学,而于六书训诂尤为专长,故不同明人之剿说也"①。徐世昌《清儒学案》专立《白山学案》,且说:"徽州学派,开自江、戴,白山生二公前,不假师承,独能钩深致远,发明新义。"②今人诸伟奇等采辑存佚,编成《黄生全集》一书,并附汪世清所撰《黄生年谱》于书末,对黄生生平及其学术成就有较全面的展现。③

据《黄生年谱》,可得黄生更详明精确的小传:黄生,原名琯,谱名曰琯,又称景琯,庠名起溟,字扶孟,一字房孟,号白山,安徽歙县人。明天启二年(1622)九月十八日生。诸生。入清弃去。历杭州,渡大江,客游扬州。康熙五年(1666)北上入顺天学政蒋超幕。康熙八年(1669)春,归扬州,是秋倦游归里,闭户著述。其后常往来歙县、扬州间。弃明人空疏,专精六书训诂之学,开皖派朴学先河。卒于康熙三十五年(1696)秋。

黄生长期居住于扬州,于词坛消息领略得更早,表现在:其一,其词不拘师承,于当时词坛诸种流派、观念皆能有所涵容。例如其对秦观、黄庭坚等词人的唱和(《如梦令·秦黄诸阕押"瘦"字,俱妙,因戏和之》四阕),对苏轼名作的追和(《水调歌头·中秋,和东坡韵》、《水龙吟·咏杨花,和东坡韵》),对辛弃疾等对话体俳谐词的拟作(沁园春·头责词》、《沁园春·反头责》),对回文、独木桥体等游戏之词的喜好和创作等,皆可看出黄生词不拘一格的风貌,也可见黄生于词体,并不特别慎重,反而会以滑稽、游戏、讽刺等语言处之,其视词之为体,当亦降诗文数等矣。其二,当时词坛的一些新异变化,在黄生词中亦有所反映。顺治、康熙间,王士禛在扬州主持风雅,以《浣溪沙》小令唱和,黄生的《浣溪沙·扬州吊古》正是步此次唱和韵,其题材亦与王士禛等红桥唱和相似:"水满陂塘不肯流。芙蓉菡萏做红秋。隋堤风物古

---

① 四库全书研究所整理《钦定四库全书总目》卷四〇,第533页。
② 徐世昌《清儒学案》,北京:中华书局,2008年版,第897页。
③ 诸伟奇主编《黄生全集》,合肥:安徽大学出版社,2009年版,第4册,第389—430页。

扬州。　凤辇龙舟当日事,夕阳衰草一天愁。游人何处认迷楼。"康熙十年(1671)以后,朱彝尊的影响逐渐在词坛呈现,黄生词中,亦可见例证。比如,以《沁园春》词牌咏艳虽然肇端于南宋的刘过,但此后响应、唱和者并不多,至康熙初年,朱彝尊以《沁园春》十二阕咏艳,则引起词坛的广泛响应,几至于家有其作。黄生的《沁园春·咏美人肩。前此刘改之有咏指甲及足二首,邵青溪继以眉、目二首,予因戏作二词补之》、《沁园春·咏美人腰》虽然回避了朱彝尊,而将渊源直溯刘过,但应可以被认为是这一次咏艳唱和影响下的作品。试看其《沁园春·咏美人腰》:

> 弱不胜扶,娇难就捧,一搦身材。记碧峰缥缈,若同云坠,翠缨牵系,生怕风来。窄地裆长,称身珠压,更六幅罗裙窄窄裁。才行步,看盈盈曳曳,没处安排。　有时徙倚栏阶。算瘦削、曾教莺燕猜。看佩声响处,柳娇花姌,弓弯舞遍,凤举鸾回。杨恨肌丰,赵嫌骨露,除是当年入楚台。难忘处,是屏中偷抱,被底轻偎。

"更六"句八字,作上三下五格式,与刘过(字改之)《沁园春》二阕①相同,而与邵亨贞(号清溪)二阕②、朱彝尊十二阕③皆不同,显示了黄生在此类咏艳唱酬中至少在体式上具有"佞古"的价值取向,以及对朱彝尊等浙西词学在一定程度上的抵制。此词中既状女子腰肢的情态风致,也大量使用与此相关的典故,如"生怕风来"用赵飞燕典,"称身珠压"用杜甫《丽人行》中"珠压腰衱稳称身"典,又如"杨恨肌丰,赵嫌骨露,除是当年入楚台",连点杨贵妃、赵飞燕、巫山神女等典实。该词上下阕笔法与构思基本相同,只有末句稍作皴染,与朱彝尊词的层层递进、步步经营亦有所不同。

---

① 唐圭璋《全宋词》,北京:中华书局,1965年版,第2145—2146页。
② 饶宗颐、张璋《全明词》,第59—60页。
③ 南京大学中国语言文学系全清词编纂研究室编《全清词·顺康卷》,第5319—5323页。

六、徐喈凤《荫绿轩词续集》三卷

徐喈凤《荫绿轩词续集》三卷，光绪二十六年（1900）徐氏家刻本。① 《清词别集知见目录汇编》、《江苏艺文志》著录。②

徐喈凤，字鸣岐，号竹逸，晚号荆南墨农，江苏宜兴人。守魁子，翙凤兄，瑶嗣父。明天启二年（1622）九月二十八日生。清顺治十一年（1654）举人，十五年（1658）进士，官云南永昌军民府推官。以入江南奏销案，降级调用，遂以母老，辞官归养。自是屏居乡里，不闻世事，以"愿息"名斋，与同里诸子以诗词相酬和，为阳羡词人之卓者。博学鸿儒之征，辞不就。康熙二十八年（1689）六月二十一日卒。③ 著有《荫绿轩词集》、《续集》各三卷。④ 又有《愿息斋文集》不分卷、《愿息斋诗集》不分卷。

徐喈凤著有《荆南墨农全集》，其书乾隆中尚存世，曾采进《四库全书》，列于存目。该书凡子目六种：《滇游诗集》、《愿息斋诗文集》、《荫绿轩词初集》、《续集》、《秋泛诗余》、《两游诗余》。⑤ 今仅存《愿息斋文集》不分卷一种，康熙九年（1670）荫绿轩刻本，南京图书馆藏。⑥ 至于今存之《愿息斋诗集》，则与《荫绿轩词集》、《续集》一样，皆为光绪中徐氏家刻本。

《荫绿轩词续集》卷首有万锦雯、蒋景祁、吴梅鼎序各一则，共六叶，上下

---

① 此书及《荫绿轩词集》、《愿息斋诗集》复印件由苏州大学文学院徐国源教授提供，谨致谢意。徐国源教授为徐喈凤九世孙，家藏此集，曾出以佐严迪昌先生撰写《阳羡词派研究》（济南：齐鲁书社，1993年版）及相关研究。据目验，该书与南京图书馆藏本版本相同。
② 吴熊和、严迪昌、林玫仪《清词别集知见目录汇编》，第215页。江庆柏主编《江苏艺文志·无锡卷》，第1735页。
③ 《竹逸徐公家传》、《竹逸公入祀乡贤祠事实清册》，载徐树高编《宜兴上阳徐氏家乘》卷二，民国三十一年（1942）追远堂木活字印本。
④ 《荫绿轩词集》三卷，光绪间徐氏刻本，版式同《荫绿轩词续集》，卷首有史可程、陈维崧、徐士俊序各一篇，有《荫绿轩词证》五叶、目录四叶，共录词140阕。又，聂先、曾王孙《百名家词钞》（康熙间绿荫堂刻本）中，录徐喈凤《荫绿词》一卷凡33阕，皆已见于《荫绿轩词集》中。
⑤ 四库全书研究所整理《钦定四库全书总目》卷一八二，第2541页。
⑥ 柯愈春《清人诗文集总目提要》，第201页。

单栏,左右双栏,半叶九行,行二十字,版心镌"荫绿轩续集词序"或"序"、页码及鱼尾(版心镌字较少时镌双鱼尾,较多时则镌单鱼尾),白口;其后为目录三叶,版式与序同;其后词共七十六叶,以调为序,依次分为小令(共九叶,三十五阕)、中调(共十叶,二十八阕)、长调(共五十七叶,一百二十五阕)三部分,其版式为上下单栏、左右双栏,半叶九行,行二十字,小字(词序、评语等)双行,行亦二十字,版心镌"荫绿轩词"、双鱼尾、"小令"(或"中调"、"长调")、页码,共收词一百八十八阕,末缀徐翔凤骈文跋一篇。其中,长调自《瑞鹤仙·中秋后二日,寿高苏州苍岩》以下七十五阕,《全清词·顺康卷》已据《荫绿轩词续集》收录,①又《南乡子·桐花》、《浪淘沙·初夏同万怀蓼、天峰上人游南岳寺》(其二)、《蓦山溪·宛溪夜行》、《意难忘·寄顾茂伦》、《百字令·题广陵宗梅岑东原草堂,次曹顾庵先生韵》五阕,《全清词·顺康卷补编》据《诗余花钿集》、《绝妙好辞今辑》、《宜兴县志》等收录。② 其余一百零八阕皆可补《全清词》之遗,其目次为:

《闲中好·本意》二阕、《南乡子·桐声》、《南乡子·桐影》、《南乡子·桐叶》、《南乡子·送春》、《竹枝·虎丘二首》、《竹枝·西湖二首》、《江南春·本意》、《忆王孙·记梦》、《江城子·长至日登吴山望西湖雪景》、《河满子·雨中杜鹃》、《长相思·题孙无言半瓢居》、《浣溪沙·立夏前五日,同叙上人溪行,咏柳花》、《减字木兰花·前题,次叙上人韵》、《减字木兰花·梁溪舟中,和叙上人送春韵》、《菩萨蛮·雪晴,次竹虚弟韵》、《菩萨蛮·立夏日,梁溪道中,读蝶庵第五集词》、《菩萨蛮·叠前韵》、《柳含烟·本意》、《好事近·鸟声》、《鹤冲天·题邹巽含小像》、《柳梢青·和吴玉涛自题静香楼韵》二阕、《偷声木兰花·雨中其年、天篆过小斋闲话,次天篆韵》、《偷声木兰花·怀友》、《少年游·为松陵去疾弟五十寿》、《浪淘沙·初夏同万怀蓼、天峰上人

---

① 南京大学中国语言文学系全清词编纂研究室编《全清词·顺康卷》,第3088—3110页。该书所据《荫绿轩词续集》,应是残本。
② 张宏生《全清词·顺康卷补编》,第642—644页。其中,《浪淘沙·初夏同万怀蓼、天峰上人游南岳寺》共二阕,起句分别为"共喜谢微"、"野性爱游",《全清词·顺康卷补编》录其第二阕。

游南岳寺》(其一)、《河传·送甥紫缙赴猷州幕》、《木兰花令·玉兰》、《临江仙·题我园钓鱼处,次许月度韵》(以上小令);《蝶恋花·万怀蓼属题庭前海棠》、《一剪梅·展牡丹图悼渭文弟》、《临江仙·戊午秋与饶至立客窗夜话,听隔垣度曲,和至立韵》、《苏幕遮·叙上人以词见赠,次韵答赠》、《苏幕遮·叠前韵写怀》、《品令·柬叙彝上人》、《品令·赠相士诸远之》、《谢池春·集南耕梅庐赏梅》、《青玉案·为松之兄题臞庵,次曹顾庵韵》、《天仙子·题吕祖师像,为吴道士寿》、《两同心·并头兰》、《千秋岁·为侄弼一寿》、《忆帝京·题姚升闻长安看花图》、《河满子·送周子旦归厚村》、《河满子·次仲宣弟晚晴韵》、《诉衷情近·丁巳元日大雪,是日迎春》、《一丛花·送京少楚游》、《一丛花·戊午又上巳,同人集小斋赏牡丹分赋》、《一丛花·谷雨后四日,潘原白斋头灯下赏牡丹》、《柳初新·戊午三月客毗陵,清明日,约家学士立斋、吴子弘人、陈子弢仲游杨园,为雨所沮,柬立斋》、《蓦山溪·为周立五先生题柳溪精舍图》、《洞仙歌·庚申短至吟,次史蘧庵先生韵》、《洞仙歌·前题次韵》、《洞仙歌·前题次韵》、《洞仙歌·前题次韵》、①《华胥引·戊午初夏,寓桐阴方丈,题赠佛端上人》、《愁春未醒·花朝前一日,诸公集荫绿轩,看落梅。蘧庵先生即席成词,次韵奉和》(以上中调);《意难忘·戊午春分前二日,梅庐花下,喜潘原白归自都门》、《法曲献仙音·送莫鲁岩行取进京》、《满江红·寿黄珍百七十》、《满江红·百花洲》、《满江红·赋得"澄江静如练"》、《满江红·题高澹游为家用王写躬耕图,次用王韵》、《水调歌头·平远堂雨中即事,限用"烟"字》、《水调歌头·题董舜民〈苍梧词〉》、《水调歌头·前题》、《满庭芳·寿林别驾天友》、《满庭芳·寿秦年伯以新六十,时对岩自军前归》、《满庭芳·送其年之白门,次蘧庵先生韵》、《满庭芳·三月晦日,沈青城先生招集留余堂赏牡丹,值大风雨》、《天香·龙涎香》、《汉宫春·喜陈子万归里,次梁玉立先生韵》、《夏初临·立夏日虎丘看新绿,值风雨,不得登山,傍邻舟观演杂剧》、《醉蓬莱·丹枫》、《醉蓬莱·为史云臣六十寿》、《醉蓬莱·赠曹曹溪迁居汤宾虞宅,和史蘧庵先生韵》、《黄莺儿·莺声》、《燕春

---

① 案以上四词,分用《洞仙歌》调四体。

台·丁巳人日门人许维升寄到御试卷,有感》、《应天长·重阳前一日独登敬亭山云齐阁》、《高阳台·登幕山大观亭》、《无俗念·庚申十月,访曹秋岳先生于倦圃,先生正编较〈明史〉》、《东风第一枝·踏青》、《东风第一枝·正月十三日同人集荫绿轩试灯》、《万年欢·为汤皆山六十寿》、《绕佛阁·题石涛上人种松图》、《念奴娇·丁巳重阳,西城闲眺,怀潘原白客燕邸》、《念奴娇·喜原白归里,用重阳日寄怀韵》、《念奴娇·月下赏牡丹》、《念奴娇·记许若夔遇狐仙事,次史绣衷韵》、《百字令·西厂赈饥》、《百字令·送董蓉仙赴黔候补邑令》、《百字令·和陈太史其年长安闰中秋原韵》、《春夏两相期·次赵国子见赠韵》、《玉蝴蝶·周立五先生招集同人宝诚堂看梅,用柳耆卿韵》、《渡江云·施愚山先生见访,适患足疾,未能接晤》、《渡江云·松陵臞庵兄见访,足疾初愈,强起接晤》、《解语花·庭前紫牡丹枯而复花,未免憔悴之态,词以慰之》、《庆春泽·毗陵道中,送曹中翰颂嘉膺荐还朝》、《南浦·林别驾天友招同云臣、其年、枚吉游南岳,作此奉赠》、《南浦·澄江偶遇姜西溟》、《桂枝香·重阳前一日,同云臣、其年、枚吉、雪持、云槎石亭看桂》、《桂枝香·蟹》、《真珠帘·雨舟题放庵上人红豆词卷》、《翠楼吟·病足杜门,蘧庵先生以词讯慰,次韵奉答》、《忆旧游·送潘元白之溆浦任》(以上长调)。[1]

徐喈凤曾说:"余素不读词,亦不作词。壬寅冬,自滇南归,访邹程邨于远志斋,见几上有《倚声集》,展而读之,其中有艳语焉,足以移我情也;有快语焉,足以舒我闷也;有壮语、旷语焉,足以鼓我气而荡我胸也。遂跃然动填词之兴。"[2]徐喈凤开始留意词学,是在康熙元年壬寅(1662)冬自云南辞官归乡后,受到了同乡邹祗谟的影响。但徐喈凤开始大量作词,则是康熙十年(1671)以后,陈维崧归乡,与阳羡诸子大量唱酬之时。其词集中存在的线索可证:《荫绿轩词集》、《荫绿轩词续集》卷首诸序,俱未署日期;《荫绿轩词集》

---

[1] 南京大学中国语言文学系全清词编纂研究室编《全清词·顺康卷》失收《荫绿轩词续集》大量词作,前贤已有瞩目者,如周绚隆《陈维崧年谱》(北京:人民出版社,2012年版),即已据《荫绿轩词续集》补充陈维崧及阳羡词派交游唱酬信息多则。笔者正是在阅读此书时,意识到《全清词·顺康卷》缺载《荫绿轩词续集》较多词作这一问题。

[2] 徐喈凤《荫绿轩词证》,《荫绿轩词集》,光绪二十六年(1900)徐氏家刻本,卷首第4b—5a页。

中所收纪年词,最早者为《木兰花令·壬子元旦,次史蘧庵先生韵》,壬子为康熙十一年(1672),最晚者则为《蓦山溪·甲寅上巳,约云臣、其年西溪修禊,不果来,柬以词》,甲寅为康熙十三年(1674);[①]《荫绿轩词续集》中所收纪年词,最早为《诉衷情近·丁巳元旦大雪,是日迎春》,丁巳为康熙十六年(1677),最晚者则为《貂裘换酒·壬戌元旦,十六叠前韵》,壬戌为康熙二十一年(1682)。[②] 因此,徐翙凤称其兄"廿年栖逸,寄傲诗文。间游戏于小词,遂积成夫续集",[③]大致是符合事实的。康熙二十一年五月,陈维崧在北京辞世,丧归宜兴,徐喈凤曾经济之,并赋《十二时·哭陈太史其年》[④]为悼。此后,徐喈凤的词学活动骤然减少,康熙二十三年(1684),徐喈凤以《哨遍》调檃栝屈原《卜居》,在词序里说:"余自放二十二年,逍遥乎山水之区,游戏于诗文之苑,所谓'乐夫天命复奚疑'矣。"[⑤]这是可以考证的徐喈凤最晚的词作。

  因为徐喈凤作词较晚,严迪昌先生认为,"在阳羡词人中他是未染'花间'影响的一个,故略无'柔辞曼声',而一以真率语'舒我闷',其词特多痛定思痛的憬悟语"。又说"《荫绿轩词》的个性风格正是以直见曲,疏中见密,初读似大白话,颇多散文化笔法,细味之能辨尝出内裏一层苦涩的意理,很耐人寻绎。所以,他虽以本色语见长,当时有'飘箫秀逸'之称,实际上是属一种刊落繁艳春色,而独以秋爽之气驭深沉之情的风貌"。[⑥] 严先生的评价可谓中的。阳羡诸子中,徐喈凤是身世颇为特殊的人物,他早年丧父,家贫力学,得中进士高第,出为边远省府推官,在任兢兢业业,颇有政绩,随后因江南奏销案降调,遂以母老辞官而归,"自放"二十余年,不再有意于宦途世事。相较于陈维崧等屡试不第的士子词中挥之不去的怀才不遇式沉郁傲怒,徐喈凤的词,其实具有平实淡然、悠然意远的特点,如《满江红·题高澹游为家

---

① 徐喈凤《荫绿轩词集》,小令第12b页、中调第14a页。
② 徐喈凤《荫绿轩词续集》,中调第6a页、长调第29b页。
③ 徐翙凤《跋》,徐喈凤《荫绿轩词续集》,长调第57a页。
④ 徐喈凤《荫绿轩词续集》,长调第32a页。
⑤ 徐喈凤《荫绿轩词续集》,长调第56a页。
⑥ 严迪昌《阳羡词派研究》,第208—209页。

用王写躬耕图，次用王韵》：

> 万里归来，曾经遍、山深江涨。今细算、只应力穑，平安无恙。我久锄云西氿侧，君方耩雨东湖上。约耕余、放棹叩荆扉，诗相饷。　疏柳外，烟波漾。小村畔，渔樵唱。愿秋书大有，共倾家酿。世业横经兼负耒，生涯荷蓧常携杖。倩高郎、图内更添予，同耕状。

此词虽是题图词，却在词中叙述自身生平志意。尤侗评此词曰："不衫不履，澹远萧疏，苏之豪，辛之壮，此殆兼之。"① 其实，此词所步韵，正是康熙四年（1665）时曹尔堪（号顾庵）、王士禄、宋荦、宋实颖、尤侗等人的"湖上/江村/端午倡和"韵。② 阳羡诸子在倡和高峰时期，接受了曹尔堪等人的直接影响，《荫绿轩词集》中，也往往可见曹尔堪的评语，如：

> 《如梦令·雨舟》　曹尔堪评曰："烟波如在眼前。"
> 《临江仙·武林道上》　曹尔堪评曰："浑脱浏漓，词家神品。"
> 《蝶恋花·次钱尔斐、曹顾庵韵，送姜西溟归慈溪》　曹尔堪评曰："'雨暗江城'一句，描尽雨景。"
> 《蓦山溪·雨宿王丹麓斋头》　曹尔堪评曰："曲曲写来，具见交情真笃。"
> 《满江红·其年将游广陵，先一夕，偷儿取其行李，遂不成行，戏赠，三用前韵》　曹尔堪评曰："善戏谑兮，机趣横生。"
> 《满江红·题云起楼，赠吴明府伯成，三用回韵》　曹尔堪评曰："赋赠之体，那得潇洒出尘如此。"③

曹尔堪可以说是康熙初年辛派词人的领袖，而阳羡诸子正是实践这一词风

---

① 徐喈凤《荫绿轩词续集》，长调第 3b 页。
② 南京大学中国语言文学系全清词编纂研究室编《全清词·顺康卷》，第 1323—1327 页。
③ 徐喈凤《荫绿轩词集》，小令第 5a 页；中调 1a、4a、13a—b 页；长调 2b—3a 页。

的主要群体,嘉善、宜兴间的词学关系及其互动要比学界此前所知更热烈些。上述评语体现了曹尔堪与徐喈凤创作方面的互动,此外,徐喈凤曾自述其与曹尔堪的关系说:"顾庵学士云:'竹逸自辟堂奥,不入前人窠臼,此道中五丁手也。'虽曹学士善于护短,实仆一生知己之言。"①徐喈凤词善于新创应该是时人的共识,聂先评论其词时也说:"荆溪其年昆仲独倡声教,而先生鼓吹之功实多。故其词自辟堂奥,不落前人窠臼。看其起结联络,处处别开生面。"②除了结构脉络中体现出新意,在意境内容等方面,徐喈凤也有自觉的理论追求,他曾说:

  夫浓艳之极,乃归平淡。惟淡故老,淡老者,浓之极也。诗文皆然,而词尤甚。盖词以浓媚婉约为体,非此不工。少年性不胜情,艳思绮语,触绪纷来,于温柔乡刻意研摹,习成腔调。色色当行,自谓无语不香,无字不艳。久之,自顾须眉气骨,不敢与脂香粉泽俱化。此念一动,羞恶便起于严气正性。③

徐喈凤较早地提出了词中"老"之一境,且这种老境自觉地排除了婉约柔媚的词风,而一出于词人的性情,亦即"严气正性",词与诗因此可以沟通。徐喈凤的"老"境与其繁华落尽、毅然归隐的仕履浮沉与人生心态有关,也与其摆脱《花间》、直接辛刘的词学渊源有关。他的观点,代表了阳羡词人在词学理论方面的自觉与创新,并彻底与词坛上擅长艳词的云间、浙西词派判分开来,聂先说"荆溪其年昆仲独倡声教",徐喈凤"鼓吹之功实多",良有以也。

七、姚祖振《丛桂轩近集诗余》一卷

  姚祖振《丛桂轩近集诗余》一卷,附其《丛桂轩近集》十卷后,今存康熙二

---

① 徐喈凤《荫绿轩词证》,《荫绿轩词集》,卷首第5a页。
② 徐喈凤《荫绿词》,聂先、曾王孙《百名家词钞》,康熙间金闾绿荫堂刻本,第10a—b页。
③ 徐喈凤《付雪词二集序》,载冯乾《清词序跋汇编》,南京:凤凰出版社,2013年版,第55页。

十五年(1686)姚弘仁刻本,北京大学图书馆、北京师范大学图书馆、江都图书馆、常熟图书馆等皆有藏本。《清人诗文集总目提要》、《清人别集总目》、《清词别集知见目录汇编》著录。①《全清词·顺康卷》及补编未收此人词。

姚祖振,字越士,浙江山阴(今属绍兴市)人。诸生。

姚祖振生卒年岁及生平细节,可据《丛桂轩近集》考订。卷十《先考绳霄府君暨先妣屠太孺人行实》记载其家世颇为详尽,中言"振十七岁亦入郡庠",又言"岁己卯春,祖振游于庠"。考己卯为明崇祯十二年(1639),是年姚祖振十七岁,则当生于明天启三年(1623)。又,《先考绳霄府君暨先妣屠太孺人行实》明确记载其父母生于万历丁亥(十五年,1587),《丛桂轩近集》卷九《自题教子图》:"余父母年三十有七,而余始离一。"其父母年三十七,恰在天启三年(1623)。姚祖振博学多识,《丛桂轩近集》陆韬序谓:"吾友越士家富五车,学搜三箧,一时咸推博雅。……每有疑义,辄相与晰。他如僻书逸史,亦同实沈台骀之辨,记忆无少遗,而胸概豪迈,于天下事凡兵农礼乐、国计民生所关切者,无不卓有成算。"尽管如此,姚祖振却艰于科名,以郡庠生终其生,卒前不久,尚与其子同应乡试,《丛桂轩近集》王雨谦序谓:"辛酉之役,越士竟厄红纱,令嗣子毅以第三人魁浙。未几而越士遂有炎州之命。"则姚祖振当卒于康熙二十年(1681)辛酉浙江乡试后,清代例于八月中举行乡试,则姚祖振之卒当在是年秋冬或稍后。

《丛桂轩近集》十卷,半叶九行,行二十字,书口镌书名、卷数、页码,无鱼尾,白口,诗文词篇章或有圈点,其后或有友人评语。是书卷一至卷四为各体诗,《禽言》与词合为卷五,卷六至十为各体文。卷五凡收词二十二阕:《南乡子·雨斋即事》二阕、《长相思·和某姬韵》、《菩萨蛮·秋怀》、《玉楼春·除夕次陶养浩韵》、《豆叶黄·七夕》、《忆秦娥·端阳忆亡女》、《踏莎行·银瓶怨吊岳忠武女》、《钗头凤·七夕》、《霜天晓角·前题》、《天香·可也居赏桂》、《春从天上来·仲秋见红梅盛开》、《满江红·秋闺》、《无俗念·月夜》、

---

① 柯愈春《清人诗文集总目提要》,第102页。李灵年、杨忠《清人别集总目》,第1708页。吴熊和、严迪昌、林玫仪《清词别集知见目录汇编》,第102页。

《百字令·寿朱朴亭六十》、《醉春风·潺暑舟行嘉禾道中》、《江城子·孟秋石门舟中归思》、《东风第一枝·偶怀》、《瑞鹤仙·寿姜定庵都谏五十》、《满园花·雾隐斋即事》、《锦帐春·贺胡勒卣宴尔》、《千秋岁·寿沈肯斋五十》。

陆韬跋姚祖振词谓："夫浓艳之极,乃归平淡,诗文皆然,而词尤甚。观越士诸诗余,脱尽渣滓,独存气骨,平淡中自饶浓艳。刻羽流商,含唐吐宋,如冷香空翠,无笔墨痕。自当领大晟乐府,岂仅倩十七八女郎,按红牙檀板哉?"姚祖振词后,凡有胡懋新(字敬懋)评语五则,及吕现五、丁殿生、金起孟、胡寅公、冯云腋、王山公、丁抑之评语各一则。如《满江红·秋闺》一首：

本是怀春,奈秋气、又将愁煽。芦风绕、江心沙嘴,阻人归牵。危倚高楼眼力短,新思都付梧桐片。想旧时、空说十分情,九分欠。　行则个,双鸾旋。睡则个,孤魂颤。念娇酣曾受,那人绸恋。梦蝶也将花粉退,醒时单听催银箭。不信道、雁字一回来,犹如面。

是词通篇圈点,其后胡懋新评曰："高楼又加危倚,怀人而止望书。从'金罍仆马,苟无饥渴'来,却不减声声怨。"颇能道着词中之意、作者之心。其余评价,皆颇有颂声,然亦恐涉标榜揄扬之同人习气,如《忆秦娥·端阳忆亡女》,丁殿生评谓："太白以《忆秦娥》、《菩萨蛮》二词,擅名千古,价足相方,又添端午一则佳话。"不仅比拟不伦,用语亦近冷酷无情矣。

八、董汉策《雪香谱》一卷

董汉策《雪香谱》一卷,康熙间刻本,今藏国家图书馆。《清人诗文集总目提要》、《清人别集总目》、《清词别集知见目录汇编》著录。[①]

董汉策,字帷儒,号芝筠,别号苏庵、寓庵,亦号榴龛居士,浙江乌程(今

---

① 柯愈春《清人诗文集总目提要》,第249页。李灵年、杨忠《清人别集总目》,第2176页。吴熊和、严迪昌、林玫仪《清词别集知见目录汇编》,第151页。

属湖州市)人。说从侄。明天启三年(1623)生。岁贡生。清康熙初献计赈灾,获荐以道员起用。旋被台参放归,益肆力于经史著作。卒于康熙三十年(1691)。①

董汉策著作颇多,《(同治)湖州府志》著录他有《文集》九种、《诗集》二十八种、《词集》五种。② 今存康熙间刻本《榴龛居士集》十二册,子目凡十六种,其中词集凡《雪香谱》、《董词》、《董词二集》各一卷,藏于国家图书馆;又今存康熙间刻本《董帷儒集》六册,子目十数种,内有词集《蓝珍词》、《董词》、《董词二集》各一卷,藏于日本国立公文书馆内阁文库。据此观之,则董汉策词集今存四种,另有一种当已佚去。

《全清词·顺康卷》据《蓝珍词》、《董词》、《董词二集》录词一百四十九阕,又据《瑶华集》辑补《玉楼春·春日》一阕;《全清词·顺康卷补编》据《松陵绝妙词选》辑补三阕。③《全清词·顺康卷》所据之《蓝珍词》、《董词》、《董词二集》当来自日本内阁文库,由程千帆先生委托清水茂教授访得。④ 该书卷末部分多有阙文,《全清词·顺康卷》因之,可据国家图书馆藏本校补。

《雪香谱》今存两种,除上述藏于国家图书馆者外,尚有一种藏于北京大学图书馆。北京大学藏本凡三十五叶,半叶八行,行十九字,版心刻"雪香谱"及页码,无鱼尾,白口,其书卷前又有目录二叶。国家图书馆藏本版式、内容与北京大学藏本全同,惟佚去第三十五叶。又,北京大学藏本有较多漫漶之处,可据国家图书馆藏本参校订补。是书共录词八十八阕,起《沁园春·忆旧》,迄《望江南·五愿》,皆未为《全清词·顺康卷》及其补编所收,可补遗。

《雪香谱》前后无序跋,很难确知此集之命名源起、创作时间与经历等。不过,是卷词未以调名或题材分类排列,则似仍以时间为序。考其中有《少

---

① 董熜《董氏诗萃》卷八[乾隆十年(1745)刻本],载徐雁平主编《清代家集丛刊续编》,北京:国家图书馆出版社,2018年版,第110册,第385—386页。
② 周学濬等纂《(同治)湖州府志》卷六〇,同治十三年(1874)刻本,第4a页。
③ 南京大学中国语言文学系全清词编纂研究室编《全清词·顺康卷》,第3595—3632页;张宏生《全清词·顺康卷补编》,第676—677页。
④ 程千帆《闲堂书简》,上海:上海古籍出版社,2013年版,第458页。

年游·泰山道中有感》《南乡子·过郑州昭君故里》《浪淘沙·留别达行大兄》《满江红·在真定署中观鸦阵》《水调歌头·寓天雄普照僧寮闻弦管偶赋》诸词。而其编年诗集《自在吟》中有《昭君曲过郑州赋》,且该集编录康熙三年甲辰(1664)夏间启程赴京,冬末南还及康熙四年(1665)秋前之诗;其另一编年诗集《寓庵诗》编录康熙四年冬至日后赴京,康熙五年丙午(1666)春南还诗,其中并有《维扬至日》《重游宿迁》《到京都有赋,时一载中游此两次矣》《乙巳遣岁》《丙午元旦试笔》(自注:时寓达行兄真定署中)、《丙午春夜赴成近天招集,时寓天雄僧舍》诸诗。[①] 其行程、经历、歌咏题材多可与《雪香谱》中词互相印证,由此可知,《雪香谱》的创作时间,大致在康熙三年至五年间。

《雪香谱》中除纪行词外,多咏怀、感旧、怀古、题赠之作,词风苍古而兼俊秀,如《满江红·渡河》:

万里奔澜,苍茫烟水连青渤。人说道、原从天上,银潢初发。吸却海潮星宿涌,洄流东注虞渊没。只往来、一气转鸿钧,无休歇。　棹歌沸,春涛滑。片帆影,惊龙窟。想击楫高吟,一何激越。云锦绷萦身畔剑,风樯吹起波心月。愿乘槎、从此溯昆仑,吞穷发。

此词咏渡黄河时所见所思,上下千古,往来万里,气象壮阔,笔力千钧。词后复有署名"其旋"的评语:"终日观河海而不知其往来之故,览此,不禁瞿然深省。"《榴龛居士集》中作品,多密布圈点,并有同仁评语且以双行小字附后,《雪香谱》等词集亦同,此是明人标榜品评之习气影响使然。略记《雪香谱》评语可考者如次,并可见董汉策之词学交游焉:董含(号榕庵)、张道岸(字应渡,号闲鹤)、董俞(字苍水)、韩纯玉(字子蘧)、董灵预(字湛思)、董神骏(字西御)。

---

① 董汉策《自在吟》《寓庵诗》《榴龛居士集》,康熙间刻本。

九、袁藩《敦好堂诗余》一卷

袁藩《敦好堂诗余》一卷，附其《敦好堂诗集》四卷后，分装三册，清三十六砚居钞本，今藏山东省图书馆。《清人诗文集总目提要》、《清人别集总目》著录。①

袁藩，字宣四，号松篱，山东淄川（今属淄博市）人。明天启七年（1627）生。清康熙二年（1663）举人，屡应会试不第。十三年（1674），铨选知县，实未得任。与毕际有、蒲松龄、张笃庆等游从。善诗词，多悲凉慷慨之音。卒于康熙二十四年（1685）。②《全清词·顺康卷》及补编未录此人词。

《敦好堂诗集》半叶九行，行二十一字，版心下端有"三十六砚居"字样。卷首有毕际有《编次袁孝廉〈敦好堂集〉题词》、高珩《题袁松篱〈敦好堂近诗〉》，及王士禛、唐梦赉、吴柰题识各一则。据毕际有题词，受袁氏遗命，在袁藩身后，毕际有为其整理旧稿，"挨年编次，一一为清出，凡得诗一千五百，亦云夥矣，又诗余二十七，杂体古文词仅十六篇附焉。共录为廿又六卷，其他捉刀之作尚多，则未遑概录"。然此册仅有诗四卷、词二十五阕，已不合毕际有整理原貌，当是流传钞录中不断散佚之故。

所录二十五阕词为：《贺新凉·曹学士元韵》七阕（分题：旅况、旅夜、过清流关、关上谒关帝祠、将至扬州、怀周雪客、扬州归途有感）、《满江红·大江，用岳武穆韵》、《念奴娇·夜雨》、《贺新凉·述怀，八叠曹学士韵》、《念奴娇·赋得"破帽多情却恋头"，同曹无山、秦以御赋，用原韵》、《满庭芳·望雨，耿又朴太史属和》、《百字令·寿蔡龙文》、《浪淘沙·斋中对雨》、《满江红·赠吴海木，叠吴山唱和元韵》、《满江红·雪中》、《满江红·赠王公睿》、《满江红·报唐太史与吴海木论词》、《贺新郎·乙卯秋淮南道上和〈秋水轩词〉，凡八叠元韵，于今七年矣，读唐太史〈志壑堂集〉，见其十叠，偶触旧绪，

---

① 柯愈春《清人诗文集总目提要》，第287页。李灵年、杨忠《清人别集总目》，第1750页。
② 毕际有《编次袁孝廉〈敦好堂集〉题词》，袁藩《敦好堂诗集》卷首，清三十六砚居钞本。

对雪拈此,时束归装为北上计也》、《贺新郎·柬李约斋》、《一剪梅》(碾玉雕冰)、《念奴娇·再至石隐园,步蒲留仙韵》、《贺新郎·忏病》、①《水龙吟·雨甚,慰蒲留仙,即步元韵》、《临江仙·奉和蒲留仙韵》。

袁藩词,多步韵前人,上录《贺新郎》词十一阕,皆步曹尔堪"秋水轩倡和"词韵;《满江红》五首,除一阕步岳飞韵,其余皆步唐梦赉、吴陈琰康熙二十年(1681)"辛酉倡和"词韵;其他诸阕,或用耿愿鲁(字公望,亦字又朴,山东馆陶人)韵,或用蒲松龄韵。秋水轩倡和、辛酉倡和,对清代前中期词坛稼轩风的鼓荡有较强烈的效果。②袁藩屡应会试不第,沉沦科场,垂老无成,胸中愤郁多于诗词中表现,而秋水轩倡和、辛酉倡和之主旨恰可切合其心态。其词皆作于康熙十四年乙卯(1675)之后,袁藩屡败屡战,屡战屡败,穷年沦落,更有风雨飘摇之感,如《贺新凉·述怀,八叠曹学士韵》:

镇日心如卷。坐寒窗、乡思旅意,苦难排遣。静夜荒街闻击柝,兰焰盈盈光泛。闲题句、懒铺鱼茧。鹤发慈帏疏定省,叹天涯游子您非浅。肠百结,恨难展。 病因愁起原明显。强支梧、风寒暑湿,欲满和扁。梦到眉陵星月下,蚤见柴门迎犬。喜来去、长途劳免。一阵朔风鸣竹瓦,怅南柯郡守何人典。醒倦目,烛再剪。

劳愁满腹,辗转反侧,由醒及梦,复由梦及醒,皆无由排遣,甚矣其愁苦之深也。此外,袁藩尚有较舒朗的小令,如《临江仙·奉和蒲留仙韵》:

篱外秋光清欲滴,微云淡扫长空。草根蟋蟀响无穷。梧桐新雨后,菡萏绿波中。 恨煞文园多病客,隐然五岳填胸。西风摇□

---

① 钞本中,此词与下阕《水龙吟》间,有两阕词之空间留白,并有"谢蒲留仙问病"词题一则。或许是毕际有所校订原稿此处已缺损,故三十六砚居钞时为作留白。计上此二阕佚词,《敦好堂诗余》恰满二十七阕之数。
② 李桂芹、刘子呢《秋水轩唱和活动及其意义》,《长春大学学报》2008年第7期,第51—55页;刘东海《清初词坛"辛酉唱和"述论》,《河池学院学报》2011年第4期,第24—33页。

与君同。还期开竹径,来醉菊花丛。

此词原唱是蒲松龄的《临江仙·送宣四兄东归》,①结句"勿将多病骨,强付少年丛",略涉戏谑。而袁藩的结句则明显开朗,真可符合王士禛的评语"词又藻拔"②了。

十、宋俨《藏山词》一卷

宋俨《藏山词》一卷,清代钞本,今藏山东省图书馆。《清词别集知见目录汇编》著录。③

《藏山词》凡五十五叶,半叶八行,行二十四字,卷首有《藏山词著者小传》:"宋俨,字大涂,初名元伯,(一作玄伯,《复社录》作正伯。)字荨庵,莱阳人。顺治乙未岁贡生,候选训导。生于明万历四十六年三月初三日子时,卒于康熙二十一年四月初九日丑时,享年六十五岁。著有《藏山诗集》、《漆湄草》、《独石居文集》、《独石居词》、《藏山词》,兼工书法。"④是书中有《满江红·奉祝张华平太史初度,时以博学宏词应召》词,似避乾隆帝讳,改"弘"作"宏",则该本当钞成于乾隆以后。其书卷首钤"律师于世琦印"、"山东省图书馆珍藏印"方形阳文篆印二方,卷后附宋惟梁《归园吟诗余》三叶,格式同,其末钤"赵氏模邕阁考藏图籍书画印"阴文篆印一方、"孝陆"、"山东省立图书馆收藏"阳文篆印两方。赵孝陆,名录绩,山东安丘人,近代藏书家,有模邕阁,珍藏善本数百种,卒于1940年前后,藏书于其身后流入公藏。⑤可知此册曾经于世琦、赵录绩递藏,后流入山东省图书馆。

《藏山词》基本依词调排序,分小令、中调、长调。小令起《如梦令》,迄

---

① 南京大学中国语言文学系全清词编纂研究室编《全清词·顺康卷》,第7986页。
② 《敦好堂诗集》卷首王士禛题识。
③ 吴熊和、严迪昌、林玫仪《清词别集知见目录汇编》,第241页。
④ 《藏山词著者小传》,宋俨《藏山词》卷首,清代钞本。
⑤ 郑伟章《文献家通考》,北京:中华书局,1999年版,第1724—1725页。

《柳梢青》,凡十九调二十六阕;中调起《江城子》,迄《千秋岁》,凡三十一调五十六阕;长调起《念奴娇》,迄《万年欢》,凡四十三调六十阕。《全明词》、《全清词·顺康卷》分别据《独山词》、《全清词钞》录其《南歌子·冬夜,步淮浦韵》一阕,①该词亦载于《藏山词》,而《藏山词》所收其余九十二调一百四十一阕,皆可补《全清词·顺康卷》及其补编之未备。

宋俶生平细节,尚可稍作考订。《(民国)莱阳县志》:"宋俶,字大涂,号敷庵,琮长子。善诗古文辞。崇祯庚辰,岁大饥,人相食。出藏粟九千石助赈,全活甚众。癸未城陷,叔父玫殉,遗孤甫八月,俶抚养之。"②此遗孤,即宋摅,举康熙十七年(1678)戊午科举人,其父宋玫,明工部侍郎,丁忧归,值清兵于崇祯十六年(1643)攻莱阳,城破殉难。③又,宋俶曾读书于宋琬官署中,方文有《留别宋大涂》诗,自注:"玉叔兄子也,读书宪署中。"④宋琬与宋俶虽辈分有别,但年龄相近,宋琬仅比宋俶大四岁。顺治十五年(1658)、十六年,宋俶读书于宋琬官署中,并与之唱酬,始开始作诗:

余兄宗玉,文章典奥,海内多诵法之。居平教子弟读书曰:"取材务博,养气欲厚。一艺之成,必钞目钬心,究极于精微,然后已。"有子大涂最爱,与余同研席者有年。每当解经疏义,霍然如抉蒙披翳,倾听至夜分不倦。间一谈及诗歌乐府,则以为肄业所不及,或头触屏风睡矣。丧乱以来,中更多故。余虽谬尔通籍,而忧戚颠踬、悲穷窘厄,备诸人所难堪之遭。然无聊不平之气,亦赖有诗篇以发之。大涂视余厄等也,顾其困诸生乃最久,年将强仕,始贡于礼部。今年春,过卢龙,余治悠然堂以止之。灯火斓姗,惝恍畴昔

---

① 饶宗颐、张璋《全明词》,第 2730—2731 页;南京大学中国语言文学系全清词编纂研究室编《全清词·顺康卷》,第 477 页。
② 王丕煦纂《(民国)莱阳县志》卷三之一中"孝义"条,民国二十四年(1935)铅印本,第 81a 页。
③ 王丕煦纂《(民国)莱阳县志》卷三之一上"举人"条,第 71a 页;卷三之一中"忠节"条,第 58a 页;卷三之三"艺文"条,第 15a—16a 页。
④ 方文《嵞山续集·北游草》,康熙二十八年(1689)王槩刻本,第 29b 页。

受讲时也。大涂为诗工而敏,然不肯竟学,酒酣以往,仰天而呼曰:
"嗟乎,士不成进士,虽著书何益也?"余曰:"审如子言,则孟浩然、
贾岛诸人诗,皆不传矣。且以汝之才,守汝先子之说而勉之,以几
于道。夫何艰于一第?"于是更倡迭和,得诗若干首。余笑曰:"老
夫学诗二十年,子乃骎骎欲出其上。回首触屏风睡时,不大有异
耶?"亟授之梓,俾人知吾大涂之才,其不专一艺如此。①

从这段序中,至少可以明确如下信息:其一,明清鼎革前后,莱阳宋氏受到较为严重的震荡,丧乱相继,但其子弟在新朝仍以科举功名为职志。宋琬如此,宋俶亦是如此,只不过后者运气不佳,直至顺治十二年(1655)方拔贡。宋俶词中,还有勉励子弟科考的词数阕,如《唐多令》一调,即有《戊午送弟㯰,暨儿惟棐、惟棻、惟棨,侄惟模、惟楹省试》、《送弟㯰计偕北上》、《儿侄辈读书万柳庄喜作》、《辛酉初秋送儿惟棐、惟棻、惟棨、惟榘,侄惟模、惟楹、惟梁、惟枛省试》诸阕,词意直切,对子弟科考发家寄寓了殷切希望,可见莱阳宋氏家族对新朝、对科举的态度相较于同时江南的一些世家要更为和缓。其二,宋俶开始作诗,是因为宋琬的劝导,时间在顺治十七年(1660)前后。② 其作词则相对更晚,《藏山词》中可系年的词,皆在康熙十六年丁巳(1677)至二十年辛酉(1681)之间,基本可以推断,《藏山词》当是宋俶晚年的作品。其词中所涉交游可考者,包括张重启[字符公,号岱瞻,莱阳人,康熙十八年(1679)进士]、张瑞徵[字华平,莱阳人,顺治九年(1652)进士,康熙十八年(1679)应博学鸿儒科]、赵㽦(字泰器,号次公,莱阳人)、赵苍[字阆仙,莱阳人,顺治十五年(1658)进士]等。也可能是因为这一点,宋俶词中,不仅找不到宋琬的信息,连接受其影响的痕迹也很渺然。

宋俶词,小令较有意味,如《山花子·九日陪吴紫石明府亭山园登高》下阕:"雁阵夕阳黄叶寺,山光秋水白芦花。日暮醉看山太守、接䍦斜。"写景如

---

① 宋琬《大涂侄〈漆湄草〉序》,《安雅堂未刻稿》卷六,乾隆三十一年(1766)刻本,第14a—15a页。
② 汪超宏《宋琬年谱》,北京:人民文学出版社,2010年版,第133—143页。

绘，运典切当。中调颇伤流易，其交游、唱酬、祝寿、科第诸词，直切如话，且呫哔不休，劣者几如小曲，如《最高楼·催春》下阕"闷煞我、不青青的柳。盼煞我、不迟迟的昼。才煦煦，又霏霏，何时方听幽禽语。"长调笔意舒缓，咏物之作体贴细致，擅白描而不以典故胜；咏怀之作感伤困顿，时多幽寂之辞。其佳者则颇得平淡从容之境，如《沁园春·招隐》：

寂寞终南，鹤怨猿啼，云胡不归。叹惊涛骇浪，舻回舳转，弯弓鸣镝，雁避鸿飞。人世羊肠，功名鸡肋，何事沾沾升斗为。烽烟起，愁兵戈湖北，戎马关西。　园林尽足栖迟。羡饶有、新篁伴老梅。更亭前磊落，丈人可拜，池中的皪，君子居之。丝竹陶情，壶觞适意，倚槛临流好赋诗。休迟误，怕夕阳西下，欲坠崦嵫。

由"兵戈湖北，戎马关西"一句，可知此词当作于三藩之乱胶着之时。世乱方亟，故有退隐之意。

又，本书后附宋惟梁《归园吟诗余》一卷，凡收词四阕：《望江东·忆昨》、《庭院深·夜梦》、《沁园春·叹老》、《金菊对芙蓉·秋暮感旧》。宋惟梁，字辋木，一字周慕，号逸山，别号一勿居士，山东莱阳人。生卒未详。俶子，傲侄。康熙四十七年（1708）顺天副榜举人，官历城教谕。工书法。著有《居东野语》。[①] 前文言及，宋俶词中，有康熙二十年（1681）送宋惟梁赴乡试之词，则宋惟梁当生活在康熙时期。《全清词·顺康卷》及补编未收其词，亦可据以补遗。

十一、凌竹《却浮集》四卷

凌竹《却浮集》四卷，康熙间留余堂刻本，今藏于常熟图书馆，《清人诗文

[①] 《归园吟诗余》卷首《著者小传》；王丕煦纂《（民国）莱阳县志》卷三之一上"举人"条，第36b页。

集总目提要》、《清人别集总目》、《江苏艺文志》著录,《常熟文库》据以影印。①

《却浮集》四卷,卷首有辛酉[康熙二十年(1681)]陆贻典序、乙丑[康熙二十四年(1685)]孙旸序、钱陆灿序。卷一、卷二为诗。卷三前半为诗,其后有其门生丁斌题识,后半则为词,凡二十九叶。卷四为杂著,收录颂、题词、铭、书后等骈散杂文。

《却浮集》版式:上下单边,左右双边,半叶九行,行十八字;版心镌鱼尾、集名、卷分、体裁、页码等,白口。

其卷三共录词九十八阕:《点绛唇·清明日静寄轩坐雨》、《乌夜啼》(梦回怯听)、《减字木兰花·清明后一日洗竹轩雨中夜集》、《望江南·春游杂兴十首》、《临江仙·上巳日锦峰即事》、《江城子·锦峰感旧》、《醉春风·夜宿静寄轩,同卧庵、青门作》、《添字浣溪沙·题采莲图》、《满江红·挽于邑侯》、《满庭芳·赠胡源之种菊》、《满江红·题戟髯小照》、《风中柳·春分日》、《临江仙·春分后二日,静寄轩雨窗,题雪坡画古松山茶便面》、《浪淘沙·春寒,枕流轩同心右作》、《沁园春·二月念七日,实公练村书屋梅花下作》、《百字令·三月念四日雨晴,登釜山观大江》、《八声甘州·送春,用坡公送参寥子韵》、《蓦山溪·春暮过广福院,题洞微上人四美楼》、《喜迁莺·侯官张超然、毗陵恽正叔、吴门袁重其、同里陈南浦、王石谷夜集蒋西厓遐寄斋作》、②《江城子·遐寄斋咏红白蔷薇》、《重叠金·初夏,怀幼陶客桐乡》、《满庭芳·人日集遐寄斋,用秦淮海"晚色云开"词韵》、《忆秦娥·遐寄斋夜话》、《满江红·辛酉上巳日,同青门坐遐寄斋,南厓因话己未年石湖修禊,故词中并及之》、《南歌子·春宵》、《水龙吟·三月十一日子鸿、青门夜集介臣斋,用东坡韵》、《青玉案·赠张超然,用贺方回韵》、《满庭芳·送杨子鹤同王石谷之金

---

① 柯愈春《清人诗文集总目提要》,第341页。李灵年、杨忠《清人别集总目》,第1965页。江庆柏主编《江苏艺文志·苏州卷》,第4466—467页。常熟文库编委会《常熟文库》,北京:国家图书馆出版社,2021年版,第83册,第373—486页。
② 题中"西厓",或即后列《满江红·辛酉上巳日……》题中所称"南厓"者。"南厓"即"南崖"。考之:蒋郁,字从文,号南崖,斋名遐寄,江苏常熟人。诸生。著有《愿学诗钞》七卷、《南崖纪游诗》五卷。详参江庆柏主编《江苏艺文志·苏州卷》,第4709页。

陵》、《忆秦娥·清明后二日，夜雨独坐》、《减字木兰花·春尽日灯下作》、《醉蓬莱·寿羽成七十》、《满江红·送智先之扬州》、《满江红·送介臣之泰州》、《百字令·青门自泰州归，夜集介臣斋，限"烛"字，正月十有八日》、《重叠金·送青门之泰州》、《满庭芳·寿沈翁夫妇七十》、《满庭芳·寿王安礼先生八十》、《沁园春·挽大方伯刘公》、《醉蓬莱·寿吴二饶七十》、《蝶恋花·咏石榴花》、《百字令·寄吴陵张石楼》、《满庭芳·寿海陵张母卢孺人六十》、《酹江月·寿冒巢民先生八十》、《醉落魄·题青门小照》、《满江红·蟋蟀》、《满江红·前题》、《沁园春·题张晋友洗桐图卷》、《临江仙·题一经小照》、《贺新郎·题葭湄小照，同青门韵》、《水调歌头·上巳前一日，集云留阁，分得"开"字》、《雨中花·本意》、《雨中花·叠前韵》、《雨中花·再叠前韵》、《浪淘沙·牡丹》、《谒金门·朱鱼》、《浪淘沙·海棠》、《惜余春慢·三月九日，不侯招看牡丹，即席限韵》、《高山流水·十日大痴山房文宴，分得五微韵》、《蝴蝶儿·秋千》、《重叠金·题大痴山房》、《菩萨蛮·送春》、《蝶恋花·立夏日作》、《浣溪沙·三月十九日》、《扫花游·立夏后二日，与卧庵同会大痴山房，喜而填此》、《卜算子·闻笛》、《青玉案·照镜》、《减字木兰花·题不侯小像》、《金缕曲·贺汪柯庭生子》、《清平乐·题邵又节小照》、《千秋岁·寿徐玉苍七十》、《金明池·早春大痴山房分韵》、《人月圆·元夕樵话轩分韵》、《春光好·瓶梅》、《江月晃重山·落灯》、《减字木兰花·山窗夜坐，同青门读辛稼轩词》、《金缕曲·葭湄席上索赋酒人，分"阮"字》、《金缕曲·将赴馆吴门，夜坐樵话轩分韵》、《金缕曲·次修立送紫邻入都韵》、《沁园春·送晋玉入都》、《鹊桥仙·七夕福城禅院作》、《忆江南》四阕、《满江红·题赞坤小照》、《白蘋香·题钱吉士道照》、《白蘋香·题张松子小照》、《满庭芳·寿瞿敬六尊阃翁夫人五十，辛巳十一月》、《满庭芳·寿敬六五十，癸未七月》。凌竹及其词，皆未编入《全清词·顺康卷》及补编，可据补遗。

　　陆贻典序略谓："凌子南楼，少游顾修远、陈确庵之门，为入室弟子。食贫单子，漂流转徙，以东西南北为室庐，清风朗月、青山白水为性命，商彝古玉、法书名画为良朋胜友。所至濡毫和墨，刻烛叩铜，如鸿印泥，如蚕食叶，哀歌斫地，白眼望天，不知身世为何事。豪矣哉，南楼之于诗词翰墨也!……南楼书嗜大苏,未尝不远追元常也;诗则眉山、剑南,未尝不祖述少陵也;词则秦七、黄九,又未尝不原本李唐、五代也。"可知凌竹精善诗词,并工书画。其少年所师:顾宸,字修远,江苏无锡人,崇祯十二年(1639)举人;陈瑚,字言夏,号确庵,江苏太仓人。凌竹精于诸艺,但并不专主一家,而以转益多师致胜。

孙旸序略谓:"南楼学制举艺,清真澹远,不屑以软熟取媚当时,以是数不得志于有司。更发愤为诗古文词,沉潜反复,纂要钩玄。其文则韩欧也,而不必步趋韩欧;其诗则元白也,而未常规柲元白。三十年来,裋褐不完,蔬食不给,读书乐道,终身晏如,此其深情易气,发之于高歌长啸者,夫岂肤心末学之可跂而及乎?南楼著作甚富,尝读九华山人'外却浮华,中含至教'之句,喟然曰:'此实获我心矣。'遂以'却浮'名其集。"按九华山人,即唐诗人杜荀鹤,该句见《读友人诗》:"君诗通大雅,吟觉古风生。外却浮华景,中含教化情。名应高日月,道可润公卿。莫以孤寒耻,孤寒达更荣。"①

由《却浮集》以上诸序,可略知凌竹生平、品性、经历、专长。凌竹生平尚有可考,一是其生年。《却浮集》卷二《次天英六十自寿诗》二首有句:"君是壬生我是庚。"自注:"天英,壬申生。余,庚午生。"庚午为明崇祯三年(1630)。又,《却浮集》卷三《正月廿日七十生辰自笑二首》有句:"自笑无成七十人。"由是可以确知,凌竹生于崇祯三年正月二十日。二是其卒年。《却浮集》卷三倒数第二首诗为《甲申七夕病中对月书怀》,是为《却浮集》中有明确编年的最晚的作品,甲申为康熙四十三年(1704),则凌竹是年尚在世,年已七十五,其卒当稍后。

凌竹词宗尚唐五代北宋,陆贻典序中,称其"词则秦七、黄九",应指其词效法秦观、黄庭坚。以追和为例,凌竹词中,所追和的词人词作包括苏轼《八声甘州》、《水龙吟》,秦观《满庭芳》,贺铸《青玉案》等,而南宋的词人及其佳作,并未能在凌竹笔下留下身影。而就用调而言,凌竹词中所用词调亦多北宋时即已熟用之调,自周邦彦至姜夔、吴文英等标志性的创调、自度曲及习

---

① 曹寅编《全唐诗》卷六九一,北京:中华书局,1999年版,第8011页。

用的长调等,凌竹亦未尝使用。

　　凌竹与邵陵(号青门)是至交好友,其诗词风格与倾向很有可能受到后者的影响,或者退一步说,二人之间,至少应存在较为明显的相互影响。凌竹词中,本来就有不少与邵陵唱和的作品,如《醉春风·夜宿静寄轩,同卧庵、青门作》《满江红·辛酉上巳日,同青门坐遐寄斋,南厓因话己未年石湖修禊,故词中并及之》《水龙吟·三月十一日子鸿、青门夜集介臣斋,用东坡韵》《醉落魄·题青门小照》等词皆是。邵陵主张作诗词应纯用"眼前景、口头语"①,凌竹诗词也具有这样的特征,如《百字令·三月念四日雨晴,登釜山观大江》:

　　　　雨晴日暖,正春残无奈,雄心难托。酒过三杯乘醉兴,且放腾腾两脚。叠叠烟岚,重重云树,眼底真寥廓。登高凭眺,御风我欲飞跃。　一瞬云起天昏,日沉波涌,莫漫多惊愕。为问乾坤何所似,总是浮萍漂泊。直北关山,向东城堡,险阻今犹昨。男儿襟抱,休夸谭笑戎幕。

词中用语颇豪壮诙谐,与邵陵词风相近。"直北关山"用杜甫《秋兴八首》语典;"向东城堡"似乎有所指,但语意不明,影响了整阕词意的表达。

　　凌竹与明遗民有非常密切的联系,例如,他曾写《酹江月·寿冒巢民先生八十》为著名遗民冒襄祝寿,其倾向及认同,往往指向前朝。《却浮集》卷一有《崖山二首》,又有《东晋》,皆咏叹兴亡的怀古诗,分咏南宋之亡、西晋之亡及东晋之兴,后者有句:"二帝蒙尘不复回,金陵王气又重开。……天命可知犹未改,人心争忍便成灰。"似乎隐含了恢复之志。但其词中,虽常同胜国遗老嘘唏与共,却难掩灰心与失望,如《浣溪沙·三月十九日》:

---

① 王应奎《邵青门小传》,载邵陵《青门诗集》卷首,《常熟文库》,第89册,第43页。又参本编第十六条所论。

瞬息流光入夏天。昼长闲坐拂吟笺。寻思底事最堪怜。　洗砚烹茶空碌碌,新蒲细柳自年年。臣今老矣复何言。

三月十九日,是明崇祯帝自缢殉国的忌日。凌竹词未明言,但上阕末句"寻思底事"却旁敲侧击地将词作之意点明,而下阕末句"臣今老矣"则颇为沉痛地言明了希望的破灭与自己的无奈、不甘,其用意是非常明确的。

　　此外,凌竹词还有一个比较明显的特征,即交际词、送行词、题图词、寿词、挽词特别多。程式套语,颇滥充数,较为令人不耐。

十二、周志嘉《西村草堂词》一卷

　　周志嘉《西村草堂词》一卷,为其《西村草堂集》第七卷,清徐氏烟屿楼钞本。《清人诗文集总目提要》、《清人别集总目》著录,①《清代诗文集珍本丛刊》据以影印。②

　　《西村草堂集》,一册,扁方格稿纸,紫色栏框,半叶十行,行二十一字,版心粗黑口,双鱼尾,版心写"西村草堂"及诗体、页码等字,象鼻处写"烟屿楼初本"字样。是书卷首有《西村草堂集自序》一则,凡一叶;其后为各体诗,依次为五古、七古、五律、七律、五绝、七绝,各自独立成卷;其末为词,凡二叶。全书楷体恭钞,一笔不苟,字画珍善。

　　是书《自序》上端钤方形阳文篆印一枚:"鄞徐时栋柳泉氏甲子以来所得书画藏在城西草堂及小北阁中"。卷首复钤有篆印五枚,自上而下依次为:"伏跗室藏书印"(方形阳文)、"甬上"(椭圆形阳文)、"柳泉书画"(方形阴文)、"予惟时其迁居西尔"(方形阳文)、"孟颛"(方形阳文)。该书前后还分别钤"北京图书馆藏"方形阳文篆印。可知该书为徐时栋、冯孟颛二人递藏,其后即由冯孟颛捐入当时的北京图书馆,即现在的国家图书馆。徐时栋

---

① 柯愈春《清人诗文集总目提要》,第 131—132 页。李灵年、杨忠《清人别集总目》,第 1461 页。
② 陈红彦等主编《清代诗文集珍本丛刊》,第 76 册,第 497—584 页。

(1814—1873),字定宇,一字同叔,号柳泉,浙江鄞县(今属宁波市)人。① 冯孟颛(1886—1962),原名贞群,浙江慈溪人,藏书处名伏跗室。②

周志嘉的传记,保存在《续耆旧》中:

> 蜗庐老人周志嘉,字殷靖,号崧庵,殉难江都令志畏从弟也。丁亥,年十六,授知于华检讨过宜之门,极称许之。是年十月,检讨被难,先生隔三日,必入狱视,囊饘。检讨因中诗相赠者最多,因属其婿杨晦遵定交焉。时先生之年甫冠,可以不甘放弃,而毅然守世臣之节,不复试于有司。周氏当国变者极盛,惟一先生尤称诗老,先生从之朝夕唱和,无非黍离麦秀之音。兼工词,晚来耆旧凋丧,因甚,然终不肯屈抑浩然之气,守之自如。爱光溪山水之秀,因徙居焉。溪上有杨氏,家颇饶,亦稍习声律,以其二子见,设醴甚恭。先生谓同游者曰:"此中山水之秀,老我于此,不厌。所不可者,多此一杨氏耳。"夫杨也,学为韵事,而无真意者也。未几,卒以穷死。先生之卒,去今仅三十年,而《蜗庐集》已无存。予苦求之。其后人既无有,既先生同社西村六子,后人亦皆式微。当年还往吟卷,无可搜讨,为之流涕。③

丁亥为清顺治四年(1647),周志嘉年十六,则其生年当为明崇祯五年(1632);华检讨过宜,即华夏,字吉甫,一字过宜,号嘿农,浙江定海(今属舟山市)人,后迁鄞县,著有《过宜言》不分卷。④ 惟一先生即周齐曾,字思沂,一字惟一,学者称囊云先生,工部郎周徵四世孙。⑤ 传中未明言周志嘉卒年,仅

---

① 郑伟章《文献家通考》,第898—900页。
② 《甬上藏书家——冯孟颛》,载何瑾、叶兆明编《听见宁波》,宁波:宁波出版社,2020年版,第66—74页。
③ 全祖望《续耆旧》卷六七,第1a—1b页。
④ 张孔式《过宜先生华公传》,华夏《过宜言》卷尾附,清代钞本。
⑤ 全祖望《续耆旧》卷二五,第1b页。

说"先生之卒,去今仅三十年",全祖望为周志嘉撰传之准确时间既然无法确定,则周志嘉之卒年亦无法确考。而《西村草堂集》中可以编年的诗,晚者如七律组诗《哭屺公》五首。屺公,即周斯盛,一字铁珊,学者称为证山先生。①周斯盛卒于康熙四十三年(1704),②周志嘉赋诗悼之,其后复屡有所作,如《屡梦屺公再哭之》等,则周志嘉之卒,当在康熙四十四年(1705)以后。

周志嘉秉承遗民之志终老,其七律《甲申三月望后四日有寄》借寡妇哭坟的寄喻以表达胜国遗氓追悼明崇祯帝(三月十九日为崇祯帝忌日)之意:"时闻嫠妇泣新阡,犹忆鸾分正此年。眉黛已非京兆画,麝兰不续介山烟。四郊麦秀迷华表,一树冬青叫杜鹃。今日记君君记否,几回搔首问苍天。"周志嘉对前朝的认同是非常明确的。

《西村草堂词》共四调六阕:《后庭宴·万树招看梨园》、《青玉案·谢万树惠鲈鱼、酒》、《踏莎行·次韵题画梅赠万树》、《踏莎行·雨阻次屺公韵》、《百字令·九日卧病张少参幕中》、《百字令·饮秦吉生中翰池上草堂桂花下》。

《全清词·顺康卷》仅据《四明近体乐府》录周志嘉《踏莎行》(秋雨殷勤)一阕,③与《踏莎行·雨阻次屺公韵》同,是则其余五词皆可补遗。

周志嘉存词略少,难以判断其词学取向,就现存的几阕词而言,其小令颇为雍容淡泊,不假雕饰,用其词中句评之,可谓"罗浮丰骨自超然,澹怀那许铅华煽"(《踏莎行·次韵题画梅赠万树》);其长调则气度闲雅,字里行间透露一股虽贫不衰的精神风貌,体现了其作为明遗民的气节志慨,如其《百字令·九日卧病张少参幕中》:

中秋才过,又早是、帽落龙山时候。篱外黄花开也未,高卧一

---

① 全祖望《续耆旧》卷八二,第1a页。
② 先著《哭周证山》五律七首,编年在《甲申除夕和吴宝树韵》前,详见其《之溪老生集》卷五《药裹后集》卷上,清刻本,第20a—21b页。又《甲申除夕和吴宝树韵》:"松盆夜火渐喧时,家祭才终合祭诗。已恨闭门成疾废,更堪临老失心知。(自注:谓周证山、徐子瑳。)百年遗像悬如在,一夕清钟响较迟。多少人间鼙鼓者,自来甘抱虎头痴。"(第27b—28a页)明言周斯盛已卒。由此可知,周斯盛卒于康熙四十三年甲申。
③ 南京大学中国语言文学系全清词编纂研究室编《全清词·顺康卷》,第11867页。

庭清昼。嚓呖鸿声,短长砧韵,催促羁人瘦。故园何处,梦魂千里难就。　一任举足多违,壮怀未已,未肯双眉皱。不合时宜长自笑,击缺唾壶谁售。老更多狂,贫也非病,白眼还依旧。支撑弱息,策马登高莫后。

尚须言明的是,周志嘉词中与之交游的"万树",应是其友人的字或号,而非同时代编纂《词律》的姓万名树字红友的词人。

十三、徐永宣编次《清晖赠言》十卷附录一卷

徐永宣编次《清晖赠言》十卷附录一卷,分装六册,道光十六年(1836)来青阁刻本,今藏美国哈佛大学哈佛燕京图书馆,国内各图书馆亦多有收藏。宣统三年(1911),广东顺德邓氏将之编入《风雨楼丛书》,以铅印印行,《常熟文库》即据铅印本影印收录。①

刻本《清晖赠言》卷首有"天章",辑录题王翚画的御制诗,其后为张云章序、高钤序、席镐序及王翚自序。王翚自序说明了该书的由来:"康熙岁次戊寅九月,翚自京师归里,祗奉睿书'山水清晖'四大字,颜之草堂楣间,率子若孙北面叩首,以志殊恩。退,复编次缙绅先生投赠序跋诗歌,汇为一集,登之枣梨。"其后复有王翚六世孙王元锺所绘王翚像、题辞,以及周炜为王翚所撰的《石谷子传》、陶贵鉴题识、王元锺题识。王元锺题识略云:"耕烟府君志行高洁,闭户读书,超然利禄之外,研精绘事,雄深秀丽,妙契古人。当时贤士大夫求画者,多以诗文相报。旧刻有《清晖赠言》一册,岁久板敝,家大人命元锺重加整理,恭刊御制诗于前,志宠荣之逮,为自来画苑所希有。……其次赠序、跋语,及寄赠题画诗,以类编排,附以云容公寿诗、处伯公游庠贺诗,

---

① 《常熟文库》,第93册,第427—522页。案据上海图书馆网上电子目录检索,《清晖赠言》另有康熙三十七年(1698)刻、康熙五十三年(1714)刻本两种,皆藏于上海图书馆,但二书实共用同一个索书号(线普316510—15),笔者据号提书后,被告知该书"架空",无法提调,故于此二种刻本存而不论。

凡十二卷。"

但此书卷次与王元锺所说并不同,该书实际分为十卷:卷一赠序、寿序,卷二题画跋语,卷三、卷四为投赠诗,卷五为题图诗,卷六为送行诗(附跋、词),卷七为寄赠诗,卷八、卷九为题画诗,卷十寿诗(寿词、寿曲附),书后有附录一卷,载《云容公寿诗》、《像赞》、《虞山二子字说》、《和诗》、《处伯公人泮诗》、《题照诗词》等。其书版式:四周单边,半叶十行,行二十二字。版心镌卷名、鱼尾、页码等,白口。是书每卷下署"武进徐永宣学人编次"。

王翚,字石谷,号耕烟,又号瞿樵,江苏常熟人。明崇祯五年(1632)二月二十一日生。弱冠受知于王鉴、王时敏,尽观二王所藏历代图卷秘本,垂二十年而学成。清康熙中受诏征,以布衣供奉内廷,奉命绘《南巡图》。口讲指授,令众分绘而总其成。图成,帝善之,欲授以官。固辞归,公卿士夫多赋诗作文以赠行。天性孝友,岁时省奠二王之墓。其自论画,言以元人笔墨,运宋人丘壑,而泽以唐人气韵,乃可大成。卒于康熙五十六年(1717)十月十二日。①

徐永宣,字学人,号茶坪,江苏武进(今属常州市)人。康熙十三年(1674)生。康熙三十九年(1700)进士。以谒选逾期,改授部曹。卒于雍正十三年(1735)。著有《云溪草堂诗》、《茶坪诗钞》等。②

如前所述,《清晖赠言》中所载诗文词赋曲,即王翚南归时受赠之作,及此前此后所受题画、祝寿、交游酬赠等作品,皆作于康熙朝,无事后追题、追和之作。值得注意的是,刻本经徐永宣编次,复经王元锺重编,而铅印本,每卷编者皆不同,除首卷署徐永宣编次外,其余各卷,编者有缪曰藻、侯铨等,各卷间互不相同。各卷所收作品篇目及其次序,刻本与铅印本亦有较大差异。勘检二书,其中所收词作及差异如下:

胡萐《一丛花·奉赠石谷南还》一阕。是词,刻本载于卷六,铅印本载于卷五。

顾珍《贺新郎·赠石谷先生南还》一阕。是词,刻本载于卷六,铅印本载

---

① 赵尔巽等撰《清史稿》卷五〇四,北京:中华书局,1977年版,第13904—13905页。周铧《石谷子传》,《清晖赠言》卷首载。

② 江庆柏《清代人物生卒年表》,第646页。柯愈春《清人诗文集总目提要》,第453页。

于卷四。

华胥《碧芙蓉·石谷先生南还，家潇月、子纫留宿书斋，索画桃源图。数日，濒行，填〈碧芙蓉〉一阕奉赠》、《南乡子·锡城遇石谷先生南还》①二阕，刻本载于卷六。此《南乡子》词，铅印本载于卷四，共有两阕，其中"袖拂五云"一阕，刻本未载；《碧芙蓉》一阕，铅印本载于卷五。

季维和《南乡子·送石谷王先生归琴川，调和羲逸华山人》一阕。是词，刻本载于卷六，铅印本作季惟和，并载其词于卷四。

孙嘉《南乡子·和韵赠石谷先生南还》一阕。此词，刻本载于卷六，铅印本载于卷四。

薛旦《南乡子·送石谷先生南还》一阕。此词，刻本载于卷六；铅印本载于卷四，作二阕，其中"廿载擅词"一阕，刻本未载。

萧鲲《沁园春·赠石谷先生》二阕。此二词，刻本载于卷六，铅印本载于卷一。又，萧鲲《莺啼序·余在京师，得与虞山许芳州先生晨夕快晤，因见石谷先生此图，苍秀超拔，直驾古人，非特名下无虚也。喜为题此调》一阕。此词，刻本载于卷九，铅印本载于卷六。

查昇《无俗念·献岁，为石谷先生五十初度。今庚申冬月，客于吴门，其友人华羲逸填〈无俗念〉一调预祝，因用其调以请正》一阕。此词，刻本载于卷十，铅印本载于卷七。

余兰硕《行香子》（逸少才多）一阕。此词，刻本载于附录中，铅印本载于卷七。

合校二书，共收录词人九位，词十四阕，仅华胥、余兰硕二位词人已载于《全清词·顺康卷》，②其余词人俱未及载；而书中华胥、余兰硕的四阕词，《全清词·顺康卷》亦失收。因此，《清晖赠言》所载词作，皆可供《全清词·顺康卷》辑佚，故而撰次诸位词人小传于此。

胡蕃，字羲人，江苏无锡人。生卒未详。善画山水，尝应庄亲王召至京。

---

① 此词下，刻本有小字"原刻二阕"。
② 南京大学中国语言文学系全清词编纂研究室编《全清词·顺康卷》，第1274、4987页。

与王翚友善,王翚许其画能成家。①

顾珍,字天聘,江苏无锡人。顺治十四年(1657)生。顾宸次子。善诗词。卒于康熙四十一年(1702)。著有《粤游草》、《石香词》。②

华胥,原名庶徵,字叔用,一字羲逸,一作希逸,江苏无锡人。明天启七年(1627)生。善画人物仕女,兼工诗词。卒于康熙二十六年(1687)。著有《剪松堂诗》、《画余谱》。③

季维和,名一作惟和,字蓬轩,江苏无锡人。生平未详。

孙嘉,字履万,江苏无锡人。生平未详。

薛旦,字既扬,号新然子,江苏无锡人,原籍江苏长洲(今属苏州市)。著有《书生愿》、《醉月缘》、《战荆轲》等传奇十种。④

萧鲲,字南溟,一字天池,浙江湖州人。生平未详。

查昇,字仲韦,一字声山,浙江海宁人。顺治七年(1650)四月二日生。康熙二十六年(1687)举人,联捷进士。选庶吉士。请假养亲归。旋丁忧,服除,授编修,撰国史。三十八年,典江西乡试。入直南书房,分纂《佩文韵府》、《历朝咏物诗》等。充日讲官,历谕德,改侍讲,拜庶子,晋学士、少詹事。工诗文,兼善书法。卒于康熙四十六年(1707)十二月二十一日。⑤

余兰硕,字少霞,号香祖,福建莆田人,自称江苏下邳(今属徐州市)人,生于江宁(今属南京市)。余怀子。生平未详。能词,著有《团扇词》一卷。⑥

十四、徐釚《枫江渔父图题辞》一卷

徐釚《枫江渔父图题辞》一卷,或附载于徐釚《南州草堂集》后,或别本单

---

① 秦缃业纂《(光绪)无锡金匮县志》卷二六,光绪七年(1881)刻本,第15b页。
② 江庆柏主编《江苏艺文志·无锡卷》,第448—449页。
③ 华胥《画余谱》,康熙间绿荫堂刻《百名家词钞》本。江庆柏《清代人物生卒年表》,第163页。江庆柏主编《江苏艺文志·无锡卷》,第379—380页。
④ 曹允源等纂《(民国)吴县志》卷五七,民国二十二年(1933)铅印本,第16b页。
⑤ 沈廷芳《通奉大夫日讲官起居注詹事府少詹事兼翰林院侍讲学士加三级查公行状》,《隐拙斋集》卷四九,乾隆刻本,第1a—3a页。
⑥ 余兰硕《团扇词》,康熙间绿荫堂刻《百名家词钞》本。

行,今存康熙间刻本,国家图书馆、南开大学图书馆、陕西省图书馆、辽宁省图书馆、福建省图书馆、重庆图书馆、新疆图书馆、美国哈佛大学哈佛燕京图书馆等处皆有藏。又有宣统三年(1911)上海神州国光社铅印本《徐电发枫江渔父小像题咏》一卷,北京大学图书馆藏。《清人诗文集总目提要》、《清人别集总目》、《清词别集知见目录汇编》、《江苏艺文志》皆著录。[1]

徐釚,字电发,号虹亭,别号菊庄、拙存,晚号枫江渔父,江苏吴江(今属苏州市)人。明崇祯九年(1636)生。清康熙十八年(1679)召试博学鸿儒科,授翰林院检讨,纂修《明史》。二十五年(1686),归里。东入浙闽,历江西,三至广东,一至河南,与名流雅士倡和。帝南巡,诏原官起用,不就。卒于康熙四十八年(1709)。精善词学,著《菊庄词》、《南州草堂词话》,并辑有《词苑丛谈》十二卷。[2]

以哈佛大学所藏康熙刻《南州草堂集》本为例。是书卷首钤有"徐乃昌读"、"积学斋徐乃昌藏书"、"徐乃昌马韵芬夫妇印",当原藏于清季民初著名藏书家、刻书家徐乃昌积学斋中,后流入哈佛燕京图书馆。是书半叶十一行,行十九字,粗黑口,双鱼尾,版心镌书名、文体、页码诸项。《枫江渔父图题辞》卷前有张尚瑗序、题词总目、题词姓氏、《枫江渔父图》、《枫江渔父传》、毛际可《枫江渔父图记》等,并四言古诗二首、五古二首、七古九首、五律三首、七律六首、五绝三首、七绝五十一首、词三十六阕、曲一套、重题七绝十五首,及叶舒璐跋。

张尚瑗《枫江渔父图题词序》:"《枫江渔父图》者,会稽谢彬文侯为吾邑徐虹亭先生所作也。先生自应召居馆职,比乞假南游,所历必挟图自随,得名人题咏甚夥。既补官、左迁,同朝饯送,及里居唱和,又往往题诗此图之左,遂因以为号,而自为之传。裒集前后赠言,自长短歌行、古近体诗,并词曲凡若干首。"徐釚于康熙十七年(1678)赴博学鸿儒科之征时,以《枫江渔父

---

[1] 柯愈春《清人诗文集总目提要》,第259页。李灵年、杨忠《清人别集总目》,第1851页。吴熊和、严迪昌、林玫仪《清词别集知见目录汇编》,第177页。江庆柏主编《江苏艺文志·苏州卷》,第2480页。
[2] 徐书城《吴江徐氏宗谱》卷三,民国九年(1920)吴江柳亚子红格钞本。

图》自随,遍征题咏,嗣后归里、游历之时,也多请同仁题之。

此图中同仁题咏,部分亦入题咏者词集或其他典籍中,《全清词·顺康卷》已收录,凡有成德(纳兰性德)《渔父》、顾贞观《渔父》、沈皥日《谒金门》、李良年《小阑干》、毛奇龄《明月棹孤舟》、孙致弥《明月棹孤舟》、高寨(又名高不骞)《小重山》、孙枝蔚《渔家傲》二阕、杜首昌《渔家傲》、周稚廉《鱼游春水》、梁清标《如此江山》、叶舒颖《洞庭春色》、陈维崧《莲陂塘》、朱彝尊《莲陂塘》、陆葇《忆旧游》等十六阕。①

尚有二十阕未为《全清词·顺康卷》及其补编所录,可据补遗。米汉雯《减字木兰花》、高兆《渔歌子》、李天馥《明月棹孤舟》、浦舟《明月棹孤舟》、吴寿潜《明月棹孤舟》、高珩《临江仙》、范国禄《渔家傲》、尤侗《渔家傲》、卢元昌《渔家傲》、沈尔燝《金菊对芙蓉》、吴农祥《沁园春》(二阕)、顾豹文《沁园春》、徐惺《迈陂塘》、魏坤《迈陂塘》。此十四家词人,虽已被《全清词·顺康卷》及其补编收录,②但未收其题《枫江渔父图》词,可据补遗。另有五家,词各一阕,未为《全清词·顺康卷》及其补编收录,既可补人,亦可补词。

缪彤《浣溪沙》一阕。缪彤,字歌起,号念斋,晚号三畏斋人,学者称双泉先生,江苏吴县(今属苏州市)人。明天启七年(1627)生。师从宋实颖。清顺治十四年(1657)举人,康熙六年(1667)进士第一,授翰林院修撰。九年,充会试同考官。升侍讲学士。丁父忧归,不复出。创三畏书院课徒。二十三年(1684),帝南巡,迎驾。卒于康熙三十六年(1697)。著有《双泉堂文集》。③

黄鹤岩《钓船笛》一阕。黄鹤岩,字兰偶,一字兰嵓,江苏上元(今属南京市)人。辉斗子。官分巡道。著有《蕴山堂集》、《吹影词》。④

---

① 南京大学中国语言文学系全清词编纂研究室编《全清词·顺康卷》,第9611、7128、7962、6645、3729、8143、9699、2151、6331、9017、2281、5891、4265、5288、5757页。
② 南京大学中国语言文学系全清词编纂研究室编《全清词·顺康卷》,第3391—3392、2344、7029—7054、6810—6811、8548—8551、740—749、1506—1573、1225—1226、5430—5468、6309—6311、2842、2733—2738、8463—8468页。张宏生《全清词·顺康卷补编》,第684—685、1287—1288、652—653、363—364、985—986、998—1000、987、1286页。
③ 李峰《苏州通史·人物卷》,苏州:苏州大学出版社,2019年版,中册,第206—207页。
④ 宋健《王南村年谱》,天津:天津古籍出版社,2017年版,第203页。

罗世珍《凤栖梧》一阕。罗世珍,字以献,号鲁峰,湖北汉阳(今属武汉市)人。岁贡生。官湖南通道训导,卒于官。著有《镜堂集》。①

龚章《满江红》一阕。龚章,字惕恃,号含五,广东归善(今属惠州市)人。明崇祯十年(1637)生。清顺治十七年(1660)广东解元,康熙十二年(1673)进士,转庶吉士。丁忧服阕。二十六年(1687),出为江南乡试副主考,以科场案磨勘旋里,杜门著述以终。卒于康熙三十四年(1695)。著有《晦斋集》、《澹宁堂集》。②

林人中《沁园春》一阕。林人中,字中子,福建莆田人。嵋子。兴化府学生。考授州同知。著有《风雅绪谈》、《我我集》、《尔尔集》、《印印集》等。③ 人中另著有《隔帘集》,应是词集,徐釚曾为作序,且谓:"吾友林君中子……才气横轶,掉鞅词坛,一洗骄惰淫靡之习,可谓善承其家学者矣。一日出《隔帘集》见示,则固《金荃》、《兰畹》之遗也。……孰知其委曲倚声,托兴比物,假闺房儿女子之言,而通于变风变雅者哉?"④

十五、田林《词未》二卷

田林《词未》二卷,清代稿本,今藏上海图书馆。《清人诗文集总目提要》、《清人别集总目》、《清词别集知见目录汇编》未著录。

田林,字志山,号髯农,江苏江宁(今属南京市)人。诸生。孤介自立,筑室于城南长干里,号南墅草堂。工诗文,善书、篆刻,通医术。晚年自刻其诗集《诗未》一册,自编年其诗,起康熙三十年辛未(1691),迄雍正七年己酉(1729)。今有雍正七年南墅草堂刻本《诗未》二册二卷,藏于国家图书馆,其

---

① 王柏心纂《(同治)续辑汉阳县志》卷二一,同治七年(1868)刻本,第13a—13b页。湖北通志局编著《湖北艺文志》,武汉:湖北教育出版社,2002年版,第653页。
② 邓抡斌纂《(光绪)惠州府志》卷三五,光绪十年(1884)刊本,第7a—7b页。陈训廷《惠州名人列传》,广州:广东人民出版社,2016年版,第105—106页。
③ 廖必琦修、宋若霖纂《(乾隆)莆田县志》,光绪五年(1879)补刊民国十五年(1926)重印本,卷一四,第42a页;卷三三,第16b页。
④ 徐釚《隔帘词序》,《南州草堂集》卷二一,康熙三十四年(1695)刻本,第7a页。

卷首有先著、朱道新序各一则，并有雍正七年自序一则，且署款"岁年八十有七"。① 可以推知田林当生于明崇祯十六年（1643）。

《诗未》自序："尽削康熙丁卯以前之稿，而陆续钞其后四十年来者为一集，曰'未诗'。'未'云者，则皆以言其日用居处、见闻往复之迹，而林之雍重卷曲亦略备焉。"丁卯为康熙二十六年（1687）。"未"则是田林对己诗的谦称，意思是尚不足称诗，只聊以见其生平状貌。"诗未"是此意，"词未"当也是此意。

《词未》二卷，分装二册。第一册凡三十五叶：前有雪园老人道光丙午[二十六年（1846）]跋一叶，半叶十行，行二十字，行书书写，字画遒俊；后为词三十四叶，收辛未[康熙三十年（1691）]至己亥[康熙五十八年（1719）]编年词凡一百四十三阕，起《南乡子·春日对雪》，迄《一剪梅·秋夜避暑河亭，次日七夕》。第二册凡三十四叶，收庚子[康熙五十九年（1720）]至庚戌[雍正八年（1730）]编年词一百零七阕，起《贺新郎》，迄《踏莎行》。词作皆系年，亦偶有年份阙如，册中词皆由田林亲笔隶书抄录，半叶十行，行十九字，黑格白口，四周单边，无鱼尾，版心上端写纪年干支，惟卷二末尾三叶为行草书写，字画格式与前有异。《词未》编年词至雍正八年（1730），则田林此年在世，其卒当稍晚。《全清词·顺康卷》及补编未收田林及其词；《全清词·雍乾卷》据丁绍仪《国朝词综补》录其《解连环·燕子来迟，怅然有作》一阕，②此词见于《词未》卷一，应当移入《全清词·顺康卷》，并补录其余二百四十九阕词。

卷首雪园老人跋称：

> 田林，字志山，江宁人，居南城姚湾。先之溪云："志山平生，无一事不可对人言。工诗、字、篆刻、医术。"余素闻志山有《诗未》一卷行世，《词未》惜未曾见。今秋，偶从伍辑之书肆中购得《词未》一卷，不禁狂喜。携归挑灯夜读，惜词笔粗率，瑕瑜互掩，卓然成家者

---

① 柯愈春《清人诗文集总目提要》"《诗未集》二卷"条，第 298—299 页。
② 张宏生《全清词·雍乾卷》，第 8955 页。

绝少。复浼长洲孙月坡茂才悉心披阅,得词三首,选入《金陵词略》。可知负一世盛名而脍炙人口者仅寥寥数首,甚矣著作之难也。然吉光片羽,展转流传,卒归同好,此予之幸,亦志山之幸也。按此卷系志山亲手抄录,钩勒遒劲,字胜于词,爰装订成册,并志颠末于简首。道光丙午七月望日雪园老人跋。

先之溪,即清初著名词选家先著,字迁甫,号之溪。孙月坡,即嘉道间著名词家孙麟趾,字清瑞,号月坡、绣凤、词丐,江苏长洲(今属苏州市)人。参照此跋,并考察《词未》,我们可知如下信息:其一,田林词在清代一直以稿本流传,道光中始被雪园老人辑选三首入《金陵词略》。雪园老人,姓名、生平无考;《金陵词略》一书未见传世,亦未见书目及地方志之艺文志著录,当失传已久,然丁绍仪或及见之,故能录田林词入《国朝词综补》。其二,田林与先著为挚友,二人于康熙中唱酬无间,《词未》中有田林致先著的大量作品,先著的《劝影堂词》、《之溪老生集》中也有不少与田林交游唱酬之作,在二人周围,还有如胡其毅、周斯盛等金陵本籍或游寓士子,其交游唱酬活动亦可从二人著作中参看。其三,《词未》稿本眉端有墨笔行书批语近三十处,绝大多数为贬斥之辞,毫不假以辞色。如《南乡子·雪后过迁甫二首》其一"门外柳丝惊弄色"句,眉评:"有何惊处?"又《惜黄花·初冬集河亭用胡静夫韵》,眉评:"佶屈聱牙,读之欲呕。"这些贬斥性眉批所指斥内容集中在田林词运字遣词、谋篇布局、韵律格调、体貌声色等方面。此外,亦有三则眉评稍示肯定,分别为评《解连环·燕子来迟,怅然有作》、《江城子·春夜遇葆素于长干道上,踏月往返,不忍遽别,赋此以志缱绻》(通首圈点。眉批:"佳作不忍埋没。")、《夜行船·残雪》(眉批:"尚可。")。特别是《解连环》:

　　到时何晚。语喃喃似说,烟程来远。问杏花、久矣飘残,正苔碧泥香,落红千点。曲浦平桥,一瞬过、飞飞又转。恰楼头有女,凝妆独立,绣帘初卷。　　韶光为谁荏苒。早芦芽出水,柳丝青遍。喜旧巢、梁上依然,得仍与多情,主人重见。怪雨蛮风,诉不尽、旅愁离怨。要溪云、如叶如画,赖伊碎剪。

此词墨笔行书眉批:"此词甚佳,所谓'臭棋肚里有仙着'也。'要'字须改。委婉曲折,非卷中诸词笔气,或是代作,抑原抄袭耶?"又将"喜旧巢"以下七句连圈,评:"宋人名句。"看似褒扬,其实内里隐含贬斥。[1] 田林自然不能算是名家,但这些批语也过于讥刺,嘲弄戏谑,无所不至,甚至论及作者人品,也引起了后续评论者的反弹。有意味的例证有两例:一例是《一剪梅·咏新柳》词,"舍影波摇"句,墨笔行书眉评:"舍影是何物耶?"田林原意,当指自家屋舍在水中的倒影,虽稍涉捏合成词,然亦不必吹毛求疵。故而该评语旁侧有墨笔小楷又一评语:"直是慢骂,批人诗文直如此耶? 此等人品格之卑,人表下下亦不能容,直同禽兽。选集之不足凭,此亦可见一斑。"另一例是《扑蝴蝶·人日携酒酌新亭山斋,同坐为净私方外欣际无学》词,其句"我似赘疣一个",有墨笔行书眉批:"赘瘤一个,何自谦如是?"其旁侧复有一则墨笔小楷评语:"批语太刻薄,疑其人平日与作者有嫌隙,如此嘲弄。作者在九泉,亦有余怒。"不言而喻,双方评语皆涉意气之争与人格攻击。

评者基于传世文本形成跨时代的交锋,真是比较有趣的现象。值得追问一下,这些批语是谁所为? 从雪园老人跋中,不难猜测,墨笔行书眉批者当是孙麟趾。孙麟趾是嘉道间吴中词派的一员,论词强调用意,对词的内容,乃至音律、格式、气味、节奏等方面有一系列的追求与限定。[2] 田林式的率意作词,自然就很难入孙麟趾的法眼了。从这个意义上说,孙麟趾对田林不遗余力的批判,也可以看成是清代中期词论家对一部分伤于流易的清初词人词风的共同批评。

那么,批评孙麟趾,而对田林略有回护的评语作者又是谁呢?《词未》稿本卷首钤有"长兴王氏季欢彝嚣夫妇印记"、"温甸"、"王修之印"、"长兴王氏

---

[1] 值得注意的是,这则意见确实被后世选家吸纳。丁绍仪在录此词时,将"要溪云"改作"正溪云"(丁绍仪《国朝词综补》卷一六,光绪刻前五十八卷本),其余则一仍其旧。考察田林词之流传历程,则此字之改,或在雪园老人将此词辑入《金陵词略》时即已完成。
[2] 孙麟趾《词径》,唐圭璋编《词话丛编》,第 2553—2558 页。

诒庄楼藏"四枚阴文篆印。王修(字季欢)、温䀢(字彝䂮)夫妇为浙江近代著名藏书家,筑有诒庄楼庋书。温䀢还是著名的女词人,著有《彝䂮词》,并编有《长兴词存》六卷。① 此书道光间经雪园老人、孙麟趾之手,清末民国间则为王修、温䀢所藏,除此之外,别无其他私藏者痕迹。可以推测,这些回护性批语或许即是温䀢所为。但须注意的是,她作这两则评语只是基于对作者的基本同情,并未能从词学角度对孙麟趾的评论进行反驳。

十六、邵陵《青门诗集》十二卷

邵陵《青门诗集》十二卷,宣统二年(1910)徐兆玮虹隐楼钞本,今藏于常熟图书馆,《清人诗文集总目提要》、《清人别集总目》、《江苏艺文志》著录,《常熟文库》据以影印。②

是书行草抄写,无行格边款等,半叶九行,行约二十三字。前有《海虞诗苑》邵陵本传、雍正癸丑[十一年(1733)]天中山人序。③ 书凡十二卷,前十卷为诗集,各有集名,依次为:《疏园集》、《樵话庵稿》、《钓艇集》、《归来集》、《不珠集》、《消寒集》、《浮岚集》、《余辛集》、《瓵山集》、《摭遗》。据目录,此十卷

---

① 郑伟章《文献家通考》,第1652—1654页;凌冬梅《浙江女性藏书》,杭州:浙江工商大学出版社,2015年版,第81页。
② 柯愈春《清人诗文集总目提要》,第299页。李灵年、杨忠《清人别集总目》,第1329页。江庆柏主编《江苏艺文志·苏州卷》,第4500页。《常熟文库》,第89册,第43—287页。
③ 天中山人雍正十二年(1734)钞本《青门诗集》十二卷今存,藏于上海图书馆。是书前有天中山人雍正十二年序,卷端钤"乙"、"王培孙纪念物"、"蓉镜"、"味经"、"漱艺斋图书"等印,卷一钤"虞山张氏"、"黄廷鉴印"、"琴六居士"、"曾藏张蓉镜家"、"漱艺斋图书"、"净照"等印。可知为黄廷鉴、张蓉镜、王培孙递藏,后归藏上海图书馆。是书工楷抄录,半叶十行,行十八字,无行格,版心写集名、页码等,较徐兆玮虹隐楼钞本更易辨识。然该书卷首序后,无目录及"孩叟雨窗漫题",颇疑当不是天中山人原钞本。又,台北"国家图书馆"亦藏《青门诗集》天中山人钞本一部,著录为"旧钞本",内容与上海图书馆藏本大致相同,天中山人序后,有目录及"孩叟雨窗漫题",并有孙翼飞"雨中读青门诗题二绝"七言绝句二首。是书半叶九行,行十九字,四周双边,版心有集名、鱼尾、卷次、页码等,白口。此外,上海图书馆尚藏有《青门诗集》二种,一种无边框印章,卷首有《青门诗集序》,半叶八行,行二十字;一种有边框行格,版心细黑口,半叶九行,行二十一字,前有《邵青门小传》、孙兆龙题诗、天中山人序,无"孩叟雨窗漫题",其书天头处往往有朱笔校记。

共录诗五百五十二首。卷十二为附集,凡录《吴二饶题青门山居杂兴诗序》及《凌南楼和紫冒山客山居杂兴三十首》等。该书目录后尚有"孩叟雨窗漫题"七律一首:"安用雕镂呕肺肠,辞能达意即文章。性情原自无今古,格调何须辩汉唐。人道凤笙谐律吕,谁知牛铎有宫商。少陵甘作邦夫子,不害光芒万丈长。"孩叟即邵陵别号,诗中比较明确地标示了其诗学主张。

卷十一专录词,凡五叶二十二阕(目录题为十九阕,误):《西江月·忆故乡十阕》(分题:西郊春柳、剑门奇石、高道泉、沈家亭子、樵话庵牡丹、刘公祠桃花、吾谷丹枫、山居豆棚、屋角春山、湖田清夏)、《柳梢青·枝羲索题画梅卷子,和柯敬仲韵四首》(分题:未开、欲开、盛开、将残)、《苏幕遮·瓶中芍药》、《西江月·凤池索题东篱图》、《贺新凉·送彦和程君荣旋》、《画堂春·题南交牡丹》、《苏幕遮·题八大山人瓶梅》、《惜余春·山房晚春》、《金明池·山房早春》、《贺新凉·秋柳》。《贺新凉·秋柳》一阕,《全清词·顺康卷》已据《全清词钞》收录,①其余二十一阕皆可补遗。

《全清词·顺康卷》已撰有邵陵较为详明的小传,知其别号雪虹,崇祯十六年(1643)生,家贫,游幕依人,卒于康熙四十六年(1707)。徐兆玮虹隐楼钞本《青门诗集》卷首所录《海虞诗苑》中的邵陵本传则提供了可咨佐证的其他信息:

> 邵陵,字湘南,号青门,为人豪放不羁,耽诗嗜酒,醉中蘸杯沥作诗,汩汩乎其来也。两颊于思,类世俗所画酒仙者,座中咸呼为"邵髯"云。为诗风秀独出,发自天然,不出眼前景、口头语,而自奕奕动人。其宗仰差在务观、至能间也。昔人谓唐子西诗颇多可喜,惟其可喜,故去唐益远。予于君诗亦云。后生小子,以其可喜,辄多效之,遂入铰钉、打油一派,斯其流弊矣。君长短句尤工,慷慨磊落,辛稼轩匹也,惜散佚不传。

---

① 南京大学中国语言文学系全清词编纂研究室编《全清词·顺康卷》,第8310页。

此传后署"柳南王应奎撰",但远比王应奎《柳南随笔》中的相关记载详细。①传中提及的"务观、至能",指南宋诗人陆游、范成大。邵陵诗的特色及其流弊,传中评价得很是到位,乾隆中,沈德潜选论邵陵诗时,其观点亦明显受到了王应奎的影响。②至于邵陵的词,传中谓"散佚不传",当是未见到流传的《青门诗集》耳。

邵陵词,小令如其诗,直用眼前景、口头语,秀新天然,间有诙谐可喜处,如《西江月·忆故乡十首》其一《西郊春柳》,有句"白粉墙边鸭绿,赤阑桥外鹅黄。江南春样在吾乡,团扇家家模仿",写常熟风景如绘,且比之为"春样",较新颖,亦较滑脱。其二《剑门奇石》中云:"绝壁云扶将堕,石田诗句传神。如今说与十人听,九个摇头不信。"末句则已嫌油滑。其九《屋角青山》云:"天下岂无名胜,登临脚力蹒跚。争如屋角有青山,日日相陪几案。 此是大痴粉本,流传暖翠浮岚。生绡十丈画奇峦,截取他家一段。"上阕发议论,下阕作比喻,虽设想、造语皆颇新奇,但也透露出较为刻意的狡狯。

邵陵长调的造语、运意、结构、布置与小令大致相似,其词流易晓畅中常有出奇语、诙谐语,风格似较近于辛弃疾,但稍涉浅易流滑,其实更接近于辛派的末流,如《金明池·山房早春》:

山馆悬崖,茅堂背郭,也有韶华来到。凭栏处、烟岚一抹,似临镜、修蛾初扫。瘦梅枝、映竹穿松,着几个旧蕾,垂垂红了。算挑菜年光,试灯风信,觉得今年差早。 胜日寻芳行处好。想少日嬉游,那些怀抱。杯儿里、何愁酒尽,窗儿外、不知天晓。到如今、犹有童心,奈捉絮情荒,判花人老。倩树底流莺,帘间语燕,说与东君知道。

---

① 王应奎《柳南随笔》卷二,北京:中华书局,1983年版,第22页。
② 沈德潜《清诗别裁集》卷二五,上海:上海古籍出版社,2013年版,第1047页。

又，邵陵《疏园集》一卷、《樵话庵稿》一卷、《且留集》一卷、《诗余》一卷，民国八年（1919）常熟沈煦孙师米斋钞本，今亦藏于常熟图书馆，是书《清人诗文集总目提要》《清人别集总目》《江苏艺文志》著录，《常熟文库》亦据以影印。① 其书行楷抄录，格式矜严，笔墨华赡，有行格，上下单边，左右双边，版心写集名、页码等，半叶八行，行二十字。其内容，较之徐兆玮虹隐楼钞本少很多，其《诗余》一集，仅收词十五阕，且皆已见于徐兆玮虹隐楼钞本。但该书仍可充校勘之用，如前引徐兆玮虹隐楼钞本《西江月·西郊春柳》"江南"二句，沈煦孙钞本改作"水晶帘子倚梳窗。第一汉宫春样"，更有佳趣。

邵陵尚有《满江红·奉和楝亭原倡韵》一阕，是题曹寅《楝亭图》之词，② 既未载于《青门诗集》等书，亦未载于《全清词·顺康卷》及补编，可供辑佚。

值得注意的是，与邵陵时代相同、乡里相近的江苏武进（今属常州市）人邵长蘅（1637—1704），亦号青门。因此，清初及以后人提及"邵青门"时，具体指谁？尚须具体分析。

十七、杨宗礼《三津新草》不分卷

杨宗礼《三津新草》不分卷，清代钞本，今藏国家图书馆。《清人诗文集总目提要》《清人别集总目》著录，《清人诗文集总目提要》尚著录北京大学图书馆藏稿本。③《清代诗文集珍本丛刊》据国家图书馆藏本影印，同时影印杨宗礼之《敬轩集》四卷、《其恕堂稿》六卷。④

《敬轩集》《其恕堂稿》《三津新草》各装为一册，抄录格式相同，皆无格稿纸，半叶八行，行十六字。

---

① 柯愈春《清人诗文集总目提要》，第 299 页。李灵年、杨忠《清人别集总目》，第 1329 页。江庆柏主编《江苏艺文志·苏州卷》，第 4501 页。《常熟文库》，第 89 册，第 293—488 页。
② 《张伯驹旧藏〈楝亭图咏〉新考释》，蒋寅《清代文学论稿续编》，杭州：浙江古籍出版社，2022 年版，第 61 页。
③ 柯愈春《清人诗文集总目提要》，第 476 页。李灵年、杨忠《清人别集总目》，第 720 页。
④ 陈红彦等主编《清代诗文集珍本丛刊》，第 226 册，第 135—578 页。

江庆柏据《其恕堂稿》之《戊申元旦又风》诗:"屈指今宵五十春,真成天地一陈人。"定杨宗礼生年在清康熙十八年(1679),而未详其生平籍贯等。①《清代诗文集珍本丛刊·总目、索引、提要》亦言之未详。② 其实,杨宗礼集中,尚有较明确的相关线索。如《敬轩集》中有《改写先大人遗像》五律一首,其自注谓:"大兄总督湖广,晋封首秩,钦赐谕祭。"检《清代职官年表》,康熙后期、雍正间官湖广总督且杨姓者,仅杨宗仁一人。③ 杨宗仁,"字天爵,其先山东沂水县人,徙辽东,世为辽阳名族。国初隶镶白旗佐领下,今上改入正白旗,遂为正白旗人也。"④杨宗仁卒于雍正三年(1725),此处"今上"应指雍正帝。杨宗仁墓志铭中,还透露出这一支在雍正时改入正白旗的勋贵家族的很多信息,如"曾祖讳继盛。祖讳必登,举顺治乙酉顺天乡试。父讳朝正,事世祖章皇帝为侍卫,圣祖仁皇帝时,改兵部督捕司员外郎,历山东东昌府知府"。杨宗仁还有"母弟宗义,同时开府",又其长子杨文乾,"继公抚广",仕至广东巡抚,雍正六年(1728)卒于任。⑤ 杨文乾,字元统,在杨宗礼集中屡见,如其《三津新草》中即有《戊申秋八月九日夜,闻元统大侄讣音,殁于广抚署中,作此哭之》。尚须注意的是,杨宗仁曾祖杨继盛,与明嘉靖时名臣、直隶容城(今河北容城)人杨继盛并非同一人。

　　杨宗礼与杨宗仁为亲兄弟,兄弟间似即按"仁义礼智"取名、排行,故亦当为镶白旗人,后改为正白旗人。与其兄宗仁、宗义不同,杨宗礼的科考、仕途皆不顺,"余幼为国学生,丙子、己卯两进乡闱,不第。……辛卯之夏,除授东海刺史。"(《其恕堂记》,载《三津新草》中)丙子为康熙三十五年(1696),己卯为康熙三十八年(1699),辛卯为康熙五十年(1711),东海郡则为江苏海州古称,即今连云港市。《(嘉庆)海州直隶州志》卷四"海州知州"条载:"杨宗

---

① 江庆柏《清人生卒年表》,第253页。
② 陈红彦等主编《清代诗文集珍本丛刊·总目、索引、提要》,第563页。
③ 钱实甫《清代职官年表》,第1386—1389页。
④ 杨椿《少保杨清端公宗仁墓志铭》,钱仪吉《碑传集》卷六九,光绪十九年(1893)江苏书局刻本,第1a—3b页。
⑤ 牛运震《广东巡抚杨公文乾墓表》,钱仪吉《碑传集》卷六九,第5a—8a页。

礼,满洲镶白旗人,(康熙)四十九年任;冯超,西安人,五十一年任。"①该志载杨宗礼为满洲旗人,疑有误,《碑传集》附《八旗通志》之杨宗仁传,明言"杨宗仁,字天爵,汉军正白旗人",故杨宗礼亦当为汉军正白旗人。而由海州方志,亦可知至迟在康熙五十一年,杨宗礼已罢官,旋即北上定居天津,"余自罢官北上,寄居津地,仅近廿有余年"(《张眉洲诗序》,载《三津新草》中)亦可推知,至少在雍正十年(1732),杨宗礼仍健在,时年已五十四岁,其卒年则未详。

杨宗礼的词,载于《三津新草》卷末,凡十二叶,共三十阕:《蝶恋花·和眉洲有怀原韵》、《蝶恋花·待月》、《菩萨蛮·和眉洲过访雨阻原韵》、《柳初新·咏新柳》、《醉春风·兰亭雅集,同人大醉》、《临江仙·题王履云集仙图小照》、《沁园春·和高社兄夜月闺怨原韵》、《西江月·和履云春去原韵》、《西江月·雨后夜坐》、《桃园忆故人·怀咏田海下游》、《踏莎行·咏美人》、《满江红·用王履云闺怨原韵》、《满江红·自题乘风破浪图小照》、《合欢带·买妾》、《长相思·怀室人之粤》、《望远行·再咏前题》、《夏初临·立夏有感》、《忆王孙·怀咏田不归》、《长生乐·祝艳雪主人四十寿》、《南歌子·四时闺怨》四阕、《长寿仙·祝眉洲先生寿》、《一剪梅·中元后一日漫兴》、《一剪梅·咏秋风》、《一剪梅·暮秋有感》、《菊花新·咏菊寓感》、《雨中花令·秋雨声》、《行香子·看菊》②。词旁往往有朱笔圈点。杨宗礼并其词皆未为《全清词·顺康卷》收录,可据补遗。

《敬轩集》卷首张坦序谓:"(杨宗礼)于唐尤爱香山,于宋尤爱放翁。其为诗,不主故常,期于自写性灵,另开生面。雅澹冲和,清新隽永,如出水芙蓉,天然妙丽,置之香山、放翁集中,不复能辨。且自海州解组以来,卜居于津水之阳……唯与予辈二三寥落困踬不羁之人纵酒酬唱,邮筒往还,忘形尔汝,乐数晨夕。"杨宗礼罢官后,与同人以诗文词唱酬自娱,颇不寂寞。但张

---

① 唐仲冕《(嘉庆)海州直隶州志》卷四,嘉庆十八年(1813)刻本,第53b页。同样的记载,亦见于黄之隽等纂《(乾隆)江南通志》卷一〇八,乾隆元年(1736)刻本,第33b页。
② 此调原文作"行李子",据谱律,当为"行香子"。

坦参与此类活动稍晚,二人定交于雍正六年(戊申,1728),"直至雍正戊申之春,吾友张子,始与余订尔汝之交"(《张眉洲诗序》,载《三津新草》中)。张坦虽在序中对杨宗礼诗颇致揄扬,不过,味其语意,似亦指明杨宗礼诗浅白直俗的特点。杨宗礼之词,亦如其诗,不拘格律,不用典故而平铺直叙,几如白话,且絮絮叨叨,其识见亦可发哂,如其《合欢带·买妾》:"自古千金曾买妾,又何妨、万斛珠邀。"令人忍俊不禁。其集中诸作,独《满江红·自题乘风破浪图小照》能抒其胸臆,写其慕仙出世之感,其词虽稍存振起之势,然其命意,并其遣词运藻,皆颇伤于浅俗:

　　海阔天空,蒲帆挂、乘风云路。乾坤内、问家何所,酒中常住。飘起杏黄旗闪烁,须臾飞过扶桑树。科头坐、断雁列青霄,双眸注。　迎浪涌,轻舟渡。从此往,何须顾。秋水连天碧,波涛声怒。撇却此身无个事,吟风弄月酣歌暮。餐烟霞、一叶泛星河,三山处。

十八、黄逵《黄仪逋诗》三卷

　　黄逵《黄仪逋诗》三卷,词四阕附,今存康熙刻本,藏于上海图书馆。《清人诗文集总目提要》、《清人别集总目》、《江苏艺文志》著录。①

　　黄逵,字仪逋,号木兰老人、玉壶山人,浙江山阴(今属绍兴市)人,寓居江苏泰州。诸生,后弃去。漫游山东,复依人于山西,南还后,流寓泰州,入武人幕府。续娶生子,贫无以归。负才嗜酒,佯狂避世,工诗善文。与查士仁、孔尚任友善。值查卒,妻、子亦亡,无聊出游,遘疾卒,葬于苏州虎丘半塘寺后。嗣后顾霭吉搜集其遗作,编为《黄仪逋诗》三卷,词四首附,项纲(号澹斋)刊刻之,先著为序。②《全清词·顺康卷》及补编未载此人词。

---

① 柯愈春《清人诗文集总目提要》,第 341 页。李灵年、杨忠《清人别集总目》,第 1996 页。江庆柏主编《江苏艺文志·泰州卷》,第 44 页。
② 此传据《黄仪逋诗》序跋整理,《黄仪逋诗》三卷,康熙刻本。

关于黄逵字号,诸书多载其"一字石俦"。① 案字石俦者当为另一同名者黄逵,江苏常熟人,黄彭子,号鸽峰,善山水,尤长花鸟,工诗,晚年潜心于佛典。② 与此黄逵无涉。

黄逵生卒年,可考索得之。康熙三十八年(1699)九月,费密于泰州"会黄仪逋";③又,俞梅《甲申集》载《半塘过诗人黄仪逋墓作诗以吊次肩山韵二首》,该集作于康熙四十三年(1704)甲申。④ 则黄逵之卒,当在康熙三十八年至四十三年间。又,张符骧《后催花诗追痛仪逋》:"阳春有脚到天涯,霜信留于二月花。……曾共逋仙清兴发,谁怜白骨掩黄沙。"此诗编在《壬午元旦》及《从癸未除日病目旬余不瘳伏枕杂感》二诗之后,中间尚有《七夕试秋茗和韵》、《五蘠楼同黄仪逋作催花诗兼订后会》、《赋瓶梅送戴岳子》诸诗。⑤ 细味诸诗题及诗意,可知《后催花诗追痛仪逋》作于康熙四十四年乙酉(1705)二月,而既言"追痛",则黄逵之卒,当在康熙四十三年(1704)。查费锡璜《黄逵传》:"长洲祖县令,素闻先生名。遣吏致聘币,千里相招迎。讲论三五月,不合归吴陵。后再游苏州,忽然酒病撄。卒年五十六,葬于虎阜阴。"⑥明言黄逵"卒年五十六",则黄逵生年,当为顺治六年(1649)。

自清代以来,学界多视黄逵为明遗民,清初卓尔堪编《明遗民诗》、民国时张其淦编《明代千遗民诗咏二编》皆收录其诗。⑦ 黄逵诗中,确有记顺治二年(1645)清兵屠扬州惨况的《卓烈妇传》,以及与明遗民杜濬嘘吸与共的《南京久客堂歌赠杜茶村》等(俱载于《黄仪逋诗》)。但就其生卒年代而言,黄逵实属清代人,而就其心态而言,所谓黄逵的遗民意识也同样需要追问。亦

---

① 柯愈春《清代诗文集总目提要》,第341页;江庆柏主编《江苏艺文志·泰州卷》,第44页。
② 庞鸿文等纂《(光绪)常昭合志稿》卷三二,光绪三十年(1904)活字印本,第16a页;彭蕴灿《历代画史汇传》卷三一,道光刻本,第20a页。
③ 费冕《费燕峰先生年谱》卷四,1960年代扬州古籍书店紫丝栏钞本,第3a页。
④ 俞梅《甲申集》,清钞本。
⑤ 张符骧《自长吟》卷五,康熙刻本,第2a—5b页。
⑥ 费锡璜《掣鲸堂诗集》五古三,康熙刻本,第7a—7b页。
⑦ 卓尔堪《明遗民诗》卷七,康熙刻本,第31b页;张其淦撰,祁正注《明代千遗民诗咏二编》卷八,民国十八年(1929)铅印本,第14a页。

即,黄逵对遗民的同情,对过往灾难的客观记录是否就可证明他的遗民意识? 毕竟,在《南京久客堂歌赠杜茶村》中,"四十年前不敢死,腹载先朝之国史。四十年间不敢归,肠断先人之桑梓",只是对杜濬生平的慨叹,而不是黄逵自己的身份定位。遗民的身份与心理认同是个非常复杂且不断流动的问题,遗民的划分当然不能完全看时代,也要考虑创作、交游、行动、心态以及时势抉择等众多方面,黄逵正好给我们提供了一个值得深思的例证。

《黄仪逋诗》,半叶十行,行十九字,楷书上板。版心白口,上鱼尾,中镌书名、卷数、页码及当叶刻字总数,今藏于上海图书馆。黄逵词作,即附载于是书,今存四阕:《行香子·客中初夏》二阕、《醉蓬莱·意园图》、《沁园春·和张良御感钱达人抄寄逸篇》。试看其《行香子·客中初夏》其一:

> 谁送东皇。血染啼妆。是杜鹃、开断人肠。残脂剩粉,群婢争芳。有白荼蘼,黄芍药,紫丁香。 客整归装。不比春忙。向绿阴、深处衔觞。莺儿似劝,慢典衣裳。怕一时温,一时热,一时凉。

词意亢爽而具讥刺,可见其于穷愁处境中不减狂生意态。

黄逵尚有《尹湾小草》一卷,稿本,藏国家图书馆,多为题画诗,无词;另有《玉壶遗稿》四卷,李弘道选,康熙五十年(1711)刻本,中国社会科学院文学研究所藏,未见,未知是否收词。此外,《江苏艺文志》尚著录其《玉壶山人遗诗》三卷,项氏玉渊堂刻本。[①] 案项纲,字子存,号澹斋,祖籍安徽歙县小溪,寓居江苏仪征銮江,以玉渊堂、群书堂为号刊印古籍。[②] 则《玉壶山人遗诗》,当即是《黄仪逋诗》,盖同书异名耳。

十九、朱慎《菊山词》一卷

朱慎《菊山词》一卷,清代钞本,国家图书馆藏。《清人诗文集总目提

---

① 江庆柏主编《江苏艺文志·泰州卷》,第44—45页。
② 刘九洲、吴斌《王斌〈着色山水图〉研究》,杭州:中国美术学院出版社,2018年版,第76页。

要》、《清人别集总目》、《清词别集知见目录汇编》著录。①

朱慎,字其恭,号菊山,浙江武义人。尔殿子。清顺治七年(1650)生。康熙二十六年(1687)贡生。颖异博学,能文工诗,重气节,爱交游。父为江都知县,佐之致治。父卒,贫无以归,遂寓江都,与吴绮、王仲儒、孔尚任、蒋易、李渔、张潮等友善。卒于康熙三十五年(1696)。著有《浮园诗集》。②《全清词·顺康卷》及补编未收录此人词。

关于朱慎的著作,《清人别集总目》著录北京大学图书馆藏《浮园诗集》钞本一卷、国家图书馆藏《浮园诗集》钞本一卷(《菊山词》一卷附)二种;《清人诗文集总目提要》除上述二种外,又著录浙江武义县民教馆藏《浮园诗集》钞本二卷一种。③ 此外,黄建林从苏州大学图书馆新发现王仲儒大型丛刻类诗选《离珠集》中选录朱慎诗的《浮园诗集》刻本零种一卷。这些著作,多是诗集,其内容,对朱慎的诗学宗尚、交游唱酬、生平细节等皆有所揭示。

国家图书馆藏《浮园诗集》钞本,今影印入《清代诗文集珍本丛刊》中,《菊山词》一卷即附载其后。④

《菊山词》一卷,卷首署款"湖上李渔笠翁鉴定,新安张潮山来参订",凡十四叶,工楷手钞,半叶八行,行可二十二字,有句点。本书录词凡二十七调共五十阕,据词调字数排列,调下或注该调异名别称,最前为《忆王孙》,最后为《醉春风》,无慢词长调。词题多是"春景"、"闺情"、"冬雪怀友"、"怨思"、"春夜"、"春闺"、"登楼"、"秋闺"、"秋雨"、"闺思"、"海棠"、"梅花"、"清明"、"雪意"、"晓起"、"思亲"、"秋恨"、"咏愁"之类,多为代女子作闺音,其内容、意旨、趣味,颇类分调分类本《草堂诗余》。试以《菩萨蛮·闺情》为例:

---

① 柯愈春《清人诗文集总目提要》,第 421 页。李良年、杨忠《清人别集总目》,第 411 页。吴熊和、严迪昌、林玫仪《清词别集知见目录汇编》,第 166 页。
② 朱慎生平,详据黄建林《〈离珠集〉选朱慎诗歌考论》,《盐城师范学院学报》2014 年第 5 期,第 56—60 页。朱慎为贡生及生平详节,据张营埈修,周家驹纂《(嘉庆)武义县志》,宣统二年(1910)重印本,卷七,第 9a 页;卷八,第 8a 页。
③ 李灵年、杨忠《清人别集总目》,第 411 页。柯愈春《清人诗文集总目提要》,第 421 页。
④ 陈红彦等主编《清代诗文集珍本丛刊》,第 211 册,第 313—470 页。

桃花零落香犹故。子规凄切声如诉。芳草自青青。王孙奈薄情。　无言空敛翠。残粉和清泪。明月又生窗。教人烧夜香。

明季清初词流专善小令且体贴闺情者,为云间词派、西泠词派,不过这二派于康熙中期后,逐渐融入浙西词派。而且,朱彝尊于康熙十七年(1678)辑选《词综》,已力诋《草堂诗余》,一时词坛风行影从。朱慎生年稍晚,当其壮盛之时,浙西词派已颇有影响力,但他的作品仍沿袭《草堂诗余》之风,实堪为词坛之异数。朱慎籍贯武义,属浙东地区,或因此与浙西词流有所差异。亦可见词坛风向转变,即于该派盛行场域之旁侧,尚有不能"无远弗届"之处。《菊山词》所收作品,多类型化词题,内容亦皆为类型化闺情,无法据其作品确定其系年。或许可以猜测,这些作品多创作于其青年,因此才多作少年狡狯语。

二十、谢乃实《峆𪨊山人诗余》一卷

谢乃实《峆𪨊山人诗余》一卷,附《峆𪨊山人诗集》后,康熙刻本,今藏中国科学院图书馆。《清人诗文集总目提要》《清人别集总目》著录,《清词别集知见目录汇编》则著录山东博物馆藏本。[①]

谢乃实,字华函,号峆𪨊山人,山东福山(今属烟台市)人。琰子。康熙二十年(1681)举人,二十七年(1688)进士。授江苏睢宁知县,调湖南兴宁知县,所至有声。忤上官意,罢任归,晚年侍母家居,研精古籍。[②] 著有《峆𪨊山人诗文集》。《全清词·顺康卷》及补编未载此人词。

谢乃实生卒年,可考证得之:《峆𪨊山人诗集》七律有《六十初度》三首,其一云:"甲子今周辛卯岁。"可知其生于顺治九年壬辰(1652)。又,《(乾隆)

---

① 柯愈春《清人诗文集总目提要》,第349页。李灵年、杨忠《清人别集总目》,第2293页。吴熊和、严迪昌、林玫仪《清词别集知见目录汇编》,第84页。
② 王积熙纂《(乾隆)福山县志》,乾隆二十八年(1763)刻本,卷八,第10a、19b页;卷九,第37a—38a页。

福山县志》卷九本传称:"寿六十四。"则其卒当在康熙五十四年(1715)。

《岵嵝山人诗文集》分体编排,凡文一卷,诗七卷,诗又分五律、七律、五古、七古、五绝、七绝,及《用词名绝句一百三十首》各一卷,末附词一卷。书前无序跋,后附壬辰[康熙五十一年(1712)]冬日施养浩题识。是书半叶九行,行十五字,版心白口,上鱼尾。

《四库全书总目》著录此书于存目,且谓:"是集不分卷数,但以各体类从,而附诗余于末,其《词名绝句》一百三十首,别为一册,为古今所未有,然杂体昉自齐、梁,究为小品,可偶一为之,不可以为擅长之技也。"①以词牌名入诗、入词,当非创自谢乃实,但谢氏此类作品多至一百三十首,亦为七绝集句诗体别开生面,试观其一:

　　春来惟爱黄莺儿,占得东风第一枝。昨日寻春芳草渡,一齐着力有谁知。

诗中集《黄莺儿》、《东风第一枝》、《芳草渡》、《东风齐着力》四词牌,颇为流丽工稳,虽是游戏,居然成章夥颐,可见谢乃实应颇为研精词学。

所附词凡十八阕:《浣溪沙·冬日》、《阮郎归·刘阮入天台》、《西江月·闲情》、《西江月·桃花》、《鹧鸪天·渔父》、《鹧鸪天·忆昔游》四阕、《踏莎行·舟行》、《蝶恋花·冬夜》、《蝶恋花·蝴蝶》、《渔家傲·渔父》、《天仙子·闲情》、《何满子·冬雪》、《小重山·遣闷》、《双双燕·风雪》、《桂枝香·挹翠亭》。除《鹧鸪天·忆昔游》四阕咏官湖南时所见风物民情,余多类型化词题,然颇能于言辞中出己意度,施养浩题识谓:"斯集古今体诸作无非寄意林泉,娱情景物,澹泊而淳古,清新而俊逸,趣味咀之无尽,乃有时硬语盘空,戛戛独造,一种先忧后乐之怀抱,自然从肺腑流出,颇不类居恒吟咏。"此不仅论其诗,当亦论及其词。试看《桂枝香·挹翠亭》:

　　山楼寓目。见夜合敷荣,翠筱含肃。知是萧斋旧业,孟亭新

---

① 四库全书研究所整理《钦定四库全书总目》卷一八三,第2565页。

筑。红桃碧树春风里,对芳樽、绿阴云矗。鸟歌枝上,花披石角,画图盈轴。　看闾里、豪奢竞逐。不待回头时,欢乐难续。莫笑兹幽,闲处种花遗俗。千年雅事随人做,客来时、休问醽醁。各携家酝,开轩静看,满园疏竹。

是词追步王安石名作韵,而颇为朴野达观,可见此君之胸襟意态。

二十一、成世杰《花谱词》一卷

成世杰《花谱词》一卷,清代刻本,今藏盐城市图书馆。《清人诗文集总目提要》、《清人别集总目》、《清词别集知见目录汇编》皆未著录,《江苏艺文志》虽著录,但标作《百花词谱》,且标明"佚"。①

成世杰,字英山,江苏盐城人。《光绪盐城县志·选举》列之为康熙四十七年戊子(1708)岁贡生,且谓之"能诗"。②《全清词·顺康卷》及补编未收此人词。

成世杰生平幸可据其存世专集考订。盐城图书馆藏其著作一厚册,册内包括《燕游草》、《酬应杂诗》、《辛卯壬辰诗》、《射阳倡和诗》诗集四种,该馆著录为"清朝钞本",《江苏艺文志》则著录前三种,未著录《射阳倡和诗》。③细审此册,工楷手钞,半页八行,行可十九字,其诗题下往往添一"刻"字,是此册或有可能是成世杰选刻已作前的清稿。是册前无序文,封面有周梦庄题识,叙其流传颠末:

> 陈玉树所纂《盐城县志》卷十六《艺文·书目》载"成世杰《燕游草》一卷、《百花词谱》一卷",注云:"成毓麒家藏本。世杰,岁贡生,成茂士之孙。"按毓麒为伍佑智教甫之外大父,成氏式微,书籍归之

---

① 江庆柏主编《江苏艺文志·盐城卷》,第31页。
② 陈玉树纂《(光绪)盐城县志》卷九,光绪二十一年(1895)刻本,第50b页。
③ 江庆柏主编《江苏艺文志·盐城卷》,第31页。

教甫所有。今夏曝书,特将两卷检出,嘱转赠县图书馆保存,亦乡邦文献之一也。一九六三年九月一日周梦庄识语。

周梦庄(1901—1998)是盐城现代著名词人、江苏省文史研究馆馆员,著有《海红词》等,并曾笺释蒋春霖《水云楼词》等。盐城图书馆还藏有成世杰《花谱词》一册,清代刻本,扉页也有题识:"伍佑智教甫托赠县图书馆。梦庄附志。一九六三年九月一日。"此处的伍佑是盐城一个镇的名字,而盐城在当代建市之前,一直是淮安的属县。则此二册皆是智教甫托周梦庄所赠,原来皆为成毓麒家藏之书,即《(光绪)盐城县志》所著录者。由是可知,所谓《百花词谱》,当即是《花谱词》。因据此二书,疏略成世杰生平。

《燕游草》,署"射州成世杰英山氏稿",射州为盐城古称。卷中录诗三十九首,另有词《沁园春·颂云间张夫子》一阕,该卷是成世杰北游京师时所作。其中《平滇纪事》四首,下注"壬戌",可知当作于康熙二十一年(1682)。其中复有与姚缔虞[字历升,号岱麓,湖广黄陂人,顺治十六年(1659)进士]、胡简敬[字又弓,江苏沭阳人,顺治十二年(1655)进士]、宋稚恭等人的交游诗。《沁园春·颂云间张夫子》,则当是赠张守的词。张守,字曾符,一字子毅,江苏华亭(今属上海市)人,康熙二十五年(1686)由举人任盐城训导,后升庐州府学教授。①

《酬应杂诗》,署"盐渎成世杰英山氏稿",盐渎为盐城古称。卷中收录两首纪年诗,与其生平大有关联:一首《江南行》,下注"甲戌除夕",可知作于康熙三十三年(1694),其诗述是年参加乡举,并因案件牵累来往江宁之景况,诗后有张守、宋稚恭、成乾若等人的句评、圈点及尾评;另一首《壬午中秋五十初度闱中自寿》,可以推知他生于顺治十年(1653)八月十五日。此外,本卷中尚收词四首:《千秋岁引·郑君翔先生八十寿》、《沁园春·挽高子佩先生》、《千秋岁引·中秋雨霁,对月自寿,兼寿宋十三元友》二阕。四词颇为平浅,尚乏琢磨之功,然与《沁园春·颂云间张夫子》皆未为《全清词·顺康卷》

---

① 陈玉树纂《(光绪)盐城县志》卷八,第16b—17a页。

及补编收录,故可补遗。

《辛卯壬辰诗》,署"射州成世杰瞻园氏草",瞻园当是其号。是卷收录康熙五十年(1711)、五十一年(1712)诗,依时序排列,其中有《辛卯中秋五十九岁生日闻中口占》:"棘院曾经科十三,翻嫌面目老而贪。"垂老于科场,碌碌无成,乃至顾影自憎,可谓辛酸已极了。

《射阳倡和诗》无署名,是成世杰与友人程震家[字孝方,江苏山阳(今属淮安市)人]、吴宁询(字欧公,江苏山阳人)、刘临[字以庄,江苏安东(今涟水县)人]、吴蔼(字吉人,江苏扬州人)于某年重阳节后所作的倡和诗,其后并有成世杰骈文跋一篇,叙述倡和本末。

再看《花谱词》。

是书凡收录《东风第一枝·梅花》、《凤凰台上忆吹箫·杏花》、《满江红·桃花》、《月照梨花·梨花》、《拂霓裳·海棠》、《金人捧露盘·玉兰》、《柳腰轻·水仙》、《洛阳春·牡丹》、《武陵春·芍药》、《虞美人·虞美人》、《苏幕遮·玫瑰》、《五彩结同心·蔷薇》、《西施·荼蘼》、《行香子·瑞香》、《锦缠道·绣球》、《一枝花·山栀》、《菩萨蛮·荷花》、《玉珑玑·茉莉》、《渔父家风·兰花》、《传言玉女·桂花》、《金菊对芙蓉·芙蓉》、《后庭花·菊花》、《八节长欢·月季》、《雪梅香·腊梅》二十四阕。基本以花之节令为序,且依据所咏之花而慎择词调,以咏物而谱二十四番花信,于异调联章组词别开生面。卷前有成世杰小引一则,具述创作旨意:

> 时维十月,于役三吴。南州榻下,聚千里之高朋;北海尊开,谭四时之逸兴。谱名花而遣调,裁丽句以成声。自春徂夏,肥红蒻绿,极艳冶之繁华;由秋迄冬,冷蕊幽香,脱尘埃之物色。想柔情于笑貌,何止倾国倾城;寄美态于园林,尽多行云行雨。爰是循时按令,集二十四种之群英;因而即物填名,兼长短中调之杂咏。胡笳增六,拨成马上弦歌;金钗倍双,点就宫中玉树。枝枝交影,不致赋恨长门;色色争妍,何妨效颦西子。拈兹韵语,畅厥闲情。

卷首另有尤侗庚辰［康熙三十九年（1700）］长至日题语、宋实颖时年八十题语、宋恭贻题语、辛巳［康熙四十年（1701）］林钪题语各一则。尤侗云："盐城孙惟一学士，予年友也。死生契阔，越十余年矣。今冬有成子英山来访，询之，乃其佳婿。……既出《花谱新词》，芊绵婉丽，可当花信二十四番矣。"宋实颖云："成子英山眎余《花谱》二十四调，何啻蔷薇挹露，抹丽抒香？妖红冶绿，举不足以入其腕中矣。"林钪云："此《花谱》二十四词，则又丰神绰约，飘飘然若仙子凌波，是合李杜苏辛而为一人矣。"评价皆颇高，间亦透露成世杰生平信息，如他是孙一致［字惟一，江苏盐城人。顺治十五年（1658）榜眼，官至侍读学士，著有《世耕堂诗集》①］之婿；再如至迟在康熙三十九年（1700），成世杰已完成《花谱词》创作。试看其《满江红·桃花》：

> 轻薄风流，看来似、明霞天半。任莺啼燕语，锦堆衾烂。桃叶桃根双美具，红云红雨千层乱。问渔人、洞口复何如，真成幻。朱户启，芳心展。睡未足，魂先断。恨无情流水，浸堤拍岸。带露似垂香粉泪，含羞欲结娇娥伴。想当年、禁苑盛开时，迎人面。

是词体物及人，兼以白描、运典，白描颇能体贴入微，而运典则多为熟典，如王献之桃叶渡典、桃花源典、崔护"桃花人面"典，已可算是《花谱词》中较好的作品了。

二十二、侯方曾《澄志楼诗稿》不分卷

侯方曾《澄志楼诗稿》不分卷，分装三册，清代钞本，今藏于国家图书馆。《清人诗文集总目提要》、《清人别集总目》著录，《清代诗文集珍本丛刊》据以影印。②《清代家集叙录》著录嘉庆二十四年（1819）刻本《大梁侯氏诗集》，其

---

① 沈德潜《清诗别裁集》卷五，第 194 页。
② 柯愈春《清人诗文集总目提要》，第 454 页。李灵年、杨忠《清人别集总目》，第 1633 页。陈红彦等主编《清代诗文集珍本丛刊》，第 222 册，第 93—358 页。

中亦收录侯方曾《澄志楼诗稿》,《清代家集丛刊》据刻本影印收录。①

钞本《澄志楼诗稿》卷首粘一笺页,上谓:"侯方曾,字文荣,号筠庄。(德清县令元棐子。)康熙二十三年举人。候补内阁中书。游陕西,与王弘撰谈诗甚契。有《澄志楼诗稿》、《棣轩词稿》、《燕游纪行诗》、《陕游草》等。(见《中州先哲传》卅五《文苑传》。)"笺页天头尚有小字:"《中州艺文志》卷三侯方曾诗文凡六种,均云刊本。"

钞本《澄志楼诗稿》为无格稿纸,半叶九行,行二十六字。卷首有嘉庆丙子[二十一年(1816)]朱锡谷行书《澄志楼诗叙》,半叶七行,行十八至二十字不等,略谓:"吾友侯心古先生辑其曾大父筠庄先生遗诗示余,余受而读之。……然而阳侯之厄,平生遗集,尽付波臣。……心古从洪流巨浸之余,断楮零缣,披寻不倦,勒为成编。"心古,即侯资灿,即编刊《大梁侯氏诗集》者。钞本所录作品后,常有周斯盛(字屺公)、田雯(字纶霞)墨笔批语,其旁亦常有朱笔圈点及旁批,朱墨烂然。周、田二人为侯方曾诗友,集中每见交游之作,尤以与周斯盛唱和最密,集中有《喜周屺公先生再过荒斋》、《祝屺公先生时寓荒斋》等十余首,则此书或是稿本,或为侯资灿编刊之前的誊清本。

《大梁侯氏家集》本《澄志楼诗稿》则为选本,共选刊侯方曾诗一百零五首,未收词,有圈点,无批语。卷首亦有朱锡谷序,此外,尚有汤准《筠庄侯公传》:

> 侯君,讳方曾,字文荣,号筠庄,杞之巨族也。五世祖于赵,嘉靖乙丑科进士,抚军山西,多惠政,至今人尸祝之。高祖应瑜,万历庚子举人,历郧阳知府。曾祖邦宁、祖体巽,皆邑庠生。考元棐,顺治辛丑进士,浙江湖州府德清县知县,擢内府中书科中书舍人。生子二,长即君。状貌丰伟,才识敏练。年十六,即补陈留博士弟子员,随任德清。在署中,习举子业外,复参判案牍,洞达情伪,老吏

---

① 徐雁平《清代家集叙录》,第165—169页。徐雁平、张剑主编《清代家集丛刊》,北京:国家图书馆出版社,2015年版,第170册,第463—516页。

不能欺。迨援例入太学，益以文章自奋。年二十五，丁外艰，只手撑拄门户，远近酬应，备极周到，其才诚有大过人者。上事祖母曹孺人、妣李孺人，诚孝笃至；抚幼弟京曾，情意浃洽，终身无间言。甲子举于乡，丙午候补内阁中书舍人。性好客，四方名流造庐者踵相接，君应接不倦，精神发越，谈诗论古，把酒征歌，烧烛至夜分不休。余赠君诗云："广座罗宾朋，神王周先后。"盖纪实也。少年为诗，以发抒性灵为宗，后与海内诸诗人唱酬，讨论法律益细，晚尤爱昌黎诗，时而放笔，大肖其神。族叔运昌，当世名士，每当燕乐，与君兄弟家庭自相赓和，刻烛分韵，纵谈今古，累日夜不倦。余时策蹇相过，酒后耳热，即席分韵，余方执笔踌躇，而君已挥毫立就矣。余与君游二顷园诗云："才钝羡挥毫，快友琢句警。"盖为此也。家居需次，凡戚族有危难事，皆力为拯救，多所保全。遇邑有灾祲，及大繇役，利弊之应兴革者，不惜首事，为梓里请命。君之才堪肆应，惜未及禄食，不能大展所为，为可惜耳。康熙四十九年十月卒，年五十有七。男四：天毓、静毓、中毓，皆诸生；岱毓，幼，业儒。所著有《澄志楼诗稿》《棣轩词稿》《燕游纪行诗》《陕游章》，间为古文，有《鹓珠堂文稿》。应事之余，手不释卷，平生手钞书十余种，藏于家。①

传中于侯方曾科第、行实、交游、诗文宗尚、卒年、世系、著述等皆叙述详细。侯方曾生年，据其卒年及享寿，可推知当在顺治十一年（1654）。

钞本《澄志楼诗稿》共三册，诗词混编，约收四百七十余首，其中词全部收录在第一册中，共十二阕，如次：《江城子·锦襄道中》《江城子·送春》《夏初临·送春》《望海潮·题秋江渔乐图》《蝶恋花·春雨》《杏花天·单天长招饮，醉后赋谢》《满庭芳·菊水园次韵》《南乡子·冬夜》《满庭芳·蓝雪坪惠画，小词赋谢，兼以志别》《玉女摇仙佩·美人解》《应天长·七夕

---

① 徐雁平、张剑主编《清代家集丛刊》，第 170 册，第 467—469 页。

次韵》、《烛影摇红·咏烛次韵》。诸词皆未为《全清词·顺康卷》及其补编所收录,可补遗。

侯方曾词,小令婉约缠绵,如《江城子·送春》:

> 柳长如练晚风吹。日迟迟,敛愁眉。万紫千红,一任踏成泥。着意留春春已老,空怅望、恼黄鹂。 荷钱泛水水平池。草离离,正归期。记得年年,人倦绿肥时。独坐曲栏看夜月,何处也、捻花枝。

词后周斯盛评语:"轻盈娟秀,的的正宗。"侯方曾善于炼句,如上引词中"记得年年,人倦绿肥时",又如《夏初临·送春》:"柳丝如线,难绾芳辰。"《满庭芳·菊水园次韵》:"村深无客到,饲鱼夕照,种树新晴。"此外,其词中,亦有苍莽开阔、疏野朴拙的情境,如《望海潮·题秋江渔乐图》:

> 水云漠漠,枫林历历,长江万里秋涛。芦岸舣舟,沙滩晒网,渔村水市相招。孤鹜起横篙。唱吴歌一曲,共醉陶陶。衰草寒烟,席帆外、日落山椒。 提鱼去换村醪。见青帘风飐,竹隐檐梢。缥缈山城,悠扬浴雁,教人一望萧骚。仄径走归樵。看凄迷暮霭,野寺钟敲。安得浮家此处,湖海共逍遥。

此为题画词,词中结构,纯用赋法,仿佛展开一幅长卷,而又层层递进,笔笔如绘。周斯盛于此词后评:"次序停稳,声调悠扬。"斯为得之。

二十三、胡润《怀苏堂词》一卷

胡润《怀苏堂词》一卷,附其《怀苏堂集》十卷后,今存其子胡格乾隆六年(1741)校刻本,藏于中国科学院图书馆。《清人诗文集总目提要》、《清人别集总目》、《清词别集知见目录汇编》著录。①

胡润,字京蒙,号河九,又号艮园,湖北通山人。顺治十一年(1654)生。康熙三十年(1691)进士,改庶吉士,授编修。五十一年,提督江苏学政。受知于李光地,与李来章、冉觐祖等交善。卒年未详,然乾隆六年(1741)时已卒。②

《怀苏堂集》,前有张继镜序、乾隆辛酉[六年(1741)]十月门人吴日炎序。卷一至卷七为赋、诗,卷八为词,卷九、卷十为文。版式半叶十行,行二十一字,楷书上板,四周双边,大黑口,上鱼尾,版心镌书名、卷次及页码。词凡二叶,除末阕为中调外,皆小令,共录七阕,《全清词·顺康卷》及补编未收其词,可补遗:《长相思·旅怀》、《相见欢·夜读》、《忆王孙·离情》、《点绛唇·春雨》、《江南春·佳人》、《转应曲·宿花》、《一剪梅·春景》。多写闺情,如《江南春·佳人》:"腰袅娜,鬟栖鸦。泪横秋水远,愁锁淡山斜。凭栏独把香腮托,衔指无言向落花。"仿佛一幅工笔美人图。间亦涉羁旅,如《长相思·旅怀》:

襄水悠。汉水悠。为想归期梦泛舟。觉来前事休。　鹄山高。鹫山高。(自注:在荆门。)知是离愁第几遭。这回路更迢。

其词多率意而成,不暇雕琢。胡润师从李光地,平素亦颇以道学自命。吴日炎序谓:"夫子生平所行事,大都以践履笃实为主。躁进、浮华,皆非所尚。其于义利公私之介,尤辨之必明,持之必力。凡所为存天理,遏人欲,不言而躬行者,悉本于体会心得之妙。"是则胡润作此数阕短调,亦如宋广平赋梅花,聊于集中备其一体耳。

---

① 柯愈春《清人诗文集总目提要》,第359页。李灵年、杨忠《清人别集总目》,第1571页。吴熊和、严迪昌、林玫仪《清词别集知见目录汇编》,第246页。
② 柯愈春《清人诗文集总目提要》,第359页。

二十四、蔡毓茂《绿云词稿》一卷

蔡毓茂《绿云词稿》一卷，清代钞本，今藏上海图书馆。《清词别集知见目录汇编》著录。[1]

蔡毓茂，字卓庵，汉军正白旗人。士英子，瑜、良父。顺治十一年(1654)生。幼习武。康熙九年(1670)，补佐领。二十一年(1682)，升参领。三十七年(1698)，以功授江苏京口（今属镇江市）副都统。卒于康熙四十七年(1708)。[2] 著有《绿云词稿》一卷，今存清代钞本。《全清词·顺康卷》及补编未收此人词。

蔡毓茂著作，《清人诗文集总目提要》、《清人别集总目》皆著录北京大学图书馆藏《竹堂诗稿》一卷、《文稿》一卷，稿本。[3] 此外，国家图书馆藏《竹堂说帖》清钞本一册；又上海图书馆藏《南堂文稿》一卷、《竹堂文稿》一卷、《竹堂诗稿》一卷、《绿云词稿》一卷、《竹堂说帖》二卷、《南堂说帖》二卷，凡八册，著录为铅印本，实当为清代钞本。就内容而言，上海图书馆藏本最为丰赡，《绿云词稿》即为其中一种。

是书楷体恭钞，卷首署"北平蔡毓茂卓庵父著"，其后略有誊空，词稿凡六叶，半叶十行，行二十四字，录词十四阕：《春从天上来·赠孟姊丈熊弼移居卢龙》、《鹊踏花翻·再吊桐皋》、《诉衷情令·乙酉秋七月十又三夜》、《摸鱼儿·乙酉七月十又四夜忆旧在长安作》、《玉烛新·乙酉除夕作示五侄琯并序》、《喜迁莺·丙戌冬十月自题扇头小照》、《醉蓬莱·丙戌仲冬二日郭真湖冰阻》、《水龙吟·贺江宁副都统鄂克荪升正将军》、《鹊踏花翻·丁亥仲夏无雨，避暑高资。焦山硕庵大禅师忽遣道者贻余雨竹一幅，泼墨枝间，淋漓

---

[1] 吴熊和、严迪昌、林玫仪《清词别集知见目录汇编》，第197页。
[2] 吴廷燮等纂《北京市志稿·人物志》，北京：北京燕山出版社，1998年版，第219页。蔡毓茂《经岩叔关山积雪图叙》："丙辰岁，余年二十三。"（《竹堂文稿》，清代钞本）丙辰为康熙十五年(1676)，则其生年当为顺治十一年(1654)。又蔡毓茂《海南香节杯赞（并序）》："癸未冬十二月朔，乃余五十之辰。"（《竹堂文稿》）可知其准确生时。
[3] 柯愈春《清人诗文集总目提要》，第1672页。李灵年、杨忠《清人别集总目》，第2351页。

欲动。客子讶衣单，凉从纸上来。不觉兴之所至，因调〈鹊踏花翻〉一阕，作书扇头，以谢吾师法雨晴飞之点点耳》》、《永遇乐·丁亥十二月十三日作》、《雨中花慢·聂氏烈女，其先辽左人也……》》、《南浦月·陈子於王东行，赋诗既赠，离筵已再，然中恋恋不已，更调〈南浦月〉相送寄意》、《御街行·题画》、《千秋岁·为李虎文寿》。

乙酉、丙戌、丁亥，为康熙四十四年（1705）、四十五年（1706）、四十六年（1707），可知此卷词为蔡毓茂晚年所作，据其目次，其词当以时间为序。其中所涉人物，多可考见。孟熊弼，字符辅，汉军镶红旗人，乔芳子，袭三等阿思哈尼哈番，少失明，好读书，过辄成诵，曾选唐人诗五十家。[①] 然修，字桐皋，江苏长洲（今属苏州市）人，诗笔清倩，蔡毓茂邀之至京口，欲其渐主讲席，不意以三十余岁骤卒。[②] 蔡琯，蔡毓荣第五子。鄂克荪，满洲镶黄旗人，康熙四十一年（1702）任江宁左翼副都统，四十六年（1707）任江宁将军。[③]

蔡毓茂家族世居辽东锦州，崇祯间随祖大寿降清，顺治初从征入关，平定天下、平定三藩皆有功劳，家族代有闻人，多以武功显耀。[④] 但蔡毓茂是其中较为特别的代表，虽毕生从事武职，却不废文墨，且喜与文士游从。其词颇可见其胸襟，即幽怨语亦清俊有味，不觉衰飒，而颇具辛弃疾一流清旷风貌，如《摸鱼儿·乙酉七月十又四夜忆旧在长安作》中语："而今是、镜里朱颜非昔。算来愁肠重叠。千金难买青丝发，一片冰心镕雪。诚悲咽。君不见、杜鹃枝上啼成血。风南雨北。忽又忆、无端花娇柳怯。小小心头热。"又如《喜迁莺·丙戌冬十月自题扇头小照》：

> 春归南陌。剩几许斜阳，万山横碧。云际疑空，水边似冷，点出人间秋色。不向歌裙舞扇，消受半生余力。堪笑尔、尚匹马橐

[①] 刘景藻《清文献通考》卷二五四，《文渊阁四库全书》本；王士禛《带经堂诗话》卷二八，乾隆二十七年（1762）刻本，第 8a 页。
[②] 沈德潜《清诗别裁集》卷三二，第 1374—1375 页。
[③] 黄之隽纂《（乾隆）江南通志》卷一一一，《文渊阁四库全书》本。
[④] 赵尔巽《清史稿》卷二五六，第 9787—9791 页。

鞭,西风独立。　遥忆双鬓绿。雪咽风餐,辛苦从朝夕。塞北霜林,江南烟树,总是一番岑寂。狐兔潜踪何处,短草星星难觅。年来事,问雄豪有几,须眉两白。

上阕咏今,下阕忆旧,气象壮阔,笔力劲挺。英雄暮年,壮心未已,情语复能从景语出,堪称佳作。

二十五、虞兆㳫《轩渠诗余稿》一卷

虞兆㳫《轩渠诗余稿》一卷,清代刻本,今藏北京大学图书馆、国家图书馆。《清人诗文集总目提要》、《清词别集知见目录汇编》著录。[①]

虞兆㳫,名一作兆潡,字虹升,浙江嘉兴人。康熙初诸生。精算学,善诗词。著有《天香楼偶得》,《四库全书总目》列之入存目。[②] 虞兆㳫生平未详,《(光绪)嘉兴府志》附其传于其兄虞兆清后,亦颇为简略,仅称"兆潡,字虹升,有诗名,著有《轩渠集》、《天香楼偶得》"。不过,根据其兄仕履,大致可以推定虞兆㳫为康熙年间人。"虞兆清,字鉴斯,康熙己未进士,知四川綦江县……摄忠州……以廉能授湖广道御史,著有《素业堂文集》、《蜀行草》"[③],康熙己未为康熙十八年(1679)。又查虞兆清履历,生于顺治十年(1653),[④] 虞兆㳫生年当稍后,则为顺康时人应无疑义。

虞兆㳫的著作,现存者有北京大学图书馆藏《虞虹升杂著五种》,包括《轩渠诗稿》六卷、《轩渠诗余稿》一卷、《校订前汉书自序》一卷、《轩渠集》一卷、《天香楼偶得》一卷,皆清代刻本。其中《轩渠诗余稿》为词集,其词《全清词·顺康卷》及补编未收。

[①] 柯愈春《清人诗文集总目提要》,第361页。吴熊和、严迪昌、林玫仪《清词别集知见目录汇编》,第130页。
[②] 四库全书研究所整理《钦定四库全书总目》卷一二六,第1688页。
[③] 吴养贤纂《(光绪)嘉兴府志》卷五〇,光绪四年(1878)鸳湖书院刻本,第58b—59a页。
[④] 《康熙十八年己未科会试进士三代履历遍览》一卷,康熙刻本。

《轩渠诗余稿》一卷,署"槜李虞兆漋虹升氏著",其书附《轩渠诗稿》后,凡十三叶,半叶九行,行二十字,上鱼尾,白口。收词三十三阕:《忆秦娥·闲窗题》、《蝶恋花·咏白芍药》、《满江红·燕京初夏》、《千秋岁·祝金古逸寿》、《凤凰台上忆吹箫·题画屏美人次钱烛臣韵》、《玉女摇仙佩·吴子山内弟属题水墨洛神图》、《菩萨蛮慢·九日湖舫雅集登真如塔》、《满江红·送家孟往谒分水令房考胡澹庵》、《满江红·祝平湖陈云木七帙》、《水调歌头·梅下》、《念奴娇·送春和宣予兄"惜"字韵》、《永遇乐·题平都林贞女〈天马缘〉》、《满庭芳·甲子渡江》、《点绛唇·来安集道中口占》、《西江月·羊流旅壁次韵》、《玉楼春·漫河闻筝》、《玉连环·出棘闱得家信,知内病,念之而赋》、《念奴娇·乙丑嘉平月,成佩苍明府将归新安,同朱千刃明府暨家孟樽酒话别,诘朝佩苍赋词留赠,次韵答之》、《一剪梅·游淳安西庙,次仲开一明府韵》、《蝶恋花·青溪新涨》、《忆秦娥·客中端午》、《苏武慢》十二阕(分题:春草、月下、观潮、对雪、测禅、疑仙、怜才、惜艳、感怀、随缘、悲世、发愿)。

这些词,亦有助于考订虞兆漋生平。今释澹归有《满庭芳·陈云木七旬寿册》①一词,与虞兆漋《满江红·祝平湖陈云木七帙》当作于同时。考今释澹归康熙十七年(1678)自岭南北归,到嘉兴请藏经,康熙十九年(1680)八月,即卒于平湖。② 则此二词当即作于此期间。又,朱千刃,名振,字嗣宣,一字千刃,浙江嘉兴人;仲弘道,字开一,号改庵,浙江桐乡人。③ 二人皆于康熙年间任知县,与虞兆漋交游颇密,亦可旁证虞兆漋活跃于康熙间。

虞兆漋词颇浅近,其和先祖虞集(谥文靖)之《苏武慢》十二首有序,略谓:"余也养拙衡门,讵敢望公肩背?惟是幽栖多暇,不乏感物造端,坐咏行吟,亦成前词一十二阕。下里庸音,何足为公阳春之和?然而语无诠次,思杂荒唐,或者尚不失先逸民仲氏隐居放言之遗风欤?"就其词作而言,虽自评稍酷,然亦近实。

---

① 今释澹归《遍行堂续集》卷一六,康熙二十三年(1684)刻本,第34a页。
② 钟东《澹归今释》,广州:岭南美术出版社,2012年版,第99—100页。
③ 朱彝尊《文林郎知舒城县事朱君墓志铭》,《曝书亭集》卷七八,康熙刻本,第7a—9b页;沈季友《槜李诗系》卷二五,《文渊阁四库全书》本。

二十六、龙体刚《半窗诗余》二卷

龙体刚《半窗诗余》二卷，附《半窗诗集》五卷后，今存咸丰四年(1854)敦厚堂刻本，藏于上海图书馆。《清词别集知见目录汇编》著录。①

龙体刚，字惕之，改字铁芝，号牧洲，江西永新人。顺治十二年(1655)生。垂髫通六艺，长力贫苦学，工诗古文词。三藩乱中，以母丧弃举业。后以国学生考授州同知。遍历名山大川，与施闰章、李绂、黄鸿中等游从。精善史学，著《半窗史略》，《四库全书总目》列于存目。② 晚年筑饱山楼自娱。卒于雍正九年(1731)。③《全清词·顺康卷》及补编未收此人词。

《半窗诗集》卷首，有戊子[康熙四十七年(1708)]朱锡鬯序、刘振序、《吉州人文纪略本传》、《县志传》、《龙铁芝老先生遗像赞》、龙文彬七律《重梓族祖半窗集告成敬书二首》、龙立朝七律《恭题族祖半窗集后步筠圃师韵》二首，其中颇涉及龙体刚生平细节及诗词评价。须注意的是，此朱锡鬯，并非大词人朱彝尊（号锡鬯），而是名锡鬯、字余庵的江西万安人。此君举康熙三十三年(1694)三甲进士，初授贵州仁怀知县，有政声，升礼部主客司主事。告归后，曾倡修孔庙，死后被崇祀于乡贤祠。④ 朱锡鬯与龙体刚关系匪浅，其序中已叙述颇详，对于龙体刚诗，朱锡鬯认为："其诗潇洒风尘，荡涤物虑。然句里行间，时于江湖关廊庙之忧，不得竟目为江湖散人。"《半窗诗余》中，亦有较多龙体刚题赠朱锡鬯的词作，《昭君怨·惊闻余庵仙游》一首，更知其及见朱锡鬯之卒。

卷首有龙体刚自识，述其填词历程及依归：

---

① 吴熊和、严迪昌、林玫仪《清词别集知见目录汇编》，第22页。
② 四库全书研究所整理《钦定四库全书总目》卷五○，第709页。
③ 《吉州人文纪略本传》，龙体刚《半窗诗集》卷首附，咸丰四年(1854)敦厚堂刻本，第1a—2a页。《永新人物传》，北京：中国文联出版社，2000年版，第1卷，第485页。
④ 江庆柏《清朝进士题名录》，北京：中华书局，2007年版，第241页。朱承绪纂《(乾隆)吉安府志》卷四四，乾隆刻本，第42a页。

词称曰填,如塞孔然。按谱谐律,倚声协韵,务合古人原调为正,否则似长短句诗,而非调矣。先依《啸余图谱》填词五百余首,以较古调,而平仄字句、增减更窜,殊甚舛错。嗣喜得万子红友《词律》一书,考核精详,不啻金科玉律,始觉《图谱》诸书,无异乌喙。爰取所填旧词,核诸《词律》。与古调平仄字句吻合者,每调止存一二,得词三百三十五阕,共填三百余调,敬以请正大方。

一、词有两段相似,其中止一二字平仄异用,如《醉红妆》与《双雁儿》,止第十一句不叶,今于调下注明。

一、词有同调而平仄两用之体者,此则本词用仄,则注用仄韵;用平,则注用平韵。

一、词有同调而体之字句长短异者,如《酒泉子》多至二十一体,《河传》有十七体,余则二体、三体、四五六体之不一。原难分别先后,《图谱》强为分别,每于调名注为第几体,致填词家沿讹为真,罔知舛谬。刚宁不敢从众?如照一体填词,则止于目录中注为几体之一,庶知此调另有几体,免致混淆。

一、词有字句平仄俱同,但一调而有二三名,或四五名者,如《百字令》之为《念奴娇》,又名《大江东去》之类,止于目录及调名下注明即某调,又名某某调,而本词仍以原调名置于题下,庶有分晓。

一、词之用韵,不同诗与曲也。此在宋元以来,未有定谱,故多杂用,且有用诗韵以填词,如四支内之支垂奇、六鱼内之鱼初、七虞内之虞无、十三元内元昆烦之类,虽不出休文四声,然音韵俱未甚稳,不叶歌吟。兹独遵用毛稚黄考订《词韵》,及苕水潘文水《韵选类通》,不致别有出入。惟是旧拍无存,何以叶诸檀板?陈言莫去,止徒灾彼枣梨。虽曰诗余,无非志黄檗树下之弦响已耳。永新牧洲龙体刚谨述。

就中可见龙体刚关于词体式的观点,亦可侧见康熙后期《词律》在词坛对《啸余图谱》等书的更替历程,以及清初词学谱律学重建过程中的相应细节。

《半窗诗余》半叶八行,行二十字,白口,上鱼尾。其书编次颇为淆乱且令人费解,既分为两卷,而卷一又分成三个相对独立的部分,卷二也分成两个部分。

卷一的第一部分起《拂霓裳·乙丑元日立春》,迄《梁州令·高雷道上(时苦旱)》,凡三十五阕;第二部分起《粉蝶儿·春游寄慨》,迄《深院月·半窗中秋和余庵韵》,凡二十四阕;第三部分起《江城子·春景》,迄《女冠子·女冠》,凡五十阕。卷二的第一部分起《后庭花·归度梅岭》,迄《如梦令·春闺》,凡五十四阕;第二部分起《探芳信·闲吟》,迄《感恩多·巢燕》,凡四十阕。

原书并无目录,合诸二卷,共得二百零三阕,与龙体刚题识中所谓"目录"、"三百三十五阕"不合,意此书当曾有目录和卷三,并已佚去。然而是在刻书之前佚去,还是刻本流传时佚去?已不得而知。

是书每于词调之下列其异名、步韵方式及体式差异,仿佛词谱。可以推测龙体刚作此书时,当亦有垂法后学之意。清初诸家词选,或兼具词谱性质;诸家别集,或亦有兼具词谱功能者。龙体刚此集,当亦受时流影响,于此可知清初词学大兴之时,重建、规范词学谱律的观念是深入人心的。

龙体刚作词题材多样,几乎无意不可入词,举凡交际、游历、行踪、闺情、代言、观剧、祝寿、节令、咏物、咏怀、赠答、庆贺、吊丧、怀古、题图等,皆于词中咏之,故于其词可以见其生平细节。而其平生好壮游,足迹南至广东、海南,东至浙江、江苏,西至湖南,北至京师,各地风土民情及其所见所感,皆可于其词中探知。唯其词多不津津于典实,布局结构亦稍散漫,字句韵律常有瑕疵,因而颇多率意之作,不耐涵泳。但亦有部分咏古、题图之作,气象稍稍开阔,如《玉山枕·陆秀夫抱主入海图(试题)》:

斗转南轴,凤飞去、依鸿宿。大江水沸,皋亭向北,星陨崖门,浪塌黄屋。海涛如怒起腥臊,等闲把、日轮轻覆。但惊奇、稳抱飞龙,架金鳌、向扶桑新浴。　白鹇身蚕随波逐。(自注:时御舟有白鹇,亦自沉海。)也鲲化、如银鹿。水晶殿启,琼宫鹭振,炎宋君臣,尽浣霞縠。画图千古写流风,仍灵效、百川乔岳。愧难成、刻羽流商,奏新声、吹入金门竹。

书中各词每多圈点,且常有旁批,上引之词"凤飞"句,旁批"扼要";"奏新声"句,旁批"结出应试"。又如《品令·愁》结语"想前身是,晓风夜雨,鹃啼血作。幻做闲情,添就几分索莫",旁批:"愁到极处。"《后庭花·归度梅岭》"万山齐袖手,流年掷似梭",旁批:"清空有味。"《金明池·泊庐陵止阳渡》"忽寒鸦、格磔巢巅,似叹惜、光阴欻吸如此。岂四面苍山,江流枯石,认识归来游子",凡有三批:"排荡"、"高峭"、"感伤何极"。这些批语颇能一言中的,对理解龙体刚词意颇有帮助。清初士人喜风气标榜,每形之于诗文词评点,此集亦未能脱俗。只是评者是谁?已无可详考了。

二十七、朱迈《耕石诗余》一卷

朱迈《耕石诗余》一卷,附其《耕石诗集》四卷后,今存清代朱丝栏钞本,藏于上海图书馆。《江苏艺文志》著录,《清人诗文集总目提要》、《清人别集总目》、《清词别集知见目录汇编》皆未著录。①

朱迈,字旋吉,一作璇吉,号耕石,江苏苏州人,徙居徐州。顺治十三年(1656)生。诸生。嗜酒喜弈,善属文赋诗。为官宦西宾,遍历黔滇。好山水游,远近必穷及。顾长清癯,美须髯。性慷慨,好接引后进,周乏无算。卒于雍正三年(1725)。②《全清词·顺康卷》及补编未收此人词。

《耕石诗集》前有施兆麟所撰传赞、目次,词附诗后,楷书,墨色鲜明,笔画劲峭,其旁往往密布朱笔圈点。词凡十九叶,共收六十八阕,起《沁园春·和文信国》,迄《菩萨蛮·秋闺》。未以词调字数或题材分类排列,疑当以创作时间为序。

朱迈词颇重伦理纲常,一如其诗,故追和忠烈(文天祥、岳飞)韵、追表烈女、题咏先贤(严光、蔡文姬等),颇津津乐道,乃至咏宋史遗事成《减字木兰花·读宋史》二十四阕,皆此类。既重纲常,则不能不说教,不能不议论,不能不做翻案文章,如《最高楼·题明妃上马图》其一:"昭君怨,不怨画工欺。

---

① 江庆柏主编《江苏艺文志·徐州卷》,第77页。
② 施兆麟《朱耕石先生传并赞》,朱迈《耕石诗集》卷首,清朱丝栏钞本。

只怨汉王痴。与其永巷无人问,何如塞外有人知。"议论横生,浅如白话,"与其"、"何如"之类,直如作文,然离词之本色远矣。其词佳者反类大曲,颇有雄豪之气,如《琵琶仙·江边怀古》:

> 今古长江,一江水、半是英雄清泪。一自割据分争,波涛几番沸。夸鼎足、三分霸业,界南北、半边王气。断锁飞烟,投鞭饮马,前事犹记。　此日里、风景依然,怅芳草青青暮云紫。回首六朝如梦,付精神流水。听怒浪、悲思击楫,吊美人、战鼓空擂。妒杀两点金焦,笑容长对。

二十八、车家锦《唾余别集》不分卷

车家锦《唾余别集》不分卷,词附,与车家锦《唾余越吟》、《唾余秀嵩草》、《唾余诗集》、《唾余燕秦合草》、《唾余近乡草》诸书,皆为清代稿本,藏于广东省立中山图书馆。《清代稿钞本》据以影印。① 《清人诗文集总目提要》仅著录作"《唾余集》",《清人别集总目》则著录作"《蜀江唾余别集》"。②

车家锦生平信息,可据其现存诸集较为完整地勾勒考订,试述如次。《唾余别集》为其晚年自编诗文稿,前有同人序并洪柱题词二阕,卷内收录尺牍、诗、诗余、文、对联等,其编年诗至乾隆三年戊午(1738)。《唾余越吟》编年其于雍正四年丙午(1726)至乾隆三年戊午(1738),在安徽池州府幕府时诗。《唾余秀嵩草》编年康熙六十一年壬寅(1722)至雍正三年乙巳(1725),赴云南嵩明州幕府程途中,及在幕时与归乡程途中诗。《唾余诗集》,前为赋,凡四则;其后则为《临流草》,载康熙四十六年(1707)以前之诗。《唾余燕秦合草》编年其于康熙四十七年戊子(1708)北上京师,四十九年庚寅(1710)应陕西幕府聘西游,五十四年乙未(1715)复入京师,及出游直隶怀安县幕府

---

① 桑兵《清代稿钞本》,广州:广东人民出版社,2012年版,第164册,第1—532页。
② 柯愈春《清人诗文集总目提要》,第1336页。李良年、杨忠《清人别集总目》,第200页。

时诗。《唾余近乡草》编年其于康熙五十五年(1716)游幕河南至康熙六十年(1721)游幕江西时诗。集中所录诗文亦多可考见其生平细节。

关于其字号、籍贯，《唾余别集》中有《青筇老人传》一篇："青筇老人者，会稽士也，系出囊萤车氏，讳家锦，字士还。……自号青筇老人。"此外，《唾余诗集》卷首有康熙四十九年庚寅(1710)其族叔车用九序："余与圣治，族中叔侄也。"自注："先字圣治，后改士还。"

关于其功名：康熙四十五年(1706)，彭始抟提督浙江学政，以第一擢车家锦入嘉兴府学，集中有诸多诗文词赋可证，《唾余诗集》卷首亦有彭始抟序。此后，车家锦曾数次迎銮献诗赋，并曾参与中书舍人考试，惜皆未能取中。

关于其生卒：《唾余燕秦合草》中有《自寿》诗："生年期满百，今日已知非。"可知是作于五十岁时。此诗编年在《恭祝皇上六旬万寿》后，可知作于康熙五十二年(1713)，正值康熙帝六十寿诞。以是则可推知车家锦当生于康熙三年(1664)。诸集中编年最晚诗作为《唾余越吟》之《戊午自寿，时在黟县》。戊午为乾隆三年(1738)，是以他应卒于乾隆三年以后。

《青筇老人传》中有关于其诗文杂艺的自评："所著有《唾余集》：备晰家居之《临流》，与跋涉关河之《燕秦合草》、《近乡》、《秀嵩》、《越吟》，以及《归老田园》，皆一写其性情，清芬幽润，笔端毫无尘滓，识者仿之王孟韦储，非虚语也。《别集》其绪余耳。雅善七弦，辑《南薰录》以公同好。喜临池，尤工画牡丹，笔墨潇洒，仿佛文长。"其所涉及诸集皆存，惟《归老田园草》今未见，疑已佚去。此传前尚有小引："陶渊明作《五柳先生传》，是其实录。景仰前修，慨焉莫及，敢则古人之意，自述其概，使不虚此一生，以示来兹云。"这样的自我表现，于清人中并不常见，或可见此翁之自信。其诗俱在，读者自可印证其诗歌成就。其画作、琴艺未见，但就其书法而言，本书即由其楷书抄录，一笔不苟，书法清俊，确实当得上"笔墨潇洒"之自评。

车家锦词与诸集笔迹一致，当是其亲笔书写，词共三叶，半叶九行，行可二十字，凡录十二阕：《苏幕遮·闺情》、《忆江南·闺情》、《眼儿媚·离情》、《减字木兰花·春情》、《南乡子·惜春》、《谒金门·题〈娇红曲·泣舟〉》、《菩萨蛮·闺情》《海棠春·闺情》《如梦令·送别》《小秦王·舟经鉴湖》《玉楼春·题友人〈入云词谱〉》《惜分钗·离情》。皆为《全清词·顺康卷》及其补编所未收，可补遗。此词卷中眉端常有佚名批语，如"情词恳挚"、"婉约中极是蕴藉"、"替春原谅，妙"、"情事到极深处，自无一语闲话"、"胸中无毫尘俗气，便是神仙境界"等，评论颇为泛泛。要之，车家锦词，多轻倩小调，喜咏闺情，如其首阕《苏幕遮·闺情》：

春去也，桃花歇。杜宇声声，啼处都成血。难得双栖容易别。要不思量，偏为生凄咽。　杨柳枝，同心结。赠与萧郎，紧系心头切。莫令西风吹断绝。野店荒桥，触着如逢妾。

虽是代言，然体贴入微，当得上"情词恳挚"之评。但亦可见其词体词境之小，又无怪乎车家锦将之编入《别集》，殆"绪余耳"。

此外，《唾余别集》卷首另有洪柱《扫花游》题词二阕，署款"康熙丁酉仲夏竹邨年家弟洪柱顿首拜题"。丁酉为康熙五十六年（1717）。洪柱，生平未详，《唾余诗集》卷首《御书兰亭赋》、《圣驾南巡赋》、《日月双珪赋》、《玄鹤赋》等篇之后，皆有其评语，卷中诗后往往可见其评语，车家锦词之眉批亦可能是他所作，可知他当与车家锦交谊颇厚。是洪柱其人并其词未为《全清词·顺康卷》及补编收录，亦可补遗。

二十九、乔文郁《长龙集》四卷

乔文郁《长龙集》四卷，雍正佑启堂刻乾隆增刻本，藏于天津图书馆，影印收入《天津图书馆珍藏清人别集善本丛刊》。[①]　是书未见于《清人别集总目》、《清人诗文集总目提要》著录。

---

① 天津图书馆编《天津图书馆珍藏清人别集善本丛刊》，天津：天津古籍出版社，2009年版，第17册，第1—656页。

"乔文郁,字法周。为诸生时,每试冠军,尤肆力古学,授徒于乡,足不履城市。家近庐山,凡匡峰绝顶,屐齿必及。南康之名胜兰若,题咏尤多。喜为形家言,独出己见。年八十,授峡江县学司训。半载,以老疾辞归。数月,送客户外,一揖而卒。"[1]

乔文郁生年,可据其作品推知:其《浣溪沙·解嘲》有词序:"康熙丁酉年,内子刘氏卒,中馈无人。既葬,乃续娶处子杨四娘以主内政,年三十有一,予则五十四矣,合卺于除夕。新正,山、栋二侄遗诗文以贺。"丁酉为康熙五十六年(1717),则其生年当是康熙三年(1664)。又《长龙先生自表寿藏文》:"先生之生也,在康熙之癸卯年十二月三十日亥时。"则其实际生辰应在康熙二年癸卯(1663)除夕日之亥时,即将度岁为康熙三年,故自计年岁时有所忽略。又据上引方志,其卒年八十,可知其卒于乾隆八年(1743)。此外,乔文郁为雍正四年(1726)贡生,见其《捣练子·考满》词自注。

《长龙集》卷首有雍正九年(1731)王钥序、雍正十年(1732)正月自序,凡收诗词等四卷,卷一、卷二为各体诗,卷三为词,卷四为歌、对联、呈状。其后有《博学鸿词文案》一卷,收录其为辞雍正十三年(1735)博学鸿词科之征所作文启,并历年考试所作之诗、文、赋。其后复有文五卷,并补遗一卷。是书半叶九行,行二十一字,四周双边,上鱼尾,白口,中缝镌集名、卷数、页码及"佑启堂"字样,句旁多有圈点、旁批。

《长龙集》卷三凡录词四十九阕,皆为《全清词·顺康卷》及补编未收,起《西江月·马祖洞》,迄《钗头凤·中秋》,似据作词时间排序。词前并有自序,略论诗词之别及词须存艳体:"词者,诗之余也。诗尚端庄,词专雅趣。故每有纤巧猥亵之题,以诗咏之则弗工,以词描之则曲尽其妙。此如作文,大题之不可小做,而小题亦不必以大法行之也。宋元以来,词人辈出,诗文而外,每借骚情以游戏笔墨。至今所传,半是舞台歌馆、风花月露之篇。……夫子删诗,不废郑卫,非弗恶淫也,亦不以己之不淫,而遂谓淫风之可尽废也。盖淫其风者,不必并淫其诗也。不然,淫其风而并淫其诗,谓大

---

[1] 吴彬纂《(同治)德化县志》卷三六,同治十一年(1872)刻本,第7a页。

圣大贤,不宜知裙带下事,则亦王夷甫口不道阿堵间物故智耳,岂真一文不爱者哉?"所论平实,识理亦浅,其词不喜华丽藻饰,往往娓娓道来,以小喻大,其咏物、咏怀、节令、题画、闺情诸词,虽题材有异,其所论要旨则同,呶呶讲论,虽不欲为村学究,亦不可得,如《意难忘·蛙蝉勉学》:

鸣蛙吠蝉。听呶呶不息,的是何缘。翼鼓腰应断,吻张舌欲卷。露珠涸、井底穿。聒噪为谁宣。也只因、青春易失,良夏难还。　悔杀尔等从前。都十寒一暴,不肯工专。长天贪昼寝,短夜好朝眠。日复日、年复年。潦倒鬓髦毡。须学此、二虫寸惜,莫教虚延。

"卷"字仄声,出韵。乔文郁于声律较粗疏,而不肯自删,其《西江月·马祖洞》词后自跋:"作调,古韵虽可通用,然五方声音不同,若不限以一律,必有窜入方言者。《西江月》调本平仄兼用,要必各还各韵,止两拈耳。此词杂用五韵,于法不合,本不欲存。但系学词试笔,于洞颇有阐扬,故注明其失而姑录之,告学词者以共知焉。"明明知晓其误,却不能割舍,且欲垂示后人。贪多务得,细大不捐,此之谓也。

又,本卷《苏幕遮·写怨》词后,附其继室杨四娘《苏幕遮·写怨》一阕。杨四娘,亦江西德化人,康熙二十六年(1687)生,卒年未详。生平可见于《长龙先生自表寿藏文》中。其词未为《全清词·顺康卷》及补编收录,并可据补。

三十、俞梅《宛转集》一卷

俞梅《宛转集》一卷,清代刻本,今藏于广东省立中山图书馆。《清人别集总目》、《清人诗文集总目提要》及《清词别集知见目录汇编》诸书亦皆未著录。关于俞梅的著作及存佚,《江苏艺文志》载录最为详明。[①] 但亦尚有疏

---

① 江庆柏主编《江苏艺文志·泰州卷》,第80页。

失,如失载国家图书馆藏俞梅编纂《万寿分韵集唐诗》二册(清朱丝栏钞本)、广东省立中山图书馆藏《承仁堂诗》一卷,以及此书。

俞梅,字太羹,号师严,一号云斤,江苏泰州人。溦次子,楷弟。康熙八年(1669)生。幼以能文著,年十一补诸生。康熙三十五年(1696)举人,四十二年(1703)进士,改庶吉士,旋丁内艰归。四十四年(1705),圣祖南巡,特命充扬州诗局纂修官,以功升翰林院编修。分校《康熙字典》、《一统志》、《分韵唐诗》、《政治典训》诸书。五十二年(1713),充山西乡试副主考,奏减官卷正额,取额外五经民卷补之,一时称得士,李徽、孙嘉淦皆出其门。性忠厚,常赈恤孤弱。卒于康熙五十七年(1718)。著有《孔子家语订正》、《治河方略并图说》、《俞太羹制艺》、《云斤诗集》、《甲申集》、《梦余集》等。①《全清词·顺康卷》及补编未收录此人词。

《宛转集》卷首下端署"泰州俞梅太羹著",半叶十行,行二十二字。版心镌书名、页码及"耕云楼",上鱼尾、白口。是书凡十二叶,前有序一叶,其词首为《谢秋娘·百尺楼看月奉和家兄原韵》二阕,末为《雨霖铃·高堂饯别》一阕,共收词三十八调,凡六十阕,未以调为序,似依各词所作时间前后为序。《临江仙·咏水仙花》三阕后有俞楷跋,尾署"癸酉花朝兄陈芳书",是当为康熙三十二年(1693);《误佳期·效杨升庵》四阕后有自跋,尾署"甲戌正月望前一日记",是当为康熙三十三年(1694);而卷末《雨霖铃·高堂饯别》上阕谓"试问金马门里,文章可容,珥笔随雕辇",下阕谓"须准备、放诞风流,待看花人返",似当为康熙三十六年(1697)初应会试行前所作。则本书词作,多作于俞梅登科之前,是俞梅现存著述中较早成书者。

卷首有其兄俞楷序:"东坡好为词,而或讥之曰小词似诗,或讥之曰铜琵琶铁绰板。颍滨集中,不录长短句,于文章阙此一体,而亦遂免此一讥,亦其幸也。余弟太羹近好为词,颇得其三昧。汪洋淡泊中,时作锦水绮云之状,加于颍滨一等矣。独念余亦有东坡之好,丈八将军、十七女郎,取讥于世,不

---

① 俞梅生平,详据钱成《明清泰州地区俞氏文化家族略考》,《江南论坛》2015 年第 5 期,第 59—60 页。

少得吾太羹分谤焉？较东坡不有天幸哉！"据本卷词题词序，可知俞梅词作多成于与父兄妻子唱酬之时，其体调及内容亦较多样，既有小令长调，亦多俗曲雅词，既多类型化咏物、题赠、惜别、赋感、节候、和韵之作，亦多纪实性、纪事性作品。

泰州于清代隶属扬州府，俞梅生际康熙中期浙西词派风行之时，其创作尚能不入浙派藩篱，亦与顺康之际扬州词坛小令风尚有隔阂，相较而下，稍近陈维崧、曹尔堪、宗元鼎等后期词风，固当是扬州词坛于康熙中期时之后劲。其词语意率直，间涉流易，但亦稍有佳句，如《谢秋娘·百尺楼看月奉和家兄原韵》其一"水浸山村天浑合，云迷烟树月分开"。亦多穷愁感慨之作，如《扬州慢·本意，用白石原韵》、《氐州第一·述感》等，试看后者：

鹿梦初回，文章泪尽，此身落落如寄。几阵莺花，一番风雨，造物真同儿戏。笑腐儒花扊，那晓沉舟鸿毳。几遍思量，吴钩撇却，唾壶敲碎。　得兔亡羊何必计。不过是、眼前悲喜。故国荒丘，美人尘土，一任揶揄鬼。可怜浮生碌碌，何能比、蜉蝣天地。看破乾坤，愿身为、南柯小吏。

上阕写功名未得，语调凄苦，下阕道看破浮生，故作达观，亦是俞梅尚未发科之前的牢骚语。

三十一、汪芳藻《西湖十景词》不分卷

汪芳藻《西湖十景词》不分卷，清代钞本，今藏上海图书馆。《清人诗文集总目提要》未著录，《清人别集总目》著录此书刻本。[①]

汪芳藻，字蓉洲，安徽休宁人。康熙十三年（1674）生。贡生。由教习浒至江苏江都、兴化知县，以事落职。雍正十三年（1735）荐博学鸿词，部

---

① 李灵年、杨忠《清人别集总目》，第412页。

驳不与试。善骈文,工诗词。①《全清词·顺康卷补编》据《同调词》录其《贺新郎》一首,②未收录《西湖十景词》,可补遗。

《西湖十景词》附于陆震《陆仲子遗稿》(清代钞本)后。凡二叶,半叶十二行,行二十三字,行书抄录,有朱笔句读。凡十阕,皆调《蝶恋花》,分咏杭州西湖之苏堤春晓、柳浪闻莺、花港观鱼、两峰插云、三潭映月、曲院风月(案"月"当作"荷")、平湖秋月、南屏晚钟、雷峰夕照、断桥残雪十景。试以《蝶恋花·柳浪闻莺》为例:

  万柳垂丝吹碧浪。碧榭红楼,一片波纹荡。镇日湖头停画舫。最高枝上莺声亮。　莲步珊珊环佩响。花下听来,惹起芳心漾。停恰银笙憎惝恍。雪儿亦自输妍唱。

辞意颇清俊可诵。

  又,南京图书馆藏汪芳藻《西湖十景诗》一卷、《再咏》一卷、《词》一卷,清代春晖楼精刻本,即《清人别集总目》著录者。凡录七律二十首,词十阕,其词与此钞本同。卷首有汪芳藻骈文自序,略云:"藻也敏逊敲铜,工惭画壁。珠楼十里,谁抽温李之妍思;瑶瑟双环,空忆白苏之香谱。每登临而寄兴,漫吟咏以抒怀。赋锦峰碧浪于七言,难拟青莲学士;谱翠舫绣帘于双调,敢追红杏尚书。"可见其作旨意。卷后有詹金吉、汪亮采后序各一则,亦皆推崇其诗词可与前贤"相为后先"、"后先辉映"。

三十二、朱丕戬《藕花居词》不分卷

  朱丕戬《藕花居词》不分卷,清代钞本,今藏于上海图书馆。《清词别集

---

① 李灵年、杨忠《清人别集总目》,第1001页。柯愈春《清人诗文集总目提要》,第412页。
② 张宏生《全清词·顺康卷补编》,第2283页。

知见目录汇编》著录。①

朱丕戭,字恺仲,号菊塍,浙江秀水(今属嘉兴市)人。曹溶外孙,彝尊从孙。康熙十六年(1677)生。年十四补诸生,后为府学岁贡生。励学能诗。佐彝尊选《明诗综》。其诗婉秀,不为钩章棘句。兼善隶书。卒于乾隆二十二年(1757)。② 著有《藕花居词》不分卷。《全清词·顺康卷》及补编未收此人词。

《藕花居词》一册,凡十五叶,工楷手钞,末数阕有墨笔改动。其书半叶十行,行可二十四字。扉页有题识一则:

> 仆性不耐沉思,纵涉略于《花间》、《樽前》诸集,同人倚声,往往韬笔自藏其短。恺仲《藕花居词》清言缅缅,可为梅溪、竹屋之代兴。从此复游督亢、浑河,以摅其襟抱,骋其笔旨。有井水处辄为红牙檀板之所吹,岂特智过于师耶?坡星陆奎勋题。

陆奎勋,字聚猴,号坡星,浙江平湖人。康熙二年(1663)生。康熙六十年(1721)进士,仕至翰林院检讨。辞归,设帐讲学,学者称陆堂先生。充《浙江通志》总裁。晚年主广西秀峰书院。卒于乾隆三年(1738)。著有《陆堂全集》等。③ 陆奎勋为朱丕戭之师。

扉页后,尚有两则题记,一为杨永斌《一剪梅·题朱菊塍〈藕花居词〉》:

> 满室陡惊灿璧光。云色飞扬。月色飘扬。者般花气绕书床。可是梅香。可是兰香。 移我情怀字字芳。身入三湘。神出三湘。煮茗细读有谁方。绝似尧章。绝似元章。

---

① 吴熊和、严迪昌、林玫仪《清词别集知见目录汇编》,第249页。
② 朱荣纂修《秀水朱氏家谱》[咸丰三年(1853)刻本],影印收入《清代民国名人家谱选刊续编》(北京:北京燕山出版社,2006年版)第67册,第133—134页;吴仰贤纂《(光绪)嘉兴府志》卷五三,第45a—45b页。
③ 叶廉锷纂《(光绪)平湖县志》卷一六,光绪十二年(1886)刻本,第19a—19b页。

一为庄一拂题记:"戊子四月录《声声慢》一首入叶遐庵《清词钞》。一拂居士记于西湖通志馆。"其后钤"一拂居士"方形阳文篆印。杨永斌,疑即康乾间之大吏字寿延者,云南昆明人。康熙五年(1666)生。三十八年(1699)举人。以知县起家,仕至湖南布政使。雍正九年(1731),调广东。十年(1732),署广东巡抚。乾隆元年(1736),兼署两广总督。明年,调湖北,兼署湖广总督。复调江苏。三年(1738),乞休。内召为吏部左侍郎,转吏部右侍郎。四年(1739),致仕。卒于乾隆五年(1740)。① 是则此词亦未录入《全清词·顺康卷》及补编,有待补遗。

庄一拂(1907—2001)则为现代著名词曲大家,原名庄临,号南溪,晚号篯山,浙江嘉兴人,著有《古典戏曲存目汇考》等。由题记可知,庄一拂曾参与叶恭绰的《全清词钞》工程,但翻检《全清词钞》,并未收朱丕戬的词。② 而且此戊子当为1948年,其时《全清词钞》已渐近定稿,可能就是在定稿的过程中删却了这首词。

《藕花居词》凡收词四十一阕:《声声慢·题倦圃外祖词稿后》、《踏莎行·灯花》、《天香·龙涎香》、《摸鱼儿·莼》、《水龙吟·白莲》、《桂枝香·蟹》、《绮罗香·至日喜杜静公过》、《酷相思·怀七叔客永嘉周旅嘉兄斋》、《声声慢·耍孩儿》、《临江仙·曝书亭即席兼怀周童初客桂林》、《满庭芳·陈桥宋太祖系马槐》、《柳梢青·西瓜》、《鹊桥仙·七夕宿老岸》、《临江仙·过耒阳吊杜少陵》、《洞仙歌·送庄月彩归毗陵》、《柳梢青·寄怀周童初》、《醉春风·闻沈士行赋归询之》、《一剪梅·忆放鹤洲》、《小重山·酬张衡民》、《一枝春·人日》、《柳梢青·谷日》、《春从天上来·元夕》、《疏影·忆梅》、《风入松·燕人目正月十九日为烟九,游人争往白云观,一云燕九》、《行香子·春日过茂修书屋,值张铨侯叠石穿池》、《解佩令·花亭》、《江城梅花引·社日》、《杏花天·寒食》、《一剪梅·春分日种花》、《琐窗寒·春雨》、《木兰花慢·玉兰花》、《蝶恋花·芙蓉》、《朝中措·赏花》、《满江红·望岳麓》、

---

① 王先谦《吏部左侍郎杨公传》,《虚受堂文集》卷八,光绪二十六年(1900)刻本,第1a—4a页。
② 《全清词钞索引》,叶恭绰《全清词钞》卷首,北京:中华书局,1982年版,第73页。

《醉春风·杨念修连日招饮即席奉酬》、《蝶恋花·花朝》、《红娘子·牵牛花》、《金缕曲·闻杜贻谷归里却寄》二阕、《江城梅花引·汪息园惠墨却寄》二阕。

朱丕戬曾亲炙于朱彝尊,其词颇受浙西词派理念与创作实践影响,集中咏龙涎香、莼、白莲、蟹诸词,即是浙西词派的创作标志。朱丕戬一生无甚科名,江湖奔波的经历与朱彝尊早年相似,集中也有大量的词作,颇似朱彝尊《江湖载酒集》中作品。但相较于朱彝尊的学博才富、矜矜用典,朱丕戬则较为浅易,试看其题曹溶词稿的《声声慢·题倦圃外祖词稿后》:

东山谢傅,丝竹门庭,偶然老去填词。雁塞羊城,传遍锦字乌丝。四海交游宾客,按红牙、都是新题。情正远,携一枝琼管,赋出当时。 蠹粉而今零落,问当年、棋墅风韵谁知。梨枣雕镌,无奈事与心违。空教短歌长阕,只年年、伴我行笥。却又喜,倚新声、付与雪儿。

此词尚有本事,《静惕堂词》曹溶生前未刻,现存最早刻本便是由朱丕戬于康熙四十六年(1707)时刊成:"《静惕堂词稿》其调之先后,皆外王父亲自编定,手泽犹存稿中。大半与竹垞从祖邮亭官舍、酒酣即席相唱和。将乞一言以弁端,自愧梼昧,于倚声一道,未能窥见堂奥。惟是守此遗书,尽付剞劂,不致静惕堂著述散失无存,是戬之志也夫?是戬之责也夫?康熙岁次丁亥冬十月下浣外孙朱丕戬百拜谨识。"[1]而此《声声慢》词,则当作于康熙四十六年(1707)之前。

朱丕戬得享遐龄,就其卒年论,似当补入《全清词·雍乾卷》,唯其词作,大多作于康熙时。且他亲炙于朱彝尊,并刊刻曹溶《静惕堂词》,事皆在康熙中期。又据前文考证,陆奎勋卒于乾隆三年(1738),此前《藕花居词》已然成稿,陆奎勋亲为题识。因此,朱丕戬似仍以补入《全清词·顺康卷》为宜。

----

[1] 朱丕戬《题识》,载曹溶《静惕堂词》卷首,康熙四十六年(1707)朱丕戬刻本,第1a—1b页。

三十三、梁机《北游草》一卷、《偶游日记》一卷

梁机《北游草》一卷、《偶游日记》一卷，康熙三十五年（1696）刻本，今藏国家图书馆。《清人诗文集总目提要》、《清人别集总目》著录，[①]《清代诗文集珍本丛刊》据以影印。[②] 梁机另有《三华集》四卷，列入《四库全书》存目，[③]《清人诗文集总目提要》、《清人别集总目》亦著录，《四库全书存目丛书补编》据江西省图书馆藏清代刻本（五卷本）影印，《北游草》、《偶游日记》亦收入其中，惜略有缺页。[④]

《北游草》正文版式为：四周双边，半叶九行，行十九字；版心镌书名、上鱼尾、页码等。其卷首诸序版式与书同，然每行二十字，则又小异。《偶游日记》卷首序、正文版式同《北游草》正文。

《北游草》原刻本卷首有康熙乙亥［三十四年（1695）］杨大鹤序、康熙乙亥胡任舆序、康熙丙子［三十五年（1696）］黄元治序、年份未详梅之珩序、刘然序、王源序、姚士在序、蒋汉纪序；《偶游日记》卷首则有康熙丙子宋思玉序、康熙丙子钱名世序。编入《三华集》时，杨大鹤、梅之珩、蒋汉纪、宋思玉、钱名世五序被抽去，卷首集名及版心等处又多有挖补，特别是将《偶游日记》挖改成《赵游日记》，且于《北游草》前增熊远寄序、孙勷序各一则。

由《三华集》保存的信息中，大致可以勾勒梁机的一生行实：梁机，字仙来，一字慎斋，号散华老人，又号三华老人，江西泰和人。约生于康熙十七年（1678）。[⑤] 少有诗才。康熙三十四年（1695）春，赴京省觐其父，道中每有所

---

① 柯愈春《清人诗文集总目提要》，第 470—471 页。李灵年、杨忠《清人别集总目》，第 2126 页。
② 陈红彦等主编《清代诗文集珍本丛刊》，第 225 册，第 151—280 页。
③ 四库全书研究所整理《钦定四库全书总目》卷一八九，第 2640 页。
④ 四库全书存目丛书补编纂委员会编纂《四库全书存目丛书补编》，济南：齐鲁书社，2001 年版，第 7 册，第 578—592 页。
⑤ 江庆柏《清代人物生卒年表》据《清代官员履历档案全编》定梁机生年在康熙十七年（第 732 页），诸书多从之。或谓此可能为官年，但《北游草》诸序中，多称梁机于康熙三十四年、三十五年时，"年未二十"，则其生，至早亦当在康熙十五年（1676）或稍后，待考。

作,其后辑为《北游草》;是年秋十月初八日至二十九日,出游直隶南畿,排日纪事,并附当日所作诗词,辑为《偶游日记》。梁机居京时,名声大起,其诗为王士禛、王源所赏识,其后并成为王源的女婿。康熙三十七年(1698),梁机自京师西游河南洛阳,旅中多咏古之作,后经王士禛鉴定,编成《入洛志胜》一卷。其侍父客居京邸数年间之作,则由王源评选,编成《燕云诗钞》一卷。但梁机科场不利,康熙六十年(1721)方成进士,选庶吉士,又改补知县,复改儒学教授,每改则降,其际遇,为有清一代进士中罕见。雍正十二年(1734),梁机受江西巡抚纳兰常安聘,任豫章书院掌教,订立《豫章书院从学六箴》,其后亦收入《三华集》中。在豫章书院时,梁机与纳兰常安、徐文弼、裘曰修等以诗相酬唱,辑成《豫章书院唱和诗》一卷。乾隆元年(1736)大臣举荐梁机参加博学宏词考试,未入格而罢归。其就征、还归途中所作,辑为《征还草》一卷。此后,梁机生平未详,卒年亦已无考。

《北游草》中,存录梁机词三阕:《风入松·上巳沙河作》、《喜迁莺·新桥驿听妓琵琶》、《满庭芳·过良乡望西山有喜》。《偶游日记》中,存录梁机词四阕:《雨霖铃·藁城雨渡》、《月下笛·忆道中所见》、《望湘人·美人图》、《永遇乐·对酒》。梁机一生,虽跨越康雍乾三朝,然其词则皆为少作,且皆康熙三十四年(1695)中所作,《全清词·顺康卷》、《全清词·雍乾卷》皆未收梁机及此七词,揆之创作时间,则似当补入《全清词·顺康卷》。

梁机词,皆作于旅行道中,触目皆景,由景生感,笔触细致,颇能道出少年工愁的心境,如其《雨霖铃·藁城雨渡》:

> 寒凄危角。对暝烟结,缕散丝薄。都来万叶惊风,和流水、迸一声宵柝。逝者无劳长叹,叹清流入浊。尽萧萧、冷湿黄昏,羁人何处愁安着。　开年马首系青络。那更怀人忆事如昨。殷勤南浦春雁,好待取、江南梅萼。千里君心,近寄言、无梦能相托。便剪与、红烛巴山,已后我前约。

"和流"句、"那更"句、"近寄"句、"便剪"句,词意与词律往往有所扞格。但此词上阕由景生情，下阕则对景怀远，情思细密，亦颇有动人之处。至于其壮语，则有《满庭芳·过良乡望西山有喜》：

> 玉勒嘶云，袍花醉锦，屏峰翠黛悠扬。碧桃信近，早吹入眉黄。报道阆洲山色，遍千里、收在诗囊。回头笑，淑气催马，剑佩慰高堂。　辉煌。趁一鞭、长城广路，鞞袖笼香。记心事十载，珍重石床。屈指东风送我，飞楼外、翠羽齐张。西华月、从今留照，池上有鸾凰。

好风凭借，翱翔凤池，其少年心胸亦可以想见矣。

三十四、陈份《水厔诗余》不分卷

陈份《水厔诗余》不分卷，附《水厔诗集》二卷后，《清人诗文集总目提要》著录暨南大学图书馆藏钞本一种，又著录乾隆间刻本一种，且言明后者"未见"。①

陈份，字于吼，一字水厔，号古村，广东顺德人。乾隆元年（1736）举人。

案《水厔诗集》二卷，另存乾隆三十四年（1769）慕荆楼重刻本，凡分二卷二册，藏于天津图书馆，《天津图书馆珍藏清人别集善本丛刊》据以影印。②前有牌记，上端署"乾隆己丑重镌"，牌记三行："岭南陈份古邨著。水厔诗集。慕荆楼藏板。"前有重刻时梁景璋序、陈华封序，原刻时楼俨序、许遂序、佘锡纯序。由诸序可知，是集初刻原板毁于虫蛀，后由其侄陈兰芝重刻。是书上卷收赋、古乐府、五古、七古，下卷收五律、七律、五绝、七绝及词。半叶八行，行十八字，大黑口，双鱼尾，左右双边。

词附诗后，凡两叶，录词四阕，皆未为《全清词·顺康卷》及补编所收录：

---

① 柯愈春《清人诗文集总目提要》，第655页。
② 天津图书馆编《天津图书馆珍藏清人别集善本丛刊》，第3册，第1—396页。

《碧牡丹·月下作》、《浣溪沙·东郊菜园作》、《西江月·春景》、《眼儿媚·离别》。词非陈份所长,所作多是闺情小调,亦颇为浅率流易,集中所收,当是为了聊备一体。试看其《碧牡丹·月下作》:

> 夜月光如许。牡蛎壁,梧桐树。蝶拍轻敲,趁着促调弦柱。几叠歌声,送尽风前绪。向人啼,向人语。　可怜汝。暗把双腮拄。离情百般难数。紧闭重帘,小开了后庭户。露细风寒,又怕将残鼓。转花栏,入花坞。

"小开"句,与谱律定式有异。又《西江月·春景》末句"诅小莺嗫哑",疑为手民刊落一字。可知其于谱律颇为粗疏,或亦不暇细究之也。

陈份生平尚可有所考见,《(咸丰)顺德县志》载其本传,称其为陈克侯之孙,曾纂修雍正己酉[七年(1729)]《顺德县志》,且谓:"与陈恭尹、梁麟生、罗天尺友善。居恭尹晚成堂,与四方诗人唱和,辄先成。恭尹每推重之。……丙辰开博学鸿词科,总督鄂弥达将有所荐,时尚驻肇庆,乃迎份与二十人者,以金鉴赋、'江城如画里'诗,试于署西来鹤堂,最赏份作。既而皆不果荐。……份是年旋登贤书,十年不第,复寓会城,益肆力于古文词,授书将军署。一时大吏,皆遣其子弟从之游。"①此传内容,恰可与《水㾗诗集》诸序并其诗作参看。考陈恭尹卒于康熙三十九年(1700),②其时陈份以族孙身份,已及与唱酬,则当已成年,可推测其当生于康熙十九年(1680)前后。乾隆元年(1736)陈份中举后,十年不第,居于广州,为大僚西宾。《水㾗诗集》陈华封序谓:"岁乙丑,先生捐宾客。"则陈份当卒于乾隆十年乙丑(1745)。又,许遂序:"粤台风雅,振于屈梁陈三家。吾友古邨陈先生年十六,随尊大人傲居郡地,方是时,屈始谢世,梁陈则旗鼓相望,坛坫之会,先生与焉。"陈恭尹、梁佩兰与屈大均并称"岭南三大家",屈大均卒于康熙三十五年(1696),③其时

---

① 冯奉初纂《(咸丰)顺德县志》卷二五,咸丰三年(1853)刻本,第40a—40b页。
② 温肃《陈独㴋先生年谱》,民国八年(1919)刻本,第41a页。
③ 邬庆时《屈大均年谱》,广州:广东人民出版社,2006年版,第282页。

陈份年十六,则他当生于康熙二十年(1681)。此外,陈份七古《大龙歌》序:"辛酉,余方在襁褓。"辛酉,即康熙二十年。

三十五、江元旭《独鹤往还楼诗余初集》二卷、《春江花月词》一卷

江元旭《独鹤往还楼诗余初集》二卷、《春江花月词》一卷,清代刻本,今藏于中国科学院图书馆。该馆著录其作者为"汪元旭",著录丛书名为"汪元旭词二种二卷"。《清词别集知见目录汇编》据中国科学院图书馆纪录,亦著录作者为"汪元旭",皆误。① 又,此书《清人诗文集总目提要》、《清人别集总目》、《江苏艺文志》等皆未著录。

江元旭,字青城,自号梦痴子,江苏上元(今属南京市)人。好吟咏,诗宗公安派。顺治间在世。著有《桐雨阁闲吟》。②

是书一册,凡四十一叶。前有魏芥序三叶,半叶七行,行十二字,版心上端镌"序",上鱼尾,白口;后为《独鹤往还楼诗余初集》二卷,以长调、小令分卷,凡长调十二叶、小令二十一叶,两卷间有刘然跋一叶,皆半叶八行,行十八字,有圈点,版心上端镌"青城集",上鱼尾,白口;最后为《春江花月词》,凡四叶,半叶九行,行二十字,版心上端镌"春江花月词",上鱼尾,白口。该书编次较乱,当为后人所订。亦可见江元旭著作本有多种,且似曾拟以"青城集"为其总名,惜今多已佚去。

是书共录词一百零六阕,其中《独鹤往还楼诗余初集》凡长调、小令各一卷,长调卷录词二十二阕,起《东风齐着力·落花》,迄《浪淘沙慢·秋日河亭小集限"慢"字》,小令卷录词凡七十三阕,起《捣练子·梅》,迄《踏莎行·晚》;《春江花月词》录词十一阕,起《浣溪沙·春晴》,迄《绮罗香·怀友》,依词调字数排列。小令多咏物、闺情、节令之作,长调题材则稍稍弘通,尚有寿

---

① 吴熊和、严迪昌、林玫仪《清词别集知见目录汇编》,第87、226页。
② 汪士铎等纂《(同治)上江两县志》卷一二,同治十三年(1874)刻本,第31a页。

词、咏怀、唱酬限韵等,而《烛影摇红·吊方正学先生》一首,则为追悼方孝孺之作,又《秋霁·壬戌之秋,七月既望,泛舟遇雨,书以纪事》,用苏轼《前赤壁赋》故事,兼具追和、檃栝二体,颇具特色。

卷首有魏芥序:"所著诗余诸作,如长空鹤唳,高亮薄天,大哉才乎!雅调新声,一唱三叹。其描情画景,酷类道子;写生、吊古、书怀,又令人须发尽竖。直可轶张李,驾欧苏,则绍《花间集》而传世者,其惟青城一人乎!"刘然跋:"填词家动以风韵标胜,此特浅之乎论词也。余谓词中高手,断必有幽思密致,与夫旷远之识,溢于声调兴会之表,而后可传。今观江子迁客诸作,不得不奉为当代第一手也。……其间抚景留连、望古凭吊之作,独能涤尘襟、辟生面,是真于天分有得力处,而不沾沾以风韵取媚者也。……西涧会弟刘然谨跋。"序跋于江元旭词不吝颂赞,然江词题旨既不能宽,所作亦尚嫌平浅直率,稍佳者则较多激愤之语,且时有出韵之处,如《满江红·感怀》其一:

大地河山,谁是个、风流人物。堪笑那、尘中傀儡,庸庸碌碌。价可连城夸燕石,光能照乘推鱼目。这伤怀、一剑寄天涯,有谁告。　闲命酒,游秉烛。慷慨调,歌几曲。委浮生一切,种花栽竹。讨月追烟寻橘叟,耕云钓雨访梅福。借一声长啸吐襟期,何荣辱。

江元旭生平可从其词集序及词作中稍作探析。魏芥序署"癸亥春朝危巢魏芥拜题于霞明天外之孤亭。"魏芥,未详其人,癸亥,在明末为天启三年(1623),在清初为康熙二十二年(1683)。刘然,字简斋,一字文江,号西涧,江南江宁(今属南京市)人,清初江宁诸生,康熙四十年(1701)在世,不久卒,著有《西涧初集》,编有《诗乘初集》。[①] 刘然与江元旭年辈相近,则江当亦生活于顺治、康熙间,而魏芥所署之癸亥当为康熙二十二年。此外,集中尚有

---

① 谢正光、余汝丰编著《清初人选清初诗汇考》,南京:南京大学出版社,1998年版,第276—280页。案《诗乘初集》有康熙辛巳[四十年(1701)]花朝刘然自序,是时《诗乘初集》尚未成书,不久刘然即下世。

《绮罗香·重九前一日同周骨山、刘西涧、吴宗玉河亭小集,限"九"字》一阕,刘西涧即刘然,吴宗玉暂无考,周骨山则是清初著名遗民周蓼邮,字贞蓘,一字苦虫,又字骨山,明末由江夏移居金陵,遂为江南上元(今属南京市)人,性倔强,以气凌人,草衣芒履歌于市。① 江元旭交游,多为布衣疏旷之士,则其品行志意亦可想见矣。

三十六、沈起麟《诵芬堂诗余》一卷

沈起麟《诵芬堂诗余》一卷,附《诵芬堂诗》三卷后,今存雍正间刻本,藏于国家图书馆。《清人诗文集总目提要》、《清人别集总目》、《清词别集知见目录汇编》皆未著录。

沈起麟,字苑游。鹏鸣子。布衣。家小康,喜施与,恬退和平,有靖节风。②

《诵芬堂诗》卷首有雍正壬子[十年(1732)]董良弼序、作年未详之沈俨序、雍正癸丑[十一年(1733)]金相序。由诸序可知,是册由起麟子沈宏模(一作宏谟,字芝田)刻行,董良弼、金相则为沈宏模雍正四年(1726)顺天乡试同年。③ 沈俨则为沈起麟族弟,序中称沈起麟家族清初由江南太仓客游天津,遂家于是。

《诵芬堂诗余》一卷,附《诵芬堂集》后,凡二叶,半叶十行,行二十二字,左右双边,上鱼尾,白口,中缝镌书名、页码,凡录《忆江南》十二阕,皆咏田园之乐,俱以"田园乐"起句,如其十:

田园乐,村酿自陶情。邀月举杯倾白堕,对花飞斝醉乌程。得句且高吟。

---

① 汪士铎等纂《(同治)上江两县志》卷一六,第 13b 页。
② 张志奇纂《(乾隆)天津县志》卷一八,乾隆四年(1739)刻本,第 8b 页。高凌雯纂《(民国)天津县新志》卷二三之二,民国二十七年(1938)刻本,第 5b 页。
③ 张志奇纂《(乾隆)天津县志》卷一七,第 8a 页。

此《忆江南》,并非十二月令词,而杂咏田园风物,小巧妥帖,虽无高致,却颇能得乡里之实,再摘数句:"乾鹊晬晴栖树杪,游蜂吸露醉花房"、"鸭子觅鱼窥浅渚,鸡雏啄粒拾余粮"、"犬吠篱边邻叟至,笛吹林外牧童归"。诸词俱为《全清词·顺康卷》及其补编所未收,可补遗。词后复有姜森跋:

  汉魏乐府以还,长短句之体,权舆于唐人,有宋而后,流衍弥繁。大抵词主艳丽,思务颖新,议者谓风雅之道,递变递降,不绝如线。乃若被诸声歌,续乐府之遗响,存天地之元音。森以为诗余之功,实大于诗,知其解者,旦暮遇之耳。同里苑游年伯,缙绅中高士也。淡薄寡营,惟耽心有韵之文,而小词一道,尤所神解。著有数种,已付梨枣。顷复填《忆江南》小令十二阕,备述田园之乐,其陶冶景事、摹写物情,有一丘一壑、弥近弥远之致。不弃固陋,谬辱见示。夫锄云耕雨,高枕羲皇,农家况味神往者久矣。把斯词也,可以当卧游焉。森既喜先生之投吾所好,而又恐世之忽视夫小词者,或未知其为古乐府之支流也。因不自揣,辄附数语于简后。年小侄姜森谨跋。

姜森,雍正四年(1726)副贡生,十三年(1735)举人,乾隆二年(1737)中明通榜,后官直隶交河(今属天津市)教谕。① 此跋中谓沈起麟词集数种已刊,今皆未见,疑久已佚去。

三十七、马元龄《翠荫轩诗余》不分卷

  马元龄《翠荫轩诗余》不分卷,附其《翠荫轩集》不分卷后,雍正间清稿本,影印收入《台湾珍藏善本丛刊》。②《清人诗文集总目提要》、《江苏艺文

---

① 徐宗亮《(光绪)重修天津府志》卷一七,光绪二十五年(1899)刻本,第26b、28b、30b页。
② 王国良等编《台湾珍藏善本丛刊·古钞本清代诗文集·初辑》,台北:新文丰出版有限公司,2014年版,第3册,第63—262页。

志》仅据方志著录,语焉不详。①

　　据《台湾珍藏善本丛刊》该书卷首洪铭吉所撰提要,可知如下信息:马元龄,字嵩年,广东南沙人。生平事迹无考,约生活于康熙、雍正间。是书卷首有"海禺文献,秘册宜珍"、"琴川张氏小琅嬛福地藏书"印章二枚。可知是张蓉镜双芙阁藏书。又,是书卷首有马元龄自序,署款"雍正己酉年季冬南沙马元龄嵩年识"。②己酉为雍正七年(1729),其集已成。

　　案海禺(亦作海虞)、琴川皆是江苏常熟旧名。张蓉镜,小字长恩,字芙川,又字伯元,江苏常熟人。嘉庆七年(1802)生,生平及卒年未详,藏书处有小琅嬛仙馆、双芙阁等处。③《翠荫轩集》卷末复有张蓉镜墨笔跋:"此虞山文献也。甲寅九月二儿过珍艺堂书坊,以善价得之收藏。芙川张蓉镜识。"又钤"曾藏张蓉镜家"阳文篆印一枚。甲寅为咸丰四年(1854),可知是年张蓉镜犹在世。考之,虞山亦为常熟别名,南沙则为常熟旧县名及乡镇名,"晋罢署,立南沙县。宋、齐并属晋陵郡。县北今有南沙乡。"④因此可知,马元龄当是江苏常熟人,而非广东南沙人,洪铭吉著录其籍贯有误。苏州方志《(同治)苏州府志》、常熟方志《(光绪)重修常昭合志稿》皆著录马元龄有《翠荫堂集》,当即此书。⑤

　　《翠荫轩集》分订两册,上册收录各体文、诗;下册收录各体诗、词。是书半叶九行,行二十五字,工楷手录,墨色鲜明,书法工俊。《全清词·顺康卷》及补编未录此人词。

　　词前有目录一叶,分小令、中调、长调。小令起《捣练子·夏日》,迄《小重山·秋宫》,凡录词二十调二十三阕;中调起《临江仙·遣兴》,迄《千秋岁·祝寿》,凡九调十阕;长调起《满江红·秋闺怨》,迄《贺新郎·新秋感

---

① 柯愈春《清人诗文集总目提要》,第 447 页。江庆柏主编《江苏艺文志·苏州卷》,第 4536 页。
② 王国良等编《台湾珍藏善本丛刊·古钞本清代诗文集·初辑》,第 3 册,第 63 页。
③ 郑伟章《文献家通考》,第 825—826 页。
④ 龚立本编次《常熟县志》卷一下"疆域"条,民国五年(1916)常熟丁秉衡钞本,第 1b 页。
⑤ 冯桂芬纂《(同治)苏州府志》卷一三八,光绪九年(1883)刊本,第 20b 页。庞鸿文等纂《(光绪)重修常昭合志稿》卷四四,光绪三十年(1904)刻本,第 29b 页。

兴》，凡四调四阕。是书共录词三十三调三十七阕。其题则包括闺怨、四时景物、咏物、节令等。马元龄颇喜小令、中调，长调较少，然其长调，虽多平铺直叙，但稍能兼婉约之韵致、豪放之风神于一体，试看其《水调歌头·咏月》：

> 谁将一轮镜，捧出九重天。望断纤云无迹，万里共婵娟。欲访姮娥宫殿，唯有寒光一片，碧落渺如烟。何似乘风去，长啸庾楼前。　凭眺处，清露坠，晓星阑。屈指人间明月，能遇几回圆。安得玉箫檀板，更列金樽银椀，欢乐遂年年。纵少霓裳舞，也信是神仙。

马元龄自序谓："稍窥近代名人著述，展卷之下，又未尝不默记其一二也。于是，心窃慕之。凡文之雄丽者，词之香艳者，遂戏相摹，如东施之效颦，邯郸之学步，不自问其工拙也。"虽模拟香艳，马元龄词却能超然于侧艳之外，于康熙后期雍正间家法、师承日趋严谨之词坛上，亦可谓独具一格了。

三十八、吴曾《雪斋诗余》一卷

吴曾《雪斋诗余》一卷，附其《雪斋诗稿》八卷后，道光间吴星南钞本，金镶玉装，分订六册，今藏于北京大学图书馆。其书工楷抄录，半叶十行，行二十一字，版心写书名、卷次、页码。是书《清代浙江集部总目》著录，《清人别集总目》、《清人诗文集总目提要》、《清词别集知见目录汇编》未著录。[①]

《雪斋诗稿》八卷，分体排列。其后有吴星南跋：

> 五世祖诚斋公与弟雪斋公并以诗名，而雪斋公尤耽于吟咏。公以数传后失似续，故诗尽散佚无所存。星南访搜十余年，闻同郡陈□□先生曾于书肆购得残稿两册，手录数过，辄以公同好。星南屡思借钞，而苦未谋面，乃属张子瘦山转求焉。先生谓星南能不忘

---

① 徐永明主编《清代浙江集部总目》，第166页。

前人手泽,慨然以原本送完,何异璧反连城、珠还合浦耶?狂喜者累日,谨为编次缮写,凡八卷。愿自今以往,世世守之勿替。……道光十有七年秋七月裔孙星南敬跋。

可知是书实自原稿缮写抄录。吴曾诗除此书外,尚收入《归安前丘吴氏诗存》中。[1]吴曾生平未详,其七世裔孙吴堪朱卷履历著录:"十四世伯/叔祖曾,岁贡生,候选训导,有《雪斋诗集》、《词集》。"[2]吴氏世居浙江归安(今属湖州市)。检《(光绪)归安县志》贡生表,"康熙五十三年甲午。吴曾。岁贡。字因其"。[3]

词稿署"莲花庄上人著",当是其号。凡九叶,录词三十九阕,起《浣溪沙·大水行舟感而赋此》,迄《惜花阴·燕来》。《全清词·顺康卷》及补编未录此人词,可据补遗。

吴曾交游词情意真切,如《踏莎行·怀家元音兄,次嫂夫人堵绮斋读雪斋词韵》,系步康熙时闺秀词人堵霞韵;又《沁园春·追悼吴闻淮扬诸故旧》一首,涉及吴绮、刘谦吉、邹峄等人,亦皆可证明吴曾为康熙时人。其狎妓词则颇涉绮思,如《贺新郎·送别许琼仙校书》、《沁园春·怀许琼仙在南浔》诸阕,又《梦江南·思往事》其六曰:"思往事,难戒是妍词。灯下怀人题凤纸,研边围妓写乌丝。婢妪尽知诗。"可知其温柔乡之绮靡风景。其余多为纪游、闺情、节令之作,不以纤巧见长,能于雕绘之外,稍得清新自然之意,如《步月·武林旅次感秋风》:

报柳辞条,促桐飘叶,一湖波浪争飞。冷生衾枕,羁旅最先知。引尘起、令(平声)他障扇,防露结、教(平声)我添衣。勾留也、西家

---

[1] 《归安前丘吴氏诗存》凡二种,一种为嘉庆十五年(1810)刊本,藏于上海图书馆,吴曾诗编在卷一四,凡157首;另一种为钞本,藏于浙江图书馆,吴曾诗亦编入卷一四,凡139首。详见徐雁平《清代家集叙录》,第394—400页。
[2] 来新夏《清代科举人物家传资料汇编》,北京:学苑出版社,2006年版,第46册,第245页。
[3] 陆星源纂《(光绪)归安县志》卷三二,光绪八年(1882)刊本,第34b页。

可爱,来处只从西。　归兮。牙樯畔,扬(去声)裾又拂鬓,凉透冰肌。树间听(平声)得,何地不凄迷。戍青冢、愁闻马壮,拜紫宸、思到鲈肥。鸿将至,声声未许燕迟归。

是词层叠叙述,娓娓不倦,触目之景致、切合之典实纷至沓来,复能安稳工致,诚为佳作。又如《定风波·客秋》:"半敝征衣劝屡加。秋风先到客边些。肯与羁人相伴者。谁也。一庭睡足海棠花。(自注:寓庭海棠正开。)　我亦早思归去耳。行矣。那知归是梦中耶。难把碧闺心内禁。疑甚。错教埋怨竟忘家。"些、者、也、耳、矣、耶、甚、竟等助词安排妥帖,颇见工巧。而归在梦中,难禁心内碧闺,亦皆触手而成妙句。

三十九、戴锜《鱼计庄词》一卷

戴锜《鱼计庄词》一卷,清代刻本,藏于山东省图书馆。此书《清人诗文集总目提要》《清人别集总目》《清词别集知见目录汇编》《清代浙江集部总目》未著录。

戴锜生平不详,《(光绪)嘉兴县志》附其传于其兄戴彦镕之后:"锜,字坤釜,精于《易》,工韵语。朱彝尊序其词,谓兼南北宋之长。以国子生入京师,诸巨公皆延致之。晚主丽正书院。"[1]此《鱼计庄词》,卷首有朱彝尊序一叶、目录二叶,收词凡二十三叶,半叶十行,行十九字,版心镌书名、页码,上鱼尾,黑口。目录与正文卷首皆称此册为卷一,则戴锜词本当不止如是。

戴锜著作,除此《鱼计庄词》外,疑皆已散佚。其诗文作品则散见于选本中,如《梅里诗辑》录其诗二十四首,且称之"号碧川,监生","精于《易》",有《鱼计庄学易吟》。……诗亦笃好宋人,集句亦惟取宋诗"。[2]又如他曾编次元代许谦集,并作序冠之。[3]

---

[1] 石中玉纂《(光绪)嘉兴县志》卷二五,光绪三十四年(1908)刻本,第26a页。
[2] 许灿《梅里诗辑》卷二〇,道光三十年(1850)嘉兴县斋刻本,第1a页。
[3] 许谦著,戴锜编次《白云先生许文懿公传集》,雍正乾隆间金华刻光绪补刻本。

《鱼计庄词》可能是孤本。本书卷首朱彝尊序下端钤"山东省立图书馆点收海源阁书籍之章"方形印章一枚,则本书当是聊城杨氏海源阁旧物,后流入山东省图书馆。

此册录词,起《高阳台·初春》,迄《定风波·自题〈鱼计庄词〉》,未以词调为序,亦未据词题分类排序,疑当以词作时间之先后为序。共收词一百阕,其中八阕,《全清词·顺康卷》据《梅里词选》《国朝词综》《梅里词绪》等词选已辑录,[1]其余皆可补遗。

卷首朱彝尊序谓:

> 曩余与同里李十九武曾论词于京师之南泉僧舍,谓小令宜师北宋,慢词宜师南宋,武曾深然余言。是时僧舍所作颇多,钱唐龚蘅圃遂以两人所著,刻入《浙西六家词》。夫浙之词,岂得以六家限哉?十年以来,其年、容若、羡园相继奄逝,同调日寡。偶一间作,亦不能如向者之专且勤矣。同里戴坤釜自休宁来从余游,其为词,务去陈言,谢朝华而启夕秀,盖兼夫南北宋而擅场者也。在昔鄱阳姜石帚、张东泽,弁阳周草窗,西秦张乐笑,咸非浙产,然言浙词者必称焉。是则浙词之盛,亦由侨居者为之助,犹夫豫章诗派,不必皆江西人,亦取其同调焉尔矣。小长芦老友朱彝尊序。

此序亦载于《曝书亭集》中,[2]文字略有异同。从序中可知戴锜原籍安徽休宁,而侨寓于浙江嘉兴,且师从朱彝尊治词。这从戴锜的现存作品亦能得到验证:就词而言,戴锜有《百字令·夫子命题竹垞图》诸词;就诗而言,戴锜有《柏梁体一百韵寿竹垞夫子七十》长诗,[3]他于诗词中皆敬称朱彝尊为"夫子",可明证二人的师生关系。

因师承朱彝尊,戴锜词毫无疑问地打上了浙派的色彩,其追和《乐府补

---

[1] 南京大学中国语言文学系全清词编纂研究室编《全清词·顺康卷》,第 9208—9210 页。
[2] 朱彝尊《曝书亭集》卷四〇,第 5b 页。
[3] 许灿《梅里诗辑》卷二〇,第 3b—5a 页。

题》的五首词自然是明显的证据。而与朱彝尊的《解佩令·自题词集》相似，戴锜亦有《定风波·自题〈鱼计庄词〉》：

> 却怪风波未肯平。何如止水一泓清。纵有鱼儿跳自响。无网。敲针作钓也生憎。　试问年来何所有。诗酒。移商换羽岂留名。石帚玉田吾性好。忘老。寸心得失不须评。

上阕释"鱼计庄"词源，下阕则述作词态度与用意。"石帚玉田吾性好"一句，遥相呼应朱彝尊的"不师秦七，不师黄九，倚新声、玉田差近"，[1]但在张炎（号玉田）之外，又加上了姜夔（号石帚），更明显地呈现出了浙派的师法统序。不过，朱彝尊早年"江湖载酒"，奔波于异乡，康熙中举博学鸿儒科后又筮仕京师，居于乡里之时反而较少。因此，戴锜最初亲炙的，是李良年、李符兄弟，其集中多有次李氏兄弟韵，或与之唱酬赠答的作品。如《扫花游·赠李畊客先生，时将之白下》：

> 晓风残月，问江北江南，谁夸林薮。耒边白叟。任千里关山，尽多渔友。荷锸鸣榔，镇日评花赌酒。倦来后。爱空巷新村，秦七黄九。　诗句未脱口。蚕阛阓吟成，蛮笺钞又。临溪剪韭。正商量洞壑，无过三亩。怎奈西风，催促孤云出岫。断桥柳。乱鸣鸦、离人去否。

畊客，是李符的号。此词清新晓畅，且致意于"秦七黄九"，虽属泛泛言及，但毕竟颇与朱彝尊倡导的词法有隔。难怪薛廷文说："读《鱼计庄词》，似学《草堂》者也。而爱其词有余情，题无剩义，最为明白爽朗，如与北人谈话也。"[2]戴锜的这种词风，即便与朱彝尊唱酬时仍表现出明显差异，如《百字令·夫

---

[1] 《解佩令·自题词集》，朱彝尊《曝书亭集》卷二五，第12a页。
[2] 《梅里词绪》眉批，薛廷文《梅里词绪》，稿本，载张宏生《清词珍本丛刊》，南京：凤凰出版社，2007年版，第23册，第344页。

子命题竹垞图》下阕:"分付径剪蓬蒿,墙芟薜荔,放与银蟾照。况有图书三万轴,蠹字干鱼齐扫。双调弹筝,几回顾曲,酒槛宜频倒。小梯横阁,六峰点点林杪。"叙述井然有序,末句引意言外,除偶用代字外,基本不用典故,遣词亦颇浅近,确实如薛廷文所论,有明白如话的特色。

此外,吴源达(字孝章,嘉兴人)、许箕(字巢友,号庞庵,海宁人,寓嘉兴)、史先震(字卯君,号雷门,嘉兴人)、徐寅(字虎侯,嘉兴人)等浙西文士,也与戴锜唱酬活跃。诸人与戴锜身世相似,多以诸生或布衣终其身。他们的唱酬,应能反映出浙西词派中社会身份最为基层的群体的风貌。

四十、杜应誉《樵余草》一卷

杜应誉《樵余草》一卷,乾隆元年(1736)刻本,藏于清华大学图书馆、宁波天一阁博物馆、美国加州大学洛杉矶分校图书馆等处。《清人诗文集总目提要》、《清人别集总目》、《清词别集知见目录汇编》著录。①

杜应誉,字寄樵,浙江山阴(今属绍兴市)人。诸生。著有《樵余草》、《放言集》。②

《放言集》似已佚去。《樵余草》卷首有雍正庚戌[八年(1730)]金辂序、乾隆元年(1736)徐廷槐序、自序各一则。金辂序称:"庚戌夏,钱子朗亭手携《樵余草》及《樵余放言》示余曰:'此杜君所著,其人家于山栖,而以寄樵为号者也。'"徐廷槐序中述及与杜应誉之交游,且称:"杜寄樵先生少即嗜诗,至老而益工。"杜应誉自序署款"山栖寄樵",所谓"山栖",金序谓:"萧城南下三十里许,有地名山栖。"可知杜应誉应是康熙时人,至乾隆元年犹在世,而"寄樵"应是其号,其字则未详。

《樵余草》半叶十行,行二十一字,版心镌集名、卷数、页码,无鱼尾,白口。词附卷末,凡四叶,录词十六阕,多为咏怀、题画、颂寿、题赠之作:《惜秋

---

① 柯愈春《清人诗文集总目提要》,第463页。李灵年、杨忠《清人别集总目》,第686页。吴熊和、严迪昌、林玫仪《清词别集知见目录汇编》,第224页。
② 阮元《两浙輶轩录》卷一六,嘉庆刻本,第27a页。

华·秋夜对月旅怀》《早梅芳·题画梅》《南歌子·题王履斋小照》《浪淘沙·题美人图》《菩萨蛮·题美人弄环图》《青玉案·漫兴二首》《南乡子·旅夜秋雨》《沁园春·与张兼六话旧》《满江红·四旬初度自述》《满庭芳·立春前一夕雪》《十拍子·祝陈广文母夫人七十》《昭君怨·美人午睡》《南乡子·祝方母寿》《如梦令·题美人图》《鹊桥仙·七夕前一日》。皆为《全清词·顺康卷》及补编未收。

杜应誉词颇浅近，长调似有韵之文，颇嫌粗疏散碎，小令稍工整，而其咏怀词多穷士失志懊恼之语，如《青玉案·漫兴二首》其一：

> 天涯难觅无愁处。尝遍愁城诸恶趣。但见增来无减去。梦回见月，酒阑看剑，触绪偏相遇。　名场利薮多歧路。千古英雄尽迷误。飘泊茫茫谁问渡。失寻得尺，苦多甘少，莫作腥膻慕。

四十一、温棐忱《篷窝诗余》一卷

温棐忱《篷窝诗余》一卷，附其《篷窝诗稿》一卷后，周惪辑清初钞本，今藏上海图书馆。《清人诗文集总目提要》《清人别集总目》著录。[①]

温棐忱，字恂孺，号继庵，自号温山子，又号怪翁，浙江乌程（今属湖州市）人。顺治五年（1648）生。应聘曾孙，韩纯玉婿。康熙二十四年（1685）选贡生。任武义县学教谕。尝游京师，不得意，遄归。性不喜见人，静守先人敝庐、薄田度日。有志性命之学，默会濂洛关闽诸书于心，善诗词古文。康熙三十六年（1697）在世，卒年不详。[②]《全清词·顺康卷》及补编未收其词。

《篷窝诗余》凡三叶，半叶十一行，行二十字，收词十五阕：《醉太平·外父韩蘧庐先生命题橡谷，和希一原韵》四阕、《卜算子·寄吴赤一、韩希一》、

---

① 柯愈春《清人诗文集总目提要》，第414页。李灵年、杨忠《清人别集总目》，第2287页。
② 《温棐忱传》，温棐忱《篷窝诗余》附，清初钞本。又，温棐忱《跋吴赤一赠言后》："康熙丁巳，予三十初度。……丁丑之冬……而予行年五十矣。"（文载温棐忱《篷窝杂稿》，清初刻本，美国普林斯顿大学葛思德图书馆藏）可推知温棐忱生年当在顺治五年（1648）。

《朝中措·忆凤林禅寺与吴和仲同读书》、《丑奴儿·袁氏山庄》、《南乡子·城南春望》、《朝中措·登弁岭远望》、《醉春风·次吴琴叔韵示同学诸子》、《醉春风·叠前韵勉诸子侄》、《临江仙·同沈度汪夜坐雪轩,怀希一楚中》、《□金钩·□夕柬赤一》、《卖花声·野步》、《风中柳·毗山顶上同吴赤一操觚》。其中《□金钩》多阙文,末阕《风中柳》正文佚去。

是书眉端多有批语,其内容则为考订其交游词人小传,如韩纯玉,字子蕖,号蘧庐,乌程人。韩献,字希一,纯玉子。沈涵,字度汪,号心斋,归安人,康熙十五年(1676)进士,仕至内阁学士。其余诸人,眉端批语未及,亦多可考见,如吴景鄹,字赤一,号南村,归安诸生,为温棐忱表兄,温棐忱《篷窝杂稿》中有《吴南村传》、《吴赤一先生墓志铭》、《吴赤一行述》等,可具考其生平。又如吴象鼎,字和仲,颖芳子,仁和诸生。①《全清词·顺康卷》并已收入韩纯玉、沈涵、韩献词,②可据以考订诸人词学交游。

温棐忱词颇清新有致,如《南乡子·城南春望》上阕:"独立倚涳蒙。影入晴湖吐碧峰。处处桃花杨柳外,春风。一曲青青一曲红。"又,《醉太平·外父韩蘧庐先生命题橡谷,和希一原韵》四阕,化用诗之辘轳体,构思颇为精巧,两阕之间,以四字顶针,即每阕末四字为下阕首四字,第四阕末四字复为第一阕首四字,组词之笔意、韵律皆回环往复,姿态掩映,情味开朗,颇得世外高蹈意趣,如其首阕:

悠然曲终。烟霞几重。吾庐不受尘容。把云关昼封。　瑶台路通。乘螭御风。此身未许天佣。号逍遥散翁。

四十二、吴之骥《坐花阁诗余》不分卷

吴之骥《坐花阁诗余》不分卷,宣统二年(1910)吴荫培刻本,国内各图书

---

① 阮元《两浙𬨎轩录》卷三四,第 18b 页。
② 南京大学中国语言文学系全清词编纂研究室编《全清词·顺康卷》,第 4298—4315、9193、10309—10310 页。

馆多有收藏。《清词别集知见目录汇编》著录。①

吴之骥,字子野,一字鸣夏,号逸园,安徽歙县(今属黄山市)人,侨寓江苏扬州。康熙间附贡生。工诗、画,性情豪放,画能得元明人秘传。② 著有《坐花阁诗余》不分卷,今存宣统二年(1910)吴荫培刻本;另有宣统三年(1911)刻本,藏于首都图书馆,疑即宣统二年刻本,可能是著录略有舛误。其中,北京师范大学图书馆所藏,封面题"天马山房藏清人词弟一百八十二种",盖原为马叙伦藏书。

卷首有康熙庚辰阳月[三十九年(1700)十月]同里弟汪鹤孙序,略云:"秋过汉江,得读逸园诸作,爱其□□□□□□秦诸人之胜场,而当其跌宕□爽处,□□□□□,幸合诗以观,何其才之叠出而不穷也。君家□□骈语之余,尤工斯体。今得逸园,吾乡词家衣钵,当归丰南□何拟焉。"丰南为歙县镇名,汪氏聚居于是。卷末有宣统庚戌阳月[二年(1910)十月]晜孙(第五世孙)吴荫培③跋,略谓:"二十九世祖逸园公所著诗文词甚富,自咸丰初纪江南兵燹后,文稿散失无存。诗仅有二律,载在沈归愚先生《国朝诗别裁集》。宣统己酉,刊于《新安吴氏诗文存》中。词稿曩存瑾含公处。光绪丁酉岁,继高弟以同知来都,携有钞本,谨录一通,藏之箧笥者有年。窃恐其久而佚也,付之手民,以永其传。流风余韵,亦可窥见一斑已。"可知本册中阙字,当皆由钞本漶漫,且经咸同兵火之故。

是书录词起《梧桐影·楚中感旧》,迄《摸鱼儿·冬闺》,凡八十一阕。其中,《望海潮·赏梅》之前,皆依词调字数为序排列,其后则为《贺新郎》、《满江红》观剧题赠叠韵词,凡八叠韵共十六阕;末后缀以《念奴娇·咏雪,和张安国韵》、《摸鱼儿·冬闺》凡二阕。

此书前有序,后有跋,各一叶,目录四叶,词二十二叶,半叶九行,行二十一字,中缝镌书名、页码,上鱼尾,白口。民国时,孙人和于《续修四库全书总

---

① 吴熊和、严迪昌、林玫仪《清词别集知见目录汇编》,第51页。
② 劳逢源修,沈伯棠纂《(道光)歙县志》卷八之十二,道光八年(1828)刻本,第8b页;吴荫培《跋》,吴之骥《坐花阁诗余》卷末,宣统二年(1910)吴荫培刻本,第1a—1b页。
③ 吴荫培及其家世可参来新夏《清代科举人物家传资料汇编》,第29册,第207—214页。

目提要》亦著录此书,且谓:"词颇清婉,惟平浅而不沉郁,故澹而不腴,时杂粗硬之句。如《行香子》云:'叹年方青,倏壮矣,老终焉。'《满江红》云:'任狂奴故态,不文而野。'并非词中语也。时见艳体。亦清初纤薄之派。喜和《艺香》,又逊于《艺香》矣。"①《艺香词》,清初扬州词人吴绮词集也,吴之骐集中多有和吴绮词韵之作,可知其宗尚、旨趣、意味。

四十三、钱大猷《晓风集诗余》一卷

钱大猷《晓风集诗余》一卷,康熙刻本,藏于国家图书馆、天津图书馆等处。《清人诗文集总目提要》、《清人别集总目》、《清词别集知见目录汇编》、《清代浙江集部总目》皆未著录,《江苏艺文志》虽著录,但误作"《晓帆集诗余》",且未详其存佚。②

钱大猷,字典存,号觉庵,江苏武进(今属常州市)人。二白次子。康熙二十六年(1687)生。太学生。卒于乾隆十三年(1748)。③

《晓风集诗余》与钱大经《揖秋集诗草》、钱大镛《长吟集杂著》合装一册,附于钱二白《半溪诗草》五册十二卷之后。钱大经,字恺存,二白长子,生于康熙二十四年(1685),太学生,卒于乾隆十二年(1747);钱大镛,字符存,二白族侄,生平未详。④《全清词·顺康卷》及补编未录钱大猷词作,可据补遗。

《晓风集诗余》凡十叶,半叶十行,行二十一字,左右双边,黑口,上鱼尾,版心镌集名、页码,前后无序跋。共收词四十四阕,起《如梦令·送春》,迄《满江红·感怀》,似依创作时间为序。就题材而言,其前期多咏闺情,后半则多咏节令、咏怀,兼及行旅、咏物(咏艳)之作。词风疏旷,即咏艳、闺情亦少旖旎之态,如《青玉案·闺忆》下阕:"朱颜易向风尘老。又何似、归来早。莫把花时轻负了。从今惟有,梦魂飞到,细语和伊道。"然生平遭逢难偶,江

---

① 孙克强等《民国词话丛编》,北京:社会科学文献出版社,2020年版,第5册,第271页。
② 江庆柏主编《江苏艺文志·常州卷》,第349页。
③ 江庆柏主编《江苏艺文志·常州卷》,第349页。
④ 江庆柏主编《江苏艺文志·常州卷》,第348—349页。

湖漂泊无据,其词中遂或有穷途失志之苦语。部分咏怀词尚颇从容,于类型化情绪中见其胸襟与兴趣,如《沁园春·秋感》:

试望平原,疏柳依依,野草茸茸。奈万斛伤心,五悲填臆,七哀触目,百恨膺胸。无可奈何,似曾相识,一往情深意转浓。黄昏院,那更堪细雨,滴入梧桐。　头颅如许乖慵。但白眼、看他紫绶公。便种豆南山,钓鳌北海,围棋东墅,采菊西墉。左把蟹螯,右持杯酒,牛马相呼也自容。断云里,见几行秋雁,数只征鸿。

《半溪诗草》,诸书著录皆为康熙刻本,[①]则《晓风集诗余》当亦为康熙刻本,是以钱大猷虽生于康熙中,卒于乾隆中,仍可以补入《全清词·顺康卷》。然其《西地锦·七夕》谓:"飘零廿载,眼前渐少,旧时人物。"颇似老成者语。又其中有《醉太平·赠陈象采》、《黄金缕·陈曾起客中州归,访之,阻雨,即席分韵》二词。陈象采,生平不详,狄亿有《浣溪沙·题陈象采醉墨斋》词,载入《百名家词钞》中,[②]而《百名家词钞》编成、刊刻约在康熙二十五年(1686)。[③]"陈聂恒,字曾起,武进人,康熙二十九年(1690)进士,官荔浦县知县,迁刑部主事,改检讨,有《栩园词》三卷。"[④]考及钱大猷年辈,其与二陈之交游至早亦当在康熙四十年(1701)以后。是时浙西词派词风于词坛已占主流,而常州词人如钱大猷者,尚不能完全被其笼络,亦可见词坛生态颇为多样矣。

四十四、汪鸿瑾《可做堂词》四卷

汪鸿瑾《可做堂词》四卷,清代刻本,一册,今藏首都图书馆。此书未见于《清人别集总目》、《清人诗文集总目提要》、《清词别集知见目录汇编》、《江

---

① 李灵年、杨忠《清人别集总目》,第1814页;柯愈春《清人诗文集总目提要》,第336页。
② 狄亿《绮霞词》,载聂先《百名家词钞》,康熙间金阊绿荫堂刻本。
③ 张宏生《清代词学的建构》,南京:江苏古籍出版社,1998年版,第300页。
④ 王昶《国朝词综》卷一七,嘉庆七年(1802)王氏三泖渔庄刻本,第2a页。

苏艺文志》诸书著录,颇为珍贵,《全清词·顺康卷》及补编未收此人词。

汪鸿瑾生平,诸书亦多未载,仅可据此词集考订。是书四卷,卷一署"淡水汪鸿瑾味斯草",卷二署"天都汪鸿瑾味斯草",卷三、卷四则署"石城汪鸿瑾味斯草"。淡水、天都、石城,疑皆是地名,而"味斯"则是汪鸿瑾之字。是书卷首并有其友人点次、集评署名,计有刘然、李芳椿、陈玉裁、胡其僎、程九万、周定鼎、李芳誉、胡其毅、朱豫、胡第等十人。刘然,字西涧,号简斋,清初江宁诸生,康熙四十年(1701)在世,不久卒,著有《西涧初集》。① 胡其毅,字致果,一名徵,字静夫,江宁人,清初中翰正言之子。② 余者多不可考,卷中所涉交游者,如张世文、张亦村、邓焕若、吴圣翊、陈天锡、徐牧躬等,多亦不可考。但亦可知汪鸿瑾当主要活动于清初的江宁(今属南京市),故曾署其籍为"石城"。

本书卷首有刘然、万言序各一则。万言序中颇可考见汪鸿瑾生平信息:"予先世叨列梓里,自王父迁金陵六世矣。迨本朝初年,获交舟次、锺如两先生于行馆,知为当代伟人,继于鹭洲江上同人文会,喜晤添愚、味斯昆季,才品卓荦,欣慕不已,此三十年前事也。……汪郎味斯者,幼聪颖,日记数千言……孤贫不能从师,力学但抒性灵,为诗古文词乃最敏妙。"序中称汪鸿瑾族属为新安汪氏,即唐代越国公汪华之后,又称其"髫年严父见背……弱冠慈母复见背"。万言,字贞一,号管邨,浙江鄞县(今属宁波市)人,奉化学籍诸生。明崇祯十年(1637)生。清康熙十四年(1675)副举人,考授正红旗教习。期满以知县用。十九年(1680),召纂修《明史》,兼修《大清盛京一统志》,以性刚直触怒史馆监修。二十七年(1688),选授江南五河知县。康熙三十年(1691),计典陷之死,士大夫冤之。③ 既然万言与汪鸿瑾"叨列梓里",则汪鸿瑾亦当为浙江鄞县人。又考之本书万言序后已署官职"文林郎知江南凤阳府五河县事",则此序当作于康熙二十七年至三十年之间,而其初识

---

① 谢正光、佘汝丰编著《清初人选清初诗汇考》,南京:南京大学出版社,1998年版,第276—280页。
② 郎遂《(康熙)杏花村志》卷六,康熙二十四年(1685)刻本,第5a页。
③ 万承勋《先府君墓志》,《千之草堂编年文钞》,民国十九年(1930)四明张氏约园《四明丛书》本,第39b—40a页。

汪鸿瑨则在顺治末、康熙初，其时汪已成年，并与万言相识于同人文会，则其生年，当在明末清初。

本书录词凡一百零六阕，基本依词题材类型排列：卷一起《宫中调笑·宫词和韵》，迄《永遇乐·续弦词》，凡三十六阕，多为闺情词；卷二起《多丽·感怀和李蔚也》，迄《忆江南·桥水春涨》，凡三十一阕，多为题赠、纪行、怀古词；卷三起《贺新郎·贺友登第》，迄《春云怨·送春词呈陈沧洲公》，凡二十一阕，多为颂寿词；卷四起《沁园春·喜邓焕若登科志感》，迄《满江红·挽未齐先生》，凡十八阕，多为悼挽词。

汪鸿瑨词浅白如话，且多用俗语入词，运典较少，叙述宛转，层次繁复。其颂寿词、悼挽词颇能体贴细致，甚或于其中展现自我襟抱。而其闺情词，则承袭明季侧艳之作，絮絮叨叨，如女子白话，又一似柳永市井之作，如《十二时·闺情和韵》：

> 再休提，衾寒枕冷，少个人人同卧。夜似岁、空闺寂寞。端的怎生挨过。万想千思，长吁短叹，欲睡睡难妥。难道你、直恁无情，便是梦儿，也不肯来一个。　着甚紧，名缰利锁，容易便成抛躲。绣户华堂，鸾笺象管，教与谁吟和。忍飘然别去，似全不知有我。　我则因，青春误也，郁郁心头如刲。败叶窥窗，乱蛩聒耳。频起披衣坐。料画檐铁马，多应被风敲破。

本词通首圈点，上阕、中阕、下阕首句及下阕末句各有旁批一则："突兀"、"问得妙"、"紧接"、"神妙"，一似评论文章结构。又其后刘然评语："捣枕捶床，不能宁贴。光景字字欲活，可谓心花怒开，情澜不竭。"又署"敦七"者评语："楚楚丰韵，不减董解元《西厢》。"胡其僎评语："三叠分出浅深，又是一气煞语，更非凡笔。"论词而不避讳似曲，似亦受明词流风影响。

汪鸿瑨的登临怀古词，则颇为壮阔，如《望江南·金山》："从天掷，掷落在潮头。误认鳌山燃水国，恍疑海市现蜃楼。潮欲挟天流。　空淘洗，不尽古今愁。风伯怒挝韩寨鼓,鲛人泣吊郭公丘。佳地少行舟。"其后刘然评语:"悲壮雄厚,长人气魄。"

同仁对汪鸿瑾词的评语中,尚有特别值得关注的内容,如《宫中调笑·宫词和韵》:"调笑。调笑。一般髻高腰小。不应甘让伊先,伊敢夸伊少年。年少。年少。侬亦依然未老。"其后刘然评曰:"'髻高腰小',逢时妙技也。'不应甘让',抱负不凡也。'依然未老',言有待也。莫谓味斯好为妇人语。"用解经推阐之法推阐闺情词,与南宋鮦阳居士解释苏轼《卜算子》(缺月挂疏桐)词,以及清代后期常州词派张惠言阐释温庭筠《菩萨蛮》(小山重叠)词同一轨辙,①可以共同构成词学阐释学的一种传统。

本书刘然序谓:"填词……其中大较,以苏辛周柳为极轨,何则?苏辛力主雄高,周柳并长柔媚。雄高则可以惊心动魄,柔媚则可以断肠销魂。二者并行于天壤,而词之宗风始振,后有继作,要亦问津觅筏于此。"可以说,汪鸿瑾闺情词模拟周柳,而怀古词效法苏辛,其寿词、悼词则在此两体之间。汪鸿瑾作词之时,已是顺康之际词坛风会屡换赤帜之后,但其词作与其同人主张,却并不受王士禛、曹尔堪、朱彝尊、陈维崧、纳兰性德等名家影响。这一群词人,往往功名不显,多以诸生终其身,其著作遗存于今亦颇为罕见,以至词史几乎已忽略了他们的存在。但从汪鸿瑾等人的创作及其评论来看,在清初的南京,仍有这么一群社会身份相对低微的词人,相对于词坛主流,坚持此唱彼和并发出执拗的低音。

四十五、尤琛《筠斋词稿》一卷

尤琛《筠斋词稿》一卷,附其《筠斋诗稿》八卷后,今存清初稿本,藏于上海图书馆。《清人诗文集总目提要》、《清人别集总目》、《江苏艺文志》著录。②

---

① 张惠言《词选》卷一,道光十年(1830)宛邻书屋刻本,第1a、11b页。
② 柯愈春《清人诗文集总目提要》,第462页。李良年、杨忠《清人别集总目》,第198页。江庆柏主编《江苏艺文志·苏州卷》,第1089页。

尤珠,名一作採,①字玉田,江苏长洲(今属苏州市)人。侗族侄。著有《担云集》,疑已佚。《清诗别裁集》称其"以道术擅名,后主康亲王邸,与诸大老唱酬,烟霞之气渐少矣",并列之为道士。《全清词·顺康卷》及补编未录其词。

《筠斋诗稿》卷首有康熙丙戌[四十五年(1706)]陈梦雷序、康熙甲戌[三十三年(1694)]孙岳颁序、康熙甲戌尤侗序、壬申[康熙三十一年(1692)]徐宾序、余怀序及惠元龙、尚崇干、徐灌树等评语。孙岳颁序称:"予与尤子左文虽同里,实未识也。……甲戌夏,尤子介予侄书年来晤于邸舍,兼出近诗索序。……其诗则雕镂刻画,牢笼百态,不特于三唐规格得心应手,且骎骎乎直逼鲍谢焉。"尤侗序称:"吾家族子左文少而好道,习于老氏之学。中岁翻然遨游京师,和硕庄亲王一见器之、客之,幸舍为布衣交。去冬南归,出《筠斋诗稿》一卷示余。……虽笙歌鼎沸,而林下风气泠泠具存,所谓人自见其朱门,贫道如游蓬户;弘景入官,松风之梦故在也。"于中可以考见尤珠生平、诗风、交际等,并可以知其当另有一字"左文"。

《筠斋词稿》凡十二叶,半叶九行,行十九字,书口处常有缺损脱漏,然字画端整遒劲,洵为善品。其卷首钤有"尤珠"、"玉溪后身"阴文篆印二枚,是其并有号为"玉溪后身"。该稿凡录词三十四阕,起《一枝花·读李邺侯传》,迄《风入松·桑简庵作背坐松根听泉小像索题》,未以调名、题材及编年为序。其词风格清雄,论及出处,语境往往开阔,然亦偶有艳羡红尘语,如《一枝花·读李邺侯传》:"出亦骖鸾鹤,处亦居台阁。神仙宰相,一身肩着。"无怪沈德潜讥其"烟霞之气渐少"。多数作品尚能含蕴山水高致,如《水调歌头·题西沽亦蜃楼》:

> 吞吐百川水,缥缈矗飞楼。一声孤堞悲角,吹送海天秋。襟带蓟门气势,收束九河湍泻,此地信咽喉。纵目浩烟外,千里睇

---

① 沈德潜《清诗别裁集》卷三二(第1383页)、江庆柏主编《江苏艺文志·苏州卷》(第1089页)著录其名俱作"埰",疑有误,尤侗近支子侄辈,名旁皆从"玉",无从"土"者,详见尤文潜等纂,尤尔梅等修《尤氏苏常镇宗谱》[光绪十七年(1891)重修本]卷五、卷一二,然谱中亦未载尤珠,疑因其已出家为道士,故谱中阙如。

寒流。　拍危栏,搔短发,思夷犹。感今怀古,依旧新月似银钩。人事浑如潮信,暮去朝来无定。徙倚动乡愁。几点夜渔火,一叶洞庭舟。

感今吊古,气象万千。末句遁入空茫,有烟水迷离之致。平情而论,其词较其诗尚多野趣,词中交游如龚映生、汤莘士、戴纫章、王野鹤、桑简庵辈,多名位不显,生平难考,可知是坎壈失志之士,而非大佬名宦一流人。

四十六、姚倬《镜华集》二卷

姚倬《镜华集》二卷,清代钞本,今藏于南京图书馆。《清人诗文集总目提要》、《清人别集总目》著录;《江苏艺文志》著录,然误作"《锦华集》";《常熟文库》据以影印。①

《(雍正)昭文县志》将姚倬列入"文苑"的"国朝"部分,且谓:"姚倬,字云章,邑诸生。幼有宿慧,著诗古文。孙旸称为才子。有《东郭》、《留香》诸集。"②昭文县是雍正二年(1724)时分常熟县所新置的县,二县同城分治,可知姚倬是顺治、康熙时常熟人。

《镜华集》二卷,前有目录,其前标作"镜华集目录,小令、中调统计七十四题,一百八十四首",其中"小令词一百四十一首五十一题","中调词四十三首二十二题"。这里的"题",当指词调。

是书工楷手钞,共四十四叶,半叶十行,行二十字,无行格。词以调编排,共一百八十四阕,俱为《全清词·顺康卷》及其补编未收,可补遗。

小令五十一调一百四十一阕:《十六字令》三阕(香、羞、痴)③、《明月斜》二阕(秋夜、溪水)、《花非花》二阕(花下别、鹦哥)、《南歌子》二阕(隔窗、临水)、《潇湘神》四阕(题飞一楼、旅梦、黄鹤楼、仙枣城)、《桂殿秋》三阕(桂、怀

---

① 柯愈春《清人诗文集总目提要》,第185页。李灵年、杨忠《清人别集总目》,第1691页。江庆柏主编《江苏艺文志·苏州卷》,第6448页。《常熟文库》,第98册,第669—691页。
② 陈祖范纂《(雍正)昭文县志》卷七,雍正九年(1731)刻本,第29a页。
③ 此处括号中为词题,以顿号分别各阕,以分号分别词体与词题。

艺园、别后)、《忆江南》十阕(汉阳寓中杂忆十阕)、《字字双》五阕(酒家、冶游、闺情、嘲友、江南女儿)、《江南春》二阕(戏题、偶见)、《法驾导引》四阕(月夜扶鸾纪事四阕)、《诉衷情》二阕(临窗花、歌姬)、《思帝乡》一阕(别语)、《天仙子》三阕(红线图、佳人、月下又一体)、《西溪子》一阕(仙居)、《长相思》四阕(微步、独立、深坐、闲眠)、《江城子》二阕(小红、弓足)、《上行杯》二阕(留别、赠别)、《酒泉子》二阕(雁声、新柳又一体)、《玉蝴蝶》二阕(闺思、凉夜)、《上行杯》二阕(送别、饮小三台海棠花下抵暮大风雨宿老圃堂)、《醉花间》三阕(夜访瞿一韩、本意、闺情)、《春光好》二阕(本意、春山)、《浣溪沙》四阕(夜登二乐阁望山、无题、月下、过祝氏废址)、《中兴乐》二阕(观灌园传奇、偶然)、《酒泉子》四阕(四体;春闺、小吴市赏荷、谢送酒、新嫁娘)、《归国谣》二阕(何处住、题避风馆)、《天门谣》一阕(本意戏题)、《添字昭君怨》二阕(闻琵琶、拟宫怨)、《采桑子》三阕(戏题嘲内三阕)、《重叠金》四阕(拟艳次艺园韵、仙山、女郎、天街)、《减字木兰花》五阕(江上、画眉鸟、花蛱蝶、妆成、旅中连夕闻箫)、《浣溪沙》三阕(又一体;春雨、闺忆、戏咏夜游女伴)、《山花子》一阕(春日过小山有花似梅……)、《应天长》一阕(夜坐话银河戏作)、《烛影摇红》一阕(咏烛)、《河渎神》二阕(谒金龙大王庙、谒小孤山神女庙)、《怨三三》一阕(雨夜忆别)、《留春令》一阕(狭斜)、《玉团儿》一阕(赵烈妇)、《忆余杭》四阕(江雨泊苇阳、偶忆三阕)、《河传》三阕(三首各为一体;有感、初抵甫里馆斋夜雨、月夜)、《徵招调中腔》一阕(怨嘲)、《卖花声》三阕(雨夜有忆用艺园侄韵、江声、友有言为晓莺催起者戏题)、《金凤钩》一阕(咏帐钩)、《鹊桥仙》五阕(七夕、乞巧、夏雨、戏题邻姬反马、偶叹)、《厅前柳》三阕(刘公祠宫柳、时髦、赠友)、《南乡子》六阕(舟中午日时泊芜湖、汉口中秋用午日韵、甫里和乩仙韵四阕)、《夜行船》一阕(月夜经道士洑)、《踏莎行》二阕(客为余言包山洞天词以纪之、题从表妹小影)、《小重山》九阕(题潇湘八景图八阕、次韵和艺园听月亭)、《虞美人》二阕(戏为亦大赠鹭鸿、春闺又一体)。

中调二十三调四十三阕:①《锦帐春》三阕(忆梦、闺人春睡、游女)、《唐多

---

① 此书目录中谓《临江仙》(第五体)为三阕,又缺载《玉堂春》一阕,与书中实际录词不符。

令》三阕（六十字令；秋夜、闺情、梦天石）、《望远行》二阕（第二体；晓别、望远）、《感皇恩》二阕（代赠、观枫忆天石松如）、《钗头凤》三阕（郡归戏题、惜游、秉烛照新人戏为友人作）、《临江仙》二阕（第五体；金山、题君山望江楼）、《玉堂春》一阕（踏青归示内）、《系裙腰》三阕（冬日暮阴、美人浴、旧邻女）、《金蕉叶》一阕（客席病后节饮）、《破阵子》一阕（闺思）、《赞成功》一阕（断炊）、《定风波》三阕（渡江、闺情、上元）、《明月逐人来》二阕（月夜西城楼阁、代包天益题包晋侯扇）、《渔家傲》一阕（本意）、《烟姿媚》一阕（十姊妹花）、《似娘儿》二阕（金屋、燕雏）、《临江仙》三阕（第六体；豪家受聘、嘲惧内、题《柳毅传》后）、《喝火令》二阕（代受益题晋侯扇、为戈容范题沈石田画蟹）、《凤衔杯》一阕（春日同人雅集）、《黄钟乐》三阕（重过、回寄、仙家）、《献衷心》一阕（蓬山）、《芭蕉雨》一阕（本意）、《淡黄柳》一阕（月中柳）。

姚倬词无长调，可能是有意为之。其词学观念尚承袭明人余脉，一是重小令、中调，尤重小令，小令数量占其现存词作总量八成以上；二是除借用明人小令、中调分体外，尚沿袭《诗余图谱》等对"又一体"、"第*体"的标记和著录；三是其词题材多在闺情、节侯、咏物、言怀，颇类似《草堂诗余》，题材较为狭窄和类型化，偶有纪游词、扶乩词，甚至交游词，亦不多见。姚倬应是以乡儒坐馆终老，其词中所涉及之交游者如瞿一韩、姚艺园、天石、松如、包天益、戈容范等，俱名不见经传，生平难以考索。

姚倬词中，较有特色的题材，则主要有两种。一是有较多的词对民俗及民间信仰有所反映。如《鹊桥仙·戏题邻姬反马》，写新嫁娘回门时的风俗。又如《河渎神》二阕分题金龙大王庙、小孤山神女庙，以及《厅前柳·刘公祠宫柳》，反映了民俗信仰与崇拜。再如他创作有较多的扶乩词，以及与乩仙唱酬的词，如《法驾导引·月夜扶鸾纪事》四阕，以及《南乡子·甫里和乩仙韵》四阕，前者有序："己巳夏，偶得小壶天游戏法，于秋夜试之而验。时降鸾者为碧城扫花仙子柳夜珠，曾赋限韵紫薇花诗焉。"后者则非常完整地记载了其与降乩的散仙沨寥子几度来回的唱和酬作，对清代民间信仰和风俗研究都有着研究和参考价值。二是有较多的题画词，其中最突出的是《小重山·题潇湘八景图》，小序谓："岁己巳，余借窗受益斋，沈夫人父以扇索题

赋。"是词分咏潇湘夜雨、洞庭秋月、远浦归帆等八题,反映了对"画—诗—词"潇湘八景图咏传统的承袭,如题潇湘夜雨一阕:

> 浩淼洪流四望遥。长空垂雨脚,暗江皋。风斜烟卷送长宵。纹波洒、一派响潇潇。　客梦若为迢。愁声听彻晓,卧吴舠。菰蒲零乱泣漂摇。荒鸡唱、野渡涨寒涛。

此为就画面而敷衍的想象之词,笔触亦嫌泛泛然,词中描绘的只能算是一般的"夜雨",恐不能专指潇湘的夜雨。姚倬词成就不高,限于体格,其内容亦较为逼仄。

值得一提的是,姚倬的纪年词,基本作于己巳,当为康熙二十八年(1689),此时的主流词坛,早已城头变幻大王旗,风起云涌几多般,以乡间老儒终其身的姚倬却还在坚持明词式的创作模式。可以想象,当时乡间儒士文人,或有较多与姚倬相似的人,仍秉承过往的词学理念,采用曾经的创作模式,这体现了文学的惯性在词坛底层或欠发达地区、阶层,仍具有着一定的作用力。但同样的,以姚倬等为例,这样的文学惯性,也许只有在较为偏僻的角落,才有保持和施展的可能,然而这样喁吁而固执的声音,相对于主流词坛的风潮变幻,确实更显得低沉而易为人所忽视了。

四十七、陈中庆《东山集》一卷

陈中庆《东山集》一卷,清代钞本,今藏国家图书馆。《清人诗文集总目提要》、《清人别集总目》、《江苏艺文志》著录,《常熟文库》据以影印。①

是书无行格,共九叶,半叶九行,行二十六字,行楷抄录。此书诗词杂编,词凡四阕:《海棠春·柬蒋扬孙》、《念奴娇·次扬孙韵》、《念奴娇·答扬

---

① 柯愈春《清人诗文集总目提要》,第 150 页。李灵年、杨忠《清人别集总目》,第 1263—1264 页。江庆柏主编《江苏艺文志·苏州卷》,第 4439 页。《常熟文库》,第 81 册,第 123—140 页。

孙》、《满江红·秋声》。陈中庆及其词未载于《全清词·顺康卷》及补编,当据补遗。

是书前,另有陈中庆《清江集》一卷,与《东山集》合订,其版式、著录、影印等情况与《东山集》全同,凡四叶,皆录诗。卷首钤"铁琴铜剑楼"阴文长方形篆印、"北京图书馆藏"阳文长方形篆印,可知其递藏。

《(康熙)新刊常熟县志》:"陈中庆,字颙士,原名令闻。博闻强识,有声庠序间。以粮案讧误,游京师,名公卿皆推重之。著《中州草》、《西秦纪游》诸集。"①粮案,疑即顺治十七年分江宁抚属奏销案。《江苏艺文志》载其小传称其号韵笙,少与翁叔元为友,入清后入国学,再试不售,遂弃去,专为诗,家贫游幕,白首归里,年七十二卒。②

与陈中庆唱酬之蒋扬孙,即蒋廷锡,字酉君,一字扬孙,江苏常熟人。伊子,陈锡弟。康熙八年(1669)生。初由举人以画技供奉内廷。康熙四十二年(1703)进士,历仕至文华殿大学士、太子太傅。雍正十年(1732)卒,谥文肃。③

与陈中庆唱和时,蒋廷锡应该尚未出仕。陈中庆词中,对蒋廷锡画技和词作都颇为褒扬,如《海棠春·柬蒋扬孙》:"碧纱窗外红轮绕。舒素娟、墨花轻罩。画品贵翎毛,烘染沉烟袅。　新词数阕题来好。道燕子、同归及早。(自注:"燕子同归去来",词中佳句也。)去也且流连,屈指中秋了。"对蒋廷锡作画过程及其题材,以及其词作佳妙之处皆有所涉及。《念奴娇·次扬孙韵》的结构与《海棠春》大致相同,上阕称赞蒋廷锡的画技,下阕则品评其词艺,兼及自谦自省:"我是江州家老婢,愁听新词归去。十亩雷塘,一天歌吹,秋月平分处。异乡知己,不忍骊驹匆遽。"另一首《念奴娇·答扬孙》对蒋廷锡未来的仕途充满了期待:"踏遍杏花春色好,秘殿红轮方午。霖雨苍生,盐梅鼎鼐,消得咨寒暑。祝君他日,素心相照如许。""秘殿"、"盐梅"如此浮泛的套语后来居然得到印证,且若合符节,也是词谶中的佳话了。只是蒋廷锡

---

① 曾悼纂《(康熙)新刊常熟县志》卷五,康熙五十一年(1712)弘韵堂刻本,第65b页。
② 江庆柏主编《江苏艺文志·苏州卷》,第4439页。
③ 李桓《国朝耆献类征初编》卷一六,第7a—11b页。

的词作皆已失传,无从与陈中庆词相印证,非常可惜。陈中庆词中,唯一一阕与蒋廷锡无关的,是《满江红·秋声》:

> 万籁千声,空庭内、萧萧瑟瑟。经几处、败荷荒草,夕阳古驿。划地里金戈铁马,衔枚飞渡长杨陌。问他家、底事最难平,悲鸣亟。　朱户悄,啼蛩怄。晴昼永,寒蝉泣。想花阴树杪,西南风急。一阵小寒催暮雨,破蕉窗外偏凄恻。正苦是、长夜镇无眠,听来切。

上阕乃多想象之辞,下阕则切身所经历,全词由黄昏写至长夜,结构颇严整,但也略嫌老生常谈。

四十八、曹鉴冰《清闺吟》不分卷

曹鉴冰《清闺吟》不分卷,稿本,今藏上海图书馆。《清人诗文集总目提要》、《清词别集知见目录汇编》著录。[①]

曹鉴冰,字月娥,号苇坚,江苏娄县(今属上海市)人。生卒未详。重女,诸生张曰瑚室。工诗词,善书画,尤长戏曲。家贫,为童子师,授经书自给,造请者称苇坚先生。著有《绣余试砚稿》,又与祖母吴朏、母李怀合刻《三秀集》。[②] 今存《清闺吟》一册,稿本,藏于上海图书馆。《全清词·顺康卷》据《众香词》录其词十六阕,[③]可据此册补词。

已有学者对曹鉴冰词进行辑补,陆勇强曾据《紫堤村小志》补辑其《一剪

[①] 柯愈春《清人诗文集总目提要》,第 351—352 页。吴熊和、严迪昌、林玫仪《清词别集知见目录汇编》,第 144 页。

[②] 曹鉴冰生平不详,此处据曹鉴咸《干溪曹氏族谱》卷四[乾隆三十年(1765)刻本,第 28b—29a 页],冯金伯《国朝画识》卷一七[道光十一年(1831)刻本,第 3a 页],姜兆翀《松江诗钞》卷五五[嘉庆十四年(1809)刻本,第 11a 页],恽珠《国朝闺秀正始集》卷五(道光红香馆刻本,第 11b 页),顾福仁纂《(光绪)重修嘉善县志》卷二九[光绪十八年(1892)刊本,第 36b 页]诸书所载资料辑成小传。

[③] 南京大学中国语言文学系全清词编纂研究室编《全清词·顺康卷》,第 1362—1365 页。

梅·寄题吟巢》一阕。① 其实，曹氏家族后裔对曹鉴冰诗词的辑录要早很多，民国时期，曹葆宸、曹秉章辑录《干溪曹氏家集》，即于卷二十一"闺闱诗"录曹鉴冰诗十五首，于卷二十四"闺闱词"录曹鉴冰词六十一阕。② 这些词作，绝大多数没有被录入《全清词·顺康卷》及补编，亦有待补遗和校勘。

不过，《清闺吟》所收作品，与《干溪曹氏家集》所录尚有较大不同。

《清闺吟》一册，凡五十六叶，册中夹附退耕堂"清儒学案稿"蓝格笺纸二叶，上有工笔楷书曹秉章题识。有学者据题识认定该本为曹秉章钞本，③实误。此则题识，全文钞自《干溪曹氏家集》卷二十四末，仅偶尔有字更动，略云："客腊金山石子姚君邮示所得《清闺吟》一册，审为祖姑原稿。秉章自选本录出者，或不备载，而其端絜好修、安贫乐志之素，克肖于十经公者，具可概见。……此稿流出几二百年，今乃假手石子，入于秉章之目，疑此中亦有天数。……是用去其率易，重加厘订，别钞成卷，汇入家集，并以昔之所录附于后，为补遗。述此，书之卷尾，仍归原册于石子。"曹秉章曾参与《清儒学案》编纂，与徐世昌等关系莫逆，此册后附之蓝格稿纸当即由曹秉章所书，或倩人代钞，而此册，当即是姚石子〔名光，号复庐，江苏金山（今属上海市）人，南社成员及主持人〕所藏的稿本。原因有三：一是该册诗词眉端往往以墨笔添有自注，例如《春日杂感三十首》即有八条自注，"谓蓼怀家兄、咸绥舍弟"、"追忆家祖母吴冰蟾子也"、"家伯祖讳勋首举小兰亭诗会"等，皆与曹鉴冰生平相合。曹鉴冰是曹重（字十经）之女，曹重母吴胐号冰蟾子；曹勋是曹重族叔，有孙曹鉴伦号蓼怀。由是可知，这些自注当皆由曹鉴冰在整理旧稿时添注，因旧稿句下多无空间，故皆添置于页眉，如是钞本，则注释自当移置诗后或句下。二是该稿中有大量字句改易，并且明显不是抄写中的笔误订正，而是斟酌之后的句子甚或是篇章的重新更定。三是如果该稿是曹秉章钞本，

---

① 陆勇强《新见顺治康熙两朝词作辑考》，《内江师范学院学报》2014 年第 3 期，第 85 页。
② 曹葆宸、曹秉章《干溪曹氏家集》，民国二十六年（1937）北平铅印本，卷二一，第 1a—10a 页；卷二四，第 1a—11a 页。
③ 赵厚均《明清松江闺秀别集十二种叙录》，黄霖编《云间文学研究》，上海：上海古籍出版社，2009 年版，第 266—267 页。

则应誊清,且厘订好次序,并将题识与钞本一起装订,但现存题识却是夹附于册中,明显不合情理。

有意味的是,虽然在编纂《干溪曹氏家集》时,曹秉章已见到并参考了《清闺吟》,但并未全盘照录该书的诗词以入《干溪曹氏家集》,而是有所选择,并删汰了较多篇章。

《清闺吟》半叶九行,行可三十一字,小楷恭钞。其书前后分四个部分:

第一部分为各类诗,凡一百零四首。

第二部分为词,凡九十六阕,起《苍梧谣·闻莺》,迄《满江红·挽词》,基本依词调字数排序。其中,《忆秦娥·和香奁四时词》四阕(附原唱四阕)、《引雏飞·闲居》、《采桑子·修禊日》、《偷声木兰花·鸦鬟》等十一阕补钞于页眉或字行间。此部分词多为咏物词,如《沁园春》咏艳诸阕(分咏美人腰、眼、口、发、指)、《疏影》八影词(分咏梅影、竹影、雁影、蝶影、帆影、簾影、帘影、云影),体物工巧,运典熟稔,不愧于浙派名家。

第三部分为诗,凡一百七十四首,皆咏花草诗、题画诗。

第四部分为词,凡三十九阕,起《忆王孙·杏花》,迄《锦堂春·牡丹》,未据词调或词题分类排列。其中《南歌子·画美人》补抄在行间,又《踏莎行·水墨梅》有目无词,此部分并阑入一首五言绝句《题洛阳菊花》,卷尾另附《菊花》、《美人椶》七绝各一首。此部分词,词调各异,但皆是小令,所咏则多是花卉,或径为题咏花卉画之作。①

由此看来,曹秉章在辑录《干溪曹氏家集》时,至少删去了《清闺吟》中诗二百六十余首、词七十余首。为何要进行这样大规模的删汰?在题识中,曹秉章曾隐晦地道出原委:"若《忆秦娥》(默默默)一阕,以理解入词,巾帼而作道学语,则祖姑被服于经训者深。……独诗与小令,多题画之作,牵率酬应,不克毕其能事。或箪瓢屡空之际,有不得已而为之者,未可知也。"一是觉得曹鉴冰词有道学气,二是觉得其小令特别是题咏花卉之词中多牵率应酬之

---

① 本条相关内容于刊物发表后,承同门倪春军兄见告,《上海词钞》已整理《清闺吟》本曹鉴冰词,见彭国忠、倪春军、徐丽丽编《上海词钞》,上海:上海人民出版社,2021年版,第1234—1269页。

作,因此曹秉章才会痛加删略。不过,曹鉴冰的长调颇有精心之作,其《疏影》八影词,体物精微,运典涵容,由物及人,因人返物,物我浑融,颇能得浙派咏物神髓。康熙三十七年(1698)二月,钱岳于曹重处获得曹鉴冰词稿,便选了十六阕入《众香词》,其中即包括《疏影》咏雁影、蝶影的二阕,①可见时流对她的肯定。特别是雁影词,下阕用书法比拟:"总使悬针垂露,淡模糊莫辨,隶虫符篆。贴上征衫,落到寒砧,可也寄封书便。"正是反用朱彝尊《长亭怨慢·雁》:"一绳云杪,看字字、悬针垂露。渐欹斜、无力低飘,正目送、碧罗天暮。写不了相思,又蘸凉波飞去。"②亦可见她的词学旨趣与渊源。再看《疏影·竹影》:

> 亭亭直节,见淇园波冷,印来真切。双掩柴扉,半拓萝窗,添得浓烟一抹。纱笼蜜炬行幽径,踏不碎、疏疏寒叶。有几枝、拂上茅檐,又向石栏重叠。　消受倦吟长日,是纷披笈卷,潇洒清绝。翠染绡衣,碧映罗裙,应在漏云纤月。欹眠故故风前扫,难扫去、断垣残雪。等仙翁、扶醉归来,疑认瘦筇谁撇。

上阕状物,下阕兼及拟人,正是浙派家法。

此外,胡文楷曾著录《清闺吟》的一种钞本:"吴县吴慰祖先生藏有蓝格钞本。凡诗九十七首,词一首,又诗余九十六首。又题花卉诗凡一百六十七首,词四十一首,皆题画之作。是据稿本录出者。"③据前所统计,则稿本所收诗词量,尚较吴慰祖藏钞本略多,而后者则明显经过了较细致的整理,很有可能,这就是曹秉章"去其率易,重加厘订,别钞成卷"的本子。

---

① 徐树敏、钱岳《众香词·乐集》,康熙间锦树堂刻本,第57b页。
② 南京大学中国语言文学系全清词编纂研究室编《全清词·顺康卷》,第5338页。
③ 胡文楷《历代妇女著作考》,上海:上海古籍出版社,2008年版,第540页。

四十九、释岳峙《采霞集》十卷

释岳峙《采霞集》十卷，清代钞本，分装四册，今藏于国家图书馆。《清人诗文集总目提要》、《清人别集总目》、《清代浙江集部总目》、《历代释家别集叙录》著录。①《清代诗文集珍本丛刊》影印收录。②

《历代释家别集叙录》著录《采霞集》谓："《采霞集》十卷，四册，清钞本。半页 10 行，行 20 字，无格，版心有书名、卷数、文体、页码。略有虫蛀、水渍之迹，字体尚清晰。无序跋。所收诗文俱有圈点。首页右下钤印三方：'北京图书馆藏'、'国家古籍保护中心藏制'、'钦训堂书画记'。'钦训堂书画记'，乃爱新觉罗·永瑢(1712—1787)藏印。永瑢为胤礽之孙，字文玉，号益斋，又号素菊，封辅国公。工书画，精鉴别，筑钦训堂庋藏书画名迹。《采霞集》既曾为永瑢递藏，则必为乾隆或此前之物，洵可实也。"又说："《清人诗文集总目提要》、《清人别集总目》及国家图书馆'书目查询系统'，皆著录为《采霞集》九卷。然略予考察，是书实为十卷。……易言之，是书有两个'卷一'，著录者未加细检，误以终卷之数而著录为九卷。"③这些著录基本明晰了《采霞集》的版本、内容，但也有一点需要更正，"国家古籍保护中心藏制"实为中华善本资源库扫描古籍善本电子版上传网络后所盖的电子章，在原书中并不存在。

至于释岳峙的传记，仅见于《续槜李诗系》：

> 岳峙，一名成峙，字杲山，号海门，俗姓厉氏，山阴人。海盐净业寺僧，住平湖永寿庵。著有《采霞集》。

---

① 柯愈春《清人诗文集总目提要》，第 292 页。李灵年、杨忠《清人别集总目》，第 2478 页。徐永明主编《清代浙江集部总目》，第 166 页。李舜臣《历代释家别集叙录》，北京：中华书局，2022 年版，第 390—394 页。
② 陈红彦等主编《清代诗文集珍本丛刊》，第 141—142 册。
③ 李舜臣《历代释家别集叙录》，第 391—392 页。

此传后有尤侗(号西堂)、萧应槐(号雨香)评语各一则：

  尤西堂曰："上人以八岁出家，今年三十有五，所著诗曰《采霞集》。予生平方外之交，以诗名者不乏，顾于武原罕见已，公其人者。而上人吟咏甚富，语必惊人，岂非翘然挺出者乎？虽然，上人不但工于诗，而志在参学，拍板门锤，可悟西来大意，则诗中有禅，禅中有诗，其为采霞竿头一进乎？"

  萧雨香曰："杲山云游四方，交遍海内名士，所著《采霞集》十卷，简札序文，题跋诗词，具见根柢。尤西堂检讨尝作序嘉之。法嗣无后起者，未及镂板，为可惜也。"①

萧应槐说，尤侗曾为《采霞集》作序，但无论是尤侗集中，还是《采霞集》中，皆未载录此序。但细味上一条尤侗评语，似即是节取了其为《采霞集》所作序而成。其中明确记载岳峙以八岁冲龄出家，其他信息则不详。有学者考证："岳峙……十七岁剃落，二十参大觉寺灵乘运遐，三十受法。顺治十三年(1656)继灵乘住持海盐玉庵，开讲《维摩》、《药师》、《圆觉》诸经。康熙十四年(1675)迁住西庵，营构土木，习净土法门。"②但这些事迹其实是岳峙之师灵乘运遐的，是著录者对岳峙《先老人行略》(载《采霞集》原编第二个"卷一"中)的误读。

  岳峙虽然"交遍海内名士"，但不知是何原因，其姓名、字号、事迹等在时人的著作中极为罕见。笔者遍检群籍，仅得数条：一是岳峙在师从灵乘运遐之前，曾在浙江嘉善智证庵师从正止衍门。"邑绅钱士升为南少宗伯，里人陆鸿远等请《南藏》贮庵中，住持吴门正止率徒岳峙翻阅甚虔。"③正止，号衍

---

① 胡昌基辑《续檇李诗系》卷三九，宣统三年(1911)刻本，第28b—30a页。
② 李舜臣《历代释家别集叙录》，第390—391页。
③ 顾福仁纂《(光绪)重修嘉善县志》卷六，第79a页。

门,江苏长洲(今属苏州市)人。① 曾与苍雪南来倡和,后者为赋《赠衍门止》。② 二是康熙三十九年(1700)秋,岳峙曾在江苏如皋与宴,有诗送别孔尚任,孔尚任为赋《饮东皋渡影轩,座客金素公、朱翠亭、僧杲山赋诗送予,予亦分韵留别》。③ 三是康熙五十三年(1714),岳峙曾同查慎行等交游唱酬,查集中有《重阳后十日,曾三弟招集西林庵,是日微雨,杲山法师不期而至》五律一首,又其《立冬后二日,座主宗伯公偕晚研、梅溪枉过村居,次日,移榻妙果山房,再游菩提寺,得诗四首》七律四首自注:"时许伯勤、马衍斋、杲山法师俱入座。"④ 四是叶之溶有《剔银灯·答杲山上人》。⑤ 叶之溶生于康熙二十年(1681),其与岳峙交游倡和,至早亦当在康熙四十年(1701)前后。这些事迹,与《采霞集》中所载,正可互补。

《采霞集》中所载诗文,具有明确的时间节点,并可补岳峙生平信息者不多,笔者所见仅有数条,试稍作罗列。一是康熙二十二年(1683)春,岳峙曾随侍其师灵乘运遐,赴嘉兴讲禅,事见《先老人行略》中。二是岳峙与释宗渭交游密切。宗渭,字绀池,号芥山,江南华亭(今属上海市)人。《采霞集》中有多首赠宗渭的信札诗文,如原编卷一《与绀池和尚》:"前承尤太史招我两人于玉青堂啜茗联吟,真千古一遇也。悔翁棋兴甚高,约我手谈,不知老长兄暇否?"二人的交游可在宗渭集中得到印证,宗渭有《杲山法友过访,即次来韵》,⑥ 这几乎是《采霞集》中所涉及的师友同仁对岳峙唯一的有明确记载的回应。三是《采霞集》所收作品,大致皆作于康熙三十五年(1696)或更早,集中最晚的纪年作品是收录在原编卷九末的《丙子元旦》,丙子即为康熙三十五年。至于康熙三十五年以后,岳峙虽仍与孔尚任、查慎行、叶之溶等交游唱酬,但其作品似未能结集出版,更未见于典籍著录了。此外,虽然尤侗

---

① 黄传祖《扶轮集·姓氏》,崇祯十五年(1642)金闾叶敬池刻本,第6b页。
② 杨为星《苍雪大师〈南来堂诗集〉诗注》,昆明:云南人民出版社,2011年版,第287页。
③ 徐振贵《孔尚任全集辑校注评》,济南:齐鲁社,2004年版,第1632页。
④ 查慎行《敬业堂诗集》,上海:上海古籍出版社,1986年版,第1285—1286页。
⑤ 张宏生《全清词·雍乾卷》,第114页。
⑥ 释宗渭《芋香诗钞》卷三,康熙四十三年(1704)刻本,第18b页。

说岳峙"不但工于诗,而志在参学",但岳峙的佛学造诣似不高,在回复尤侗的信中,他自认:"衲子以枯冷本分,不应与此热闹事业。然亦纸上空花,或不妨耳。故吴人呼我为出格僧,殊觉快绝。"(《答尤悔庵检讨》,载原编卷一"书柬"中)于此可见其性情、学养倾向之一斑。

因此,《采霞集》中所载录的与清初士子的大量交游唱酬之作,在后世的读者看来,仿佛是得不到回应的单向度放歌,略显孤寂。不过,清初很多诗学、词学现象,其中事迹逐渐在历史长河中沦没消隐,《采霞集》中所载,有助于成功"打捞"这些曾被我们认为已经湮灭的词学现象。尽管挂一漏万,但仍然弥足珍贵。如《与余澹心》:

先生声气如雷,才情似海,何处何人不知老澹为文场一霸也?昨于铁瓶巷内,遍访玄亭,偏又不值。伏承吾翁垂趾寓地,又不相逢。大凡要与名公缔好,如登天梯,渭北树,江东云,感慨正同一辙。调寄《惜黄花》一阕,狂歌新恨,畴与凄清?先生见之,或肯酬我以青玉之案,未可知也。(载原编卷一"书柬"中)

其中涉及与余怀的词倡和。又如与周筼的书信中,涉及周筼所编词谱:

翁蹉选坛久矣,所遴《箦笘集词谱》,想已成帙。前许贻我一览,余将入禾中矣,望即检发,浇此渴怀。既为点金宗匠,当使春风远播,犀月照人,岂其自韫诸椟,而必待价以沽耶?倘获毅然见赏,余到放鹤洲前,邂逅故旧时,必语曰:"周青老诗余之选,可抵万金。"则将人人载酒,来听命于爱莲座上矣,亦何必在天边唱《望江南》哉?(《复周青士》,载原编卷一"书柬"中)

这可能是《箦笘集词谱》在历史上最早的记录之一,但其语气句意却颇令人哂笑。再如《尤悔庵〈岁寒词〉跋》对尤侗词旨的体察:

太仓黄庭表先生尝谓："悔翁擅诗名四十年，而浑脱浏漓，当与唐大、小杜相上下，且父子先后同馆职，则国家简擢之恩，鲤庭优裕之乐，亦至矣。何咨嗟邑郁，娓娓九回，笔下似不尽者，是诚何心哉？"论者以为悔翁戊午有读礼之悲，庚申有丧明之痛，联绵其故，而独伛偻风沙，劳此瞿骨。故借《岁寒词》，以写思莼之意也。亦或有之，终非悔翁心曲之底板耳。夫《岁寒词》，词家之程式也。故调止十一阕，字不满五千言。体简而意新，语芬而辞备。先正云："语不激，目不夺。"然则悔翁几十年星霜颠沛，特能吐露才情，而为酸楚激发语，以夺人之目者，盖为千百世词苑功臣而作。知此之论，庶几可与悔翁谈心，与《岁寒词》着语也。若谓词近于曲，竟列为金筝檀板之音，则亦不知学问之甚矣。（载原编卷二"题跋"中）

凡此种种，《采霞集》中所载尚多。原书具在，不再赘引。此书于《全清词》补遗之功，尚在于收录了不少词作。

该书所录词，皆收在原编卷四"像赞"中。该卷录诗词共一百零五题一百零八首，其中词共四十阕：《瑞鹤仙·白岩练师小像》、《眼儿媚·丁素涵先生像》、《眼儿媚·陆灵长先生遗影》、《月中行·赞其年太史像》、《好事近·碧月上人像》、《谒金门·徐氏双寿图赞》、《风入松·尤悔翁像赞》、《水龙吟·计孝廉甫草像，用刘青田原韵》、《金菊对芙蓉·渊明采菊图赞》、《鹧鸪天·陈象玉遗影》、《鹧鸪天·陶栗翁遗照》、《解语花·徐野君先生遗像》、《醉蓬莱·韦六象先生手卷小影》、《西江月·雪耕和尚小像》、《西江月·达衷首座像》、《西江月·古亳监院像》、《西江月·大荷书记像》、《千秋岁·文大玉先生八帙影》、《一剪梅·松巢禅宿像》、《思佳客·醉僧图赞》、《孤鸾·周青士像》、《减字木兰花·葛处士像赞》、《无俗念·芥子和尚像赞》、《点绛唇·何仙姑像赞》、《百字令·阳明先生像赞》、《阮郎归·赞寿星图庆友四十》、《画堂春·徐处士寿影》、《少年游·又题乃郎徐大怀仙像》、《江城梅花引·纯阳道人像赞》、《天仙子·自题手卷影》、《青玉案·又》、《千秋岁引·又》、《菩萨蛮·文殊大士像赞》、《重叠金·范鸿远寿像》、《个侬·达磨老子像赞》、《洞仙歌·徐梧园小影》、《洞仙歌·再叠前韵》、《南唐浣溪沙·医士董商隐小影》、《南唐浣溪沙·叶雨岑小像》、《清平乐·赞徐氏家庆图》。诸词皆可补《全清词·顺康卷》之佚。

此书所收词,皆为题图词,其图多为师友、先儒、释道、仙佛小像,部分则为手卷、行乐图,题材非常集中,写作内容及创作模式亦较为单一。其小令较流易,长调亦平易流畅如白话絮语,鲜有深沉之思与俊逸之笔。如《孤鸾·周青士像》:

> 周郎风致,有宝剑惊群,高标压队。何许簪缨,曰是绛侯家世。君今入林大隐,选坛璠笔飞丹翠。(自注:时选《筼筜集词谱》。)笋屐荷衣香洁,不受风尘腻。　喜重来、相见旧时意。比镬铄此翁,十倍豪气。结客名场,可使少年回避。应同神仙顾曲,听霓裳、羽衣沉醉。

此词颇不合词律,下阕甚至脱落一韵。岳峙的其他词作,在押韵、格式、句法等方面也常存在一些问题,体现了他于词学尚缺少较为专门的训练和更为精深的研思。其实,岳峙是较为有意研练词学的,前文引述他向周筼求借《筼筜集词谱》,在另一封书简中,他还曾托周筼绍介,拟结识朱彝尊:"竹垞先生,素以古学称奇,名塞天下。今选入词垣,垂绅珥笔,姓字弥香。……闻知将假南还,若果玉鞭辞阙,归卧东山,望老道翁报我佳信,以待一识荆颜。非邀兰台贵客为荣身之梯,盖慕其才品惊天,倘得赠我以丹经玉液,如接颜、曾于泗上矣。"(《与周青士》,载原编卷一)不过,岳峙究竟达成心愿与否? 也不得而知了。岳峙的书信中,往往吹捧、利诱、吓哄皆具,颇能引动读者的不快。不知这是否即为其投赠对象不太愿意与之深入交往且留下痕迹的一个原因? 我们于此更不得而知。可知而又与《全清词》辑佚相关的是,岳峙与师友的交游唱酬词都未收入此集中,根据上述考论,可知其集外遗佚亦复不少。

五十、吴我炽等辑、吴士岐续辑《吴氏传家集》九卷

吴我炽、吴我烜辑,吴士岐续辑《吴氏传家集》九卷、卷末一卷,乾隆四十年(1775)清穆草堂刻本,今藏于国家图书馆、上海图书馆、厦门大学图书馆、中山大学图书馆等处。徐雁平《清代家集叙录》著录,《清代家集丛刊续编》据上海图书馆藏本影印。[①]

是书前有乾隆三十四年(1769)沈大成序、乾隆四十年吴珏序、乾隆四十年徐午序、乾隆二十四年(1759)吴我炽序、明嘉靖三年(1524)吕章序,及例言十一则;后有方成培跋。卷中版式半叶十行,行十九字,楷书上板。左右双边,白口,上鱼尾,版心镌集名、卷次、页码等。该书卷一至卷九收录吴氏诗文,卷末录词,凡吴镳《世墨楼乐府》(四十一阕)、吴诗成《撷芳园诗余》(八阕)、吴逸《古欢堂诗余》(十一阕)三种,附吴应铉《漱芳阁填词》(南曲一套)一种,卷末后附吴士岐题识:

> 录《传家集》竟,复检遗编,得月溪公乐府一卷,吾友方兄岫云读而善之曰:"笔疏而致密,言短而韵长,亦俚亦雅,非入元人窔奥而哜其胾者不能也。"因为遴其尤者若干首,又出家梅坨侄《春闺曲》见示。梅坨下世近二十年矣,而方兄珍弆,楮墨若新。故人之情,有足感者,遂录附于集后。蓉村、莞亭两先生诗余不多,吉光片羽,弃之可惜,因并存之。士岐识。

方成培,号岫云词逸。梅坨,即吴应铉。月溪公即吴镳,此书卷四录其诗,并附传:"吴镳,字希声,号月溪,草堂公伯子。工诗画书法,举乡饮宾,常邀游江湖。在常,入瞿司马鸥盟社,及吕柱史龙山文会,又与秦东皋九老会;在

[①] 徐雁平《清代家集叙录》,第1319—1322页。徐雁平主编《清代家集丛刊续编》,第76册,第233—694页。

吴，则交祝京兆、唐解元。中年归养，扬扢风雅，编《吴氏世集》以诏后人。著有《月溪诗集》十五卷、《诗余乐府》五卷。"吴镇生卒未详，但可断定是明代人，与祝枝山、唐寅等游从。本书所收其《世墨楼乐府》，经过方成培的遴选，凡四十一阕，《全明词》《全明词补编》皆未收录，可据补遗。

蓉村先生为吴诗成，《吴氏传家集》卷六录其诗，并附其小传："吴诗成，字协一，号蓉村。邑庠生。以诸生从军，议叙候选通判。善诗词，侨居芜湖。著有《撷芳园诗草》及《蓉村集》。"其诗中有《青溪述事用周栎园先生韵》，周栎园，即周亮工，有《舟中与胡元润谈秦淮盛时事次韵四首》，其第三首即吴诗成所次韵者。[①] 可知吴诗成当为清初顺治、康熙年间人。

《吴氏传家集》收录吴诗成《撷芳园诗余》凡八阕：《洞仙歌·猿声》《玲珑四犯·鸠声》《念奴娇·鸡声》《台城路·雁声》，及《满江红·金陵杂咏》四阕。《全清词·顺康卷》及补编未录其词，可据补遗。试看《台城路·雁声》：

> 一天露湿秋云冷，何处数声凄绝。散入商飙，响流远浦，几点残星明灭。关山难越。听嘹唳呼群，断行重接。有客凭栏，闲愁惹起万千叠。　底事惊飞不歇。比倚楼横笛，更饶呜咽。岸积莓苔，波漂菰米，莫叹稻粱终缺。芦花似雪。宛一幅潇湘，画图无别。助汝悲凉，江枫初落叶。

上阕状物，下阕运典，皆能贴切雁声，全词又贯穿旁观者视角，绘景如画，摹声似听，词情、画意、雁声涵容合一，堪称佳作。

莞亭先生为吴逸，其诗亦收入《吴氏传家集》卷六，并附小传："吴逸，字疏林，号莞亭。幼失怙恃，家贫落拓，而天性敏悟，好学能诗，山水人物，尤擅名一时，著有《饰闲集》。"《(民国)歙县志》载录吴逸曾参与修撰《(康熙)歙县志》："吴逸，字疏林，向杲人。工山水，仿各家皆妙；善仕女。康熙邑志诸图，

---

① 周亮工《赖古堂集》卷九，康熙十四年(1675)周在浚刻本，第 5b—6b 页。

皆其手绘。"①可知其亦为康熙时人。《吴氏传家集》收录吴逸《古欢堂诗余》，凡十一阕，起《江南好·题画》，迄《沁园春·方二如就试广陵，词以壮之》，皆未为《全清词·顺康卷》及补编收录，可据补遗。试看其《满江红·泛舟红桥，用岳忠武韵》：

十里荷蕖，风搅动、乱香难歇。疏柳外、红拖返照，蝉声凄烈。玉箸按调金缕曲，兰桡归趁银塘月。绤衣凉，客里又惊秋，乡思切。　花下藕，佳人雪。尘世事，空花灭。看一轮清影，明朝便缺。肠不九回全藕酒，马能千里终流血。笑何为、仆仆梦京华，瞻双阙。

明季清初，步岳飞《满江红》韵者众多，此阕亦和其韵，以激越之词，仅咏落拓不得之意，且辞语平浅，颇为可惜。

五十一、顾彬《古照堂词钞》一卷

顾彬《古照堂词钞》一卷，附其《古照堂诗钞》一卷后，今存乾隆九年（1744）家刻本，国家图书馆、常熟图书馆有藏。《清人诗文集总目提要》、《江苏艺文志》著录。②

顾彬，字武若，号宁野，一作宁埜，江苏常熟人。康熙三十六年（1697）补诸生。两荐不售，绝意进取。工诗，与王应奎唱和。③

王应奎是顾彬的知交好友，其诗文集《柳南诗钞》、《柳南文钞》中保留了较多与顾彬交游唱酬的信息。顾彬身后，王应奎为其诗钞、词钞分别撰序，④

---

① 许承尧纂《（民国）歙县志》卷一〇，民国二十六年（1937）铅印本，第21a—21b页。
② 柯愈春《清人诗文集总目提要》，第501页。江庆柏主编《江苏艺文志·苏州卷》，第4568页。
③ 江庆柏主编《江苏艺文志·苏州卷》，第4557页。
④ 王应奎《古照堂诗钞序》、《古照堂词钞序》，《柳南文钞》卷一，乾隆刻本，第19a—20b页。

其诗序谓:"余居江村,尝与三四素心人联为吟社,而我宁野顾先生实居其一。"①王应奎与顾彬所联的诗社当为菊社:"吾友顾先生宁埜,才高,为诸生,有声。既不遇,乃托于种菊以寄其无聊之思,其人亦淡如菊也。君故能诗,虽不饮,喜为酒以醉客。今岁菊开时,君治具,召同志数人,联吟社,余与焉。前此诸君与余问菊有诗、访菊有诗,至是赏菊又有诗,倡必酬,和必叠,往复不已,甚乐,亦最韵也。"②

顾彬生年的准确信息,可从王应奎诗作中考得。王应奎《柳南诗钞》为分体编年诗集,其卷五有《宁野六十》七律二首,排在《己酉除夕分韵》、《庚戌元旦分韵》之前,可知作于雍正七年己酉(1729),是年顾彬六十岁,则其生年,当为康熙九年庚戌(1670)。又,《宁野六十》第一首谓:"生比江潮先七日,人如海鹤在三山。"第二首谓:"衮衮诸公仍道路,(自注:是时方值省试。)闲闲桑者自丘园。"③民俗以夏历八月十八日为潮神生日,则顾彬生日,当在八月十一日;又考雍正七年(1729),清廷行己酉科乡试,此科顾彬当并未参与,而乡试例行于八月中旬,正可与第一首诗参看。

顾彬的卒年,则可以从《古照堂诗词钞》卷首王应奎、陈祖范诸序中推知。陈祖范序谓:"兹忽睹武若诗词新镌成帙,将流布于人间。诚不胜畅然于怀,而为之序。……诗词俱经东溆论定,不负后死者之责。其嗣荆山、上玉辈急表先制,力谋付梓,亦可谓有后也已。时乾隆甲子孟冬月同学陈祖范撰。"乾隆甲子,即乾隆九年(1744);东溆,即王应奎。乾隆九年时,《古照堂诗词钞》已经刻成,且顾彬已前卒。在选辑、刻行该书过程中,王应奎出力甚大,并曾先为顾彬定其词集,王应奎《古照堂词序》谓:"自去秋(武若)奄化,所著词,余即加诠拣,掇其英篇,趣付剞氏。"嗣后又为顾彬定其诗集,王应奎《古照堂诗序》谓:"宁野既没之四年,嗣君荆山、上玉辈,将开遗集以问世。"又《古照堂词钞》卷末唐鳌《跋》谓:"先生道山之游,已阅四载矣。"味其语意,

---

① 王应奎《古照堂诗钞序》,《柳南文钞》卷一,第19a页。
② 王应奎《菊社倡和诗序》,《柳南文钞》卷二,第23a—b页。
③ 王应奎《柳南诗钞》卷五,乾隆刻本,第1a—b页。

乾隆九年《古照堂诗词钞》刻成之际为顾彬没后四年,则顾彬之卒,当在乾隆六年(1741)秋。

《古照堂词钞》凡三十叶,半叶九行,行十八字,四周黑框,左右双框,双鱼尾,黑口。是书录词,起《如梦令·芰竹》,迄《多丽·庚寅春日同嘉禾弟从北门至兴福寺,登拂水岩,遍游钱瞿诸园而归,词以纪事》,共录词八十四调九十一阕,并附载王应奎词三阕。词作可编年者,如《临江仙·甲戌除夕》作于康熙三十三年(1694),《贺新凉·辛亥四月九日三谷招集草堂,赏紫藤,分得"绿"字》作于雍正九年(1731),又末首《多丽》作于康熙四十九年(1710)。

顾彬一生科第未显,交游亦不广阔,其词题材较为逼仄。陈祖范序谓:"武若初求遇合于时,专攻经义;晚乃寄情联绝,并及诗余小令。所作大抵温和酝藉,似其为人。每于对酒当花,登山临水,良朋离合,古迹苍茫,有感必申,情来斯会。"而顾彬之词,尚多袭晚明余风,每于调下详细注明"第＊体",其词风亦承明季,或香艳婉约,或粗疏豪放,正如王应奎序中所谓:"词审诸调,亦相其题。其题为弄花嘲雪、颂酒赓色,则绸缪婉恋,乃称当行;其题为燕市吴宫、晋丘汉垒,则傲兀悲壮,斯为本色。"顾彬词兼具二体,与王应奎的主张正可参照。除了墨守明季余习,顾彬词中,亦稍稍能见出康熙初年以来词坛风气,如其《贺新郎·拂水山庄感旧和陈检讨韵》即和陈维崧韵。

五十二、苏汝院《学山近草》四卷

苏汝院《学山近草》四卷,乾隆二十五年(1760)刻本,南开大学图书馆藏。《清人诗文集总目提要》、《清人别集总目》著录,[1]《南开大学图书馆藏稀见清人别集丛刊》据以影印[2]。

根据《南开大学图书馆藏稀见清人别集丛刊》影印本卷首提要:苏汝院,字涵万,安徽仙源人,贡生。生于康熙二十五年(1686),乾隆二十五年

---

[1] 柯愈春《清人诗文集总目提要》,第581页。李灵年、杨忠《清人别集总目》,第678页。
[2] 南开大学图书馆编《南开大学图书馆藏稀见清人别集丛刊》,桂林:广西师范大学出版社,2010年版,第10册,第325—569页;第11册,第1—192页。

(1760)苏汝院七十五岁时,在师友帮助下刻行此书,是时犹在世,则其卒当在乾隆二十六年(1761)以后。① 案仙源并非县名,苏汝院实为太平县(今属黄山市)人,因其属镇为太平县仙源镇,故自署仙源。其生平,亦可见于方志:"苏汝院,字涵万,贡生。好善乐施,村东北界泾邑险岭崎岖,行人病苦,捐赀修筑,成为坦夷。又倡修吉岭路,重建村口舞仙桥。善诗赋,著有《学山近草》,挖雅歌风,胥关名教。"②可知此人当是乡里乐善好施的一介老儒,没有科名、仕宦、勋绩。

《学山近草》半叶八行,行二十一字,无行格,行旁常标圈点、评语,左右双边,上下单边,版心镌书名、卷次、单鱼尾、页码、白口。其卷四后附诗余四叶,凡录词十六阕:《鹧鸪天·念旧》、《浣溪沙·秋景》、《蝶恋花·写恨》、《蝶恋花·春闺和云龙叔韵》、《红娘子·夏闺和韵》、《明月棹孤舟·秋闺和韵》、《系裙腰·冬闺和韵》、《凤栖梧·戏赠惧内娶妾》、《杏花天·落梅》、《阮郎归·春日晓行》、《桃源忆故人·送友》、《蝴蝶儿·惜花春早起》、《更漏子·爱月夜眠迟》、《浣溪沙·崔烈女》、《少年游·复游宝峰》、《长相思·元旦》。《全清词·雍乾卷》未录此人及其词,可据以补遗。

《学山近草》卷首有乾隆二十五年(1760)裘曰修序、乾隆二十一年(1756)赵知希序、乾隆二十五年孙桂序、乾隆二十四年(1759)苏清芳题词,皆赞赏有加。裘曰修序谓:"涵翁先生,眉山嫡系,其诗不名一格,而纵恣喷薄。如水银泻地,百孔都入;如长江大河,一泻千里。殆信乎坡公之后身矣。然其取材博,效法广,自汉魏六朝以下,一一含咀而酝酿之,绝无门户之见横塞胸臆间。又居近池、歙,天都之高,秋浦之长,皆足以涤神明而开襟思,固宜其所就之至于是也。"孙桂序谓:"涵翁先生素以八股名家,而性情与诗最近。每一诗出,辄脍炙人口,盖自其少时而已然。家世仙源,左黄山而右九华,日与其友手挥目送,而潇洒以见志者,亦诗中画也。"皆嫌过誉。事实上,苏汝院诗"题材多游览登临、抒怀赋物、缘时写事、拈题分韵、酬唱联句。尤

---

① 南开大学图书馆编《南开大学图书馆藏稀见清人别集丛刊》,第10册,第321—322页。
② 孔传薪纂《(嘉庆)太平县志》卷七,嘉庆十四年(1809)刻本,第52b页。

以登临游览之作居多。"①他学识不精，眼界未高，所为诗，多颂世教化、知足常乐、格物体道之语，颇贴近其村学究之身份。

苏汝院词，亦较为浅显，所作皆小令、中调，题目多念旧、写恨、春景、夏闺之类，可见其受《草堂诗余》之影响当较深，其词多就事论事，言尽而无余意，如其《明月棹孤舟·秋闺和韵》：

> 望断飞鸿人去杳。空回首、桂花催老。野外凄凉，砧声乱捣，惊起树头栖鸟。　怎那离多欢娱少。听不尽、坠梧轻小。半榻秋风，一琴夕照，都是相思短操。

苏汝院对于词坛动向应该是缺少了解的，其追随的，是很久以前即被词坛主流批判并已扬弃的词学倾向。《草堂诗余》在清代中期因之前朱彝尊的摈弃而备受冷落，不意在苏汝院这里却仍受瞩目。当然，闭门造车，出就古辙，这可能也是处在词坛边缘的绝大多数普通词人的共同征象。

五十三、鲍钦《小簇园续编》二卷

鲍钦《小簇园续编》二卷，乾隆间刻本，国家图书馆藏。《清人别集总目》、《清人诗文集总目提要》著录。②

鲍钦，字冠亭，一字西冈，又字安之，号辛浦，一作辛圃，又号梦崦居士，晚号待翁，原籍山西应州（今应县），汉军正红旗人。清崇德朝大学士鲍承先曾孙。康熙二十九年（1690）生。康熙五十四年（1715），以贡生授浙江长兴知县。凡三知长兴，久淹不调。乾隆七年（1742），始移知嘉兴、海宁，后擢杭州海防草塘通判。为人清真澹荡，于任百事修举，部民雅诵。喜与士人投分

---

① 苏汝院《学山近草》卷首提要，南开大学图书馆编《南开大学图书馆藏稀见清人别集丛刊》，第10册，第323页。
② 李灵年、杨忠《清人别集总目》，第2325—2326页。柯愈春《清人诗文集总目提要》，第522页。

者交，笃于终始之谊。生平嗜诗，几惹上官怒。其诗宗王士禛，丰赡流丽，自然合度。卒于乾隆十三年(1748)。① 著有《道腴堂诗编》三十卷、《道腴堂诗录》六卷、《道腴堂杂录》八卷、《俊逸亭新编》一卷、《小簌园新编》一卷、《小簌园续编》二卷、《道腴堂胜录》一卷、《道腴堂杂著》一卷、《雪泥鸿爪录》四卷、《禅勺》一卷等，今存乾隆间刻本。②

《小簌园续编》楷书上板，半叶十一行，行二十一字，四周单边，版心镌单鱼尾、书名、页码、白口。此书诗词混列，凡载词七阕：《浣溪沙·六月二十夜作》、《忆秦娥·立秋》、《浣溪沙·观车水悯农》、《浣溪沙·即事二首》、《菩萨蛮·秋晚二首》。③ 诸词皆未载于《全清词·雍乾卷》，可补遗。

鲍钤诗词集，基本编年为序，《道腴堂诗编》以后诸集，更是"不耐类从，汇笔于册"④，《小簌园续编》所载诸词前为古文《佛川寺碑》，文末署："乾隆三年六月鲍钤记。"则诸词，当皆作于乾隆三年(1738)夏秋间。

鲍钤词未多作，仅存数阕，多是时令闲情之咏，风格雅澹自然。其《浣溪沙·即事二首》步王士禛红桥倡和词韵，亦可见其师法。而其《浣溪沙·观车水悯农》则可见其民生之叹：

　　一桁骈肩自关哗。鸦鸦轧轧踏翻车。粗麻犊鼻胜轻纱。
　　唧㗐溪头当日午，芦帘蚕箔打头遮。由来作苦是田家。

五十四、张昕《江萍集诗余》一卷

张昕《江萍集诗余》一卷，附其《有音集》、《静缘集》各一卷后，合为《张锦

---

① 全祖望《杭州海防草塘通判辛浦鲍君墓志铭》，《鲒埼亭集》卷一九，嘉庆九年(1804)史梦蛟刻本，第12a—14b页。周学濬纂《(同治)长兴县志》，同治修光绪增补本，卷一九，第32b—34a页；卷二二，第30b—31b页。石中玉纂《(光绪)嘉兴县志》卷一八，光绪三十四年(1908)刊本，第22b页。
② 《清代诗文集汇编》(上海：上海古籍出版社，2010年版)第267、799册影印。
③ 鲍钤《小簌园续编》卷一，《清代诗文集汇编》，第799册，第226—228页。
④ 鲍钤《题识》，《道腴堂杂编》卷首，《清代诗文集汇编》，第799册，第99页。

川集》，清代刻本，是书未为《清人诗文集总目提要》《清人别集总目》《清词别集知见目录汇编》著录；《江苏艺文志》虽著录之，但标明"佚"。《常熟文库》据以影印。①

张昕，字锦川，江苏常熟人。雍正、乾隆间人。

张昕生平，仅可由其作品考之。《静缘集》中有七律《闰九日》一首，其自注谓："明人有'重阳无客不思家'句。"着一"明"字，可知张昕当为清人。考之清代闰九月，仅乾隆二年（1737）、乾隆二十一年（1756）、道光十二年（1832）。而《静缘集》为张昕"戊午至乙丑"之诗，戊午为乾隆三年（1738），乙丑为乾隆十年（1745），则此《闰九日》当为咏乾隆二年之闰重阳，其余乾隆二十一年、道光十二年，皆与干支纪年之"戊午至乙丑"悬隔。《静缘集》又有《戊午除夕》《己未元旦》二诗，前者有句："最怜过此夜，四十已平头。"后者有句："四十今朝是，身闲得自由。"以是知张昕于乾隆四年己未（1739）正好四十岁，则其生年，当在康熙三十九年（1700）。

而《有音集》，则是张昕"己亥至戊申"之所作。己亥为康熙五十八年（1719），张昕时年二十岁，该集当为其少作。

《江萍集诗余》版式与《有音集》《静缘集》同：上下单栏，左右双栏，半叶十行，行二十字，版心黑口，镌单鱼尾、集名、页码。《江萍集诗余》仅二叶，收词共五阕：《多丽·追和成紫岚〈玉楼春·牡丹花〉》《沁园春·题赠紫岚词稿》《沁园春·依韵奉酬胡孝廉宿海》《沁园春·三叠韵遣怀》《沁园春·重阳前登高写怀》。张昕其人其词，《全清词·雍乾卷》皆未收录，可补遗。

张昕词，其量略少，且后四首为叠韵词，又多涉交游，可见其于词一道略不经意，只是偶尔为之。试看其《沁园春·题赠紫岚词稿》：

能柳能秦，飘飘春蝶，逸逸秋鹰。更大江水涌，波涛万顷，名园花发，红紫千层。圆探骊珠，润衔凤玉，明则高标暗室灯。想当日，将才华倾动，风雅担承。　未尝九聘三征，只一领青衫白发增。付

---

① 江庆柏主编《江苏艺文志·苏州卷》，第4739页。《常熟文库》，第82册，第483—507页。

> 有限光阴,舌耕经史,何穷事业,心织缥绫。偶托浮萍,得观遗藻,夙昔因缘和自应。歌成矣,且不胜太息,文字无凭。

成紫岚,即成沄,江苏江浦(今属南京市)人。"成沄,字紫岚(一作澜),诸生。工诗词,客游公卿间,与桐城宋潜虚、上元戴瀚、同邑刘岩相角逐,名噪都下。年甫三十卒。"[1]著有《月来堂词稿》。[2] 张昕此首《沁园春》,上阕涉及对成沄词风及成就的评价,下阕则寄寓对其怀才不遇的遗憾及同情。阕终正所谓感慨千般,惟余浩叹,于张昕而言,亦是伤心人同此怀抱矣。

张昕在《有音集自序》中说:"物皆有音而各为音,下不能高,疾不能徐,浊不能清,盖性然也。……余诗非盛世元音也,非山水清音也,非忠厚遗音、悠扬好音也,非金石丝竹匏土草木可列八音也,非宫商角徵羽克配五音也,虽有音如无音焉。然有字有句,何得竟谓无音,但不必有而有之,正如草虿之音、瓦缶之音,亦曰:'音耳。音耳。'持以示人,宜为不入耳之音哉。"援此成例,张昕虽于词不甚在意,但其词虽少,或亦可为一家之音矣。

五十五、汤懋统《青坪词稿》一卷

汤懋统《青坪词稿》一卷,附《青坪诗稿》二卷后,乾隆刻本,今藏于国家图书馆。《清人诗文集总目提要》、《清人别集总目》、《清词别集知见目录汇编》著录,《清代诗文集珍本丛刊》据以影印。[3]

《青坪诗稿》前有潘乙震序、汤懋纲序,共三叶;其后为《青坪诗稿》二卷,共五十二叶;再后为《青坪词稿》,前有沙伟业序一叶,词稿共七叶。是书半叶九行,行十九字,书中行款间常见抬头格;楷书上版,字画精善,句旁每见

---

[1] 侯宗海、夏锡宝纂《(光绪)江浦埤乘》卷二六,光绪十三年(1887)刻本,第13b—14a页。
[2] 侯宗海、夏锡宝纂《(光绪)江浦埤乘》卷三五,第24b—25a页。
[3] 柯愈春《清人诗文集总目提要》,第605页。李灵年、杨忠《清人别集总目》,第582页。吴熊和、严迪昌、林玫仪《清词别集知见目录汇编》,第79页。陈红彦等主编《清代诗文集珍本丛刊》,第211册,第1—130页。

圈点，其圈点者则为"朱子草衣、王子非隐"（见汤懋纲序），草衣即朱卉，非隐即王梦鲸。上下单栏，左右双栏，版心镌书名、上鱼尾、页码、白口。

汤懋统生平，《清人诗文集总目提要》谓："生年不详，卒于雍正十三年（1735）。字建三，号青坪，安徽巢县人。懋纲弟。年十五补博士弟子员，十九官颍州训导，改广西迁江知县。居官二年卒。"诸书多从之。按，巢县今为安徽巢湖市，迁江今属广西来宾市。汤懋统卒年较明确，见于《青坪诗稿》汤懋纲序："乙卯春，迁江以青坪讣闻。"乙卯即雍正十三年（1735），汤懋统卒于是年春。其生年，则可考订。《青坪诗稿》潘乙震序："（汤懋统）既冠，司铎颍川，诸生服其教诲如老宿。"其中颍川为颍州之误，据《（乾隆）颍州府志》，汤懋统以贡生任颍州训导，时在康熙六十年（1721），[①]然其《丁未十月秩满去颍留别诸同学》（《青坪诗稿》卷上）有句："五载官虽冷。"可知他在颍州训导任上共五年，丁未为雍正五年（1727），则其实际就任时间当为雍正元年（1723），以是时其年二十计，则其生，当在康熙四十三年（1704）。计其生卒，其享寿当为三十二岁。

汤懋统与长兄汤懋纲以及汤懋绅等两弟于一家之内唱和联吟，颇多创作，其后宦游途中，观览江山之胜，亦多有所作。《青坪诗稿》所收诗作以编年序列，约起自雍正四年（1726），至雍正十二年（1734）。《青坪词稿》创作时间大致与诗稿相同，所收词共二十一阕，如次：《满江红·书归》《柳梢青·送春》二阕，《沁园春·对酒》《满江红·寒柳》《风流子·拟村居》《沁园春·题逃禅图》《满江红·予与大兄各置小室，落成》《百字令·寄怀沙元长》《春光好·庚戌元日村庄即事》三阕，《踏莎行·春日郊行》《上林春·新霁》《深深庭院·对雨》《钓船笛·午倦》《金缕曲·泛舟》《荆州亭·不寐》《荆州亭·记梦》《卖花声·束程玉山，时斋中木香盛开，索饮》二阕。其中，编年词仅有《春光好·庚戌元日村庄即事》，作于雍正八年（1730）。汤懋统年命不永，而其诗词创作基本在雍正年间，故应补入《全清词·雍乾卷》。

[①] 王敛福《（乾隆）颍州府志》卷五，乾隆十七年（1752）刻本，第126a页。

《青坪词稿》卷首骈文序谓：

> 振古妙年，讵无藻思。然公瑾顾曲，不闻一阕之传；长吉呕心，未见小令之著。良以体有难兼，因之才艰并到。汤子青坪，少筑诗城，闶卢骆王杨之座；长登词苑，夺关高辛柳之标。以故残月晓风，频传好句；红牙铁绰，雅擅高情。顾兰始苗芽，偏值封姨之妒；月初生魄，早来妖蟆之残。仅存咳唾之余芬，即是吉光之片羽。爰为点定，用质知音。必有人焉，哀斯逝者。濡水镜亭沙伟业书。

序中对汤懋统的才华予以褒扬，对其年寿短促而未尽其才则寄予了极大的同情。不过，汤懋统词却未能登上品，其遣词造语较为平直浅白，所咏诸题，亦多程式化之作。如其《风流子·拟村居》：

> 尘劳何扰扰，黄昏后、灯火闭门迟。我痴甚长康，懒同叔夜，杜陵褊性，只合幽栖。卜居处、却须围翠巘，还要枕清溪。鸥鸟行中，一船明月，松筠影里，半阁斜晖。 思量谋生易。田园但数亩，耕凿都宜。最喜春醅香永，社鼓声齐。并桃源渔父，不妨呼取，烂柯樵客，并可招携。城市偶然回首，往事应非。

词中虚词较多，"只合"、"却须"、"还要"、"但"、"都"、"并"等，使得本词直如散文，但词中运典妥切，能反映作者之精神风貌，亦已是汤懋统诸词中的上乘之作了。

五十六、王宬《容斋诗余》一卷

王宬《容斋诗余》一卷，附其《容斋廑存集》二卷后，今存民国五年（1916）王保谦钞本，藏于南京图书馆。是书未为《清人别集总目》、《清人诗文集总目提要》、《清词别集知见目录汇编》、《江苏艺文志》等书著录。

《容斋庼存集》一函一册，内页为"溪山深处"方格稿纸，四周双边，半叶十行，行二十一字，版心白口，上鱼尾，象鼻下端镌楷体"溪山深处"字样。《容斋诗余》附于诗集后，仅二叶。

《容斋庼存集》为王宬后裔王保谳钞辑而成，书末有其跋语：

> 先六世祖庐州公所著《容斋诗文全集》，乱后失传，庼在人间者，《娄水琴人集》古近体五十四首、《娄水文征》书跋三篇，今二书亦不数数觏。吾父深恐此后欲求吉光片羽而不可得，命小子辑录之，益以《娄东诗派》二首、《南园风雅》五首、墨迹一首，暨《南园风雅跋》、墓志铭二，凡诗六十二首、文六篇，订为上下二卷。又掇拾诗余四阕，附于后。《诗派》称著有《师吾堂稿》，《琴人集》作《拈花居士诗钞》。今从家乘及州志，题曰《容斋庼存集》。康雍间，吾家稷亭太史、小山太守昆弟，主诗文坛坫，名最盛，号泾东诗派。公稍晚出，于两公为从孙，特见赏，称泾东后劲，而与沈敬亭先生论诗未合，固各有所见。先公恐学者流于空疏浅薄，而欲从西昆以追少陵也。《诗派》谓公诗近温李，晚宗王孟，盖由功力深到，而返之于平淡自然者矣。念自吾公遭际盛明，以翰苑起家，为二千石，至家君五世，或登科第，或膺封赠，可谓世受国恩。不幸天崩地坼，家国含悲，后嗣子孙，所以式先训而慰祖宗者，又岂独保存遗著乎哉？丙辰冬十一月，晜孙保谳谨识。

丙辰即民国五年（1916），王保谳秉承清室遗民立场，于民国颇多诋斥，自是当时客观实际使然。跋中王保谳历叙王宬诗文辑佚之来源，兼及诗坛公案及诗文评价，唯独未及其词，且该书所辑王宬《容斋诗余》，并非四阕，而是五阕：《黄莺儿·题朱海峰先生遗照》、《满江红·题钮半村小照，次徐大参韵》、《望湘人·道士矶。矶前为铁舌子，矶形如舌，横偃水上，急流不得度，相传有道士拔剑斫去，至今舌痕尚在，客舟始安》、《沁园春》（带发头陀）、《瑶花·题苏餐霞客游诗稿》。王宬其人其词，皆未为《全清词·雍乾卷》收录，可据补遗。

是书卷首还辑录了《镇洋县志·人物传》、《庐州府志·名宦传》、《太原世次事略》、《娄东诗派》、《娄水琴人集》所载的王宬传记,参酌诸传,可以知悉王宬生平。王宬,字辑青,号容斋,又号拈花,江苏镇洋(今属太仓市)人。时儁孙,拱子,宾弟,汪学金外祖。少工诗,为从祖王时翔、王时宪所赏,为泾东诗社翘楚,与王嵩、王安国、徐庚及兄王宾号"城南五子"。雍正九年(1731)举人。乾隆七年(1742)进士。授兵部职方司主事,迁武选司员外郎,充会典馆纂修。与邵齐焘、郑虎文等唱酬,受知于钱陈群。十四年(1749),补郎中。十五年(1750),外放云南学政,加翰林院检讨,所为诗,益为雄放。十七年(1752),调任四川,振拔孤寒,士风为之兴起。入都朝觐,士子绘《西川视学图》送别。复外放安徽庐州知府,以包拯"清心为治本"句颜于室以自警,政务简静慈祥。三十二年(1767),引疾归,宦囊萧然。家居凡二十年,举贴茅诗会,奖掖后进。卒年八十三。诗近温庭筠、李商隐,晚宗王维、孟浩然。

这些传中叙述的王宬生平已较为详细,美中不足的是没有记载其生卒的准确年份。南京图书馆藏《娄东太原王氏家谱图》一册,其中夹注载王宬卒于乾隆五十一年(1786),据其享寿八十三计,则其生年当为康熙四十三年(1704)。①

王宬不以词闻名,王保谵所辑,亦仅止五阕,其中《望湘人·道士矶》尚有较多缺字,《黄莺儿》、《满江红》则为题像词,《瑶花》为诗文集题词,俱涉交游。是故五词中,能反映王宬生平及其心态者,只有《沁园春》:

> 带发头陀,行脚天涯,疲矣津梁。几番燕市,尘沙齐鲁,频年粤峤,烟雨衡湘。也直兰台,叨题药院,虮虱曾陪鹓鹭行。流光逝,恰劳劳半百,底事匆忙。　而今历遍穷荒。笑天地、原来有尽藏。乍

---

① 祁宁锋《小山词社研究》,南京大学2011年硕士论文,第15页。承南京图书馆张小仲研究员代为检核资料,谨此致谢。

金沙东渡,蛮巢瘴窟,澜沧西转,鸟道羊肠。一担琴书,半肩霜雪,孤负拈花旧道场。问何处、尚余檐卜,味与钵花香。

是词为王宬自道其生平经历之作,味其词意,应作于五十岁时,词中对自己为官中朝,及乾隆十五年(1750)后,外放滇、川等事叙述颇为详细,阕末有归隐之意,似乎预示了他数年后求仁得仁式的以病辞官归里。

五十七、朱令昭《冰壑诗余》一卷

朱令昭《冰壑诗余》一卷,附《冰壑集》六卷后,乾隆二十八年(1763)刻《其顺堂三世遗诗》本,今藏于中国科学院图书馆。此书是徐世昌《晚晴簃诗汇》选录底本,书内夹有签条一张,凡四行:"冰壑集/朱令昭著/一本/晚晴簃选诗社。"签条上另钤朱红戳记四枚,依次是"康"、"选"、"钞"、"校",应分别指此书作者主要生活于康熙年间、《晚晴簃诗汇》已选录、已钞毕、已校对等项。①《清人诗文集总目提要》、《清人别集总目》著录,《清代家集叙录》则著录上海图书馆藏《其顺堂三世遗诗》,②《清代家集丛刊续编》即据上海图书馆藏本影印。③所谓"三世",指该家集另收录朱令昭父朱纬《蒙村集》六卷、朱令昭子朱倬《遯斋稿》二卷。

《冰壑诗余》版式:上下单栏、左右双栏,版心自上而下依次镌"冰壑集"、上鱼尾、"诗余"、页码,白口。凡十七叶,共录词五十一阕:《长相思》(醉扬州)、《菩萨蛮·晓寒》、《菩萨蛮·函山道中》、《忆秦娥》(龙香散)、《鹧鸪天》(莫讶今宵)、《临江仙·别意》、《蝶恋花·新竹》、《蝶恋花·送人》、《渔家傲·村居》、《锦缠道·送秋》、《天仙子·听钱女琵琶》、《江神子·秋事》、《祝

---

① 《晚晴簃诗汇》选朱令昭诗二首:《春夜对月》、《瓜步》。著录其小传:"字次公,号漆园,别号维摩居士,历城人。贡生。有《冰壑诗集》。"见徐世昌《晚晴簃诗汇》卷六三,北京:中华书局,1990年版,第2601页。
② 柯愈春《清人诗文集总目提要》,第560页。李灵年、杨忠《清人别集总目》,第426页。徐雁平《清代家集叙录》,第915页。
③ 徐雁平主编《清代家集丛刊续编》,第9册,第311—486页。

英台近·秋末游函山》、《最高楼》(凭阑久)、《蓦山溪·送陆受天南旋》、《探芳信·望春》、《满江红》(何必逃名)、《满江红·五更》、《满江红·赠王公舒》、《满江红·时去》、《燕山亭·送人》、《百字令·赏桂花》、《百字令·早春游千佛山》、《念奴娇·九日水明楼小酌》、《念奴娇·赠王朗山》、《珍珠帘·月夜题支秋簿罢,命侍儿歌红叶新词》、《宴清都·阿滥》、《庆春宫·水仙》、《水龙吟·过江》、《雨淋铃》(酒阑时节)、《绮罗香·桂花今秋特盛,适清长老自峨嵋来访,因留夜话》、《还京乐·送青雷北上》、《永遇乐·寄人》、《永遇乐·寄答》、《望远行·重阳前一日,客邀千佛山登高,余意在水明楼置酒》、《风流子·五月十一日早起题壁》、《沁园春·题法阊斋小照》、《沁园春·牧牛词》、《沁园春·述怀二首》、《沁园春·看剑》、《轮台子·雨中赏花》、《贺新郎·重阳遇雨》、《贺新郎·独醉》、《贺新郎·鹰》、《金明池·水仙》、《金明池·蛙》、《绿头鸭·早春游千佛山》、《画屏秋色·九月初七日大涧看红叶》、《十二时·赏菊同公舒》、《玉女摇仙佩》(千秋壮气)。

《全清词·雍乾卷》已据《冰壑词选》收录朱令昭词七阕,[①]其中《金明池·蛙》、《贺新郎·鹰》亦见于《冰壑诗余》,而《凤凰台上忆吹箫·东楼和李清照离别韵》、《二郎神·蝉》、《南浦·剥蟹》、《瑞鹤仙·名花》、《㜩人娇·得金陵顾婉儿书》则为《冰壑诗余》所未收,可知《冰壑诗余》其余四十九阕皆可补《全清词·雍乾卷》之未备。

《冰壑词选》,今存清代峼湖铸雪斋钞本,天津市图书馆藏,附于《冰壑诗选》后。是书卷首有《冰壑小传》,其后依次为《冰壑诗选》、《冰壑词选》。《冰壑词选》凡三叶,半叶十行,行二十字,上下单栏,左右双栏,版心粗黑口、镌上鱼尾。

《冰壑小传》谓:

> 朱令昭,字次公,别号泉南冰壑,济南世家也。家居柳絮泉上,名萧寒郡斋,楼下有圃,邻第一泉头。可以俯南山,临清流,旷览一

---

① 张宏生《全清词·雍乾卷》,第3204—3206页。

切,踞城西南胜概。次公才情横溢,博物溢闻,颇工吟咏,善绘事,仿青藤笔法。然僻男宠,嬖优僮福儿,家业中落,弗惜也。与同郡高藩公子善,甲子春,相将入闽。以不靖故,几为督抚所罗。仓惶北返,途次又不检,抵家,抑郁而死,年才四十一也。次公具不羁才,惜不趋于正,故名不出于间阎、品不埒于侪行。然其才学,实为济上祭酒,近安德宋太史仲良选其诗五十首入《山左诗集》,亦可为有才者励也。练塘老人撰。

练塘老人即张希杰,以钞辑蒲松龄《聊斋志异》而闻名,其所钞即著名的铸雪斋抄本《聊斋志异》。①《冰壑诗选》卷首钤有"张希杰印"、"汉张"、"练塘"、"东西珍藏"、"天香书屋"、"希杰行二"、"张汉张图书"、"铸雪斋"等张希杰的名印、闲章。《冰壑诗选》书名下,亦署"练塘张希杰汉张外集,男伦/昭仝校"字样。《冰壑词选》卷末则钤有"七桥诗人"、"枕流漱石",未知是否为张希杰闲章。是则《冰壑诗选》当是张希杰辑钞同人诗文词集而成"汉张外集"的一个部分。张希杰在小传中对朱令昭的隐私有所提及,对其癖性、才气都有明确的记录和评价,对其生卒年亦记载得较为详明,如以甲子年[乾隆九年(1744)]朱令昭归乡后即卒,且年四十一计,则朱令昭生年,至早为康熙四十三年(1704)。然《冰壑集》卷三另有《自闽中归来杂诗六首》,其六谓:"龙钟三十九,往事各星星。"是甲子年时朱令昭年方三十九岁,其卒当在乾隆十一年(1746),而其生则在康熙四十五年(1706)。

《冰壑小传》中提及的"宋太史仲良",即宋弼,字仲良,山东德州人,乾隆十年(1745)进士,官至甘肃按察使,编有《山左明诗钞》三十五卷。②《冰壑集》卷首有乾隆二十八年癸未(1763)宋弼序:"先生胸次超绝,于世故无所撄。居饶水竹,文酒跌宕,重交谊意气。……晚岁南游,揽撷江山之胜,归益肆力于诗古文词。……先生与南村相友善,书翰之工及绘画、篆刻皆并推一

---

① 蒲松龄著《铸雪斋抄本聊斋志异》,上海:上海古籍出版社,1979年版。
② 《清文献通考》卷二三八,《文渊阁四库全书》本。

时,而其所作奇丽恢诡,深沉雄放,亦略相伯仲。"南村,即高凤翰。宋弼序中朱令昭的形象,与张希杰记载的有较大不同,而与地方志中的颇相符合,地方志中,记载了朱令昭其他的信息,可补勘其生平细节:

> 令昭,字次公。生数岁,知声,偶为诗,自辟生奥,往往似李贺。倡柳庄社,与淄川张元、胶州高凤翰、义乌方起英辈为忘形交,余子不与轻接,人呼曰狂生。书法宗唐人,左右手皆能为画,亦有格。性通脱,不问有无。尝囊数千金游吴下,不一月立尽。乡人有为福建大吏者,招游,乃自挟资以往,赠遗无所受,曰:"吾此来,为啖荔枝、江瑶柱,无意作茂陵刘郎也。"归则家益落,而意气自如。由监生捐授州同职,卒年四十一。①

地方志此传后附注"朱攸选送",应来自家传。宋弼序中言及自己曾主讲于泺源书院,弟子朱倬,即朱令昭之子。倬、攸字旁相同,则二人或为兄弟行。此二传大体为尊者、为友者讳,与张希杰立场是有较大差异的。

朱令昭诗,《晚晴簃诗汇》以为"集中吊李于鳞七绝二首,颇致瓣香之意"②,认为朱令昭师法明代后七子之领袖李攀龙。诗指《冰蘗集》卷六《吊李于鳞墓二首》,其一有句:"一片寒山一抔土,瓣香来哭李沧溟。"

朱令昭词,则爽健开豁,雅近豪放。如咏竹:"野人才把樱桃送。绿玉森森,恰迸花砖缝。俨似军夫相斗勇。夜来风雨闻营哄。"(《蝶恋花·新竹》)如写黄昏风景:"凭阑久,野日已平西,岳翠远凄凄。一牛兀立松溪水,万鸦寒话麦田泥。"(《最高楼》)如咏桂花而生年华之感:"物态相巡,年华自省,镜里霜毛短。逢花不饮,看看老逼痴汉。"(《百字令·赏桂花》)如咏牧牛:"斑特何来,目光炯然,阔步东皋。冷清清林笛,风回紫叶,荒荒陇径,霜折红茅。犊子前奔,溪湾难渡,顾母长鸣水拍腰。堪谁画、有戴嵩韦偃,妙笔能操。"

---

① 李文藻撰《(乾隆)历城县志》卷四〇,乾隆三十六年(1771)刻本,第23b—24a页。
② 徐世昌《晚晴簃诗汇》卷六三,第2601页。

《沁园春·牧牛词》）如咏怀："千秋壮气，一点灵台，蹭蹬风云世路。贝叶香炉，莲花净业，急办英雄退步。那更无张主。叹风流一往，都无深趣。请细看、琼台绣户，尽属衰草寒烟荒土。何物最伤情，陇上牛羊，天边乌兔。"（《玉女摇仙佩》）或写生如绘，或设想出奇，或下语斩截，或凝想出尘，而时有郁勃之气充溢其间，其词与诗皆非凡手，无怪乎张希杰虽曝其私隐，斥其品行不端，然亦不禁盛赞其才。又如其《水龙吟·过江》：

　　大江浩浩汤汤，席帆一片吴门指。天开巴蜀，地冲湘汉，飞涛万里。木落南徐，云屯北固，江山如此。想曹公横槊，惊人诗句，对月把、楼船倚。　公瑾伯符安在，但空存、雄山莽水。南朝事业，龙蟠虎踞，金填粉委。满眼沧桑，沙埋断戟，鹚栖荒垒。笑无端、凭吊英雄，老泪直沉江底。

此词由渡江而悬想地理，由地理又渐进咏史，由咏史遂涉及成败，由成败而写尽眼前风物，最后归结为词人吊古之思、英雄之慨、沧桑之感。全词壮语盘空，笔法严密，而又层层递进，一丝不苟；末句爽然自失，而有余韵悠然之味。

五十八、张若霭《晴岚诗存》二卷

张若霭《晴岚诗存》二卷，清末张绍华刻本，今存国家图书馆、北京师范大学图书馆、复旦大学图书馆等处，《清人别集总目》、《清人诗文集总目提要》著录，①曾影印入《北京师范大学图书馆藏稀见清人别集丛刊》。②

张若霭生平仕履，《北京师范大学图书馆藏稀见清人别集丛刊》影印本卷首已有简单勾勒，更详细的记录则是其父张廷玉为之所撰行略，稍括略之，可得张若霭小传。

---

① 李灵年、杨忠《清人别集总目》，第1152页。柯愈春《清人诗文集总目提要》，第635页。
② 北京师范大学图书馆编《北京师范大学图书馆藏稀见清人别集丛刊》，桂林：广西师范大学出版社，2007年版，第9册，第624—679页。

张若霭,字景彩,号晴岚,安徽桐城人。大学士英孙,大学士廷玉长子。康熙五十二年(1713)九月九日生。雍正八年(1730),承袭一等阿达哈哈番。十年(1732),举顺天乡试。十一年(1733),举殿试一甲第三,以其父廷玉请"让于天下寒士",改为二甲第一。未散馆,特同一甲授翰林院编修,并在军机处行走。十三年(1735),以原衔署日讲起居注官。乾隆帝继位,恩授三等精奇尼哈番,入直南书房。乾隆元年(1736),实授日讲起居注官。二年(1737),升翰林院侍读,特命承袭三等伯爵。四年(1739),升侍读学士。五年(1740),丁母忧。七年(1742)服阕,仍为南书房行走。八年(1743),补原官,升通政使司右通政。十年(1745),特授内阁学士,兼礼部侍郎。生平兼善书画,侍直内廷,职司文翰,皆称旨。尝著《西清纪事》,可备史乘。十一年(1746),扈驾西巡,归途感疾,卒于是年十一月十七日,谥文僖。[①]

《晴岚诗存》隶书上版,半叶八行,行十六字,四周单边,版心粗黑口、双鱼尾,刻卷帙及页码。上卷分为《韺音集》、《藕香书屋稿》、《缊真阁稿》(凡上下二篇)、《佳梦轩集》等五个部分,下卷分为《瞻屺集》、《买闲集》、《半舫集》等三个部分。其中,《瞻屺集》有《奉敕题画册十二首》,[②]皆为词:《画堂春·堂上白头》、《珠帘卷·绿阴双燕》、《洞天春·春雨啼鸠》、《风光好·莲塘鱼翠》、《喜迁莺·夏木栖莺》、《应天长·绿水游鹅》、《睿恩新·芦滩集雁》、《喜朝天·山梁飞雉》、《减字木兰花·寒雀争梅》、《玉阑干·晓窗鹡鸰》、《占春芳·松阴卧鹤》。

张若霭年少才隽,少年即工为诗词书画,其父曾忆及:

> 八岁学为诗,咏《鸟声》云:"一枕梦初觉,满园花正开。"少宗伯弟亟称之。间学作画,已具笔法。十岁侍余于澄怀园,填小令写园中景物,颇近《花间》风致。余《即事》诗所云"可怜稚子学涂雅,也

[①] 详参张廷玉《冢子内阁学士兼礼部侍郎若霭行略》,《澄怀园文存》卷一五,乾隆间刻《澄怀园全集》本,第28a—39b页。
[②] 此组词实为十一阕,详后所附目。

赋新词纪物华"是也。①

弱冠登进士第后,张若霭一直在中朝为官,所历无外翰林、中书之职,加之其门第显要,除《彀音集》收录其少年所作外,所咏之诗亦无外乎应制、唱酬、庆寿、赠行之类。不过,虽然张若霭少年时即已作词,但《彀音集》中仅收诗,未收词,而其词所附之《瞻屺集》,其内容则主要为张若霭丁内艰期间及还朝后所作,"是年先太夫人见背,余生骨立。岂复昌诗?而《述哀》百韵,则祥后所成。血泪相和,以述母德,非寄情吟咏可比。或亦仁人君子怜而鉴者。壬戌十月服阕趋朝,马迹车尘,伏案搦管之时寡矣,因合三年并为一卷",壬戌为乾隆七年(1742)。《奉敕题画册十二首》排在《服阕既月余趋朝……》诗后,其创作当在乾隆七年(1742)冬间。

《奉敕题画册十二首》是应制题画词,据其题意,该画册所绘当皆为禽鸟小品,词题、词调往往关联,且基本依四季列序,遣词用语往往有台阁气息,佳者能得季节、物性之特别处,如《喜迁莺·夏木栖莺》:

薰风暖,逗林霏。睍睆叫金衣。荔枝红绽绿阴肥。长自惜芳菲。
簧百啭,歌千换。蹴得晓烟零乱。双柑斗酒听依稀,好向上林飞。

五十九、吴宽《拗莲词》二卷

吴宽《拗莲词》二卷,乾隆十八年(1753)刻本,上海图书馆藏,未见于《清人诗文集总目提要》等书著录。

吴宽,字禥芍,别字二匏,安徽歙县人。宁弟。约生于康熙五十七年(1718)。乾隆十六年(1751)南巡召试,入等,赏赉甚渥。乾隆十八年(1753)拔贡。乾隆二十二年(1757)复应召试,钦赐举人,仕为内阁中书舍人。充玉牒纂修官,及平西域方略馆编纂。屡应会试不第。乾隆三十六年(1771),迁

---

① 张廷玉《冢子内阁学士兼礼部侍郎若霭行略》,《澄怀园文存》卷一五,第28b—29a页。

福建汀州府同知。兼善诗词曲,内府雅乐,多其手定,尝为宗室弘旿谱曲,名动京师。与金兆燕、朱筠等友善。卒于乾隆三十七年(1772)。①

《拗莲词》二卷,附于《兰蕙林文钞》后。《兰蕙林文钞》是吴宁(字茝稽)、吴宽兄弟的诗文词集,是书半叶十行,行二十一字。黑格白口,四周单边,无鱼尾。版心上端镌书名、文体名,中下端镌页码,底端镌当页作者之字以示区分。书首有牌记一方,凡三行:"双有亭、沈归愚两夫子鉴定/兰蕙林试帖赋/论诗杂著即出。"沈归愚即沈德潜;双有亭即双庆,字咸中,号有亭,又号西峰,满洲人。②"论诗杂著"不知何指,疑为吴氏兄弟的诗话类著作。其后为乾隆十六年金兆燕序:"歙兰蕙林吴氏,巨族也。共谋刻其门内诸稿为一集。今年春,茝稽、谼芍献赋行在,兄弟并得召试,天子亲定甲乙,赉予优渥,一时有双璧之目。族之人羡其事,先索其兄弟之稿,授剞劂,而他集以次付镌。"随后为乾隆十八年(1753)八月沈德潜为吴宁杂文所作序。由二序可知,《兰蕙林文钞》实是清代颇为常见的家集的一种特殊形式,以兄弟合集的形式展现,而集中作品,则多为吴宁、吴宽兄弟二人乾隆十八年(含)以前之作品,当属其少作。

《兰蕙林文钞》作品排列颇为无序,最早的作品是创作于乾隆十六年(1751)南巡时的吴宁《恭迎圣驾南巡赋》、吴宽《庆清朝·圣驾南巡恭进》(凡十阕);其后则是各类杂文赋,凡吴宁文、赋十九首,吴宽文、赋五首;其后文体相对独立,先为试帖,凡吴宁十三首,吴宽十首,多为同题共作;其后为吴宁、吴宽兄弟《纪事述怀一百韵呈双大司成》联句诗一首;最后为吴宽《拗莲词》二卷。

《拗莲词》卷一凡十四叶,收词五十四阕,起《凤栖梧》(六曲栏干),迄《西江月》(那有神妃);卷二亦十四叶,收词五十一阕,起《九张机》(暖尘轻),迄

---

① 金兆燕《汀州司马吴君二甀传》,《棕亭古文钞》卷一,道光十六年(1836)赠云轩刻本,第11b—14b页。朱筠《汀州府同知吴君墓志铭》,《笥河文集》卷一四,嘉庆二十年(1815)椒华吟舫刻本,第5a—6b页。何绍基纂《重修安徽通志》卷二二五,光绪四年(1878)刻本,第8b页。
② 法式善《八旗诗话》不分卷,清代稿本,第26b页。

《念奴娇》(犀帘高揭)。此二卷词共一百五阕,并前所述吴宽《庆清朝·圣驾南巡恭进》十阕,共计一百十五阕,俱为《全清词·雍乾卷》未收,可补遗。

《拗莲词》前,亦有乾隆十八年沈德潜所撰序,略谓:

> 浙江吴禩芴,今之诗人也。所撰《兰蕙林吟卷》,予既序之,乃今诵其词,律吕调和,四声二十八调,一遵乐章、琴趣之遗,不肯稍佚古人绳尺,而清新宛折,尽洗《花庵》《草堂》之陋,是何其诗与词有兼工也?尝论文章体制,随其时为高下。元和、长庆以前诗,不能降而为词也;至晚唐而秾纤艳逸,诗渐入于词。于是词学始盛,词之既盛,将变为曲。得白石诸君,力挽其流,词格乃尊。而元明以下,遂别为南北曲矣。今禩芴之诗与词兼工如此,不唯足以见才人之才,无所不宜,亦以知文体虽有递变,而飙流所始,无不同祖风骚,未可强分畦畛也。

乾隆间,浙西词派仍然是词坛的主流,沈德潜序中表达的词学理念,虽有变化,但尊尚姜张,着意提高词的体格旨趣,也与浙派理念相符。吴宽的词学宗尚亦服膺浙派,其词作中,有几乎可以看成是浙派标志的咏物体艳词《沁园春·舌》《沁园春·喉》。不过,吴宽之词,并不津津于咏物状貌之体贴入微,以及使用典故时的征僻索幽,反而更注重词中儿女情感心理的细致刻画,即便是如《金缕曲》《百字令》一类的词调,亦是如此,例如《金缕曲》:

> 蓦向芳邻遇。甚无端、秾花艳月,恼人幽素。玳瑁雕梁栖海燕,识得卢家居处。算只隔、东墙数武。眼底蓬莱原不远,奈盈盈、弱水难轻渡。无计透,相思路。　倚栏曾记横波注。料多情、也应似我,人前难诉。正过清明春欲尽,多半落红风雨。定难遣、黄昏庭户。剩有梦中来往便,怕垂杨、又把莺魂锢。空怅怅,歌金缕。

蓬莱难渡,爱而未得。吴宽的恋情词中,多弥漫此种情绪,颇为类型化。其交游、送别、题图等词,则稍能脱出窠臼,体现对友人情感的真挚,以及对自己半生劳碌、功名未成的怨怅,其中尤以与金兆燕交游词为多,如《百字令·出都门别金棕亭》下阕:"十载结客名场,肝肠冰雪,莫逆惟予汝。同是天涯沦落客,那更分携匆遽。尘氎单衣,霜侵短鬓,把酒愁相顾。狐南豹北,茫茫他日离绪。"

《拗莲词》中所收皆为吴宽早年的词作。乾隆二十二年(1757),朱筠因钱大昕之绍介,得读吴宽的词集,曾称赞其"清以丽言,华而行朴,殆所谓君子者",①兼及其词及人品。乾隆十八年(1753)以后,吴宽仍当续有词作,这部分作品,似已不传,只在金兆燕的序文中可以略见端倪:

> 粲芍吴子,夙擅文豪,偶耽词隐。金荃、兰畹,摘奇艳于琅笺;石帚、梅溪,贮幽香于珊管。既含宫而嚼徵,亦戛魄而凄神。哀厥全编,名为《惆怅》。乌丝阑界成罨札,如縈缥缈思烟;红牙板拍向琼筵,似听霡霢泪雨。何必绿珠喉里,始有新声;早知赤玉胸中,定无宿物。嗟乎,氤氲百濯,锦衾留不散之香;滴沥三危,扣砌泣易晞之露。左誉帘前,旧梦秋水春山;法明酒后,枯禅晓风残月。试看他年汉老,何似茅舍疏篱;为语此日屯田,且去浅斟低唱。②

此序不知具体创作于何时,但《惆怅词》应未能刊行。乾隆三十六年(1771),吴宽出京,赴任福建汀州府同知,道过扬州,晤金兆燕,"饮尽醉而别",其后"遄行南归,至家,省母、兄,见妻、子。约到官三月后,即遣信迎养,移兄嫂妻妾子侄辈全家入闽,为聚首之乐。既至闽,到官视事仅半月而卒。闽之仕者,无不哀之。"③吴宽仓促离世,其戚属皆不在身边,《惆怅词》之稿本,或有可能即因此而散佚。

---

① 朱筠《汀州府同知吴君墓志铭》,《笥河文集》卷一四,第5a—b页。
② 金兆燕《吴粲芍惆怅词序》,《棕亭骈体文钞》卷二,道光十六年(1836)赠云轩刻本,第7b—8a页。
③ 金兆燕《汀州司马吴君二匏传》,《棕亭古文钞》卷一,第11b—12a、14a页。

六十、陆镇《小樵诗余》不分卷

陆镇《小樵诗余》不分卷，附其《小樵诗存》不分卷后，民国十七年（1928）《泰州陆氏家集》稿本，北京师范大学图书馆藏，《清代家集叙录》、《江苏艺文志》著录，《泰州文献》、《清代家集丛刊续编》等书据以影印。[①]

陆镇，字四山，江苏泰州人。进长子。庠生。[②]

《小樵诗存》不分卷，分体编排，凡二册，附词十九阕，即题为《小樵诗余》。其书工楷抄录，无行格，白口，无鱼尾，半叶八行，行可十九字，卷首署"海陵陆镇四山父著"，卷前另有宫增祜乾隆五十八年（1793）序，冒诒七十九岁时序，嘉庆二十年（1815）门人熊文郁题诗七绝十首。就中宫序记录陆镇生平细节颇详尽，爰摘录于次：

> 继予以求名奔走南北数十年，垂老倦游，适悔庵陶方伯荐主蓉塘书院，因得与新旧诸同学相往复，而陆子小樵为尤勤。盖小樵即樵海先生冢嗣，时馆韩氏家塾，居相近也，故往复难更仆数。间请其诗读之，空灵隽拔，克承家学。予性亦窃好笔墨，时相唱酬，六七年如一旦。未几小樵以贫故，远馆荒村，渐疏阔矣，然音问犹得时通。后予历馆淮安、江都官署数年，闻小樵以老病辞世。予苦饥驱，恨未得抚棺一恸也。壬子复以主讲来院，因老拙，仍废笔墨。今夏，其嗣子增禧手录其尊人诗词一册，嘱予决择。披卷阅之，诗亦诚如予昔所评，词则希风屯田，即向与予酬唱诸什，亦历历在焉，而存亡异矣。……勉为决择，兼缀数语于简端。夫小樵长予一岁，而骑箕数年。子桓所云"既伤逝者，行自念也"。……乾隆癸丑七

[①] 徐雁平《清代家集叙录》，第1177—1179页。江庆柏主编《江苏艺文志·泰州卷》，第101页。《泰州文献》，南京：凤凰出版社，2015年版，第69册，第368—401页。徐雁平主编《清代家集丛刊续编》，第24—25册。

[②] 江庆柏主编《江苏艺文志·泰州卷》，第101页。

夕,学愚弟宫增祜题于明道书院,时年七十又四。

樵海先生即陆进。陆镇无科考功名,碌碌为塾师以终,其生平于此序中可概见,亦与冒诒序中所载相同。而此序尚可考订陆镇生年,宫增祜既言"小樵长予一岁",乾隆癸丑为乾隆五十八年(1793),是年宫增祜年七十四岁,则可知陆镇当生于康熙五十八年(1719);又宫序中明言陆镇"骑箕数年",则陆镇至迟当卒于乾隆五十六年(1791)。《小樵诗存》中系年最晚者为五律《戊申正月廿六日六弟将之东皋馆舍予病甚笃因口占以志别》,是为其存稿中五律最后一首,其中有"相约清明会,其如命数屯。一朝闻易箦,及早赍柴门"的惨痛语,则陆镇当卒于乾隆五十三年戊申(1788)至五十六年间。

《小樵诗余》凡存词十九阕:《摘得新·斋中樱桃》、《相见欢·午睡》、《采桑子·凤仙花》、《醉乡春·病中柬同社》、《山花子·夏日归自馆中》、《桃源忆故人·晓起偶见》、《临江仙·十姊妹花》、《南乡子·月上绣球》、《南乡子·题濯足图》、《探春令·虞美人花》、《百字令·新秋雨后跋宫节溪〈感旧吟〉》、《一剪梅·赠楚阳赵三山,用宋人独木体》二阕、《满江红·赠叶大露轩》、《满江红·清明前二日展墓》、《满江红·喜六弟归自广陵》、《沁园春·冬日书怀》、《沁园春·题陈仙仗先生镜虹楼》、《沁园春·和六弟四十》》。小令颇清浅有味,然多习套语,如《相见欢》:"莺儿老,蜂儿闹,蝶儿忙。正是落花飞絮断人肠。"长调切直,而渐有酸辛语,如《沁园春·冬日书怀》:"四十九年,细数平生,大是可哀。念早岁零丁,徒嗟风木,中年落魄,惭愧樗材。壮不如人,贫而且贱,举世何多白眼哉。"道尽贫士凄凉景况。

六十一、汪琏《贞白诗余》一卷

汪琏《贞白诗余》一卷,清代钞本,今藏上海图书馆。是书未见于《清词别集知见目录汇编》、《清人别集总目》、《清人诗文集总目提要》、《清代浙江集部总目》等书著录。

汪琏生平,详见《汪氏世谱》:"(汪琏)原名鉴,字清苑,一字贞白,监生,任广东盐运司经历。雍正甲辰十月二十五日生,乾隆乙巳十月初五日卒,葬嘉兴冯家桥。"①甲辰为雍正二年(1724),乙巳为乾隆五十年(1785)。又,《两浙𬨎轩录补遗》卷五称:"汪琏,字清苑,一字贞白,秀水人。官广东盐运司经历,有《梅南诗草》《松涧堂诗稿》。"其后录七绝二首,一为《游一亩园》:"夹道浓阴带晚霞,南山茶接北山茶。空林雨后无人迹,开尽朱藤一树花。"一为《青溪》:"青溪水绕浅深塘,野草无名翡翠香。陌上王孙春试马,倩人低唱杜韦娘。"②颇为清新俊雅。

　　清初,休宁汪氏第八十三世汪可镇自江南省徽州府休宁县(今安徽休宁)迁居浙江省湖州府德清县,后人多占籍嘉兴府秀水县、桐乡县,其家族文风颇盛,如第八十五世汪森、汪文柏、汪文桂兄弟,是康熙中有名的词家、浙西词派的中坚人物。其余如汪上堉、汪上埏、汪筠、汪彝鼎、汪孟锔、汪仲钤、汪大经、汪淮、汪如藻、汪如洋等,皆文名籍甚,并善诗词,汪如洋还是乾隆四十五年(1780)的状元,仕至云南学政。这一支汪氏家族以经商起家,而以诗书传世,可谓是浙西地区最为显赫的文学世家之一。学界过往对其家系并不明了,兹据《汪氏世谱》绘制如次:

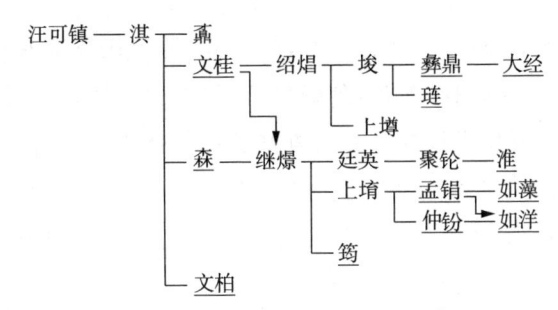

休宁汪氏家族汪可镇支世系图③

---

① 汪淮修纂《汪氏世谱·支代表一》,嘉庆四年(1799)刻本,第9b—10a页。
② 阮元、杨秉初《两浙𬨎轩录补遗》卷五,嘉庆刻本,第32a页。
③ 本图中,箭头线表示出嗣者的本生关系,下划线表示现存有词作的词人,族繁不及备载旁支。诸汪词,分别见于南京大学中国语言文学系全清词编纂研究室编《全清词·顺康卷》第2524、9237、10622页;张宏生《全清词·顺康卷补编》第568、1485页;张宏生《全清词·雍乾卷》第2314、3651、3979、4171、6418、7565、8882、8887页。又,汪上堉著有《息园词》一卷,著录于《汪氏世谱·遗书志一》,第19a页,今未见。

奇怪的是,除了在《支代表》中载录了汪琏的简要生平外,《汪氏世谱》的《传》《遗书志》中皆未像著录其他词人那样著录汪琏事迹及著作。因此,《贞白诗余》一卷,不仅证明了汪琏的词人身份,也丰富了这一支休宁汪氏家族的文学图景。

《贞白诗余》一册,前后无序跋,词凡十五叶,工楷抄录,无句读,无边框行线等,半叶九行,行二十四字。是书共收词五十八阕,起《沁园春·滮湖夜泛》,迄《子夜歌·答项秀才朱树原调》。词之行侧颇多改动,如《多丽·武林怀古》"浙水潮平","浙"改成"越","钱王宗室","宗"改成"宋";《如梦令·画上桃花》"倩所丹青神手","所"改成"取"。其所改动,多非改正偶然的笔误,而是涉词意的更替。类似情况尚多,亦可推测此书上海图书馆虽著录为钞本,实质可能是稿本。

从题材来看,汪琏词涉及题画、咏物、咏怀、交游赠答等项,其中,异调联章词十阕分咏美人之手、足乃至照镜、吹箫等,可见其受浙派咏艳风尚影响。但汪琏词往往有出韵之处,如《沁园春·代柬寄内兄张恭叔孝廉索诗序》上阕押盟、成、兄、惊,"兄"字明显出韵。其余词作,亦往往有浅白粗疏者,其词成就并不显著,在汪氏家族词人中亦较逊色。

汪琏功名不高,词中亦常有幽怨,如《沁园春·代柬寄内兄张恭叔孝廉索诗序》:"四十年来,只有沙哥,肺腑订盟。"《玉女摇仙佩·感怀》:"生平事业,四十余年,碌碌何堪提起。"亦可推知其词创作之大致时间。又,汪琏交游者,颇多是社会身份极为普通的士子,其词中可考者,如《满宫花·病中怀项朱树、蒋春雨两秀才》,是赠项映薇、蒋元龙之作;又如《金缕曲·寄怀范治堂、徐昆霞两秀才》,所赠有范安国。①

六十二、俞圻《剪春词》一卷

俞圻《剪春词》一卷,录词五十三阕,今存乾隆三十三年(1768)可仪堂刻

---

① 项映薇、蒋元龙词分载于张宏生《全清词·雍乾卷》第4640、2019页;又,阮元、杨秉初《两浙𬨎轩录补遗》卷七:"范安国,字惠南,号治堂,秀水人,恩贡生。"第52a页。

宫国苞选《四家词选》本，藏于中国社会科学院文学研究所。《清词别集知见目录汇编》《江苏艺文志·泰州卷》著录①，《全清词·雍乾卷》未收，可补遗。

《四家词选》一册，卷首有宫国苞乾隆三十三年（1768）十月十六日序，略述其与所选四人交游梗概，并及其选词之意："四君子渊源有自，风雅堪寻，故臭味绝少差池，而皆为苞之石交。……四君以方富之年，抱非常之学，振奋风雷，赓歌廊庙，异日之遭逢，岂独让古人哉？若夫杨柳岸晓风残月，只可令十八女郎按红牙低唱，甚至移情易性，不忍把浮名相换，我固知非四君子之心也。因合而付诸剞劂。"书内所选四人词，除俞圻外，尚有俞大鼎《选梦词》、汪龙光《扫红词》、缪祖培《修月词》等三家，已为《全清词》收录。②是书卷末有俞堉、缪永煦、袁来章题诗及缪永垣跋语。该书版式，凡半叶六行，行可十六字，四周粗边，左右双边，白口，黑鱼尾，版心镌书名及页码。而其所选词，多有圈点及评语。

除《四家词选》本外，《剪春词》尚有蓝格钞本（笺纸版心下端镌"泰县古物支会"字样）一册存世，今藏扬州市图书馆。其书半叶九行，行可二十三字，无序跋、评点，所收词与《四家词选》本同，偶有误字，似即从《四家词选》本迻录者。

俞圻，字越千，号让林，江苏泰州人。梅孙，焘次子，堉弟。生于雍正二年（1724）。幼孤，与兄同居七十余年，了无间言。为人博洽淹雅，尤工诗词，诗清超拔俗，词情致淡远。卒于嘉庆六年（1801）以后。除词集外，著有诗集《剪烛吟》一卷，今存乾隆三十三年（1768）自刻本，藏于南京图书馆；又有《截流吟》一卷，疑已佚。③

泰州俞氏家族本具有非常明显的词学传统，宫国苞说："吾邑俞锦泉先生当康熙初年，以音隐于乡，辟园林，延四方名士。嗣君陈芳学博、太羹太史

---

① 吴熊和、严迪昌、林玫仪《清词别集知见目录汇编》，第131页。江庆柏主编《江苏艺文志·泰州卷》，第101页。
② 张宏生《全清词·雍乾卷》，第4409—4420、6877—6888页；张宏生《全清词·嘉道卷》，南京：南京大学出版社，2020年版，第1册，第76—106页。
③ 江庆柏主编《江苏艺文志·泰州卷》，第101页。俞圻生卒年考订，参韦春龙《清代泰州俞氏家族诗集考论》，西南民族大学2019年硕士论文，第23—26页。

两先生,暨陈芳公爱婿缪澧南司寇,其时皆未通仕籍。登俞氏堂者,三先生实为之主焉。酒酣烛炧,泼墨挥毫,往往以新声度曲。至今《流香阁唱和词》,江南北尚艳称之。"(《四家词选序》)这里提及的词人,锦泉即俞澱,陈芳即俞楷,太羹即俞梅,缪澧南即缪沅。除俞梅外,诸人的词籍并词作惜已亡佚。而俞梅的词风,与康熙中后期词坛浙派的风尚有较大差异,反而在赓续康熙初年扬州词坛重小令、重辛派长调的风尚。[1] 俞圫与被选入《四家词选》的其他三位词人,多是亲戚友朋,他们似乎也在有意地赓续前辈的词风,自以词抒写怀抱性情,而与当时词坛的主流保持一定距离,甚至其词集的命名亦带有特殊的含义:"若吾让林俞子辈,含英吐华,不必名一家、专一技,而其性之所近,间有藉诗余以自鸣者。盖其喜怒窘穷、忧思抑郁、酣醉无聊,不平有动于中,辄于其词焉发之。观于物,凡鸟兽虫鱼花木之属,与夫岁时伏腊、风雨晦明、可欣可戚之端,一寓于词。……各胠其箧,得若干首,而以《剪春》、《修月》、《选梦》、《扫红》名其篇。"(缪永垣《四家词选后跋》)

  俞圫《剪春词》中的作品,以调排列,首为《醉太平·新柳》,末为《高山流水·感遇》。多咏物寄怀的类型化创作,反映作者生活实际的作品则相对较少,集中交游作品仅有数首,其中能准确系年之作为《夺锦标·仲冬送兄蘅皋计偕北上》,当作于乾隆三十年(1765),是年其兄俞堉中举。[2]

  俞圫的小令颇为新隽工丽,长调则颇为慷慨跳荡,其宗尚亦祧南宋而尊北宋,比如其《如梦令·秋月》,刘司炎评云:"逼真秦柳。"又如其《满江红·送於一川归里》,周永安评云:"苏辛之外,别见爽飒。"值得注意的是,俞圫词作,仍保留明季清初词坛词调分体的积习,如《满江红》,即有"第一体"、"第二体"、"第三体"之别,这也侧面证明了其词学主张相对保守,对词坛已有的动向,反应和接受颇为不足,亦表明了康熙中期浙派风行天下之际,其主张并未能达到"无远弗届"的效果。

  与俞圫等人游从的当时文士,也以特殊的方式在《四家词选》中留下印

---

[1] 拙作《〈全清词·顺康卷〉待补词籍十二种考述》,《中国诗学(第 35 辑)》,北京:人民文学出版社,2023 年版,第 38—39 页。又见本编第三十条。

[2] 王有庆等《(道光)泰州志》卷二四,道光七年(1827)刻本,第 17 页。

记:宫国苞在刻行四家词时,有意地在每阕词后皆配上时人的一则评点。以俞圻为例,其五十三阕词后,评语最多的是宫国苞,凡十则。其余评语,则分别出自近四十人之手。其中可考者,如宫协华(字芍田)、刘司炎(字筐圃)、陈璨(号倥侗)、周永安(字晴溪),多是泰州本地文人,此外亦有如胡裘锌(号西垞,浙江山阴人)这样的外乡士人。这些评语,集中在品评词作的风格、成就、旨意等方面,也涉及词学宗尚、词艺技法、词章结构等,内容比较丰富,观点亦颇为多元。这些评者,与俞圻等作者一起,构成了乾隆时期泰州地区词坛的基本生态,虽然他们的词作基本都已亡佚,借助《四家词选》,仍可探知一个较为立体的作者群阵的风貌,也显现了一个小型的地域性文学集团的雏形。

六十三、张埙《荣宝续集》三卷

张埙《荣宝续集》三卷,乾隆四雨庄钞本,今藏北京大学图书馆。是书《清词别集知见目录汇编》著录,[1]《清人别集总目》、《清人诗文集总目提要》未著录,《江苏艺文志》虽著录,但未明卷数,且误列之入"史部金石类"。[2]

是书半叶八行,行十八字,粗黑框,无鱼尾。版心标卷数、页码,其下则有"四雨庄"或"藤梧馆"字样。全书工楷书写,一笔不苟。书首钤"北京大学藏"、"麞嘉馆印"二枚方形阳文篆印;书末除钤此二印外,还钤有"雨人"(阳文)、"黄成霖印"(阴文)二枚方形篆印。

"黄成霖,字雨人,山东历城人,光绪庚子辛丑恩正并科举人。"[3]"麞嘉馆印"则是晚近著名政治家、藏书家李盛铎木犀轩的藏书印。[4] 可以推知,此书曾经黄成霖、李盛铎递藏,并于李盛铎身后,与木犀轩其他藏书一起,入藏北京大学图书馆。

---

[1] 吴熊和、严迪昌、林玫仪《清词别集知见目录汇编》,第188页。
[2] 江庆柏主编《江苏艺文志·苏州卷》,第1298页。
[3] 孙化龙校注《安东县志》,沈阳:辽宁民族出版社,2003年版,第291页。
[4] 郑伟章《文献家通考》,第1254—1258页。

细阅全书，实分为四个部分：第一部分首行依次题为"荣宝续集卷一"、"东吴张埙"，起《忆江南·竹枝二首》，迄《鹧鸪天·喜晤茝谷作》，凡十九叶，共录词五十阕；第二部分首行依次题为"荣宝续集卷二"、"东吴张埙"，起《贺新郎·壬午闰五月十五夜扶病待月，茝谷乃为置酒。风景妍净，喜成此词》，迄《鹧鸪天·穷民》，凡二十七叶，共录词六十阕；第三部分首行依次题为"荣宝续集卷三"、"东吴张埙"，起《满庭芳·送舍妹之蒲县》，迄《南浦·上元前一夕，有怀茝谷方在麻衣经带之中，为辍觞弗乐。是夜风铃相语，亦不复成寐矣》，凡六叶，录词十八阕；第四部分首行依次题为"荣宝词续集卷三"、"东吴张埙"，起《醉太平·慎言铭》，迄《纥那曲·讯浦孟病足二首》，凡十七叶，录词八十阕，其中《白苎·梨花》一阕有目无词。此书前三部分书写用"四雨庄"笺纸，第四部分书写则用"藤梧馆"笺纸。其所录词，绝大多数未为《全清词·雍乾卷》所收，可据补遗及校勘。

四雨庄为张埙堂名，张埙集中有《南乡子·四雨庄》一阕，小序谓："思故园也，庄为前明先司农赐第。"①藤梧馆则是孔继涵（号茝谷）的室名，②张埙曾在曲阜孔府客幕较久，与孔继涵等交游甚密，诗词唱酬亦极多。

《荣宝续集》大致创作于乾隆二十六年（1761）至乾隆二十八年（1763）间，其中多首词的题序中标明具体创作时间，且其词明显按照创作时间排列。更具体而言，其第一部分可以明确系年的最早的词为《宴清都·南巡纪幸词》与《念奴娇·先师都察院左都御史金公挽词四首》，前者纪乾隆皇帝第三次南巡[乾隆二十七年（1762）二月]至苏州事，后者所谓"金公"则指金德瑛，"殁于乾隆二十七年正月十一日"；③而其第四部分可以明确系年的词则为《南歌子·白云宫，记乾隆戊寅过此，正观出云》，该词上阕有句"世事随青鬓，生涯幻白衣。六年山带尚垂垂。正是鲁云如马易东西"，戊寅为乾隆二十三年（1758），至乾隆二十八年（1763），前后恰六年。

---

① 张宏生《全清词·雍乾卷》，第4896页。
② 瞿冕良《中国古籍版刻辞典》，苏州：苏州大学出版社，2009年版，第965页。
③ 蒋士铨《左都御史桧门金公行状》，《忠雅堂文集》卷七，邵海清校，李梦生笺《忠雅堂集校笺》，上海：上海古籍出版社，1993年版，第2291页。

张埙是乾隆时期重要的词家,一生著、刻有词集多部,这部《荣宝续集》在其词学生涯中位置如何?性质如何?

张埙早年效法陈维崧肆力为词,较少作诗;中年后则弃词不作,专攻于诗。乾隆四十三年(1778),他曾整理自己的词集,并说:

> 积二十年之久,撰《碧箫词》五卷,沈文悫公序而刻之;又撰《春水词》二卷、《荣宝词》十卷、《瓷青馆悼亡词》二卷、《红桐书屋拟乐府》二卷。大概《碧箫》少作,最不足存;《瓷青》履境惨毒,词旨哀伤,当非正声;《荣宝》其庶几精华昭灼,有暾然难掩者矣。今年在关中,眼痛经旬,志局虽忙,不能纂书。乃哀乡作,汰省十之六七,排为七卷,总题曰《林屋词》。以《红桐》单行已著,并是拟古之作,不列入焉。①

《林屋词》七卷,编次于《红桐书屋拟乐府》二卷之后,其后刻入张埙的文集《竹叶庵文集》中,编为该书第二十七至三十三卷。此书《林屋词》各卷目下,还以小字分别列出其来历:

> 林屋词一。《碧箫词》五卷,今删存一卷。
> 林屋词二。《春水词》二卷,今删存一卷。
> 林屋词三。《瓷青馆悼亡词》二卷,今删存一卷。
> 林屋词四。以下《荣宝词》十卷,今删存四卷。②

除《竹叶庵文集》所收外,张埙词集还有一种单行的别集本,即他在《林屋词自序》中提及的由沈德潜作序的《碧箫词》。《碧箫词》凡五卷,其第五卷为曲

---

① 张埙《林屋词自序》,《竹叶庵文集》卷首,乾隆五十一年(1786)刻本,原序第5页。
② 分别载于张埙《竹叶庵文集》卷二十七至卷三十之首。

(词余),其后又附《瓷青馆悼亡词》一卷。①《碧箫词》是张埙的"少作",创作最早,刊行亦最早。其刻本版式与《荣宝续集》全同,亦为半叶八行,行十六字,四周单边,版心镌词集名、卷数、页码及"四雨庄"字样,其字体亦与《荣宝续集》相似。从这些迹象看来,今存《荣宝续集》很有可能是待刊之前的清稿。《荣宝续集》中的一些文本特征,也令我们对其性质与价值有了新的推论。

其一,《荣宝续集》并非《荣宝词》的续集,而是保留了《荣宝词》十卷本未删削前的部分原貌。《荣宝续集》四个部分的词作,多有选刊入《林屋词》者,其中第一部分有二十二阕选刊入《林屋词》卷四,另有一阕选刊入《林屋词》卷三;第二部分有十一阕选刊入《林屋词》卷四,另有一阕选刊入《林屋词》卷三;第三、四部分则分别有三阕、二十一阕选刊入《林屋词》卷四。其余一百四十九阕则皆未刊入《林屋词》中,亦俱未为《全清词·雍乾卷》所收录,可据补遗。而且,由上述可知,《林屋词》卷四至卷七实际上是自《荣宝词》十卷删削而来。《荣宝续集》大量词作选刊入《林屋词》卷四,事实上表明了其创作时间基本与《荣宝词》最初的部分相同。

其二,《荣宝续集》中的部分词作,曾因其题材而被移入其他集中。其词作题序下往往有行楷小注"此首入瓷青馆"之类标记,如卷二《贺新郎·十六夜月答荭谷》、《沁园春·晚行有感七夕风景》、《满江红·夜坐,是日立冬》、《鹧鸪天·佛手柑》,除《满江红》一阕刊入《林屋词》卷三中,其余三阕皆未见刊。《林屋词》卷三由《瓷青馆悼亡词》删削而来,此首《满江红》正是悼亡之作,其他三阕题材也大抵与之相似。

其三,张埙在删选《荣宝词》时,对词题序引等做了较多改动,刊入刻本时,复有所改动,其总体的趋势是逐步精简,因此逐渐隐去了很多信息。例如《忆江南·瓶花谱十四首》,《荣宝续集》中小引本为:

---

① 张埙《碧箫词》五卷,乾隆间四雨庄刻本。因为此本保留了《林屋词》本《碧箫词》删选之前的原貌,《全清词·雍乾卷》在编录张埙词时,先是编录了《红桐书屋拟乐府》二卷,而以《林屋词》卷二、卷三(部分)、卷四至卷七次之,再以此别集本《碧箫词》及所附《瓷青馆悼亡词》次之,而以《林屋词》卷一、卷三参校。参张宏生《全清词·雍乾卷》,第4779—4957页。

鳏夫掩关,无以自遣。老兄岫云先生癖嗜瓶花,园丁络绎供给斋中鉴赏。自春徂冬,乃无虚日。兄之言曰:"物物一太极,顺其性,不挠其质,可以养生,可以滋福。"壬午四月二十五日被酒夜归,有感于生死无常,而聆绪诸论之如金玉,演为《忆江南》词若干首,老兄首肯云:"当点定传之。"

钞本上此引多加墨笔改动及点窜,变成:

　　鳏夫掩关,形神枯索。老兄岫云先生癖嗜瓶花,藉以遣予,园丁络绎供给。自春徂冬,乃无虚日。兄言曰:"物物一太极,顺其性,不挠其质,可以养生,可以见道。"时被酒夜归,悟生死之无常,悟盈虚之有节,感慰勉之交至,乃演为《忆江南》词焉。

而在刊本中,此组词删去二阕,题序更为简化:

　　伯兄岫云先生癖嗜瓶花,凡所位置,神明无方,而大要顺乎物性、得于养生之旨为多。序次其语,俾传诸好事,与张谦德《瓶花谱》、袁宏道《瓶史》并传焉。(《竹叶庵文集》卷三〇)

比对《荣宝续集》与《林屋词》中其余的题序,其情况大略与此相似:重要的时间、地点、源起等往往在刊刻之前被逐步删落。因此,《荣宝续集》保留了较多的细节信息,更有利于我们了解张埙词学活动的具体情形。

　　此外,《荣宝续集》中的作品多创作于乾隆二十六年(1761)至二十八年(1763)夏间张埙旅居曲阜时,其中与孔继涵交游唱酬的词事极多。就张埙的词学生涯而言,《林屋词》卷四至卷七的词作亦是其自认的"精华昭灼"、"皦然难掩"的代表作品,而比较《荣宝续集》中保留的那些被《林屋词》刊落的作品,无疑可以让我们对张埙的词学观念、审美倾向及其变化有更切实的认知。

六十四、沈一诚《镂冰词钞》一卷

沈一诚《镂冰词钞》一卷,今存嘉庆二十五年(1820)平湖胡北窗刻本,国家图书馆、上海图书馆有藏。《清词别集知见目录汇编》著录。[①]

是书半叶八行,行十九字,上下单框,左右双框,单鱼尾,黑口,版心镌书名及页码。卷首有屈为章序,凡二叶;卷末附乐府(曲)一叶,即《寿屈兰谷七帙》散套,及杨馥孙跋二叶;中收词十二叶,凡二十九阕,起《点绛唇·学书》,迄《夜合花·美人吸烟》。沈一诚其人其词《全清词·雍乾卷》皆未收,可补遗。

《国朝词综续编》曾录沈一诚《更漏子·寒宵》一阕,亦载于《镂冰词钞》,其前小传谓:"沈一诚,字步传,号香笙,平湖人。诸生。"[②]

《镂冰词钞》卷末杨馥孙跋记述沈一诚生平颇为细致:"石庄大族沈公,讳一诚,字步传。香笠散人,晚年自号也。少年读书孝友,沉默整洁,经书读本如新。……公忧虑甚切,向喜自绘小影,作《搔首图》、《抱膝图》以寄慨叹,往往流露于吟咏间。……公年八十有四,寿终之日,惟训孙曾弗忘祖德、弗怠祭扫而已。"又,是书卷中有《千秋岁·六十初度自述,时辛亥十月六日也》,则可考知沈一诚生于雍正十年(1732)十月六日,而卒于嘉庆二十年(1815)。

是书卷首序作者为屈为章,是沈一诚好友屈兰谷之子,屈序谓:"(先生)词旨萧旷,亦幽亦蔚,意不诡于风骚,声可隘于金石。先生之心,雅不乐与当世文章之士争一字之奇,斗一篇之巧。不过流连景物、抒写胸臆,而有真气以往来其间,固已牢笼万有、陵轹一时。夫自浙西六家以来,论词者莫盛于当湖,而尤莫盛于沈氏。若《回红集》、《味菜山房》、《蜜香纸阁词》,皆与柘西、黑蝶后先掩映。先生挹其余芬,继兹逸轨,宜乎托云霞之高契,激山水之

[①] 吴熊和、严迪昌、林玫仪《清词别集知见目录汇编》,第251页。
[②] 黄燮清《国朝词综续编》卷四,同治十二年(1873)刻本,第9a页。

清音也。先生之甥胡北窗明经以先生谓余为知言,属为一言,余读先生遗集,益感先生之厚谊,勿敢忘。"柘西、黑蝶指清初嘉兴清溪沈氏词人沈皡日、沈岸登叔侄,二人皆名列"浙西六家";《回红集》作者为沈季友,《味菜山房集》作者为沈昆,《蜜香纸阁词》作者为沈修龄。除沈季友外,以上四人皆是清溪沈氏族人,《清溪沈氏六修家乘》收录包括此四人在内的十六位词人一百五十二阕词作。① 不过,细翻该谱,其中并未载录沈季友、沈一诚信息,可知二人与清溪沈氏宗系疏远,只因姓氏相同、籍贯相近,遂被序者连类论及。

沈一诚的词,咏物、交游各半。咏物词中,颇多异调联章之词,如《点绛唇·学书》《醉春风·理绣》《玉联环·染甲》《一斛珠·上头》,又如《钓船笛》《少年游》《望江东》《更漏子》《散余霞》《鹤冲天》等六调分咏寒江、寒郊、寒云、寒宵、寒烟、寒鸦。其交游词所涉对象,多是普通人,甚至多方查考亦难明其乡贯生平。可见沈一诚词境未广,成就亦属平常。而其中咏烟草之《梦玉人引》、咏美人吸烟之《夜合花》,以及多篇题图词,皆可见沈一诚受词坛主流浙西词派的影响颇深,试看其《梦玉人引·汤裕昆以手植烟草见贻,为填此解》:

> 倚云锄看,拂翠叶,瀹巴菰。巧制金丝,片香鸡舌含余。玉指轻挪,作(去声)小团,朱火焚如。喷向空中,只消灭须臾。 好携筠管,清昼永、微焰拨熏炉。别样娇娆,尽教檀口吹嘘。酒盏刚抛却,茶枪才斗余。蜃楼幻,是耶非、指点虚无。

自厉鹗以《天香》调咏烟草以来,同调同题或异调同题的类似创作风靡词坛。沈一诚的作品,较之厉鹗之作,可谓有浙派习气,但在声律、运典、练字、布局等方面,尚欠缺一些功夫,可以看成是受浙派影响的底层文士创作实际状态的又一个例证。

---

① 沈应奎纂修《清溪沈氏六修家乘》卷一九上,光绪十二年(1886)追远堂木活字本,第1a—50b页。又参刘京臣《社会网络分析视阈中的家谱、家集与家学研究——以清溪沈氏为例》,《山东社会科学》2022年第5期,第34—44页。

六十五、盛晓心《拗莲词》一卷

盛晓心《拗莲词》一卷，乾隆间怀谷楼刻本，浙江图书馆藏。是书《清词别集知见目录汇编》、《江苏艺文志》著录[1]。

是书半叶八行，行十八字，四周单边，版心镌书名、卷数、页码及"怀谷楼"，无鱼尾，白口。此书仅存卷一，凡十九叶，起《苍梧谣》，迄《减字木兰花》，凡三十三调七十七阕。[2]《全清词·雍乾卷》据王璐《澹斋词》录盛晓心《踏莎行·题〈澹斋词集〉》一阕，据《昭代词选》录盛晓心《忆江南·鹿城杂忆》一阕。其中，《忆江南·鹿城杂忆》，即《拗莲词》之《望江南·鹿城杂忆和吟芗六首》其二，《踏莎行·题〈澹斋词集〉》则未见于《拗莲词》中。则《拗莲词》其余七十六阕，皆可补入《全清词·雍乾卷》。

《拗莲词》卷首另有题语三叶，载陆锴《集唐人句十二首》、张士培七言古诗《拗莲行》、朱岑七言律诗二首、郑书田《满江红》（紫陌春尘）一阕；并有目录二叶。据其署款，郑书田，字士耕，号松隐，与盛晓心同里，当亦为江苏长洲（今属苏州市）人。此词亦为《全清词·雍乾卷》所未收，可补。

《全清词·雍乾卷》载盛晓心小传云：

> 字云思，号捧霞，江苏长洲（今苏州市）人。诸生，与张埍、王璐有词相倡和。乾隆二十二年（1757）在世，卒年三十余。著有《拗莲词》四卷。[3]

此传中信息尚可补正。其一，盛晓心尚有一字"筠史"，张埍《南归杂诗四十

---

[1] 吴熊和、严迪昌、林玫仪《清词别集知见目录汇编》，第65页。江庆柏主编《江苏艺文志·苏州卷》，第1144页。
[2] 此书目录凡七十八阕，书中《如梦令·春夜回文二首》其二删去。
[3] 张宏生《全清词·雍乾卷》，第8873页。

五首》谓："筠史（自注：盛生之字）尤婣雅，怀谷楼中居。"①其二，盛晓心生卒时间可以大致推定，张埙有《沁园春·哭盛云思秀才晓心》，②此词亦载于张埙《荣宝续集》，该集词以年代先后编排，此词编次在《宴清都·南巡纪幸词》、《念奴娇·先师都察院左都御史金公挽词四首》之前，二者皆作于乾隆二十七年（1762）初，则盛晓心之卒、张埙悼词之作应在乾隆二十七年初或乾隆二十六年（1761）末。以盛晓心享年三十余计，则他至迟应生于雍正十年（1732）。其三，盛晓心与张埙、王璐关系极为紧密。王璐《澹斋词》、张埙《碧箫词》均为盛晓心所辑，盛晓心《拗莲词》则为张埙所辑，③其版式全同，对比三书目录及所收词作，可知三人多有同调同题倡和之作。其四，《拗莲词》的卷帙问题较为复杂，《寄题怀谷楼二首》其二："盛宪风流未渺茫，竹深炉火旧书堂。重劳金粟求遗稿，断墨零纨字字伤。"又有自注："《拗莲词》四卷，予刻一卷，顾上舍足成其书。"④则四卷本《拗莲词》当有成书，惜不知尚存于天壤间否？

今存《拗莲词》卷一皆为小令，其体清倩，其题亦多为咏物、题画、咏史、秋怀春感之类，其词偶有巧思俊句，但因皆为少作，锻炼不足，不耐永思，成就并不高，如《减字木兰花·落花》：

片风丝雨。断送春阴归得去。狼藉棠梨。蜂蝶无聊也自迷。
香飞红走。愁到不知杯在手。银甲弹筝。流水声中怨玉英。

王璐、盛晓心、张埙三人中，王璐最早卒，时在乾隆二十年。⑤ 盛晓心为之整理遗稿成《澹斋词》二卷，并曾赋《九张机·思君词九首，追悼王子叔佩》悼之。盛晓心卒后，张埙亦屡作诗词悼之，甚至很多年后，张埙忆及盛晓心，

---

① 张埙《竹叶庵文集》卷一四，第 10b 页。
② 张宏生《全清词·雍乾卷》，第 4831 页。
③ 王璐《澹斋词》，乾隆间怀谷楼刻本；张埙《碧箫词》，乾隆间四雨庄刻本；盛晓心《拗莲词》，乾隆间怀谷楼刻本。
④ 张埙《竹叶庵文集》卷五，第 13a 页。此诗自编年作于乾隆三十八年（1773）三月。
⑤ 张宏生《全清词·雍乾卷》，第 3799 页。

还为赋《书亡友盛筠史〈晓心〉〈拗莲词〉后》:"凌云赋笔浣花笺,绝代凄清蜀国弦。三十六鳞飞不到,谁缄红泪达重泉。"①此诗自编年作于乾隆三十九年(1774)春,前两句夸赞了盛晓心的绝世才华,亦对其年命不永表示惋惜;"三十六鳞"指鲤鱼,此处用了鱼雁传书的典故,表达了张埙对盛晓心深深的怀念之情。三人之间超越生死的文字因缘不仅令人感动,亦显示了这群被文学史忽略的身份低微的词人倡酬互动所激起的朵朵浪花。

除《拗莲词》外,盛晓心尚有一些词作散见于其他典籍,如《飞鸿堂印谱》中,即存其词一阕,题为《调寄〈金缕曲〉奉题秀峰先生印谱即请按正》:

　　古味深醇酒。澹生涯、冥搜玄讨,鼎针薤柳。逸品文章无领管,孤负水清山瘦。谁什袭、丹华墨绣。大抵欧阳能好事,爱空明、雪影飞鸿溜。踪迹近、羽林口。　　秦刀汉火销沉久。驻云烟、风流枥下,劲茅前后。重把化工镌刻去,敢笑雕虫在手。箸夜蜡、锦函披扣。一部琳琅刚阅遍,听虚庭、桐叶秋声走。窗月小,漏衫袖。

是词以隶书书写,其后署款"长洲教弟捧霞盛晓心拜稿",并钤"云思"(阳文)、"盛晓心印"(阴文)篆印各一方。②因《拗莲词》后三卷未知存佚,盛晓心长调词目前存世绝少,此词可谓灵光断壁,亦未见载于《全清词·雍乾卷》,可补。

六十六、陈灿《师竹斋诗余》一卷

陈灿《师竹斋诗余》一卷,录词二十阕,附其《师竹斋稿》四卷后,今存嘉庆二十年(1815)刻本。《清人别集总目》、《清人诗文集总目提要》、《清词别集知见目录汇编》及《清代浙江集部总目》皆著录,③《全清词·雍乾卷》未收,

---

① 张埙《竹叶庵文集》卷七,第 4a—4b 页。
② 汪启淑《飞鸿堂印谱》卷三,北京:人民美术出版社,2011 年版,第 201—202 页。
③ 李灵年、杨忠《清人别集总目》,第 1231 页。柯愈春《清人诗文集总目提要》,第 1116 页。吴熊和、严迪昌、林玫仪《清词别集知见目录汇编》,第 114 页。徐永明主编《清代浙江集部总目》,第 463 页。

可补遗。

陈灿的生卒信息，学界已有详论，朱则杰在陈军等人的研究基础上，考证陈灿生于乾隆元年（1736）正月二十七日，卒于道光五年（1825）。①

陈灿的生平，较详尽的记载，则见于潘曾莹的《陈二西传》，略谓：

> 二西名灿，字象昭，一字二西，号曙峰，钱塘人。工为篆隶书，为丁龙泓入室弟子，闲画山水及古松老梅丛竹之属，神味萧澹。居北郭枯树湾……其读书处为师竹斋。……与陆筱饮、沈崧町、何春渚、严可亭诸名士互相酬唱。宽鞋瘦策，时在湖光小翠间。可亭没后，有遗诗五十首，二西手录之，为镌《秋竹馆小稿》，其笃于友谊如此。……曾应黄小松司马之招……客任城三年，极友朋文字之乐。小松死，乃归，为童子师。②

由此传中可知，陈灿的社会身份较低，他所属的诗人群体围绕在丁敬（别号龙泓山人）身边，基本生活在杭州北郊，号称"北墅八子"："丁丈主词坛，北墅诗人有顾怀雪、严可亭、顾书台、沈菘町、③陆筱饮、包梅垞、何春渚，与先生联为八子，宴饮倡酬，日相往来。"④其中，顾怀雪、顾书台其名待考，其余五人，则为陆飞（筱饮）、沈景良（菘町）、严筠（可亭）、何琪（春渚）、包芬（梅垞）⑤，除陆飞是"乾隆乙酉解元"[乙酉为乾隆三十年（1765）]，其他人多是未取得功名的底层文人。诸人多不以词名，亦少见有词流传，不过何琪则是陈灿的词

---

① 陈军、王小红《明清浙籍书画家生卒考》，《新美术》1995年第4期，第37页；朱则杰《〈清人诗文集总目提要〉订补——以五位杭州作家为中心》，《浙江外国语学院学报》2014年第1期，第109—110页。
② 潘曾莹《小鸥波馆文钞》卷二，道光二十五年（1845）刻本，第4b—5a页。
③ 案原文如此，前引《陈二西传》作"菘町"。
④ 童铨《师竹斋后序》，载陈灿《师竹斋稿》卷末，嘉庆二十年（1815）刻本，第1a页。
⑤ 前四人小传并所作诗，分别载于阮元《两浙輶轩录》卷三一，第12b—13b页；同书，卷三五，第12b—13b页；阮元、杨秉初《两浙輶轩录补遗》卷七，第49页；潘衍桐《两浙輶轩续录》卷一三，光绪十七年（1891）浙江书局刻本，第9a—13b页。包芬，号梅垞，著有《梅花吟屋诗草》，见李榕《（民国）杭州府志》卷九三，民国十一年（1922）刊本，第5a页。

友,陈灿词中有数阕与之直接相关,如《声声慢·丙戌人日,问梅孤山,同何春渚、江玉屏用李秋堂韵》《风中柳·题姚江许姬小影,为何春渚作(集〈山中白云词〉)》等。

北墅八子而外,陈灿的交游并不算广,而客游任城则是其生平中的重要事迹。其幕主黄小松,即黄易,字大易,号小松,又号秋盦,浙江仁和(今属杭州市)人。黄易既是陈灿的同乡知交,也与陈灿谊属同门,"曾问业丁龙泓征君"。①

陈灿晚年与屠倬为忘年交,屠倬《是程堂集》中多有与陈灿倡和诗词。②

陈灿的词学宗尚偏近浙派,这是时代、地域词学风气影响使然,其词中有三阕专集张炎《山中白云词》,也可以证明。除交游词外,其词作多为咏物、题图、节令词等。其词成就不高,略得清疏之气,即便是单置于浙派中,也并不算是很高明的作品。其词最末一首《满江红·自述》,略论生平及其志向,有句"三杯软饱贫还乐,一编消受闲中日。藉友朋、疑义遣毋多,商量析",又有句"富贵不来年少去,精神磨炼攻何益。便从今、莫放寸阴虚,嗟何及",蹉跎失意中亦可见其贫介自守之意。

六十七、佟佳氏《绿窗吟稿》二卷

佟佳氏《绿窗吟稿》二卷,清代钞本,今藏于南开大学图书馆。是书《清人别集总目》《清人诗文集总目提要》著录,③《南开大学图书馆藏稀见清人别集丛刊》《清代闺秀集丛刊》据以影印。④

据《南开大学图书馆藏稀见清人别集丛刊》影印本前提要,佟佳氏,号天然主人、天然女史,满洲人。承恩公纳穆图女。乾隆二年(1737)生。幼从母

---

① 汪启淑《续印人传》卷五,道光二十年(1840)海虞顾氏刻本,第6b—7a页。
② 屠倬《是程堂集》卷二,嘉庆十九年(1814)真州官舍刻本,第10a页。屠倬《是程堂二集》,道光元年(1821)潜园刻本,卷三,第4b页;卷四,第22b—23a页。
③ 李灵年、杨忠《清人别集总目》,第949页。柯愈春《清人诗文集总目提要》,第819页。
④ 《南开大学图书馆藏稀见清人别集丛刊》,第13册,第1—57页。肖亚男《清代闺秀集丛刊》,北京:国家图书馆出版社,2014年版,第11册,第343—546页。

习《四书》、诸子、小学,遍访名媛品学高湛者为师。乾隆十八年(1753),适多尔衮五世孙、追封睿恪亲王如松为继福晋。夫妇二人以诗词唱酬,相知相得。乾隆三十五年(1770),如松卒。佟佳氏孀居四十年,抚孤养亲,重兴家门,子淳颖,孙禧恩、宝恩,俱有诗才。卒于嘉庆十四年(1809)。著有《问诗楼合选》、《虚窗雅课初集》、《虚窗雅课二集》、《穗帷泪草》、《乌丝存草》、《绿窗吟稿》等。①

《绿窗吟稿》其书版式为:四周双边,半叶八行,行十八字,工楷书写,版心刻上鱼尾,无页码,白口。卷首书名行下端小字署款"多罗信恪郡王福晋佟佳氏著",信恪郡王,是如松追封睿恪亲王前之爵位、谥号。前有目录,其后为诗,各体杂排,卷下之末附词四阕,为《全清词·雍乾卷》未载,可据补遗,即《苍梧谣·诗余四阕》:

　　春,花柳芬芳正可人。园林内,粉蝶觅枝新。
　　春,黄莺声巧唤游人。梨花雨,点点落芳尘。
　　春,瞬息韶光已九旬。雕阑外,紫燕语频频。
　　春,柳渐成围草作裀。纱窗畔,女伴斗花新。

语词新巧,自早春渐写至晚春,题材则较平常,是闺中常见之作,艺术价值并不高。是书卷下之后尚附有《续集》一卷,则为哭父、梦父、思父、哭母组诗,颇见孺子思亲之意。

《绿窗吟稿》为佟佳氏早期之作,是书卷上目录后有作者短跋:"右自乾隆十五年己巳,余年十三时起,迄于丁丑,凡九年,计得诗二百四首。"卷下目录后短跋则为:"右自乾隆二十三年戊寅,余年二十二时起,迄于丁亥,凡十年,计得诗一百六首。"又曰:"自乾隆己巳迄丁亥,凡十九年,统计得诗三百十首,分上下二卷,诗余另计。"其词亦当作于此十九年间,味词中之意,似尚无摽梅之意、寄外之思,或为待字闺中时作。

---

① 《南开大学图书馆藏稀见清人别集丛刊》,第13册,第3页。

六十八、郑沄等《妆台十咏》不分卷

郑沄等《妆台十咏》不分卷,乾隆五十年(1785)刻本,藏于黄裳先生来燕榭。是书一册,凡十九叶。半叶八行,行二十一字,每叶双套版,版心白口,下刻页码。此书未见于《清代别集总目》等书著录。

是书卷首有徐乃昌(字积余)、林葆恒(号讱庵)、黄裳、上海图书馆等递藏章:"徐乃昌马韵芬夫妇印"、"积余秘笈识者宝之"、"讱盦经眼"、"讱庵老人六十以后力聚之书子孙保之"、"来燕榭藏善本诗余戏曲"、"上海图书馆藏"。并有林葆恒手书墨迹:"辛巳十一月二十五日阅。"当亦是其选辑《词综补遗》的底本。① 标题页背后尚钤有"上海图书馆退还图书章"一枚,可知是"文革"后上海图书馆退还黄裳先生的图书之一。

是书卷尾有黄裳先生手书札记二则,一则为:"此诗余小品之至精者,世未更见也。积余钤以'秘笈'印,良有以也。余每见南陵徐氏所藏书之有此印者,皆罕觏佳椠,绝非偶然。乙未九秋。"作于1955年。其后钤有"黄裳小雁"方形阳文篆印。一则为:"得此卷后二年,更收枫人《玉勾草堂词》三卷,嘉庆中戴延介刻,时已在枫人身后矣。有贝简香手跋,传本绝稀。此卷刊于乾隆五十年,单行而流传更罕。当并储之,以为词藏二俊。丁酉九月二十日晴窗曝日书,小燕。"作于1957年。其后钤"草草亭藏"长方形阳文篆印、"木雁斋"方形阳文篆印各一枚。可见此书极受黄裳先生重视,其藏书记中,亦曾言及:"《妆台十咏》,乾隆刻本。此郑枫人等唱和词集。刊刻绝精,每半页双套边,版式雅饬。枫人首倡,和者五六辈,不忆谁何矣。徐乃昌物。"② 揆其语意,似作于"文革"之后、上海图书馆退还此书之前。

实际上,是书收录郑沄(字枫人)《妆台十咏》原唱十阕,并附孙锡、程瑜、许汝器和韵各十阕。

---

① 参拙作《〈讱庵藏词目录〉与现代词学因缘》,《文献》2019年第4期,第177—191页。
② 黄裳《前尘梦影新录》,济南:齐鲁书社,1989年版,第174页。

郑沄原唱十首中,已有七阕因收入其《玉勾草堂诗余》卷二,而被《全清词·雍乾卷》收录,①《烛影摇红·裙带》、《一萼红·入月》、《法曲献仙音·怀春》三阕则未收录,可补遗。

郑沄原唱之前,尚有骈文长序一则,于此组词创作意旨较为关键,亦未载于《全清词·雍乾卷》,因迻录于此:

> 十年赋草,都听覆瓿;五色笔花,徒供判牒。人居岭峤,学蛮语于参军;家近江南,思棹歌于渔父。笑著书其何益,嗟焚砚以悉辞。乃以报政之年,适有赴京之役。阳关叠曲,总是离愁;阿阁鸣弦,如闻幽怨。既登山而涉水,爰自夏以徂秋。大有吟情,难工艳体;未除冶习,偏爱新声。遂因尘鞅余闲,为谱妆台韵事。脂田粉碓,咸充斧藻之材;绣幌珠帘,长耿铅华之梦。词终十咏,稿属三旬。不惜呕肝,自耽饶舌。屈灵均之美人香草,偶一为之;苏学士之铁板铜弦,非其好也。他日歌来红袖,应吹紫玉之箫;何人写就乌阑,用缀绿窗之史。

可知此组词创作于某年郑沄入京朝觐的夏秋之间,凡三旬而成。是他在行役途中,刻意借闺情逸韵以遣羁怀之作。

孙锡和词十阕之前,亦有长序,其中语意,多与郑序相同,涉及倡和的内容则如下:

> 兼旬载和,十咏斯成。郑郧溪初按梁州,小槽双凤;程正伯同歌南浦,一枕春醒。(自注:时去瑕力疾同和十阕。)

孙锡、程瑜皆是郑沄门生,其和韵大致同时。孙锡,字雪帷,浙江仁和(今属杭州市)人,著有《雪帷韵竹词》不分卷,乾隆四十五年(1780)刻本,《全清

---

① 张宏生《全清词·雍乾卷》,第5340—5342页。

词·嘉道卷》据以收录。① 未收此十词,可据补遗。程瑜,字去瑕,亦是浙江仁和人,著有《小红楼词》四卷,清代刻本,《全清词·雍乾卷》据以收录,此十阕和词亦在其中,部分词题、字句有异文,可供参校。②

《全清词·雍乾卷》程瑜小传未详其卒年,考金学莲《月下笛》(衰草微云)有长序:"程去瑕,杭州词人也。庚申冬十月,予为刘公校文金华郡,时去瑕方为义乌校官。闻其名,弗获见,中间往来,亦弗一见。盖神交已七稔矣。丙寅春二月,复至西湖,闻去瑕以衰老归里,访其庐,欢若素识。遂出示《小红楼词》四册,闲愁满箧,清言娓娓。斗室近夕,潆然春雨,因叹夫相见晚而相离又速。是夕,予即挂帆东渡钱唐,篷底无事,制《摸鱼子》词一阕寄之。岂知鲤鱼浮沉,匝两月而予书始达。去瑕适示疾未起,展阅甫得半,已溘然辞世。闻耗之下,不觉声泪俱下,再成此调,歌以当哭云。"③则程瑜当卒于嘉庆十一年丙寅(1806)四月。

继和的许汝器创作则稍迟。此册之编、之刊,皆是许汝器所为,其词后有跋,略云:

> 秋初,自广陵归,风雨渡江,从惊涛骇浪中,记东坡《大江东去》词,真有生气。舟次无事,思作小令,甚苦不谐律,行箧有《妆台词》,窃笑仿陶学士,依样葫芦亦佳。画成,已抵里门。亟走问雪帷曰:"余初学,得叶律足矣,工拙不计也。"欲汇写成帙,又苦费笔墨,不若灾枣梨,则泥沙得以后珠玉,不犹幸乎?雪帷曰:"可。"于是竟付之梓人。乙巳嘉平既望,许州并记。

许汝器,号许州,亦为浙江仁和人,生平未详,所可考者除此十词外,还有《晴川阁序》一篇。④ 其词未为《全清词·雍乾卷》、《全清词·嘉道卷》所收,可补

---

① 张宏生《全清词·嘉道卷》,第 1 册,第 424—440 页。
② 张宏生《全清词·雍乾卷》,第 6656—6659 页。
③ 张宏生《全清词·嘉道卷》,第 8 册,第 454 页。
④ 裘行恕《(嘉庆)汉阳县志》卷三四,嘉庆二十三年(1818)刻本,第 51a—52b 页。

遗。从跋中可知,许汝器词学宗尚与郑沄等人并不相同,其词作水平亦较其他三人为次。

此外,南京图书馆藏郑沄《翦红楼词》一卷一册,即此《妆台十咏》之同书异名,除封面题为"翦红楼词"外,版式及所收内容与《妆台十咏》全同。

六十九、余集《梁园归棹录》一卷、《忆漫庵剩稿》一卷

余集《梁园归棹录》一卷、《忆漫庵剩稿》一卷,今存道光刻本,与余集《秋室学古录》六卷合装,今藏浙江图书馆。其书在余集身后由龚丽正辑刻,《清人别集总目》、《清人诗文集总目提要》、《清代浙江集部总目》皆著录,[①]《续修四库全书》、《清代诗文集汇编》皆据以影印。[②]《梁园归棹录》似据时间编排,诗词文杂列,其中录词十七阕;《忆漫庵剩稿》编排体例与之同,卷末录词二阕,则似为增补刻行。[③] 二书所录词,《全清词·雍乾卷》皆未收,可据补遗。

余集生平细节载于其《秋室居士自撰志铭》及其后所附英和跋中,[④]又见于《清史稿》、《清史列传》诸书。[⑤]《全清词·雍乾卷》即据以撰传,并根据北京大学图书馆所藏《酒边琴外词》稿本一卷收录其词九十八阕。[⑥]《酒边琴外

[①] 李灵年、杨忠《清人别集总目》,第952页。柯愈春《清人诗文集总目提要》,第788页。徐永明主编《清代浙江集部总目》,第340页。

[②] 《续修四库全书》,第1460册,第359—394页。《清代诗文集汇编》,第395册,第76—111页。

[③] 国家图书馆藏清刻本《余秋室诗文集三种》一部,凡五册,前三册为《秋室学古录》,第四册为《梁园归棹录》,第五册为《忆漫庵剩稿》。其《忆漫庵剩稿》所收诗至《侍女凤姑母欲遣嫁请去诗》止。《续修四库全书》所据影印之浙江图书馆藏清刻本、《清代诗文集汇编》所据影印之北京大学图书馆藏清刻本此诗之后,尚刻有词《清平乐》(江湖广阔)、《踏莎行》(红绽樱珠)二阕并绝句三首,应系补刻。

[④] 余集《秋室学古录》卷六,道光刻本,第25a—28b。

[⑤] 赵尔巽等撰《清史稿》卷五〇四,第13902页。王锺翰点校《清史列传》卷七二,北京:中华书局,1987年版,第5923—5924页。

[⑥] 张宏生《全清词·雍乾卷》,第2087—2109页。

词》为余集之词别集,此前仅见于《清词别集知见目录汇编》著录。①

《酒边琴外词》一册,凡三十八叶,蓝格稿本,其栏右下往往署"东啸轩钞本"、"花可可斋钞本"字样,半叶八行,行十六字,白口。词则工楷墨笔抄录,其旁有朱笔句读及圈点。是书卷首除书名外无署款,然钤印章八枚,其印文自上而下依次为:"书生老去"、"木犀轩藏书"、"北京大学藏"、"只可自悟说"、"李盛铎印"、"秋室手钞"、"木斋"、"集"。卷末亦钤有印章四枚,依次为:"李滂"、"莯微"、"德化李氏凡将阁珍藏"、"北京大学藏"。李盛铎,字莯微,号木斋,江西九江人,晚清民国著名藏书家,藏书处有木犀轩、凡将阁等,其藏书于其身后,由其子李滂分售美国哈佛大学图书馆、北京大学图书馆等处,此书当即是其中之一。②而从"秋室手钞"印章可知,此册当为余集手录清稿本。但不知为何在其身后未能刻入集中,或许此册在余集生前即已流失在外。

余集生于乾隆三年(1738),卒于道光三年(1823)。《酒边琴外词》所录,多是其壮年所作,其中可系年者,如《瑶花·己亥清明,步青西郭。买得频果一株,归植庭砌。试花后,半枝遽萎。滋以秋雨,枯枝复荣。重英缀玉,转益鲜好。喜不自胜。至次年而复枯,遂不复茂。余适伤逝,禁勿剪伐。枯干当风,悲膺结轖。凄然赋之,不胜仲文之感》,作于乾隆四十五年庚子(1780);又如《一萼红·寿李果亭六十》,作于乾隆五十七年壬子(1792)。③

因此,《梁园归棹录》等书所录词作,可以说是完整了余集的词创作历程。《梁园归棹录》作于余集的晚年,卷首有其题识:"余染疴怀归,赋留别诗。至次年始成行,间有涂抹附缀焉。前此之作,因疏懒不自收拾,俱已散轶。烟云变灭,亦姑听之,后此尚待兴来也。今自留别诗始,故以'归棹'名。"余集于嘉庆九年(1804)辞官归乡后,又"出主大梁书院八年"(《清史列传》)。《梁园归棹录》正是他从河南归乡至其去世期间创作的集合。其中作

---

① 吴熊和、严迪昌、林玫仪《清词别集知见目录汇编》,第131页。
② 郑伟章《文献家通考》,第1254—1258页。
③ 陆锡熊《李果亭六十寿序》:"壬子之春,先生六十初度。"载其《宝奎堂集》卷九,道光二十九年(1849)陆成沅刻本,第14a页。

品,始作于嘉庆十八年(1813),因其卷首有《寄知不足斋主人(时蒙恩赐举人)》七律二首,其事发生在嘉庆十八年(1813)六月;①迄于道光三年(1823)其卒前,因其卷末有《道光壬午重宴鹿鸣蒙恩晋秩恭纪》五律四首,是为道光二年(1822)所作,其后尚有《生日作》七律一首,作于道光二年末,②又有《宜春帖子词》七绝、《灵岩怀古》七律各一首,则当作于道光三年初。

《梁园归棹录》所收十七阕词如次:《南乡子·为三女画白凤》、《摸鱼儿·杨菱洲椿萱并茂图》、《念奴娇·黄河舟次再赋》、《水仙子·小令。方竹堂秋林瀹茗图》、《水仙子·竹堂小照失去多时,复得于京师,故此阕述之》、《水仙子·潘榕皋桐江竹枝图》、《人月圆·小令。潘功甫郊居集后》、《水仙子·小令。归佩珊填词图后》、《水仙子·量愁寄友》、《水仙子·孙□□凿翠轩》、《折桂令·汪心农守梅山馆》、《踏莎行·周忠毅玉印。印文"季候"二字,公表字也。其后人得于粤中》、《水仙子·小令。唐陶山观察松风琴韵小照》、《水仙子·龚定庵湖楼吹笛图》、《满江红·岳忠武铜印》、《折桂令·吴江令李湘浦西亭文宴图》、《菩萨蛮》(金瓯艳捧)。其词可略分成题图、行旅、咏物、寄怀四类。其中特多题图之作,亦可见余集晚年交游,如方沆(竹堂)、潘奕隽(榕皋)、潘曾沂(功甫)、汪谷(心农)、唐仲冕(陶山)、龚自珍(定庵)、李廷芳(湘浦)等。特别是龚自珍,可谓是余集的世交小友,因其父龚丽正就是余集身后为之辑刻著作之人。

此外,余集还曾纂辑《绝妙好词续钞》一卷,附厉鹗等《绝妙好词笺》以传,在序言中,余集说:"词至南宋而工,词律亦至南宋而密,此《绝妙好词》之所以独传也。"③可知他亦是服膺浙派的一位词人。

---

① 《清仁宗睿皇帝实录》卷二七〇,《清实录》,北京:中华书局,1986年版,第31册,第663页。
② 余集生日为十二月二十日,见其《秋室居士自撰志铭》。又,《生日作》首句:"我后东坡一日生,宫躔磨蝎漫相衡。"
③ 周密辑,厉鹗等笺注《绝妙好词笺》,上海:世界书局,1935年版,第4页。

七十、戴润《宝廉堂诗余》一卷

戴润《宝廉堂诗余》一卷，嘉庆十三年（1808）刻本，附《宝廉堂诗钞》一卷后，今藏于吉林大学图书馆。是书未为《清人别集总目》、《清人诗文集总目提要》、《清词别集知见目录汇编》著录。《江苏艺文志》虽著录，然标明"佚"。①

《宝廉堂诗钞》卷首，有詹肇堂嘉庆戊辰［十三年（1808）］夏序，叙述戴润生平颇详：戴润，字雨峰，江苏仪征（今属扬州市）人。少与詹肇堂同补诸生。四十余，犹困顿场屋。以诗词赋等自娱。其后授业扬州，又客常州数年。归里，与兄奉母卜居城南。又数年，迁居扬州。遂弃举业。② 至于戴润的生卒年，詹肇堂序中称其"今年且七十"，是序作于嘉庆十三年（1808），则戴润当生于乾隆四年（1739）或稍后。《江苏艺文志》载戴润生于雍正七年（1729），卒于嘉庆十九年（1814），尚未详其依据。③

《宝廉堂诗余》录词十八阕，其目如次：《潇湘夜雨·将之毗陵，林兰汀填〈潇湘夜雨〉词为赠。雨阻不能行，用原阕酬之，兼别诸同好》、《西江月·忆真州荷花》、《长相思·题烟雨送别图》、《沁园春·咏美人情态和詹石琴》八阕（分题：笑、啼、愁、嗔、倦、怯、怜、思）、《贺新郎·敝裘》、《凤凰台上忆吹箫·春寒》、《柳梢青·戏赠》、《青玉案·野步，与青山戏书所见》、《春风袅娜·将去兰陵，留赠歌者》二阕、《夺锦标·花朝夜雨不寐》。

詹肇堂序谓："雨峰之诗，得力于大历十子，又津逮于有宋诸大名家，不襞绩以为工，不拌扯以矜博，不叫嚣隳突以逞才气，粹然一出于和平大雅之音，而时露其浓思壮采于楮墨间。词则清微绵丽，以南宋为宗。"④戴润《沁园春·咏美人情态和詹石琴》即和詹肇堂而作。詹肇堂是吴锡麒弟子，其词集

---

① 江庆柏主编《江苏艺文志·扬州卷》，第551页。
② 是序亦载于刘文淇纂《（道光）重修仪征县志》卷四五，光绪十六年（1890）刻本，第17b—18a页。
③ 江庆柏主编《江苏艺文志·扬州卷》，第551页。
④ 刘文淇纂《（道光）重修仪征县志》卷四五，第18a页。

中存录的《沁园春》咏艳词,除与戴润倡和的八题外,还有歌、吟、画、绣、醉、步、立、睡八题。①《沁园春》咏艳词本是朱彝尊开创的一个创作传统,也几乎可以看成是浙西词人或服膺浙西词学的词人们在创作上的一个标志,戴润应当就是近水楼台式地从詹肇堂处接受了这一方面的影响。

但戴润词不尚征典,词意亦较为明白晓畅,如其《沁园春·怯》状摹女子由少及长的畏怯羞惧的心态与神态,都靠体贴入微见胜,而不是以运典擅场,与一般的浙西词人是有差别的:

小胆怦怦,生长兰闺,娇藏寝门。便踏青柳陌,阿娘在后,熏香芸阁,侍女同温。风里怀声,月中畏影,四面窥人始出轩。斜阳下,早篝灯向火,怕见黄昏。　春寒正值新婚。把半臂勤添手自扪。更登楼乍俯,惊心倒影,当阶徐步,着意潮痕。不敢先眠,岂能独宿,一枕相偎伴梦魂。堪怜处,记三更惊觉,唤醒郎言。

七十一、章铨《湖庄诗余》不分卷

章铨《湖庄诗余》不分卷,附其《染翰堂诗集》不分卷后,清代钞本,今藏国家图书馆。《清人诗文集总目提要》、《清人别集总目》、《清代浙江集部总目》著录,《清代诗文集珍本丛刊》据以影印。② 章铨另有《澹如轩诗钞》五卷,清代钞本,今藏国家图书馆。又《澹如轩诗存》四卷,嘉庆刻本,今藏南京图书馆;《染翰堂诗集》十卷附一卷,嘉庆五年(1800)钞本,今藏北京大学图书馆,待访。

《(光绪)归安县志》:"章铨,字拊廷,号湖庄,归安人。乾隆三十六年进士,由翰林改户部主事,升郎中,出为宁夏知府。谂知渠水最关民瘼,为浚汉

---

① 张宏生《全清词·雍乾卷》,第1916、1931—1937页。
② 柯愈春《清人诗文集总目提要》,第813页。李灵年、杨忠《清人别集总目》,第2114页。徐永明主编《清代浙江集部总目》,第348页。陈红彦等主编《清代诗文集珍本丛刊》,第324册,第1—174页。

渠、唐渠、惠农渠,引水溉田。渠被河套水冲决,捐廉修堵。民德之,立碑于张政桥。历知湖北襄阳府、广东韶州府,终于广东粮储道。著有《吴兴旧闻补》《湖庄诗集》。"①归安,明清时为浙江湖州府附郭县,今属浙江湖州市。江庆柏据《清代官员履历档案全编》定章铨生年在乾隆七年(1742),其卒年则未详。②

《湖庄诗余》版式:四周单边,版心镌上鱼尾,白口,共五叶,半叶十行,行二十一字。录词共十八阕:《撼庭秋》二阕、《踏莎行·虎丘》、《芭蕉雨》(客舍凄清)、《忆江南·泛舟山塘》、《剔银灯·灯花》、《霜叶飞·登镇颍楼》、《霜叶飞·旅怀》、《霜叶飞·访西湖》、《步月·咏月》、《八归·述梦》、《醉垂鞭·月下对饮》二阕、《金缕曲·有晋阳之行,留别戴葓塘水部、张午桥同年,即次葓塘元韵》、《离亭燕·河中送别杨敬斋上舍》、《念奴娇·登鹳鹊楼》、《一剪梅·旅思》、《金缕曲·送别严香雨,即用出都时戴葓塘水部赠行元韵》。

是书卷末粘墨笔签条一纸,上写行书二行:"集内诗余数首,散在诗内,应摘出,归入此卷。又试帖作,亦应归入试律末卷内。庚申三月十四。"当是校读章铨此集者所题。庚申,当为嘉庆五年(1800)。检《染翰堂诗集》,其内容是嘉庆丙辰[元年(1796)]至戊午[三年(1798)]间章铨的纪年诗,并附同人倡和之作。是书当是尚未写定的草稿,其字体与词稿差别较大,书中天头处多有提示誊抄时调整格式的批语,诗旁亦多有圈点。

《染翰堂诗集》中,收录《十六字令·雨》二阕,作于嘉庆二年(1797)春,即签条所谓应归入《湖庄诗余》的词。

又检《澹如轩诗钞》,是书为章铨庚子[乾隆四十五年(1780)]、辛丑[乾隆四十六年(1781)]仕为户部郎官时(辑为《澹如轩诗钞·庚子》一卷、《郎官续集》二卷),及外放甘肃时(辑为《邮程随咏》一卷、《银川集》一卷)所作诗。其编次略淆乱,其中亦载《惜余春慢·端午》一阕,作于乾隆四十五年(1780)端午。

---

① 陆心源纂《(光绪)归安县志》卷四二,光绪八年(1882)刊本,第23a页。
② 江庆柏《清代人物生卒年表》,第727页。

以上章铨词共二十一阕,皆为《全清词·雍乾卷》所未收,可供补遗。证之章铨诗词钞本编次成例,则北京大学图书馆藏《染翰堂诗集》钞本中或亦当载录词作,但其所收,与国家图书馆藏《染翰堂诗集》《湖庄诗余》是否存在差异?目前皆不得知,当更访之。

章铨词,不事征典而感情真挚,常于写景中烘托出情绪的深刻与细密,如《芭蕉雨》上片:"客舍凄清欲绝。远钟敲乍罢、残砧歇。厌把旅怀提挈。无奈细雨穿窗,终宵幽咽。"又擅长通过情境来烘托人物心理,特别是女子心理的矛盾和纠结,如《剔银灯·灯花》:"不是春三重九。担槛提壶辜负。断夜凄清,孤灯滋味,付与羁人消受。是谁纤手。裁剪出、已开还又。　敢道金釭银缸。惆怅会稀离久。猛记残更,低声细嘱,笑问灯神知否。一双红豆。休便认、东风祝就。"

章铨虽籍贯浙西,其词却未染乾嘉间浙西词人的积习,不饾饤襞积以为事,不扪扯典故以为能,而常常在词中展现作者或者所咏之人的视野、胸襟,字句较为清通,且有一种既顿挫又豪壮的风貌,如《念奴娇·登鹳鹊楼》:

碧空倒影,数千里、共此清风明月。直上层楼,舒眼望、古寺晚钟初歇。华岳峰高,黄河水溜,远远环城堞。高寒如此,清虚府里官阙。　回想卜筑何人,叹朱甍画栋,已经重设。是假是真休再问,一样河山稠叠。况值中秋,微云都净,境地真清绝。狂歌酣饮,唾壶尽可敲缺。

七十二、俞蛟《梦厂诗余》一卷

俞蛟《梦厂诗余》一卷,嘉庆十六年(1811)刻本,今藏吉林省图书馆。是书《清词别集知见目录汇编》《清人别集总目》《清人诗文集总目提要》《清代浙江集部总目》诸书皆未著录。

俞蛟,字青源,一作清源,又字六爱,号梦厂居士,浙江山阴(今属绍兴市)人。著有笔记小说《梦厂杂著》八卷,流布较广。

俞蛟生平未详，有称："(俞蛟)《清史稿》无传。嘉庆《山阴县志》仅说他于乾隆元年(1736)中过举人，《广东通志》说他在乾隆五十八年(1793)曾以监生充任兴宁县典史。由于史无细载，后人提到他也就大多语焉不详。"①这段文字，既说俞蛟乾隆元年中举，又说他于乾隆五十八年时仍是监生，前后扞格；且通常中举者年应二十以上，乾隆元年中举，至乾隆五十八年时应已寿至八十，不应沉沦于小吏杂役中，且作恋栈状，故知此处应有错误。今核《(嘉庆)山阴县志》，乾隆元年中举者实为余蛟，且注明余蛟其后仕至"通判"。② 余蛟仕途尚可检核，乾隆十五年(1750)，曾任江苏如皋教谕，其后升镇江府同知。③ 可知此余蛟与俞蛟并非一人。

其实俞蛟的生平细节，有些一直保存在《梦厂杂著》卷首孙鉴所撰序中，孙鉴晚年于广州会晤俞蛟，"独念余与梦厂，以四十年相知之雅，今年皆六十，头颅如许，纵既离尚复可合，而已老何能再少？匆匆解缆，后会难期，宁忍无一言附君集以传乎？爰叙一生离合大端，备载岁时，以见余两人之情之挚、缘之悭，而并以见余两人之遇之穷也"。④ 根据孙鉴序中具体的时间节点及相关交游细节，我们可以列出下表：

俞蛟、孙鉴交游详情表

干支纪年	年号纪年	孙鉴生平细节	俞蛟生平细节	备注
甲申	乾隆二十九年(1764)	始识梦厂于里门	二三知己，刻烛联吟，挐舟访胜，相与盱古衡今，以上下其议论	二人"固皆惨绿少年耳"
丙戌	乾隆三十一年(1766)	计偕北上，留滞长安	南溯粤江，东游山左，经历万里，被困于临清围城中者四十余日	两人之相离而不获见者已十年

---

① 《出版说明》，俞蛟《梦厂杂著》，北京：北京古籍出版社，2001年版，卷首第1页。
② 朱文翰纂《(嘉庆)山阴县志》卷一〇，民国二十五年(1936)绍兴县修志委员会铅印本，第22a页。
③ 左元镇纂《(嘉庆)如皋县志》卷一二，嘉庆十三年(1808)刻本，第31a页。
④ 序见俞蛟《梦厂杂著》，北京：北京古籍出版社，2001年版，卷首第4页。

续　表

干支纪年	年号纪年	孙鉴生平细节	俞蛟生平细节	备注
丙申	乾隆四十一年（1776）	以选人需次软红十丈	援例入都	旧雨重逢
辛丑	乾隆四十六年（1781）	捧檄中丘，浮沉宦海	方以诗画倾动公卿，谓宜必有杨东里其人游扬而荐拔之	故人千里，会面益稀
？	？	移秩黔中	以一尉奉发南越	天各一方，不相知问者忽忽又十余年
"今秋"	？	镌职入都，道经百粤	奉讳请急来省，出《杂著》一编征序	相遇于广州，不久即言别

此表的六个时间节点中，前四者非常明确，亦尚有旁证。如丙戌年事。孙鉴，原名孙锹，后改名鉴，其中举时间在乾隆三十年（1765），《（嘉庆）山阴县志》著录该年举人时说："孙锹，改名鉴。知府。"①检《清代职官年表》，乾隆三十年浙江乡试在八月，乾隆三十一年（1766）三月，举行会试，"计偕北上"指中举后即赴京应次年的会试，其时间是准确的。②

至于后二者，今亦可考辨，孙鉴"移秩黔中"的时间，当在嘉庆元年（1796）。《（道光）大定府志》载录大定知府时说："孙鉴，浙江山阴人，举人，嘉庆元年七月初一日任；刘云，湖南长沙人，吏员，嘉庆五年十二月初一日任。"③清代大定府今属贵州毕节市。孙鉴在任大定知府之前的仕履未详，但其在大定知府任上的时间当为嘉庆元年（1796）七月至五年（1800）十一月，其后即由刘云继任。因此，表中第五个时间节点应是嘉庆元年丙辰。此时前后，俞蛟"以一尉奉发南越"，则是去担任县杂佐官中的典史，其具体时间，是乾隆五十八年（1793）。《（咸丰）兴宁县志》著录典史时谓：

　　俞蛟，山阴人。（乾隆）五十八年任。

---

① 朱文翰纂《（嘉庆）山阴县志》卷一〇，第28a页。
② 钱实甫《清代职官年表》，第2816、2928页。
③ 邹汉勋纂《（道光）大定府志》卷二二，道光二十九年（1849）刻本，第13b页。

冯浩,鄞县人。(嘉庆)六年任。①

同样的记录,亦见于《(道光)广东通志》。② 可知俞蛟为兴宁典史的任期是乾隆五十八年至嘉庆六年(1801)。《梦厂杂著》卷首自序署款:"嘉庆六年四月中浣梦厂居士俞蛟识于齐昌官舍之凝香室。"齐昌是兴宁古称,可知至迟在嘉庆六年四月时,俞蛟仍在兴宁典史任上。

至于孙鉴序中的"今秋",按照其署款时间,似应为嘉庆十六年(1836)秋。但若是嘉庆十六年秋,则从嘉庆六年至十六年间,孙鉴、俞蛟二人,仍需一在贵州、一在广东经历仕途迁转,并于嘉庆十六年秋时一起离职,并相遇于广州。而遍检贵州、广东方志,再无二人的相关记录。因此,嘉庆十六年秋这个时间节点是有问题的。方南生最早发现了这个问题,他说:

> 只要仔细看孙序最后一段"余与梦厂以四十年相知之雅,今年皆六十,头颅如许,纵即离尚可复合,而已老何能再少"等浮生若梦之叹,还可以得到一些启示。如按1764年初次相识,四十年后,"今秋"当是1804年,即夏历甲子,清仁宗嘉庆九年。"今年皆六十",是比较肯定的口气,按此回溯六十年,俞蛟当生于上一个"甲子",即清高宗乾隆九年,合公元1744年。但孙序的落款时间作"嘉庆十六年辛未阳月",和"今秋"应是嘉庆九年,不是无端又冒出个叉子吗?当我们仔细看过孙序的落款之后,才恍然有悟,在落款的"嘉庆"之后,"阳月"之前,本来只有四个字的地方,却被挖改掉,填补了字形较扁的"十六年辛未"五个字,痕迹斑斑,明眼人一见便知。但不知刊行时,因何挖改?是序作于前,而付梓于后,为使最后一篇序的落款日期,能与付梓年月统一起来而改呢?还是由于

---

① 仲振覆纂《(咸丰)兴宁县志》卷四,民国十八年(1929)铅印本,第23a页。
② 陈昌齐纂《(道光)广东通志》卷五七,道光二年(1822)刻本,第8页。

别的什么原因,这就不能确知了。①

方南生根据"四十年"这一概数推测孙鉴序署款"嘉庆十六年"当为"嘉庆九年"挖改而致;又据"今年皆六十"推导孙鉴、俞蛟当皆生于乾隆九年(1744),这一结论目前较为学界所信从。但这个推导的基础可能也存在问题。

《梦厂诗余》与《梦厂诗》合订一册,其前有"嘉庆辛未仲夏下浣同里赵大奎槐亭氏拜撰"的序,称"先生殁已十余年,徽音未沫,梗概犹存"。辛未即嘉庆十六年(1811),则俞蛟之卒,当在嘉庆六年(1801)或稍后。而他与孙鉴叙别于广州,亦只可能发生在嘉庆六年秋。一为落职之废员,一为丁忧之杂吏,暮景苍凉,相见唏嘘,揆诸情理,确实称得上是"遇之穷也"。

据以逆推,则俞蛟生年,当在乾隆七年(1742)。②

《梦厂诗余》一卷,版式如次:半叶八行,行二十字,左右双边,上下单边,中缝镌"梦厂诗余"、单鱼尾、页码。全卷九叶,共录词二十阕:《忆秦娥·灯花》、《浪淘沙·甲辰元夜吴眉峰招饮》、《钗头凤·鼻烟》、《醉春风·寄怀王枫溪》、《青玉案·赠张水屋》、《祝英台近·题潘湘云小照》、《祝英台近·春暮寄谢少山》、《满江红·将赴大梁,留别谢少山》、《满江红·寄怀谢少山》、《满江红·送谢少山之官江右》、《长亭怨慢·题闵正斋奉馔图》、《金菊对芙蓉·重阳后一日生辰》、《垂杨·漫兴》、《念奴娇·赵北口》、《念奴娇·寄怀宗芥帆》二阕、《珍珠帘·题美人倚梅图》、《台城路·送穷》、《水龙吟·题宗芥帆万树梅花一老僧小照》、《沁园春·归思》。这些词,皆可以补入《全清

---

① 方南生《前言》,载俞蛟著,方南生等校注《梦厂杂著》卷首,北京:文化艺术出版社,1988年版,第5—6页。
② 《梦厂杂著》卷二《吴小将军传》:"己巳之冬,余自汴入京,僦居樱桃斜街之旅店。"(北京古籍出版社2001年版,第29页)己巳,当为乾隆十四年(1749)或嘉庆十四年(1809)。有研究者以为此可证俞蛟卒于嘉庆十四年以后,详田惠婷《俞蛟及其〈梦厂杂著〉研究》,四川师范大学2023年硕士论文,第9页。案"己"可能为"乙"之误,乙巳则为乾隆五十年(1785)。自乾隆四十一年(1776)至五十六年(1791)间,俞蛟常寓居京师,其行迹于《梦厂杂著》中班班可考。《梦厂杂著》中干支常有疑误,又如卷五《滕王阁》条:"癸亥三月,捧檄赴岭南,阻风,不得进。"癸亥为嘉庆八年(1803),此处当是纪乾隆五十八年癸丑(1793)俞蛟赴广东兴宁典史之任时事,"癸亥"亦当为"癸丑"之误。

词·雍乾卷》。

《梦厂诗余》中的词,对理解俞蛟生平有较大帮助。一是其中交游词占绝大多数,俞蛟的好友如谢少山、闵正斋(闵贞)、宗芥帆(宗圣垣)、余秋室(余集)、许兰谷(许铺)等,在《梦厂杂著》中皆有专则,正可与此书互相参证。二是《金菊对芙蓉·重阳后一日生辰》,明确了俞蛟的生辰为九月十日。

《梦厂诗余》中的词,也可以与《梦厂杂著》中所录俞蛟词互校。如《梦厂杂著》卷一《楚伶传》不仅附载了《祝英台近·题潘湘云小照》,还记录了本事;又如《梦厂杂著》卷七《闵孝子传》不仅附载了《长亭怨慢·题闵正斋奉馔图》,也更详尽地刻画了闵贞(字正斋)的性格,以及两人的交谊。《梦厂杂著》也有《梦厂诗余》未收的佚词,如赠送给妓女纽儿的《黄金缕》,虽较为粗滑庸俗,却同样是《梦厂诗余》及《全清词·雍乾卷》未收录的佚作。此外,《梦厂杂著》还载录了俞蛟的存目词,如《贺新凉》为李少白题其行乐图,《梦厂杂著》既未录其词,《梦厂诗余》中亦未载,可知俞蛟词亡佚者尚多。①

《梦厂诗余》并非俞蛟自订,赵大奎说:

> 吾郡俞梦厂先生倜傥多能,历游不遇,奇情逸致,悉寄之诗词书画中。惜乎不自收拾,玉芝早萎,遗稿失存,都人士每以不得见其绪言余韵为憾。戊辰秋,其宗人杏林携《杂著》一箧示予。展读之下,爽朗秀逸,不具论。以龙门之笔,仿辑事于《艳异》,效志怪于《齐谐》,亦足悲矣。间日,杏林复示以诗词二卷,云得之旧书帙中。读竟,不觉拍案曰:"诗则追踪杜、韩,词则步武辛、刘。楼头夜月,江上青峰,不足喻其悲凉慷慨也。"吾用是滋感矣。知音未遇,谁为赏识之人?行路相逢,即属揶揄之鬼。……杏林谊重宗盟,谋付之梓,杏林之古雅可以风矣。

俞杏林,今已不详其名。赵大奎,则为浙江上虞(今属绍兴市)人,著有《月令

---

① 俞蛟《梦厂杂著》,北京:北京古籍出版社,2001年版,第9、128—129、211、13页。

广义摘要》《医学遍览》《地理指归》《南谯启事》《诗坛呓语》等。①

俞蛟词,小令较平淡浅白,意随语尽,如《浪淘沙·甲辰元夜吴眉峰招饮》上阕:"不夜说今宵。灯月辉交。烂银世界暗魂消。如此风光谁领略,算有吾曹。"长调则稍多沉郁之气,颇能描摹寒士穷蹙苦辛,如《台城路·送穷》:

箪瓢鹑结贫如许。前贤并遭欺侮。岭表歌鱼,京华乞食,十载困侬羁旅。如枭类蛊。几突少炊烟,筒无完袴。忆昔昌黎相逢,也未肯容汝。　而今只送归去。任天涯地角,都是游处。客总多情,主人谊薄,聊饯壶浆鸡黍。临岐告语。愿此后韬藏,岩阿江渚。兰室芸斋,不重烦枉顾。

七十三、明义《绿烟琐窗集》不分卷

明义《绿烟琐窗集》不分卷,清代钞本,今藏国家图书馆。《清人诗文集总目提要》《清人别集总目》《清词别集知见目录汇编》著录,文学古籍刊行社、上海古籍出版社、《清代诗文集汇编》《清代诗文集珍本丛刊》皆曾据以影印。②

明义,字我斋,富察氏,满洲镶黄旗人。傅清子,傅恒从子,明仁弟。约生于乾隆八年(1743)。任上驷院侍卫。嘉庆八年(1803)解职,卒年未详。③

明义及其诗集在现当代备受学界关注,最主要的原因,是其《绿烟琐窗集》中收录《题〈红楼梦〉》七言绝句二十首,就中可以考知《红楼梦》一书的早期流传与阅读,对考证、研究《红楼梦》作者曹雪芹的生平、交游亦有较大的

---

① 朱士黻纂《(光绪)上虞县志》卷三六,光绪十七年(1891)刊本,第53b页。
② 柯愈春《清人诗文集总目提要》,第827页。李灵年、杨忠《清人别集总目》,第1388页。吴熊和、严迪昌、林玫仪《清词别集知见目录汇编》,第197页。明义《绿烟琐窗集》,北京:文学古籍刊行社,1955年版。又,上海:上海古籍出版社,1984年版。另见《清代诗文集汇编》,第407册,第741—778页;陈红彦等主编《清代诗文集珍本丛刊》,第328册,第403—558页。
③ 李红雨《满族作家明义与〈绿烟琐窗集〉》,《民族文学研究》1991年第1期,第45—50页。刘晓江《基于〈清实录〉考察明义诗暨探明义生年》,《红楼梦学刊》2019年第5期,第21—34页。

帮助和促进。

《绿烟琐窗集》一册,工楷抄录,半叶十行,行十九字,无行格。集中以诗体为序排列,依次为四古、五古、七古、五律、七律、五绝、七绝、词,卷末附《古意》一首,与书中字体有别。其中,词共五叶,录二十四阕:《内家娇·小花烛词》、《内家娇·题伊峻斋画碣石观海图》、①《凤凰台上忆吹箫·和晴村题云篮词韵》、《菩萨蛮·和回文三首》、《祝英台近·次见怀原韵》、《望江南·云郎词》十五阕、《沁园春·送毛海客归幕》、《风流子·题歌者扇》。明义及其词,皆未为《全清词·雍乾卷》收录,可补遗。

明义词,语言通俗近曲,内容则多写风流韵事,呈现出旖旎绮艳的风貌。其中,尤以赠云郎的词为多。云郎其人,见于《绿烟琐窗集》七绝《忆云郎》后附《云郎来札》题下自注:"云郎,姓陆,名笺,字云篮,又名寿官。"同书七绝《庆郎诗引》又谓:"云篮者,姑苏之伶官也。姿态绝伦,琴诗兼妙。庚寅春杪,与予邂逅于张湾旅次,一见神醉,即席赠诗二章。彼亦欣然受笔,立和二韵。缠绵款曲,备极一夕之欢。翌日则吴帆南返,代马北归,地永天长,渺无音问。"庚寅为乾隆三十五年(1770),云郎为男性伶官,是则《凤凰台上忆吹箫·和晴村题云篮词韵》、《望江南·云郎词》皆狎优狭邪之词。

明义其余词作,亦多涉艳情。如《内家娇·小花烛词》,其遣词造语同《望江南·云郎词》一样,皆极为刻露;《菩萨蛮·和回文三首》、《祝英台近·次见怀原韵》寄意闺闼情事;《风流子·题歌者扇》内容既忆及其与男伶云郎、庆郎的来往,又对新欢即词题中的"歌者"报以期待:皆当时贵族纨绔风流积习的写照。明义与艳情无涉之词,惟《内家娇·题伊峻斋画碣石观海图》、《沁园春·送毛海客归幕》二阕。后者借他人块垒,发怀才不遇之叹,前者则由观图写起,过片兼及怀古,过渡到词末与友人在书画及词作方面的不同期许,终阕并有淡淡的归隐之思,其内容与层次较为丰富:

何处访瀛洲。凝望际、烟霭澹悠悠。使漫驾而来,应悲路尽,

---

① 此二词词调有误,检谱律,前阕实调《贺新郎》,后阕实调《风流子》。

道穷至此,定想桴浮。堪叹是、贤兮因地困,圣也为时忧。争及仙家,相邀道侣,狂乘鹏背,醉钓鳌头。　阿瞒诗兴好,问雄才霸业,怎便都休。空余剩水残山,无复神游。论画里高名,尔将米并,词中豪气,我比苏道。共约他年白首,来逐群鸥。

峻斋,乃满洲旗人伊嵩阿之字。伊嵩阿曾官员外郎,清才早世,著有《念修堂诗草》。[1]

七十四、吴展成《啖蔗词》四卷

吴展成《啖蔗词》四卷,清代刻本,分装两册,是黄裳先生旧藏,上海图书馆亦藏此书两套。是书《清代诗文集总目提要》、《清人别集总目》、《清代浙江集部总目》俱未著录,《清词别集知见目录汇编》仅著录浙江图书馆藏二卷本。[2]

黄裳先生藏本卷首有徐钧骈文序二叶,已残损过半;[3]其后有吕铨七绝

---

[1] 徐世昌编《晚晴簃诗汇》卷一〇三,第4344页。
[2] 吴熊和、严迪昌、林玫仪《清词别集知见目录汇编》,第132页。
[3] 上海图书馆藏此书二套,其一未钤印章,卷首缺徐钧序,卷末无吕铨跋。其二卷首钤有"积学斋徐乃昌藏书"、"刘絜敖"印章,卷首有完整的徐钧序,题作《弁言》:"一重一掩,读遍《离骚》;六序六幺,搜残曲谱。寄相思于《红豆》,南国春生;寻逸响于《紫箫》,西堂梦杳。文园消渴,千金购就《长门》;绮席缠绵,一霎填成短阕。《闲情》有赋,别其柔情;《长恨》兴歌,正多余恨。敢曰雕虫小技,徒研十二龙宾;洵知刻鹄难工,秃尽三千虎仆。赓《菩萨蛮》之调,瑶瑟声凄;沥浮提国之心,金壶汁耗。不必别按清商,固已渐臻佳境。此吾友螟巢《啖蔗词》之独开生面,而高踞名坛也。原夫断竹续竹之遗,比玉比红之胜。《新声》、《子夜》,欲唤奈何;妙舞杯槃,惟凭宛转。唱天边之璧月,别贮清辉;啭筵上之珠喉,迥殊凡艳。浅斟低唱,柳屯田黼座威知;云破月来,张给事香闺传诵。慨夜朝华已谢,响寂音沉;欣兹夕秀方披,宫移羽换。蔗浆饮罢,沁人芳心;蔗饤咀来,润添绣口。拟加评骘,宜在贝丘、白石之间;试核体裁,应与北墅、南溪为侣。乃乘余暇,复辑前人。绩江郎之剩锦,新样翻花;拾谢傅之碎金,洪炉点雪。百家凑泊,巧过偃师;五色鲜妍,丽逾幌氏。讵同獭祭,徒堆垛夫陈编;大类蜂脾,酿芬芳于众卉。咄嗟立办,石家之厨馔何丰;位置都佳,王氏之鼎彝并列。要使不留其隙,譬诸无缝天衣;遂尔尽得其神,谱就有声图画。所以联翩雅制,直洽乎中秘青缃;从兹绝妙好辞,深入乎外孙黄绢矣。君本个中人,耐可批风抹月;仆为门外汉,未娴减字偷声。持来银拨红牙,自愧青镂莫按;听到黄莺紫燕,谁怜锦字空调。幸能分我余甘,不音窥其全豹。强为解事,僭此弁言。同里芸庄弟徐钧。"

题辞四首、曹言纲七绝题辞四首、张陵七绝题辞二首,共二叶。皆为半叶九行,行十九字,上下单边,左右双边,版心大黑口,镌上鱼尾,"序"/"题辞"、页码。序有所缺略,题辞卷首钤"草草亭藏"、"木雁斋",皆黄裳藏书私印。

其后各卷版式与序、题辞相同,皆半叶九行,行十九字,上下单边,左右双边,版心大黑口,镌上鱼尾、集名、卷次(小字)、页码。卷一有"讱庵老人六十以后所聚之书子孙保之"、"讱庵经眼"阴文印章,是林葆恒藏书印,卷首书名卷次条下有墨笔"辛巳闰六月二十一日阅"行书一行,是林葆恒民国三十年(1941,辛巳)时的校读笔记;卷首另有"黄裳藏本"、"来燕榭藏善本诗余戏曲"阳文印章,是为黄裳藏书印;另有"上海图书馆藏"阳文印章,可知此书曾入上海图书馆收藏。卷二及卷四钤"讱庵经眼"印,卷三钤"上海图书馆藏"、"草草亭藏"、"木雁斋"、"讱庵经眼"诸印。是书各卷末分别有"此卷共捌拾六首"、"此卷共五十六首"、"此卷共六十一首"、"此卷共四十二首。四卷共二百五十首"墨笔手书字样,卷中多有圈点,当是林葆恒校读时的印记。卷四末行"唉蔗词卷四终"下端,另刻小字"嘉兴王庆余刻",是为此书刻工记。

吕铨题辞有句:"谁识梦窗今又作,霏珠漱玉擅风流。""先生点笔开生面,花草争翻别样新。""铜琶铁板歌江月,争似云鬟唱晓风。"这是吕铨对吴展成词风的体认,觉得吴词效法吴文英、柳永,而对苏轼、辛弃疾词风持保留态度。效法吴文英,在清末一度成为词坛主流,如吕铨所说符合事实,则吴展成可谓是别开生面的词坛人物。当然,也有另一种可能,吕铨因吴展成的姓,联想到吴文英,而并非对其词有特别且深刻的体认。细读吴展成词,似乎后一种可能性更大些。

是书卷末另有两叶,一叶镌吴展成骈文自跋,一叶镌其门生,亦即本书捐刻者吕铨跋,其版式同序、题辞。吴展成自跋谓:

> 江花江草,思公子兮西园;桃叶桃根,吊美人兮南国。乌丝红豆,致足缠绵;越调吴歈,偏多寄托。叶宫商于字里,掷地成声;摹标格于行间,绘风有影。牢骚酒后,苏辛之雄唱堪追;旖旎花前,秦柳之艳思可续。雕虫小技,虽曰诗余;搦管长吟,依然词客。慨自

先民不作,伤哉同调无闻。仆生则多情,长惟抱恨,回肠易织,结习难忘。一片穷愁,仰屋梁而窥落月;三生因果,钻窗纸而出痴蝇。戒绮语兮未遑,拟悲歌兮当哭。裁云镂月,狂来欲付筝琶;对景当筵,兴到辄呼莺燕。棘端漫刻,漏色界之三千;剑首轻吹,括寓言之十九。短长索句,堆累盈篇。愧攘臂于鸡坛,敢折衷于鸿匠。呜呼,倡条冶艺,人言此处最销魂;剩粉零金,侬向个中差解语。聊题骈体,用识褊心。螟巢吴展成。

吕铨跋谓:

> 吾师螟巢夫子,幼耽风雅,长复折节好学,笔擅词场,著有《庚舢集》如干种。然数奇不耦,以青衿困场屋者屡矣。辛丑岁,铨获从游。又七年,见其绝意进取,思出所作为身后计,顾贫不能授剞劂,怅然有秦火之感。诸同学起而请曰:"夫子之嗜,尤深于词,盍先以词梓乎?"乃于全集中,手选为四卷,刻之。其词之佳,固有目所共赏,铨不复赞一辞焉。览是编者,亦可以见夫子之全体已。乾隆己酉岁秋孟月,受业门人吕铨谨跋。

己酉为乾隆五十四年(1789)。吕跋叶末行有"来燕榭所收善本诗余。乙未九月初三日记"行书一行,后钤"黄裳小雁"阳文印章一枚,乙未为1955年。

书凡四卷。卷一共二十二叶,实收85阕:《十六字令·闺情》、《忆江南·春光好,和友人八首之四》四阕、《忆王孙·闺思》、《相见欢·闺怨》、《相见欢·惜花》、《点绛唇·远帆》、《点绛唇·腊梅花》、《点绛唇·盆养朱鱼》、《点绛唇·白弓鞋》、《点绛唇·圆通庵看牡丹》、《浣溪沙·落叶》、《浣溪沙·鹦鹉》、《浣溪沙·有寄》、《浣溪沙·闺情》、《浣溪沙·寓楼晓起》、《采桑子·送夏四丈荆园再赴山左幕》、《减兰·寓斋书怀》、《减兰·题梅里杨秀才文朴云林秋晓障子》、《减兰·顾一丈退飞近得一孙,向余索词为贺,赋此》、《菩萨蛮·纺纱》、《菩萨蛮·憎蚊》、《菩萨蛮·晓妆》、《菩萨蛮·扫墓道中口号》、

《菩萨蛮·题沙君青岩敲诗图》、《清平乐·瓶梅》、《清平乐·香橼》、《清平乐·无题》、《清平乐·春阴》、《忆少年·无题》、《风蝶令·秋闺》、《风蝶令·佛手柑》、《风蝶令·春草》、《风蝶令·简退飞》、《风蝶令·寒食留滞寓斋未归作》、《双调忆江南·重午客窗怀归,简退飞》、《卖花声·春闺》、《河传·忆旧》、《鹧鸪天·秋意》、《鹧鸪天·自遣》、《鹧鸪天·春闺》、《鹊桥仙·七夕》、《鹊桥仙·盆桃》、《虞美人·插青晚眺》、《醉落魄·感旧》、《东坡引·扫墓道中口占》、《踏莎行·自题守雌图小影》、《踏莎行·上巳喜晴》、《踏莎行·枇杷》、《踏莎行·春夜听雨》、《惜分钗·无题》、《临江仙·游乍浦》、《一剪梅·自叹》、《唐多令·村斋梅雨》、《蝶恋花·友人盛称西湖佳丽之饶,怂余同游,词以答之》、《蝶恋花·麦浪》、《蝶恋花·戊申立夏日酒后,拟过李山人沁碧,为雨所阻,怅然有题》、《蝶恋花·题朱秀才梅轩五湖采莼图》、《蝶恋花·题郡学广文太平叶惺庵秋林策杖图,即送其退休旋里》、《钗头凤·耳语》、《钗头凤·踏青》、《苏幕遮·寒夜寓斋,风雨不寐》、《渔家傲·题任一丈东里溪山垂钓图》、《怨东风·自嘲》、《喝火令·无题》、《酷相思·留别西湖》、《行香子·茉莉》、《青玉案·过沁碧谈词却寄,用宋贺方回韵》、《金人捧露盘·足疡未痊,经月不出,寄怀黄二丈地山》、《蓦山溪·寄怀地山》、《洞仙歌·酒旗》、《洞仙歌·挽张表姨母陆孺人》、《洞仙歌·无题》、《洞仙歌·题退飞桐阴逭暑图》、《洞仙歌·夜雨不寐,有怀珊客寓斋鹃花之盛》、《洞仙歌·挽黄封翁东叙先生》、《洞仙歌·无题五阕》五阕、《八六子·初夏感怀》、《意难忘·友人戏以鸡苏袋索词,为赋此阕》。

卷二共二十二叶,实收56阕:《满江红·霜》、《满江红·和宋王清惠驿壁题词》、《满江红·蟋蟀》、《满江红·题郑十三秀才楚云得荫轩同人赏桂诗后》、《满江红·甲辰元旦》、《满江红·寒食放舟梅里,访杨君未孩不值,却寄》、《满江红·杨花七阕叠韵》七阕、《满江红·岳鄂王祠同友人作》、《满江红·题青岩松泉清听图》、《满江红·秒春即事》、《满庭芳·斫稻》、《满庭芳·晒谷》、《满庭芳·砻米》、《满庭芳·白莲,次兰谷原唱》、《满庭芳·太平庵庭中老桂,为时三上人赋》、《满庭芳·春日雨后,步访胡一兄稻庐,出所藏画册赏鉴,却寄》、《满庭芳·题姚君忍斋芝桂图》、《满庭芳·简稻庐》、《满庭芳·郡郭看鳌山灯》、《水调歌头·拓舍后小圃，意拟莳竹，作词代札，向村叟乞种》、《水调歌头·龙涎香》、《水调歌头·怀沁碧》、《烛影摇红·珊客以词招看斋头鹃花，即次原韵报之》、《燕山亭·寄怀杜三秀才稼轩乍城书馆》、《高阳台·庚子夏孟，馆下诸生欲游茶禅寺烟雨楼，拉余偕往，归途怅然有感，即事率成》、《高阳台·杨梅》、《高阳台·南湖观种菱，次珊客韵二首》二阕、《百字令·题新郑宰黄四丈思堂芦花浅水图》、《百字令·寄怀陈秀才爂交》、《百字令·长歌次彭太史羑门先辈原韵二首》二阕、《百字令·中秋寓斋感怀，寄楚云叠韵三首》三阕，①《百字令·和沁碧移居原韵》、《百字令·题黄鹤楼图》、《百字令·寄怀珊客》、《桂枝香·晓烟》、《木兰花慢·春日阅〈西湖志〉，慨旧游之契阔，怅然有感》、《木兰花慢·听稼轩述溪北旧庐同人看芙蓉赋诗之胜》、《台城路·芭蕉》、《台城路·幽欢》、《台城路·怀萧一丈萧斋》、《台城路·梅雨淹旬，自寓斋返棹里门，道中作》、《拜新月慢·相思》、《石州慢·西瓜》、《水龙吟·武陵感旧》、《水龙吟·秋暮咏霞》、《水龙吟·咏仙瓢。瓢为吾乡故老夏君右箴遗物，余幸获焉，赋以志喜》。

卷三共二十六叶，实收 59 阕：《雨霖铃·读宋柳屯田"晓风残月"词，次韵代答》、《消息·春眠》、《南浦·春水，步宋张玉田原韵，和沁碧二首》二阕、《南浦·秋水，步宋张玉田原韵，和沁碧二首》二阕、《疏影·秋柳，步朱太史竹垞原唱》、《风流子·感念亡儿，因忆武林旧事，为之一叹》、《沁园春·闻雁》、《沁园春·漫兴》、《沁园春·丙申春仲，久雨初晴，自村斋步访稼轩、楚云两君不值，却寄》、《沁园春·美人眉》、《沁园春·美人颈》、《沁园春·美人胸》、《沁园春·美人足》、《沁园春·村斋啖新笋》、《沁园春·咏怀》、《沁园春·丙午乡闱，同袍拉余偕赴。家故贫薄，复值凶荒之后，拮据维艰，傍徨久之。勉为冯妇，中怀殊不得已，爰赋此六阕以自叹。俾知余者，稔余之轗轲莫遣也》六阕、《沁园春·感兴》、《沁园春·愁》、《沁园春·梦》、《贺新郎·乙未闰十月，寓斋书怀》、《贺新郎·除夕叠韵》、《贺新郎·丙申元旦再叠韵》、《贺新郎·自题〈臆吟小草〉后，用前韵》、《贺新郎·省荆园病》、《贺新郎·沈

---

① 此组词后，当另有一阕《百字令》，刻本挖去。

山人西岩重制琴艇,词以赠之》、《贺新郎·庚子送楚云乡试》、《贺新郎·甲辰立夏,偕珊客,暨胡六秀才春松,吴坟闲眺》、《贺新郎·乙巳立夏,寓斋漫成,仍叠去年原韵》、《贺新郎·重五感怀》、《贺新郎·题萧斋咏物诗后》、《贺新郎·丙午立夏,三叠前韵》、《贺新郎·题退飞〈风雨闭门词〉后》、《贺新郎·楚云邀余溪北旧庐赏梅,摄衣而往,门扃不值,心窃讶焉,戏作此词嘲之》、《贺新郎·食鲈鱼。吾乡名为菜花鱼,佳品也,用陈太史迦陵韵咏之》、《贺新郎·春雨连绵,楚云暨夏世兄尺木过余寓斋,言欲践陈园之游,仍用太史迦陵韵答之》、《贺新郎·寓楼夜卧,闻邻家有丧,搅人无寐,枕上口占,仍用前韵》、《贺新郎·夏秀才守白过余寓斋,且复倾倒拙著,词以答之》、《贺新郎·守白将赴淮幕,索余词以赠行,即叠前韵二阕》二阕、《摸鱼子·次楚云晚过皋亭山忆旧原唱,时将偕游武林》、《摸鱼子·游湖南汪氏园林》、《摸鱼子·晚过玛瑙寺园亭,裙屐萧然》、《摸鱼子·铁马》、《摸鱼子·欲雪》、《摸鱼子·南烛》、《摸鱼子·寓斋忆旧巢燕子》、《摸鱼子·春雨》、《摸鱼子·简沁碧》、《兰陵王·闺怨,用洪昉思前辈韵》、《兰陵王·喜雨用前韵》、《六州歌头·凤凰山吊故宋行宫,追步沈去矜前辈原唱》、《宝鼎现·题宜兴周山人楚江晓望图小影,即次其自题原韵》。

卷四共十六叶,实录词41阕:《点绛唇》、《卖花声》、《桂殿秋》、《双调望江南》、《洞仙歌》、《昭君怨》、《木兰花慢》、《唐多令》、《朝中措》、《蝶恋花》、《蓦山溪》、《南乡子》、《清平乐》、《临江仙》、《满庭芳》、《鹊桥仙》、《江城子》、《减兰》、《风入松》、《水龙吟》、《夜行船》、《虞美人》、《高阳台》、《菩萨蛮》、《摸鱼子》、《满江红》、《柳梢青》、《八声甘州》、《霜天晓角》、《烛影摇红》、《眼儿媚》、《汉宫春》、《南歌子》、《卜算子》、《望海潮》、《瑞鹤仙》、《好事近》、《人月圆》、《采桑子》、《踏莎行》、《念奴娇》。此卷卷首另有总名《秋影山房琴趣》,其下小注:"集《绝妙好辞》,其间有驾韵他部,从乐府借唱例,阅者谅之。"此卷皆为集句词。

可知该书共录词241阕。《全清词·雍乾卷》已据《国朝词综》录《买陂塘·书斋忆旧巢燕子》一阕,据《全清词钞》录《水龙吟·秋暮咏霞》、《疏影·秋柳,步朱太史竹垞原唱》、《相见欢·闺怨》、《南浦·春水,步宋张玉田原韵,和沁碧二首》等四阕。① 是则《唉庶词》其余 236 阕皆未为《全清词·雍乾卷》收录,可补遗。

吴展成词,克绍浙西词派的创作传统,特别是他心摹手追了浙西词派的一系列典范性创作:如以《沁园春》咏艳,吴展成有《沁园春》四阕分咏美人眉、颈、胸、足;如艳体词,吴展成亦有《洞仙歌·无题五阕》等,特别是《台城路·幽欢》,甚至语涉淫亵,是乾隆、嘉庆词坛"淫词"倾向的明显同调者;如追步张炎的名作《南浦》,吴展成有《南浦·春水,步宋张玉田原韵,和沁碧二首》、《南浦·秋水,步宋张玉田原韵,和沁碧二首》共计四阕;如追步浙西词派宗主朱彝尊的名作,吴展成亦有《疏影·秋柳,步朱太史竹垞原唱》、《沁园春·闻雁》诸阕;再如吴展成的《秋影山房琴趣》,整卷都为集句词,显然亦是效仿朱彝尊《蕃锦集》,而命名则昉自朱彝尊《静志居琴趣》,但路径比朱彝尊逼仄而且严格,仅专集周密《绝妙好词》中的句子,显示了更高的难度。

但吴展成对浙派的传统又有所扬弃,如以《满庭芳》调咏白莲,以《水调歌头》调咏龙涎香等,题与"后乐府补题"同,调却相异。"后乐府补题"唱和本以《水龙吟》咏白莲,以《天香》咏龙涎香,自朱彝尊等人于康熙十七年(1678)追和倡导后,已成为清代前中期词坛最为显眼的创作特征之一。吴展成的异调同题词,对这一创作传统既有承袭,又有背离,其背后的心态是较为有趣的。

吴展成精善炼字炼句之法,常能有绘景绘情的佳句,如《忆江南》:"拾翠风前衣带重,踏花雨后齿痕香。""假我文章惟大块,催人酩酊又斜阳。"《浣溪沙·鹦鹉》:"樱嘴擘开红秣鞨,绡衣剪就绿玻璃。逗人私语画栏低。"《鹧鸪天·秋意》:"千林雨过蝉声静,万顷风来稻叶香。"《临江仙·游乍浦》:"孤城似瓮夹重关。云烟吞赤县,涛浪走黄湾。"《喝火令·无题》:"几度相看,几度费思量。几度月明风细,梦到小红窗。"《台城路·芭蕉》:"折为迎风,疏还漏月,绿遍苍凉庭宇。雕栏转处。伴瘦石寒苔,数声虫语。""无情半帘丝雨,

---

① 张宏生《全清词·雍乾卷》,第 6330—6331 页。其中,《南浦》词,《全清词钞》仅录一阕,而未改词题,《全清词·雍乾卷》沿袭之。

乱梧桐、碎击枕畔愁绪。"颇不胜枚举。

　　吴展成一生沉沦科场,足迹难出乡间,其词所咏,多来源于既有的创作传统、追步经典的唱和、友朋间的应酬和赠答等,内容既不能丰富、多元,眼界与境界亦不甚高。但其所居处、所见闻的平常风物、乡间景致、村情民俗,却往往能萦惹词思,继而奔走于笔端,反而较一般的词人更能展现别样的风致。如《满江红·杨花七阕叠韵》,咏杨花至七首,敷衍衬托,状物拟人,备极精工细腻。又如《满庭芳》三阕,分咏斫稻、晒谷、舂米,将秋收农获最后三个阶段写得详明贴切,试看《斫稻》一阕:

　　　　捋罢干桑,挑残老芋,离披万顷屯黄。茎枯粒绽,停潦落陂塘。取次腰镰声动,鱼鳞叠、雁翅排行。平林外,饥鸦寒雀,点点噪斜阳。　　催人天欲暝,乌云接日,淋雨宜防。怕篝车未载,误了登场。第一今年谷贵,还愁煞、宵小张皇。呼邻伴、休忘看守,夜起踏新霜。

　　类似的作品,尚有《蝶恋花·麦浪》、《桂枝香·晓烟》、《高阳台·南湖观种菱,次珊客韵二首》等。此外,吴展成功名难成的叹息,在词中也非常多,如《鹧鸪天·自遣》、《一剪梅·自叹》、《怨东风·自嘲》、《沁园春·漫兴》、《沁园春·丙午乡闱,同袍拉余……》、《沁园春·感兴》等。穷儒感慨,可谓酸辛悲苦俱备矣。

　　从吴展成词风及其创作实际而言,他应是浙西词学的同道者,所追崇效法的应是张炎及朱彝尊,而与吴文英无涉。

　　《两浙𬨎轩续录》收录吴展成诗二首,其小传谓:"吴展成,字庆咸,号螟巢,又号二瓢,嘉兴岁贡。著《春在草堂集》六卷。"又引《石濑山房诗话》:"二瓢善隶书,兼工诗词,尝刊《啖蔗词》四卷行世。"[①]吴展成以诸生终其身,交游多在闾里,其生平事迹,多仅见于其著述。除了《啖蔗词》,他的传世著作,尚

---

① 潘衍桐《两浙𬨎轩续录》卷二〇,光绪十七年(1891)浙江书局刻本,第25a页。

有《兰言萃腋》十二卷、《拾遗》二卷,《庚觚剩稿》五卷。《兰言萃腋》及《拾遗》为嘉庆间吴氏手稿本,《复旦大学图书馆藏古籍稿抄珍本·第一辑》据以影印,《清诗话全编·嘉庆期》据以点校整理出版;①《庚觚剩稿》藏于杭州图书馆,待访。

《兰言萃腋》的内容有助于进一步考察吴展成及其词。

首先,《兰言萃腋》记载了吴展成生平的一些细节。其一,吴展成的生年,《啖蔗词》卷二《满江红·甲辰元旦》有句:"鼎鼎浮生,早四十、年华催换。"甲辰为乾隆四十九年(1784),其年吴展成四十岁,则其生,当在乾隆十年(1745)。这在《兰言萃腋》中也得到印证,其卷三首条谓:"乾隆甲寅,余年五十,偶遭无聊,作《摸鱼子》词自寿,起、结处,叶泪、背两韵。"但同卷又说:"乾隆丁亥,余年二十有四。海盐陆山人九皋为余写醉月图小影。"②若依后者,则吴展成生年当在乾隆九年(1744)。疑吴展成于非整数年岁时,记忆略有误差,仍当以乾隆十年生为是。

其二,吴展成的卒年,目前尚无确切记载。《兰言萃腋》基本排年纪事,其《补遗》卷二最后一条作于嘉庆十七年(1812),可知是年吴展成尚健在,时年已六十有八。《兰言萃腋》稿本前尚有吴展成致邹桓(号畊云)的书信:

> 顷蒙厚惠,却之不恭。谢谢。仆自晤别之后,精神渐觉难支,奄奄欲毙,殆不久于人世矣。今以生平所著《兰言萃腋》并《拾遗》一部,共五本十四卷,敬以奉赠。虽为书不多,亦颇费数年心力。今岁春间,复自手钞成帙,特草草未及装订耳。仆与足下忝在主宾,留此片墨,付于令郎,以作师生之遗念。足下他日倘能付梓,则仆更为不朽也。此致畊云二兄足下。吴展成力疾拜奉。③

---

① 陈思和、严峰《复旦大学图书馆藏古籍稿抄珍本·第一辑》,上海:复旦大学出版社,2020年版,第28册,第399—510页;第29册,第3—430页。张寅彭编纂《清诗话全编·嘉庆期》,上海:上海古籍出版社,2021年版,第2019—2167页。

② 张寅彭编纂《清诗话全编·嘉庆期》,第2040、2043页。

③ 陈思和、严峰《复旦大学图书馆藏古籍稿抄珍本·第一辑》,第28册,第401页。

盖以当年春天所钞成的《兰言萃腋》托付邹桓,求其刊刻。因此,吴展成之卒,当在嘉庆十八年(1813)以后。

其三,《兰言萃腋》中记录了吴展成生平中不少时间节点及其经历,除了回忆过往,如八岁时旁观其父与友人咏物作诗,十岁时因大金川叛乱事作诗,乾隆四十八年(1783)乡试落榜,乾隆五十八年(1793)梦中作诗等,①多是随年编录,其所涉及,亦多是友朋定交、授徒坐馆、游览观光、断弦续弦等事,较为琐碎。有助于考订其生平者,一是著作。吴展成曾考辨宫调,辑成《诗余宫调录》一书;嘉庆四年(1799)时,曾与修《嘉兴府志》;其六十岁以后所作,曾辑为《甲外余音》一集;曾自辑乡间俗语俗事,成《俗语巧对》一书;还喜好创作杂剧传奇,撰有《海天缘》传奇一部。② 可惜的是,除方志外,他的这些著作都已亡佚了。二是专题唱和,吴展成曾赋《夕阳》、《落花》等诗,在友人间赓和唱酬,《兰言萃腋》中非常详细地将唱酬之作及其过程记载了下来。③

其次,《兰言萃腋》可以辑补吴展成的一些佚词,《兰言萃腋》整篇载录了他的多篇词作,另有个别词未录全阕,仅存残句,如次:《望海潮·南坪吊张司马墓,和退飞》、《菩萨蛮·题邵惕园〈丰城〉〈蕉隐词〉》、《摸鱼子·五十自寿》、《高阳台·咏吕氏新妇婚后离魂从夫远行事》、《木兰花慢·已未杪秋夜雨,寓斋有感》(残句)、《念奴娇·沁碧生子试晬,馈团饼》。④ 这些词的创作时间,较之《啖蔗词》所载,大部分要略晚些。以上诸词,亦皆可补入《全清词·雍乾卷》。

再次,《兰言萃腋》有助于理解吴展成的词学观点,其中较重要的有以下四条,试录于次:

> 填词家例举周柳温柔,苏辛豪放。二者分道而驰,然毕竟以温

---

① 张寅彭编纂《清诗话全编·嘉庆期》,第 2023、2024、2029、2043 页。
② 张寅彭编纂《清诗话全编·嘉庆期》,第 2072、2084、2141、2152 页。
③ 张寅彭编纂《清诗话全编·嘉庆期》,第 2076—2081、2122、2136 页。
④ 张寅彭编纂《清诗话全编·嘉庆期》,第 2035、2038、2040、2049、2070、2072 页。案该六词词题,为笔者所拟。

柔为主,豪放为别派。犹之禅家,毕竟临济是正宗,曹洞是旁宗也。退飞善填词,另是一种笔致。尝问余:"某词何似?"余曰:"先生之词,秉刚健之笔,达缠绵之思,使读者锥心沥血则有余,荡魄销魂则不足。殆参周柳、苏辛而合者。当如禅家断桥一派,既非临济,又非曹洞之比也。然自有不可磨灭之气,发乎性灵。若必欲规枇步趋,便失却本来面目,曷足贵哉?"退飞深韪余言。

沁碧谓余曰:"君词原本梦窗,某则瓣香玉田一派。虽所受不同,要皆南宋法乳。今而后,获一倚声知己矣。"

填词虽小道,而界限极严,必上不侵诗,下不混曲,斯为尽善。我朝竹垞朱太史之词,兼南北宋之长,可谓集词学之大成。一日退飞老人举以问余曰:"君以为尚有遗议否?"余曰:"后生辈宁敢妄肆讥评,必欲援《春秋》责备贤者之例,则愚窃有进。如太史集中所刊《玉抱肚》一阕结语云:'便成都、染就笺十样,也写不尽相思苦。'及《无闷》一阕结语云:'料此夜一点孤灯,知他睡也不睡。'则未免阑入曲语矣。"退飞首肯。

诗有不著色相,尽得风流,惟词亦然。①

《兰言萃腋》多使用摘句批评法,单纯的理论批评不太多见,上列四条,则从风格、渊源、体格等方面论词,可与吴展成词参看,也有助于研讨乾隆、嘉庆间词学的一般动向。

最后,《兰言萃腋》记载了吴展成及其师友的词学唱酬活动,其师友朋从的词作也多有所录。以吴展成为中心,或者说,通过吴展成的观察和记录,我们可以知道,当时的嘉兴乡间形成了诗词唱和、创作共同体,其成员社会身份皆较低,往往没有取得较高级的功名,其创作也往往未能刊刻流传,只是因《兰言萃腋》附载而留下吉光片羽。经笔者不完全统计,这些词人包括:张斯冈、王治华、沈德鸿、冯登府、吕清泰、王启曾、蒋次云、朱休奕、高亮功、

---

① 张寅彭编纂《清诗话全编·嘉庆期》,第 2035—2036、2057、2094 页。

张应魁、尤桐、朱仁荣、史璜、马世模、王书田、薛廷文。这些人及其词,大多可以补入《全清词·雍乾卷》或《全清词·嘉道卷》,部分词人,虽二书已收入,其词亦可供补遗,或可供校勘。①

吴展成与萧纪龙(萧斋)、田枌(秋水)、李汝章(沁碧)、顾列星(退飞)号"填词五友",其余四人的诗词作品,在《兰言萃腋》中亦皆收录较多。"萧斋、秋水、沁碧三人,余不多让,独退飞出一头地,每心折之。频年以来,三人者相继谢世,退飞殁为最后。余则齿发已凋,精神垂敝,孑然顾影,兴会索如。每一念至,不胜故交零落之感。"②萧、田二人,《全清词·雍乾卷》未收;李、顾二人,《全清词·雍乾卷》已收。③则《兰言萃腋》所收四人之词,或可补入《全清词·雍乾卷》,或可供《全清词·雍乾卷》参校。

吴展成还记载了其祖姑闺秀吴巽的词作,④参酌吴展成生平,并揆其祖姑的年齿,其祖姑及其词则似当补入《全清词·顺康卷》。

七十五、陈瑛《瑚海词钞》四卷

陈瑛《瑚海词钞》四卷,附《瑚海诗钞》二十四卷后,今存嘉庆九年(1804)漱石山房刻本,藏于南京图书馆。《清人别集总目》、《清人诗文集总目提要》、《清词别集知见目录汇编》、《江苏艺文志》皆著录。⑤

陈瑛,字渭英,号瑚海,江苏江阴人。乾隆五十一年(1786)岁贡生。⑥除《瑚海诗钞》及《瑚海词钞》外,尚著有《瓯钵集》二卷、《嘤鸣集》、《云知吟草》

---

① 张寅彭编纂《清诗话全编·嘉庆期》,第 2033、2063、2064、2104、2111、2117、2119、2122、2124、2125、2131、2137、2146、2147、2149、2157 页。
② 张寅彭编纂《清诗话全编·嘉庆期》,第 2113 页。
③ 张宏生《全清词·雍乾卷》,第 1443—1458、2142—2173 页。
④ 张寅彭编纂《清诗话全编·嘉庆期》,第 2116 页。
⑤ 李灵年、杨忠《清人别集总目》,第 1243 页。柯愈春《清人诗文集总目提要》,第 760 页。吴熊和、严迪昌、林玫仪《清词别集知见目录汇编》,第 159 页。江庆柏主编《江苏艺文志·无锡卷》,第 1402 页。
⑥ 季念贻等纂《(光绪)江阴县志》卷一四,光绪四年(1878)刻本,第 27a 页。

六卷。①

  陈瑛生平未详,其《瑚海诗钞》卷十七有《五十初度述怀》七律四首,其二有句:"风抟雁序终腾汉,云翰龙文早绝尘。"自注:"盼菠畇省南秋捷。"菠畇,是陈瑛胞兄陈芳杜的字。陈芳杜,嘉庆六年(1801)辛酉科,以年老钦赐举人;嘉庆七年(1802)壬戌科,以年老钦赐翰林院检讨。② 陈芳杜、陈瑛年齿悬殊较大,《瑚海诗钞》卷首陈芳杜序说:"某年十八九,始操柔翰,学为歌诗。……于时弟尚髫卯,不省也。"二人年龄应有十余岁的差距。由是可知,陈芳杜至早亦当在六十以后方因年老而钦赐举人、检讨,而至迟在嘉庆六年时,陈瑛已年满五十岁。若据以逆推,则陈瑛当生于乾隆十六年(1751)或更早。

  陈瑛又有《奉和家兄菠畇五十赠言四首》(《瑚海诗钞》卷十七),前有长序,谓:"二月十九日为予五十初度,自维侘傺失职,深慨无闻。"可知其生辰之准确月日。

  陈瑛一生坎壈失志,屡试不第,不得已,只能游走于幕府间,依人作计。其《五十初度述怀》第一首说:"才疏屡困三条烛,囊涩还余百本书。频岁依人惟泛鹢,穷年视阴只雠鱼。"其《奉和家兄菠畇五十赠言四首》其二又说:"蓬转长为入幕宾,观碑京洛染缁尘。"陈瑛辗转于幕府的经历,也屡见于同人文字中,如《瑚海诗钞》卷首李符清序:"余侍保定太守傅竹猗先生最久,每宴见,辄道其幕中有暨阳陈瑚海先生者,学问渊古,尤深于诗。"又如韩梦周序:"往秋客淮阴台畔,与郡中知名士有诗酒唱酬之乐。……一夕,命小奚提葛灯诣稼轩,而陈君瑚海在焉。"

  《瑚海诗钞》半叶十一行,行二十一字,小字双行,亦二十一字,上下单边,左右双边,版心白口,由上而下依次镌双鱼尾、集名、卷次(小字)、页码。凡二十四卷,分体编排,卷一、卷二为乐府,卷三至卷七为五古,卷八至卷十

---

① 缪荃孙总纂《(民国)江阴县续志》卷二〇,民国九年(1920)刊本,第 23a 页。
② 季念贻等纂《(光绪)江阴县志》卷一四,第 31b—32a 页。检江庆柏《清朝进士题名录》(第 704—714 页),嘉庆七年(1802)壬戌科并无陈芳杜其人。而《瑚海诗钞》卷首陈芳杜序自署"钦赐翰林院检讨同怀兄芳杜",未知何故,待考。

二为七古,卷十三至卷十五为五律(五言长律附),卷十六至卷二十为七律,卷二十一为五绝、六绝,卷二十二至卷二十四为七绝。《瑚海词钞》版式与《诗钞》全同。卷首署"江阴陈瑛渭英著。男履升公辑/履亨豫良校字"。卷首有杨青轮骈文序一篇:

> 乡号温柔,妆怜时世。明妃村畔,溪尽凝香;萧氏门前,波皆渍粉。信有风流之薮,都入骚坛;倘无绮靡之篇,应羞巾帼。陈瑚海先生元龙豪气,同父奇才。文自名家,傅鹑觚之博奥;诗兼各体,刘越石之清刚。间有闲情,时征绮语。井华汲处,争歌柳永之词;锦障悬来,尽绘君虞之句。兹补竹垞之逸韵,偶成《兰畹》之新编。视何有而何无,乃唱予而和女。行间翡翠,偕常侍于旗亭;腕底龙蛇,置伯英于座右。题成三艳,美具二难。嗟乎,长堤柳暗,飘零京兆之眉;小苑花残,惆怅汉宫之步。曾记红蕤宵暖,巧惯偷鹦;剧怜绣裹春融,香真比麝。而或环留旧约,带减新围;樱口辞朱,玉圆褪粉。波澄秋水,不堪临去情多;云拥巫山,况复重来梦杳。凡兹韵事,不少恨人。何来合锦名篇,共谱偷云丽句。想应尔尔,是谁真个销魂;聊复云云,此间得少佳趣。轮也颇恨情长,却愁才短。倘入寻春之队,也应絮未沾泥;如征和雪之章,自笑船诚上水。谬承谣诼,勉效揄扬。固知江郎彩笔,五色皆宣;即此安石碎金,一斑略见。披《玉台》之咏,未敢辞糠秕之前;探玄圃之珍,尚拟罄琼瑶于后。漪园弟杨青轮拜题。

其后诸卷亦分体编排,卷一为小令,卷二为中调,卷三、卷四为长调,依次为:《忆江南·本意》四阕、《忆旧游》十阕、《相见欢·江村即事》、《西江月·春申君墓》、《西江月·斥丘旅思》、《卜算子·胥江晚泊》、《菩萨蛮·闺别》、《忆王孙·春柳》、《添字昭君怨·横塘春泛》、《长相思·秋夜客至》、《误佳期·夹竹桃》、《鹧鸪天·拟四时行乐图》四阕、《卖花声·听盲女弹琵琶》、《人月圆·竹夫人》、《人月圆·锡婆》、《临江仙·维扬怀古》、《醉太平·王省斋巡司近耽拇蒲,戏咏"钱"字以调之》、《采桑子·客感》八阕、《浣溪纱·追悼》、《减字木兰花·悼族祖宗绍》、《减字木兰花·悼森干侄》、《桃源忆故人·寄金勖旃丈》、《桃源忆故人·怀缪大锡纯》、《桃源忆故人·寄家兄蔎畇,叠前韵》、《醉花阴·盼家书不至》、《点绛唇·素兰校书索予诗句,予未之识也,为填此阕》、《南乡子·过沧州》、《南柯子·羁怀》、《偷声木兰花·自题词稿》(以上卷一,小令五十一阕);

《酷相思·杨村寒食》、《踏莎行·客中踏青》、《媂人娇·忆刀鱼》、《江城子·忆车螯》、《渔家傲·忆鲥鱼》、《渔家傲·次韵锡纯见怀》、《南楼令·津门元夕观灯,调张子闻孝廉》、《明月逐人来·阻水成安》、《明月逐人来·南阳道中》、《忆帝京·送守田赴礼闱试,次忻之韵》(以上卷二,中调十阕);

《满江红·中秋感怀·柬张莘渡河丞》、《满江红·秋闱被黜,予将南归,填此志闷》、《满江红·感事示汉冲。汉冲徐姓,名一茧,原任东明少尉。令嗣时与予同客东明》、《满江红·荡子》、《满庭芳·青山庄感旧》、《满庭芳·春仲,吴鼎臣上舍招陪诸同人旷园看桃》、《喜迁莺·诘穷鬼》、《喜迁莺·穷鬼答,叠前韵》、《望海潮·南徐怀古》、《水调歌头·自题仙山楼阁小像》、《满路花·忆笋》、《玉蝴蝶·雨中杏花次韵》、《鹊踏花翻·宣武门观象》、《声声慢·旅怀,用李易安韵》、《聒龙谣·咏雁》、《贺新郎·春日言怀,用辛稼轩自述词韵》、《贺新郎·津门晤友人》、《贺新郎·大名道中慈云庵夜宿》、《贺新郎·成安君祠》(以上卷三,长调十九阕);

《疏影·秋柳》、《疏影·题韵同前阕》、《簇水·题终葵画扇》、《簇水·鲁昭公庙》、《风流子·黄绣以上舍以墨笺曹扇荷囊见饷,填此奉谢。黄名琥,苏州人,黄殿撰轩胞侄》、《凤凰台上忆吹箫·慧可说法台》、《消息·合昏花》、《消息·题瘿瓢子桃源图。瘿瓢子,姓黄名慎字恭懋,八闽画家》、《沁园春·张绍敏招饮,座间以词稿见示,用填此阕,跋其稿尾》、《沁园春·予秋闱报罢,而高子芊春复有皋鱼之痛,用填此阕,共写悲怀,几不自知其言之哽咽矣》、《沁园春·咏丽。有序》八阕(分咏鬓、眉、目、唇、舌、项、指、足)、《沁园春·赵云浦癸丑闰四月初度》、《沁园春·予自保阳归后,得儿子履升游庠之信,旋命其赴试江宁。渌坡二兄填词志庆,敬次来韵奉答》(以上卷四,长调二十阕)。

共词四卷100阕,皆未为《全清词·雍乾卷》收录,可据补遗。此外,卷一中,尚阑入散曲《一半儿·杨村入都,途中作》五阕。

陈瑛自述学词,曾依违于婉约、豪放两宗,见其《偷声木兰花·自题词稿》:

> 东风无赖飘晴絮。少日惯拈红豆句。自愧优俳。人道乡言亦复佳。　而今情绪成慵懒。唱到江南春又晚。谩学苏辛。拍按狂歌一怆神。

陈瑛年少时喜婉约轻倩,年长后因家世、遭际,渐有狂放之语。随着年龄、境遇的变化,词风发生改变,其实是词人常见的现象。陈瑛对自己的词不太自信,认为其以乡言土语结撰,近乎"优俳"。其实这也是沉沦科场、辗转幕府的普通文士常见的创作模式:既乏才性,又欠学养,喁喁呫呫,只能道得亲身经历的各类境况,如其《喜迁莺·诘穷鬼》及《喜迁莺·穷鬼答,叠前韵》,又如其《眊龙谣·咏雁》:

> 绝塞萦云,圆沙宿露,结尽悲秋良友。蛮诉砧敲,正凄清时候。影初落、红叶村边,声微度、白蘋江口。三千里、眼底人遥,问系帛,尔能否。　经苦月,受酸风,算旅迹年年,同渠依旧。字休排篆,笑书空多谬。稻粱本自遂谋难,弟兄况是离群久。便者番、整翮南翔,分行庭右。

此词咏雁,兼及自咏,颇能得饥雁神髓,也能由此看出其自身饥驱四方、碌碌营谋的情状,"弟兄"句,可能更言及其兄陈芳杜。除了陈芳杜晚岁遭逢特异,被钦赐举人、翰林院检讨外,兄弟二人的生涯相似、不遇相同,陈瑛在《奉和家兄蔎畇五十赠言四首》其四中说:"雁序共悲单影瘁,桐华犹剩两株荣。"又自注:"群从中同父者俱零落,予两人颇邀天幸。"可以为此词下一不太完备的注脚。

虽然陈瑛自认其词受苏辛影响较深,但浙派对他的影响也不能忽视。前一首《聒龙谣》可以看出朱彝尊《长亭怨慢·咏雁》的影响,"字休排纂"云云,正好对应朱彝尊的"悬针垂露",①皆用书法名词来比拟雁阵之形态、神姿。而《沁园春·咏丽》八阕的创作命意,更是直接来自朱彝尊,其词前序谓:

> 落魄萍踪,闲居无俚。偶与高子芊春,阅曝书亭体物词集,有美人耳、鼻诸咏,爱其新艳独绝,爱补所未及,邀芊春共填数阕。虽不必窃比古人,而诙谐间出,令双鬟见之,亦自解颐。若黄才伯"笑拥如花"之句,自注为"欲尽理还",则未敢自诬也。

黄佐,字才伯,号泰泉,广东香山人。明弘治三年(1490)生。正德五年(1510)广东解元,十六年(1521)进士,选庶吉士,授编修。出为江西提学佥事,旋改督广西学校。弃官归养,久之,起右春坊右谕德,擢侍读学士,掌南京翰林院事。与大学士夏言论河套事不合,寻罢归,日与诸生论道,宗法程朱,学者称泰泉先生。明嘉靖四十五年(1566)卒。②"笑拥如花"句,指黄佐《春夜大醉言志》:"拔剑起舞临高台,北斗插地银河回。长空赠我以明月,天下知心惟酒杯。门前马踏箫鼓动,栅上鸡啼天地开。倦游却忆少年事,笑拥如花歌落梅。"末句自注:"欲尽理还之喻。"③陈瑛在此《沁园春》词中,将朱彝尊等人力征僻典、着意刻绘的咏物本领挥洒无余,且刻意与道学者保持距离,与朱彝尊所谓"宁不食两庑冷猪肉"志趣正同,试看其咏眉一阕:

> 八字修眉,如出茧蛾,婉尔清扬。似两峰窗畔,山腰低映,一钩

---

① 南京大学中国语言文学系全清词编纂研究室编《全清词·顺康卷》,第5338页。
② 黄佛颐《文裕公年谱》,《北京图书馆藏珍本年谱丛刊》,北京:北京图书馆出版社,1999年版,第45册,第663—700页。
③ 黄佐《泰泉集》卷七,《文渊阁四库全书》本。

帘外,月魄深藏。敛惯工愁,伸还占喜,淡沱春风柳线飏。含娇甚,却调铅偶懒,笑倩张郎。　伯鸾庑下相庄。纵啼去、宁同孙寿妆。念补而能媚,渠应施黛,连而可悦,侬便牵黄。人效曾辇,卿来则俯,展镜联娟欲舞鸾。罗帱底,睨羞时偏聚,宛转崔娘。(自注:汉马皇后《传》:"后施黛,左眉小缺,补之如粟然。"《魏都赋》"犊配眉连"注:"《列仙传》:阳都女者,生而连眉,众皆曰天人也。会犊子来过,都女悦之,遂留相奉侍,出门共牵黄犊耳而走,莫能追之。"扬雄《解嘲》:"将相不俯眉。")

上阕实写女子眉及其娇颦意态,下阕则征用有关眉的典故,"念补"四句,若非自注,则难以明了。而下阕后半段,又回到对女子娇颦意态的摹绘,与上阕正相呼应。这样的处理方式,与浙派词人咏艳《沁园春》如出一辙。其笔法略嫌油滑,亦如其自认,"诙谐间出,令双鬟见之,亦自解颐"。

七十六、王洲《退省居诗余》二卷

王洲《退省居诗余》二卷,嘉庆二十年(1815)刻本,今藏南京图书馆。《清人别集总目》、《江苏艺文志》著录。① 《清人诗文集总目提要》著录苏州图书馆藏一卷本。②

王洲词,《全清词·雍乾卷》据苏州图书馆藏一卷本过录,③因而失载该书卷二整卷词,共计四十八阕:《满江红·钱塘观潮》、《百字令·严子陵钓台》、《蓦山溪·晓发常山,过草坪,抵玉山》、《绮罗香·登滕王阁》、《南乡子·过百花洲题壁,寄内》二阕、《忆王孙·余行时,李玉壶明府虎臣送至昆山别去,途中作此寄之》、《青门引·十八滩道中》、《南乡子·怀沈沧洲京师》、《醉落魄·怀吴竹筠》、《千秋岁·飞来寺》、《山亭柳·抵广州》、《秋夜

---

① 李灵年、杨忠《清人别集总目》,第 60 页;江庆柏主编《江苏艺文志·苏州卷》,第 4069 页。
② 柯愈春《清人诗文集总目提要》,第 919 页。
③ 张宏生《全清词·雍乾卷》,第 7452—7465 页。

月·夜坐》、《醉太平·即事》、《喜迁莺》(天街如洗)、《秋霁·侍百鞠溪制府视师新会》、《惜分钗·悼亡》、《青玉案·朝云墓》、《双声子·韩江夜泛》、《清平乐·阅虎屿炮台》、《相思儿令·别饶平父老》、《八宝妆》(红灿金虫)、《凤衔杯·铁汉楼》、《一枝花·闻齐昌仲柘庵哭子成疾,迂道访之,至,值生辰,作此以慰》、《倾杯乐·重午同人游光孝寺》、《龙吟曲·珠兰》、《鹊桥仙·七夕和啸云》、《还京乐·食红绫饼有感》、《一丛花·荔枝》、《惜分飞·九月八日》、《金缕曲·壬申四月,剧盗窜从邑,肆掠村墟。林守戎捕之,败。余率众撷获二百余人,盗患始息。姚浣江填此阕记事,依韵和之》、《蝶恋花·送春》二阕、《洞仙歌·红兰》、《诉衷情近·喜雨》、《诉衷情近·叠韵,赠程玉樵》、《风光好·山斋即事》、《满江红·答赠程玉樵孝廉和韵》、《渔家傲·题郊行图和程玉樵韵》、《倾杯乐·七夕偶成》、《倾杯乐·叠韵》、《倾杯乐·倒叠前韵》、《穆护砂·题啸云牧马图》、《满江红·得徐西河先生书,并示诗词,作此寄呈》、《惜分飞·和杨药塘》、《桂枝香·中秋》、《桂枝香·感秋叠韵》、《桂枝香·倒叠前韵》。

《退省居诗余》基本以编年排列,卷一最后一阕词为《摸鱼子·将之粤东留别在京诸同人》,是赴任将行时留别之作,故而卷二都是赴粤途中纪行词,以及抵粤之后所作。王洲赴粤,系就任广东从化知县。从化县隶属于广州府,检该县方志之职官表:王洲于嘉庆十六年(1811),以举人任从化知县,其后卒于任;嘉庆二十三年(1818)时,从化县已有新令赵俊。[①] 由是可知,《退省居诗余》卷二所收词,皆当作于嘉庆十六年以后、二十三年之前,而其有词《金缕曲·壬申四月……》,则壬申当为嘉庆十七年(1812)。考虑到是集刊刻在嘉庆二十年,则此卷词,皆当作于嘉庆十六年至二十年间。

清人诗文词集递刻、续刻的现象比较常见,王洲词分一卷本、二卷本亦是这一现象的一个例证。但王洲此集并没有收全其生平作品,嘉庆二十年以后至其辞世前当续有撰作,但可能早已亡佚了。

王洲是蒋元益的女婿,与彭兆荪为连襟。《退省居诗钞》卷首有嘉庆二

[①] 史澄纂《(光绪)广州府志》卷二七,光绪五年(1879)刊本,第18页。

十年（1815）秋彭兆荪所撰序，其中评价王洲其人其作："所为诗词，楷模先正，归于和平温厚，不肯效儇薄子浮荡之辞，亦不染钩章棘句之习。海内无识不识，诵之者皆可想见其为人。"序后尚有题辞六叶，凡录顾王霖、彭兆荪、张景江、王炳、吴文祥、萧撰、顾清泰、俞熊、吕嵩生、朱廷葵、汪茂醇评语各一则，徐步云、顾清泰、汪茂醇、杨云璈、陈邦燮、张伯襄、宋德懋、程芝筠赠诗各一首。多从人品、诗品立论，推扬王洲其人其诗。其卷末复有嘉庆十九年（1814）姚莹序。

《退省居诗余》版式与《退省居诗》相同，皆为半叶九行，行十九字，四周双边，版心镌集名、上鱼尾、卷次、页码、白口。其书卷一共计十八叶，卷二共计十六叶。末有王庆曾跋一篇：

> 国朝词家，首推秀水、伽陵、鹤栖，鼎峙为雄。阮亭《衍波》、骏孙《延露》，各探龙珠，自成荆璞。特其调声应拍，抑扬高下，往往不逮前人。杼轴相鲜，未尽协律，施之弦管，将有捩喉折嗓之病。《图谱》沿误，阳羡万红友特辑《词律》以正之。盖词起于唐，盛于宋，徽、宁间，立大晟府，命周美成诸人讨论古音，准定乐章，当时兔颖甫脱，莺喉已宣。玉田、碧山辈，奉律惟谨，固骚坛之余韵，实爨本之先声。苏学士铁绰铜琶，范围稍轶，然柳绵芳草，朝云哽咽。石帚翁多自制新腔，尤精节拍，词成，辄付小红歌之。故前贤倡和，起调、过腔之处，分别四声，阴清阳浊，不少淆乱，参观诸作，字字吻合。后人虽擅青蓝，未窥奥窔，蒙窃惑焉。蓬壶先生骚才赋手，诗文勘雠成集，其《退省居诗余》一卷，不欲示人。仆于笔札之暇，读其《东风第一枝》、《摸鱼儿》等阕，如绵羽在林，怒鳞纵壑，平、去二音之迟媚，上、入二音之峭厉，私取古人原词证之，抑扬高下，不差铢黍。惜无解事双鬟，一唱"杨柳岸、晓风残月"，《由庚》失传，《广陵》绝响，先生兹集，洵为倚声功臣。觉秀水诸公，尚为其易；红友之律，得此益彰。爰请付梓，以诏来学。至若丝簧锦绘，饫耳餍目，读者自能得之，无事画墁俗工，强为苎萝村人写照也。啸云王庆曾跋。

序中有三点需要注意：一是此序撰写时间当稍早，序中提及的《退省居诗余》仍是一卷；二是序中表达了非常鲜明的重律倾向，与清代中期词坛的主流观念若符合节，王庆曾对王洲词的推崇，也着重在其四声与古人合辙这一点上；三是王庆曾虽对清初词较为推崇，但从四声角度看，其态度仍有所保留，王庆曾严辨四声的态度与当时词坛的风潮有一定的关系，而王洲的创作，恰符这样的词坛期待。

王洲词风，更偏近豪放，其中虽间杂谐谑，但是语意中却能有雄奇之状，不尽是粗豪叫嚣。如《南乡子·怀沈沧洲京师》："风汉笑如刘。忆煞金台十载游。一第赚人豪气减，沉浮。未得闲身学海鸥。　别后数星邮。又作江湖不系舟。羡尔欲归归即得，休愁。啸傲西风一敝裘。"上阕言自己因中举后选官，沉浮仕宦，遂不得自由；下阕写友人能归乡，有自得之乐，两相对照，更见已累友闲，而作者归隐之意越发显得真诚。概括而言，风格爽健，语意诚挚，结语常能荡开一层，留有余味，是王洲词的特色。又如《百字令·严子陵钓台》：

> 孤舟夜月，向长天借问，客星何处。炳炳云台图画上，剩有几人龙虎。七里泷流，四围山色，遮得羊裘住。钓台无恙，让他阅尽今古。　我欲打叠丝缗，料量蓑笠，来往桐江渚。一笑先生应首肯，留伴西台皋羽。薜荔为衣，烟螺作髻，仿佛逢仙女。片帆飞影，隔滩惊起沙鹭。

七十七、蒋和《金鹅山房补遗》一卷

蒋和《金鹅山房补遗》一卷，附其《金鹅山房诗钞》四卷后，嘉庆九年（1804）南陔堂刻本，今藏于南京图书馆。《清人别集总目》、《清人诗文集总目提要》、《江苏艺文志》著录。[①]

---

① 李灵年、杨忠《清人别集总目》，第 2183 页。柯愈春《清人诗文集总目提要》，第 821—822 页。江庆柏主编《江苏艺文志·无锡卷》，第 1852 页。

蒋和，字声依，一作笙伊，江苏宜兴人。诸生。生平未详。

《金鹅山房诗钞》卷首有嘉庆甲子[九年(1804)]孟冬万应馨序、嘉庆甲子万之蘅序、嘉庆甲子汪玉珩序。万之蘅序谓"君之殁，荏苒已二年也"，是则蒋和当卒于嘉庆七年(1802)。又，《金鹅山房诗钞》卷四末有《五十自叙》五古二首，且汪玉珩谓："(笙伊)奈何富于言而啬于寿，竟止于知命之年也。"可知蒋和享寿五十，则其生年，当在乾隆十八年(1753)。

《金鹅山房诗钞》版式为左右双栏，上下单栏，半叶九行，行十九字，版心镌书名、卷次、页码、上鱼尾、白口，楷书上版。其诗四卷皆录古今体诗，其后有《补遗》一卷凡十八叶，录古今体诗八十五首、词十五阕。词共六叶，凡十五阕，其词目为：《如梦令》(玉笛数声)、《南柯子》(庭柳青青)、《点绛唇》(摇漾春光)、《卖花声》(桃杏嫁春)、《二郎神》(沉瀀若此)、《百字令·寄金煜都下》、《玉女摇仙佩·菊有名粉西施者，昔既关情，楼头曾见；今偏浪迹，砌下重逢。曷胜旧怀，遂成此曲。虽愧阿灰善怨，总怜花蕊工愁。酹酒西风，仗渠吹去》、《贺新郎·七夕》、《蝶恋花》(小院春来)、《醉春风》(小院清明)、《满江红》二阕(风澹天低、病怕逢春)、《哨遍·闷酒》、《金缕曲·酬史生毓人见赠之作，即步其韵》、《沁园春·秋林》。

万应馨序谓："金鹅山，宜邑主山也，清淑之气钟焉。笙伊筑室其下，常以吟诗自娱，故以名其集。与汪君宇珍、余弟香南并称莫逆交。是三君者，尽得乾坤之清气者也，其诗皆足传于后世。"汪宇珍即汪玉珩。香南即万之蘅，其序《金鹅山房诗钞》谓："(笙伊)顾连不得志于有司，无所寄其抑郁无聊之思，则偕予辈日夜论诗。其攻诗也，不异其攻经义也。初喜陈大樽《皇明诗选》，心摹手追，以为绝谊在是。余恒规之，谓无以此自限，吾宜风雅，自石亭、蒙溪两先生提唱大历、贞元，为学者发轫。君舍明而趋唐，独喜开元、天宝之作，枕籍《渔洋十种》、《三昧》诸选，体格为之一变。"

蒋和诗由明而上追盛唐，自崇尚云间派陈子龙(号大樽)而转师王士禛(号渔洋)，转向比较明显。但其词，风格却较为统一，介于云间词派与王士禛之间，小令婉约而多寄托，长调亦婉约绵蛮，反而完全不似更具"吾宜风雅"的阳羡词风，亦可见"小环境"中地域文学之流风余韵，常随"大环境"的

变化而改变,并不能永葆其传统。试看其《满江红》:

> 风澹天低,纱窗外、暮云凝碧。闲望处、一堤杨柳,娇容无力。系得流莺千万转,声声似诉红楼臆。况春来、花事已飘零,愁无极。　相思意,谁能识。相思泪,时偷滴。叹音书无计,得传消息。肌玉如今何似也,菱花应笑无颜色。最伤情、独对夕阳时,闻孤笛。

七十八、汪玉轸《宜秋小院诗余》一卷

汪玉轸《宜秋小院诗余》一卷,附其《宜秋小院诗钞》二卷后,嘉庆间刻本,上海图书馆藏。是书《清词别集知见目录汇编》、《江苏艺文志·苏州卷》著录,①《清人别集总目》未著录。又,此书经点校收入《清代闺阁诗集萃编》。②

是书半叶十一行,行二十一字,上下单边,左右双边,白口,书口镌书名、黑鱼尾、卷数、页码等。其诗二卷共二十七叶,凡录古今体诗二百余首,所附诗余凡五叶二十七阕,其中一阕为所附郭麐词。

汪玉轸诗词集,另存钞本两种,皆藏于上海图书馆。一种为《宜秋小院诗稿》一卷,卷首除题名外,尚有"此为摘抄不全之本,亚子志"墨笔行书一行,其后钤"养余斋"长方形阳文篆印,可知本为柳亚子故物。是书内凡二十叶,半叶八行,行二十字,正楷抄写,蓝丝钞本,四周单边,白口,书口除页码外,另有"班香楼"字样,此书仅存诗,未录词。其内页卷首除"养余斋"印,还钤有上海图书馆的藏章。一种为《宜秋小院诗稿》一卷附《词》一卷,行书抄写,笺纸为蓝格双套版,白口,书口无页码,前后无序跋,全书凡二十二叶,半叶九行,行可二十二字,前为诗,词附诗后,凡八阕(其中一阕为郭麐词)。此书中偶有圈点眉批,笔迹与正文同。据著录,是书本为叶恭绰旧藏,是《全清词钞》编纂底本之一,此本亦为《清人诗文集总目提要》著录,《全清词·雍乾

---

① 吴熊和、严迪昌、林玫仪《清词别集知见目录汇编》,第 61 页。江庆柏《江苏艺文志·苏州卷》,第 2773 页。
② 李雷《清代闺阁诗集萃编》,北京:中华书局,2015 年版,第 4 册,第 1927—1963 页。

卷》据此本及郭麐《灵芬馆词话》、黄燮清《国朝词综续编》等收录汪玉轸词十一阕。①

刻本卷首有汪玉轸表弟朱春生所撰《汪宜秋女士小传》，叙述汪玉轸一生遭际苦辛甚为详备，于其字号、生卒等细节，尤可补正《全清词·雍乾卷》、《清代闺阁诗集萃编》等书所撰汪玉轸小传之不足。

其一，《全清词·雍乾卷》承袭诸书，称汪玉轸"字宜秋，号小院主人"，《清代闺阁诗集萃编》同。实际上，汪玉轸字未详，其号当为"宜秋小院主人"。朱春生《汪宜秋女士小传》谓："姊姓汪氏，名玉轸，所居曰宜秋小院，因以为号，余姑之女也。"

其二，《全清词·雍乾卷》未详汪玉轸生卒年，朱春生《汪宜秋女士小传》称汪玉轸"遘疾不起，以嘉庆十四年四月日卒，年五十二。"则可推其生年在乾隆二十三年(1758)。

又，朱春生所撰传中未明言汪玉轸丈夫名字，《全清词·雍乾卷》据《苏州府志》考订其夫为陈昌言，②《江苏艺文志》复据《松陵文献》"陈谟，字昌言"条，③认为其夫名应是陈谟，考之《松陵文献》为清顺治、康熙间人潘柽章所撰，其年辈较汪玉轸早很多。则汪玉轸之夫，仍当以陈昌言为是。

此外，朱春生应是《宜秋小院诗钞》的编辑者，"余初不知姊能诗，偶翻其案上书见之，以诵于同社友人，莫不叹赏。或以卷册索题，而同时诸女士闻之，亦寄诗相赠答。由是吟咏渐多。然姊终日作苦，未尝以诗为事。又不自存稿，往往取败纸背面书之，故多散佚。今所存诗二百首、词二十首，强半从诸人卷册中汇而录之也"。而严炳则为此书刊刻者，《宜秋小院诗钞》刻本后附严炳《跋两女士诗后》："宜秋之诗别无副本，又恐失亡，因从夫子(引者案：指朱春生)乞得此册，刊版以广其传。"

刻本中《长相思》(短长更)、《望江南》(妆罢后)、《更漏子》(晚风生)、《菩

---

① 张宏生《全清词·雍乾卷》，第5112—5114页。
② 冯桂芬《(同治)苏州府志》卷一三一，光绪九年(1883)刻本，第34b—35a页。
③ 潘柽章《松陵文献》卷九，康熙三十二年(1693)潘耒刻本，第3a页。

萨蛮》（入春未见）、《偷声木兰花》（绿窗尽日）、《误佳期》（雪后晚云）、《清平乐》（小楼连苑）、《菩萨蛮·题郭频伽先生盟沤图》二阕、《蝴蝶儿》（新月钩）、《虞美人》（新愁旧恨）、《捣练子》（宵不寐）、《如梦令》（已是愁人）、《一剪梅》（冻色凝云）、《南乡子》（斜月度疏）十五阕词未为《全清词·雍乾卷》所收，可据补遗。

汪玉轸词皆为小令，题材风格为典型的闺秀词，能以清倩之笔运柔婉之思，而生涯之苦辛、所适非偶之叹息，往往于词意中可味出，并非完全类型化的写作，亦非朱春生所谓"姊生平茹荼如荠，绝无怨尤。诗中间有斯饥之叹，终不明言其故"，试看其《南乡子》：

斜月度疏棂。转辗罗衾梦不成。听得声声墙外柝，分明。打过三更转四更。　风冷夜凄清。并蒂灯花落又生。一阵萧萧窗外雨，零星。洒出空闺无限情。

七十九、黄德溥《云嵩诗词钞》一卷

黄德溥《云嵩诗词钞》一卷，乾隆四十二年（1777）刻《箓漪园怀旧集》本，国家图书馆、辽宁省图书馆等藏，《清人别集总目》著录。[①]

《箓漪园怀旧集》不分卷，署兰亭主人编，凡收录陈浮海（萝山）《萝山集》、廖云鹏（羽仙）《恒敬斋诗钞》、朱伦瀚（涵斋）《闲青堂诗钞》、吴久成（大展）《昆厓诗钞》、吴孝登（夔伦）《尘缶集》、黄德溥（子厚）《云嵩诗钞》、贾虞龙（筠城）《谦益堂诗》等诗集七种。版式相同，皆上下单边、左右双边，白口，版心刻分集名、双鱼尾、页码，半叶九行，行二十字。前有"乾隆丁酉仲春兰亭主人书"序四叶，楷书上板，四周双边，大黑口，上下双鱼尾，版心镌"怀旧集序"及页码，半叶六行，行十三字。序前钤镌"诚正堂"椭圆篆印，序后钤"礼亲王印"（阴文）、"兰亭"（阳文）篆印各一枚。

[①] 李灵年、杨忠《清人别集总目》，第2044页。

此礼亲王,即爱新觉罗·永恩,字惠周,号兰亭主人,著有《诚正堂稿》。①其序略云:

> 吾邸故人,如朱涵斋、吴夔伦、吴大展、黄子厚、贾筠城,与夫吾师陈罗山先生、廖羽仙先生,昔日倡和名流,今皆不复在座矣。时乙酉仲春,偶与汪苍岩话及故旧,殊深余生平交素之思,而恻然于怀,因念诸公皆寒士,子孙至有零落者。陆士衡云:"咏世德之骏烈,诵先人之清芬。"秪式在心,矧其前叶家声之振,盖尤跂余矣。……余既恐其遗诗湮灭,蕴而莫传,而苍岩又惓惓故旧之情,乞加选录,因命录所存若干首,汇为一编。

于中可见此书编纂之前因和用意,以及作者序列之来源。序中所涉及的此书编者,则为汪松,字苍岩,汉军旗人。② 其间永恩一一叙述七位入集人士生平,至黄德溥,则云:

> 护卫黄子厚谨身供职,文理优赡。……是五人者,皆吾邸下之人也。……今此数公,俱已物故。人琴之感,何可言耶?

可知黄德溥是礼亲王府辖下包衣,并曾任王府护卫,至迟在乾隆四十二年(1777)已去世。清代礼亲王为正红旗旗主,黄德溥先祖黄易春即为"正红旗包衣人,世居辽阳地方,国初来归",黄德溥在乾隆中亦曾为"现任牧长"。③他诗名久著,但可惜除此《云崧诗词钞》所录外,多已不传。

黄德溥诗词清新隽永,多闲适之作:

---

① 方舟《满族诗人永恩》,《满族研究》1996年第2期,第83页。
② 张维屏《国朝诗人征略初编》卷四一,道光十年(1830)刻本,第8a页。
③ 爱新觉罗·弘昼等编《八旗满洲氏族通谱》卷七七"黄易春"条,《文渊阁四库全书》本,第456册,第349页。

黄德溥，字子厚，家河间，有《千顷斋诗草》、《红叶村诗钞》，多闲适之作。《双龙观看花即席拈韵》云："花深疑失路，泉响喜通津。"《散步》云："流水池塘初到燕，沿城村落尽飞花。"《桃花》云："杜鹃声里东风急，只可帘栊半卷看。"尝游关中，有绝句云："细柳营前积雪消，新丰市口马蹄骄。陇西飞将多长技，一骑红尘醉射雕。""灞陵春畔柳丝长，茅屋青帘卖酒香。最忆晴郊风景别，麦苗相间菜花黄。"气味颇自不俗。①

此条诗话中，偶有摘句及诗未见于《云嵩诗词钞》。《云嵩诗词钞》诗词混列，前为近体诗二十首；中则为《满江红·暮春同吴大展、次辰表兄游松风馆陶然亭》、《满江红·客京师感怀，示一二知己》、《沁园春·赵北口逆旅小饮》、《水调歌头·重九同吴大展登陶然亭》、《菩萨蛮·雨后约王思直游丰台》、《踏莎行·春寒》、《虞美人·晚行良乡道中》、《虞美人·题藏春册页》、《满庭芳·咏月月红》、《山花子·夜夜坐》、《卖花声·闺情赋赠》五阕、《卖花声·雨中过新中驿感旧》等慢词、小令十六阕；后为五言绝句三首。其中词为《全清词·雍乾卷》未收，可补遗。

黄德溥词效法苏辛，能得雄放之致，小令偶有萧散闲适之语，而《卖花声》五阕则抒写艳情，体贴入微。长调则多傲怒不平之音，如《沁园春·赵北口逆旅小饮》：

夫我何为，浪迹天涯，思之黯然。记孤帆小艇，冲开骇浪，短衣匹马，踏破朝烟。楚泽湘江，秦关陇塞，来往风尘八九年。能几日、长堤衰柳，又拍征鞭。　值今赵北燕南，便痛饮村醪亦强颜。念骏骑骨朽，金台尘暗，英雄老尽，易水声寒。无处为家，焉知作客，此际茫茫欲问天。何处觅、悲歌壮士，击筑同欢。

---

① 杨锺羲《雪桥诗话》卷四，民国二年（1913）南林刘氏《求恕斋丛书》本，第23a—23b页。

上阕自述身世坎壈，下阕悲悼古来英豪，真有千古同慨之感。

此外，包括《云崧诗词钞》在内的《菉漪园怀旧集》，还曾被富察恩丰抄录以入《八旗丛书》中，其钞本二种，分别藏于美国哈佛大学哈佛燕京图书馆、北京大学图书馆。目验哈佛燕京图书馆藏本，其书抄录时常有删略，以该本《云崧诗词钞》计，凡录诗十五首、词十五阕。[1]

八十、邵玘编《七袠嘏词》二卷

邵玘编《七袠嘏词》二卷，乾隆四十六年（1781）刻本，附邵玘《辛丑词稿》后，今藏上海图书馆。《辛丑词稿》，《清词别集知见目录汇编》著录；[2]《七袠嘏词》，未见著录。

其书订为一册，前有陈燮乾隆四十六年（1781）十月序，行楷上版，半叶六行，行十二字，白口，黑鱼尾。其后《辛丑词稿》一卷，楷书上版，半叶七行，行十六字，小字双行，行亦十六字，行侧每有圈点，白口，单鱼尾，内收《百字令·七十生朝述感》八阕，皆邵玘自寿词，此八词亦载于邵玘《花韵馆词》卷八，《全清词·雍乾卷》据以收录。[3] 其后《七袠嘏词》二卷，收录同人为邵玘七十生辰所作寿诗、寿赋、寿词，其版式全同于《辛丑词稿》。

《七袠嘏词》所收词作凡二十五阕：张裕荦《寿星明》一阕、叶凤毛《百字令》一阕、方懋禄《百字令》一阕、李绳《百字令·和原韵八首》八阕、廖景文《百字令》一阕、张梦鳌《永遇乐》一阕、王鼎《百字令·和韵》一阕、徐大容《百字令·和韵》一阕、汪大经《买陂塘》一阕、杨复吉《百字令·和韵》一阕（以上卷上）、沈曙《寿星明》一阕、沈元铬《金缕曲》一阕、高凤炯《百字令·和韵》一阕、金鸿书《多丽》二阕、王绍舒《金缕曲》一阕、王庄寿《金缕曲》一阕、张兴载《百字令》一阕（以上卷下）。诸词皆未为《全清词·雍乾卷》所录，可补遗。

《全清词·雍乾卷》已据其他词籍辑录张裕荦、方懋禄、李绳、廖景文、王

---

[1] 富察恩丰《八旗丛书》，第25册，光绪间精钞本，美国哈佛大学哈佛燕京图书馆藏。
[2] 吴熊和、严迪昌、林玫仪《清词别集知见目录汇编》，第55页。
[3] 张宏生《全清词·雍乾卷》，第3476—3478页。

鼎、徐大容、汪大经、王绍舒、王庄寿、张兴载等十人的其他词作,并已为撰作小传。① 其余诸人则未录,爰依次为补作小传。

叶凤毛,字超宗,号恒斋,一号六泉居士,又号锦带居士,晚号清净退人,江苏南汇(今属上海市)人。映榴孙,勇子。康熙四十八年(1709)生。太学生。雍正八年(1730),追念其祖死事,特授内阁中书。十三年(1735),升内阁典籍。外放直隶宣化同知,后以终养归。卒于乾隆四十六年(1781)。著有《说学斋诗文稿》。②

张梦鳌,字巨来,号海客,一号后村,江苏青浦(今属上海市)人。梁子。生卒未详。诸生,幼工诗词,居与邵玘临近,每以著作商榷。晚年丧子,身后诗稿散佚。著有《乃吾庐诗词钞》。③

杨复吉,字列欧,号慧楼,江苏震泽(今属苏州市)人。乾隆十二年(1747)生。幼颖异,于书无所不读。乾隆三十五年(1770)举人,三十七年(1772)进士,以知县铨选。年未及壮,遂居家不出,专意著述,以王鸣盛为师。嘉庆二十五年(1820)卒。曾殚一生心力,续编《昭代丛书》。并著有《文集》、《梦兰琐笔》、《虞初余志》等。④

沈曙,字晓山,江苏青浦(今属上海市)人。生卒未详。举人。乾隆四十八年(1783),官江苏崇明教谕。⑤

沈元辂,字尊朴,号秋田,江苏长洲(今属苏州市)人。生年未详。乾隆三十六年(1771)举人。官阳湖训导。与赵怀玉、洪亮吉友善。卒于嘉庆十年(1805)。⑥

---

① 张宏生《全清词·雍乾卷》,第 2314—2319、3516、3626、4153、7794—7795、8642、8779、8942、8952、8981 页。
② 《吴中叶氏族谱》卷四一下,宣统三年(1911)刊本,第 21 页。
③ 徐侠《清代松江府文学世家述考》,上海:上海三联书店,2013 年版,第 241 页。
④ 张惟骧《疑年录汇编》卷一二,民国十四年(1925)小双寂庵刻本,第 10b 页。郑伟章《文献家通考》,第 395—397 页。
⑤ 曹炳麟总纂《(民国)崇明县志》卷一〇,民国十三年(1924)修十九年(1930)刊本,第 25b 页。
⑥ 冯桂芬撰《(同治)苏州府志》卷六五,光绪九年(1883)刊本,第 14b 页。案赵怀玉有《挽沈广文元辂》,编年在旃蒙大渊献,即嘉庆十年乙亥(1805),详《亦有生斋诗》卷二一,道光元年(1821)刻本,第 18 页。

高凤炯，号木斋，江苏青浦（今属上海市）人。生平未详。

金鸿书，本姓尹，育于金，字宝函，江苏青浦（今属上海市）人。生卒不详。诸生。博综群籍，工吟咏。王昶甚称之，招佐江西藩署。辞归，大府聘主大庚书院，不赴。性狷介，穷老以殁。著有《清省堂诗稿》。①

八十一、余旻《群玉山房词》二卷

余旻《群玉山房词》二卷，乾隆五十九年（1794）刻本，附《群玉山房诗集》八卷后，全书分装两册，今藏于吉林大学图书馆。是书未为《清人别集总目》《江苏艺文志》《清词别集知见目录汇编》等书著录。《清人诗文集总目提要》著录有"《群玉山房诗集》不分卷"一种，且谓："余旻撰。旻一作民，字秋农，江苏上元人，嘉庆元年岁贡生。为姚鼐所赏识，家富藏书，所撰《群玉山房诗集》，钞本一册，苏州市图书馆藏。"②与此刻本不同。

余旻的名字，另作铭、敏，《（道光）上元县志·贡生表》嘉庆元年（1796）条："余铭，字秋农，岁贡，见《文苑》。"同书《文苑传》又谓："余敏，字秋农，岁贡生。天分学力，兼而有之，为文清奇浓淡，各尽其妙。戊申科，以平仄音微误未中，殊可惜也。精天文算法，并篆隶、画法，尤工诗词，《随园诗话》多采之。著有《群玉山房集》。"③戊申为乾隆五十三年（1788），余旻久试不第，其后才援例成为岁贡。上元，为江宁府附郭县，今属南京市。

余旻是乾隆中江宁著名文士，与袁枚、郭麐、凌霄等皆有较为密切的交游，"上元余秋农明经，工文章，通小学，精推步，善八分。随园师称其古诗有大气力，纵横如意"，④"余秋农旻诗，以才气自许，时或度越矩尺，所谓恃其逸足，往往奔放。然其议论开张，固非搔头弄姿者所可及。随园老人独称其

---

① 熊其英纂《（光绪）青浦县志》卷一九，光绪四年（1878）刊本，第39b—40a页；徐侠《清代松江府文学世家述考》，第756页。
② 柯愈春《清人诗文集总目提要》，第1108页。
③ 陈栻纂《（道光）上元县志》，道光四年（1824）刻本，卷一〇，第65a页；卷一六，第47a页。
④ 凌霄《快园诗话》卷一三，嘉庆二十五年（1820）刻本，第5a页。

《和生挽》与《观镫》诗,未足以尽秋农也。……在金陵时,晨夕相见甚欢。余归吴江,秋农以诗送"。①

《群玉山房词》版式为:四周单边,版心镌"群玉山房"、上鱼尾、卷次、页码,大黑口,半叶十行,行二十一字。分为二卷。卷一十二叶,录词五十七阕:《虞美人》(雪华消净)、《菩萨蛮》(珠帘曲院)、《酷相思·双美采芝图》、《唐多令·有见》、《贺新郎·题〈迦陵词〉即用集中韵》、《贺新郎·与玉裁、佩皋、云阶、霞轩、嘉禾饮,用韵》、《忆王孙》二阕(银荷香烬、平生几度)、《点绛唇》(闯入头厅)、《花里·和〈扶荔词〉自度腔》八阕、《如梦令》(偏是空房)、《贺新郎·王生碧香合卺》、《贺新郎·钟山寒烧》、《贺新郎·观醮事有作》、《临江仙》(庭院深沉)、《喜迁莺》(闲庭院)、《簇水·有怀》、《摸鱼儿·用迦陵集中韵》、《摸鱼儿·玉裁、佩皋昆仲招同霞轩、镜秋、嘉禾赏菊》、《摸鱼儿·次日又与诸子饮,霞轩再叠前韵感怀》、《如梦令》二阕(欲把新词、画烛高烧)、《爪茉莉·木瓜》、《浪淘沙》(庭院过斜)、《多丽·即目》、《十六字令·赵伟堂词中有用"来"字起者,甚妙,戏仿为之》四阕、《钗头凤》(才相望)、《皂罗特髻》(严霜庭院)、《忆王孙》二阕(红红白白、疏窗麂眼)、《望湘人·有赠》、《沁园春·长至书怀》、《相见欢》二阕(美人家住、玉人丰度)、《如梦令》(度尽回廊)、《鹧鸪天·有忆》、《木兰花慢·〈初蓉词〉有壬子被放之作,今岁亦壬子也,和之一首》、《意难忘》(帘外风斜)、《瑶花·有赠》、《柳含烟》(垂杨柳)、《侍香金童》(记得昨宵)、《水调歌头·志感,与嘉禾同作》、《小诺皋·为嘉禾作》、《穆护砂·慰嘉禾》、《如梦令》二阕(偶作谐言、昨梦离奇)、《破阵子·纪恨》。

卷二十七叶,录词七十七阕:《贺新郎·观镫》、《贺新郎·秦淮泛舟,用秋水轩韵》、《贺新郎·题吴仙芝游师子林图》、《贺新郎·双丫树》、《江城梅花引》(猛将两字)、《诉衷情》(无端又上)、《忆江南·杂忆》二十阕、《桂枝香·赠小伶陈桂林》、《如梦令》二阕(此夜高楼、满地横陈)、《念奴娇·被酒答客》、《曲游春·上巳》、《石州慢·题〈铁仙印谱〉》、《望海潮·题春岩骆丈

---

① 郭麐《灵芬馆诗话》卷四,嘉庆二十一年(1816)刻二十三年(1818)增修本,第6a—6b页。

诗卷,即用卷中和秦韵》、《卜算子·雁,用东坡韵》、《如梦令》二阕(平日惜侬、贪看横陈)、《稍遍·观〈玉燕钗〉新剧,王摩诘登第故事也》、《桂枝香·即席再赠小伶陈桂林》、《贺新郎·除日大雪》、《贺新郎·题徐荡仙照》、《贺新郎·失去文稿有作》、《水调歌头·与左白泛舟秦淮》二阕、《中兴乐·有忆》、《月华清·步月书怀》、《夏初临·本意,用明人韵》、《清江裂石·为左白作》、《沁园春·再慰左白,并示嘉禾》二阕、《贺新郎》(阁泪双眸)、《夜游宫·别怀》、《锁窗寒》(纸帐无眠)、《忆王孙》(寻常见惯)、《桃源忆故人》(小楼起剔)、《相见欢》(自注:以下杂忆、别怀,共俳体三十首,为戴郎苏尔通阿作)、《蝶恋花》、《送入我门来》、《金凤钩》、《徵招》、《角招·代答》、《品令》、《佳人醉》、《一落索·原题〈玉联环〉》、《菩萨蛮》、《红窗睡》、《踏莎行》、《长相思·原题〈双红豆〉》三阕、《惜分飞》二阕、《更漏子》、《绮罗香》、《于中好》、《忆王孙》、《宣清》、《夜行船》。

全书共收词一百三十四阕,皆未为《全清词·雍乾卷》收录,可据以补遗。

乾嘉时期,在部分作家那里,词的题材和体裁出现了较有意味的互动和判分,即令体词和慢词承担了较不相同的功能。一般来说,令词重代言,善于刻画女子形容、语态、心理的细微之处,并刻意体贴、点染;或者借男女调笑,写出艳事的戏剧性场面、具体化情节,体现出尚艳、重情的特征。慢词则注重自我式的抒情,重在描写作者的心境,或者借他人的遭际、事件、品题,来咏叹寒士不遇的愤懑与伤感,体现出尚志、言志的特征。简言之,令词言他,慢词重我。优点是作者的风格、体裁、题材较为多元,对前代不同的词学倾向和创作实践在效法时具有一定的兼容性,对当时词坛主流的浙西词派咏物尚典的风气有所规避,体现出了和而不同的倾向;缺点则是令词易流于浮艳,慢词易流于叫嚣。

余旻的词,便具有这样令慢判分的特点。其令词,多为无题,往往因调立题,属"本意"写作,如《忆王孙》写少妇念远:"银荷香烬月黄昏。独倚南楼过雁群。十二瑶筝空外闻。忆王孙。雨细风斜愁断魂。"甚至在写艳之时,刻画较为显露,如《如梦令》:"平日惜侬如命。此际一丝微剩。不是禁郎欢,明日与郎同病。休更。休更。可记那宵狂兴。"正中此后常州词派大力批判的"淫词"之病。

但余旻令词在创作上,还有较为新异的特点,即善于创作传奇体的联章词。联章体词,在明末清初出现了一些新的创作倾向,其中最引人瞩目的是用联章体,特别是异调联章体创作成卷帙的词,来表现和刻画作者旖旎真挚的情感生活。这一类联章词中所书写的女性对象,通常具有明确指涉,往往身份真实、形象鲜明。其词总体上来看情节完整,感情真实,笔法细腻。各词或描写较具体的情事,或刻画较典型的场景,或摹绘较深挚的情思,各词之间,又似断若续,藕断丝连,往往具有可承接性,全部词联系起来,仿佛没有科白的传奇。其代表作品,如龚鼎孳的《白门柳》、朱彝尊的《静志居琴趣》之类。① 余旻词,在一定程度上承接了这一新的创作传统,而且,其笔下的传奇体的联章词,大概分为两种:一种为同调联章,如《花里·和〈扶荔词〉自度腔》八阕、《十六字令·赵伟堂词中有用"来"字起者,甚妙,戏仿为之》四阕、《忆江南·杂忆》"游仙梦"二十阕。此三组词,情节贯串有序,各词间,既有区分,又相互联系,而且,在词的格式上,都属于"定格联章",即在词作的一些具体位置,使用同样的词汇部件。试举《花里》的第一、二、八阕为例:

睡起。怕有人窥花里。莫便碧窗开。等侬来。
晓起。蓦地郎牵花里。自拨玉葱开。有人来。
点起。一碗红镫花里。悄地曲廊开。待他来。

诸阕词韵脚皆相同,且用"花里"一词作为"定格联章"的标志。就词中表达的情节而言,首阕描写女子独守空闺的等待,次阕描写男女相聚时的情形,末阕则又回复到女子空闺独守、依然等待的状态。八首词起承转合,叙述了

---

① 张宏生、冯乾《〈白门柳〉:龚顾情缘与明清之际的词风演进》,《中国社会科学》2001年第3期,第176—186页;张宏生《词与曲的分与合——以明清之际词坛与〈牡丹亭〉的关系为例》,《武汉大学学报》2011年第1期,第51—59页。

较为严整的情节。《十六字令》四阕、《忆江南》二十阕与《花里》类似,特别是《忆江南》组词,以"游仙梦"为定格联章的标志,虚写"游仙",而实写男女遇合,情节惝恍迷离,创造出似幻如真的缱绻之境。不过,需要注意的是,余旻的这三组定格联章组词,都无具体情事作为咏叹的基础,反而重在描写一种类型化的男女遇合,具有较为典型的代言体特征,与《白门柳》、《静志居琴趣》有较大差别。

余旻笔下的另一种传奇式联章体组词,则是异调联章《相见欢》、《蝶恋花》等"俳体三十首"(实际只有二十三阕),其形式、内容的组成方式,则与《白门柳》、《静志居琴趣》存在较大的相似性。这组词,令体、慢词杂错,令词略多。究其旨意,其谓"俳体三十首,为戴郎苏尔通阿作",又据《长相思·原题〈双红豆〉》其三自注:"比晓,有促夏郎行者,而戴郎亦将归吴。"又《宣清》自注:"郎善国语。"戴郎、夏郎,当即是演出《双红豆》、《玉联环》等传奇的男性伶人。余旻的这组词,很有可能是狎优之词,体现了余旻对此类词创作传统的新发展。

余旻的长调词,豪放的特征较为明显。他对清初的豪放词风非常欣赏,最显见的表现,是对陈维崧的心摹手追,余旻有《摸鱼儿·用迦陵集中韵》、《贺新郎·题〈迦陵词〉即用集中韵》等词,而且,其和词往往不止一首。以《贺新郎·题〈迦陵词〉即用集中韵》为例:

> 炼石天无罅。兴来时、倾淮作酒,将龙为鲊。若个词锋能似此,骇电奔雷交射。有百管、彩毫齐下。试望铜官山畔路,总江流卷雪人心怕。谁更设,布帆挂。　淋漓醉墨供挥洒。想髯翁、于思执戟,声情如画。把向秋风灯影下,读檐际、丁东铁马。忽惊上、纸窗乱打。除却溉堂人已往,问何人、真似辛苏者。浮大白、枕相藉。

词中于陈维崧人品才学皆极具推崇,对其落拓难遇、怀才不偶的生平遭际报以极大同情,特别对其词"真似辛苏"的特点大加赞赏。余旻词诸调,《摸鱼儿》现存三阕,皆步陈维崧韵;《贺新郎》现存十三阕,其中八阕,步陈维崧韵。① 从词体选择到风格趋同,余旻对陈维崧的追摹是有迹可循的。

余旻对豪放词风的欣赏,还体现在对康熙间"秋水轩倡和"的追和上,除步韵陈维崧韵的八阕外,余旻还有三阕《贺新郎》,皆步秋水轩倡和韵。②

余旻的好友郭麐曾将词分为四派:"词之为体,大略有四。风流华美,浑然天成,如美人临妆,却扇一顾,《花间》诸人是也。晏元献、欧阳永叔诸人继之。施朱傅粉,学步习容,如宫女题红,含情幽艳,秦、周、贺、晁诸人是也。柳七则靡曼近俗矣。姜、张诸子,一洗华靡,独标清绮,如瘦石孤花,清笙幽磬,入其境者,疑有仙灵,闻其声者,人人自远。梦窗、竹屋,或扬或沿,皆有新隽,词之能事备矣。至东坡以横绝一代之才,凌厉一世之气,间作倚声,意若不屑,雄词高唱,别为一宗。辛、刘则粗豪太甚矣。其余幺弦孤韵,时亦可喜。溯其派别,不出四者。"③余旻令词,以及其"俳体"中的长调,正对应前二派;而其慢词,多对应末一派。郭麐于词,喜在浙派之外,另举"性灵"为赤帜,在当时产生了较大的影响。余旻的诗,曾受性灵派宗主袁枚的大力奖赏,郭麐亦曾称赞他的诗作"皆洒然性情语",④若说余旻在词学上也是郭麐的同道,重视性灵的发抒,应该是可以成立的。

---

① 八词为:《贺新郎·王生碧香合卺》、《贺新郎·钟山寒烧》、《贺新郎·观醮事有作》、《贺新郎·观镫》、《贺新郎·双丫树》、《贺新郎·除日大雪》、《贺新郎·题徐荡仙照》、《贺新郎》(阁泪双眸)。
② 三词为:《贺新郎·秦淮泛舟用秋水轩韵》、《贺新郎·题吴仙芝游师子林图》、《贺新郎·失去文稿有作》。
③ 郭麐《灵芬馆词话》卷一,唐圭璋编《词话丛编》,第1503页。
④ 郭麐《灵芬馆诗话》卷四,第6b页。

征引文献

（以书名音序编列）

A

孙化龙校注《安东县志》，沈阳：辽宁民族出版社，2003年版

宋琬《安雅堂未刻稿》，乾隆三十一年（1766）刻本

盛晓心《拗莲词》，乾隆间怀谷楼刻本，浙江图书馆藏

吴宽《拗莲词》，乾隆十八年（1753）刻本，上海图书馆藏

B

朱良志《八大山人研究》，合肥：安徽教育出版社，2008年版

富察恩丰《八旗丛书》，光绪间精钞本，美国哈佛大学哈佛燕京图书馆藏

法式善《八旗诗话》，清代稿本

爱新觉罗·弘昼等编《八旗满洲氏族通谱》，《文渊阁四库全书》本

鄂尔泰等修《八旗通志》，《文渊阁四库全书》本

张宏生、冯乾《〈白门柳〉：龚顾情缘与明清之际的词风演进》，《中国社会科学》2001年第3期

许谦著，戴锜编次《白云先生许文懿公传集》，雍正乾隆间金华刻本光绪补刻本

吴讷《百家词》，天津：天津古籍出版社，1989年影印明红丝栏钞本

聂先、曾王孙《百名家词钞》，康熙间金阊绿荫堂刻本

闵丰《〈百名家词钞〉版刻源流探考》，《古典文献研究（第十辑）》，南京：凤凰出版社，2007年版

龙体刚《半窗诗集》，咸丰四年（1854）敦厚堂刻本，上海图书馆藏

陆锡熊《宝奎堂集》，道光二十九年（1849）陆成沆刻本

戴润《宝廉堂诗钞》，嘉庆十三年（1808）刻本，吉林大学图书馆藏

卢文弨《抱经堂文集》，乾隆六十年（1795）刻本

钱仪吉《碑传集》，光绪十九年（1893）江苏书局刻本

北京师范大学图书馆编《北京师范大学图书馆藏稀见清人别集丛刊》，桂林：广西师范大学出版社，2007年版

北京图书馆编《北京图书馆藏珍本年谱丛刊》，北京：北京图书馆出版社，1999年版

吴廷燮等纂《北京市志稿·人物志》，北京：北京燕山出版社，1998年版

梁机《北游草》一卷、《偶游日记》一卷，康熙三十五年（1696）刻本，国家图书馆藏

张埙《碧箫词》，乾隆间四雨庄刻本

今释澹归《遍行堂续集》，康熙二十三年（1684）刻本

朱令昭《冰壑集》，乾隆二十八年（1763）刻《其顺堂三世遗诗》本

朱令昭《冰壑诗选》，清代嵋湖铸雪斋钞本，天津市图书馆藏

林葆恒《补国朝词综补目录》，民国三十二年（1943）油印本，上海图书馆藏

C

释岳峙《采霞集》，清代钞本，国家图书馆藏

林立《沧海遗音：民国时期清遗民词研究》，香港：香港中文大学出版社，2012年版

杨为星《苍雪大师〈南来堂诗集〉诗注》，昆明：云南人民出版社，2011

年版

  宋俶《藏山词》，清代钞本，山东省图书馆藏

  乔文郁《长龙集》，雍正佑启堂刻乾隆增刻本

  龚立本《常熟县志》，民国五年（1916）常熟丁秉衡钞本

  常熟文库编委会《常熟文库》，北京：国家图书馆出版社，2021年版

  温肃《陈独漉先生年谱》，民国八年（1919）刻本

  陈淮《陈检讨填词图》，乾隆间宜兴陈氏药洲缩绘合刻本

  周绚隆《陈维崧年谱》，北京：人民出版社，2012年版

  沈宗畸《晨风阁丛书》，宣统元年（1909）沈氏校刻本

  徐有富《程千帆沈祖棻年谱长编》，南京：南京大学出版社，2013年版

  张廷玉《澄怀园文存》，乾隆间刻《澄怀园全集》本

  侯方曾《澄志楼诗稿》，清代钞本，国家图书馆藏

  侯方曾《澄志楼诗稿》，嘉庆二十四年（1819）刻《大梁侯氏诗集》本

  何绍基纂《重修安徽通志》，光绪四年（1878）刻本

  冯立昇主编《畴人传合编校注》，郑州：中州古籍出版社，2012年版

  罗钢《传统的幻象：跨文化语境中的王国维诗学》，北京：人民文学出版社，2015年版

  王昶《春融堂集》，嘉庆十二年（1807）塾南书社刻本

  宫伟镠《春雨草堂别集》，清代钞本，南京图书馆藏

  傅燮詷《词觏》，道光间江都金天福钞本，南京图书馆藏

  傅燮詷《词觏》，天尺楼钞本，西南大学图书馆藏

  傅燮詷《词觏续编》，《中国古籍珍本丛刊·保定市图书馆卷》，北京：国家图书馆出版社，2017年版

  傅燮詷《词觏三编》，王龙主编《李一氓旧藏词集丛刊·第二辑》，成都：巴蜀书社，2022年版

  唐圭璋编《词话丛编》，北京：中华书局，1986年版

  朱崇才《词话丛编续编》，北京：人民文学出版社，2010年版

  葛渭君《词话丛编补编》，北京：中华书局，2013年版

屈兴国主编《词话丛编二编》,杭州:浙江古籍出版社,2013年版

朱崇才《词话史》,北京:中华书局,2006年版

朱崇才《词话学》,台北:文津出版社,1995年版

王国维撰,徐德明整理《词录》,北京:学苑出版社,2003年版

万树《词律》,上海:上海古籍出版社,1984年版

孙克强、张东艳《〈词统源流〉等四部词话伪书考》,《文学遗产》2004年第6期

田林《词末》,清代稿本,上海图书馆藏

张惠言《词选》,道光十年(1830)宛邻书屋刻本

唐圭璋《词学论丛》,上海:上海古籍出版社,1986年版

王兆鹏《词学史料学》,北京:中华书局,2004年版

张宏生《词与曲的分与合——以明清之际词坛与〈牡丹亭〉的关系为例》,《武汉大学学报》2011年第1期

徐釚《词苑丛谈》,上海:上海古籍出版社,1981年版

朱彝尊、汪森《词综》,上海:上海古籍出版社,1978年版

林葆恒《词综补遗》,北京:书目文献出版社,1992年版

林葆恒编,张璋整理《词综补遗》,上海:上海古籍出版社,2005年版

陈开林《〈词综补遗〉阙文考补》,《聊城大学学报》2015年第5期

姚祖振《丛桂轩近集》,康熙二十五年(1686)姚弘仁刻本

马元龄《翠荫轩集》,雍正间清稿本

D

王士禛《带经堂集》,康熙五十年(1711)程哲七略书堂刻本

王士禛《带经堂诗话》,乾隆二十七年(1762)刻本

吴展成《啖蔗词》,清代刻本

钟东《澹归今释》,广州:岭南美术出版社,2012年版

王璐《澹斋词》,乾隆间怀谷楼刻本

罗璧纂修《(道光)重修沔阳县志》,道光二十一年(1841)刻本

刘文淇纂《(道光)重修仪征县志》,光绪十六年(1890)刻本

邹汉勋纂《(道光)大定府志》,道光二十九年(1849)刻本

陈昌齐纂《(道光)广东通志》,道光二年(1822)刻本

许翰纂《(道光)济宁直隶州志》,咸丰九年(1859)尊经阁刻本

陈栻纂《(道光)上元县志》,道光四年(1824)刻本

沈伯棠纂《(道光)歙县志》,道光八年(1828)刻本

陈世镕等纂《(道光)泰州志》,道光七年(1827)刻本

旧题范缵《读书堂词话偶抄》,旧题知不足斋藏钞本,上海图书馆藏

江元旭《独鹤往还楼诗余初集》、《春江花月词》,清代刻本,中国科学院图书馆藏

谢章铤《赌棋山庄笔记合刻》,光绪二十七年(1901)刻本

谢章铤《赌棋山庄文集》,光绪十年(1884)南昌刻本

谢章铤《赌棋山庄词话》,光绪十年(1884)南昌刻本

福建省文史研究馆选编《赌棋山庄稿本》,南京:江苏古籍出版社,2000年版

谢章铤《赌棋山庄余集》,民国七年(1918)石印本

顾宝珏等编修《惇叙堂顾氏大统宗谱》,民国木活字本

袁藩《敦好堂诗集》,清三十六砚居钞本,山东省图书馆藏

E

黄一农《二重奏:红学与清史的对话》,北京:中华书局,2015年版

F

汪启淑《飞鸿堂印谱》,北京:人民美术出版社,2011年版

刘勷《非半室词存》,民国铅印本

费冕《费燕峰先生年谱》,1960年代扬州古籍书店紫丝栏钞本

徐士俊《分类尺牍新语》,上海:广益书局,1936年版

顾圣琴《风义平生:程千帆的师友交谊与〈全清词〉编纂》,《光明日报》

2022年1月24日第11版

黎兆勋《葑烟亭词》，光绪十五年(1889)日本使署刻本

沈玉亮、吴陈琰编《凤池集·诗余》，康熙四十四年(1705)刻本

宗元鼎《芙蓉集》，《历代画家诗文集》本，台北：学生书局，1971年版

丁澎《扶荔词》，康熙刻本

黄传祖《扶轮集》，崇祯十五年(1642)金闾叶敬池刻本

陈思和、严峰《复旦大学图书馆藏古籍稿抄珍本·第一辑》，上海：复旦大学出版社，2020年版

侯静彩《傅燮詷〈绳庵词〉及其词学观研究》，河北师范大学2014年硕士学位论文

梁雅英《傅燮詷〈诗余类选〉全本的发现——兼论其通代选学思维》，《人文中国学报(第37期)》，上海：上海古籍出版社，2023年版

G

曹葆宸、曹秉章《干溪曹氏家集》，民国二十六年(1937)北平铅印本

曹鉴咸《干溪曹氏族谱》，乾隆三十年(1765)刻本

易平主编《赣文化通典·方志卷》，南昌：江西人民出版社，2013年版

李大本修《高阳县志》，台北：成文出版社，1968年版

王海龙《哥大与现代中国》，上海：上海文艺出版社，2000年版

龙榆生、萧友梅《歌社成立宣言》，《乐艺》，民国二十年(1931)第1卷第6期

葛介屏《葛介屏书画金石诗文集》，合肥：安徽美术出版社，2008年版

朱迈《耕石诗集》，清代朱丝栏抄本，上海图书馆藏

刘汉杰《工部尚书李永绍》，济南：齐鲁书社，2015年版

孙克强编《龚鼎孳全集》，北京：人民文学出版社，2014年版

顾彬《古照堂诗钞》，乾隆九年(1744)家刻本

邓之诚《骨董琐记全编》，北京：北京出版社，1996年版

故宫博物院编《故宫珍本丛刊》，海口：海南出版社，2000年版

顾炎武撰，刘永翔校点《顾炎武全集》，上海：上海古籍出版社，2011年版

张祥河《关陇舆中偶忆编》，清刻《小重山馆丛书》本

庞鸿文等纂《(光绪)常昭合志稿》，光绪三十年(1904)活字印本

顾福仁纂《(光绪)重修嘉善县志》，光绪十八年(1892)刊本

徐宗亮《(光绪)重修天津府志》，光绪二十五年(1899)刻本

史澄纂《(光绪)广州府志》，光绪五年(1879)刊本

陆星源纂《(光绪)归安县志》，光绪八年(1882)刊本

刘恭冕编纂《(光绪)黄冈县志》，光绪八年(1882)刻本

邓抡斌纂《(光绪)惠州府志》，光绪十年(1884)刊本

吴养贤纂《(光绪)嘉兴府志》，光绪四年(1878)鸳湖书院刻本

石中玉纂《(光绪)嘉兴县志》，光绪三十四年(1908)刻本

侯宗海、夏锡宝纂《(光绪)江浦埤乘》，光绪十三年(1887)刻本

刘铎、赵之谦纂《(光绪)江西通志》，光绪七年(1881)刻本

季念贻等纂《(光绪)江阴县志》，光绪四年(1878)刻本

黄厚本纂《(光绪)金山县志》，光绪四年(1884)刻本

叶廉锷纂《(光绪)平湖县志》，光绪十二年(1886)刊本

熊其英纂《(光绪)青浦县志》，光绪四年(1878)刊本

朱士黻纂《(光绪)上虞县志》，光绪十七年(1891)刊本

秦缃业纂《(光绪)无锡金匮县志》，光绪七年(1881)刊本

陈玉树纂《(光绪)盐城县志》，光绪二十一年(1895)刻本

邵友濂纂《(光绪)余姚志》，光绪二十五年(1899)刻本

赵文濂纂《(光绪)正定县志》，光绪元年(1875)刻本

钱仲联《光宣词坛点将录》，《词学(第3辑)》，上海：华东师范大学出版社，1985年版

徐乃昌《闺秀词钞》，宣统元年(1909)刻本

姚礼撰辑，周膺、吴晶点校《郭西小志》，杭州：浙江工商大学出版社，2013年版

王昶《国朝词综》，嘉庆七年(1802)刻本

王昶《国朝词综二集》，嘉庆八年(1803)刻本

黄燮清《国朝词综续编》，同治四年(1865)刻本

恽珠《国朝闺秀正始集》，道光红香馆刻本

吴颢《国朝杭郡诗辑》，嘉庆五年(1800)守惇堂刻本

冯金伯《国朝画识》，道光十一年(1831)刻本

陶樑《国朝畿辅诗传》，道光十九年(1839)红豆树馆刻本

孙默《国朝名家诗余》，康熙间留松阁刻本

张维屏《国朝诗人征略初编》，道光十年(1830)刻本

国家图书馆地方志家谱文献中心编《国家图书馆藏清代民国名人家谱选刊续编》，北京：北京燕山出版社，2006年版

国家图书馆古籍部编《国家图书馆藏王国维往还书信集》，北京：中华书局，2017年版

华夏《过宜言》，清代钞本

H

谢乃实《岭栌山人诗集》，康熙刻本，中国科学院图书馆藏

湖北通志局编著《湖北艺文志》，武汉：湖北教育出版社，2002年版

孔尚任《湖海集》，康熙二十七年(1688)介安堂第五刻本

陈瑛《瑚海诗钞》，嘉庆九年(1804)漱石山房刻本，南京图书馆藏

成世杰《花谱词》，清代刻本，盐城市图书馆藏

胡润《怀苏堂集》，乾隆六年(1741)胡格校刻本，中国科学院图书馆藏

阮元《淮海英灵集》，嘉庆三年(1798)小嫏嬛仙馆刻本

黄炎培著，中国社会科学院近代史所整理《黄炎培日记》，北京：华文出版社，2008年版

李放《皇清书史》，民国二十(1931)至二十三年大连辽海书社铅印本

诸伟奇主编《黄生全集》，合肥：安徽大学出版社，2009年版

黄逵《黄仪逅诗》，康熙刻本

赵尊岳《蕙风词史》，龙榆生主编《词学季刊》第1卷第4期

陈训廷《惠州名人列传》，广州：广东人民出版社，2016年版

J

刘晓江《基于〈明实录〉考察明义诗暨探明义生年》，《红楼梦学刊》2019年第5期

黄凤池《集雅斋画谱》，杭州：浙江人民美术出版社，2018年版

陈光贻《辑佚学的起源、发展和工作要点》，《史学史研究》1983年第1期

秦瀛《己未词科录》，嘉庆刻本

李祖基《季麒光与台湾》，《台湾研究集刊》2020年第4期

陈维崧《迦陵词》，天津：南开大学出版社，2009年版

唐仲冕《（嘉庆）海州直隶州志》，嘉庆十八年（1813）刻本

裘行恕《（嘉庆）汉阳县志》，嘉庆二十三年（1818）刻本

左元镇纂《（嘉庆）如皋县志》，嘉庆十三年（1808）刻本

朱文翰纂《（嘉庆）山阴县志》，民国二十五年（1936）绍兴县修志委员会铅印本

孙星衍、莫晋纂《（嘉庆）松江府志》，嘉庆松江府学刻本

孔传薪纂《（嘉庆）太平县志》，嘉庆十四年（1809）刻本

周家驹纂《（嘉庆）武义县志》，宣统二年（1910）重印本

嘉兴市文化广电新闻出版局编《嘉兴历代碑刻集》，北京：群言出版社，2007年版

俞梅《甲申集》，清代抄本

俞圻《剪春词》，乾隆三十三年（1768）可仪堂刻宫国苞选《四家词选》本，中国社会科学院文学研究所藏

张昕《江萍集诗余》，清代刻本

江庆柏主编《江苏艺文志（增订本）》，南京：凤凰出版社，2019年版

全祖望《鲒埼亭集外编》，嘉庆十六年（1811）刻本

蒋和《金鹅山房诗钞》,嘉庆九年(1804)南陔堂刻本,南京图书馆藏

陈寅恪《金明馆丛稿二编》,北京:生活·读书·新知三联书店,2015年版

潘游龙《精选古今诗余醉》,沈阳:辽宁教育出版社,2003年版

曹溶《静惕堂词》,康熙四十六年(1707)朱丕戬刻本

查慎行《敬业堂诗集》,上海:上海古籍出版社,1986年版

姚倬《镜华集》,清代钞本,南京图书馆藏

谢章铤《酒边词》,光绪十五年(1889)福州刻本

朱慎《菊山词》,清代钞本

叶恭绰《矩园余墨》,沈阳:辽宁教育出版社,1997年版

周密辑,厉鹗等笺注《绝妙好词笺》,上海:世界书局,1935年版

尤珍《筠斋诗稿》,清初稿本,上海图书馆藏

K

陈水云《康熙年间词学的辨体与尊体》,《华中师范大学学报》1999年第6期

王志民、王则远《康熙诗词集注》,呼和浩特:内蒙古人民出版社,1994年版

《康熙十八年己未科会试进士三代履历遍览》,康熙刻本

于翠玲《康熙"文治"与词学走向》,《民族文学研究》2004年第2期

曾倬纂《(康熙)新刊常熟县志》,康熙五十一年(1712)弘韵堂刻本

郎遂《(康熙)杏花村志》,康熙二十四年(1685)刻本

闻元炅纂《(康熙)续修汶上县志》,康熙五十六年(1717)刻本

闻性道纂《(康熙)鄞县志》,康熙二十五年(1686)刻本

黄建军《康熙与清初文坛》,北京:中华书局,2011年版

汪鸿瑾《可做堂词》,清代刻本,首都图书馆藏

曾令存《客家书院》,广州:暨南大学出版社,2015年版

徐振贵《孔尚任全集辑校注评》,济南:齐鲁书社,2004年版

张晖《况周颐"校词绝少"发微》,《文学遗产》2008年第3期

凌霄《快园诗话》,嘉庆二十五年(1820)刻本

L

黄裳《来燕榭读书记》,沈阳:辽宁教育出版社,2001年版

周亮工《赖古堂集》,康熙十四年(1675)周在浚刻本

傅寿山编《兰台奏疏等八种》,宣统三年(1911)钞本,国家图书馆藏

吴展成《兰言萃腋》,嘉庆间吴氏手稿本

黄建林《〈离珠集〉选朱慎诗歌考论》,《盐城师范学院学报》2014年第5期

何光伦主编《李一氓捐赠四川省图书馆藏书书目》,成都:巴蜀书社,2020年版

施蛰存《历代词选集叙录(五)》,《词学(第5辑)》,上海:华东师范大学出版社,1986年版

胡文楷《历代妇女著作考》,上海:上海古籍出版社,2008年版

俞为民《历代曲话汇编:新编中国古典戏曲论著集成》,合肥:黄山书社,2006—2009年版

李舜臣《历代释家别集叙录》,北京:中华书局,2022年版

顾贞观《梁汾先生诗词集》,民国二十三年(1934)铅印本

潘玲英《梁清标年谱》,南京大学2008年硕士论文

侯晰《梁溪词选》,康熙间醉书关刻二十一卷本,浙江省图书馆藏

侯晰《梁溪十八家词选》,清代玉鉴堂藏钞本,上海图书馆藏

余集《梁园归棹录》、《忆漫庵剩稿》,道光刻本

阮元等辑《两浙辅轩录》,杭州:浙江古籍出版社,2012年版

阮元、杨秉初《两浙辅轩录补遗》,嘉庆刻本

潘衍桐《两浙辅轩续录》、《两浙辅轩续录补遗》,光绪刻本

丁繁滋《邻水庄诗话》,嘉庆二十一年(1816)春晖堂刻本

郭麐《灵芬馆诗话》,嘉庆二十一年(1816)刻二十三年(1818)增修本

吴秀华《灵寿傅氏遗稿文献考述》,《文献》2001年第4期
张祥光《凌惕安与〈咸同贵州军事史〉》,《贵州文史丛刊》2012年第3期
陈鼎《留溪外传》,康熙三十七年(1698)自刻本
董汉策《榴龛居士集》,康熙间刻本
王应奎《柳南随笔》,北京:中华书局,1983年版
王应奎《柳南诗钞》,乾隆刻本
王应奎《柳南文钞》,乾隆刻本
龙榆生《龙榆生全集》,上海:上海古籍出版社,2015年版
沈一诚《镂冰词钞》,嘉庆二十五年(1820)平湖胡北窗刻本
张明华《论古代集句词的基本特征及其发展原因》,《文史哲》2016年第3期
傅宇斌《论朱祖谋的清词观》,《词学(第19辑)》,上海:华东师范大学出版社,2008年版
佟佳氏《绿窗吟稿》,清代钞本,南开大学图书馆藏
明义《绿烟琐窗集》,清代钞本,国家图书馆藏
明义《绿烟琐窗集》,北京:文学古籍刊行社,1955年版
蔡毓茂《绿云词稿》,清代钞本,上海图书馆藏

M

方舟《满族诗人永恩》,《满族研究》1996年第2期
李红雨《满族作家明义与〈绿烟琐窗集〉》,《民族文学研究》1991年第1期
吴正裕主编《毛泽东诗词全编鉴赏(增订本)》,北京:人民文学出版社,2017年版
许灿《梅里诗辑》,道光三十年(1850)嘉兴县斋刻本
俞蛟《梦厂诗余》,嘉庆十六年(1811)刻本,吉林省图书馆藏
俞蛟著,方南生等校注《梦厂杂著》,北京:文化艺术出版社,1988年版
俞蛟《梦厂杂著》,北京:北京古籍出版社,2001年版

孙克强、杨传庆、和希林《民国词话丛编》,北京:社会科学文献出版社,2000年版

李驹纂《(民国)长乐县志》,民国六年(1917)福建印刷所铅印本

曹炳麟总纂《(民国)崇明县志》,民国十三年(1924)修十九年(1930)刊本

锺毓灵、龚维锜等纂《(民国)大邑县志》,民国十九年(1930)铅印本

李榕《(民国)杭州府志》,民国十一年(1922)刊本

汪金相纂《(民国)简阳县志》,民国十六年(1927)铅印本

缪荃孙总纂《(民国)江阴县续志》,民国九年(1920)刊本

王丕煦纂《(民国)莱阳县志》,民国二十四年(1935)铅印本

许承尧纂《(民国)歙县志》,民国二十六年(1937)铅印本

张寅彭编《民国诗话丛编》,上海:上海书店,2002年版

高凌雯纂《(民国)天津县新志》,民国二十七年(1938)刻本

曹允源等纂《(民国)吴县志》,民国二十二年(1933)铅印本

杨士龙纂《(民国)萧山县志稿》,民国二十四年(1935)铅印本

赵尊岳辑《明词汇刊》,上海:上海古籍出版社,1992年版

王昶《明词综》,沈阳:辽宁教育出版社,1997年版

张其淦撰,祁正注《明代千遗民诗咏二编》,民国十八年(1929)铅印本

江合友《明清词谱史》,上海:上海古籍出版社,2008年版

钱成《明清泰州地区俞氏文化家族略考》,《江南论坛》2015年第5期

邓长风《明清戏曲家考略》,上海:上海古籍出版社,1994年版

邓长风《明清戏曲家考略三编》,上海:上海古籍出版社,1999年版

陈军、王小红《明清浙籍书画家生卒考》,《新美术》1995年第4期

沈松勤《明清之际词坛中兴史论》,北京:中华书局,2018年版

张宏生《明清之际的词谱反思与词风演进》,《文艺研究》2005年第4期

卓尔堪《明遗民诗》,康熙刻本

王雨容《莫友芝词学思想简论》,《文艺评论》2012年第8期

张剑《莫友芝年谱长编》,北京:中华书局,2008年版

张剑、陶文鹏、梁光华编辑校点《莫友芝诗文集》,北京:人民文学出版社,2009年版

张剑、张燕婴《莫友芝全集》,北京:中华书局,2017年版

张剑《莫友芝〈影山词〉考论》,《长沙理工大学学报》2008年第3期

刘扬忠《莫友芝〈影山词〉简论》,《华南师范大学学报》2011年第5期

李朝阳《莫友芝〈影山词〉稿本的发现及其文献价值》,《贵州工程应用技术学院学报》2017年第1期

汤显祖《牡丹亭》,北京:人民文学出版社,1963年版

N

纳兰性德《纳兰词》,道光十二年(1832)结铁网斋刻本,天津图书馆藏

张草纫《纳兰词笺注》,上海:上海古籍出版社,2018年版

谢永芳《纳兰词不入四库原因初探》,《民族文学研究》2012年第2期

曹明升《纳兰词在清代的接受及其经典化要素》,《四川大学学报》2013年第6期

陶祝婉《纳兰性德词集版本述评》,《温州职业技术学院学报》2004年第3期

张秉戌《纳兰性德词新释辑注》,北京:中国书店,2001年版

俞公谷《耐园词寄》,清代抄本,天津图书馆藏

南开大学图书馆编《南开大学图书馆藏稀见清人别集丛刊》,桂林:广西师范大学出版社,2010年版

王国维辑《南唐二主词》,稿本,国家图书馆藏

徐釚《南州草堂集》,康熙三十四年(1695)刻本

O

朱丕戬《藕花居词》,清代钞本,上海图书馆藏

P

温裴忱《篷窝诗稿》，周惷辑清初钞本，上海图书馆藏

温裴忱《篷窝杂稿》，清初刻本，美国普林斯顿大学葛思德图书馆藏

黄宗彝《婆娑词》，咸丰八年(1858)刻《聚红榭黄刘合刻词》本

朱彝尊《曝书亭全集》，长春：吉林文史出版社，2009年版

朱彝尊《曝书亭序跋》，上海：上海古籍出版社，2010年版

Q

邵玘编《七峡蝦词》，乾隆四十六年(1781)刻本

万承勋《千之草堂编年文钞》，民国十九年(1930)四明张氏约园《四明丛书》本

黄裳《前尘梦影新录》，济南：齐鲁书社，1989年版

周来邰辑《(乾隆)昌邑县志》，乾隆七年(1742)刻本

陈朝义纂修《(乾隆)长汀县志》，清内府本

黄立世纂《(乾隆)长子县志》，乾隆四十三年(1778)刻本

王积熙纂《(乾隆)福山县志》，乾隆二十八年(1763)刻本

叶廷推纂《(乾隆)海澄县志》，乾隆二十七年(1762)刻本

朱承绪纂《(乾隆)吉安府志》，乾隆刻本

黄之隽纂《(乾隆)江南通志》，《文渊阁四库全书》本

曹袭先纂修《(乾隆)句容县志》，乾隆修光绪重刊本

李文藻撰《(乾隆)历城县志》，乾隆三十六年(1771)刻本

廖必琦修，宋若霖纂《(乾隆)莆田县志》，光绪五年(1879)补刊民国十五年(1926)重印本

黄任等纂《(乾隆)泉州府志》，光绪八年(1882)补刻本

李亨特修，平恕等纂《(乾隆)绍兴府志》，乾隆五十七年(1792)刻本

张志奇纂《(乾隆)天津县志》，乾隆四年(1739)刻本

杭世骏纂《(乾隆)乌程县志》，乾隆十一年(1746)刻本

畅俊纂《(乾隆)新乡县志》,乾隆十二年(1747)石印本
王敛福《(乾隆)颍州府志》,乾隆十七年(1752)刻本
倪师孟等纂《(乾隆)震泽县志》,光绪重刊本
朱祖谋编《彊村丛书》,上海:上海古籍出版社,1989年版
杜应誉《樵余草》,乾隆元年(1736)刻本
王奕清等编《钦定词谱》,北京:中国书店,1983年版
蔡国强《钦定词谱考正》,上海:华东师范大学出版社,2017年版
奎润纂修《钦定科场条例》,长沙:岳麓书社,2020年版
四库全书研究所整理《钦定四库全书总目》,北京:中华书局,1997年版
邵陵《青门诗集》,宣统二年(1910)徐兆玮虹隐楼钞本,常熟图书馆藏
汤懋统《青坪诗稿》,乾隆刻本,国家图书馆藏
江庆柏编著《清朝进士题名录》,北京:中华书局,2007年版
吴熊和、严迪昌、林玫仪编《清词别集知见目录汇编》,台北:"中央研究院"中国文哲研究所,1997年版
谭新红《清词话考述》,武汉:武汉大学出版社,2009年版
冯乾编《清词序跋汇编》,南京:凤凰出版社,2013年版
严迪昌《清词史》,南京:江苏古籍出版社,2001年版
张宏生《清词探微》,上海:上海古籍出版社,2008年版
张宏生主编《清词珍本丛刊》,南京:凤凰出版社,2007年版
梁雅英《〈清词珍本丛刊〉所录六卷本〈词觏〉版本差异初探》,《词学(第34辑)》,上海:华东师范大学出版社,2015年版
丁绍仪《清词综补》,北京:中华书局,1986年版
张宏生《清初"词史"观念的确立与建构》,《南京大学学报》2008年第1期
刘东海《清初词坛"辛酉唱和"述论》,《河池学院学报》2011年第4期
闵丰《清初清词选本考论》,上海:上海古籍出版社,2008年版
谢正光、佘汝丰编著《清初人选清初诗汇考》,南京:南京大学出版社,1998年版

谢正光、陈谦平、姜良芹《清初诗选五十六种引得》，北京：社会科学文献出版社，2013年版

孙克强《清代词话全编》，南京：凤凰出版社，2019年版

张宏生《清代词学的建构》，南京：江苏古籍出版社，1999年版

桑兵《清代稿钞本》，广州：广东人民出版社，2012年版

李雷《清代闺阁诗集萃编》，北京：中华书局，2015年版

肖亚男《清代闺秀集丛刊》，北京：国家图书馆出版社，2014年版

盛镐《清代画史增编》，民国十六年（1927）上海有正书局铅印本

徐雁平、张剑主编《清代家集丛刊》，北京：国家图书馆出版社，2015年版

徐雁平主编《清代家集丛刊续编》，北京：国家图书馆出版社，2018年版

徐雁平《清代家集叙录》，合肥：安徽教育出版社，2017年版

来新夏《清代科举人物家传资料汇编》，北京：学苑出版社，2006年版

邹爱莲编《清代起居注册·康熙朝》，北京：中华书局，2009年版

江庆柏《清代人物生卒年表》，北京：人民文学出版社，2005年版

清代诗文集汇编编纂委员会编《清代诗文集汇编》，上海：上海古籍出版社，2010年版

陈红彦、谢冬荣、萨仁高娃主编《清代诗文集珍本丛刊》，北京：国家图书馆出版社，2017年版

徐侠《清代松江府文学世家述考》，上海：上海三联书店，2013年版

韦春龙《清代泰州俞氏家族诗集考论》，西南民族大学2019年硕士论文

蒋寅《清代文学论稿续编》，杭州：浙江古籍出版社，2022年版

梁启超《清代学术概论》，北京：中国人民大学出版社，2004年版

徐永明主编《清代浙江集部总目》，杭州：浙江大学出版社，2020年版

钱实甫编《清代职官年表》，北京：中华书局，1980年版

周骏富编《清代传记丛刊》，台北：明文书局，1985年版

曹鉴冰《清闺吟》，稿本，上海图书馆藏

李濬之《清画家诗史》，民国十九年（1930）刻本

徐永宣编次《清晖赠言》，道光十六年(1836)来青阁刻本，美国哈佛大学哈佛燕京图书馆藏

徐永宣编次《清晖赠言》，宣统三年(1911)广东顺德邓氏《风雨楼丛书》本

陈中庆《清江集》、《东山集》，清代钞本，国家图书馆藏

四川省大邑县地方志编纂委员会办公室编《清乾隆〈大邑县志〉校注》，四川省大邑县地方志编纂委员会办公室，1998年版

李灵年、杨忠《清人别集总目》，合肥：安徽教育出版社，2000年版

孙克强等《清人词话》，天津：南开大学出版社，2012年版

柯愈春《清人诗文集总目提要》，北京：北京古籍出版社，2001年版

朱则杰《〈清人诗文集总目提要〉订补——以五位杭州作家为中心》，《浙江外国语学院学报》2014年第1期

徐世昌《清儒学案》，北京：中华书局，2008年版

沈德潜《清诗别裁集》，上海：上海古籍出版社，2013年版

蒋寅《清诗话考》，北京：中华书局，2005年版

张寅彭编纂《清诗话全编·嘉庆期》，上海：上海古籍出版社，2021年版

邓之诚《清诗纪事初编》，上海：上海古籍出版社，1984年版

中华书局影印《清实录》，北京：中华书局，1985年版

赵尔巽等撰《清史稿》，北京：中华书局，1977年版

王锺翰点校《清史列传》，北京：中华书局，1987年版

刘景藻《清文献通考》，《文渊阁四库全书》本

沈应奎纂修《清溪沈氏六修家乘》，光绪十二年(1886)追远堂木活字本

林君潜等《清中宪大夫直隶提学使林公子有赴告》，上海惠众印书馆1951年铅印本，上海图书馆藏

张若霨《晴岚诗存》，清末张绍华刻本

李桂芹、刘子呢《秋水轩唱和活动及其意义》，《长春大学学报》2008年第7期

余集《秋室学古录》，道光刻本

邬庆时《屈大均年谱》,广州:广东人民出版社,2006年版

饶宗颐、张璋编《全明词》,北京:中华书局,2004年版

王兆鹏、胡晓燕《〈全明词〉漏收1000首补目》,《上海大学学报》2005年第11期

江合友《〈全明词〉杨士聪词补遗及其文献价值》,《中国语言文学研究》2015春之卷

夏勇《〈全明词〉指瑕一则》,《中国典籍与文化》2010年第1期

南京大学中国语言文学系全清词编纂研究室编《全清词·顺康卷》,北京:中华书局,2002年版

张宏生《全清词·顺康卷补编》,南京:南京大学出版社,2008年版

张宏生《全清词·雍乾卷》,南京:南京大学出版社,2012年版

张宏生《全清词·嘉道卷》,南京:南京大学出版社,2020年版

裴喆《〈全清词·顺康卷〉拾补》,《河南师范大学学报》2007年第2期

和希林《〈全清词·顺康卷〉漏收李式玉词辑补》,《宁夏大学学报》2015年第3期

和希林《〈全清词·顺康卷〉辑补48首》,《西华师范大学学报》2016年第1期

龙野《〈全清词·顺康卷〉宗元鼎词辑补》,《南阳师范学院学报》2016年第4期

叶恭绰《全清词钞》,北京:中华书局,1982年版

唐圭璋《全宋词》,北京:中华书局,1986年版

曹寅等编《全唐诗》,北京:中华书局,1960年版

凌竹《却浮集》,康熙间留余堂刻本,常熟图书馆藏

余旻《群玉山房诗集》,乾隆五十九年(1794)刻本,吉林大学图书馆藏

R

章铨《染翰堂诗集》,清代钞本,国家图书馆藏

彭玉平《人间词话疏证》,北京:中华书局,2011年版

陈昌强《〈切庵藏词目录〉与现代词学因缘》,《文献》2019年第4期
王戍《容斋廑存集》,民国五年(1916)王保谦钞本,南京图书馆藏
张埙《荣宝续集》,乾隆四雨庄钞本,北京大学图书馆藏

S

杨宗礼《三津新草》,清代钞本,国家图书馆藏
刘廷銮、孙家兰编《山东明清进士通览·清代卷》,济南:山东文艺出版社,2015年版
储大文等纂《山西通志》,《文渊阁四库全书》本
陕西省图书馆编《陕西省图书馆古籍普查登记目录》,北京:国家图书馆出版社,2014年版
彭国忠、倪春军、徐丽丽编《上海词钞》,上海:上海人民出版社,2021年版
刘京臣《社会网络分析视阈中的家谱、家集与家学研究——以清溪沈氏为例》,《山东社会科学》2022年第5期
陆林、王卓华辑《慎墨堂诗话》,中华书局,2017年版
钱仲联《沈曾植集校注》,北京:中华书局,2001年版
许全胜《沈曾植年谱长编》,北京:中华书局,2007年版
李晓静《〈绳庵词〉笺释及其研究》,河北师范大学2014年硕士学位论文
缪钺《诗词散论》,上海:上海古籍出版社,1982年版
宗元鼎《诗余花钿集》,康熙间东原草堂刻本,国家图书馆藏
董守正《诗余花戏》,稿本,上海图书馆藏
汪氏辑《诗余画谱》,北京:文物出版社,2018年版
陈灿《师竹斋稿》,嘉庆二十年(1815)刻本
侯文灿《十名家词集》,康熙间亦园刻本
屠倬《是程堂集》,嘉庆十九年(1814)真州官舍刻本
屠倬《是程堂二集》,道光元年(1821)潜园刻本
史全生《史贻直评传》,南京:南京大学出版社,2012年版

林玫仪《试论〈梁溪词选〉的版本》,《中国文哲研究通讯》,第十三卷,第2期

郑玲《收藏冠冕皖南　学问博极风雅——徐乃昌的收藏与刻书》,《大学图书情报学刊》2012年第6期

首都图书馆编《首都图书馆藏国家珍贵古籍图录》,北京:国家图书馆出版社,2013年版

陈份《水庝诗集》,乾隆三十四年(1769)慕荆楼重刻本

李丹《顺康之际广陵词坛研究》,上海:上海古籍出版社,2009年版

四库禁毁书丛刊编纂委员会编《四库禁毁书丛刊》,北京:北京出版社,2005年版

四库全书存目丛书编纂委员会编纂《四库全书存目丛书》,济南:齐鲁书社,1997年版

四库全书存目丛书补编编纂委员会编纂《四库全书存目丛书补编》,济南:齐鲁书社,2001年版

董叙畴等编《四明儒林董氏宗谱》,民国七年(1918)崇本堂铅字排印本

朱筠《笥河文集》,嘉庆二十年(1815)椒华吟舫刻本

姜兆翀《松江诗钞》,嘉庆十四年(1809)华亭姜氏刻本

潘柽章《松陵文献》,康熙三十二年(1693)潘耒刻本

田玉琪《宋词"入代(替)平声"说之检讨》,《中国词学学会第八届年会暨2018年词学国际学术研讨会论文集》

沈祖棻《宋词赏析》,北京:北京出版社,2003年版

黄昇《宋刊中兴词选》,福州:福建人民出版社,2008年版

汪超宏《宋琬年谱》,北京:人民文学出版社,2010年版

郭味蕖《宋元明清书画家年表》,北京:人民美术出版社,1958年版

沈起麟《诵芬堂诗》,雍正间刻本,国家图书馆藏

苏轼著,孔凡礼点校《苏轼文集》,北京:中华书局,1986年版

李峰《苏州通史·人物卷》,苏州:苏州大学出版社,2019年版

T

姚同发《台湾历史文化渊源》，北京：九州出版社，2002年版

王国良等编《台湾珍藏善本丛刊·古钞本清代诗文集·初辑》，台北：新文丰出版有限公司，2014年版

泰州文献编纂委员会编《泰州文献》，南京：凤凰出版社，2015年版

闵定庆《探索王国维词学体系的另一个维度——〈词录〉与王国维"为学三变"的文献学取向》，《清华大学学报》2007年第2期

王兆鹏等编《唐宋词汇评·唐五代卷》，杭州：浙江教育出版社，2004年版

吴熊和主编《唐宋词汇评·两宋卷》，杭州：浙江教育出版社，2004年版

蒋哲伦、杨万里《唐宋词书录》，长沙：岳麓书社，2007年版

唐圭璋等《唐宋人选唐宋词》，上海：上海古籍出版社，2004年版

天津图书馆编《天津图书馆珍藏清人别集善本丛刊》，天津：天津古籍出版社，2009年版

丁繁滋《天爵录》，嘉庆二十四年（1819）春晖阁刻本

何瑾、叶兆明编《听见宁波》，宁波：宁波出版社，2020年版

纳兰性德《通志堂集》，上海：华东师范大学出版社，2008年版

冒襄《同人集》，康熙间冒氏水绘庵刻本

周学濬纂《（同治）长兴县志》，同治修光绪增刻本

吴彬纂《（同治）德化县志》，同治十一年（1872）刻本

周学濬纂《（同治）湖州府志》，同治十三年（1874）刻本

汪元祥纂《（同治）乐平县志》，同治九年（1870）翥山书院刻本

刘赓年等辑《（同治）灵寿县志》，同治十三年（1874）刻本

汪士铎等纂《（同治）上江两县志》，同治十三年（1874）刻本

冯桂芬纂《（同治）苏州府志》，光绪九年（1883）刊本

王柏心纂《（同治）续辑汉阳县志》，同治七年（1868）刻本

方文《嵞山续集》，康熙二十八年（1689）王槩刻本

王洲《退省居诗余》,嘉庆二十年(1815)刻本,南京图书馆藏

车家锦《唾余别集》,清代稿本,广东省立中山图书馆藏

W

徐祖鎏《宛在园倡和集》,嘉庆十三年(1808)春晖阁刻本

徐崑《宛在园倡和续集》,嘉庆二十年(1815)春晖阁刻本

俞梅《宛转集》,清代刻本,广东省立中山图书馆藏

袁志成《晚清民国福建词学研究》,福州:福建人民出版社,2013年版

徐世昌《晚晴簃诗汇》,北京:中华书局,1990年版

汪淮修纂《汪氏世谱》,嘉庆四年(1799)刻本

刘九洲、吴斌《王斌〈着色山水图〉研究》,杭州:中国美术学院出版社,2018年版

彭玉平《王国维词学与学缘研究》,北京:中华书局,2015年版

袁英光、刘寅生编著《王国维年谱长编》,天津:天津人民出版社,1996年版

谢维扬、房鑫亮主编《王国维全集》,杭州:浙江教育出版社,2009年版

王国维《王国维〈人间词〉〈人间词话〉手稿》,杭州:浙江古籍出版社,2005年版

陈永正《王国维诗词笺注》,上海:上海古籍出版社,2011年版

赵万里《王静安先生手校手批书目》,载《国学论丛》,民国十七年(1928)第1卷第3号

吴泽《王国维学术研究论集(二)》,上海:华东师范大学出版社,1987年版

吴泽《王国维学术研究论集(三)》,上海:华东师范大学出版社,1990年版

朱传誉《王国维研究资料》,香港:天一出版社,1979年版

朱端强《王国维佚词〈暑假歌〉》,《云南师范大学学报》1993年第4期

王湘华《王国维与词籍校勘之学》,《江西社会科学》2008年第4期

王湘华《王国维的选词与论词——以〈唐五代二十一家词辑〉为考察中心》,《求索》2012年第3期

佘筠珺《王国维早期研治词学历程考述——兼论东洋文库所藏钞校本词籍之价值》,《台大中文学报》,第60期(2018年第3期)

宋健《王南村年谱》,天津:天津古籍出版社,2017年版

蒋寅《王渔洋事迹征略》,北京:人民文学出版社,2001年版

方苞《望溪先生全集》,咸丰元年(1851)戴钧衡刻本

郑伟章《文献家通考》,北京:中华书局,1999年版

徐书城《吴江徐氏宗谱》,民国九年(1920)吴江柳亚子红格钞本

吴我炽、吴我烜辑,吴士岐续辑《吴氏传家集》,乾隆四十年(1775)刻本

李兴盛《吴兆骞年谱》,哈尔滨:黑龙江大学出版社,2014年版

叶德辉等纂修《吴中叶氏族谱》,宣统三年(1911)刊本

傅宸《伍砚堂诗余》,清代钞本,山东省图书馆藏

X

周志嘉《西村草堂集》,清徐氏烟屿楼钞本

汪芳藻《西湖十景词》,清代钞本,上海图书馆藏

汪芳藻《西湖十景诗词》,清代春晖楼精刻本,南京图书馆藏

朱则杰《"西陵十子"系列考辨》,《浙江树人大学学报》2015年第3期

张丽芬《西南大学图书馆藏稀见稿钞本述略》,《长江师范学院学报》2016年第1期

郑发楚、仲向平主编《西溪名人》,杭州:杭州出版社,2013年版

侯学愈《锡山东里侯氏八修宗谱》,民国八年(1919)木活字印本

程千帆《闲堂书简》,上海:上海古籍出版社,2013年版

冯奉初纂《(咸丰)顺德县志》,咸丰三年(1853)刻本

仲振覆纂《(咸丰)兴宁县志》,民国十八年(1929)铅印本

陈汉章《象山县志》,台北:成文出版社,1973年版

鲍钦《小簌园续编》,乾隆间刻本

潘曾莹《小鸥波馆文钞》，道光二十五年(1845)刻本

陆镇《小樵诗存》，民国十七年(1928)《泰州陆氏家集》稿本

祁宁锋《小山词社研究》，南京大学 2011 年硕士论文

钱大猷《晓风集诗余》，康熙刻本

陆勇强《新见顺治康熙两朝词作辑考》，《内江师范学院学报》2014 年第 3 期

宗元鼎《新柳堂集》，《扬州文库》本影印康熙刻本，扬州：广陵书社，2015 年版

李斌等点校《新纂云南通志》，昆明：云南人民出版社，2007 年版

陈昌强《谢章铤年谱》，陈庆元主编《谢章铤集》，长春：吉林文史出版社，2009 年版

纳兰氏《绣余诗稿》，清谦牧堂刻本，国家图书馆藏

王先谦《虚受堂文集》，光绪二十六年(1900)刻本

陈聂恒《栩园词弃稿》，康熙间且朴斋刻本

缪荃孙《续碑传集》，宣统二年(1910)江楚编译书局刻本

李因笃《续刻受祺堂文集》，道光十年(1830)刻本

全祖望辑《续耆旧》，清槎湖草堂钞本

顾廷龙主编，续修四库全书编纂委员会编《续修四库全书》，上海：上海古籍出版社，1995 年版

中国科学院图书馆整理《续修四库全书总目提要》，济南：齐鲁书社，1996 年版

汪启淑《续印人传》，道光二十年(1840)海虞顾氏刻本

胡昌基辑《续槜李诗系》，宣统三年(1911)刻本

虞兆漋《轩渠诗余稿》，清代刻本

王攸欣《选择·接受与疏离》，北京：生活·读书·新知三联书店，1999 年版

《学部第一次编纂初等小学乐歌教科书》，光绪三十三年(1907)学部编译图书局铅印本

苏汝院《学山近草》，乾隆二十五年(1760)刻本

杨锺羲《雪桥诗话》，民国二年(1913)南林刘氏《求恕斋丛书》本

董汉策《雪香谱》，康熙间刻本

吴曾《雪斋诗稿》，道光间吴星南钞本，北京大学图书馆藏

Y

延川县志编纂委员会编《延川县志》，西安：陕西人民出版社，1999年版

彭孙遹《延露词》，康熙间留松阁刻本

成世杰《燕游草》、《酬应杂诗》、《辛卯壬辰诗》、《射阳倡和诗》，清代钞本，盐城市图书馆藏

郑庆祐《扬州休园志》，乾隆三十八年(1773)察视堂自刻本

严迪昌《阳羡词派研究》，济南：齐鲁书社，1993年版

蒋景祁《瑶华集》，北京：中华书局，1982年版

薛柏成《叶赫那拉氏家族史研究》，长春：吉林文史出版社，2005年版

黄生《一木堂诗稿》，康熙二十二年(1683)刻本，上海图书馆藏

黄生《一木堂诗稿》，钞本，国家图书馆藏

王士禛、邹祇谟《倚声初集》，顺治十七年(1660)序刊本

汪玉轸《宜秋小院诗钞》，嘉庆间刻本，上海图书馆藏

徐树高编《宜兴上阳徐氏家乘》，民国三十一年(1942)追远堂木活字印本

万骐、万骀《宜兴万氏宗谱》，民国五年(1916)重修活字印本

张惟骧《疑年录汇编》，民国十四年(1925)小双寂庵刻本

赵怀玉《亦有生斋诗》，道光元年(1821)刻本

侯文灿《亦园词选》，康熙二十八年(1689)刻本

徐喈凤《荫绿轩词集》，光绪间徐氏刻本

徐喈凤《荫绿轩词续集》，光绪二十六年(1900)徐氏家刻本

纳兰性德《饮水词》，道光二十六年(1846)金梁外史刻本

冯统《饮水词》，广州：广东人民出版社，1984年版

赵秀亭、冯统一《饮水词笺校》,北京：中华书局,2005年版

纳兰性德《饮水诗词集》,北京：中国书店,2019年影印谦牧堂藏康熙间张氏语石轩刻本版

沈廷芳《隐拙斋集》,乾隆刻本

刘存仁《影春园词》,咸丰同治间刻《屺云楼集》本

莫友芝《影山词》,民国间贵阳文通书局铅印《黔南丛书》本

莫友芝《影山词》,笋香室钞本,南京大学图书馆藏

莫友芝《影山词》,朱祖谋校钞本,南京图书馆藏

莫友芝《影山词》,海粟楼钞本,上海图书馆藏

陈祖范纂《(雍正)昭文县志》,雍正九年(1731)刻本

永新人物传编纂委员会编《永新人物传》,北京：中国文联出版社,2000年版

尤文潜等纂《尤氏苏常镇宗谱》,光绪十七年(1891)重修本

戴锜《鱼计庄词》,清代刻本,山东省图书馆藏

沈辰垣等《御选历代诗余》,杭州：浙江古籍出版社,1998年版

爱新觉罗·玄烨《御制避暑山庄诗》,康熙五十一年(1712)武英殿刻本

爱新觉罗·弘历《御制恭和避暑山庄图咏》,乾隆六年(1741)内府重刻本

释宗渭《芋香诗钞》,康熙四十三年(1704)刻本

袁丕厚编《袁嘉谷文集》,昆明：云南人民出版社,2001年版

袁屏山先生纪念集编纂委员会编《袁屏山先生纪念集》,民国二十七年(1938)铅印本

徐嗒凤《愿息斋诗集》,光绪间徐氏家刻本

郭茂倩《乐府诗集》,北京：中华书局,1979年版

杜诏《云川阁集》,雍正间刻本

黄霖编《云间文学研究》,上海：上海古籍出版社,2009年版

陈廷焯《云韶集》,稿本,南京图书馆藏

黄德溥《云嵩诗词钞》,乾隆四十二年(1777)刻《菉漪园怀旧集》本

姜曾《云阳姜氏家珍集》，清代云阳绍衣堂刻本

丁繁滋《耘庄题画诗稿》，光绪十六年(1890)春晖阁刻本

丁繁滋《耘庄诗稿》，光绪二十一年(1895)春晖阁刻本

Z

方汝翼等纂《增修登州府志》，光绪七年(1881)刻本

吴熊和、沈松勤等《张先集编年校注》，上海：上海古籍出版社，2012年版

鲍廷博辑《张子野词》，《知不足斋丛书》本

蒋重光《昭代词选》，乾隆三十二年(1767)经锄堂刻本

陈水云、黎晓莲整理《赵尊岳集》，南京：凤凰出版社，2016年版

凌冬梅《浙江女性藏书》，杭州：浙江工商大学出版社，2015年版

浙江省社会科学院编《浙江人物志》，杭州：浙江人民出版社，1986年版

鲁竹《浙西词人吴陈琰考议》，《台州学院学报》2009年第2期

汪琎《贞白诗余》，清代钞本，上海图书馆藏

谢永芳《整理本〈词综补遗〉匡补》，《黄冈师范学院学报》2009年第2期

郑孝胥《郑孝胥日记》，北京：中华书局，1993年版

卢今等编《郑振铎散文》，北京：中国广播电视出版社，1997年版

先著《之溪老生集》，清代刻本

蔡毅《中国古典戏曲序跋汇编》，济南：齐鲁书社，1989年版

瞿冕良《中国古籍版刻辞典》，苏州：苏州大学出版社，2009年版

李兴盛《中国流人史》，哈尔滨：黑龙江人民出版社，2012年版

赵禄祥《中国美术家大辞典》，北京：北京出版社，2007年版

林夕辑《中国著名藏书家书目汇刊·近代卷》，第39册，北京：商务印书馆，2005年版

吴鹏《中华书局点校本〈郘亭书画经眼录〉补正》，《贵州文史丛刊》2011年第2期

邵海清校、李梦生笺《忠雅堂集校笺》，上海：上海古籍出版社，1993年版

张埙《竹叶庵文集》,乾隆五十一年(1786)刻本

蒲松龄著《铸雪斋抄本聊斋志异》,上海:上海古籍出版社,1979年版

郑沄等《妆台十咏》,乾隆五十年(1785)刻本

张符骧《自长吟》,康熙刻本

杨银杰《宗元鼎研究》,河南大学2017年硕士论文

金兆燕《棕亭古文钞》,道光十六年(1836)赠云轩刻本

金兆燕《棕亭骈体文钞》,道光十六年(1836)赠云轩刻本

徐树敏、钱岳《众香词》,康熙间锦树堂刻本

沈季友《檇李诗系》,《文渊阁四库全书》本

吴之骥《坐花阁诗余》,宣统二年(1910)吴荫培刻本

后 记

秋末冬初,收到出版社寄来的厚厚的书稿校样。抚今追昔,感念而外,更多的是感恩。

有关清代词籍的考辨与相应的词学研究,在我近年的学术研究中,占据比较重要的位置以及相当的比例,本书即是其中一部分成果的整合。虽然离初始的构想和设计尚有一定的距离,但终于成书,欣喜仍然超越了遗憾。至于更进一步、更深入,或者更具超越性、理论性的研究,则有待于继续的探讨。

本书成稿过程中,获得众多师友的指教和帮助,在此一并感谢。

导师张宏生老师引领、教导我进入清词研究领域,并一直关注我的学习、工作和科研,不仅勉励有加,而且欣然为本书题签、作序,使得本书大大增光生色。武秀成老师是我在古典文献学方面的领路人,从他那里,我学习到了文献研究与考证的精细和深微。夏维中老师为本书的相关研究提供了许多资料,特别是江南地区的家谱文献,从而丰厚了本书考证和辨析的基础。马亚中老师始终关注本书的进展,并指导了相关篇章的修订。

书稿写作过程中,多承同门,特别是沙先一、雷磊、冯乾、方盛良、石旻、李丹、闵丰、李亭、李芳、曹明升、傅宇斌、葛恒刚、朱秋娟、夏志颖、郭文仪、陈瑞赞、倪春军、黄浩然、李小雨诸君的帮助。他们或提供文献线索,或代为访查典籍,或承担顾问答疑辨隐,或协助辨认篆草行书,此中情谊令我感动。

苏州大学文学院院长曹炜老师提供了有力支持,使得本书可以顺利出版。学院里的师长同人也给我诸多帮助。陈国安老师慷慨赠送他所收藏的清及近代词籍十余种，其中许多是《全清词》编纂研究室尚未收藏的珍稀词籍。陈老师还特地将严迪昌先生亲笔签赠给他的《清词别集知见目录》转赠给我，让我深切感受到了学术承传的因缘与责任。此外，钱锡生老师、薛玉坤老师、张珊老师也各以自己珍藏的稀见词籍资料见赠，为本书荣宠篇幅。特别是徐国源老师，得知我在进行相关研究，慨然以其先祖、清初词人徐喈凤的诗词集相赠，这些书籍国内公藏仅存于南京图书馆，格于目前该馆有关文献复制的各种规定，获取古籍全文复制件并不容易，往返苏、宁二地又将耗费不少时间、精力、财力，徐老师的慷慨，则让这些烦恼烟消云散。

北京大学中文系张剑老师，中国社会科学院刘京臣老师，南京大学文学院徐雁平老师、张宗友老师，山东大学文学院杜泽逊老师，福建师范大学陈庆元老师、王宏生老师，北京师范大学图书馆肖亚男老师，浙江古籍出版社路伟老师，华东师范大学哲学系钟锦老师，中央民族大学袁剑老师，辽宁大学王琳夫老师，也在本书的资料搜集和文献考订方面提供了许多帮助。

内子顾圣琴博士是我每篇文章的第一位读者，并通读、校改了本书全稿。她的乐观和幽默，是我生活的光亮。

我的学生谢淑芬、冯婷、刘祎、尹子豪、刘音孜、徐涵、孙容川、张佳怡等，或协助查阅了《清代诗文集珍本丛刊》、《常熟文库》等大型古籍影印丛书，收集相关资料，或在复旦大学图书馆代为访查珍稀典籍。

本书近半的章节，曾在学术期刊、集刊、报纸如《文学遗产》、《文献》、《中国社会科学报》、《词学》、《古典文献研究》、《古代文学理论研究》、《中国诗学》、《中国诗歌研究》、《中国诗学研究》、《中国韵文学刊》、《南京师范大学文学院学报》、《闽海学刊》上发表，感谢编辑老师及匿名评审专家赐予的宝贵意见；部分章节虽未揭载于学术报刊，但曾在各类学术研讨会上发表，感谢评议人提出的特别中肯的修改意见。此次收入书中，根据这些意见、建议，我对相关章节进行了系统细致的修订，也订正了不少曾经存在的错误。当然，本书如有尚未发现的错误，则责任在我，也期待读者、同人指误批谬。

陈昌强
2024 年 11 月 21 日于苏州天赐庄